to my beautiful you

나의 아름다운 그대에게

to my beautiful you

I

FEEL
PREMIUM EDITION

펑크로드 장편 소설

contents

-1부-

프롤로그. 그녀

내 언니는, 아름답다.

언니는 아름다운 아버지와 아름다운 어머니 사이에서 특히나 더 아름다운 부분만을 골라 만들어진 것처럼 무척이나 아름다웠다. 머리카락 한 올부터 발톱 끝까지 모두 아름다워 그야말로 눈이 부시다는 말이 뭔지를 알게 해 주는 사람이었다. 그 아름다운 외향에 비해 성격은 별로 좋지 않았다고 생각하지만, 남들에겐 그것마저 언니가 가진 매력으로 여겨졌다. 그만큼 너무나 아름다웠다.

나는 천사 또는 여신에 비유되곤 하는 언니에 비해 지나치게 기가 센 인상이라는 평을 받곤 했다. 나도 부모님을 닮았다면 언니만큼은 아니더라도 꽤 유순한 인상이었을 텐데. 어째선지 내겐 부모님을 닮는 축복마저 빗겨 나갔다.

그럼에도 결국 가족이었으므로 나는 늘 타인의 시선에서 언니와 비교당해야만 했다. 나는 자연스럽게 내 얼굴을 싫어하게 됐다. 거울을 보면 늘 불쾌함을 머금고 있는 내 얼굴이 더욱 못나 보였다.

그러니 내 성격은, 언니 이상으로 나빴다고 생각한다. 콤플렉스에 사로잡힌 나란 인간은 스스로 생각하기에도 참 별로였다.

아름다운 언니를 질투했다. 나는 비틀려 있었고 언니를 향한 부러움에는 어느새 가시가 돋아 있었다. 내 감정을 다스릴 수가 없었기에 언제나 우울증에 걸린 사람처럼 가벼운 웃음조차 짓지 못했다.

바깥에 나를 드러내는 것이 무서웠다. 모두가 언니와 나를 비교할 것이라는 피해 의식과 강박증에 가까운 심리 상태는 나를 방 안에 틀어박히게 했다. 참 못나기 짝이 없었다.

언니를 향한 마음은 늘 폭풍과 같았지만 실제로 언니와의 사이는 크게 나쁘지 않았다. 언니는 동생인 내게만큼은 상냥했다. 언니의 그런 면마저도 눈엣가시처럼 걸렸으나 특별한 잘못도 없이 언니를 상처 입히며 가슴속의 비틀림을 드러내는 짓은 할 수 없었다. 그러기엔 내 자존심이 너무 강했다.

우리의 사이는 필요 이상 나빠지지도, 좋아지지도 않았다.

"사랑해. 데본."

"응. 나도 사랑해. 언니."

언니의 애정 어린 말에 대답해 주면 언니는 꽃처럼 활짝 웃으며 나를 껴안았다. 그런 언니의 등을 나는 가볍게 쓸어 주곤 했다. 세상에 비친 우리 자매는 제법 사이가 좋아 보였을 것이다.

하지만 안타깝게도 그런 연기는 끝까지 이어지지 않았다. 희극 배우처럼 가면을 쓰던 우리가 서로에게 본색을 드러낸 건 한순간이었다.

잘 참여하지 않던 사교 파티에 나갔다가 한 귀족 남자를 만났다.

모처럼 언니가 없던 그 파티에서 그는 내게 관심을 보이며 다가왔다. 그는 점잖았고 배려가 깊었으며 다정했다.

처음엔 나를 이용해서 언니와 잘 돼 보려는 수작인가 싶어 경계하고 다가올 때마다 단호하게 내쳤다. 하지만 그는 시간이 지나도 전혀 그런 낌새를 보이지 않았고 1년이 지나서야 겨우 의심을 버릴 수 있었다.

그 뒤로 그에게 빠져드는 건 너무나 자연스러웠다. 오다가다 몇 번 마주쳐 얼굴을 익히고 한두 번 데이트하다 보니 어느새 사랑하게 되었다. 그는 세상 누구보다도 내가 가장 아름답다 말하며 한결같이 사랑해 줬다. 시간이 더 흐르자 그는 반지를 건네며 내게 청혼했다.

행복했다.

청혼을 받아들인 뒤 그를 자주 집으로 초대했다. 약혼자로서 가족들에게 소개했고 그는 주로 내 방에서 담소를 나누다 돌아가곤 했다.

어느 날 언니가 물었다.

"그를 사랑하니?"

그렇다 답했다. 그때는 정말 언니를 질투할 여력도 없을 만큼 내 행복에 빠져 정신을 차릴 수가 없었다.

내 대답에 언니는 그러냐며 아름답게 웃었다.

영원할 것 같았던 행복이 끝난 것은 그와 결혼하기 일주일 전이다. 그날도 그를 집에 초대했고 그가 오기 전 언니가 내 방을 찾았다. 우리는 차를 마시며 잠시 수다를 떨었는데 그 중간부터 기억이 나질 않는다.

정신을 차렸을 때 언니는 이미 자리에 없었다. 나는 테이블에 엎어져 있었다. 지끈거리는 머리를 짚으며 눈을 뜨자 벌써 두 시간이나 지나 있었다. 놀라서 다른 생각 할 겨를도 없이 머리와 옷매무시를 가다듬고 급히 방을 나섰다. 복도에서 마주친 고용인에게 그가 아직도 오지 않았냐고 물었다.

고용인은 그가 이미 한참 전에 왔고 나 대신 언니가 그를 맞아 줬다고 답했다. 그리고 언니가 내게 깨는 대로 자기 방으로 오라 했다고도 전했다. 어딘지 당황해하는 듯한 고용인의 모습에 이상함을 느끼긴 했지만 깊이 생각하지 않았다.

언니 방 문을 두드리자 들어오라는 나긋한 목소리가 들렸다. 한 번 더 차림새를 정돈한 뒤에 문을 열었고 눈앞에 펼쳐진 상황에 그대로 할 말을 잃었다. 옷가지들이 바닥에 어지럽게 널려 있었고, 언니와 그 사람이 한 침대에 누워 있었다.

"이게 뭐야."

문 앞에서 한참이나 얼이 빠져 있다가 겨우 한마디 물을 수 있었다. 이게 뭐야. 슬립 차림의 언니는 천천히 일어나 침대 가에 걸터앉았다. 언니는 나를 보았다가 아직 잠들어 있는 그에게 눈을 돌렸다. 애석하다는 표정이었다.

"이 남자도 결국 어쩔 수 없었어. 데본."

언니는 나를 향해 서서 눈을 똑바로 마주쳐 왔다. 그 모습이 죄악감이라곤 없는 악마 같았다.

"결국 그도 네 사랑이 아냐. 그냥 네가 속은 거지."

"무슨 짓을 한 거야."

말이 제대로 나오질 않았다. 목소리를 떨며 애써 더듬더듬 물었다. 참으로 볼품없었을 테지만 그것도 무던히 애쓴 거였다. 언니는 미묘하게 웃었다.

"왜 나만 무슨 짓을 했을 거라 생각하니?"

"그야!"

그간 잊고 있던 감정들이 순식간에 차오르며 눈앞이 시뻘게지는 걸 느꼈다. 그래서 언니를 독한 말로 상처 입히려 했다. 하지만 언니가 좀 더 빨랐다.

아마 나만큼이나 언니 역시 날 싫어했던 게 아닐까.

"그가 잠들기 전까지 뭐라고 했는지 아니?"

언니는 정사에 흥분한 듯한 표정을 짓더니 격정적으로 소리쳤다.

"아! 아─! 어째서 당신은 이리도 아름다운 거지? 아! 사랑해! 사랑합니다! 아아!"

언니는 마치 창부라도 된 양 허공을 향해 천박한 표정을 지으며 절정에 다다른 시늉을 했다. 그리고 금세 식은 얼굴로 돌변하며 나를 쳐다보았다.

"그는 나와 있는 동안 단 한 번도 너를 떠올리지 않았단다."

언니를 상처 입히려다 되레 호되게 얻어맞은 꼴이 되었다. 숨을 쉴 수가 없었다. 극심한 답답함에 목을 감싸고 숨을 헐떡였다. 결국 분노가 참을 수 없을 만큼 차올라 터졌다. 나는 목구멍을 쥐어짜듯 비명을 내질렀다.

"아아아악!"

비참한 기분을 막을 수가 없었다. 살의가 참을 수 없이 피어올랐다. 비명을 듣고 달려온 고용인들이 아니었다면 분명 나는 언니를 죽였으리라. 화병을 든 채 달려드는 나를 고용인들이 막아섰다.

언니는 아무렇지 않게 돌아서더니 의자에 걸려 있던 숄로 어깨를 감쌌다. 머지않아 눈을 뜬 내 약혼자는 나를 보며 아연한 표정을 지었다. 그 얼굴에 스쳐 지나가는 죄책감이 가증스러워 들고 있던 화병을 언니가 아닌 그에게로 집어 던졌다.

날아간 화병은 그의 머리를 세게 때리며 깨졌다. 그의 이마에서 피가 흘러내렸지만 그래도 분이 풀리지 않았다. 나는 온갖 증오를 담아 두 사람에게 소리쳤다.

"죽어 버려! 죽어 버려! 너희 같은 것들은 사람도 아냐! 죽어 버려!"

그가 찢어진 상처를 손으로 덮으며 신음했다. 언니는 말없이 창밖을 보고 있었다. 누구도 변명하지 않았다. 끝까지 오해라는 말은 없었다. 절망감에 얼굴을 감싸고 주저앉아 비명을 내질렀다. 정신이 나가 버릴 것 같았다. 나를 멈출 수가 없었다.

"아아아!"

소란은 머지않아 부모님이 들이닥치며 끝났다. 나는 내 방으로 끌려갔지만 내 마음은 아무것도 해소되지 않았다. 생각하면 생각할수록 분하고 괴로워 도저히 버틸 수가 없었다.

나는 그에게 선물로 받았던 머리 장식을 빼 들어 손목을 찍었다. 장식 끝은 송곳보단 뭉툭했지만 억지로 쑤시면 살을 찢을 만큼은 날카로웠다. 아무렇게나 찢어 벌린 상처에서부터 피가 마구 흘러내렸고 그제야 팔을 늘어뜨리며 머리 장식을 바닥에 버렸다.

울음이 그쳐지지 않았다.

1. 침닉되다

눈을 뜨자마자 절망했다. 한심한 나는 자살마저 어설펐고 다시 현실로 내던져졌다.

"데본! 데본! 정신이 좀 드니?"

어머니가 우는 모습을 보면서도 죄책감보다는 원망이 앞섰다. 왜 나는 언니처럼 태어나지 않은 건가요. 내가 언니보다 아름답지 않기 때문에 이런 일이 생겼다는 생각만 들었다. 한없이 이기적이고 꼬였다는 것을 알면서도 습관적으로 치미는 못난 생각을 멈추지 못했다.

"괜찮으냐."

아버지의 얼굴에도 걱정이 비쳤지만 외면했다. 아무런 대꾸도 않고 붕대 감긴 손목을 들어 바라보았다. 정말 한심해. 멍청하고 나약한 나를 욕하다 문득 기분 나쁜 느낌에 고개를 돌렸다. 부모님 뒤로 언니가 보였다. 언니는 방문에 등을 붙이고 서선 바닥을 쳐다보고 있었다. 불안한 듯 연신 손가락을 꼼지락거리는 모습을 보고 있자니 속에서 또 울화가 치밀었다.

"나가……."

"데본?"

부모님이 의아한 표정으로 내 눈길을 따라 뒤를 돌아보았다. 두 분은 이내 화들짝 놀라더니 금세 내 눈치를 보았다.

"헤븐……! 여긴 왜…… 당분간 얼굴 비치지 말라고 했잖니!"

어머니는 화가 난 듯했지만 내가 있어 그런지 최대한 목소리를 낮췄다. 내 호흡은 눈에 띄게 거칠어져 목에서부터 바람 통하는 소리가 났다. 결국 어머니의 말을 끊으며 소리쳤다.

"나가! 나가아! 아악! 나가! 나가! 나가!"

"데본! 데본! 진정해라. 헤븐! 얼른 나가지 못하겠느냐!"

아버지가 들썩이는 내 몸을 침대에 누르며 언니에게 소리쳤다. 어머니는 손수건으로 입가를 가린 채 눈물만 흘렸다. 언니는 하고 싶은 말이 있는 듯했지만 아버지의 다그침에 벌렸던 입을 도로 다물었다. 언니는 입술을 물었다가 풀기를 반복했다.

"죄송해요."

언니는 그 한 마디만을 남기고 급히 방을 나갔다. 나와 눈도 마주치지 못했던 언니가 마치 죄책감이라도 가진 사람 같았지만 그런 생각을 한 자신을 신랄하게 비웃으며 부정했다. 설령 언니가 내게 미안한 마음을 가지고 있다 한들 절대 용서할 수 없었다.

단지 괴로웠다. 언니로 인해 속절없이 무너지는 내가 너무나 비참해서 참을 수가 없었다. 언니라는 그림자를 절실하게 벗어나고 싶은데도 벗어나지 못하는 내가 더 싫고 미워서 손톱을 세워 난도질하듯 얼굴을 긁었다. 괴로움을 풀어낼 방법을 알 수가 없었다.

"아아아!"

그러지 말라며 내 손을 붙잡는 부모님에게 발버둥을 쳤다. 한참 동안 진을 빼고서야 힘없이 늘어져 버린 날 부모님이 안쓰러운 눈길로 바라보았다. 그 눈길조차 견딜 수가 없어서 제발 나가 달라고 소리치고 짜증을 냈다.

간호할 고용인들만 두고 부모님은 쫓기듯 방을 나갔다. 뒤집혀 버린 속을 달랠 길이 없어서 울음만 터뜨렸다. 입 밖으로 흘러나오는 망연한 흐느낌은 나도 듣기 싫었지만 그쳐지질 않았다.

이 상처가 결코 치유되지 않을 거라고 단정했다. 이 아픔을 딛고 다시 웃는 내 모습 같은 건 상상도 할 수 없을 만큼 지금 이 순간이 너무 아파서, 전부 버리고 싶었다. 그와 만났던 사실뿐만 아니라 언니의 동생으로 태어난 것 자체를 지워 버리고 싶었고 내가 나인 것 자체를 버리고 싶었다.

마음뿐 아니라 손목 또한 서럽도록 아팠다. 살아 있기에 느껴지는 고통이 나를 더욱 괴롭게 했다.

사실 손목을 그어야겠다 생각했던 건 한순간이고, 그 한순간에 날 막을 사람이 없었던 것뿐이지만 그 행동에 후회라곤 한 점 들지 않았다. 후회가 남아 있다면 그대로 죽지 못하고 생을 연명해 버린 내 한심함 때문이다.

패닉에 빠진 나는 격렬했고 극단적이었으며 나약했다. 지금 역시 어느 것 하나 견뎌 낼 힘이 없었다.

울음은 쉬이 멈추지 않았다. 주먹으로 가슴을 치며 토해 내듯이 울었지만 가슴에 담긴 먹먹함은 전혀 시원해지질 않았다. 죽은 것처럼 미동조차 없는 답답함이 가슴을 꽉 채워 숨이 막히게 했다.

좀 더 숨을 쉬고 싶은데 터져 나오는 울음 때문에 번번이 막혔다. 침대에서 굴러떨어지듯 내려왔다. 여기 있다간 숨이 막혀 죽을 것 같았다. 죽고 싶다는 생각을 하면서도 막상 죽을 것 같자 벗어나려 발버둥 치는 한심한 내가 우습고도 슬펐다.

부축하려는 고용인들을 힘없는 손길로 내치곤 스스로 방을 나섰다. 눈앞이 흔들려 다리가 자꾸 풀렸지만 난간을 붙잡고 꿋꿋이 계단을 내려갔다. 홀에서 서성이고 있던 부모님이 날 발견하고 놀라 다가왔다.

"데본……."

"놔!"

두 분의 손길마저 히스테릭하게 고함을 지르며 뿌리쳤다. 이렇게까지 신경질적인 내 모습은 처음일 부모님은 그저 안절부절못했다. 안타까이 바라보는 부모님의 눈길을 피하며 현관문을 열고 정원 마당으로 나갔다.

닫혀 있는 대문을 향해 걸어갔다. 뒤에서 내 이름을 부르는 부모님의 목소리는 날 붙잡기엔 역부족이었다.

"아아아!"

아무래도 나는 미친 게 틀림없었다. 갑자기 의지와는 상관없이 터져 나오는 비명과 함께 두 손으로 머리카락을 쥐어뜯으며 대문을 향해 달렸다. 뒤에서 부모님의 경악성과 잡으라는 외침이 들렸다.

대문의 창살을 잡고 흔들자 고용인들이 내 팔과 허리를 붙잡아 끌어당겼다. 온 힘을 다해 창살을 잡고 버티며 소리를 질렀다.

"놔! 놔아!"

아가씨. 아가씨. 그들은 당혹스러운 목소리로 나를 진정시키려 했지만 그 어느 것도 들리지 않는 척 도리질을 치며 비명만 내질렀다.

문밖에 있던 마부가 질린 표정으로 날 쳐다보았지만 신경 쓰지 않았다.

저택 안으로 질질 끌려 들어가면서도 계속 소리를 질렀다. 마치 저 집이 지옥에서 펄펄 끓는 냄비가 되어 나를 집어삼키려는 듯 보였다. 정말 끔찍했다.

"아가씨. 이건 어떠세요?"

"응⋯⋯."

그날 이후로 방을 나갈 수 없었다. 기분이 좀 가라앉자 사고하는 것조차 고통스러워 차라리 의지를 놓아 버렸다. 고용인들이 입혀 주고 꾸며 주는 대로 가만히 백치처럼 지냈다.

고용인이 평소에 내가 눈길도 주지 않던 하얀 레이스 머리 끈을 들이대도 묵묵히 고개를 끄덕였다.

"와. 예쁘게 됐어요."

고용인들은 나를 세 살배기 어린애 다루듯 했다. 그것에 불만을 가지지 않고 따랐다. 사실 그건 어느 쪽이든 못할 짓이었지만 나도 그들도 금방 그럭저럭 적응해 유치한 소꿉놀이 같은 일상을 무리 없이 해낼 수 있었다.

그런 멍청한 나날을 용케 참아 낼 수 있었던 건 그날 이후 두 사람의 모습을 볼 수 없었기 때문이다. 언니와 그 사람만 아니라면 어떠한 것도 참아 낼 수 있었다. 하지만 그 생활도 오래가지 않아 끝났다.

어느 날 생각 없이 창밖을 봤다가 그 사람이 정원을 가로질러 오는 걸 발견했다. 누가 말릴 새도 없이 창문을 열고 밖으로 뛰어내렸다.

2층에서 떨어져 혼미한 시야로 그 사람이 날 향해 뛰어오는 것을 바라보다 정신을 잃었다. 그 결과 가벼운 뇌진탕에 한쪽 다리가 부러졌다.

나중에서야 알게 되었지만 그는 부모님이 고한 파혼의 절차에 관해 얘기를 나누고자 했던 것 같다. 그날 이후 이 집에 발을 들인 것도 이때가 처음이었다고 한다.

내 꼴을 본 아버지는 그 사람을 대문 안으로 들였던 걸 후회했다. 어차피 방 안에 틀어박혀 있으니 그가 와도 모를 거라 생각했던 것 같다. 그럴 만했다. 평소엔 커튼을 치고 지내다 그날따라 변덕으로 커튼을 열어 두었던 것뿐이다. 우습게도.

얼마 안 가 언니는 자길 쫓아다니는 남자 중 하나를 골라 서둘러 결혼식을 올리고 집을 나가게 되었다. 언니의 결혼식 날까지도 몸이 낫질 않아 참석하지 못했다. 물론 정상적인 상태였다 해도 참석했을지는 미지수다.

결국 언니와는 자살 기도 직후에 방에서 잠깐 본 것이 마지막이었다.

집에서 언니가 사라지고 나서야 조금씩 방에서 나올 수 있었다. 물론 어디를 가든 고용인들을 대동해야 했지만 집 안 분위기는 약간이나마 풀어졌다.

부모님과 함께 식사할 수 있을 정도로 몸을 가누게 되었을 때는 마당에도 나갈 수 있었다. 분수에서 잠깐씩 물장난을 할 뿐 지난날처럼 대문을 향해 도망치듯 달려가진 않았다.

생각해 보면 그런 극단적인 감정은 오래가지 않아 사라졌던 것 같다. 그냥 기운이 없고 멍했다.

시간이 더 지나자 부모님이 외출을 허락할 정도로 안정되었다. 그래도 뒤에 딸려 오는 고용인들을 떼어 낼 순 없었다.

시장에 나가 물건들을 구경하다 장신구가 늘어진 좌판 앞에 쪼그려 앉았다. 그중에 머리 장식 하나를 만지작거리고 있으니 좌판 주인으로 보이는 노랑머리 남자가 웃으며 말을 걸었다.

"아가씨. 그거 예쁘죠?"

장신구를 손에서 놓지 못하고 고개를 작게 끄덕거렸다.

"네. 예쁘네요."

"그죠? 그거 사 가요. 내가 직접 만든 거예요. 세상에 하나밖에 없는 거라고요."

"얼만데요."

우울한 내 목소리에도 남자는 아랑곳없이 시원스레 웃으며 손가락 두 개를 폈다.

"20실버."

"수공품인데 왜 그렇게 싸요."

그는 내 물음에 기운 없이 어깨를 축 늘어뜨리며 답했다.

"간판이 없어서 그래요. 아가씨 같은 귀족은 당연하다는 듯 간판 있는 가게로만 가니까요."

"그렇군요."

맞는 말이라 반박하지 않았다. 남자는 두 손에 턱을 괴며 다시 싱긋 웃었다.

"하지만 시장표도 제법 괜찮죠? 싸구려라고 그냥 가지 말고 하나 사 가 보세요. 아가씨 친구들한테도 추천해 주면 더 좋고요."

"난 친구가 없어요."

안타깝지만 어쩔 수 없다 말해 주곤 고용인에게서 지갑을 받아 1골드짜리 지폐를 꺼냈다. 그것을 건네자 남자는 거슬러 주려는 듯 주머니를 뒤적였다. 거스름돈은 됐다 말하며 다리를 세웠다. 남자가 눈을 동그랗게 뜨며 날 올려보았다.

"어? 그래도……."

"괜찮아요. 오늘 술 한 잔 더 사 마시도록 해요."

"어…… 고마워요."

고용인에게 지갑을 건네며 방금 산 장신구를 머리에 달아 달라고 했다. 고용인은 반 묶어 둥글게 틀어 올린 내 머리에 장신구를 꽂아주었다. 손으로 장신구를 더듬더듬 만지며 남자에게 물었다.

"어울리나요?"

"정말 잘 어울려요."

남자가 웃으며 답했다. 입에 발린 말이란 걸 알았지만 기분이 나쁘진 않아 약간 웃었다. 많이 팔라는 덕담을 하고 돌아서는 내 등 뒤로 남자가 외쳤다.

"다음에 또 오세요!"

집에 돌아가니 내 앞으로 온 서신이 있었다. 파티 초대장이었다. 가만히 그것을 들여다보고 있자 어머니가 걱정스러운 표정으로 말했다.

"내키지 않으면 안 가도 돼."

어머니를 슬쩍 보았다가 좀 더 생각해 보겠다 대답하곤 방으로 올라갔다. 침대에 걸터앉아 초대장을 살펴보았다. 귀족들의 파티 따위야 시도 때도 없이 열렸지만 언니 없이 초대받아 본 적은 그리 많지 않았다.

초대한 사람의 이름은 카멜 드 로라 엘리사.

몇 번 들은 것도 같은데 어떤 얼굴이었는지는 잘 떠오르지 않았고 파티는 당장 내일 저녁이었다.

"그래서? 가고 싶다는 거예요, 가기 싫다는 거예요?"

"모르겠어요."

다음 날 또 그 좌판 앞에 쪼그려 앉아 장신구들을 구경했다. 좌판 주인이자 세공사인 노랑머리 남자는 파티에 가긴 가야 할 것 같은데 가면 안 될 것 같다는 내 말에 상당히 아리송한 표정을 짓고 있었다.

세공사는 문득 좌판 위에서 연두색 보석이 박힌 귀걸이 한 쌍을 집어 내밀었다.

"……?"

"이게 페리도트라는 거예요. 온갖 근심 걱정은 물론이고 다가오는 나쁜 미래들도 모두 물리쳐 준다는 액막이 보석이죠. 어때요?"

"이걸 하고 가라고요?"

"네."

그가 천생 장사꾼이라는 생각을 하면서도 설핏 웃음이 났다. 가격을 묻자 세공사는 고개를 젓더니 전날 주지 못한 거스름돈으로 판 셈 친다며 흔쾌히 그것을 건넸다. 두 손으로 귀걸이를 받으며 약간 웃었다.

"고마워요."

"별말씀을요."

세공사는 성격 좋은 얼굴로 싱그럽게 웃었다.

집에 돌아간 뒤에도 계속 갈팡질팡하다 저녁이 되어서야 파티에 가기로 결심했다. 세공사가 준 페리도트 귀걸이를 하고 아는 디자이너의 도움을 받아 튀진 않지만 유행엔 뒤처지지 않을 무난한 드레스를 골라 입었다.

파티장에서 몇몇 손님들이 나를 보고 놀란 표정을 했으나 시선이 마주치자 금방 미소 지으며 눈인사를 건네 왔다. 나 역시 눈짓으로만 그들의 인사를 받아 주었다. 긴장한 탓인지 나도 모르게 자꾸만 귀걸이로 손이 갔다.

저들이 나를 보고 뒤에서 뭐라 수군거릴지 무섭고 불편했다. 티 나지 않도록 작게 심호흡을 하며 천천히 안쪽으로 걸음을 뗐지만 이내 발을 멈췄다.

점점 많아지는 사람들의 모습에 절로 목뒤가 뻐근해지며 식은땀이 흐르는 것 같았다. 제자리에 서서 잠시 안절부절못하다 결국 더는 참지 못하고 몸을 돌렸다.

빠른 걸음으로 카멜 저택을 빠져나와 가슴에 손을 얹고 숨을 몰아쉬었다. 스트레스에 어지럼증마저 느끼며 당장 집에 돌아가고 싶어졌다.

그냥 돌아가자. 역시 파티는 싫어. 오는 게 아니었어.

후회를 하며 다급히 발걸음을 뗐다. 금세 대문을 벗어나 타고 온 마차를 찾으려는데 갑자기 눈앞으로 다른 마차 한 대가 달려와 멈춰 섰다. 놀라 바로 뒷걸음질 쳤다. 잠시 가슴을 짚고 심호흡을 하다가 몇 가닥 흘러내린 머리칼을 귀에 꽂아 넘기며 고개를 들었다.

마차 문이 열리며 누군가 내렸다. 지나치려 했지만 얼굴을 보고 말았다. 상대도 나와 눈이 마주치자 놀란 표정을 지었다. 그 사람이었다. 금세 손이 부들부들 떨려 왔고 호흡이 불규칙해졌다. 나를 향해 그가 뭐라 말을 꺼내려는 순간 손에 들고 있던 핸드백을 바닥에 떨어뜨리곤 높은 비명을 내질렀다.

"아아!"

그대로 몸을 돌려 달렸다. 뒤에서 내 이름을 외쳐 부르는 그의 목소리가 들렸지만 양손으로 귀를 막고 더 크게 비명을 지르며 도망쳤다.

"데본! 데본! 잠깐! 잠깐만!"

그가 내 뒤를 쫓아 달려왔다. 그럴수록 치밀어 오르는 이 미칠 것 같은 새까만 감정에 내몰려 달리는 발을 멈출 수가 없었다.

끔찍해. 끔찍해!

마차가 다니는 넓은 길을 가로질러 건너다 카멜가의 파티장으로 가는 듯한 또 다른 마차 한 대가 나를 향해 돌진하는 걸 보고 우뚝 멈춰 섰다. 멈출 생각이 없었는데 그냥 절로 발이 멈췄다. 그 사람이 달려오며 뭐라 외치는 것 같았지만 하나도 알아들을 수가 없었다. 길 한복판에 서서 멍하니 주변을 두리번거렸다. 여기가 어디지. 갑자기 머릿속이 백지가 되었다.

"어이쿠."

그때 누군가 내 팔을 붙잡더니 세게 끌어당겨 완전히 길을 건너게 했다. 쫓아오던 그 사람과는 뒤늦게 억지로 멈춰 서는 마차를 사이에 두고 갈라졌다. 나는 순식간에 건너편의 골목으로 끌려 들어갔다.

"아가씨. 괜찮아요?"

어스름한 불빛에 비친 노랑머리는 본래보다 어두운 색으로 보였다. 인상 역시 음영 때문에 낮과 달라 보여 한순간 누군지 알아볼 수가 없었다. 하지만 금방 기억해 냈다. 그리고 의문을 가졌다. 이 사람이 왜 여기에 있는가. 한동안 말없이 빤히 바라보자 남자는 내가 정신이 나갔다고 생각했는지 손바닥을 펼쳐 내 눈앞에 몇 번 흔들었다.

"아가씨. 나 누군지 알겠어요?"

남자는 시장에서 장신구를 팔던 세공사였다.

"자요."

세공사가 내미는 컵을 두 손으로 감쌌다. 컵 안엔 따뜻하게 데워진 우유가 가득 차 김이 오르고 있었다. 세공사는 술잔을 들고 맞은편에 앉았다.

"좀 괜찮아요?"

대답하려고 입을 열었지만 왜인지 아무 말도 나오질 않아 다시 다 물었다. 그는 얼굴을 가까이 들이밀며 자세히 나를 살폈다.

"얼굴이 파랗네. 아까 보니 도망치는 것 같던데, 희롱이라도 당했 던 거예요?"

반사적으로 얼굴을 매만졌다. 상당히 꼴사나울 것이 분명해 부끄 러웠다. 물러난 그는 술잔을 입에 가져가며 웃었다. 조심스럽게 주변 을 둘러보았다.

낡고 더럽고 시끄러운 술집 안은 사람들이 많았다. 구석에서 도 박 내기를 하는 남자들과 아무렇지 않게 외간 남자의 다리에 앉아 크게 웃는 여자, 머리채를 붙잡고 싸우는 여자들, 구역질을 하며 밖 으로 뛰쳐나가는 남자, 웃는 남자, 웃는 여자, 우는 남자, 우는 여 자.

온갖 군상들이 이 좁은 곳에 밀집되어 있었다. 흐트러진 내 꼴 역 시 이 군상 속에 아무렇지 않게 스며든 것 같아 그제야 얼굴을 만지 던 손을 내렸다. 슬그머니 우유 컵을 들어 혀로 홀짝였다.

"별로 도움이 안 됐나 보네요."

"네?"

고개를 들자 세공사는 싱긋 웃으며 자기 귀를 가리켰다.

"페리도트."

"아…… 음…… 네."

별로 도움 되지 않았어요. 귀걸이를 만지작거리며 작게 대답했다.

그는 머리를 긁적이더니 탁자에 팔을 기대며 물었다.

"그러고 보니 이름이 뭐예요? 난 로드예요."

"마들로나 드 데본 제이."

그는 눈을 몇 번 끔벅거리다 난처하게 웃었다.

"얼마 전 시골에서 올라왔거든요. 살아오는 줄곧 귀족의 그림자도 못 본 촌스런 놈이라 잘 모르겠네요. 어느 쪽이 이름이에요?"

"제이…… 아니, 데본이라고 불러요."

통상적인 이름을 알려 주려다가 생각을 바꿔 가까운 사이에만 부르는 이름을 알려 주었다. 별다른 이유는 없었다. 긴장 없는 술집의 분위기에 덩달아 맥이 풀린 탓이었다.

로드는 고개를 끄덕이며 내 이름을 기억하겠다는 듯 중얼중얼 몇 번인가 반복해서 읊었다. 약간 내리깔린 로드의 눈이 어딘지 깊어 보였다.

"여기 사람이 아니에요?"

로드는 금세 다시 웃음 지었다.

"네. 일 때문에 잠시 머물고 있을 뿐이에요. 조만간 다시 돌아가야죠."

"어디 사는데요?"

"엄~청 시골이요. 별로 재미없는 곳이에요. 말해도 모를걸요. 역시 수도가 좋죠."

로드는 반쯤 남은 술을 마저 비우기 위해 잔을 들었다. 그가 술을 넘기며 고개를 젖히자 어깨에 닿을 듯 말 듯 한 어중간한 노랑머리가 목 뒤로 쓸려 내려갔다. 나도 모르게 잠시 시선을 뺏겼다.

술잔을 잡은 커다란 손이며 넓은 어깨에 저절로 눈길이 머물렀다. 이미지는 날렵하다 생각했는데 잘 뜯어보니 의외로 막노동을 하는 사람처럼 근육질이었다. 희멀건한 귀족들과 달리 햇빛에 보기 좋게 그을려 있는 로드의 피부는 단단해 보였다. 바로 저런 게 남자답다는 거라는 걸 깨달을 수 있었다.

내가 너무 빤히 쳐다봤는지 로드가 웃으며 농담을 건넸다.

"왜요? 내가 멋있어요?"

장난스럽게 물은 그는 점원에게 술 한 잔을 더 부탁했다. 금방 술이 가득 찬 컵이 나오고 빈 컵은 치워졌다. 로드는 손에 턱을 괴고 다시 나와 마주 보았다.

"그렇게 빤히 쳐다보면 내가 쑥스럽잖아요. 꼭 첫사랑에 빠진 소녀처럼 보여요."

"그건 아니에요."

"우와. 너무 딱 잘라서 말하는 거 아녜요? 가슴에 스크래치가……."

로드는 상처받았다는 듯이 능청스럽게 가슴을 짚었다. 그제야 약간 웃음이 나왔다.

"하지만 멋있다고 생각한 건 사실이에요. 당신은 매력적인 거 같아요."

로드는 웃음기를 거두고 가만히 날 바라보더니 금세 찡그리듯 웃었다.

"아가씨. 설마 진심으로 그런 말 하는 건 아니죠? 그럴 맘이 없으면 유혹하지 말아요."

"놀랍네요. 당신은 저를 상대로 그런 맘이 든다는 건가요?"

로드는 내 말에 못마땅한 표정을 짓더니 테이블을 짚고 일어섰다. 그는 내 쪽으로 몸을 숙여 오며 진지하게 말했다.

"아가씨. 무슨 자격지심 있어요? 아가씨는 객관적으로 봐도 이미 충분히 미인이고 매력적이에요. 물론 아가씨가 다른 아가씨들에 비해 키가 크고 골격이 좋아 보이긴 해요. 약간 튀어 보이긴 하지만 그건 아가씨 개성이잖아요. 뭐가 나빠요? 늘씬하니 비율 좋네요, 뭐. 그리고 사실 난 쥐면 부서질 것 같은 여자보단 당신같이 뼈대가 묵직한 여자가 힘 조절 하지 않아도 되니 만족스럽게 안는 맛이 있는 데다, 아가씨 같은 타입이 체력적으로도…….”

“아, 저기. 그만. ……그만해요.”

이 정도면 이미 희롱의 언사에 가까웠다. 하지만 왜인지 로드에겐 불쾌감보단 단순히 부끄럽다는 생각이 더 들었다. 열정적인 표정으로 점점 가까워지다 못해 테이블을 완전히 건너올 것 같은 로드의 얼굴을 두 손으로 막았다. 로드는 고개를 옆으로 빼며 입가를 끌어 올렸다.

“먼저 시작할 땐 언제고 치사하게 내빼는 거예요? 우와. 아가씨 되게 못됐네.”

“큼…… 음. 미안해요.”

왜 내가 사과해야 되는지 모르겠지만 일단 상황을 좀 진정시키고 싶었다. 어느새 화끈거려 오는 볼을 손등으로 식히며 로드의 시선을 피했다.

“여기가 아가씨네 집이에요? 엄청 크네요.”

“바래다줘서 고마워요.”

로드는 날 집까지 바래다주었다. 생각보다 술집에서 집까지 그리 먼 거리는 아니었다. 마차로 다니던 길을 걸어와서인지 조금 다리가 아프긴 했지만 그래도 같이 오는 내내 로드가 이런저런 대화거리로 지루하지 않게 해 줘서 크게 힘들다는 생각은 하지 않았다.

고용인이 열어 주는 대문 안으로 들어서다 로드를 돌아보았다. 고마움을 담아 고개를 약간 숙여 보였다. 로드는 웃으며 손을 크게 흔들고는 돌아섰다.

　현관에 들어서자 어머니가 울상을 지으며 내게 달려왔다. 빈 마차로 돌아온 마부에게서 어디까지 들었는진 모르겠지만 걱정을 많이 한 듯했다. 어머니는 아무 일도 없었느냐고 물으며 나를 붙잡고 한참을 울먹였다.

　"괜찮아요."

　정말로 괜찮았다. 이상하게도 그 사람과 마주쳤던 사실에 대해 지금은 그리 큰 고통을 느끼지 않았다. 물론 그 순간엔 미칠 것 같았지만 로드 덕분에 거의 다 잊을 수 있었다. 그 사실이 신기했고 로드에 대해 더 알고 싶다고 생각했다.

　이후 외출이 잦아졌다. 귀족들의 사교 파티가 아닌 시장 골목에 있는 로드의 좌판으로 매일같이 향했다. 하는 것도 없이 옆에 무료하게 앉아 있을 뿐인 내가 부담스러울 법한데도 로드는 딱히 별말을 하지 않았다. 몇 번인가 의아한 표정을 지은 게 다였다.

　오늘도 양산을 쓰고 나타난 나를 보고 로드는 못 말리겠다는 듯 웃었다.

　"리본 풀렸어요."

　"네?"

　로드가 제 목을 손가락으로 톡톡 두드렸다. 바로 목 부근을 더듬자 블라우스 칼라 위로 묶었던 리본이 풀려 있음을 알아챌 수 있었다.

　양산을 어깨에 걸쳐 고개로 받치고 남청색의 가는 리본을 고쳐 맸다. 로드는 그런 날 가만히 바라보다 물었다.

"매일 따라다니던 사람들은 어쩌고 혼자예요?"

"저쪽에요."

골목 끝자락을 가리켰다. 고용인들은 그곳에서 나와 로드를 감시하듯 바라보고 있었다. 로드의 장사가 방해될까 봐 거기 있으라고 했다. 로드는 잠시 말없이 그들을 쳐다보다 내게 눈을 돌렸다.

"부모님이 뭐라 안 해요?"

"왜요?"

"귀한 아가씨가 이런 데 자꾸 오고 그러면 부모님이 싫어할 것 같은데."

"싫어하지 않아요."

로드가 내어주는 작은 의자에 손수건을 깔고 앉았다. 그리고 오늘도 손님이 없을 때는 틈틈이 장신구를 만드는 그를 곁에서 구경했다.

"시골엔 언제 내려가요?"

"음~ 글쎄요? 같이 왔던 친구들이 돌아와야 갈 텐데 좀처럼 연락이 없네요. 왜요? 내가 안 갔으면 좋겠어요?"

"네."

장신구를 깎으며 심드렁하게 말 상대를 해 주던 로드가 손을 멈추고 나를 쳐다봤다. 왜 그러냐고 묻자 로드는 눈가를 약간 찡그렸다 펴며 물었다.

"아가씨. 나 좋아해요?"

"싫어하진 않아요."

"아니, 나 좋아하냐고요."

"싫어하진 않는다고 말했잖아요."

로드가 생각에 빠지듯 눈동자를 위로 굴렸다. 그는 무릎에 팔을 걸치더니 아직 만들다 만 장신구를 달랑달랑 흔들었다. 다시 그의 눈길이 날 향했다.

"아가씨. 솔직하게 말해 봐요."

"네."

"여기는 왜 자꾸 오는 거예요?"

"만나고 싶어서요."

"나를요?"

"네."

"왜요?"

"편해서요."

"집은 불편해요?"

"네."

"친구는요?"

"없어요."

로드는 손톱으로 눈썹을 긁적이며 한숨을 쉬었다.

"아가씨. 나도 솔직하게 말할까요?"

"원한다면 그러도록 해요."

"나는 아가씨가 편하지 않아요."

그와 나 사이에 잠시 침묵이 돌았다. 한참 만에야 겨우 입을 뗄 수 있었다.

"……미안해요."

얼굴이 너무나 화끈거려 와 바로 일어나려 했지만 로드가 내 손목을 잡아 다시 끌어 앉혔다.

"끝까지 들어요."

"……."

"난 젊은 남자고 아가씨는 젊은 여자예요. 신분이나 삶의 방식을 떠나서 그 자체만으로도 우리는 원래 불편해야 하는 거예요. 알아듣겠어요?"

"……조금요."

"조금이 아니라 확실하게 알아줘요. 그냥 노골적으로 말할게요. 난 수컷이고 당신은 암컷이라는 사실이 문제란 거예요. 아가씨가 한두 번도 아니고 매일같이 나타나 이렇게 주변에 얼쩡거리면 내가 무슨 생각을 할지 상상이라도 해 봤어요?"

달아오른 볼을 손등으로 꾹 눌렀다. 로드는 고용인들을 세워 둔 골목 끝을 흘긋 보더니 갑자기 양산 속으로 머리를 들이밀었다. 놀라서 몸을 뒤로 빼려 하자 그는 재빨리 내 손목을 잡아채 바짝 끌어당겼다. 그가 들고 있던 장신구는 어느새 바닥에 떨어져 있었다.

"아가씨는 지금 날 꼬시고 있는 거라고요."

로드와 얼굴이 맞닿을 만큼 가까워져 있었다. 긴장과 당황스러움으로 손에서 땀이 났고 머릿속이 빙글빙글 돌았다. 이런 일은 처음이라 어떻게 대응해야 할지도 몰랐다. 그저 바보처럼 굳어 있었다.

"아가씨."

로드는 금방이라도 입술이 닿을 듯한 거리에서 속삭여 물었다.

"이래도 내가 편해요?"

그의 따뜻한 숨결이 입술에 들러붙듯 닿았다. 똑바로 마주친 그의 눈을 피할 수가 없었다.

"지금 막, 편하지 않아졌어요."

더듬더듬 나오는 내 대답에 로드는 눈웃음을 쳤다. 곧 로드의 입술이 내 입술에 스치듯 닿았다. 놀라 헛숨을 삼키며 그를 뿌리쳤다. 로드는 순순히 놓아주며 능청스럽게 웃었다. 할 말을 잃고 손으로 입가를 덮은 채 로드를 멍하게 쳐다봤다.

심장이 크게 뛰었다. 머릿속이 혼란스러워 입이 뭐라 떨어지질 않았다. 그냥 그가 너무 멋있게 보일 뿐이라 당황스러웠다. 제정신이 아닌 것 같았다.

이럴 수는 없었다. 나는 아직 괴로움에 우울해야 맞았다. 벌써 그 사람을 잊고 다른 이에게 설레는 건 정숙하지 못한 일이었다. 그 사람이 부정을 저지른 것과는 상관없이 나 자신에게 떳떳할 수 없는 일이었다. 하지만 이미 흔들리기 시작한 마음은 아무리 나를 자책해도 똑바로 다잡을 수가 없었다. 다잡고 싶은 의지조차 없었다.

혹시 나는 내 아픔을 잊으려고 일부러 로드에게 반하려는 게 아닐까. 그런 거라면 신빙성이 있는 것도 같다. 나도 이해 가지 않을 정도로 로드에게 너무 쉽게 경계심이 허물어졌다. 기분이 이상했다.

로드는 장난스러운 표정으로 제 입술을 만지작거리며 날 빤히 쳐다보았다. 그 모습이 바보 같은 날 일부러 놀리는 것 같았다. 하지만 그런 모습마저 매력적이었다. 뭔가 나쁜 짓을 하는 기분이었지만 그런 기분이 싫지도 않았다. 아무래도 이 남자는 희대의 카사노바가 분명했다.

"왜 그리 놀라요? 이런 건 아가씨가 날 유혹한 것과 별반 다르지 않아요."

로드는 웃으며 말했다. 나는 입가를 손으로 덮은 채 고개를 저었다.

"난 유혹하지 않았어요."

"그래요? 그거 이상하네요. 아가씨가 순수한 마음으로 다가온 거였다니. 그럼 난 아가씨를 희롱한 죽일 놈이 되는 건가요? 난 아가씨가 그런 마음인 줄 알고 나름 자신 있게 유혹해 보려고 한 거였는데. 오해해서 미안해요."

로드는 양산 속에서 빠져나가 조금 전 바닥에 떨어뜨렸던 미완성의 장신구를 집어 들었다. 그는 어느새 흥미 없는 무심한 표정으로 장신구에 묻은 흙먼지를 탁탁 털었다. 나는 입에서 손을 내리고 그에게 사과했다.

"미안해요."

"아뇨. 아뇨. 내가 미안하죠. 멋대로."

"로드 씨."

로드는 나를 쳐다보지도 않고 다시 세공 작업을 하려는 듯했다. 내가 팔을 붙잡자 로드는 다시 웃으며 날 바라봤다.

"아가씨. 이제 여기 오지 말아요. 난 돼먹지 못한 놈이라 나랑 계속 만나면 아가씨의 정신 건강에 좋지 않을 거예요."

"내가 싫은가요?"

"이런…… 아가씨. 난 당신과는 다르게 순수한 마음으로 당신을 대할 자신이 없다는 말을 돌려서 하고 있는 거예요. 그건 싫다는 게 아니라 챙기겠다는 거죠."

그와 이름을 주고받은 밤 이후 내가 이곳에 발걸음한 지는 약 한 달 정도 되었다. 그는 줄곧 나를 그런 식으로 봐 왔던 걸까. 나는 어느새 차분해진 기분으로 생각을 정리했다. 그리고 그의 팔에서 손을 떼며 말했다.

"로드 씨는 무책임하네요."

로드는 그게 무슨 소리냐며 의아한 눈빛을 했다. 동그랗게 뜬 눈 안으로 보석처럼 박힌 연한 파랑 눈동자가 어렸을 적에 보았던 바다 빛과 닮았다는 생각을 했다.

"나는 귀족이에요. 당신의 신분이 문제라는 건 아녜요. 요즘 같은 세상에서 나도 굳이 그런 것에 얽매이진 않아요. 그저 난 보통보다 엄한 교육을 받았고 흥미 위주로 이성을 만나지 않는다는 거예요. 나는 가벼운 것을 경멸해요. 내 행동이 정숙하지 못했다면 그건 내 잘못이겠지만 곧 이곳을 떠날 것이라는 당신은 대체 저에 대해 얼마만큼의 책임 의식을 가지고 유혹하려 했던 건가요? 고향에 돌아갔을 때 그저 술자리에서 자랑거리로 삼기 위한 것이 아니라고 말할 수 있나요?"

의자에서 일어나 깔고 앉았던 손수건을 거뒀다. 양산을 고쳐 쓰며 내려다보니 로드는 왠지 힘 빠진 눈빛으로 날 보고 있었다.

"나는 그냥 로드 씨와 친하게 지내고 싶었어요. 당신이 어떤 사람인지 궁금했거든요. 그게 친구로서인지 당신이라는 남자에게 흥미를 느껴서인지는 아직 잘 모르겠어요. 확실하지 못해 미안해요. 때문에 본의 아니게 당신을 오해하게 했다면 더욱 미안해요."

"……."

"오늘은 이만 가 볼게요."

다음에 오겠다는 말은 하지 않고 돌아섰다. 내일이면 또 여기에 올지도 모르겠지만 지금으로서는 내일이 되어도 로드의 얼굴을 보고 싶지 않을 것 같았다. 그에게 실망한 게 아니라 나 스스로가 부끄러웠다.

그에게 잘난 척 설교하긴 했지만 나 역시 그를 가볍게 생각하고 있던 것은 아닌지 확신할 수가 없었다. 고용인들 쪽으로 걸어가며 아까부터 열이 오른 볼을 손등으로 눌렀다. 이 열은 금방 가라앉을 것 같지 않았다.

시장에 나온 사람들 틈을 조심스레 헤치며 걷고 있는데 갑자기 누군가와 손이 부딪히며 붙잡혔다. 손안에 따뜻한 온기가 퍼졌다. 고개를 돌리자 로드가 서 있었다.

"놔요……."

바로 그의 눈을 피하며 잡힌 손을 흔들어 빼내려고 했다. 로드는 나를 가려던 곳과 반대 방향으로 끌고 가기 시작했다. 언제 좌판을 걷었는지 그의 다른 손에는 장신구와 세공 용품을 담는 나무 가방이 들려 있었다. 가방 손잡이엔 조금 전까지 내가 앉아 있었던 천 의자가 대롱대롱 매달려서 그가 걷는 대로 흔들렸다.

지나가던 사람과 부딪혀 양산을 떨어뜨렸다. 하지만 그가 멈춰 주지 않아서 미처 줍지 못한 채 계속 끌려갔다. 뒤를 돌아보니 저편에서 고용인들이 이상함을 느꼈는지 이쪽으로 오는 게 보였다.

"어디 가는 거예요. 놔요."

나는 그의 손을 떼 내려고 노력하며 작게 화를 냈다. 그는 여전히 내게 등을 보인 채 걸으며 들고 있던 나무 가방을 어깨에 걸쳤다.

"당신을 이렇게 보내면 난 남자도 아니에요."

"당신의 자존심엔 흥미 없어요."

"내 자존심 문제가 아니에요. 아가씨 자존심이 문제죠."

"무슨 말이에요?"

"그런 생각을 했을 줄은 몰랐어요. 내가 생각이 짧았네요. 당신은 길거리 여자가 아닌데 그런 취급을 했으니. 내가 죽일 놈이에요. 그래도 싫어하지 말아 줘요. 내가 아가씨 같은 타입은 처음이라 좀 급했나 봐요."

"급해요?"

로드는 날 돌아보았다가 곧 내 뒤쪽을 넘겨다보더니 가까운 골목으로 들어갔다. 그는 빠른 걸음으로 이리저리 이동하다 갈림길로 들어섰고 골목 한구석에 날 밀어 넣으며 감추듯이 섰다. 그는 얼마 후에야 바깥쪽을 흘긋 보며 떨어졌다. 고용인들을 완전히 따돌린 것 같았다. 로드는 잠시 끊겼던 대화를 아무렇지 않게 이어 갔다.

"네, 급했어요. 사실 이렇게 오랫동안 간만 보는 경우는 없었거든요."

"간?"

"한 달 동안 아무 짓도 않고 간만 봤잖아요? 난 내 인내심에 새삼 놀랐어요."

"그게 놀랄 만한 일이라고 말하는 당신이 나는 더 놀랍다고 생각해요."

"왜요?"

"내 전 약혼자가 들었으면 분명 코웃음을 쳤을 거예요. 그는 1년을 넘게 구애하며 내 마음을 열었거든요."

그 순간 그런 말을 아무렇지도 않게 꺼낸 자신에게 놀라 손으로 입을 막았다. 로드는 눈썹을 들며 눈을 가늘게 떴다.

"약혼자? 아가씨. 혹시 일부러 점잔 빼며 날 가지고 놀았던 건가요? 결혼 전에 좀 놀아 보자는 생각? 이야. 이거 정말 몹쓸 아가씨네. 어쩜 방금까지 죄책감 들었던 게 싹 날아가네요?"

"괜한 트집 잡지 말아요. 전이라고 했잖아요. 지금은 파혼한 상태예요."

입가에서 손을 떼고 조금 불퉁하게 대꾸하자 로드가 빙긋 웃었다. 그제야 그가 날 편하게 해 주려는 의도였음을 깨닫고 조용히 화끈거리는 볼을 손으로 감쌌다. 로드가 손가락을 뻗어 내 심장 부근을 쿡 찌르며 말했다.

"아가씨는 왠지 늘 힘이 없어 보여요. 혹시 그 전 약혼자 때문이라면 가슴에 담아 두지 말고 누구라도 이용해 치유해요. 속병은 약도 없다잖아요."

로드는 그대로 손바닥을 펼쳐 잡으라는 듯 내밀고는 새삼 예의를 차리며 허리를 약간 굽혔다.

"일단 당신의 취향을 따라 줄게요. 가벼운 게 싫다니 다짜고짜 내 집에 끌고 가서 넘어뜨릴 수도 없고. 사실 방금까진 그럴 셈이었지만 생각이 변했어요."

"뭐라고요?"

"방금까지라고 했잖아요. 화내지 말아요. 일단 기분 좀 풀 겸 산책이라도 할까요? 그리고 낡고 시끄러운 술집에서 술을 마시고 춤을 추는 거예요. 그러다 밤이 되면……."

"되면?"

"그땐 아가씨의 선택에 맡길게요. 집에 간다 하면 데려다줄 것이고 나와 아침까지 있고 싶다 한다면 최선을 다해 봉사할게요. 아가씨가 말하는 책임에 대해선 여전히 뭐라 약속할 수 없지만요."

"제멋대로네요."

"네, 맞아요. 그래도 나는 꽤 매너가 좋은 편이라고요?"

"당장 집에 가고 싶어졌어요."

"내 집에요?"

"내 집에요."

그는 손을 내민 채로 소리 내 웃었다. 잠시 그를 바라보다 나답지 않게 아무렴 어떠냐는 생각이 들어 그 손을 잡았다. 그는 잡아 줘서 고맙다며 신사처럼 손등에 입을 맞췄다.

로드는 겪을수록 더 호감이 가는 사람이었다. 약 두 시간 가까이 산책을 하는 동안 단 한 순간도 지루할 틈이 없었다. 대화를 이끄는 로드는 시골 출신 같지 않게 생각과 감성이 풍부해 나로 하여금 절로 귀를 기울이게 했다.

저녁이 되자 우리는 예의 그 소란스럽고 낡은 술집에 들어갔고 로드는 이번엔 우유가 아닌 술잔을 내밀었다. 잠시 망설이다가 크게 심호흡을 하곤 잔을 들어 술을 마셨다. 조금 취해 어지러울 즈음이 되자 술집에선 문득 소란스러운 파티가 열렸다. 로드는 날 테이블 위에 끌어 올렸고 나는 그 품에 안겨 빙글빙글 춤을 추게 되었다.

산책 중엔 점잖은 신사처럼 나를 편안하게 했으면서 술집에서 춤을 출 때는 자유로운 거리의 남자처럼 나를 흥분시켜 들뜨게 했다. 단언하건대 근래 들어 가장 즐거운 하루였다.

"술 많이 안 마셨죠?"

"네."

술집을 나선 건 밖이 완전히 어두워졌을 때였다. 나는 그의 손을 잡는 대신 양손을 뒤로 해 깍지를 꼈다. 그제야 뭔가 어색한 기분에 그를 쳐다볼 수가 없었다.

"어쩔래요?"

집에 가고 싶냐고 묻는 로드에게 솔직하게 고개를 저어 보였다. 가고 싶지 않았다. 집은 답답했다. 언니의 빈방을 지나칠 때면 숨이 막혔고 안절부절못하며 감시하듯 과보호하는 부모님도 힘들었다.

잠잘 때조차 곁에서 떨어지지 않는 고용인에 살이 쳐진 감옥 같은 창문 역시. 혼자선 마음대로 정원 산책마저 할 수 없는 그곳은 나 자신이 만들어 끓이고 있는 지옥의 냄비였다.

"가고 싶지 않아요."

로드는 가방을 내려놓고 두 손으로 내 얼굴을 감싸 고개를 들게 했다. 그는 잠시 날 바라보다 조용히 입을 맞췄다. 그의 손은 점점 힘이 들어가 나는 곧 뒤꿈치를 들 정도로 끌어 올려졌다. 입술을 가르고 들어온 그의 혀가 내 혀를 길게 쓸어내렸고 왠지 허리 아래가 묘하게 욱신대는 기분이 들었다. 이성이 흐려지면서 이대로 로드에게 매달리고 싶었다. 심장이 터질 것 같았다. 얼마 후 그가 겨우 입술을 떼며 내게 말했다.

"나는 외로워요. 아가씨."

정신을 차리지 못하고 그저 멍하니 로드를 바라보았다. 그는 나와 마주 보다 이마를 기대 오며 속삭여 물었다.

"나는, 많이 외로워요. 아가씨는 어때요?"

"……나도 외로워요."

그의 집까지도 갈 수 없었다. 로드가 날 이끌고 간 곳은 도시의 한 여관이었다. 열쇠를 받아 안으로 들어오자마자 그는 문을 걸어 잠그고 가방을 내팽개쳤다. 로드는 내게 입을 맞추며 벽으로 밀치듯 몰았다. 그의 손이 내 블라우스 단추를 풀어 어깨 뒤로 벗겨 냈고 곧 그는 입술을 떼며 날 보고 웃음 지었다.

"철저하게 갖춰 입었네요."

"……."

"벗기다가 날 새겠는데요."

그렇게 말하면서 로드는 내 스커트 버클을 풀었다. 실크 재질의 긴 스커트가 아래로 떨어졌다. 그는 내가 몇 겹이나 갖춰 입은 옷가지들을 거침없이 벗겨 냈다. 손이 어찌나 빠른지 내가 정신을 차렸을 때는 어느새 속옷 차림이 되어 있었다. 로드는 단번에 나를 안아 올려 침대에 눕혔고 그대로 내 몸에 올라타서는 자기 옷을 벗기 시작했다.

그건 별로 오래 걸리지 않았다. 로드는 맨몸이 되자 내 입술과 볼, 그리고 눈꺼풀에 연이어 키스했다. 그리고 턱을 타고 내려가 맥이 뛰는 목덜미를 길게 빨아 당겼다.

그는 부드럽게 내 양어깨를 어루만지다 브라 끈을 내렸고 이어 등 뒤의 고리를 풀었다. 완전히 벗겨 낸 브라가 침대 밖으로 내던져졌다. 그가 쇄골을 따라 입을 맞추며 가슴 근처를 손으로 더듬었다.

로드는 내 가슴골을 혀로 핥아 내려오며 두 손으로 각각 내 가슴을 감싸 쥐었다. 쓸고 내려가는 혀가 배꼽에 다다랐을 즈음 그의 손가락이 유두를 여러 번 비틀었다가 놓았다.

문득 그가 상체를 세우며 뒤로 조금 물러났다. 그리고 내 다리를 들어 팬티를 벗겨 내더니 자기 몸을 사이에 두고 무릎을 벌리게 했다. 그의 손 하나가 다가와 비부를 부드럽게 쓰다듬기 시작했다. 절로 숨이 차올라 괴로워지고 머릿속이 몽롱해졌다.

로드는 날 일으켜 침대맡에 기대게 하고는 다른 손으로 내 손 한쪽을 잡아끌더니 제 성기를 잡게 했다. 내 손이 그의 손에 잡혀 위아래로 움직여졌다. 손안에서 느껴지는 뜨거운 온도에 데일 것 같았다. 그 감각이 흥분되면서도 죄를 짓는 듯한 기분이 들어 두려웠다.

"괜찮아요. 날 봐요."

시선을 마주치지 못하는 내게 로드가 귓가에 입술을 대고 속삭였다. 겨우 그를 쳐다보자 로드는 바로 입술을 겹쳐 왔다. 그에게 잡힌 내 손은 더욱 빨라졌다. 로드의 성기는 돌덩이처럼 단단해졌고 그는 입을 맞추다 신음을 낮게 내뱉었다.

"아……!"

내 것을 쓰다듬던 손길도 빨라졌다. 굵은 손가락이 들어와 내 안을 넓히듯 흔들었고 그 아찔한 감각에 고개를 젖히며 소리를 질렀다. 무서워서 그만해 달라고 부탁했지만 로드는 내가 완전히 가 버릴 때까지 멈춰 주지 않았다. 그저 허리를 비틀며 로드를 부르는 것밖에 도리가 없었다.

"아……! 로드……! 로드……!"

눈앞이 번쩍거리며 아무 생각도 들지 않게 되고 허리가 뻣뻣하게 굳도록 힘이 들어갔다. 반쯤 드러누워 남은 손으로 시트를 움켜잡았다. 모든 것이 멈추는 기분이었다. 호흡이 거칠게 섞인 로드의 신음도 거의 동시에 끊어졌다.

"아……!"

"큿……!"

성기를 잡은 우리의 손 위로 뜨거운 것이 흘렀다. 로드는 그제야 내 손을 놓아줬다. 비로소 손가락을 뻣뻣하게 펼치며 나도 그의 성기에서 어색하게 손을 뗄 수 있었다.

비부에서 떨어진 그의 손은 물이 묻어 있었다. 내 손 역시 그가 사정한 액체로 젖어 있었다. 그는 수건으로 내 손과 자기 손을 닦곤 나를 시트에 눕혔다. 그는 내 무릎을 잡아 더욱 넓게 벌리며 성기를 단번에 내 안으로 찔러 넣었다. 여전히 그건 단단하고 뜨거웠다.

"헉……!"

물기 가득한 틈으로 살덩이가 파고들며 지걱이는 소리가 났다. 로드는 허리를 뒤로 뺐다가 세게 짓쳐 올렸다.

"윽!"

절로 소리가 튀어나오며 눈물이 났다. 로드는 거친 숨을 내쉬며 규칙적으로 허리를 움직였다. 그에 맞춰 결합된 아래에선 난잡한 소리가 들려왔고 지나친 부끄러움에 두 손으로 귀를 막고 눈을 꼭 감았다. 로드가 내 손목을 각각 잡아채 귀에서 떨어뜨리더니 움직이지 못하게 시트 위로 눌렀다. 눈물이 계속 이유 없이 흘렀다.

"흐으⋯⋯!"

로드가 날 세게 끌어안고는 키스를 해 왔다. 성기는 점점 더 빠르게 안을 찔렀고 로드와 겹쳐진 내 입술에선 끊임없이 앓는 소리가 빠져나왔다. 점점 그 감각을 견딜 수가 없어져서 로드에게 이유도 모른 채 잘못했다고 빌었다. 그만 나를 이 괴로움에서 벗어나게 해 주길 바랐다.

로드가 내 목과 귀를 핥았다. 이대로는 나 자신을 잃을 듯한 기분이 들어서 도리질을 치며 정신을 차리려고 애썼지만 잘 되지 않았다. 로드는 날 일으켜 이번엔 앉은 채로 추삽질을 했다. 더욱 깊어진 감각에 놀라고 무서워져서 그를 꼭 껴안아 붙들었다. 미칠 것 같았다.

"아아⋯⋯!"

로드가 두 팔로 내 허리와 등을 감싸 안고 몸을 완전히 밀착시켰다. 귓가에 그의 낮은 신음이 닿았다. 마치 견디지 못하겠다는 듯 울리는 그의 신음이 가슴을 뛰게 했다. 그리고 동시에 왜인지 나를 슬프게 했다. 결국, 소리 내 울음을 터뜨렸다.

외로웠다. 로드와 이렇게 틈 없이 안고 있는데도 나는 그의 온기가 너무나 그립고 외로워서 참을 수가 없었다. 두 손으로 그의 얼굴을 감싸며 눈을 마주 보았다. 로드는 약간 인상을 쓰며 추삽질에 박차를 가했다. 나는 스스로 로드에게 입을 맞췄고 그의 손이 내 뒤통수를 감싸 눌렀다.

로드는 얼마 후 내 안에서 성기를 빼더니 시트 위로 두 번째 사정을 했다. 로드는 잠시 숨을 고르다 나를 향해 미소 짓더니 다시 키스를 해 왔다. 나도 아직 끝내고 싶지 않아 그의 키스에 혀를 내밀어 응해 줬다.

새벽이 올 때까지 그와 나는 사랑을 닮은, 하지만 사랑이 아닌 섹스로 서로 탐닉하다 잠이 들었다. 그는 나를 오전 늦게 눈을 뜰 때까지 마치 다정한 연인처럼 품에 안아 따뜻하게 곁을 지켜 주었다.

오랜만에 편안히 잠을 잔 덕분인지 머릿속이 개운했다.

눈을 뜨자마자 코앞에 가까이 붙어 있는 그의 얼굴이 미소 지었다. 로드는 얼굴에 흘러내린 내 머리칼을 귀 뒤로 넘겨 주며 잘 잤냐고 물었다. 부드러운 목소리에 기분이 좋았다. 로드가 내 얼굴을 쓰다듬기에 나 역시 손을 뻗어 그의 얼굴을 쓰다듬었다.

나는 로드를 사랑한다고 확신할 수가 없었다. 로드도 나를 사랑한다 말하지 않았다. 어젠 그저 남자와 여자로서, 그의 표현을 빌리자면 그저 수컷과 암컷으로서의 교미 행위였다. 하지만 씨를 뿌리기 위한 목적은 아니었다. 그보다는 감성적인 느낌이 강했다. 우리가 절실히 서로를 원해서 관계를 한 건 아니었지만 적어도 나는 로드 덕분에 외롭지 않았다. 약간이나마 상처가 치유된 것도 같았다.

이건 올바른 일이 아니었다. 그를 향한 내 감정에 확신이 없고 로드 역시 나에게 반해서 유혹했던 거라고 생각하지 않음에도 지금만큼은 앞으로도 후회하지 않을 것 같다는 기분이 들었다. 그만큼 로드에게 위로를 받았다고 느꼈다.

나는 원래 짧은 기간에 깊이 빠져들거나 혹은 한눈에 반하는 사랑이 없다고까지 말하진 않지만, 그 얄팍한 시간 위에 만들어진 눈과 심장의 착각을 경멸하는 사람이었다.

언니에게 구애했던 수많은 남자가 그랬다. 언니가 그들에게 사랑의 계기를 물을 때면 그들은 단지 길거리나 파티에서 한번 스치듯 보고, 또는 언니의 웃는 모습에 한눈에 그것도 아니면 언니가 한번 대꾸해 줬을 뿐인데 멋대로 오해한, 그런 경우가 대부분이었다.

나는 언니의 아름다움을 질투하며 부러워했지만 그렇게 썩은 음식에 파리 꼬이듯이 날아드는 수많은 남자까지 부러워했던 건 아니었다. 오히려 그 부분은 진심으로 동정해 마지않았다. 남자는 진실한 사람 한 명이면 충분했다.

언니는 늘 남자라는 생물을 귀찮은 것 취급했고 그들을 쳐 내면 쳐 냈지 일부러 꼬여 내려 한 적은 없었기에 그 부분은 나와 같은 의견이라고 생각했다. 동생의 약혼자를 꾀어냈던 걸 보면 어디까지나 내 착각이었던 것 같지만.

"데본?"

아니면 단순히 날 상처 입히려는 속셈이었거나.

나는 문득 어쩌면 혹시라는 가정을 해 봤다.

혹시 그날 내가 잠든 틈을 타서 그 사람이 언니를 강제로 덮쳤던 건 아닐까? 순간적으로 언니의 아름다움에 취했었거나 아니면 처음부터 계획적으로 내게 접근해 언니를 노리고 있었던 건 아닐까.

침대 위에 있던 두 사람의 모습이 떠올랐다. 나도 모르게 이를 세워 엄지손톱을 물어뜯었다.

아니, 아니다. 그날 분명히 나는 언니와 함께 있다가 이유도 없이 의식을 잃었으며, 고용인을 통해 깨어나는 대로 자기 방으로 오라고 전했던 걸 보면 처음부터 작정한 쪽은 언니였다. 언니는 나에게 일부러 그런 상황을 보이고 싶었다는 얘기다. 어째서? 무슨 의도로?

모르겠다. 나는 눈으로 본 것밖에 그날의 진실을 모른다. 두 사람은 아무런 변명도 하지 않았고 나는 나대로 그들이 끔찍해 견딜 수가 없었다.

내가 깨어났을 때 내 방에 왔었던 언니는 나에게 무슨 말을 하고 싶었던 걸까. 카멜가의 저택 앞에서 마주쳤던 그 사람은 내게 무슨 말을 하고 싶어서 뒤를 쫓아왔었던 걸까.

완전하게 깨져 버린 우리의 관계성 속에 내가 모르는 뭔가가 더 있었던 건지 아니면 그저 때마침 언니의 질 나쁜 장난기가 발동해 벌어진 일이었던 건지 나는 어떠한 것도 알 수 없었다.

그리고 안다 해도 변하는 건 아무것도 없었다. 그 날은 이미 지나 과거가 되었고 과거는 돌아갈 수 없으니까. 결국 상처만 헤집는 꼴이 될 게 뻔했다.

언니는 결국 자신을 쫓아다니던 남자 중 한 명과 결혼해 수도를 떠났다. 그 사람의 소식은 전혀 알 수 없게 되었다. 알려고 하면 알 수 있겠지만 알고 싶지 않았다.

마주쳤던 그 날 내가 도망치지 않았다면 나는 그 사람에게 무엇이든 가슴의 응어리를 풀 수 있는 말을 들었을까. 아니면 아무런 소용 없는 사죄의 말에 더욱 무너졌을까.

이대로 묻는 편이 현명하다고 생각하면서도 일말의 아쉬움이 남아 돌아서는 날 붙들었다.

한 번은 들어 볼 걸 그랬다. 그리고 물어볼 걸 그랬다.

대체 왜 그랬는지.

"무슨 생각 해요?"

"전 약혼자 생각이요."

나는 로드의 물음에 별생각 없이 대답했다. 로드는 심술궂은 표정을 짓더니 내 오른쪽 유두를 손가락으로 잡아 비틀었다. 순간 놀라서 정신이 번쩍 들었다. 나는 로드의 손을 때리며 떼어 내려 했지만 그는 그럴수록 더욱 세게 잡아 비틀었다. 로드는 내가 아프다고 소리치며 발버둥을 칠 때까지 놓아주지 않았다.

"왜, 왜 그래요……?"

눈물이 고였다. 나는 겨우 그의 손에서 벗어나 두 팔로 아픈 가슴을 감싸 가렸다. 길게 드러누운 로드는 한쪽 팔로 머리를 받친 채 날 흘겨보았다.

"매너가 꽝이네요. 밤새도록 섹스하고 지금도 내 눈앞에서 홀딱 벗고 있으면서 딴 사람 생각을 하다니 자존심 상하잖아요. 내가 그보다 못했었나 봐요?"

"별로 당신과 비교하고 있었던 건 아니었어요."

"그럼요?"

"그냥 여러 가지……."

내가 말을 흐리자 로드는 바른대로 말하라면서 내게 덤벼들었다. 나는 간지럼을 태우는 그에게 잠긴 목소리로 비명을 지르며 침대 위를 이리저리 굴렀다. 그러다 시트에 말려 바닥으로 떨어졌고 로드는 놀라 침대 밖으로 고개를 내밀었다. 그는 내가 다치지 않은 것을 확인하고서야 다시 싱긋 웃었다. 로드는 나를 따라 아래로 내려와 덮치듯 키스했다. 마지막으로 내 볼에 뽀뽀를 한 뒤 떨어지는 로드를 향해 나는 약간 웃음 지으며 말했다.

"즐거웠어요. 로드."

그도 웃음을 거두지 않고 답했다.

"나도 즐거웠어요."

2. 임무

집에 돌아갔을 때는 정말 큰일이라도 난 듯했다. 아버지는 정원을 서성거리며 나를 기다리고 있었다. 그러다 대문 앞까지 나를 데려다주는 로드를 발견하곤 경호원들에게 그를 잡으라 소리쳤다. 장난스럽게 혀를 찬 로드는 내게 짧은 작별 인사를 건넨 뒤 재빨리 도망가 버렸다.

아버지는 순식간에 멀어져 가는 로드를 향해 잡히면 바로 감옥에 처넣을 거라고 화가 나 벌게진 얼굴로 고래고래 외쳤다. 그 소란에 밖으로 나온 어머니는 그제야 나를 발견하곤 크게 나무랐다. 나는 얌전히 꾸중을 들었다.

결국 한 달간 외출 금지가 떨어졌고 그렇게 내 하룻밤의 유희는 막을 내렸다.

그날 후론 어쩔 수 없이 집 안에만 틀어박혀 있었기 때문에 당연히 나는 로드를 만나러 갈 수 없었다. 어쩌면 한 달 후 그 자리에 다시 나간다 해도 로드는 이미 수도를 떠나 고향으로 돌아갔을 수도 있다.

나는 이대로 끝내기가 아쉬워서 로드에게 편지를 썼다. 그 후 어떻게 지내는지, 적어도 당신이 돌아가기 전에 한 번 더 만나고 싶다고 말이다. 나는 신입 고용인 중 하나인 엘리제에게 편지를 건네며 몰래 나가서 로드에게 전해 달라고 부탁했다.

하지만 로드에게선 답장이 없었다. 편지를 가져갔던 엘리제에게 그가 뭐라 하더냐고 물었더니 로드는 편지를 받았을 뿐 아무 말도 없었다고 했다.

나는 금세 기운이 빠졌다. 설마 로드는 한 번 관계를 맺은 여자와는 두 번 다시 만나지 않는 걸까. 나는 몇 번의 편지를 더 썼지만 결국 단 한 번도 돌아오지 않는 답장에 그제야 그를 포기해야 함을 깨달았다.

솔직히 서운하지 않을 리가, 그리고 괘씸하지 않을 리가 없었다. 내가 미련스럽게 매달리기라도 할 거라고 생각하는 걸까. 그저 그와의 인연을 소중히 여기고 싶었을 뿐인데. 나는 한숨 끝에 얼마 지나지 않아 완전히 마음을 접었다.

외출 금지 기한이 일주일 정도 남았을 때 나는 그날도 평소와 같은 하루를 보내고 있었다. 책을 읽고 자수를 놓고 피아노를 치고, 단조로운 하루였다. 밤이 되어 잠옷으로 갈아입고 머리를 빗던 나는 습관처럼 한숨을 쉬고 있었다.

문득 누군가 폭죽이라도 터뜨린 듯 창밖으로 아주 잠깐 불빛이 터졌다가 사그라졌다. 뭔가 싶어 빗을 내려놓고 창문에 가까이 다가가 밖을 내다보았다. 밖은 어두워서 아무것도 보이지 않았다.

"방금 뭐지?"

등 뒤에 있을 고용인들에게 물으며 고개를 돌렸다. 그 순간 비린

쇠 냄새가 코끝에 퍼졌고 나는 이내 놀라 두 손으로 입을 막았다. 방금까지 멀쩡했던 고용인들이 모두 목에서 피를 흩뿌리며 쓰러지고 있었다. 신입 고용인이었던 엘리제 한 명만을 빼고.

엘리제는 한 손에 피가 떨어지는 단검을 든 채 나를 무감하게 응시했다. 나는 그녀가 왜 그러는지 이유를 알 수 없었다. 그저 비명을 지르며 창문에 바짝 기대섰다. 엘리제가 내게 한 발짝 다가왔을 때 나는 그녀에게 창틀에 있던 화분을 집어 던졌다.

엘리제가 가볍게 피하며 나에게 한 발 더 성큼 다가왔다. 나는 계속 비명을 지르며 그녀를 피해 구석으로 도망치다 침대 위로 뛰어 올라가 방문 쪽으로 내달렸다. 하지만 문고리를 잡는 순간 등에 격통이 느껴지며 그대로 자리에 엎어졌다.

엘리제는 여전히 이상스러울 만치 무감한 얼굴로 다가와 내 뒷덜미를 잡아챘고, 나는 그대로 방을 지나 복도와 계단 아래로 질질 끌려갔다. 저항도 못 하고 시체처럼 끌려가는 발끝 너머로 핏자국이 길게 그려지는 복도를 볼 수 있었다.

나는 현관이 있는 홀로 끌려가 바닥에 아무렇게나 내던져졌다. 정신이 없는 귓가로 부모님의 경악성이 들려왔다.

"데본!"

"그만. 움직이지 마십시오."

아파서 흐느끼고 있는 와중에 귀에 익은 목소리가 들려왔다. 쓰러진 채로 어렵게 시선을 들자 부모님과 대치하고 선 채 나에게 총을 겨누고 있는 로드를 볼 수 있었다. 정말 이상한 상황이었지만 당장은 그 이유를 생각할 겨를이 없었다. 그보단 고통이 먼저였다. 엘리제가 칼로 찌른 등이 너무 아파서 나는 그저 울기만 했다.

"준비 끝났어."

현관이 열리며 경호원 중 하나였던 남자가 나를 찌른 엘리제처럼 피가 가득 튄 옷차림으로 홀에 들어섰다. 로드는 가볍게 고개를 끄덕이며 아버지를 향해 말했다.

"문서를 넘기십시오."

"뭐……를 찾는지 나는 전혀……."

그 순간 로드의 총이 불을 뿜으며 내 허벅지에서 피가 튀었다. 하얗게 퍼지는 고통에 비명을 지르며 바닥을 뒹굴었다. 엘리제는 옆에서 그런 나를 가만히 내려다보고 있었다. 그들 사이에 감도는 차가운 공기가 너무나 두려웠다.

"데, 데본!"

어설프게 그의 말꼬리를 잡았던 아버지는 총에 맞은 나를 보곤 경악했다.

"움직이지 말라고 했습니다."

아버지는 내게 다가오려 했지만 그 순간 담담히 말하는 로드 때문에 다시 몸을 굳혔다. 로드는 총구의 방향을 살짝 바꿨다.

"다음엔 어깨입니다."

"이놈!"

"문서를 넘겨주십시오."

대체 문서란 게 뭐기에 내가 이렇게 고통스러워야 하는지 이해할 수 없었다. 그게 뭔진 모르겠지만 아버지가 제발 빨리 그걸 넘겨줘 버리고 나를 구해 주길 바랐다. 하지만 절망스럽게도 아버지는 고개를 저었다. 이번엔 다급하게 얼버무리려는 것이 아닌 결연한 뭔가가 느껴질 정도로 아버지의 눈동자는 단단했다.

더 이상 나 따윈 그 눈에 보이지 않는 게 틀림없었다.

"나는 정말로 모른다네."

또 한 번의 총소리가 울렸다. 나는 어깨에서 흘러내리는 피에 몸을 뒤틀며 소리쳤다.

"아버지! 아버지! 살려 주세요!"

하지만 아버지는 내게 조금도 시선을 주지 않으셨다. 어머니도 그저 울고만 계실 뿐 날 보지 않았다.

로드는 내게서 총을 거뒀다. 그는 잠시 생각에 빠진 듯 가만히 서서 총구로 제 머리를 톡톡 두드렸다. 경호원이었던 남자는 주머니에서 시계를 꺼내 보고는 로드에게 말했다.

"얼마 안 남았어."

그제야 로드가 약간 기울이고 있던 고개를 바로 했다. 이번엔 총구가 아버지께 향했다.

"문서는 여기 없는 모양이죠?"

"나는 아무것도 모르네."

"알겠습니다."

로드는 담담히 대꾸하며 다시 방아쇠를 당겼다. 순식간에 아버지의 가슴에서 피가 터져 나왔다. 힘없이 쓰러지는 아버지를 보며 숨이 턱 막혀 옴을 느꼈다.

로드는 여유롭게 다음 총알을 채우곤 두려움에 주저앉아 떨고 있는 어머니를 향해 총을 겨눴다.

"부인. 부인은 혹시 알고 계십니까? 문서가 어디에 있는지."

어머니는 그저 눈을 질끈 감고 두 팔로 자신의 머리를 감쌌다. 로드의 총알은 이번에도 망설임 없이 어머니의 몸을 꿰뚫고 지나갔다. 나는 그제야 비명을 질렀다.

"아아아!"

그때 저택 어딘가에서 뭔가 터지는 소리가 들려왔다. 로드와 엘리제, 그리고 경호원이었던 남자는 내게 시선조차 주지 않고 돌아섰다. 하다못해 완전히 죽여 고통을 끝내 주지도 않고 이렇듯 비참하게 혼자 자리에 버려둔 채 그들은 집을 나가 버렸다. 곧 또 다른 곳에서도 폭발음이 들려오며 얼마 후 집 안엔 불길이 치솟았다.

나는 손가락 하나 움직일 수가 없었다. 미동도 않는 부모님을 바라보며 비명을 지르거나 흐느낄 뿐. 그러다 계속된 출혈과 연기로 점점 정신이 혼미해져 시야가 흐릿해질 즈음 닫혔던 현관문이 거칠게 열리며 내 쪽으로 뛰어오는 누군가의 구두를 볼 수 있었다.

그는 내 몸을 안아 들고 불길에 휩싸여 쏟아지듯 무너지는 집을 뛰쳐나갔다. 눈동자조차 굴리는 것이 힘겨워 그의 얼굴을 제대로 보기까진 시간이 좀 걸렸다. 겨우 마주 본 얼굴엔 아주 약간의 안도가 스치고 지나갔다.

"정신 차려. 데본. 괜찮아. 살 수 있어."

그는 간신히 현관을 벗어나자마자 정원과 이어진 돌계단에서 나를 안은 채로 넘어져 굴렀지만 금방 다시 일어나 달렸다. 열기가 점점 멀어져 가며 슬슬 미지근한 공기가 피부에 닿는 것이 느껴졌다.

굳은 것처럼 움직이지 않는 시야를 느리게 껌벅이며 그를 응시했다. 나는 그가 누군지 알고 있었다. 아무리 생각하고 싶지 않아도 쉽게 잊을 수 있는 상대가 아니니까. 체념에 멈췄던 눈물이 어느새 다시 흐르고 있었다.

"제발 죽지 말아 줘. 데본."

그의 이름은 데이카스트로데 드 밀라온 로헬. 나의 전 약혼자였다.

인생이란 어찌 보면 어떠한 픽션보다도 임팩트 있는 것일지도 모른다. 무감각한 일상을 살다 겨우 행복해질 거라 생각했던 미래의 약속은 터무니없을 정도로 쉽게 깨지고, 이제 그보다 나쁜 일은 없을 거라고 생각했던 현실은 그런 나를 비웃듯 내 목덜미를 붙잡고 더한 구렁텅이 속으로 끌어내렸다.

나는 정말로 그 이상의 최악은 없을 줄 알았다. 언니와 그 사람의 부정이 내 인생의 기억 중 가장 최악이 될 줄 알았다. 하지만 내가 다시금 눈을 떴을 때는 그건 사실 아무것도 아니었다는 깨달음으로 다가왔다.

"데본. 힘들겠지만 들어야 할 이야기가 있어."

거미줄이 쳐진 낡고 낮은 천장을 응시하며 나는 생각보다 담담하게 이 나쁜 현실을 받아들이고 있었다. 부모님은 살해당했다. 나와 섹스를 한 남자에게. 어째서 이렇게 되어야만 했는지 이유를 생각해 봤지만 결론은 나오지 않았다. 당연했다. 나는 여전히 아무것도 모르는 채였다.

우리 부모님이 뭔가 나쁜 짓을 한 건가? 아니면 그들이 그저 무뢰한인 것일까. 로드는 분명 아버지에게 문서를 넘기라고 했다. 그 문서란 무엇일까. 우리 집은 오래된 귀족 가문이지만 그것은 정치적인 면이나 사회적인 면에 별다른 영향을 주진 않았다.

지금의 정부는 군이 장악하고 있었다. 그리 오래되지 않았다곤 하나 적어도 내가 태어나기 전의 일이다. 어쨌든 그 뒤로 허울뿐인 귀족들은 조금 부유한 생활을 이어 갈 순 있었지만 정치에 직접적으로 참여하는 것은 금지되었다.

우리 집안이 특별한 사업을 하는 것도 아니었다. 그저 건물이나 땅을 소유한 채 그것을 타인에게 임대해 주거나 은행에 위탁한 자산의 이윤으로 먹고사는 그냥 평범한 귀족이었다.

나는 이 일이 국가와 관계되어 있으리라곤 상상도 할 수 없었다.

하지만 나를 구한 전 약혼자 밀라온의 말은 달랐다. 그는 이 모든 것이 정부의 소행이라고 말했다. 왜냐고 묻는 내게 그는 무심코 내 손을 잡아 오려 했지만 나는 그것을 피하며 마저 설명할 것을 요구했다.

하지만 밀라온이 입을 열려던 그때 유리창이 깨지며 파편들이 안으로 튀었다. 밀라온은 벌떡 일어나 나를 보호하듯 섰고 곧 날카로워진 창틀을 구둣발로 팍팍 가볍게 부수며 들어오는 사람이 있었다. 정장 차림에 긴 흑발을 깔끔하게 넘겨 묶은 날렵한 남자가 안으로 들어와 긴 한숨을 쉬었다.

"도련님. 사춘기라 변명할 나이도 아니신데 이러면 곤란합니다."

이어 방문이 열리며 밀라온의 부친인 베이론 씨와 그에게 총을 겨눈 채로 들어오는 두 남자의 모습에 밀라온의 표정이 일그러졌다. 조금 구겨진 옷깃을 편 장발 남자는 밀라온에게 말했다.

"위험에 빠진 레이디를 구하고 싶어 하는 마음은 알겠지만 그로 인해 아버님께서 돌아가시면 되겠습니까. 귀족 도련님."

"아버지! 이게 무슨……!"

"그만하거라. 더는 우리가 할 수 있는 게 없다."

밀라온이 베이론 씨에게 항의하듯 입을 열었지만 베이론 씨는 고개를 저으며 그만 나에게서 떨어지라고 했다. 하지만 밀라온은 움직이지 않았고 베이론 씨에게 총을 겨눈 남자들이 결국 총의 잠금쇠를 풀었다. 장발 남자는 무심하게 말했다.

"저희에겐 시체가 셋이나 하나나 손이 가는 건 매한가지입니다. 하지만 도련님은 조금만 현명하게 머릴 쓰신다면 두 명의 목숨은 건질 수가 있습니다. 아버님과 도련님 자신."

"큭……!"

밀라온은 그 남자를 분한 듯이 바라봤지만 그는 그저 여유롭게 시계를 열어 보며 말했다.

"시간이 별로 없는 관계로, 5초 드리지요. 5."

결국 밀라온은 그가 1까지 내려 세었을 때 날 지키듯이 막고 있던 손을 힘없이 내렸다. 나는 밀라온을 이해했다. 자존심을 지키기엔 상황이 좋지 않았다. 그런 밀라온을 향해 장발 남자는 날카로운 눈으로 입꼬리만 살짝 말아 올렸다. 장발 남자는 베이론 씨에게 총을 겨누고 있는 다른 남자들에게 말했다.

"두 분 집까지 잘 모셔다 드려."

방 안엔 장발 남자와 나 둘만 남게 되었다. 나는 거의 반쯤은 죽음을 받아들인 채로 그를 바라보고 있었다. 남자는 성큼 다가와 나를 빤히 내려다보더니 밀라온이 앉았던 의자에 앉아 다리를 꼬았다. 그는 담배를 입에 물고 성냥으로 불을 붙였다.

나는 그제야 그가 상당한 미남이라는 것을 알 수 있었다. 언니의 경우처럼 이 세상에 있어선 안 될 것 같은 미모까진 아니었지만 남들보다 특별한 외모라는 것은 다르지 않았다.

이윽고 길게 내뿜어진 담배 연기와 함께 그가 말했다.

"마들로나 드 데본 제이. 당신에겐 지금 두 가지의 선택권이 있어. 첫째는, 간단하게 죽는다. 둘째, 좀 복잡하게 산다. 첫 번째를 선택한다면 당신이 듣고 싶어 할 이번 일의 진실을 이야기해 주겠어. 두 번째를 선택한다면 머릿속을 하얗게 세탁해서 당신 자신조차 누군지 잊어버리게 할 거야. 물론 어느 쪽이든 복수 같은 건 못 할 거야. 왜? 내가 그렇게 만들 거니까. 어쩔래?"

갑작스러운 제안에도 그저 그를 빤히 바라보기만 했다. 그러자 그는 금세 귀찮은 표정을 지으며 품에서 총을 빼 들더니 내게 겨눴다.

재촉하려는 듯했다.

"미안한데 내가 성격이 좀 급해. 오래 생각해야 하나? 그냥 죽을 래?"

"두…… 번째."

죽을 거라고만 생각했던 길에 선택지가 주어지는 순간 나는 내 삶을 선택했다. 내게 겨눠진 총이 무서워서인지, 그냥 죽기 싫은 것인지, 그것도 아니면 전부 잊게 될 거라는 말에 혹한 건지 명확하게 한 가지 이유만 들 수는 없었다.

어쨌든 사는 선택지를 골랐다. 그것이 딱히 희망적이라 느끼지 않았음에도 그랬다. 남자는 그제야 내 미간에서 총을 거둬 품속에 도로 집어넣었다.

"그래? 좋아. 지금은 살려 주지. 하지만 이후는 몰라. 당신 하기 나름이거든. 버티면 사는 거고 못 버티면 죽는 거야."

"……."

"그러니 실컷 발버둥 쳐 보라고."

그의 입가가 조소를 띠고 있었다. 한참 후 베이론 씨와 밀라온을 데리고 나갔던 다른 남자들이 돌아오자 장발 남자는 그들에게 지시했다.

"시간 끌지 말고 신원 정리부터 해라. 여기 이 아가씨가 쓸 것도 하나 새로 파고."

"무슨 생각입니까. 서로 입장 곤란해지게."

"상관없잖아. 내 담당도 아닌데. 그리고 난 애초부터 그 새끼가 싫었어. 엿을 먹든 퍽을 먹든. 내 알 바 아니지."

"그렇게 싫어요?"

"어. 규칙만 아니면 아주 죽여 버리고 싶은데?"

장발 남자의 말에 다른 남자들이 한숨을 쉬었다.

언제 정신을 잃었는지조차 알 수 없었다. 어쨌든 나는 지금 깨어났고 가장 처음으로 본 사람은 흰 가운을 입은 남녀였다. 그들은 알 수 없는 대화를 나누다 내가 몸을 일으키자 그제야 시선을 주었다. 여자 쪽이 내 눈앞에 손가락을 하나 들어 보이며 말했다.

"자, 내 손가락을 잘 봐."

좌우로 느리게 움직이는 손가락을 따라 눈동자를 움직였더니 여자는 고개를 끄덕이며 됐다고 말했다. 여자가 뒤로 물러서자 남자가 펜으로 무언가를 써 가며 내게 물었다.

"이름은?"

이름. 대답을 해야…… 하지만 나는 바로 대답할 수가 없었다. 생각이 나지 않았다. 어째서? 이상한 기분에 한참을 고민하다 답했다.

"몰라요."

"나이는?"

"……몰라요."

"가족은?"

"……."

결국 짜증스럽게 입을 다물어 버리자 남자는 모르면 모른다고 답하라 했다. 나는 침대맡에 등을 기댄 채 손가락을 꼼지락거리며 답했다.

"몰라요……."

남자가 펜과 차트를 여자에게 건네곤 내게 다가와 무언가를 내밀었다. 총이었다.

"이게 뭔지 알아?"

"총······."

"저 위에 있는 것들을 말해 봐. 전부."

그가 테이블을 가리켰다. 사과. 종이 뭉치. 펜. 찻잔. 신문. 빵. 접시······ 눈에 인식되는 순서대로 하나하나 단어를 말하자 남자는 고개를 끄덕였다.

"사물 인식은 됐고. 좋아. 바쁘니까 빨리 끝내도록 하지."

남자는 들고 있던 총을 테이블 위에 던지듯 놓으며 말했다.

"네 이름은 할리. 나이는 18세. 가족 관계는 없다. 즉 고아. 얼마 전 이 훈련소에 들어왔고 훈련생으로서 기초 교육을 받던 중에 사고를 당했다. 이해됐나?"

나는 고개를 끄덕였다. 그렇구나.

"지금은 완쾌했으니 움직이는 데 불편함은 없을 거다. 기억이 없는 건 별로 신경 쓰지 않아도 돼. 여기서 너 사는 덴 아무 상관 없는 문제니까. 언젠가 여길 나간다 해도 마찬가지다. 알았나?"

"······네."

그제야 남자가 제 할 일은 다 마쳤다는 듯 등을 보이며 돌아섰고 여자가 방문을 열자 밖에서 또 다른 남자가 들어왔다. 그는 큰 체격에 오랜 시간 볕에 그을린 듯 짙은 구릿빛 피부를 가지고 있었으며 전체적으로 단단해 보이는 인상을 줬다. 그는 무표정하게 날 내려다보며 말했다.

"난 디그. 교관이다. 지금부터 네가 머물 방으로 안내할 거다. 가면서 간단한 규칙을 알려 줄 테니 숙지하도록."

"네······."

"따라와."

머릿속이 멍했지만 나는 교관의 뒤를 따라가면서 그가 말하는 규칙들을 머릿속에 집어넣기 위해 노력했다. 머지않아 도착한 곳은 2층 침대 세 개가 들어차 있는 작은 방이었다. 6인실인가 보다. 안으로 들어가자 안에 있던 다섯 명의 여자애들이 일시에 날 향해 시선을 모았다. 절로 움츠러드는 기분이 들었다.

"오늘부터 같은 방을 쓸 녀석이다. 문제 일으키지 말 것."

그 말을 끝으로 디그 교관은 방을 나가 문을 닫았고 나는 나를 찌를 듯이 바라보는 여자애들에게 머뭇머뭇 입을 열었다.

"안녕……?"

그들은 대답이 없었다. 나는 우물쭈물하다 곧 비어 있는 세 번째 2층 침대의 위 칸으로 올라갔고 조용히 시트 위에 앉아 다리를 모아 웅크렸다. 그때까지도 여자애들의 시선은 내게 따라붙었지만 그들은 머지않아 흥미를 거두고 자기 할 일들을 했다.

첫날 밤은 그렇게 지나갔다. 다음 날부터는 고된 일상이 시작되었다. 새벽 4시 반 기상. 나는 죽은 듯이 자다가 룸메이트 하나가 거칠게 침대 기둥을 걷어차는 바람에 놀라서 깨었다. 다들 침대 정돈까지 마친 상태였다.

나는 그제야 주섬주섬 이불을 정돈한 뒤 침대를 내려왔고 금발을 가진 또 다른 룸메이트 한 명이 내게 여긴 무조건 연대 책임이니 실수하면 가만 안 두겠다고 작게 엄포를 놓았다. 나는 눈치를 보며 고개를 끄덕였다.

하지만 새벽 조깅조차 제대로 따라갈 수가 없었다. 기숙사 밖의 넓은 운동장을 달리는 그들을 헉헉거리며 쫓아가다 자리에 주저앉았고 결국 나 때문에 나와 내 룸메이트들은 벌을 받았다.

그 밖의 다른 훈련들은 아예 따라갈 엄두도 낼 수 없었다. 뭐가 뭔지 하나도 모르겠고 체력도 따라 주질 않았다.

기숙사에 돌아왔을 때는 종일 버둥거리다 하루가 끝난 것 같다는 기분이었다. 그리고 나는 방에 들어가자마자 린치를 당했다.

발로 내 복부를 걷어찬 금발 머리 룸메이트 릴은 아침에 내게 주의를 주던 애였다. 그녀는 바닥을 뒹구는 내 머리채를 휘어잡아 다시 일으키더니 구석으로 끌고 가 주먹으로 뺨을 때리고 발로 몸을 걷어찼다.

"말했지. 제대로 하라고. 오늘 너 때문에 얼마나 점수가 깎였는지 알기나 해?"

나는 콜록거리며 두 팔로 배를 감쌌다. 너무 아파서 말도 나오질 않았다. 다른 룸메이트들은 그런 우리를 바라볼 뿐 참견하지 않았다. 아마도 릴이 이 방의 리더인 모양이다. 나는 흘러내리는 눈물을 뒤늦게 소매로 닦으며 미안하다고 말했지만 릴은 한 번 더 내 뺨을 후려갈길 뿐 사과를 받아 주지 않았다.

그 날 밤, 아픔보다도 불안함에 잠을 못 이루고 연신 뒤척거렸다. 또다시 맞이할 내일이 너무나 무서웠다. 나는 결국 자리에서 일어났다. 그리고 침대에서 내려와 조용히 방을 나섰다. 내일도 오늘과 같으면 정말로 릴에게 살해당할지도 몰랐다. 그런 생각이 들자 도저히 가만히 있을 수가 없어서 오랫동안 운동장을 달렸다.

숨이 차서 뛰다 걷다를 반복했지만 그래도 멈추지는 않았다. 새벽녘이 되어서야 끊어질 것 같은 다리를 이끌고 방에 들어간 나는 겨우 한 시간 정도밖에 자지 못했다.

하지만 두 번째 날도 상황이 별달리 나아지진 않았다. 나는 또다시 침대 기둥을 걷어차는 발길질에 놀라서 잠을 깼고 준비가 늦어 릴에게 머리를 후려 맞았다. 뭉친 건지 어쩐 건지 한 발 떼기조차 힘든 다리로 운동장을 뛰다가 결국 따라가지 못해서 또다시 우리 방 인원은 벌을 받아야 했다. 물론 다른 훈련들도 마찬가지였다.

그날 다섯 명 전원에게 얻어맞았고 릴이 가위를 들고 와 내 긴 머리를 아무렇게나 잘라 버렸다. 나는 바닥에 흩어진 내 머리칼을 빗자루로 쓸어 치우곤 그날 밤도 울면서 운동장을 뛰고 있었다.

"할리."

언제부터 있었는지 디그 교관이 근처에서 나를 불렀다. 발을 멈추자 교관은 중앙 건물 쪽으로 몸을 돌리며 따라오라 손짓했다. 그를 따라 도착한 곳은 중앙 의무실이었다. 그 안엔 이곳에서 눈 뜨며 처음으로 만났던 남자가 기다리고 있었다. 함께 봤던 여자는 없었다. 디그 교관의 말로는 그가 이곳의 총 의무관이라고 했다. 명칭은 테일러 박사.

박사는 테이블 위에 낮고 넓적한 샬레 하나를 내려놓았다. 그 안엔 모양이 다른 알약 다섯 개가 담겨 있었다. 그는 샬레 옆으로 빈 컵을 놓고 주전자로 물을 따라 주며 말했다.

"먹어라."

물과 함께 약을 모두 삼키자 박사는 무언가를 기록하며 말했다.

"네 처방전은 기숙사 의무실로 보낼 테니 내일부턴 거기서 받아 가도록. 매일 한 번씩. 빼먹지 말고."

"예."

"나가 봐."

무슨 약인지 모르고 먹었지만 딱히 그게 뭔지 궁금하지도 않아서 묻지 않았다. 교관과 박사에게 인사를 한 뒤 건물을 빠져나가 다시 운동장을 달렸다. 지금 내게는 이게 더 중요한 문제라고 생각되었으니까.

그 생활이 약 여섯 달. 반년 정도 지속되었다. 룸메이트들과 내가 모든 훈련을 같이 하는 것은 아니었지만 기본적인 단체 훈련은 같은 방 훈련생들끼리 팀이 되기 때문에 그들에겐 내가 걸림돌이 되었다. 그때마다 린치를 당했고 그만큼 의무실을 자주 들락거리게 되었다.

내 침대맡에는 의무관이 준 연고가 항상 놓여 있었다. 나는 린치를 벗어나고 싶어서 매일 밤 달렸고 교육 중에는 온 신경을 다해서 보고 또 연습했다. 가끔 밤중에 혼자 연습하고 있으면 디그 교관이 간단하게 도움을 주기도 했다. 그는 제2여자기숙사의 3층 훈련생들 담당이었고 나는 그가 맡은 훈련생 중 하나였다. 그래서 신경을 써 준 것이라 생각했다.

반년이 더 지나 1년이 다 되어 가던 어느 날. 나는 교육 중에 룸메이트 중 하나인 실비와 대련을 했고 대련 중 그녀가 넘어졌을 때 등을 밟고 올라타 오른팔을 뒤로 꺾어 부러뜨렸다. 사실 부러뜨릴 생각까진 없었지만 너무 긴장해서 힘 조절이 되지 않았다. 나는 그때 처음으로 플러스 점수를 받았고 실비는 마이너스를 받았다. 또한 그날로 나에 대한 린치가 끝났다. 더는 내가 걸림돌이 아니라는 뜻 같았다.

멍투성이였던 몸은 차차 나아졌다. 그래도 나는 밤중에 달리는 것을 멈추지 않았다. 여전히 무언가를 배우면 남들보다 100번은 더 해야 한다는 생각으로 연습했다. 그 노력을 멈추면 죽을 거라는 생각이 이미 머릿속에 새겨져 있었다.

죽을 수 없다는 생각으로 지낸 지 또 반년. 합쳐서 눈을 뜬 지 약 1년 반이 지났을 즈음엔 나는 릴을 빼고는 룸메이트들과의 격투 대련에서 지지 않았다.

하지만 혼자임엔 변함이 없었다. 나는 트러블이 싫어서 누구에게도 다가가지 않았고 그 때문인지 누구도 내게 다가오지 않았다. 특별히 불편한 건 없었다. 가끔 외로울 때도 있긴 했지만 내겐 외로움보단 누군가와의 관계를 신경 쓰는 게 더 스트레스였다. 살아남는 것 말고는 아무것도 생각하고 싶지 않았다. 나는 늘 여유가 없었다.

어느 날 식사를 하고 있을 때 누군가 내 앞에 앉았다. 눈을 들자 릴이 있었다. 다른 룸메이트들도 그녀와 내 주위로 나눠 앉고 있었다.

"왜."

릴에게 내가 또 뭘 거슬렸냐고 묻자 그녀는 무심한 얼굴로 빵을 입에 가져가며 짧게 답했다.

"아니."

릴은 더 말이 없었다. 나는 얼굴을 찌푸리고 빵을 뜯어 먹으며 주위를 경계했다. 언제 뭐가 날아올지 알 수 없었다. 내가 긴장을 풀었을 때 공격하려는 의도일지도 몰랐다.

하지만 내가 식판을 들고 일어설 때까지도 그들은 조용히 식사만 할 뿐 아무런 행동도 하지 않았다. 정말로 이상한 일이었다.

이 섬의 정체를 제대로 파악한 것도 이즈음이었다. 디그 교관의 말로는 이곳은 정부의 암약 기관 중 하나로서 거대한 섬 하나에 훈련생들을 몰아넣고 군정부에 쓸모 있는 인재를 발굴하는 곳이라 했다.

이곳의 훈련생이 되면 우선 스스로 생각하는 것을 제약당했다. 기숙사는 남녀로 나누어져 있었지만 훈련은 섞여서 함께 받았다. 훈련과 교육의 내용은 기본적으로 체력과 근력 훈련, 무기와 화기 수업, 격투술이 있으며 매일 또는 격일, 격주로 꾸준하게 이루어졌다. 어느 정도 기본이 다져졌다 싶으면 실전 서바이벌 참가 자격이 생겼다.

그 외로는 커리큘럼 과정의 개인 교육이 있는데 가장 처음에 받는 것이 복종 훈련이었다. 나를 비롯해 훈련생 모두가 그것부터 시작했다.

복종 훈련 중에는 세뇌 교육이란 것이 따로 있는데 교육 자체는 단순했다. 그저 '나의 필요 가치는 정부가 부여하며 나는 그 정부에 필요한 인간이 되기 위해서만 존재한다.'라는 말을 수천 번씩 말하고 듣게 했다. 교육이라는 단어가 붙어 있긴 했지만 그냥 세뇌였다. 이미 세뇌라는 걸 알고 있어도 일단 시작하면 그 영향에서 벗어날 수가 없다.

며칠간은 꿈속에서도 그 말이 들려서 상당히 예민했다. 하지만 그 시기가 넘어가고 나자 자연스럽게 받아들이게 되었다. 덕분에 초반에 린치와 훈련 속에서 고통을 느낄 때마다 솟아오르던 반항심과 부조리함 같은 감정이 꽤나 무뎌졌다.

복종 훈련을 끝내자 그다음으로 감각과 감정의 제어 훈련을 받았다. 그 과정에서 이루어진 것이 고문과 심문이었다. 물론 교육의 일환이라 정말로 몸의 어디 한 곳을 잘라 내거나 발라내진 않았다. 그래도 한동안은 몸이 삐거덕거려서 관절이 제대로 돌아가지 않았다.

커리큘럼 과정은 개인마다 이수 시기가 달랐다. 나는 복종 훈련을 2개월, 제어 훈련은 22개월이 걸렸다. 릴 같은 경우는 복종 훈련만 12개월 이상 받았고 제어 훈련은 의외로 짧게 3개월 만에 이수했다는 것 같다.

생각해 보면 제어 훈련은 체력과 근력이 붙고 유연해지면서 좀 수월해졌다. 어쨌든 약 2년 만에 그 두 과정을 끝냈을 때, 나는 생명이란 그다지 대단치 않다는 걸 깨달았다. 그것이 동물이든 사람이든 타인이든 나 자신이든. 또한 그 자잘한 생명이 엮여서 만들어지는 인연

또한 쓸모없는 거미줄 같았다. 그냥 빗자루로 슥 치워 내면 그뿐인, 그런 거 말이다.

이전까진 오로지 살기 위해 노력했다면 그때부턴 국가에 대한 충성심으로 훈련에 임했다.

머릿속을 꽉 막고 있던 뭔가가 사라진 느낌이었다. 그것이 무엇인지는 머지않아 알게 되었다. 그때를 기점으로 나는 무기 대련이나 격투, 서바이벌같이 훈련생들과 직접 부딪히는 훈련에서 전혀 손속에 사정이라는 것을 두지 않게 되었다. 힘 조절을 못 해 실수로 상대를 다치게 하는 것이 아니라 그냥 그럴 필요 자체를 느끼지 못했다. 내게서 떨어져 나간 것은 생명의 값어치를 높이 치는 사회적 통념, 그러니까 도덕이나 윤리같이 사람으로서 지켜야 한다고 정해 놓은 그 선이었다.

내게 그런 건 더는 중요하지 않았다. 정말 중요한 것은 국가의 위기, 전쟁, 테러 같은 것들이었다. 나라를 위해 임하는 훈련 중에 사사로이 정을 베풀 이유가 없었다. 소꿉장난 따위를 하라고 국가가 우리를 지원하는 것이 아닐 테니까.

그로부터 또 반년 후, 나는 제비뽑기로 6인씩 팀을 이뤄 치러진 대대적인 서바이벌 훈련에서 총 열네 명을 살해했고, 약 서른 명의 훈련생들에게 치명상을 입히고선 우리 팀을 서바이벌 1위로 만들었다. 서바이벌에선 살인을 묵과한다는 항목이 있었기 때문에 규정상의 문제는 없었지만 그중에 내 룸메이트 세 명이 포함되어 있었다는 점에서 나는 다른 훈련생들의 입에 오르내렸다.

디그 교관은 그런 내 상태를 만족스러워하면서도 한편으론 고뇌하는 듯했다. 그는 그 이유를 총에 비유해 설명했다. 섬을 화기 공장이라 하고 이곳에 있는 훈련생들을 총이라고 쳤을 때 서바이벌은 일종의 안전 검사와 같다. 거기서 나는 총알을 밀어 내는 폭발력은 좋지만 잠금쇠가 아주 헐렁한 하자품과 다름없다고 했다. 훈련 성적은 좋은데 필요 이상으로 대응한다. 그게 나에 대한 평가였다.

나는 그동안 모두가 나와 같을 것이라고 생각했지만 교관과의 상담을 통해서 그제야 내가 조금 다르다는 것을 알게 되었다. 교관은 아마도 내가 기억이 없으므로 그런 것들을 쉽게 놓아 버렸을 거라 추측하고 있었다. 교관은 앞으로 너무 지나친 대응은 자제하라고 충고했다.

상담을 마치고 방에 돌아가자 비어 있는 침대들이 눈에 들어왔다. 내게 살해당한 실비, 로라, 엘의 자리였다. 남은 룸메이트인 릴과 도로시는 나를 잠시 노려보긴 했지만 아무 말도 하지 않았다.

그들은 언젠가부터 종종 내게 제법 말을 붙였었지만 이제 더는 그러지 않을 것 같았다. 그 증거로 그녀들은 소리 나게 이를 갈며 내게서 눈을 돌렸다. 나는 별로 신경 쓰지 않았다.

평소처럼 운동장을 달리고 돌아와 잠이 든 지 얼마 안 되었을 때, 나는 기습을 받았다.

여러 명이었다. 나는 어둠 속에서 완전히 제압당해 침대 아래로 끌려 내려왔고 그제야 누군가 불을 켰다. 룸메이트 둘에 다른 방 여자애들 두 명, 남자 훈련생들도 세 명 섞여 있었다. 그들은 누군가의 이름을 대며 내가 그들을 죽였다고 했다. 나는 이름만 들어서는 누군지 모르겠다고 답했다.

그러자 그들은 잔뜩 화가 나선 나를 흠씬 두들겨 팼다. 나는 그것이 의아했다. 어째서 그들은 교관도 문제 삼지 않는 이유로 나를 린치하는 건지. 하지만 얼마 가지 않아 깨달을 수 있었다. 그간 주변과 어울리지 않아서 신경 쓰고 있지는 않았지만, 훈련생들 사이에서도 리더 그룹이 있었다.

전투 능력이 뛰어나 상위 그룹으로 분류된 이들 중에서도 남들 위에 서는 것을 특히 좋아하는 타입들이었다. 나는 그게 골목대장 같은 거라고 생각했지만 이들에겐 제법 큰 자존심이었던 모양이다. 그들은 내가 그 리더 그룹에 속한 녀석들을 살해하고 상처 입혔다는 이유로 화를 내고 있었다.

마치 건드려선 안 되는 불가침의 영역을 침범한 외적을 대하는 태도였다. 하지만 엄연히 그건 아니지 않나. 그들도 나도 훈련생이었고 서바이벌은 살인을 인정했다. 거기다 이번 서바이벌에서 죽은 사람들 전부를 내가 죽인 것도 아니었다. 그들도 나처럼 누군가를 죽였을 터였다. 자기들은 살인을 하면서도 정작 본인들은 살해를 당하면 안된다는 생각은 이상하지 않은가.

기가 막혀서 폭소하고 말았다. 그러자 삶은 문어처럼 열받아서 얼굴마저 벌게진 녀석들은 아주 본때를 보여 주겠다는 듯이 내 옷을 찢어 벗기기 시작했다. 레이프를 하려는 모양이었다.

여자애들이 내 머리채와 목, 양팔을 잡아 움직이지 못하게 했고 남자애들이 내 옷을 완전히 벗겨 내고 억지로 다리를 잡아 벌렸다. 곧 그중의 한 명이 성기를 드러내고 다짜고짜 아래를 찔러 들어왔다. 얼굴이 절로 찌푸려졌지만 이를 악물고 참았다. 이딴 녀석들에게 괴롭힘 받는다고 울거나 화내고 싶지 않았다. 그저 반드시 죽여 버리겠다고 결심했다.

한동안 내 다리를 붙잡고 헉헉대던 녀석은 얼마 후 내 안에 사정을 하곤 다른 녀석에게 넘겼다. 그 녀석도 마찬가지로 내 안에 사정을 할 때까지 성기를 흔들고는 또 다른 녀석에게 넘겼다.

그 와중에도 녀석들은 목을 조르거나 얼굴을 때리는 등 구타를 멈추지 않았다. 결국 세 번째 녀석까지 안에다 사정을 하고 나서야 내 다리를 놓았다. 그런데 아직 끝이 아니라는 듯 첫 번째로 했던 녀석이 또다시 내 다리를 잡으려 했고 나는 순간적으로 자유로워진 두 다리를 휘둘러 녀석의 얼굴을 위로 걷어찼다. 그대로 몸을 거꾸로 뒤집듯 말아 내 머리 쪽에 있는 여자애의 이마를 무릎으로 찍었다.

당하느라 힘이 빠졌을 거라 생각했던 건지 나를 구속하고 있던 다른 손들 역시 어느새 헐거워져 있어서 나는 생각보다 손쉽게 빠져나올 수 있었다.

재빨리 침대 사다리를 잡고 뛰어올라 베개 모서리를 한 번에 뜯어 그 속에 숨기고 있던 나이프를 꺼냈다. 기본적으로 지급되는 단검이었다. 아까는 꺼낼 틈이 없었다. 이불을 침대 아래의 녀석들에게 펼쳐 던지며 시야를 가리고 밑으로 뛰어내렸다. 그대로 가장 덩치가 큰 녀석의 등에 올라타며 목을 찔렀다. 두 번째로 헉헉대던 녀석이었다.

나이프를 뽑자 피가 분수처럼 솟아 벽에 튀었다. 나는 등으로 들어오는 공격을 피해 자세를 완전히 낮추며 그 녀석의 오른쪽 발목 뒤를 끊어 버렸다. 룸메이트 중 한 명인 도로시가 비명과 함께 넘어졌다. 나는 일단 가까이에 있던 릴의 배를 걷어차 저만치 밀어 버렸다.

몸을 돌려 이제 막 위로 주먹을 들어 올린 남자애의 목을 횡으로 그어 버렸다. 첫 번째로 헉헉대던 개새끼였다. 나는 아직도 우왕좌왕하며 등을 보이고 있는 다른 방 여자애 한 명의 머리채를 잡아채 내 쪽으로 끌어당겼다. 그대로 쇄골 사이를 깊게 찌른 뒤 턱까지 날을 끌어 올려 목을 세로로 찢었다. 곧 머리채를 놓아주자 그녀는 그대로 쓰러져 움직이지 않았다. 죽은 것 같았다. 물론 죽으라고 그런 것이 맞긴 했다.

남은 건 룸메이트 릴과 다른 방 여자애 하나. 세 번째 순서로 날 범한 개새끼. 이렇게 세 명. 나는 손으로 피가 튄 얼굴을 가볍게 쓸어 닦고 그들을 응시했다. 개새끼가 먼저 덤벼 왔다. 주먹을 날리는 녀석을 피하고 안쪽으로 파고들었다. 주먹으로 턱을 올려치고 팔꿈치를 세워 그 명치를 찍었다. 그대로 녀석이 조금 뒤로 밀리며 상체를 숙이는 순간 다리를 높게 들어 머리를 내리찍었다.

개새끼가 앞으로 쓰러졌다. 나는 발로 녀석의 머리를 위에서 아래로 여러 번 쿵쿵 짓밟고는 이내 공을 차듯이 앞으로 세게 걷어찼다. 그리고 다시는 걷지 못하도록 나이프로 척추뼈 사이를 깊게 찔렀다가 뽑았다. 녀석은 완전히 정신을 잃었다.

나는 굽혔던 몸을 바로 세우며 다음 상대를 찾았다. 그 순간 다른 방 여자애가 도망치기로 했는지 재빨리 몸을 돌려 창가로 뛰었고 나는 손에 든 나이프를 세게 휘둘러 던졌다. 여자애의 뒤통수에 나이프가 박히며 쓰러졌다.

나는 마지막으로 릴을 보며 손짓했다. 덤벼. 이 쌍년아.

다리 사이로 개새끼들이 사정한 액체가 조금씩 흘러내리고 있었다. 나는 곧 한 발을 들어 바닥을 세게 내리쳤다. 질끔질끔 흘러나오던 그것이 한 번에 가득 빠지며 바닥에 흘렀다. 찝찝했다. 얼른 해치워 버리고 그만 샤워하러 가고 싶다는 생각이 들었다.

릴과 내가 맞부딪힌 건 찰나였다. 릴이 빠르게 내 머리채를 휘어잡자 나는 물러서지 않고 그대로 그녀의 안면에 머리를 들이받았다. 정통으로 코뼈를 무너뜨리자 릴의 손에서 힘이 빠졌다. 뒤로 물러나려는 그녀에게 더욱 바짝 붙어 주먹 쥔 손을 반대 손으로 감싸 잡으며 팔꿈치를 세웠다. 이윽고 그것으로 온 힘을 다해 그녀의 오른쪽 턱을 후려쳤다.

뼈 부서지는 소리가 들리며 곧바로 릴이 바닥을 뒹굴었다. 나는 발로 릴의 가슴을 짓밟고는 그녀에게 피가 섞인 침을 뱉었다. 씨발년. 아주 갈아 마실까 보다.

이윽고 배 위에 올라타 한 손으로 릴의 목을 누르고 반대 손을 주먹 쥐어 허공에 들었다. 어차피 하나 남은 거 분풀이로 죽을 때까지 패서 머리를 깨부숴 버릴 생각이었다. 하지만 때마침 방문이 거칠게 열렸고 내 주먹은 그녀의 부러진 코 앞에서 멈춰야 했다. 다른 교관들과 함께 다급히 들이닥친 디그 교관이 지체하지 않고 내게 명령을 내렸기 때문이다.

"그만! 할리! 릴에게서 떨어져라!"

"……정당방위입니다. 교관."

"처벌은 내가 한다. 건방진 소리 말고 떨어져!"

미련이 남아 쉬이 주먹을 거두지 못하던 나는 한 번 더 채근하는 목소리에 그제야 혀를 차며 쥐었던 손을 펼쳤다. 그리고 그 손으로 릴의 볼을 가볍게 톡톡 두들겨 주었다.

"운 좋다. 너."

디그 교관은 내가 일어서자 다른 교관들에게 눈짓했다. 그들은 방 안에 쓰러져 있는 녀석들을 신속하게 살폈다. 나는 바닥에 떨어져 있던 이불로 알몸을 가렸고 디그 교관은 딱딱한 표정으로 주변을 둘러보다가 아직도 뭔가 흐르고 있는 내 다리를 바라보았다. 그가 혀를 차며 말했다.

"넌 의무실로 가서 치료받아라. 레이프 당했다고 하면 알아서 해 줄 거다."

나는 고개를 끄덕이곤 이불을 몸에 감은 채 방을 나섰다. 다른 교관 한 명이 다가와 나를 부축해 주려 했지만 디그 교관이 팔을 들어

막으며 안에 있는 놈들이나 치우라고 말했다. 나는 혼자서 의무실을 향해 걷다가 문득 흐르는 코피를 손으로 대충 닦았다.

"실례하겠습니다."

노크를 하고 의무실 안으로 들어섰다. 하지만 늘 보던 의무관은 없었다. 대신 처음 보는 남자가 환자 침대에 삐딱하게 걸터앉아 있었다. 나는 문 앞에서 오도 가도 못한 채 가만히 섰다. 새로 온 의무관인가? 아니면 교관? 고개를 갸웃거리며 어떻게 할지 고민하고 있었는데 남자가 먼저 나직하게 말을 걸었다.

"들어와."

그제야 문을 닫고 남자에게 몇 발자국 걸어가 섰다. 어중간한 길이의 노랑머리를 대충 꽁지 묶은 남자는 흘러내리는 머리카락을 한 손으로 쓸어 넘기며 말했다.

"의무관은 지금 다른 일로 바빠."

"그런가요."

그럼 나는 여기 있을 필요가 없는 건가. 잠시 서 있다가 멋쩍은 기분으로 몸을 돌렸다. 그대로 의무실을 나가려 하자 남자가 다시 말을 걸어 붙잡았다.

"치료하러 온 거 아닌가?"

"예. 그치만 의무관이 없으니······."

"괜찮다면 내가 봐 줄까. 어지간한 건 할 줄 아는데. 어떻게 다쳤지?"

"레이프를 당했어요."

찬장에서 구급상자를 꺼내던 남자가 손을 멈추고 나를 돌아보았다. 무심한 얼굴 속에 박혀 있는 파란 눈동자가 날 가만히 응시했다.

그 눈빛이 자세한 증상을 요구하는 것 같아서 바로 말을 이었다.

"음. 그게. 그 녀석들이 안에다 사정을 해서. 어떻게 처리해야 하는지 몰라서. 디그 교관은 그냥 레이프 당했다고만 하면 알아서 해 줄 거라고……."

"아. 아…… 아아. 처치 방법 알고 있어. 우선 거기 의자에 앉을래?"

남자는 다시 내게 등을 보인 채 찬장 안을 덜그럭거렸다. 그러다 문득 한숨 소리가 들려왔지만 나는 못 들은 척 가만히 의자에 앉아 그의 등을 쳐다보았다. 근래 들어 갑작스레 키가 자라서 어지간한 남자들과는 눈높이가 같아졌는데 이 남자는 나보다 키가 컸다. 신기했다.

"근데, 누구세요?"

내 물음에 남자는 이것저것 쓸어 담은 상자를 들고 다가오며 답했다.

"네 입장에서는 선배라고 부르는 게 맞을걸."

"아……."

"일 때문에 잠깐 들른 거야. 우선 이 약 먼저 먹어."

알약을 받아 입에 넣고 물을 마시자 남자는 내게 두르고 있던 이불을 풀어 보라 지시했다. 그제야 주섬주섬 이불을 풀어 몸을 드러내자 그는 알코올 냄새가 나는 젖은 수건으로 피가 뒤엉겨 더러워져 있는 살갗 위를 닦아 주기 시작했다. 얼굴과 목, 어깨, 팔, 손가락, 가슴, 등, 그리고 살짝 일으켜 엉덩이를 쓸고 지나 다시 앉혔다.

그는 곧 다른 깨끗한 수건으로 바꿔 들었다.

"실례."

한쪽 무릎을 꿇고 자세를 낮춘 그는 조심스럽게 내 양 무릎을 잡고 벌렸다. 수건으로 생식기와 허벅지를 세심하게 닦아 낸 그는 내 다리와 발가락을 지나 발바닥까지 닦아 내고 나서야 수건을 내려놓았다.

솔직히, 뭐 이렇게까지 해 주나 생각했지만 그냥 가만히 있었다. 얼굴과 몸의 상처에 연고를 발라 주던 그는 문득 소독약으로 제 손을 닦아 연고를 씻어 내더니 입을 벌리게 했다. 그는 손가락으로 입 안쪽 볼을 더듬대다가 말했다.

"여기도 찢어졌네."

이내 그는 입 안에 바르는 연고도 찾아 발라 주었고 나는 약의 씁쓰름한 맛을 느끼며 작게 입맛을 다셨다. 한참 후 어느 정도 치료를 마친 뒤 그는 내게 의무실 침대에서 쉴 것을 권유했다. 고개를 끄덕이며 침대 위로 올라가 눈을 붙였고 피곤함이 몰려와 금세 잠이 들었다. 하지만 편치 않은 정신 때문인지 자는 내내 정신없는 꿈을 꾸게 되었다.

뜨겁고, 빨간 황혼을 감싼 검은 안개가 보였다.

숨이 막혔고 온몸이 아팠다.

그리고 슬펐다.

"아파?"

외부의 소리에 번쩍 눈을 뜨자 웬 손이 눈앞에 다가오고 있었다. 본능적으로 그 손목을 잡아채며 눈을 돌리자 노랑머리 남자가 미묘한 표정을 짓고 있었다. 남자는 곧 다른 손으로 주머니를 뒤적여 구겨진 손수건을 꺼내 내밀었다.

"땀. 많이 나네."

"……"

막 잠에서 깨 착각한 건지 모르겠지만 순간적으로 이 남자에게서 섬찟함을 느꼈다. 나는 그의 손목을 놓고 몸을 일으켜 침대를 내려왔다. 손수건은 받지 않았다.

"그만 돌아가 볼게요. 치료 감사합니다."

"아, 주사 한 대 맞고 가. 후유증이 있으면 안 되니까."

남자는 나가려는 나를 붙잡더니 약병과 주사기를 가져왔다. 그리고 내 팔에 주사를 놓고서야 잘 가라며 가볍게 손을 흔들었다. 나는 그를 잠시 바라보다 의무실을 빠져나갔다.

방으로 돌아갔을 때 그곳은 어느새 처음부터 아무것도 일어나지 않았던 것처럼 모든 것이 반듯하게 정돈되어 있었다. 벽, 침대, 시트와 베개, 그리고 탁자. 모두가 깨끗했다. 그저 들이부은 듯 진동하는 표백제 냄새 속으로 희미한 쇳녹의 냄새가 섞여 있을 뿐이었다.

"할리."

내 몸은 생각보다도 훨씬 터프했던 모양이라 나는 사건 바로 다음 날부터 평소처럼 생활할 수 있었다. 욱신거림은 남아 있었지만 움직이는 데 지장이 갈 정도는 아니었다.

씻고 나와 식당에서 아침 식사를 하던 중 지난 서바이벌에서 같은 팀이었던 미미와 카이가 내 바로 맞은편에 나란히 앉았다. 나는 그들을 흘긋 보았다가 다시 먹는 것에 집중했다. 미미가 결 좋은 단발머리를 한쪽 귀에 꽂으며 말을 걸었다.

"어젯밤엔 난리도 아니었다며?"

"몸은 괜찮아?"

카이도 진지하게 물었다. 나는 눈을 조금 가늘게 뜨며 그들을 응시했다. 왜 친한 척이지. 서바이벌 때도 그리 말을 섞은 기억은 없었다. 혹시 이 녀석들도 나에게 원한을 가지고 있는 걸까. 나는 샐러드를 입 안에 욱여넣고 손안에서 포크를 돌려 역수로 고쳐 쥐었다. 어느 쪽이든 상관없었다.

덤벼. 바로 맞받아쳐 줄 테니.

"아."

미미가 제 식판을 내 쪽으로 밀며 포크를 들었다. 나는 미미의 안구를 향해 손안에 쥔 포크를 휘둘렀다. 하지만 그 순간 등 뒤에서 누군가 내 손을 잡아채 멈추게 했다. 등줄기가 서늘해져 빠르게 고개를 돌리자 역시나 서바이벌 때 같은 팀이었던 베어라는 녀석이 한 손엔 식판을, 반대 손으론 내 손목을 잡고선 무심하게 내려다보고 있었다.

곧 베어가 내게 미미를 보라는 듯이 눈짓을 한 번 했다. 그제야 나는 다시 미미를 보았다. 그녀는 제 몫의 샐러드들을 내 식판에 옮기고 있었다. 옆에 있던 카이가 한숨을 쉬며 그녀를 타박했다.

"그러니까 네 키가 안 크는 거야."

"신경 끄셔. 남이사. 난 이거 싫단 말이야."

근데 그걸 왜 내 식판에…….

"어제 사건으로 다들 긴장한 눈치야."

그제야 베어가 내 손목을 놓고 옆 의자를 빼 앉으며 말했다. 미미가 고기 조각을 찍은 포크를 허공에 흔들며 가벼운 목소리로 대꾸했다.

"그야 그렇겠지. 사실 분위기 자체는 지난 서바이벌을 기점으로 날이 서 있긴 했어. 오늘 더 심해진 것뿐이지. 누가 어떻게 뒤를 칠지 알아? 봐. 혼자 다니던 녀석들마저 다들 끼리끼리 뭉쳐 있다고. 서바이벌 때 팀끼리 말야."

미미는 고기 조각을 입에 집어넣고 오물거렸다. 카이가 스푼으로 크림스튜를 떠먹으며 내게 말했다.

"뭐 그렇게 되었단 이야기야. 잘 부탁해. 할리. 사실 우리 셋은 서바이벌 이후로 자연스럽게 같이 다니게 되었지만, 너는 혼자 다녔으니까 노려지기 더 쉬웠을 거야. 나머지 두 녀석은 애초부터 다른 그룹 녀석들이니 논외로 치고."

"쓸데없어."

유치하게. 코웃음을 치는 나를 보며 카이는 고개를 절레절레 흔들었다.

"그 증거로 네가 제일 먼저 당했잖아? 가장 믿고 있어야 할 룸메이트에게서 말야."

"전혀 믿은 적 없는데."

차라리 샐러드를 믿지. 내 말에 카이의 표정이 못마땅하게 찡그려졌다.

"그냥 그렇단 얘기야. 말꼬리 잡지 말아 줄래."

"그나저나 너도 제법이네. 그 패거리를 상대로 살아남은 것뿐만 아니라 되레 받아쳐 줬으니 말야. 릴 빼고는 죄다 죽거나 재기 불능이라며?"

미미가 재밌다는 표정으로 웃으며 말했다. 나는 전혀 재밌지 않았다.

"관심 없어."

그놈들이 어떻게 되었든 이미 끝난 일이고 여기서 더 보복할 생각도 없었다. 시끄러움과 귀찮음을 견디지 못하고 결국 다 먹지 못한 식판을 들고 일어섰다. 그러자 미미가 울상을 지으며 날 올려다보았다.

"으에~? 나 먹는 거 느린데~!"

카이는 그제야 와구와구 급하게 음식을 입 안에 욱여넣다가 콜록거리는 미미의 등을 두드리며 물을 내밀었다. 그에 비해 베어는 언제다 먹었는지 날 따라 일어나더니 뒤를 졸졸 쫓아왔다.

"어디까지 쫓아올 참이야."

쫓아오든 말든 신경 쓰지 않으려 했지만 그럴 수가 없었다. 베어는 정말 무슨 곰처럼 덩치가 큰 탓에 필요 이상 위압감을 풍겨 거슬렸다. 결국 참지 못하고 돌아보며 따지자 베어는 고개를 갸웃거리며 의문을 표했다.

"왜? 딱히 해를 끼치진 않고 있는데."

"거슬려. 난 등 뒤에 누군가 있으면 불안해지는 타입이라."

"그냥 벽이려니 생각해."

느긋하고 뻔뻔한 태도가 더욱 맘에 들지 않았다.

"쫓아오지 말라고."

"그건 안 돼. 너 지금 상당히 여러 놈에게 원한을 산 모양이거든. 혼자 다니다간 어제 같은 일이 언제 어디서든 다시 일어날 수 있어. 릴 녀석들이 다른 녀석들보다 빨랐던 것뿐이지."

"남이사."

"그래. 사실 나랑은 상관없지. 네 사정이야. 근데 왜 스스로 나서서 도움을 청하지 않지? 미련하게 버티다 개죽음당하는 게 네 방식인가?"

"신경 꺼. 난 언제든 조건만 갖춰지면 누구든 공격할 수 있어. 그게 너희라도 예외는 아니야. 다음 서바이벌 때는 너희가 내 손에 죽을 수도 있어."

"꼭 죽여야 할 상황이면 어쩔 수 없지만 넌 좀 지나친 면이 있어. 아마도 네가 줄곧 혼자였기 때문이라고 생각해. 그룹은커녕 친구도 하나 없었잖아? 우리랑 부대끼다 보면 손속 조절하는 데도 도움 될 거야. 걱정 마. 금방 변해."

"걱정하지도 않았고 변하고 싶은 생각도 없어."

"너 꽤나 새침하구나."

새침? 나는 베어와 대치하고 서서 이걸 어떻게 할까, 당장 본보기로 몇 군데 부러뜨려야 할까 잠시 고민했다. 곧 미미와 카이가 식당을 나와 우리 쪽으로 달려왔고 나는 주먹을 말아 쥐며 왼쪽 다리를 약간 뒤로 뺐다.

"오지랖은 딴 데 가서 부려."

"몸도 안 좋아 보이는데 무리하지 말지그래."

베어는 정 뭐하면 상대해 주겠다는 듯 어깨를 돌리며 으득으득 뼈 소리를 냈다. 하지만 언제부터 주시하고 있었던 건지 한 교관이 쓸데없이 싸우면 징벌을 주겠다며 우리를 향해 소리를 질렀다.

어쩔 수 없이 그 날은 그냥 넘어갔다. 하지만 녀석들은 내 뒤를 졸졸 쫓아다니는 것을 그만두지 않았다. 나는 식사 시간은 물론 훈련할 때도 붙어서 떨어지질 않는 녀석들에게 협박도 해 보고 욕도 하며 떨어뜨리려 애썼지만 전혀 통하지 않았다. 그러다 그것이 내가 혼자 운동하는 시간까지 이어지다 못해, 사건 이후 혼자 쓰던 6인실에 어째선지 갑자기 미미가 새로운 룸메이트로 지원해 들어왔을 때는 기운이 쭉 빠지며 두 손을 들어 버렸다.

인간 승리다그래. 멋대로 해라. 나는 더는 신경 쓰지 않기로 했고 녀석들은 내 무시 속에서도 꿋꿋이 곁을 지켰다. 나는 어느새 미묘한 형태로 녀석들의 무리가 되어 있었다.

몇 년이 더 지나 슬슬 이곳을 졸업할 때가 다가왔다. 그동안 별로 특별한 일은 없었다. 원한을 많이 산 것치곤 조용히 지나갔다. 아마도 여태 내 주변에 있는 베어 녀석들 때문인 것 같았다. 아무래도 개인보단 무리의 힘이 더 강하다는 인식이 있으니까. 적당히 지지고 볶으며 지내다 보니 베어 녀석들과도 어느새 그럭저럭 정이 붙었다. 친구라는 말까진 아직도 좀 어색하긴 하지만 어쨌든 그들의 존재로 인해 가차 없던 손속 조절엔 꽤 도움이 되었다. 인정하고 싶진 않지만 베어의 말대로였다. 나는 약간 변했다.

하지만 언제까지 우리가 같은 길에 서 있을진 알 수 없었기에 나는 본능적으로 벽을 치고 한 발짝 물러나 있었다. 언제든 끊어 낼 수 있도록. 그러던 어느 날 정기 상담 중 내게 비밀 제의가 들어왔다.

"교관의 추천으로 한동안 눈여겨보았다. 그냥 정보원으로 키우기엔 제법 아깝다 생각하고 있지."

교관의 말로는 군의 높은 사람이라는 것 같았다. 정장 위로 걸친 군의 제복 코트엔 많은 훈장이 달려 있었다. 그는 탁자에 내어진 차를 한 모금 마시곤 다리를 꼬아 소파에 등을 기댔다. 그리고 두 손을 깍지 끼며 날 똑바로 바라보았다. 느긋해 보이는 인상에 나이도 제법 있어 보였다.

"어쩌겠나?"

그는 강제가 아닌 말 그대로 제의를 했다. 보통은 이대로 이곳을 나가게 되면 국가의 정식적인 암약 정보원으로서 표면에 노출되지 않은 채 비밀스럽고 불법적인 일도 해야 된다고 들었다. 하지만 나에겐 다른 선택지가 주어졌다.

군으로의 입대. 거기다 군의 높은 사람이 뒤를 봐주면 출세는 그리 어렵지 않게 될 것이다. 확실히 암약 정보원보다는 미래가 밝은 길이었다. 하지만 어째서 그런 제의를 하는 건지 의아했다. 그는 그런 내 의문을 알아차린 듯 말했다.

"물론 자네는 그 누구보다도 내 지시를 우선으로 해야 한다. 그것이 자네 뜻과는 맞지 않는 일이라 해도. 사실 군인은 허울뿐이고 정보원과 그리 다르지 않은 일을 해야 할지도 모르지. 나는 그저 군 안에 내가 믿고 부릴 수 있는 완벽한 내 사람이 필요한 거다."

교관은 이것이 이례적인 일이 아니며 우수한 인재들에겐 종종 있는 일이니 그리 부담 가질 필요는 없다고 했다. 오히려 더 조건이 좋은 곳으로 스카우트 받는 것이니 영광스러워해야 할 일이라고 말이다. 나는 그리 오래 고민하지 않았다.

"그렇게 하겠습니다. 잘 부탁드립니다."

정확하게 부를 시기는 따로 이르겠다 말하곤 남자는 돌아갔다. 이 일은 기밀로서 그때까진 다른 훈련생들과 같은 과정을 밟고 있기로 했다.

남자가 다녀간 지 얼마 후, 그동안의 훈련 교육 성적에 따라 훈련생들은 선배들이 있는 전역으로 흩어져 기관의 각 부서에 배속되었다. 마지막 실습 과정이었다. 여기서 합격하는 사람은 완전하게 국가에 소속되어 본격적인 활동을 하게 된다. 탈락하는 사람은 어떻게 되는지 자세한 언급이 없었다. 물론 그것은 보통의 경우이고 나는 예정된 탈락자로서 이 과정을 마친 후 군으로의 입대가 정해진 상태였다.

실습 과정엔 맨투맨 비밀 교육이 하나 더 포함되어 있는데 바로 섹스 교육이었다. 직속 선배에게 직접 몸으로 교육을 받는 시스템으로 내 담당은 긴 흑발을 가진 상당히 아름다운 남자 선배였다. 눈요기가 가능하다는 점에서 나는 운이 좋은 편이라고 한다. 사실 나는 별로 그렇게 생각하지 않지만 미미가 그렇게 말했으니 그렇다는 거겠지 싶었다.

"이거 참…… 많이 컸군."

늦게서야 일을 마치고 돌아온 선배는 자기 방에서 얌전히 기다리고 있는 날 발견하곤 어이없다는 듯 말했다. 그는 문틀에 몸을 비스듬히 기대며 낮게 혀를 찼다. 날 알고 있나? 그의 반응이 의아하긴 했지만 잠자코 가만히 서 있었다. 전체적으로 훑는 눈길이 별로 탐탁지 않아 보였다. 나는 그 반응을 이해했다. 아무래도 나는 아담하고 부드러운 인상이 아니니 실망했을 거라고 여겼다.

곧 그는 아무래도 상관없다는 듯 어깨를 으쓱이며 안으로 들어왔다. 문을 닫고 방 한편의 찬장 안에서 술 한 병과 잔 두 개를 꺼내 탁자 위에 올려놓고 의자를 향해 눈짓했다.

"앉아."

나는 그의 맞은편에 앉아 따라 주는 술을 받았다. 그는 자기 잔에도 술을 따르며 물었다.

"이름이 뭐라고 했더라?"

"할리입니다."

"내 이름은 루이다. 이 과정은 기본 석 달 정도 이어지고 너 하기에 따라서 더 빨리 끝날 수도 더 늦게 끝날 수도 있다."

"예. 알고 있어요."

"그래? 그럼 됐어. 마셔. 아무래도 첫날은 맨정신으로 좀 어렵겠지."

별로 상관없지만. 아직 제대로 실감하지 못하는 상태라 조금 태평하게 생각하고 있었다. 루이는 얼음이 담긴 술잔을 입에 가져가며 내게 마시라는 눈짓을 했다. 나는 알싸한 맛이 나는 술을 조용히 삼켰다. 내가 그 잔을 다 비우자 루이는 자리에서 일어났다.

"그럼 시작할까."

루이를 따라 일어선 나는 입고 있는 정장 단추를 풀려 했다. 하지만 그가 내 손 위로 자기 손을 가볍게 덮었다가 떼며 제지했다.

"일단. 배워."

"예."

팔을 아래로 늘어뜨렸다. 루이는 내 재킷 단추를 풀고 어깨 뒤로 넘겨 벗겨 내더니 의자 등받이에 걸었다. 그리고 블라우스 단추를 위에서부터 순서대로 풀어 내려가며 말했다.

"너에 대해선 들었다. 군에 입대할 예정이라고?"

"예?"

"별로 숨길 거 없어. 난 군인은 아니지만 너와 같은 노선에 있으니까."

"……."

어떻게 대꾸해야 할지 몰라서 가만히 시선을 들어 천장을 올려보았다. 루이가 무심하게 말했다.

"마주 보고 있을 땐 시선은 상대와 맞추도록 해."

"죄송합니다."

즉시 시선을 바로 해 다시 그와 눈을 맞추었다. 루이는 내 블라우스도 의자에 걸고는 이번엔 스커트를 벗겼다. 내가 완전한 나신이 되자 그가 말했다.

"여성 요원이 임무에 나설 땐 정보를 얻기 위해 지위가 있는 남자를 상대해야 할 일이 심심찮게 생긴다. 물론 때에 따라 취향에 따라 대처 방법도 다르지만 보통은 점잖으므로 조심스럽게 행동해야 한다. 국가 관료들을 상대해야 할 땐 특히. 그들은 하룻밤 유희로 버릴 만한 옷을 입지 않아. 옷을 더럽혔다고 그들이 그걸 아까워하는 건 아니지만 그렇다고 기분이 좋지도 않지. 그러니 옷을 상하게 하는 건

피하도록 해.”

“예.”

“해 봐.”

나는 루이의 셔츠 단추를 풀기 시작했다. 지시대로 흘긋흘긋 눈치 보듯 그와 눈을 맞춰 가면서 어설프게나마 미소도 지어 보였다. 나는 루이가 했던 대로 그의 옷을 가지런하게 의자에 걸었다. 머지않아 서로 완전한 나신이 되어 마주 보게 되었다.

루이가 내 머리에 한 손을 얹더니 그대로 천천히 내리눌렀다. 나는 루이가 누르는 대로 몸을 낮추다 바닥에 양 무릎을 꿇었고 그는 나를 내려다보면서 말했다.

“이 세우지 말고 조심스럽게 물어.”

루이는 두 손으로 내 머리를 잡아 자신의 성기 앞으로 끌어당겼다. 나는 가만히 그것을 보다 루이를 올려다보았고 그는 안 하고 뭐 하냐는 표정으로 고개를 슬쩍 기울였다. 기울어진 방향으로 그가 풀어 내린 긴 머리가 흘러내렸다. 조각상이 움직이는 것 같았다.

“뭐 해?”

이내 뭔지 모를 민망함에 시선을 내린 나는 마른침을 삼키고는 입을 벌렸다. 성기 끝을 입술로 키스하듯 가볍게 물었고 그가 나직하게 말했다.

“한 손은 내 다리에 기대고 다른 손은 기둥 잡아.”

그가 시키는 대로 오른손은 그의 허벅지에 펼쳐 기대고 왼손으론 그의 성기를 잡았다. 루이는 내 왼손 위로 한 손을 겹치더니 성기를 살짝 들게 하며 말했다.

“혀 내밀고 아래에서 위로 핥아.”

루이는 상당히 디테일하게 가르쳤다. 핥을 땐 혀끝을 세워라. 입 안에 넣고 움직일 때는 입 안에 바람이 들어차지 않게 내부 점막과 성기를 최대한 밀착시켜서 빨아들여라. 손은 쉬지 말고 고환도 적당히 만져 줘 가면서⋯⋯ 등등.

어느 순간 그는 완전히 발기되었음에도 조금도 흔들림 없이 담담한 어조로 말했다.

"발기되었을 땐 힘들어도 입 안에서 빼지 말고 조금 더 빨리. 그리고 좀 더 안쪽까지."

루이가 허리를 슬쩍 움직여 성기를 더 깊게 쿡 찔러 넣었다. 목구멍에 가까워져 순간적으로 욱 하는 소리를 내며 눈을 들었다. 루이는 애써 흥분을 참는 듯 미간을 약간 찌푸린 채로 피식 웃었다.

"토하면 안 돼. 익숙해지면 괜찮으니까 그렇게 보지 말라고."

그는 그렇게 말하며 두 손으로 다시 내 머리를 잡더니 같이 몸을 움직이기 시작했다. 처음엔 느리게. 하지만 깊숙하게 마찰하며 들어온 성기가 왔다 갔다 할 때마다 반사적으로 욱욱 소리를 내었다. 루이는 움직임을 멈추지 않았고 곧 작게 신음하며 눈가를 찌푸렸다.

"읍⋯⋯! 콜록!"

"후⋯⋯."

얼마 후 그가 내 입 안에 성기를 집어넣은 채로 사정했다. 그는 들릴 듯 말 듯 하게 한숨을 쉬며 천천히 성기를 뺐다. 나는 바로 두 손으로 입을 막았다.

"오늘은 첫날이니까 뱉어도 좋아. 하지만 다음부턴 삼켜. 그쪽이 정복욕을 만족시키거든. 화장실은 저쪽."

나는 그가 말을 마치자마자 벌떡 일어나 화장실로 달려갔다.

"우웩!"

변기를 붙잡는 동시에 구토를 했다. 사정액과 섞인 위액 찌꺼기가 밖으로 쏟아졌다. 아무것도 나오지 않을 때까지 나는 꽤 오랫동안 구역질을 하고 나서야 힘이 쭉 빠진 다리를 일으켜 세웠다. 개수대에서 입 안을 씻어 내고 화장실 밖으로 나오자 의자에 앉아 술을 마시고 있던 루이가 나를 쳐다보았다.

내가 물기 가득한 손으로 입가를 문지르는 것을 바라보던 그가 비틀리게 미소 지으며 물었다.

"시원해?"

"……."

"어쩔래. 오늘은 여기까지 할까. 아님 더 할래."

루이는 시작하기 전에 분명하게 말했다. 나 하기에 따라서 이 과정이 더 빨리 끝날 수도 있고 더 걸릴 수도 있다고. 마음 같아선 얼른얼른 배워 버리고 하루빨리 끝내 버리고 싶었다. 하지만 한 번 속을 게워 내고 나니 그에게 가까이 가고 싶은 마음이 없어졌다. 루이는 지루한 표정으로 술을 마시며 내 대답을 기다렸다. 나는 결국 고개를 저었다.

"오늘은 여기까지만 하고 싶어요."

"그래? 그럼 옷 입고 나가 봐."

나는 지체 없이 옷을 챙겨 입고 그에게 고개를 숙였다.

"수고하셨어요."

인사를 하고 방을 나가려는데 그가 의자에 걸린 자신의 옷 주머니를 뒤적이더니 담뱃갑과 성냥을 꺼내 탁자 위로 툭 던졌다.

"가져가."

잠시 그것을 바라보다 이내 주머니에 챙겨 넣고 돌아섰다. 방을 나와 문을 닫자마자 기분이 착잡해져 왔다. 나는 약간 떨려 오는 손으로 목 부근의 단추가 제대로 잘 잠겼는지 확인하곤 복도를 따라 걸었다. 그러다 문득 저만치에 있는 복도 창가에서 누군가 반듯하게 서서 창밖을 보고 있는 것을 발견했다. 베어였다. 그의 손엔 담배가 들려 있었고 무표정한 얼굴로 한숨을 토해 내듯이 연기를 뱉어 내고 있었다. 발소리를 들은 베어가 곧 날 발견하고는 반갑다는 듯 손을 작게 들어 보였다.

"여어."

그 옆으로 다가가 나란히 선 나는 루이가 준 담배와 성냥을 꺼냈다. 베어는 별말 없이 다시 창밖으로 시선을 옮겼고 나는 담배를 입에 물었다. 좀처럼 켜지지 않는 성냥을 신경질적으로 긋다가 겨우 성냥 머리에 불꽃이 일자 그것을 담배 끝에 가져다 댔다. 불이 붙자 바로 손을 흔들어 성냥을 껐다.

"후…… 콜록."

입술을 모아 어설프게 연기를 내뱉다 얕은 기침을 했다. 하지만 머지않아 차분하게 연기를 들이마셨다가 길게 내쉴 수 있었다. 검은 허공에 회색인지 흰색인지 모를 연기가 흩어졌다. 베어는 다 타 가는 담배를 창가에 비벼 끄곤 밖에다 휙 내던졌다. 그리고 초조하게 담배를 물고 있는 나를 보았다.

"넌 누구였어?"

"루이 씨."

"아……."

그 장발. 중얼거린 베어는 자긴 레인이라는 사람이었다고 말했다. 베어는 고개를 푹 숙이며 약간 한탄 어린 한숨을 내뱉었다. 베어 역시 기분이 가라앉은 모양이었다. 아마도 나와 비슷한 기분일 거라 생각했다. 마치 머릿속에 벌레 한 마리가 기어 다니는 듯했다.

불유쾌하다. 그 정도의 말이 딱 좋을 것 같다. 우리는 잠시간 입을 열지 않았다. 그러다 내가 먼저 미미와 카이에 대해 물었다.

"둘은 아직도 안 나왔나……."

중얼거리듯 말하는 내게 베어는 그제야 약간 입술을 말아 올리며 말했다.

"카이 방으로 들어가던데. 아마 한창 침대에서 뒹굴고 있을 거라고 생각한다만."

"아아."

그렇구나. 그 녀석들도 나름 그 불유쾌한 기분을 털어 내려 애쓰고 있었다. 미미와 카이는 원래 그런 사이가 아니었지만 오늘은 그냥 그러려니 하는 생각이 들었다. 의아함 따위는 없었다. 그냥 그렇게 오늘을 조금 무던하게 넘기려 한다고 생각했다. 나와 베어는 이렇게. 미미와 카이는 그렇게. 방법만 다를 뿐 털어 내고자 하는 것은 비슷할 터였다.

베어는 화제를 돌렸다.

"저게, 자동차라는 거지? 작년쯤부터 기관하고 군부대에 납품되기 시작했다는데. 하여튼 우리가 섬에서 썩고 있는 동안 세상은 참 좋아졌어."

난 베어의 눈길을 따라 창밖으로 두 대의 철마차 같은 것을 내려다보았다.

"그러게."

나로선 별로 오랜 시간 같지 않은데 어느새 세상은 낯설 정도로 변해 있었다. 자동차라. 아직 타 본 적이 없어서 승차감이 어떤지는 알 수 없지만 말이나 사람이 끄는 것이 아니라 기계의 동력으로 굴러간다는 그것은 제법 흥미가 당겼다. 하지만 당장 내려앉은 기분을 끌어 올리는 화제로는 역시 부족했다. 베어와 나는 또다시 대화가 끊겼다.

평소에도 딱히 그와 얘기를 많이 나누진 않았다. 미미와 카이가 시끄럽게 투닥거리면 베어와 나는 그걸 지켜보는 쪽으로 둘 다 말주변이 없었다. 더욱이 지금은 조금 전까지 뭘 하고 나왔는지 서로 뻔히 아는 상황이라 이전엔 없던 불편함마저 생겼다.

이건 오래전에 내가 당했던 레이프와는 달랐다. 행위는 그다지 다르지 않더라도 받아들이는 느낌이 달랐다. 오래전의 그것은 그냥 린치였다는 정도로 받아들여졌던 것에 비해 오늘의 이것은 뭔가, 미끌미끌하고 말캉하며 부드러운 듯하면서도 축축하고 찜찜한…… 민달팽이 같은 감각이었다. 따지자면 싫은 쪽에 더 가깝지만 그렇다고 크게 반응하기에도 뭐한. 그래도 진짜 싫긴 하다만.

물론 오늘은 첫날이라서 그럴 것이다. 내일은 더 나아질 것이다. 그리고 이 과정을 끝낼 즈음엔 아무렇지 않아질 것이다. 그렇게 어차피 아무것도 아닌 일이 될 것이다. 나는 그렇게 자신을 위로했지만 그래도 꿀꿀한 기분은 별로 나아지지 않았다.

새 담배를 꺼내 물었다. 그러자 베어가 품속에서 성냥이 아닌 라이터를 꺼내 내 담배에 불을 붙여 줬다. 그건 어디서 났냐고 물었더니 그의 담당이었던 레인이라는 선배가 담배와 함께 주었다고 했다.

그러고 보면 루이도 레인이라는 사람도 다들 겪었을 과정. 어쩌면 알고 있으므로 마음 써 준 것인지도 모르겠다. 그제야 딱딱하게 뭉쳐 있던 속이 조금 느슨해지며 픽 웃음이 나왔다.

"왜 그런 것들을 배워야 하는 걸까."

베어는 대답하지 않았다. 나도 대답을 기대하진 않았다. 그냥 허무감에 자조했다. 복종 훈련을 다시 받아야 하는 걸까. 아까부터 계속 기분이 이상했다. 나는 말없이 몸을 돌렸다. 그리고 내 방으로 가는 내내 작게 중얼거리며 마음을 다시금 가다듬었다.

"나의 필요 가치는 정부가 부여하며 나는 그 정부에 필요한 인간이 되기 위해서만 존재한다. 나의 필요 가치는 정부가 부여하며 나는 그 정부에 필요한……."

'모든 것은 정부를 위해서. 이 나라를 위해서. 내 몸은 그를 위한 하나의 톱니바퀴. 의심하지 말 것. 감정을 배제하고 머리를 차갑게 식혀 생각하라. 나는 그것이 가능하도록 만들어졌다.' 라고.

나는 아직 수습 과정이기 때문에 딱히 대단한 일이 주어지진 않았다. 그저 루이의 잡다한 심부름을 도맡아 하는 정도다. 비밀 수업뿐만 아니라 실습 전부가 맨투맨으로 진행되어 수습들은 담당 선배만 쫓아다녀야 했는데 내 담당인 루이는 잠시만 눈을 떼도 어디론가 사라져 있었다. 아무래도 그는 내가 귀찮은 것 같았다. 덕분에 루이를 찾는 다른 사람들은 죄 나만 닦달했고 나는 그를 찾아 온종일 동분서주해야 했다.

이번엔 정보부서 부장의 호출이었다. 땀에 옷이 다 젖도록 뛰어다닌 끝에 나는 옥상에서 루이를 찾을 수 있었다.

"루이 씨."

"……? 너냐."

루이는 난간에 등을 기대고 서서 담배를 피우고 있었다. 나는 자기 찾느라 옷이 다 젖었는데 참으로 느긋한 꼴이었다. 솔직히 선배만 아니면 패 버리고 싶을 정도로 얄미웠지만, 나는 개념 찬 수습이니까 참기로 했다.

"로버트 씨가 찾는데요."

"왜."

"모르겠어요."

루이는 귀찮은 표정으로 풀어 헤친 긴 머리를 쓸어 넘겼다. 하지만 바람이 불어와 머리카락은 금세 다시 흐트러졌고 루이는 짜증을 내며 주머니에서 머리 끈을 꺼냈다.

"쓸모없네. 왜 찾냐고 물어봤어야지."

"물어봤자 저한텐 답해 주지 않는데요."

루이는 머리를 하나로 모아 묶고는 담배를 껐다. 그리고 그제야 느리적느리적 발을 뗐다. 나는 그가 또 다른 곳으로 샐까 봐 놓치지 않고 뒤를 졸졸 쫓아갔다. 다행히 그는 바로 로버트의 사무실로 향했다. 루이가 일을 보는 동안 나는 사무실 밖에서 기다리고 있었는데 문득 복도에 구둣발 소리가 들려 별생각 없이 고개를 돌렸다. 키가 큰 노랑머리 남자와 릴이 복도를 따라 걸어오고 있었다.

"어?"

노랑머리 남자가 먼저 알은척을 하기에 나는 말없이 고개만 숙여 인사했다. 그는 오래전 릴 패거리와 내가 붙었을 때 나를 치료해 준 사람이었다. 제법 오래된 일이고 별로 기억하리라 기대하지 않았음에도 의외로 그는 날 기억하고 있었다. 나는 그의 뒤에 서 있는 릴을 보았다. 릴 역시 나를 보았다. 우리는 잠시 서로를 쳐다보다 곧 약속한 듯 눈을 돌렸다.

"실습생으로 왔었구나. 잘 지냈어? 아, 이름이……?"

"할리라고 합니다."

"난 모건이라고 부르면 돼. 여기로 배속됐었구나. 전혀 몰랐네."

부서가 다르니 모를 수밖에. 바쁜 사람들이 한두 명도 아닌 실습생들을 일일이 체크할 짬이 있을 리가 없었다. 모건은 나에게 손을 내밀어 악수를 청했다. 나는 그 손을 마주 잡았다가 놓으며 말했다.

"그땐 제대로 인사도 못 드렸네요."

"아냐. 이해해."

주변 신경 쓸 상황도 아니었으니까. 모건은 미소 지었지만 나는 웃지 않았다.

그때 사무실 문이 열리며 루이가 꿀꿀함으로 가득 구겨진 얼굴을 하고 나왔다. 그러다 그는 모건과 눈을 마주치곤 눈썹을 마땅찮게 들어 올렸다. 모건은 멀뚱한 얼굴로 루이를 마주 보았다. 잠시 후 루이가 슬쩍 입술을 비틀며 한 발 옆으로 비켜 주었다. 하지만 모건은 안으로 들어가지 않고 루이에게 물었다.

"혹시 네가 담당?"

"이 녀석을 묻는 거라면 내가 담당이 맞다만?"

"아⋯⋯."

모건은 의미를 알 수 없는 탄성을 내뱉으며 내게로 시선을 돌렸다. 루이는 그를 두고 먼저 자리를 뜨며 내게 말했다.

"가자."

"예. 그럼."

나는 모건에게 짧게 인사를 하곤 루이를 쫓아갔다. 그러다 별생각 없이 뒤를 돌아보자 모건은 아직도 제자리에 서서 우리 쪽을 쳐다보고 있었다. 루이는 나를 데리고 기관 정문을 나설 즈음에야 흘러가듯 물었다.

"저 녀석 알아?"

"섬에 있을 때 도움을 받은 적이 한 번 있어요."

"난 별로 친하게 지내지 않는 편을 추천하겠어."

"그럴 예정 없어요."

"그럼 다행이고. 웬만하면 연관되는 것도 피해라."

"이유를 물어도 될까요?"

루이가 발을 멈추고 나를 돌아보았다. 무심한 듯 보이는 얼굴 위로 미세한 혐오가 어른거렸다.

"저 녀석은 우리와 완전히 반대쪽 노선을 타고 있으며 툭하면 우리 쪽 임무에 초를 치는 재수탱이 자식이지. 사람 좋은 척하는 얼굴로 누구든 걸렸다 하면 아주 뼈를 발라 먹는 독종이다. 너같이 세상 물정 모르는 녀석은 맥도 못 추고 당한다."

어쩐지 사적인 감정이 가득 담겨 있는 말이라고 생각했지만 나는 잠자코 고개를 끄덕였다. 루이는 다치기 싫으면 그 녀석과는 가까이 지내지 말라고 한 번 더 충고했다.

나는 루이의 뒤를 따르다 문득 고개를 돌려 건물 창문을 올려다보았다. 모건이 이번엔 복도 창문을 통해 이쪽을 바라보고 있었다. 루이를 바라보는 것일까. 그의 시선은 방금 전의 루이에 비견해도 밀리지 않을 정도로 적개심이 가득해서 금방 알아챌 수 있었다. 둘 사이가 정말로 좋지 않구나.

나와 릴 같은 사이일까. 아니, 그보다 더 안 좋아 보였다. 물론 나랑은 상관없지만. 부디 불똥이 튀지 않길 바랄 뿐이었다. 나는 평화롭게 지내다 떠나고 싶으니까.

시선을 되돌려 앞서가는 루이의 등에 대고 물었다.

"그런데 루이 씨. 어디 가세요?"

"너 실습시켜 주러."

실습? 어디로? 루이는 내 의아함을 신경 쓰지 않고 계속 말했다.

"서류 보니 너 제법 성적이 좋더라? 나로선 한번 확인해 볼 필요가 있어서 말이야. 부디 과대평가가 아니길 바란다. 능력도 없이 설치는 녀석은 일찍 죽거든."

루이는 그렇게 말하며 한 골목으로 꺾어 들어가더니 그곳에 있는 맨홀 뚜껑을 열어 내게 들어가라고 눈짓을 했다. 나는 시키는 대로 맨홀 아래로 들어갔고 곧 내 뒤를 따라 내려온 루이가 말했다.

"지금부터 우리가 할 일은 혁명군이라는 이름으로 정부를 위협하는 반란군의 끄나풀들을 찾아내는 거다."

작은 플래시 하나에 모든 시야를 의지한 채 어두운 지하 수로를 걸었다. 그러다 어느 순간 루이가 멈췄고 덩달아 나도 멈춰 섰다. 루이는 손에 든 플래시를 조금 들어 올렸다.

바닥을 비추던 빛이 올라가며 꺾어진 수로 벽을 비췄다. 그곳엔 한 부랑자가 얼굴을 가득 찌푸리며 두 팔로 얼굴을 가리고 있었다. 그는 막 잠에서 깬 것인지 격하게 짜증을 냈다.

"눈부셔……! 이 썩을……! 안 치워……?!"

"아, 실례."

그제야 루이가 전혀 미안하지 않은 목소리로 사과하며 플래시를 다시 아래로 낮췄다. 부랑자는 짜증이 가라앉질 않는지 정면으로 비추던 빛이 조금 낮아졌음에도 잠시간 신경질을 부리며 얼굴을 두 손으로 연신 비볐다. 곧 부랑자가 잔뜩 갈라져 쉰 목소리로 말했다.

"뭐야……!"

"내가 여기 오는 거야 항상 뻔하지. 요즘 수상한 놈들은 없나?"

"네놈이 제일 수상해……!"

부랑자는 여전히 짜증이 담긴 어투로 쉬게 외쳤지만 루이는 그저 귀찮은 듯 주머니에 찔러 넣고 있던 손을 빼 이마를 긁적였다.

"거 사소한 거에 뒤끝 기네. 그러지 말고 말해 봐. 요즘 밤중에 이상한 벽보 붙이는 놈들 본 적 없어?"

"1골드……!"

"까고 있네. 어디서 바가지를. 씨발 1골드 벌려면 내가 얼마나 뺑이쳐야 하는지 쓰레기나 줍는 네놈이 알 리가 없지. 50실버."

"90실버……! 싫으면 꺼져……!"

"55실버. 우리 좋게 가자."

"85……!"

"60."

"80……! 더는 안 돼……!"

"70. 안 되면 그냥 시체 하나 보고 말란다. 나."

"망할. 콜……!"

말끝에 쌕쌕 바람 빠지는 듯한 쉰 소리를 낸 부랑자가 이를 갈며 협상을 끝냈다. 루이는 당연하다는 얼굴로 그를 내려다보며 시작해 보라 말했다. 부랑자는 등을 더욱 구석에 밀착시키곤 몸을 작게 웅크리며 입을 열었다.

"녀석들이 나타나는 시간은 대체로 새벽 2시에서 3시 사이야……! 변장을 하고 두 명씩 짝지어서 골목골목 빨간 벽보를 붙이며 돌아다니지……! 일단 열 팀은 넘는 것 같더군……!"

"어떤 변장을 했는데."

"군인, 부랑자, 의사, 꽃 파는 여자, 창녀…… 늘 달라……!"

"시작점은?"

"정확히는 알 수 없어……! 하지만 출몰 시간별로 따지면 어느 정도는 예상 가능하지……! 내가 가장 이른 시간에 그들을 본 장소는 핏토로 9번 거리였어……! 새벽 2시 정각……! 하지만, 얼마 전에 내 동료가 그보다 더 이른 시간인 1시 반경에 그들을 목격했지……! 핏토로 5번 거리……! 그 주변으로 1킬로 내외에 그들의 시작점이 있을 거라 생각해⋯⋯!"

루이는 한 손으로 턱을 잡고 가만히 생각에 잠겼다. 머지않아 그는 품에서 지갑을 꺼내 70실버를 부랑자에게 건넸다. 부랑자는 그것을 받아 세며 흘긋흘긋 우리의 눈치를 보았다.

"가자."

나는 루이의 뒤를 따라가면서 한 번 더 부랑자를 돌아보았다. 부랑자 역시 나를 가만히 쳐다보고 있었다. 그러다 곧 불빛이 멀어져 그의 모습이 보이지 않게 되어서야 나는 다시 루이의 등으로 눈을 되돌렸다.

지하 수로를 빠져나온 우리는 사람이 많은 큰길가의 작은 음식점으로 들어갔다. 루이는 점원에게 음식을 주문한 후에 테이블 위로 작은 종이를 펼쳤다. 이 도시의 지도였다. 그는 펜을 꺼내 핏토로 5번 거리라고 적힌 곳에 체크를 하곤 그 주변으로 넓게 원을 그렸다. 그리고 고개를 들어 나와 시선을 맞추곤 물었다.

"이게 핏토로 5번 거리에서 1킬로 내외다. 넌 어디일 것 같냐."

"예?"

"뭘 되묻고 있어? 너도 같이 들었잖아. 이거 상황 판단 느리네. 다시 설명해야 하냐?"

"아니요. 죄송합니다."

눈가를 찌푸리며 한심하게 쳐다보는 루이의 얼굴에 당황해서 나는 얼른 대답하곤 지도 위로 시선을 내렸다. 내가 소속된 기관은 블러틴 지역에 있는 제3안보국. 그리고 요즘 이곳에서 적잖게 골치를 앓고 있는 문제가 바로 빨간 벽보라 불리는 사건인데 반정부의 성격이 두드러지게 보이는 빨간색 벽보에 이런저런 정보가 적혀 시내 곳곳에 붙는다는 것이었다.

네 달 전 처음 빨간 벽보가 붙었을 때는 적힌 정보가 누구나 다 아는 그저 그런 길거리 소문에 불과했기에 안보국에서도 별로 대수롭지 않게 여겼다고 한다. 웬 시정잡배 비렁뱅이가 어지간히 할 짓이 없었나 보다 여기며 벽보만을 제거했다.

하지만 시간이 갈수록 점차 정보의 등급이 높아지는 듯싶더니 얼마 전엔 위에서 특급 기밀로 만들어 그들 손으로 직접 고이 덮었던 정부군의 과실 사건에 대해 나불대는 벽보가 붙고 말았다. 뿐만 아니라 벽보가 붙고 3일 후엔 그 사건에 연루되었던 군인이 거리를 걷다가 누군가에게 살해당하기까지 했다.

당연히 위에선 난리가 났다. 안보국 앞마당에서 그런 정보가 줄줄 새는 상황에 대해 분개하며 정보 하나 간수 못 한 국장을 마구 쪼아댔다. 책임을 짊어진 국장의 지시 아래 은밀한 조사가 시작되려나 싶었지만 머지않아 임무를 맡은 정보원이 거리의 시체로 발견되었다. 제대로 된 조사에 착수하기도 전이었다.

그것은 결국 안보국 내부에 반란군 스파이가 있을 것이라는 추정을 낳았고 속칭 뒤처리부, 또는 똥통부라고도 불리는 곳까지 넘어오게 되었다. 그곳이 루이가 소속된 제23부였다.

제23부는 안보국장 직속으로 소속된 정보원 하나하나가 은밀하고 개인적인 성격이 강했고 따로 리더가 없었다. 때문에 정보부장인 로버트가 직접 23부 요원인 루이를 불러 그에게 사건을 넘겼다. 물론 그 과정에서 국장의 허가가 먼저 있었다.

그리고 루이는 조속히 사건을 해결하기 위해 담당 수습생이자 직속 노예나 다름없는 나를 데리고 나왔다는 게 현 상황이었다. 루이는 테이블 위의 식기 통에서 포크를 하나 빼 들더니 펼친 지도 위에서 북쪽의 핏토로 1번 거리와 동쪽의 산시아 3번 거리, 그리고 서쪽의 일리나 9번 거리를 차례로 찍으며 말했다.

"이전 정보원이 죽기 전에 가장 가능성이 크다고 여긴 장소가 여기세 곳이다. 당연히 유동 인구가 많은 곳이지. 굳이 따지자면 일리나 9번 거리가 가장 붐비지만 거의 엇비슷해. 어디든 반란군이 숨어 지내는 데는 문제없다는 판단이다. 그리고 조금 벗어나 있지만 산시아 1번 거리에 알카무드 용병단이 있고 일리나 5번 거리엔 이나츄스 용병단이 있는데, 그 두 단체 중 적어도 하나가 여기에 연루되었을 가능성이 있다고 하더라고. 어쩌면 두 단체 모두 관련이 있을 수도 있고. 결국 총 다섯 개 구역이 조사 범위에 들어가 있는데 우리끼리 다니기엔 너무 많단 말이지. 그러니까 같이 머리를 굴려서 시간 낭비를 줄여 보자고."

나는 산시아 1번 거리와 일리나 5번 거리를 양손으로 각각 찍으며 물었다.

"두 단체의 사이는 나쁜가요?"

"좋지도 나쁘지도 않지만 서로 견제 정도는 하지. 일거리 때문에."

나는 손가락을 움직여 두 지역의 가운데를 찍었다. 핏토로 1번 거리였다. 루이는 한쪽 손에 턱을 괴며 심드렁하니 물었다.

"이유는?"

"구역 특성상 도주로가 가장 잘 확보되어 있으니까요. 그리고 반란군이라고까지 칭해질 정도면 어느 정도의 무력이 있다는 뜻일 테고. 그럼 거대 용병단은 자동적으로 수사 선상에 오르지 않나요? 거기다이 나라의 군 체제는 아무리 일개 도시라 할지라도 용병단 하나가 감당할 정도로 녹록한 것이 아니잖아요. 적어도 두 용병단이 손을 잡고있거나 반란군의 끄나풀들이 양쪽 용병단에 잠입해 무기를 공수하고있을 거라는 생각이 들었어요."

"별로 만족스러운 과정을 거치진 않았지만 신기하게도 결론은 나와 같군. 3점. 식사 후에 바로 출발한다."

"예."

머지않아 종업원이 식사를 내왔다. 나는 포크로 파스타 면을 말아 입에 넣고 우물거리다 문득 시선이 느껴져 눈을 들었다. 루이가 먹지 않고 포크를 든 손등에 턱을 받친 채 나를 빤히 쳐다보고 있었다.

"왜 그러세요?"

"아니. 아무리 교육을 받았다지만 식사하는 모양새가 정말 그럴듯하게 각이 잘 잡혀 있어서. 매너 교관이 바뀌었나?"

"상급 매너 교육 교관은 10년 전부터 바뀌지 않았다고 알고 있는데요."

"그래? 그럼 너 뭔가 기억이라도 하고 있는 거냐?"

"무슨 말씀이신지 모르겠어요."

사라진 기억에 대해 묻는 건가. 떠보듯이 묻는 루이에게 담담하게 대답하자 그는 이내 심드렁한 얼굴이 되어 얕은 한숨을 쉬었다.

"아니다. 됐다. 먹어."

식사 후에 바로 핏토로 1번가로 이동했다. 구석구석 돌아다니며 구역을 살피다가 밤이 되자 루이와 나는 변장을 했다. 그리고 어느 골목에 다다라 갑자기 벽에 밀쳐진 나는 그대로 얼굴을 들이밀어 입술로 내 목을 지분대는 루이를 난처하게 불렀다.

"저 루이 씨."

"뭐."

"왜 여기서 이런 걸 하고 있어야 하나요?"

나는 루이의 어깨를 가볍게 붙잡은 채 미약하게 몸을 굳히고 있었는데 루이는 한 손으로 내 볼을 가볍게 툭 치며 한심하게 쳐다보았다.

"지금 네가 변장한 게 뭐야. 말해 봐."

"창녀……?"

"그리고 난?"

"군인……."

"그렇지. 지금 너와 나는 상하 관계의 요원이 아니라, 술 취한 군인과 창녀다. 역할에 충실하라고. 물론 그렇다고 본질적인 목적을 잃지는 말고. 수상한 사람은 없는지 눈 크게 뜨고 잘 살펴봐."

"그치만……."

입술을 옮겨 귓가를 핥고 있던 루이가 고개를 들었다. 그는 혀로 제 입술을 쓸더니 곧 내 한쪽 허벅다리를 손으로 툭툭 두드렸다.

"그치만은 뭐가 그치만이냐. 겸사겸사 교육도 해 주고 있잖아. 잔말 말고 다리 들어 봐."

"끝까지 하실 생각이세요?"

"하? 섹스에 끝이고 시작이고가 어딨어. 너 설마 삽입이 섹스의 경계라고 생각하는 건 아니겠지? 그딴 건 얼른 잊어버려. 언제까지 촌년처럼 굴 거냐?"

촌년? 하긴 나는 섬에 틀어박혀 있다가 이제 막 세상에 나온 촌년이 맞긴 했다. 딱히 좋은 어감은 아니지만. 결국 나는 마지못해 루이의 벨트와 버클을 풀고 지퍼를 내려 그의 속옷 안으로 한 손을 집어넣었다. 그제야 루이 역시 한 손으론 내 다리를 잡아 들고 반대 손으론 다리 사이의 속옷 위를 만졌다.

"손가락으로만 더듬지 말고 손바닥 안으로 말아 쥐라고. 세우다 날 샐 참이냐?"

"……죄송합니다."

"……쯧. 영 형편없네. 어이. 고개 들어."

루이의 혀 차는 소리를 들으며 고개를 들었다. 루이가 내게 입을 맞추며 내 아래를 더듬던 손으로 제 성기를 꺼내 몸을 바짝 밀착시켰다. 얇은 천 조각 사이로 서로의 예민한 살이 문질러졌다.

"흐으……."

기묘한 울렁거림 끝에 머지않아 절로 소리가 새어 나갔고 루이는 무표정한 얼굴로 입술을 떼며 말했다.

"야, 너 즐기라고 하는 거 아냐. 야한 얼굴로 갈 생각 하지 말고 주변부터 잘 살펴."

"으…… 네……."

손가락 하나를 물고 신음을 참으며 주변을 향해 눈을 굴렸다. 지나가다 이쪽을 본 사람들은 금세 고개를 돌리며 제 갈 길을 갔다. 나는 등 뒤의 벽에 온 체중을 지탱한 채 힘이 빠지려는 허리를 애써 세웠다.

"흑……!"

"……후우."

얼마 후 루이가 속옷을 옆으로 비틀어 치우며 성기로 음순을 가르고 안을 쿡 찔러 들어왔다. 동시에 내가 딸꾹질하듯이 숨을 헐떡이자 루이는 어이없다는 듯 키득거리며 말했다.

"내 목. 팔로 감아."

나는 시키는 대로 루이의 목에 두 팔을 둘러 매달렸다. 그러자 루이는 내 두 다리를 다 들어 올려 벽에 강하게 밀어붙이곤 성기를 더욱 깊게 찔렀다. 나는 이를 아득바득 물고 갈며 참아 보려 했지만 그의 테크닉에 얼마 못 가 결국 신음이 터지며 그가 움직일 때마다 앗

앗 교성을 냈다. 루이는 이런저런 괴로움으로 벽에 머리를 비비는 나를 보며 말했다.

"너 지금 즐기냐? 후우…… 흑……! 어? 너 주변은 제대로 살피고 있는 거야? 아? ……훗!"

"죄, 죄송합니다…… 읏!"

나는 그의 차가운 목소리에 머리를 식히려 노력했다. 그러다 문득 저편 어두운 골목 끝에서 벽에 뭔가를 바르고 있는 한 남녀를 발견했다. 나는 루이를 더욱 바짝 끌어안고 귓가에 속삭였다.

"6시 방향. 읏……! 벼, 벽보를 붙이는 남녀가 있어요…… 읏!"

"훗…… 그래? 그럼. 소리 질러."

"……예? 아아앗!"

그 순간 루이가 더 들어찰 수도 없게 안을 세게 찔러 올리며 내 목을 물었다. 그대로 뜯어 먹힐 것 같은 느낌에 루이의 어깨를 밀며 몸을 비틀었지만 루이는 아랑곳없이 이를 세워 내 목을 물어뜯고 삽입한 채로 몸을 크게 흔들었다. 목도 아팠지만 아래도 찢어질 것 같았다.

"앗! 아! 그만! 그만!"

한동안 나를 죽일 것처럼 괴롭히던 루이가 문득 성기를 뽑으며 나를 바닥에 떨어뜨렸다. 나는 바닥에 널브러진 채 끙끙댔고 루이는 담담하게 제 옷을 추스르곤 내 앞으로 쪼그려 앉았다. 그는 내 머리채를 잡아 고개를 들게 했다.

"네가 할 일은 본거지를 확인하는 거다. 일주일 후 정오까지 그 음식점으로 와."

작게 속삭인 루이는 반대 손을 들어 내 뺨을 후려갈겼다. 굳은살이 박인 딱딱한 손은 마치 둔기로 후려 맞는 느낌이었다. 그대로 입술과

입 안쪽이 터지며 피를 삼켜야 했다. 더불어 머리가 크게 흔들린 탓에 순간적으로 눈앞이 보이지 않았다. 금방 다시 앞이 보였지만 너무 어지러웠다.

"이 걸레 같은 년이! 주제에 비싸게 군다 이거냐? 아?"

"살려 주세요! 앗! 그만! 흑…… 살려 주세요! 제발 용서해 주세요……!"

그래도 역할에 충실해야 했다. 나는 몸을 웅크려 말고 비명을 지르며 루이의 발길질을 받았다. 그러다 루이가 허리춤에서 군용 대검을 꺼내 들었고 이내 그것을 내 어깨에 찔러 박았다.

"아아아! 살려 주세요! 살려 주세요!"

나는 다른 팔로 머리를 감싼 채 목이 쉬도록 외치며 울었다. 잠시간의 구타를 끝낸 루이는 내게 침을 뱉으며 돌아섰고 나는 그 골목에 남아 명치를 차여 숨이 막히도록 아팠던 속을 토해 내듯 기침을 했다.

겨우 몸을 추슬러 골목 벽에 등을 기대자 대검에 사정없이 찔러 박혔던 어깨에서 피가 줄줄 쏟아져 나오는 게 보였다. 숨을 몰아쉬면서 인사불성이 된 척 고개를 숙이고 있길 얼마 후 문득 두 사람의 발이 내 앞으로 다가와 멈췄다. 여자와 남자의 목소리가 번갈아 들렸다.

"정말 데려갈 생각이야?"

"그냥 둘 수도 없잖아."

현역 프로 요원에게 얻어맞은 몸은 진심으로 아프다고 삐그덕거렸지만 고문 훈련을 받은 정신은 그런 나약함을 용납하지 않았다. 나는 숨을 가늘게 내쉬며 죽은 듯 움직이지 않고 가만히 늘어져 있었다. 여자가 내 볼을 두드리며 말을 걸어왔지만 반응하지 않았다. 결국 남

자가 날 등에 업었다. 남자에게선 땀에 섞인 살 냄새와 담배 냄새가
났다. 나는 낮게 뜬 눈으로 이동 방향을 확인하면서 몸에서 힘을 더
욱 뺐다.

　일단 접촉은 성공했다.

3. 사랑

옮겨진 곳은 어느 술집의 뒷방이었다. 남자는 나를 간이침대에 눕혀 놓고 바로 방을 나갔다. 그래서 제대로 얼굴을 확인할 수가 없었다. 여자는 방에 딸린 세면실에서 수건을 적신 다음 캐비닛 선반에서 구급상자를 꺼내 내 옆으로 다가와 앉았다. 그녀는 내 상처 주위를 수건으로 닦고 소독약을 부으면서 말했다.

"근처에서 본 적 없는 얼굴인데. 일 시작한 지는 얼마 안 되었나 봐?"

대답 없이 눈만 껌벅이며 여자의 인상착의를 자세히 뜯어보았다. 갈색 직모에 고동색 눈, 입은 작은 편이고 얼굴에 주근깨가 있었다. 여자는 딱히 내 대답을 바라진 않은 모양인지 바지런하게 손을 놀려 연고를 발라 주고 반창고와 붕대를 꺼냈다.

"어쩌다 그런 일을 시작하게 되었는지는 몰라도 당신도 참 팔자 기구하네. 아무리 살기 퍽퍽해도 그렇지 그 많은 직업 중에 왜 하필이면 창녀야? 이 주변은 아까처럼 손버릇이 나쁜 녀석들이 상당히 많아. 당신 뒤 봐주는 사람 없으면 조만간 강가에서 시체로 떠오를걸."

수다스러운 여자였다. 여자의 얼굴을 머릿속에 자세히 새긴 나는 그제야 의도적으로 흐린 숨을 내뱉으며 힘없는 목소리로 이곳이 어딘지를 물었다. 여자는 내 어깨에 붕대를 감아 주며 대답했다.

"나이리. 주점이야. 여긴 뒷방이고."

"도와줘서 고맙습니다……."

"나한테 고마워할 거 없어. 난 사실 당신 데려오는 거 반대했었거든. 당신을 구한 건 사이크라는 남자야. 감사는 나중에 그에게 하도록 해."

여자는 싱긋 웃더니 그럼 쉬고 있으라며 방을 나갔다. 나는 그제야 천천히 눈을 돌려 방 안을 둘러보았다. 방문 바깥에선 사람들의 목소리가 웅성웅성 뭉개지듯 들려왔다. 아직도 머리가 좀 어지러웠다.

눈을 깜박이며 한동안 방 안의 모습을 자세히 살피고 있었다. 문득 문이 열리며 담배를 문 중년 남자가 안으로 들어왔다.

"몸은 어때?"

담백하고 부드러운 목소리였다. 하지만 그는 사이크라는 남자가 아니었다. 사이크의 목소리는 아주 굵고 낮았다. 날 침대에 눕힐 때 얼핏 스치듯 봤을 뿐이지만 인상도 전혀 달랐다. 눈앞의 남자와 사이크는 잠깐이라도 혼동할 수 없을 만큼 차이가 컸다. 하지만 나는 모르는 척했다.

주어진 역할대로 흔히 굴러다니는 약자처럼 굴어야 했다. 뉘었던 몸을 힘겹게 세우며 고개를 숙였다. 그리고 우물쭈물하며 남자에게 감사 인사를 했다.

"······당신이 사이크····· 씨인가요? 구해 주셔서······"

그러자 남자는 사람 좋은 얼굴로 난감하게 웃더니 바로 두 손을 내 저었다.

"어? 아니야. 아니야. 나는 그냥 여기 주인. 사이크는 벌써 돌아갔 어."

"아····· 정말로 고맙습니다····· 쉬어 가게 해 주셔서······."

"신경 쓰지 마. 근데 그런 일 할 사람으론 안 보이는데. 어쩌다가 이렇게 된 거야?"

그런 일 할 사람은 어떤 사람인가. 세상에 겉으로 보이는 것만큼 의미 없는 진실이 또 있던가? 하지만 눈치 없이 그런 말을 입 밖으로 꺼내진 않았다. 단지 침묵하는 나를 그는 동정이 담긴 눈으로 바라보 며 가까운 의자에 앉았다. 그리고 세심하게 이것저것 물어보고 챙겨 주려는 모양새를 보며 나는 이 사람이 호구임을 직감했다.

이론상, 이런 사람의 마음을 움직이는 것은 그리 어렵지 않다. 심 리 행동 분석에 관한 교육을 받을 때 담당 교관은 이런 타입을 상대 하는 것에 대해 가장 낮은 등급인 F를 매기며 이것 하나 극복하지 못 한다면 그 녀석은 끔찍할 정도의 눌변가임이 틀림없으니 화술은 포 기하고 몸으로나 때우라고 말한 적이 있었다.

나는 그 수업에서 아슬아슬하게 B-를 받았다.

그것은 즉 내 화술이 그리 대단치는 않지만 그래도 어느 정도는 쓸 만하다는 평가라는 것이다. 적어도 이 남자에게는 먹힐 만할.

판단이 서자마자 나는 즉시 머릿속으로 눈앞의 남자를 구워삶을 시나리오를 세웠다. 나는 이불자락을 세게 쥐며 한순간 숨을 참고 는 눈가를 촉촉하게 만들었다. 그것은 내가 내적으로 상당히 괴로워하고 있음을 상대에게 피력하는 것으로 행동이 제법 제한적이고 까다로운 남자들보단 여자인 내가 쓰기 편리한 행동 중에 하나였다.

"이런."

그는 안타깝게 혀를 차며 주머니에서 손수건을 꺼내 내게 건넸다. 나는 한번 머뭇거리는 척을 하곤 그것을 두 손으로 공손하게 받았다. 하지만 꼭 쥐고만 있을 뿐 그것으로 눈가를 닦진 않았다. 아직 눈물을 더 짜내야 했다.

얼마 후 기어이 방울져 떨어지는 그 체액이 창피하다는 듯 나는 고개를 숙였다. 세상에서 가장 불쌍한 여자가 되는 것이다. 나는 한참만에 겨우 이 가상의 인격에 감정 이입하는 것을 성공했다.

교관이 가르쳐 준 이 가상의 감정 이입이라는 것은 상당히 신비한 현상인데 처음이 어렵지 한 번 성공하면 그 뒤부턴 일사천리였다. 마치 정말로 나 자신이 그런 사람이라도 된 양 스스로가 스스로에게 거짓 감정을 보이는 뇌의 혼란 상태.

연극을 하는 배우들이 주로 이런 상태이며 한정된 공간과 한정된 시간에만 발현되었다가 막이 끝나는 순간 그야말로 거짓말처럼 사라지는 이 혼란 상태를 바로 연기라고 부른다.

나는 지금 막 이 연기에 성공한 참이었다. 스스로가 놀라울 정도로 그에게 온갖 불행을 떠안은 가짜 사연을 주절댔다. 눈물을 후두두 떨어뜨리고 서럽게 흐느꼈다. 남자는 내 어깨를 토닥이며 입에 문 담배를 심란하게 뻑뻑 피워 댔다.

"그래. 그래. 많이 힘들었구나."

나는 한참 동안 울었고 남자는 나를 잔잔한 목소리로 위로해 주었다.

결국 나는 그 술집에 취직하게 되었다. 하지만 임무 개시 후 닷새가 흘러도 나는 그 사이크라는 남자를 만날 수가 없었다. 나를 고용해 준 술집 주인 아렐은 그에 관해서 말을 아꼈다. 직접 만나 감사 인사라도 하고 싶다는 내 말에 그저 전해 주겠다는 대답만 했다.

먼저 그렇게 딱 잘라 말하니 의심받을까 봐 더 캐물을 수도 없었다.

혹시나 싶은 맘으로 지금까지 가만히 있었지만 이쯤 되자 할 일 없이 시간만 잡아먹는 건 슬슬 그만두고 다른 방법을 모색해야 하는 게 아닌가라는 생각을 하게 되었다. 머릿속으로 루이가 나를 한심하게 쳐다보는 게 어른거리며 한숨이 나왔다.

"어라? 처음 보는 아가씨네."

"커다란 여자구만."

그 날도 나는 테이블을 닦고 있었다. 그러다 들리는 말에 고개를 들자 바 의자에 나란히 앉아서 턱을 괸 채 날 쳐다보고 있는 두 남자를 발견했다. 나와 눈이 마주치자 빨간 머리에 수염이 조금 지저분하게 난 남자가 난감한 얼굴로 웃더니 날 커다란 여자라고 칭했던 갈색 머리 남자의 명치를 퍽 소리 나게 때렸다.

"실례잖아."

"윽……!"

"미안해. 아가씨. 이 녀석이 원래 말을 좀 막 해."

"괜찮아요. 사실이니까요."

나는 미소를 지어 주곤 다시 테이블을 닦았다. 갈색 머리 남자의 말대로 나는 어디로 보나 제법 커다란 여자였다. 안 그래도 평균 여성보다 조금 웃돌던 키가 3년 전부터 1년간 더 커졌다. 그래서 남 보기엔 키부터 눈에 띄겠다 싶기도 하다.

　나는 이 키에 대해 별 불만이 없었다. 남들보다 큰 키와 굵직한 뼈대, 그리고 유연한 근육으로 지금까지 무사히 살아 있음을 알고 있기 때문이다. 여자인 내가 어지간한 남자들을 제치고 전투 성적이 좋은 이유도 이 육체가 6할은 차지하고 있었다. 그만큼 나는 힘이 좋았다. 미미 같은 녀석은 가볍게 한 손으로 들어 집어 던질 수 있을 만큼 말이다.

　선배인 루이나 동료인 카이같이 어지간한 주위 남자들은 나와 눈높이가 비슷했다. 나보다 확연하게 큰 건 릴의 담당인 모건과 동료인 베어 정도다. 눈높이상 모건은 한 190 정도일 테고 베어는 아마 2미터에서 왔다 갔다 하지 않을까 생각된다.

　이야기가 조금 옆으로 샜지만 어쨌든 멀쩡할 때의 나는 그다지 남성의 보호 본능을 자극하진 않았다. 그래서 나는 내게 창부 역할을 시킨 루이가 상당히 별나다고 생각했다. 아, 혹시 그래서 패 놓은 건가? 좀 불쌍해 보이라고.

　물론 그렇다고 내가 우락부락한 사내 같다는 뜻은 아니지만 말이다. 그래도 나는 내게 섹스 교육 같은 것이 별로 필요할 거라 생각하지 않는다. 그저 통과 의례려니 받고 있는 것뿐.

　터놓고 말해서, 누가 나 같은 여자와 자고 싶겠냐고 생각한다.

　미미와 베어는 절대 그렇지 않다면서 이런 내게 자기 비하가 심하다고 했지만 어쨌든 그게 솔직한 내 심정이었기에 나는 나보고 커다란 여자라고 말한 갈색 머리 남자에게 기분이 나쁘지도 어쩌지도 않았다.

　"이름이 뭐야? 아, 난 리오야."

　"리나라고 해요."

자신을 리오라고 소개한 빨간 머리 남자의 물음에 나는 웃으며 대답했다. 곧 그들 앞으로 술잔을 내려놓은 주인 아렐이 그에게 핀잔을 주었다.

"우리 직원에게 집적대지 마. 네 녀석 때문에 도망간 여종업원만 열 명이 넘는다고."

"내가 뭘 어쨌다고."

리오가 불퉁한 얼굴을 하며 술잔을 들었다. 리오에게 맞은 자리를 문지르며 잠자코 있던 갈색 머리 남자가 화제를 바꿨다.

"사이크는 요즘 뭘 하고 다니는 거야. 자주 자리 비우던데."

"데이트라도 있나 보지."

"그 바윗덩어리가?"

"아무리 바윗덩어리라도 좋아하는 여자 앞에선 누구나 두부가 되는 거야."

"그 인간을 두부로 만든 여자가 있단 거야? 누구야, 그게. 네가 그런 말 하는 거 보니 정말 그 인간 여자 생겼나 보지?"

사이크? 나는 그 이름을 듣는 순간부터 마치 짐승이 귀를 세우듯 온몸의 청각 신경을 두 사람의 대화에 집중했다. 물론 여전히 부지런히 테이블을 닦고 컵과 식기 정리를 하는 등 손을 놀리진 않았다.

갈색 머리 남자는 호기심이 가득한 말투로 리오에게 물었다.

"봤어? 어디서? 어떤 여자야?"

"하나씩 물어라. 제대로 못 봤어. 시내에 있는 카페에 두 사람이 앉아 있는 걸 봤을 뿐이야."

"카페에—? 그 인간이 카페에—?"

"너 사이크한테 무슨 감정 있냐? 그 표정은 뭐야."

얼굴을 우스꽝스럽게 일그러뜨리며 갈색 머리 남자가 비아냥거리자 리오가 못마땅하게 눈가를 찌푸리며 대꾸했다. 갈색 머리 남자는 멋쩍은 듯 금세 심드렁한 얼굴로 되돌아왔다.

"아니. 그건 아닌데 그 인간만큼 그런 장소에 어울리지 않는 녀석도 없지 않을까 싶어서 말이지."

"뭐 그거야 그렇지."

이번엔 리오도 알겠다는 얼굴을 하고 웃었다. 나는 쟁반에 치운 식기를 담아 들고 개수대로 향하며 그들에게 말을 걸었다.

"사이크 씨는 어떤 분인가요? 제가 지난번에 도움을 받았는데 인사도 못 했거든요."

"응? 그랬어?"

내 말에 리오가 바로 흥미를 보였다. 이 정도는 아렐도 별달리 이상하게 여기진 않을 것이다. 흘긋 본 아렐은 그저 입가를 늘려 빙긋 웃음 짓고 있었다.

"그 녀석을 모르는 걸 보니 외지에서 왔나 봐? 그 녀석은 우리 팀 소대장인데, 아, 우린 용병이야. 우리도 외지에서 왔지. 원랜 여기저기 떠돌아다니며 일을 받았었는데 1년 전쯤에 이나츠스 용병단에 정식으로 들어갔어. 지금 단장이 사이크 실력 하나만 보고 그 녀석 밑에 있던 우리까지 통째로 단에 받아들였지."

"굉장히 실력이 좋으신가 봐요."

"응. 우리 소대장이라 하는 말이 아니라, 정말 실력은 끝내줘. 거의 말도 없고 우락부락하기까지 해서 여자들한텐 별로 인기 없지만 말이야. 물론 성격은 좋아. 곤란한 사람을 그냥 두지 못하거든. 아가씨도 도움받았다고 했지? 그 녀석에겐 별로 대수롭지 않은 일이야. 이 근처에 살면서 녀석에게 도움받지 않은 사람은 거의 없을걸."

바 뒤에 있는 개수대에 식기를 담그고 돌아선 나는 리오의 말을 경청하며 참으로 좋은 사람인 것 같다고 호응을 해 주었다. 그러자 리오뿐만 아니라 같이 온 갈색 머리 남자, 그리고 아렐까지 기분 좋은 표정을 지었다.

그들의 반응을 보아하니 사이크는 인망이 두터운 사람인 것 같았다. 섣불리 건드릴 만한 상대가 아니다. 그런 사람에게 무슨 일이 생기면 주위에서 우후죽순으로 일어나 감싸려 들 터였다. 하지만 또 다르게 생각하면 그 점이 바로 이용할 수 있는 약점이 될지도 몰랐다. 인질을 잡는다던가.

나는 머릿속으로 이나츄스 용병단을 우선 조사 순위에 넣고 사이크가 만난다는 여자에 대해 은근슬쩍 떠보기로 했다. 인질이란 자고로 연인이나 가족만큼 효과 좋은 것이 없었다.

"그분에게 이미 좋아하는 분이 있었다니 조금 아쉽네요. 사실 다시 만날 날을 은근히 기대했었거든요. 은인이기도 하고…… 상대 분은 물론 좋은 사람이겠죠?"

"어라? 아니아니아니. 이거 본의 아니게 미리 실망하게 했나 보네. 그치만 확실한 건 아냐. 나도 그냥 봤을 뿐이라니까."

금세 난감한 표정으로 다급하게 변명하듯 말하는 그를 보며 나는 의도적으로 아쉬운 한숨을 내쉬었다. 리오는 더욱 눈에 띄게 쩔쩔맸고 나는 사이크가 여자에게 인기가 없어도 정말 어지간히 없는 사람이라는 걸 알 수 있었다. 리오는 아마 자기가 괜한 소리를 해서 혹여 있을지 모를 사이크의 연애 가능성을 걷어차 버렸다고 생각하는 게 아닐까.

"전 시장 봐 올게요."

나는 일부러 더욱 시무룩한 기색을 보이며 어깨를 늘어뜨리고 털

레틸레 가게를 나섰다.

그리고 다음 날인 6일째. 전날의 그런 내 행동은 제대로 된 정답이었던 듯했다. 나는 리오에게 억지로 끌려온 듯한 어제와는 또 다른 갈색 머리 남자를 빤히 쳐다보다가 문득 고개를 한쪽으로 기울여 의아한 몸짓을 했다. 리오는 히죽히죽 웃는 얼굴로 남자의 팔을 팔꿈치로 쳤다.

"인사라도 해라. 좀."

"……."

리오의 타박에도 남자는 계속 묵묵하게 나를 응시했다. 리오는 이번엔 나에게 눈을 돌리며 말했다.

"리나는 왜 그런 얼굴이야? 이 녀석을 다시 만날 날을 기대하고 있었다며."

"아…… 아? 아……! 그럼 이분이 사이크 씨?"

사실 한눈에 알아봤지만 몰랐다는 것처럼 물었다. 리오는 어이없다는 표정을 지었다.

"뭐야. 얼굴도 모르고 있었어?"

"그때 제가 정신이 없어서……."

"아? 그럼 그냥 멋대로 상상했던 거야? 그럼 실망했겠는걸. 이 녀석 그리 멋진 얼굴은 아니니."

"아니요. 아니요. 정말 멋지세요."

빤한 거짓말 안 해도 된다고, 누구든 처음엔 뒷걸음질 친다면서 본인을 앞에 두고 신랄하게 까는 리오에게 나는 두 손을 저어 보이며 다시 한 번 그의 말을 부정했다. 이건 진심이었다. 이번에야말로 제대로 본 사이크는 진실로 멋진 몸을 가지고 있었다.

곰과 같은 거대한 키와 덩치, 넓게 벌어진 어깨, 그리고 통나무 두께의 근육은 보는 사람으로 하여금 절로 마른침을 삼키게 했다. 얼굴과 목을 비롯한 옷 밖으로 드러난 피부 위로는 오래되어 퇴색된 흉터들이 훈장처럼 자리 잡고 있었는데 그동안 그가 얼마나 치열한 전투들을 치러 왔는지 짐작할 수 있었다.

지금의 나는 이길 수 없다.

마치 막 전투를 치르고 온 사람처럼 날카롭게 벼려진 기세가 흉흉하게 떠오른 브라운 색의 눈빛을 마주한 순간부터 이미 내 머릿속은 전의를 상실해 버릴 정도였다.

그것은 여자에게 인기가 있다 없다 정도의 문제가 아니었다. 누구든 무릎 꿇고 복종하고 싶어질 만큼 그는 카리스마가 짙었다. 나는 사이크와 상대할 만한 사람이 누가 있을지 재빨리 내가 아는 모든 사람을 머릿속으로 훑어 내려가기 시작했다. 유감스럽게도 혼란이 온 내 머릿속은 꽤나 황당한 얼굴에서 돌아가던 룰렛을 멈췄다.

모건.

어째선지 모건이 불길 속에서 나를 향해 총을 겨누는 모습을 상상했다.

하다못해 내 담당 선배인 루이도 아니었다. 나는 결단코 모건에게 그런 카리스마를 느낀 적이 없었다. 스스로 떠올리고도 이내 말도 안 된다며 그의 얼굴을 지워 버리고 눈앞의 남자에게 집중했다. 역시 혼란이 왔던 게 틀림없다. 나는 어느새 나도 모르게 그의 훌륭한 가슴 근육을 손으로 쓰다듬으며 마음을 진정시키고 있었다.

"……."

"……아! 미안해요."

뒤늦게 내가 무슨 짓을 한 것인지 깨달으며 놀라 손을 뗐다. 고개를 들어 그를 올려다보자 사이크는 말없이 눈가를 꿈틀거리며 나를 빤히 내려다보고 있었다.

이게 뭐지? 나는 갑자기 이상한 기분에 휩싸이고 말았다.

덩치 때문인지 사이크의 이미지는 베어와 비슷했다. 하지만 나는 베어에겐 이런 감정을 느낀 적이 단 한 번도 없었다.

가슴이 두근두근거리고 머리카락 속으로 식은땀이 배 나와 뒤통수를 훑어 내렸다.

혼란스러웠다. 두려웠다. 어지럽기까지 했다.

이게 뭐지? 나는 갑자기 아무것도 모르게 되었다.

그대로 바보라도 된 것처럼 나는 그를 멍하니 올려다보다가 문득 뜬금없는 말을 내뱉었다.

"나, 나랑 데이트하지 않을래요?"

머릿속과 가슴이 동시에 펑—! 하고 화산 폭발이라도 일어난 것처럼 거세게 흔들리고 온몸이 녹아 버릴 것처럼 뜨거워져 왔다.

나는 지금 깊게 자기반성 중이다. 순간적으로 나 자신이 누군지 또 어떤 입장인지를 망각해 일을 그르칠 뻔했기 때문이다. 루이가 알면 날 죽이려 들지 않을까. 절대로 들키지 말아야겠다고 다짐했다.

"저기, 미안해요."

일단 사이크에게 사과했다. 줄곧 무심한 얼굴로 하늘을 올려다보며 담배를 피우던 사이크가 눈동자만 굴려 나를 보았다. 그의 눈을 보자 또다시 이마에서 식은땀이 맺혀 오는 기분에 나는 손바닥으로 이마를 훔치며 내가 생각해도 너무나 불안정한 목소리로 말했다.

"저, 음…… 제가 곤란하게 했나요?"

"별로. 한가하기도 했고."

그는 특유의 짓누르는 듯한 낮은 음성으로 무뚝뚝하게 대꾸했다. 리오에 의해서 억지로 떠밀리듯이 나온 그였지만 다행히도 별로 기분 나쁜 눈치는 아니었다. 그런데도 왜인지 나는 계속 그의 눈치가 보여서 스스로 숨 쉬는 소리조차 신경이 쓰이고 필요 이상으로 어깨와 등이 빳빳하게 굳어짐을 느꼈다.

"아, 전 리나예요."

"응. 리오에게 들었어."

"예……."

아마도 나는 지금 연기하고 있는 이 리나라는 인격에 지나치게 감정 이입한 것이 틀림없었다. 마치 지금의 내가 나 자신이 아닌 것 같은 그 괴리감에 가슴이 답답하고 당장에라도 사실 내 이름은 리나가 아니라 할리라 외치고 싶었다. 하지만 나는 그 답답함을 더욱 가슴속 깊이 붙잡아 끌어 내리고 대신 입가를 억지로 끌어 올렸다.

"지난번엔 고마웠어요."

"신경 쓰지 마. 그런 상황에선 누구라도 그랬을 거야. 오히려 좀 더 빨리 도와주지 못해 미안했어."

그날 여자 쪽은 날 구하는 것을 반대했다고 했었다. 사이크는 그녀와 실랑이를 했을 것이다. 그러니 빨리 돕지 못한 건 그의 잘못이 아니었다. 그리고 아마 나라도 도와주지 말라고 했을 것이다. 중요한 일을 하던 중이라면 더더욱 말이다. 정체 모를 누군가에게 다가가는 건 언제고 위험한 일이었다. 지금만 해도 그의 안일함으로 인해 내가 이렇게 잠입해 있지 않은가.

나는 그에게 호의를 보이기 위해 그저 웃었다. 하지만 금방 기분 나쁠 만큼 어색하게 느껴져서 결국 찍어 낸 듯 가면 같은 표정을 짓고 있을 내 얼굴을 손으로 슬그머니 가렸다. 그리고 찰흙을 주물러

모양을 만들듯 얼굴만 연신 더듬거리고 있는데 문득 사이크가 물었다.

"몸은 괜찮은 건가? 많이 다쳤던 걸로 기억하는데."

"같이 계셨던 여성분이 치료를 잘 해 주셔서 아주 좋아졌어요. 그러고 보니 그녀에게 이름도 묻지 못했네요."

"인이라고 해. 그녀는. 용병단 안에서 치료사 일을 하고 있지."

"아아. 그렇군요."

이나츄스 용병단엔 적어도 두 명 이상인가. 이 두 사람 말고 몇 명이 더 있는 거지. 혹시 용병단 전체가 가담하고 있는 것일까.

뒤죽박죽 뭘 어떻게 해야 할지 모르게 혼란스러웠던 머릿속이 순식간에 차분하게 내려앉듯 냉정해지며 분석 보고를 내렸다. 역시 방금까지의 나는 리나라는 인물에 지나치게 동화되었던 모양이다.

"그 일은 아예 그만둔 건가?"

"네? 네. 아렐 씨가 고맙게도 고용해 주셔서⋯⋯."

하지만 그런 생각도 잠시 또 그와 눈을 마주한 순간 뱀 앞의 개구리처럼 어깨에 힘이 들어갔다. 이랬다저랬다 미칠 지경이었다. 그런 날 아는지 모르는지 사이크는 고개를 가볍게 주억이며 말했다.

"음. 그건 잘됐다고 생각해. 다행이네."

여전히 그의 목소리는 무뚝뚝했지만 차가움은 없었다. 진심인 것 같다. 그에 비해 나는 처음부터 지금까지 내 진심이란 게 없었다. 가짜 이름, 가짜 인격, 가짜 사연과 가짜 감정. 그는 결국 끝까지 나의 진짜 모습은 하나도 알지 못할 것이다.

내가 진짜 모습으로 돌아가는 순간엔 그에게 나는 그저 적일 테니까.

그것이 안타깝고 답답해서 이후 나는 그와 무슨 대화를 했는지 거의 기억이 나지 않을 정도로 기분이 저조해지고 말았다.

그날 밤, 나는 아렐에게 몸이 안 좋다는 핑계를 대고 일을 빠졌다. 머물고 있던 싸구려 여관방에서 낡은 원피스를 벗어 던지고 붕대로 가슴을 압박한 채 남자 정장을 차려입었다. 늘어뜨렸던 머리를 하나로 넘겨 묶어 그 위로 중절모자도 썼다.

몸 선이 있다곤 해도 키가 있으니 어둠 속에선 남자인 양 행동하는 것도 괜찮을 것이다.

완전히 어둠이 내려앉아 밤 장사 하는 불빛들만 켜졌을 때. 나는 창문을 통해 밖으로 뛰어내렸다. 탁. 딱딱한 땅에 구두가 부딪히는 소리가 작게 들렸다. 이미 사람이 없다는 걸 확인했음에도 습관처럼 주변을 한 번 더 훑어보곤 자리를 떴다.

이나츄스 용병단이 있는 일리나 5번 거리까지 가는 데는 마차를 빌려 탔다. 마부에게 미리 돈을 지불하고 이나츄스 용병단 근처를 지나가는 경로로 어느 술집에 도착하게 만들었다. 마차가 용병단 건물의 뒤편을 지나가는 순간 나는 마차 문을 열고 밖으로 뛰어내렸다. 사라져 가는 마차 뒤꽁무니를 잠시 바라보다 어둠과 건물 그림자에 몸을 숨긴 채 늦게까지 왔다 갔다 하는 용병단 사람들을 주시했다.

자정이 조금 넘었을 무렵, 그제야 사람의 모습이 거의 뜸해진 건물 내에서 한 여자가 나오는 것을 볼 수 있었다. 인. 나를 치료한 여자였다. 그녀는 한참을 걸어 어느 다세대 주택으로 들어섰고 나는 그녀가 들어간 건물의 창문들을 바라보다 이윽고 불이 켜진 한 창문을 보며 수첩을 꺼내 주소를 적었다.

하지만 오늘은 다른 페어가 벽보를 붙이는 날인지 그녀는 밖으로 다시 나오지 않았다. 새벽이 다 되도록 어느새 불이 꺼져 버린 그 창문과 건물 입구를 번갈아 쳐다보며 루이가 줬던 담배 한 갑을 모두 피워 버렸다.

머리가 띵한 와중에 마지막 담배를 잘근잘근 씹다가 거의 다 탄 그 것을 바닥에 뱉었다. 그녀는 집 안에서 나오지 않았다. 결국 7일째 아침이 밝아 왔고 나는 아무것도 건지지 못한 채 몸을 돌려야 했다.

나는 핏토로 1번가로 돌아가지 않고 마차를 잡아타 바로 안보국 근 처인 일리나 1번가로 향했다. 일주일 전 루이와 점심을 먹었던 가게 에 도착한 건 오전 10시. 약속 시간까진 한참이나 남았지만 나는 조 금 늦은 아침 식사를 하며 느긋하게 그를 기다리기로 했다.

음식이 나오길 기다리는 동안 가게에 들어서기 전에 산 새 담배를 뜯어 입에 물면서 멍하니 창밖을 바라봤다. 한숨과도 닮은 연기를 내 뱉으며 수면을 취하지 못해 피곤한 정신을 달래고 있었는데 문득 노 크하듯 테이블을 똑똑 두드리는 소리에 정신을 차렸다.

"오늘은 혼자?"

"아. 모건 씨."

모건은 빙긋이 웃으며 테이블을 두드리느라 굽혔던 허리를 폈다.

"좋은 아침이야."

"예. 좋은 아침이네요."

"혼자야?"

"루이 씨와 만나기로 했는데 아침 식사 때문에 조금 이르게 나왔어 요."

"그렇다면 동석해도 될까? 나도 아침 안 먹었거든. 혼자 먹기 적적 해서."

"앉으세요."

나는 맞은편 의자를 가리키며 권했다. 모건은 의자에 앉아 종업원에게 간단한 식사를 주문했다. 그는 내가 담배를 재떨이에 비벼 끄자 눈을 동그랗게 뜨며 만류했다.

"아, 난 신경 안 써도 돼. 멋대로 동석한 건 나니까."

"아니요. 다 피웠어요."

모건은 미안하다는 듯 웃고는 테이블에 두 팔을 올려 기댔다. 나는 눈가가 뻑뻑해서 손가락으로 양 눈가를 꾹 눌렀다. 모건이 걱정스러운 어조로 물었다.

"피곤한가 봐? 루이가 막 굴려?"

"아뇨. 그냥 잠을 못 자서."

"불면증?"

"네. 뭐."

그냥 그렇다고 해 두자. 일일이 설명할 이유도 없고 무엇보다 몸이 피곤하니 그냥 다 귀찮았다.

"릴 담당이셨죠? 적적하시면 불러서 같이 드셨어도 괜찮았을 텐데요."

"심부름을 좀 보냈거든."

"그렇군요."

피곤한 탓에 맥없이 상대했다. 모건은 개의치 않고 웃다가 문득 손가락으로 자기 코를 가리키며 말했다.

"아, 그러고 보니 릴 콧대를 그렇게 만든 게 너라며?"

"네? 아."

졸려서 뇌의 정보 처리가 한 박자 느렸다. 귀찮아. 릴은 오래전 그때 턱뼈가 부서지고 콧대가 완전하게 내려앉았었다. 현재는 인공 뼈로 갈아 끼운 상태지만 날이 좀 궂으면 통증이 제법 심하다고 들었다. 기억을 더듬던 나는 심드렁하니 물을 마시며 물었다.

"릴이 그러던가요?"

"아니. 그 애는 너에 대해 한 마디도 한 적 없어. 그냥 주변 소문. 너랑 릴이 아주 사이가 나쁘다고 하던데. 혹시 그때 그 사건이?"

"네."

나는 대수롭지 않게 대답하곤 마침 나온 음식들을 보며 식기 통에서 포크 두 개를 꺼냈다. 그중 한 개를 건네자 모건은 잠시 내미는 포크를 바라보다 곧 작게 웃으며 받아 들었다.

"근데 이걸 혼자 다 먹으려고 했어?"

모건이 주문한 음식은 아직 나오지 않았지만 이미 테이블은 내가 주문한 음식들로 가득 차 버렸다. 나는 피자 한 조각을 들어 앞접시에 덜었다.

"몽롱하니 분별력이 좀 떨어지더군요. 주문할 땐 다 먹을 수 있을 거 같았거든요."

"아. 나도 그거 알아. 10일 동안 한 시간씩만 자면서 지옥 업무를 했을 때 그랬지. 결국 먹다가 잠들었어."

"드세요."

"응. 사양 안 할게."

모건은 나직하게 대답하며 포크를 내려놓았다. 그리고 앞에 있는 샌드위치를 손으로 집어 들고 크게 한 입 베어 먹었다.

"루이는 어때. 너와 잘 맞는 거 같아?"

"음. 네. 아마도."

"그래? 다행이네. 입은 좀 험해도 제 할 일은 조금도 실수 없이 해내는 녀석이야. 그 얼굴값을 못 한다는 게 좀 흠이지. 아, 험담 아니야. 그저 여자에게 인기가 없다는 말이니까. 너도 느꼈겠지만 그 녀석 얼굴은 상당히 아름답잖아? 그런데도 미스터리한 일이지."

나는 속으로 코웃음을 쳤다. 그건 미스터리도 뭣도 아니었다. 그냥 단순히 그 얼굴을 다 까먹을 만큼 말과 행동이 지랄 같으니까 인기가 없는 거였다. 거기다 상당한 사디스트 기질도 있어 보이고 말이다. 나는 아직도 며칠 전 루이에게 물렸던 목이 아팠다. 짐승도 아니고. 굳이 그렇게 안 해도 시키는 대로 했을 텐데.

물론 모건에게 내 생각을 말하진 않았다. 말해 봤자 내 얼굴에 침 뱉기였다. 나는 그저 묵묵하게 음식을 입 안에 밀어 넣었다. 내가 루이의 담당이기 때문인지 모건은 루이와는 다르게 내 앞에서 그에 대한 적개심을 드러내지 않았다. 모르고 상대한다면 오히려 호감을 보인다고 느껴질 정도로 그는 마인드 컨트롤이 상당한 인물이었다. 물론 나랑은 상관없는 사항이지만.

내 상태가 어지간히 안 좋아 보였는지 모건은 먹다 말고 날 빤히 쳐다보았다.

"잠깐 눈 좀 붙일래? 깰 때까지 앉아 있어 줄 테니까."

"괜찮아요."

"정말 괜찮겠어? 너 거의 눈 감겼는데?"

"예. 괜찮아요."

나는 어느 정도 배가 차자 미련 없이 포크를 내려놓고 물수건으로 손을 닦아 냈다. 그리고 두 손으로 얼굴을 덮어 크게 두어 번 쓸었다. 정신 차리자. 잠시 고개를 숙인 채 한숨을 내뱉다가 고개를 들었다. 그 순간 눈앞으로 커다란 손이 다가오는 걸 봤고 나는 놀라서 재빨리 몸을 뒤로 빼 의자에 바짝 붙었다. 내 반응에 더 놀란 듯 모건은 뻗던 손을 허공에 멈추고 약간 얼떨떨하게 말했다.

"아. 미안. 앞머리에 뭐가 붙었길래."

나는 얼른 손을 들어 앞머리를 탁탁 털었다. 모건은 손을 거둬 가며 빙긋 웃었다.

"응. 이제 떨어졌다. 좀 커다란 먼지였나 봐."

예민하게 반응했다 싶어 나는 그에게 어색하게 웃어 보였다. 그러다 문득 다른 시선이 느껴져 고개를 돌리자 유리 벽 너머로 나를 고깝게 쳐다보며 서 있는 루이를 볼 수 있었다. 날 따라 고개를 돌렸던 모건도 루이를 발견했고 그는 이내 난처하게 웃으며 의자에서 몸을 일으켰다.

"난 그만 가 봐야겠다. 계산은 내가 할게."

"아뇨. 그냥 두세요."

모건은 괜찮다는 손짓을 하곤 카운터로 가 계산을 했다. 루이는 모건이 가게 밖으로 나올 때까지 그가 움직이는 대로 가만히 눈동자만 굴렸다. 루이는 모건이 근처에서 보이지 않게 되어서야 안으로 들어와 조금 전까지 모건이 앉았던 자리에 신경질적으로 앉았다.

"저놈이 왜 여깄어?"

"식사하러 왔다고 하던데요."

"왜 너랑 사이좋게 같이 앉아 있었냐고 묻는 거다. 멍청아."

루이는 얼굴을 찡그리며 담배를 물었다.

"혼자 먹기 적적하다고 동석하자 하길래요."

"넌 내 말을 귓등으로 쳐들었냐? 어울리지 말라고 경고했을 텐데."

"스스로 다가가진 않았어요. 먼저 살갑게 대해 오는데 그걸 어떻게 차게 뿌리쳐요? 저에겐 선배잖아요."

"어쭈? 며칠 사이에 제법 주절주절 잘 떠들게 됐나 보다?"

"루이 씨가 너무 예민하다고 생각해요."

"지랄한다."

루이는 짜증스럽게 대꾸하며 식기를 치우는 점원에게 가벼운 음료를 주문했다. 나는 손목을 들어 아직 11시 반 정도밖에 되지 않은 시계를 확인하곤 루이에게 재떨이를 밀어 주었다.

"일찍 오셨네요."

"왜. 저놈이랑 좀 더 시시덕거리지 못해서 아쉽냐?"

"왜 그렇게 비꼬시는 건지 모르겠어요."

"됐어. 그동안 네가 건진 거나 읊어 봐."

나는 주머니에서 수첩을 꺼내 펼쳤다. 벽보를 붙인 남녀가 사이크와 인이라는 이름을 가진 것과 그들이 이나츄스 용병단 소속이라는 것, 그리고 그녀의 집 주소를 적은 페이지를 펼쳐 그에게 보여 주었다. 루이는 수첩을 빤히 쳐다보다 고개를 들어 물었다.

"그래서? 본거지는?"

"그것까진 알아내지 못했어요. 죄송합니다."

"잠입엔 젬병이구나. 너."

한심한 눈으로 바라보는 루이에게 아무 말도 못 하고 고개만 숙였다. 루이는 곧 안주머니에서 자기 수첩을 꺼내 내 앞에 툭 던졌다. 그는 알아서 보라는 듯이 가볍게 눈짓을 했다.

수첩 안엔 사이크와 인의 이름은 물론이고 대여섯 명의 이름이 더들어 있었다. 그들의 이름 옆엔 소속과 주소가 모두 적혀 있었다. 이나츄스 용병단뿐만 아니라 알카무드 용병단의 인간들도 두어 명 포함되어 있었다.

거기다 맨 아래엔 임시 집합지로 보이는 주소들과 그들의 규모가있었다. 나는 더더욱 작아짐을 느끼며 어깨를 움츠렸다. 루이는 연기를 뱉어 내며 말했다.

"이중 미행이란 거지. 네 녀석이 그 술집에서 세월아 네월아 하는 동안 난 다른 곳들도 돌아다녀 봤을 뿐이라는 거다. 그치만 나도 본

거지는 못 알아냈어."

"……."

"한 명 잡아다 조져 볼까도 했지만 섣불리 건드렸다가 다른 놈들이 그대로 잠적해 버리면 손쓸 방도도 없고. 그냥 뒤만 쫓을 수밖엔 없더군."

"네에."

"용병단을 통째로 발라내 버릴 수는 없어. 지금은 상황이 안 좋거든. 툭하면 경계 지역은 침범당하고 군대는 아직도 한참 부족하지. 그 와중에 용병단은 국군의 방패막이 역할을 해 주니까."

루이는 다 태운 담배를 재떨이에 끄며 말을 이었다.

"용병단을 거슬리게 해선 득보단 실이 더 많아. 그러니 될 수 있으면 반란군만 잡아내야 해, 라고 윗분들이 말씀하셨지."

"어려운 주문을 하시네요."

"까라면 까야지. 별수 있나. 그러니 네가 그 사이크라는 작자를 꼬여 낸 건 아주 잘한 일이야."

"그것까지 보셨어요?"

괜히 속이 찔려 왔지만 내색하지 않으려 애썼다. 루이는 등받이에 몸을 기대고 다리를 꼬았다.

"아. 봤지. 봤어. 촌에서 갓 올라온 숫처녀마냥 배배 꼬며 간들거리는 거."

묘사를 해도 참. 나는 기분이 약간 나빠져서 조금 불퉁하게 말했다.

"배배 꼬지 않았어요."

루이는 키득거리며 웃었다.

"칭찬하는 거야. 너에게 그런 주변머리는 기대도 안 했거든. 어쨌든 이왕 꼬여 낸 거 잘 해서 침대까지 끌어들여 봐. 베갯머리송사만큼 효과 좋은 것도 없으니까. 물론 밤일하는 건 걱정 마. 오늘부터 내가 그놈 뼈까지 녹여 먹을 만큼 특훈시켜 주마."

일단 루이에게선 잠입 임무를 지속하라는 말이 떨어졌기 때문에 나는 다시 핏토로 1번 거리로 돌아가야 했다. 오후가 되자 전처럼 아무렇지 않게 아렐의 술집에 출근했고 아렐은 전날 아프다고 병가를 냈던 나를 걱정했다.

"오늘은 좀 괜찮아?"

나는 걱정해 줘서 고맙고, 바쁜데 출근하지 못해 죄송했다고 말했다. 아렐은 크게 손사래를 치며 괜찮다고 했다. 그는 가방과 겉옷을 카운터 밑에 넣어 놓고 앞치마를 걸치는 나를 눈치 보듯 흘긋거리며 말했다.

"어…… 음. 어젯밤에 사이크가 또 왔었는데 말야. 가게를 둘러보는 게 리나를 찾는 것 같아서 네가 아파서 빠졌다고 했거든. 그러니까 저녁에 자기가 불편하게 했던 건 아닌가 걱정하더라고. 괜히 자기 때문에 소화 불량 같은 거 걸린 건 아닌지 하고."

"예? 그럴 리가요. 전 즐거웠는데요."

내가 웃음기 섞인 목소리로 말하자 그제야 아렐은 눈에 띄게 화색을 보이며 손에 든 컵을 더욱 깨끗하게 뽀득뽀득 닦았다. 그는 애써 아무렇지 않은 표정을 지었지만 티가 다 났다.

"그, 그래? 다행이다. 내가 아는 녀석이라 그런 게 아니라, 그 녀석 정말 좋은 녀석이거든. 괜히 겉모습 때문에 오해를 많이 받아서……."

"전 그런 거 신경 안 써요."

내 대답에 아렐은 예상치 못하게 얻어맞은 사람처럼 당황해하며 손에서 컵을 떨어뜨릴 뻔했다. 재빠른 순발력으로 간신히 떨어지는 컵을 잡아챈 아렐은 이내 날 향해 크게 감동한 사람처럼 그렁그렁한 눈망울로 쳐다보았다.

"리나…… 너 정말 좋은 애구나."

"예? 좋은 애의 기준이 뭐 그래요?"

실없는 소리를 한다고 아렐을 향해 웃어 보였다. 아렐은 그런 나를 무슨 성녀라도 보는 것처럼 반짝반짝 빛나는 눈으로 응시했다. 과연 이 사람이 내 실체를 알면 어떤 얼굴을 할지. 그를 향해 의도적으로 맑게 웃으면서도 입 안으로는 어쩐지 쓴맛이 돌았다.

초저녁부터 드문드문 손님이 오기 시작하더니 거리가 완전히 어둠에 잠기자 가게 안은 어느새 많은 사람으로 메워져 갔다. 술에 취해 시끄럽게 웃어 대는 남자들, 짙은 화장을 한 채 담배를 무는 여자들, 익숙하진 않지만 어딘지 아련한 그리움을 자아내는 가게의 분위기. 술 한 방울 마시지 않았음에도 나마저 취기가 도는 것 같은 이상한 기분이 들었다.

"아팠다며?"

일행들과 자연스럽게 바 앞에 앉은 리오는 나를 보자마자 물었다. 나는 이제 괜찮다 대답하며 그의 일행 중에 보이지 않는 사이크의 안부를 물었다.

"오늘은 그 녀석 못 와. 단장이랑 볼일이 있다며 나갔거든."

"아……."

반란군 집회 같은 데 참석한 걸 수도. 만약 그렇다면 루이가 뒤쫓고 있을 테고 자연스럽게 이나츠스 용병단의 단장이라는 사람도 함께 조사 대상에 들어갈 터였다. 담담하게 분석을 내리는 머릿속과는 다르게 어쩐지 가슴은 답답했지만 나는 그것을 외면하며 그저 웃었다. 리오가 장난스럽게 물었다.

"서운해?"

"아쉽네요."

리오는 몸이 들썩이도록 크게 반응했다.

"크으—! 살다 살다 녀석에게도 이런 날이 오는구나! 역시 오래 살고 볼 일이라니까?"

아렐도 그렇고 리오도 그렇고 내가 사이크에게 관심을 보이는 것이 정말로 좋은 모양이었다. 그들이 그럴수록 나는 바늘 같은 것이 솟아올라 속을 쿡쿡 찌르는 느낌이었다.

물론 사이크는 충분히 내 관심을 끌 만한 매력적인 남성상이었지만 결국 나는 잠입한 적이고 그를 유혹해 정보를 알아내라는 임무를 가지고 있었다. 이들이 만약 내 정체를 알게 된다면 그때부터 내 감정 같은 건 전부 배제한 채 목적을 위해서 그에게 접근했다는 사실만 진실로 둘 것이다. 그게 당연하고 나 역시 그들이 어떤 판단을 내리든 별로 상관이 없었다. 여태껏 누군가 나를 이해해 주길 바란 적은 단 한 번도 없었으니까. 그저 내 인생을 살아왔을 뿐이다.

단지 사이크 본인에게 그런 식으로 생각되어진다면 그건 조금 슬플 것 같다는 생각이 들었다.

저녁 7시부터 새벽 2시까지가 술집의 영업시간이자 내 근무 시간이었다. 가게를 정리한 후 수입을 확인하는 아렐에게 인사를 하고 먼저 가게를 나왔다. 나는 취객들이 붐비는 큰길을 걷다 중간에 틀어 인적이 뜸한 골목으로 들어섰다.

아렐은 세상이 흉흉하니 여자가 밤 골목으로 들어가면 위험하다고 경고했지만 나는 알았다 대답만 하고 늘 이쪽 골목으로 다니고 있었다. 현재 머물고 있는 여관의 지름길이었다.

리나에겐 위험할지 몰라도 할리로선 위험하다 여기지 않으므로 나는 무뢰한들과 마주칠지도 모른다는 사실을 걱정하지 않았다. 하지만 나는 오늘에서야 한 가지 생각하지 못한 것이 있었음을 깨달았다. 리나라는 인물로 아는 불량배와 맞닥뜨렸을 때, 그러니까 할리가 될 수 없는 상황을 전혀 고려치 않았다.

"어? 아렐네 가게에서 일하는 아가씨 아냐?"

"그러게."

아직 임무 진행 중인 시기. 섣불리 정체를 드러내 이들을 두들겨 제압한다면 후에 문제가 될 수도 있었다. 할 수 없이 당해 줘야 하나. 아니면 도망을 쳐야 하나. 그것도 아니면 이 자리에서 이들을 전부 죽여야 하나.

하지만 죽이면 네 명이나 되는 시체를 어떻게 처리한담. 그렇다고 당해 주는 것도 내키지 않았다.

판단을 내리는 것은 그리 오래 걸리지 않았다. 나는 바로 몸을 돌려 왔던 길을 역주했고 뒤에선 잡으라는 외침과 나를 따라 뛰는 남자들의 발소리가 들렸다.

"제길! 뭐 저렇게 빨라!"

잘못한 것이 없음에도 마치 내가 그들의 지갑을 날치기한 도둑이라도 된 듯했다. 욕지거리와 함께 잡히면 가만두지 않겠다는 부조리한 협박을 받으며 도망치자니 속이 뒤집어질 만큼 기분이 나빠졌으나 발을 멈추진 않았다. 나는 기어이 큰길로 빠져나와 달리며 소리쳤다.

"도와주세요! 도와주세요!"

나는 뒤도 돌아보지 않고 가게 쪽으로 달려갔다. 가게에 다다르자 막 문을 잠그는 아렐을 만날 수 있었고, 아렐은 눈을 동그랗게 뜨며 나를 돌아보았다.

"리나? 무슨 일이야?"

나는 허리를 굽히고 서선 한참 숨을 골랐다. 뒤를 돌아보니 어느새 불량배들은 보이지 않았다. 어쩌면 내가 골목을 벗어나는 순간 쫓기를 그만뒀는지도 모른다.

"왜 그래? 리나."

걱정스럽게 재차 물어 오는 아렐의 목소리에 그제야 나는 고개를 되돌리고 허리를 폈다. 불량배들을 만났다고 하자 그는 크게 놀라며 다친 데는 없냐고 나를 이리저리 살펴보았다. 아렐은 내가 무사함을 확인하자 크게 안도하며 가슴을 쓸어내렸다.

아렐은 큰길을 통해 나를 여관 앞까지 데려다주었다. 나는 조금 지친 기분으로 계단을 올라 기지개를 켜며 방 안에 들어섰다. 불을 켜고 침대에 앉아 멍하니 허공을 보고 있길 한참, 창문 두드리는 소리가 들려왔다.

창문을 열자 루이가 바로 넘어 들어오며 불만스럽게 말했다.

"뭔 방을 3층으로 잡냐. 힘들어 죽겠네."

나는 루이가 들어오자마자 밖을 한 번 둘러본 후 재빨리 창을 닫았다. 문고리를 걸어 잠그고 커튼도 쳤다. 또 방 안의 그림자가 바깥으로 비칠 것을 염려해 전등 스위치도 껐다. 순식간에 들어찬 어둠이 눈에 적응되지 않아 한동안 앞이 보이지 않았다. 귓가엔 침대 가로 향하는 구둣발 소리 끝에 한숨 소리가 이어졌다. 그 소리가 어쩐지 깊다 싶어 조심스럽게 물었다.

"무슨 문제라도 생겼어요?"

"아니. 좀 피곤했을 뿐이야."

사물의 분간이 될 정도로 어둠에 눈이 익숙해지자 침대 가에 앉아 마른세수를 하는 루이를 볼 수 있었다. 나는 조용히 그 옆으로 앉았다. 루이는 내게로 몸을 틀더니 다음 할 일은 이거라는 듯 의무적인 손길로 내 블라우스 단추를 풀어 내리기 시작했다. 나는 그를 제지하진 않았지만 조금 걱정이 되어 물었다.

"오늘은 쉬시는 게 좋지 않을까요?"

"시간 낭비할 생각 없어. 쉬는 건 모든 일이 다 끝나고 해도 되는 일이지."

"그치만 너무 피곤이 쌓이면 일의 능률이 떨어질 텐데요."

"난 안 떨어져. 왜. 안 내키냐?"

"이 수업이 내킨 적은 단 한 번도 없었어요. 저는 그저 루이 씨가 피곤해 보인다는 말을 하고 싶은 거죠."

루이는 움직임을 멈추고 나를 빤히 바라보더니 이내 어이없이 웃었다. 그는 한 손으로 내 볼을 아프지 않게 툭 치며 말했다.

"까불지 마라."

"까분 것이 되는 건가요?"

"내가 언제 너보고 오지랖 떨랬어? 넌 네 일이나 잘하면 돼."

나는 다시 단추를 풀기 시작하는 루이를 가만히 바라보다 그의 손 위로 내 손을 덮어 멈추게 했다. 루이는 짜증스러운 눈길로 날 마주 보았고 나는 그의 손을 떼어 낸 뒤 스스로 단추를 마저 풀며 말했다.

"어차피 제가 봉사하는 걸 배우는 거잖아요. 그러니 이렇게 하죠. 일단 오늘은 제가 하는 걸 받아 보시고 고쳐야 할 부분을 알려 주시는 게 루이 씨가 없는 힘 빼는 것보다야 효율적이지 않을까요?"

"뭐 인마?"

나는 자리에서 일어나 블라우스를 벗어 떨어뜨리고 스커트와 속옷

들도 벗어 대충 근처에 던졌다. 금세 알몸이 되어 그의 다리에 올라타 마주 보고 앉자 루이는 떨떠름한 얼굴을 하면서도 한쪽 팔로 내 등을 받쳐 줬다.

생각보다 쉽게 포기한 듯 금세 흐린 한숨을 내쉬는 루이의 넥타이를 끌러 냈다. 약간 구겨진 재킷과 목 끝까지 잠긴 셔츠 단추를 풀며 그의 턱에 입술을 꾹 눌렀다가 뗐다.

그의 상의를 전부 벗겨 침대 아래로 떨어뜨린 나는 손을 아래로 내려 그의 벨트를 풀어냈다. 내 입술로 루이의 얼굴을 몇 번 지분거리다 곧 그의 입술을 찾아 겹치며 손끝에 닿은 바지 버클 역시 풀었다. 적막한 방 안에 입술이 촉촉 닿는 소리를 덮으며 느리게 내려가는 지퍼 소리가 조금 더 크게 들려왔다.

바지 안에 한 손을 넣어 그의 속옷 위를 쓰다듬자 루이의 다른 팔이 올라와 내 등을 더욱 안정감 있게 받쳤다. 멋대로 시작한 내 행위를 루이는 너그럽게 봐주기로 마음먹은 모양이었다. 나는 더욱 용기 내서 다른 손으로 그의 어깨를 슬쩍 뒤로 밀었고 루이는 나를 무표정하게 응시하면서도 별 저항 없이 상체를 뒤로 쓰러뜨려 침대 위에 누워 버렸다.

루이의 몸에 입을 맞추며 내려와 바닥에 무릎을 꿇었다. 침대 바깥으로 늘어뜨린 그의 다리를 손으로 쓸어 올리다 바지와 속옷을 차례로 벗겨 냈고 그제야 드러난 성기를 손으로 가볍게 말아 쥐며 벌어진 무릎 사이로 파고 들어갔다.

처음엔 가볍게 손으로만 몇 번 압박을 주고 문질거렸다. 피곤하다 했던 것치고 성기는 금방 힘이 들어가 반쯤 섰다. 곧 그것을 물기 위해 입술을 벌렸을 때 루이가 담담하게 날 말렸다.

"됐어."

"아직 덜 섰어요."

"됐다니까."

루이는 침대에서 몸을 일으켜 앉더니 자기 다리 사이에 앉아 올려다보고 있는 나를 가만히 내려다보았다. 그는 두 손을 뻗어 내 얼굴을 감싸 천천히 끌어당겼고 나는 그가 힘을 주는 대로 반항하지 않고 일어났다. 그의 입술이 내 입술에 닿으며 미지근한 혀가 입 안으로 넘어 들어왔다.

잠시 키스하다 떨어지자 루이는 침으로 젖어 있는 내 입술을 손가락으로 쓸어 닦아 주며 의미 모를 미소를 지었다.

"네가 그딴 걸 물면 키스를 할 수가 없잖아."

"……그렇군요."

느린 말투로 수긍하는 내 입술에 루이는 한 번 더 키스하곤 그의 어깨를 잡고 있는 내 손을 잡아 끌어 내리며 제 성기를 만지게 했다. 어느새 그건 완전하게 서 있었다.

"그럼 어디 한번 해 봐."

루이는 내 허리를 끌어안고 침대 위로 구르더니 시트 위에 완전히 몸을 올렸다. 그는 나를 몸 위에 둔 채 늘어져선 키스하라는 듯 혀를 내밀었고 나는 그와 입술을 겹치며 한 손으론 그의 성기를 잡았다. 그것을 내 다리 사이에 맞추고 몸을 일으켜 그대로 앉아 버리자 그것은 손쉽게 안으로 들어왔다.

내 쪽은 풀어 놓지 않아 약간 통증이 느껴졌지만 버티기 어렵진 않았다. 루이는 허리를 움직이기 시작하는 날 영 마땅찮게 쳐다보다 두 손으로 내 둔부를 잡으며 말했다.

"좀 더 세게 움직여 봐."

나는 잠시 버벅거리다 얼마 후에야 감을 잡고 살 치는 소리가 나도록 좀 더 세게 움직일 수 있었다. 루이는 미간을 살짝 찡그리며 입가를 늘렸다.

"부드럽게 원을 그리듯 움직여 봐."

"……어려워요."

"그러니까 배우는 거지. 하다 보면 돼."

루이는 평소보다 부드러운 어조로 날 채근했다. 그의 주문대로 몸을 움직이자 곧 내 입에선 딱히 격한 운동이 아님에도 절로 할딱이는 숨소리가 목을 타고 넘어왔다. 힘겹지 않지만 힘겨운 기분이다. 모순된 표현이지만 그렇게밖에 생각할 수가 없었다. 숨이 차고 가슴이 뛰고 배 속이 울렁거리고. 체력과는 상관없이 몸이 무너질 것 같은 느낌이었다.

"윽……!"

"그게 아니라 좀 더 섹시하게 울어 봐. 여자만 청각으로 가는 게 아냐."

맞문 잇새로 저절로 소리가 빠져나왔다. 루이는 그런 내 달뜬 소리마저 교정해 주었지만 내 소리는 좀처럼 바뀌질 않았다. 소리 내는 게 부끄러워서 오히려 손으로 입을 막았다. 그런 나를 쳐다보며 조금씩 숨을 몰아쉬던 루이가 문득 몸을 벌떡 일으켰다. 그는 성기가 결합된 그대로 자세를 뒤집어 나를 시트 위에 눕혔다. 그는 내 다리를 잡으며 세게 허리를 쳐올렸고 천천히 몸을 길들이고 있던 나는 갑작스러운 추삽질에 놀라 허리를 비틀었다.

"아!"

"참지 마. 참지 말고 소리를 내 봐. 여긴 우리 둘뿐이고 눈치 볼 필요도 없어."

"아! 아……!"

루이는 허리 짓을 하며 내 오른쪽 가슴을 조금 세게 깨물었다. 나는 아파서 그의 어깨를 잡았고 그 순간 그가 내 가슴에서 입을 떼며 나직한 신음을 내뱉었다.

"아……!"

루이는 왜인지 바로 얼굴을 굳히며 작게 욕지거리를 내뱉었다. 대체 뭐에서 화가 난 건지 모르겠지만 그는 한 손으로 내 턱을 아프도록 움켜잡으며 입을 맞추었다. 입술을 뗀 루이는 내 다리를 붙잡고 한참 동안 거칠게 추삽질을 하다가 갑자기 날 일으키더니 이번엔 등을 보이고 엎드리게 했다. 그가 다시 성기를 찔러 넣자 더 깊은 삽입감에 몸을 들썩였다.

그는 한 손으로 내 허리를 감고 등에 바짝 붙어 결합부를 세게 치댔다. 더 깊게 들어가라고 다른 손으론 내 어깨를 잡은 채였다. 살갗이 부딪히는 소리가 귓가에 멍멍하게 울렸다.

"으흑……!"

"뭐 하고 있어……! 훗! 허리 움직여……! 이래선 나 혼자 하는 거랑 뭐가 다르냐……! 읏!"

한참을 그렇게 치대니 나중엔 허리에 감각이 없어졌다. 내가 힘이 빠진 순간을 놓치지 않고 루이가 성기를 퍽! 소리 나게 찌르며 나를 채근했다. 하지만 그를 만족시킬 순 없었다. 개처럼 네발로 엎드린 채 시트를 부여잡고 버티는 것밖엔 당장 내가 할 수 있는 것이 없었다.

"허리 움직이라고……! 훗! 좀 더……! 아!"

"아! 아!"

삼키려던 소리가 절로 밖으로 튀어나왔다. 더는 안 되겠다는 말이 튀어 오르는 신음에 막혀 나는 고개만 크게 저었다. 루이는 짜증을 내며 내 어깨를 놓더니 이번엔 머리칼과 함께 내 목뒤를 세게 휘어잡고는 날 시트 위에 짓눌렀다.

"윽!"

간신히 고개를 비틀어 코가 시트에 압박되는 걸 피했지만 전혀 움직일 수가 없었다. 완전히 제압당해 어깨도 내려앉고 버티고 있던 두 팔마저 꺾어졌다. 나는 둔부만 치든 자세로 거칠게 움직이는 루이를 향해 아프다고 했지만 그는 참으라고 말하며 계속해서 몸을 흔들었다.

"윽! 아! 아! 루이! 그만! 그만해요!"

섹스가 아니라 마치 전투 같았다. 내가 지금 교육을 받고 있는 것인지 아니면 성 고문을 받고 있는 건지 알 수가 없을 만큼 괴로웠다. 이런 게 정말 앞으로 내가 해야 할 섹스라면 나는 늘 이렇게 아파해야만 하는 건가.

모르겠다. 이것이 얻어맞으며 당했던 그때의 레이프와 뭐가 다른 것인지.

"루이! 루이!"

루이는 버티라는 말만 앵무새처럼 반복했다. 오래된 기억과 함께 떠오른 혐오감에 서늘한 식은땀이 머리와 목뒤에서 흘러내리며 소름이 돋았다. 나는 눈을 꾹 감고 시트를 세게 움켜잡았다.

한참 후 루이는 이를 빠득빠득 갈며 잔뜩 부푼 성기를 빼내더니 시트 위에 사정했다.

루이의 손에서 풀려나 그대로 침대 위에 쓰러졌다. 나는 숨을 고르는 루이의 눈치를 보며 몸을 웅크렸다가 조심스럽게 이불을 끌어당겼다. 저절로 손이 떨려 왔다. 루이는 들리지도 않을 정도로 빠르게 욕을 하면서 욕실로 들어가 버렸고 나는 욕실 문을 바라보다 몸을 감싼 이불자락을 더욱 세게 쥐었다.

뭔가 비참했다.

나는 착각했던 걸까. 섹스란 조금 더 안달 나는 느낌이라고 생각했다. 흥분되고 노곤하고 들뜨는, 그런 느낌의 행위라고 생각했다. 끝내고 나면 탈력감이 들면서도 후련한.

하지만 오늘은 왜 이렇게 전과 판이한 기분이 드는 건지 알 수가 없었다. 왜 이리 죽고 싶은 건지. 어째서 이렇게 치욕감이 드는 건지.

나는 욕실에서 들려오는 물소리를 들으며 멍하니 눈만 끔벅거렸다. 얼마 후 욕실을 나온 루이는 조용히 옷을 주워 입고는 내 옆으로 다가와 앉았다. 그는 정신 차리라는 듯 내 머리를 아프지 않게 톡톡 두드려 생각에서 깨웠다.

"실수였어. 미안. 사과하지."

루이는 자신이 냉정하질 못했다며 기분 풀라고 말했다. 그제야 나는 지금의 이 나쁜 기분이 루이가 뭔가 실수를 해서 그런 거구나, 하고 깨달을 수 있었다. 그 실수가 정확히 뭐인지는 모르겠지만 그래도 앞으로는 이런 일 없을 거라는 루이의 말에 일단은 다행이라고 생각했다. 이렇게 괴로운 기분이 드는 섹스는 다시는 하고 싶지 않았다.

나는 이불로 몸을 가린 채 앉으며 루이의 얼굴을 가만히 들여다보았다. 아름다운 얼굴이 자책감으로 찡그려져 있었다.

"루이 씨는 아마도…… 피곤했던 거예요……."

"……."

"그렇죠?"

아직 눈치를 보며 그에게 묻자 루이는 여전히 눈가를 찡그린 채로 입가를 살짝 비틀어 올렸다. 그는 눈을 돌려 아무것도 없는 곳을 쳐다보았다. 한숨 소리가 이어졌다.

"그래. 아마도 그랬던 것 같아."

이 일이 심각해지는 건 원하지 않았다. 루이도 마찬가지인 듯 느리게 수긍했다. 나는 누구라도 석연찮을 그 변명에 못을 박듯 고개까지 주억이며 애써 아무렇지 않게 말했다.

"역시 조금은 쉬시는 편이 좋을 것 같아요."

"그래. 이번 일 끝나면 휴가라도 내야겠어."

나는 또다시 한숨을 내쉬는 루이를 바라보다 조심스럽게 그의 손을 잡았다. 루이가 다시 나를 바라보았다.

"잠은 제대로 자고 있어요?"

대답 없이 가만히 눈을 끔벅이는 루이는 여전히 피곤해 보였다. 나는 손을 놓고 그가 사정해 더럽혀진 시트를 주섬주섬 걷어 내며 말했다.

"좀 주무세요. 담요는 있으니까 그거라도 내드릴게요."

루이에게 담요를 꺼내 안겨 준 나는 시트를 욕실로 가져가 욕조에 담가 놓고 샤워를 했다. 몸이 욱신거렸지만 애써 신경 쓰지 않으려 노력했다. 이걸 자꾸 되새기면 루이가 원망스러워질 것 같았다. 담당과 틀어져서 손해 보는 건 나였다. 일단 사과도 받았고. 잊어버리기로 했다.

샤워를 끝내고 나왔을 때, 루이는 여전히 침대에 걸터앉아 가만히 생각에 잠겨 있었다. 나는 깨끗한 셔츠와 바지를 꺼내 입고 루이에게 다가가 물었다.

"왜 안 주무세요?"

"너 겁이 없는 거냐?"

젖은 머리를 말리던 수건을 목에 걸치며 루이를 쳐다봤다. 루이는 담요를 옆으로 치워 놓고 자리에서 일어났다. 그는 기분이 나쁜 것 같았다.

"사람이 암살당하기 가장 쉬울 때가 잘 때란 걸 모르는 건가?"

"……."

"연인에게도 내줘선 안 되는 것이 바로 잠자리다. 멍청한 거냐. 아님 날 죽이겠다는 뜻이냐. 그것도 아니면, 널 죽여 달라는 뜻인가?"

"죄송합니다. 그럴 의도는……."

어느새 자책하던 모습은 온데간데없이 다시 차가워진 얼굴로 말하는 루이에게 나는 고개를 숙이고 사과했다. 루이는 다시는 누구에게도 이런 행동 하지 말라는 말을 하곤 창가로 가 커튼을 열었다. 밖은 어스름한 새벽의 검푸른색을 띠고 있었다. 그는 창문을 열고 밖으로 훌쩍 뛰어내려 사라졌다.

"불량배를 만났었다며."

"네?"

바 앞에 앉아 말을 거는 사이크를 마주 보다 나는 아렐을 흘긋 쳐다보았다. 아렐은 시치미를 떼듯 눈을 피했고 나는 다시 사이크에게 시선을 돌렸다.

"별일은 없었어요."

그때 아렐이 끼어들어 사이크에게 말했다.

"아무래도 늦은 시간에 길거리에 있으니 표적이 되는 게 쉽지 않나 하는 생각이 들어."

"음. 그렇군."

사이크는 조용한 목소리로 수긍하며 고개를 끄덕였다. 아렐은 잠깐 내 눈치를 봤다가 다시 사이크를 쳐다보았다.

"괜찮다면 네가 좀 데려다주고 그러면 안 될까?"

"아렐 씨……. 안 그래도 돼요, 사이크."

속으로는 아렐이 사이크를 더 부추기길 바라면서 예의 차린 말을 내뱉었다. 아렐은 내 바람대로 이러다 정말 큰일 나겠다는 둥, 처음에 내가 다쳐서 왔던 게 아직도 눈에 훤하다는 둥, 은근하게 계속 사이크를 부추겼고 사이크는 담배를 물며 고민했다.

그러다 라이터 불꽃이 잘 일지 않아 미간을 찡그리는 사이크를 보고 나는 얼른 가게 이름이 찍힌 작은 성냥갑을 그에게 밀어 주었다. 그는 고맙다는 눈짓을 하며 성냥갑을 받아 들었다. 담배에 불이 붙고 흉터가 그어진 탁한 색의 입술 사이로 연기가 흘러나왔다.

"난 상관없는데. 딱히 그 시간엔 할 일도 없고. 여자가 다니기 위험한 시간은 맞으니까."

"하지만 귀찮으실 텐데……."

"네가 싫지만 않다면 난 상관없어."

"싫다니요. 그런…… 그렇게만 해 주시면 저야 든든하지만…… 사이크 씨는 피곤하지 않겠어요?"

"괜찮아."

사이크는 조용히 담배를 피우다 잔을 들어 술을 마셨고 그 순간 아렐이 나를 향해 찡긋 윙크했다. 나는 아렐에게 면목 없다는 듯 웃었다.

사이크는 그날 술을 많이 마셨음에도 멀쩡한 얼굴로 날 기다려 주었다. 장사를 끝낸 뒤 사이크와 함께 가게를 나설 때 나는 아렐의 들뜬 얼굴을 볼 수 있었다.

"죄송해요. 번거롭게 해서."

"괜찮아. 어차피 나도 집에 가는 길이고."

"집이 같은 방향인가요?"

"응. 헨리 여관에서 3블록 정도 더 가야 되지만."

헨리 여관은 현재 내가 머물고 있는 곳이었다. 나는 어쩐지 의도하지 않았음에도 절로 옆으로 늘어나려는 입가에 힘을 줬고 사이크는 무표정한 얼굴로 나와 나란히 걸으며 물었다.

"근데 넌 언제까지 여관에서 지낼 생각이지?"

"돈이 좀 모이면 작은 방이라도 하나 알아볼 생각이에요."

"음."

사이크는 조용히 고개를 끄덕였다. 골목으로 들어가지 않고 큰길을 통해 걸었기 때문에 시간이 조금 더 걸렸지만 나는 조금도 지루하지 않았다. 오히려 여관 앞에 도착했을 때 아쉬움이 먼저 들었다.

"그럼 들어가."

"고마워요."

"내일은 가게 끝날 즈음에 데리러 갈게."

"네. 고마워요."

나는 그를 향해 빙긋 웃다가 문득 심장이 철렁해지는 것을 느꼈다. 사이크의 뒤로 루이가 하품을 하며 걸어오는 것이 보였다. 너무 놀라 그대로 얼굴이 굳어 있었는지 사이크가 날 보고 의아한 표정을 지었다. 그는 내 눈길을 따라 뒤를 보려 했고 나는 그 순간 온몸으로 사이크의 품에 뛰어들었다.

"엇."

단단한 품에 파묻히듯이 안긴 나는 쿵쿵 뛰는 심장을 가라앉히려고 노력했다. 조금 시간을 끌다가 고개를 들자 사이크는 놀란 얼굴로 날 내려다보고 있었다.

"괜찮아?"

뒤늦게 우리를 알아본 루이가 모르는 사람인 척 눈길도 주지 않고 옆을 스쳐 지나갔다. 나 역시 그에게 시선을 주지 않기 위해 고개를 숙였고 사이크는 그런 나를 더욱 이상하게 여겼다.

"죄송해요…… 닮은 사람을 본 것 같아서……."

"누구랑?"

"그…… 그날 그 군인이랑……."

닮은 게 아니라 그 사람 본인이지만 나는 그렇게 변명하며 어깨를 조금 움츠렸다. 사이크는 우리가 처음 만났던 때를 떠올렸는지 눈가를 살짝 찡그렸다. 주변을 휙 한번 둘러보는 사이크를 보며 나는 놀란 가슴을 쓸어내렸다. 어느새 루이의 모습은 보이지 않았다.

"아마 잘못 본 걸 거예요……."

나는 경계를 풀지 않는 사이크에게서 떨어지며 말했다. 사이크는 위로하듯 내 어깨를 말없이 두드려 주었다. 그는 여관 주변을 한 바퀴 둘러본 후 나를 먼저 들여보냈고 루이는 그날 밤 결국 나타나지 않았다.

다음 날. 수면을 취해야 할 오전 시간에 안보국에 들렀다. 실습생들의 1차 평가가 있는 날이었다. 평가는 총 5회로 담당 선배들의 보고서가 5할, 기록이 2할, 총괄자 면접이 3할을 차지했다.

10점 만점에 내 점수는 총합 5.0.

기록이 1.5에 면접이 2.0. 담당자 점수가 1.5였는데, 특히 담당자 점수에서 눈을 뗄 수가 없었다. 루이가 점수 내리기 귀찮아 대충 휘갈긴 게 아닌가 하는 생각이 들 정도로 처참한 점수였다. 아무리 정해진 탈락 예정자라지만 대충 한 적은 없었는데. 이렇게 낮은 점수는 훈련섬 초기에 적응할 적 이후로 오랜만이었다.

"너 어떻게 된 거야?"

"담당한테 찍혔어?"

"무슨 짓을 한 거냐?"

등 뒤에서 내 점수를 본 카이와 미미, 베어가 놀란 얼굴로 한마디씩 했고 나는 평가지를 품에 접어 넣으며 구시렁대듯 말했다.

"훔쳐보지 마."

미미는 아랑곳없이 내게 무슨 짓 했냐며 계속 캐물었지만 나는 대충 흘려 넘기며 무시했다. 문득 자리를 뜨려는 듯 보이는 베어에게 눈을 돌렸다.

"베어."

내 부름에 베어는 막 떼려던 발을 멈추고 날 돌아보았다. 나는 가까이 다가가 그를 빤히 올려다보았고 베어는 잠시 나와 마주 보고 서 있다가 고개를 갸웃거렸다.

"왜?"

"잠깐 시간 괜찮아?"

"어."

궁금증을 표하는 카이와 미미를 뒤로하고 나는 베어와 단둘이 인적이 드문 복도로 자리를 옮겼다. 의문 어린 표정으로 따라온 베어에게 말했다.

"잠깐 나 좀 안아 볼래?"

"뭐?"

베어는 단번에 괴상한 표정을 지었다. 그는 얼른 해 보라고 재촉하는 날 아주 떨떠름하게 바라보며 엉거주춤 허리를 굽혔다. 그의 두 팔이 내 어깨를 감싸 안았다.

나 역시 두 팔을 벌려 베어의 허리를 감싸 안았고 그의 품속에 푹 파묻히듯 머리를 기댔다. 그 상태로 잠시 체온을 느끼며 눈을 감자 머리 위에서 난감한 듯한 목소리가 들렸다.

"이건 무슨 공격이냐?"

"……음."

베어의 품은 인간 난로라고 해도 좋을 만큼 따끈했다. 손에 닿는 근육은 단단했으며 널찍한 가슴은 보는 것만큼이나 안겼을 때도 기대기 편안했다. 머리 위에서 가만히 불어오는 미지근한 숨결도 나쁘지 않았고, 그의 체취는 느티나무의 향기같이 담백하면서도 남성 특유의 진한 내음이 있었다.

베어는 키와 이미지, 덩치뿐만 아니라 안겼을 때의 감각조차 사이크와 비슷했다. 그럼에도 결국 기분과 느낌은 달랐다. 사이크에게 안겼을 때와는 다르게 베어에겐 가슴이 뛰지도 숨이 막힐 것 같지도 않았다. 얼굴이 붉어지거나 식은땀이 배어 나오지도 않았으며 무엇보다 마음 깊이 든든하지도 않았다.

나는 베어의 가슴을 느리게 밀며 떨어졌고 여전히 영문 모르겠다는 듯한 베어를 보며 한숨을 푹 내쉬었다. 베어가 얼굴을 찡그리며 낮게 말했다.

"남의 얼굴 보면서 한숨 쉬지 마. 기분 나쁘게."

"베어."

"왜."

찡그린 얼굴을 풀지 않고 대답하는 베어에게 손을 뻗어 볼을 살짝 만지작거렸다. 베어는 내가 하는 대로 가만히 내버려 두었고 나는 그에게 진지하게 물어보았다.

"얼굴에 흉터라도 만들어 보지 않을래?"

그렇게라도 베어가 사이크와 비슷해진다면 나는 사이크가 죽었을 때 베어에게 기댈 수 있을지도 몰랐다. 물론 베어의 감정은 고려치 않은 생각이었다. 나를 가만히 내려다보던 베어는 한숨을 쉬며 고개를 저었다.

"싫어."

당연한 대답이었지만 약간 아쉬운 기분이 들어 어깨를 늘어뜨렸다.

"차였네."

"고백받았다는 생각은 안 드는데."

"칫."

베어는 내 머리를 가볍게 헝클어뜨리며 뭔진 모르겠지만 힘내라고 위로했다.

베어와 갈라진 나는 루이의 방으로 향했다. 두 짝이 맞닿아 있는 원목 도어 앞에 서서 노크를 하자 들어오라는 대답 대신 문이 벌컥 열리며 막 잠에서 깬 듯 신경질적인 모습의 루이가 얼굴을 비쳤다. 그는 반쯤 내려앉은 눈으로 날 보며 말했다.

"뭐야. 너냐. 안 그래도 부르려 했다. 들어와."

루이는 그 모습 그대로 잤는지 입고 있는 옷이 구겨져 있었다. 정신을 차리려는 듯 잠시 마른세수를 한 루이는 테이블 의자에 앉아 담배를 물었다. 성냥으로 불을 붙인 그가 마냥 서 있는 내게 앉으라는 눈짓을 했다. 내가 의자에 앉자 루이는 아직 졸음기가 남아 잠긴 목소리로 물었다.

"어제 보니 제법 진척이 된 것도 같던데 언제쯤이면 될 거 같냐."

주어는 없었지만 사이크에 대한 얘기임을 바로 알아차렸다.

"조금 더 시간이 걸릴 것 같아요."

"그러니까 얼마나."

"일주일 정도."

"무난하네. 좋아. 그 안에 어떻게 해서든 침대로 끌어들여. 하지만 아직은 먼저 뭘 캐묻거나 하진 마. 거시기 좀 물어 주고 흔들어 주면서 기분 좋게 해 주다 보면 웃기게도 이 의식이란 놈이 근거도 없는 신뢰감이란 걸 만들어 내게 되거든? 멍청하게도 그걸 사랑이라고 착각하는 거야. 그럼 저절로 입을 열게 되어 있어. 물론 그것도 조금의 작업이 필요하긴 하지만."

루이는 담배를 한 모금 빨고는 말을 이었다.

"내가 알아낸 바로 녀석들은 일주일에 세 번 정도. 첫째 주와 셋째 주는 월, 수, 금. 둘째 주와 넷째 주는 화, 목, 토에 장소를 바꿔 가며 모여. 헌데 장소가 바뀔 때마다 모두에게 알리기가 쉽진 않으니 주와 요일에 따라 장소도 정해져 있어. 그리고 일요일에 비로소 반란군의 간부 녀석들이 본거지에 모이게 되지. 하지만 아직도 본거지는 알 수가 없어. 그저께 쫓아 봤지만 중간에 실패했지."

그저께라면…… 그날 날 거칠게 대한 후 사과하던 루이를 떠올리다 고개를 끄덕였다. 그때 뭔가 위험한 마찰이 있었던 모양이다. 루이는 잠이 좀 깼는지 조금 전보다 또렷한 눈빛으로 말했다.

"하지만 그것도 곧 알게 될 거야. 위에서 이번 일에 소규모의 군대를 내줬거든. 계획도 세워졌다. 오늘부터 네가 제시한 녀석을 꼬여 내기까지 일주일. 거기에 정보 수집을 할 일주일의 작전 시간이 더 주어질 거다. 그러니까 2주 안에 너에게서 정보가 나오질 않으면 그때부터 파견된 군대는 내가 알아낸 임시 집합소들을 하나씩 칠 거야. 그리고 거기에서 최대한 많은 놈들을 잡아다 고문할 거다. 물론 그렇게 되면 본거지의 장소는 바뀌겠지. 거기서 이벤트를 발생시키는 거다. 우린 은근슬쩍 사이크를 놓아줄 거다. 그때 녀석이 너에게로 달려오도록 만들어. 그리고 불게 해. 녀석들의 다음 본거지가 어디인지."

루이가 재떨이 위로 담배 끝을 톡 치자 붙어 있던 재가 힘없이 떨어졌다. 루이의 목소리를 들으며 나는 가만히 그 모양을 내려다보았다. 어쩐지 현실감이 느껴지지 않는 것 같았다. 약간 어지럽기 시작했다. 기분이 안 좋은 건지 속이 안 좋은 건지 모르겠지만 어쨌든 좋지 않았다.

"알아들었냐?"

"예."

루이에게 대답을 하고 나서야 내 머릿속은 다시 제 기능을 하듯 담담하게 계획을 되뇌었다.

나는 이것이 나의 현실임을 새삼 자각해야 했다. 연극을 시작했으면 당연히 막이 내릴 때가 다가오는 것이다. 곤하게 잠이 들어 행복한 꿈을 꾸어도 결국은 깨야 할 때가 오는 것처럼 자연스럽게.

그동안 나는 이것이 술집의 리나라는 여자가 할리라는 정보원이 되는 꿈을 꾸는 비현실이었으면 했다. 하지만 그것조차 이젠 한낱 꿈이 되어 형편없이 바스라지고 있었다. 나의 현실은 내가 이 연극과도 같은 꿈속에 더 머무는 것을 허락하지 않았다. 나도 모르게 바람 빠진 웃음이 새어 나왔다.

루이가 자리에서 일어나더니 선반에서 종이쪽지 하나를 가져와 내 앞으로 내밀었다.

"그리고 테일러 박사에게 전화해 봐. 할 말이 있다는 거 같으니까."

"예."

테일러 박사는 내 기억의 시작이었다. 눈을 뜨자마자 보게 된 사람이 그와 그의 여조수였다. 그는 훈련섬에 있을 때 의무 총관이었고 2년 전 정부의 기술과학연구원에 스카우트되어 섬을 떠났다. 박사는 나와 연을 끊지 않고 교관이나 우편을 통해 기억 상실의 후유증으로 두통을 앓는 내게 약을 지어 보내 주곤 했다. 고맙게도 그건 지금까지 이어지고 있었다.

이번에 내가 안보국에 수습으로 배정되면서 교관을 통해 받았던 약은 두 달 치였고 슬슬 떨어져 가고 있었다. 박사는 약을 줄 때가 되었지만 섬에 내가 없으니 이쪽으로 연락을 해 온 듯했다.

나는 전화번호가 적힌 쪽지를 받아 들고 의자에서 일어났다.

"고맙습니다. 폐를 끼쳤네요."

"됐어. 이 정도는 상관없어."

"그럼."

"어디 가려고?"

"1층 사무실 전화 좀 쓰려고요."

"뭘 번거롭게. 내 전화 써."

루이는 자기 방에 지급된 전화를 가리키며 말했다. 나는 거절할 이유가 없어서 감사히 쓰겠다 말하곤 전화기 쪽으로 몸을 틀었다. 수화기를 들고 쪽지에 적힌 다이얼 번호를 손가락으로 돌렸다. 몇 번의 연결음 후, 군 통신 교환원의 사무적인 목소리가 들려왔다.

— 군 통신원입니다. 신원을 대십시오.

통신원은 일반 시민이 쓸 수 있는 민간 통신원과 군인이나 국가 기관원이 쓸 수 있는 군 통신원 두 가지가 있는데 나라 소속의 기관 번호엔 늘 111이라는 숫자가 앞에 붙어서 자동으로 군 통신원에 연결되고 발신자의 신원을 대야 했다.

"안보국 소속의 할리입니다. 기술과학연구원의 테일러. HJ 씨와 통화하고 싶습니다."

— 확인해 보겠습니다. 잠시만 기다려 주십시오.

"예."

조금 시간이 흐른 후 확인을 마쳤다는 교환원의 음성이 흘러나오며 기술과학연구원으로 연결되었다. 그곳에서도 안내 교환원에게 내 신원을 대고 테일러 박사와 연결해 줄 것을 요청해야 했다. 나는 전화기를 붙잡은 지 한참이 지나서야 겨우 테일러 박사와 통화할 수 있었다.

— 할리인가.

박사는 예나 지금이나 정감 없는 목소리였다.

"예. 잘 지내셨어요, 박사님. 연락하셨다고 들었어요."

— 슬슬 상담을 받을 때가 되었으니 시간 내서 한번 들르도록 해. 약은 그때 상담 후에 처방하겠다.

"예. 그럼…… 3주 후의 금요일에 찾아뵈어도 될까요?"

나는 방 한편에 걸린 달력으로 눈을 돌려 작전 기간을 따져 보고, 거기서 조금 더 여유롭게 날짜를 잡았다. 테일러 박사도 자신의 일정을 확인해 보는 듯 약간의 간격을 둔 뒤에 대답했다.

— 음…… 문제없다. 하지만 오전 중에 오도록.

"예."

쓸데없는 말 없이 바로 전화가 끊겼다. 나는 뚝뚝 끊어지는 단음을 듣고 나서야 수화기를 내려놓았고 품에서 수첩을 꺼내 박사와의 약속 날짜를 적어 놓았다.

"잘 썼어요."

루이는 벌써 두 대째 문 담배를 재떨이에 비벼 끄며 연기를 길게 내뱉고는 의자에서 일어났다.

"식사는 했냐?"

"아니요. 이제 먹으러 갈 생각인데요."

"그럼 기다려. 같이 가게. 세수만 하고 나올 테니까."

"예."

세수를 하고 나온 루이는 벽 거울 앞에 서서 길게 풀어 헤친 검은 머리칼을 하나로 모아 잡더니 입술에 물고 있던 끈으로 대충 묶었다. 그리고 침대 기둥에 걸어 놓았던 재킷을 집어 들었다. 방문을 연 그는 옆으로 약간 비켜서서 날 먼저 내보내고 뒤를 따라 나오며 말했다.

"식사하고 네 옷 좀 몇 벌 더 사자. 갑자기 맡은 임무라 옷도 별로 없지?"

"기관 내에서 몇 벌 빌렸어요."

"그래? 하지만 유행 지난 것들이 대부분일 텐데. 됐으니 사 줄 때 받아."

"루이 씨 사비로 사 주시겠단 건가요?"

조금 놀라 묻는 내게 루이는 하품을 하며 답했다.

"그래. 어차피 관례상 담당 선배로서 뭐 하나 해 주긴 해야 하니까. 그냥 이걸로 때우자."

나는 바로 불퉁하게 대꾸했다.

"그건 너무하시네요. 아무리 귀찮아도 그렇지. 평상복도 아니고 임무에 입을 옷을 선물로 한다니."

루이는 맥없이 웃더니 금방 다른 대안을 제시했다.

"그래? 그럼 임무에 입을 옷 두 벌에 평상복 한 벌."

"그거라면 좋아요."

"건방지긴."

"루이 씨의 건방지단 기준은 지나치게 낮은 것 같아요. 하녀 정도가 아니면 걸리지 않을 사람이 없을 것 같은데요."

"꼬박꼬박 말대꾸하지 마. 선물이고 뭐고 그냥 식사로 퉁친다?"

"아, 그건 싫어요. 얌전히 입 다물고 있을게요."

나는 손을 들어 입에 지퍼를 채우는 시늉을 했고 루이는 웃는 낯으로 날 흘겨보았다. 우리는 늘 가는 음식점으로 갔다. 루이는 전날 술을 마셨다며 속을 달랠 수프와 간편한 샐러드 샌드위치를, 나는 스파게티를 주문했다. 식사 후엔 함께 시내 거리를 걷다가 길거리에서 파는 싸구려 원피스 두 벌을 샀다. 임무용 옷이었다.

평상복은 굳이 그럴 필요 없다는데도 루이는 최고급 의상실로 나를 데려갔다. 대충 적당한 가게로 갈 거라 생각했는데 의외였다. 엄청 비쌀 텐데. 루이는 디자이너의 스케치를 보며 내게 원하는 스타일을 물었고 나는 이래도 괜찮은 건가 생각하면서도 가장 눈이 가는 디자인을 손가락으로 짚었다.

스케치북 안엔 얇은 실크가 늘어지듯 아래로 쳐진 롱스커트와 목까지 단추가 채워진 칼라 부근에 스카프를 감고 큰 브로치로 포인트를 준 블라우스가 그려져 있었다. 늘 지급된 옷만 입던 나로선 한 번도 입어 본 적 없는 스타일이지만 그냥 그게 좋았다.

"심심한 스타일을 좋아하는군."

루이가 심드렁하게 말하자 디자이너는 이런 스타일이 유행을 타지 않아 좋다고 했다. 또 오래전부터 수도의 귀족 여성들이 즐겨 입는 단정한 평상복이라며 내 안목을 칭찬했다. 루이는 왜인지 탄식하는 듯한 표정을 지었다. 내가 칭찬받는 게 그렇게 싫은가. 나는 속으로만 투덜댔다.

재단을 위한 치수를 재고 일주일 후에 옷을 찾으러 오기로 한 뒤에 나는 루이에게 끌려 나갔다. 그는 기분이 별로 안 좋은 것 같았다. 뒤늦게 옷값이 아까워졌나 싶어서 나는 게슴츠레하게 루이를 쳐다봤다. 데려올 때는 언제고. 그래도 무르잔 소리는 없어서 딱히 꼬투리 잡을 기회는 없었다.

온종일 이런저런 일을 보느라 한숨도 자지 못한 채로 저녁에 출근한 나는 숨어서 연신 하품을 해 댔다. 낮에 조금이라도 자야 했지만 남은 시간은 전날 받지 못한 시크릿 교육을 받아야 했으므로 잘 수가 없었다.

루이는 이제 작전 시기가 임박했으니 실수로라도 흔적을 남겨선 안 된다며 내 몸에 손끝 하나 대지 않았다. 루이는 처음부터 끝까지 입으로만 지시했고 나는 누워 있는 그의 몸 위에 올라타 시키는 대로만 따랐다.

오늘은 혀 굴리는 것을 중점적으로 교육받았다. 다른 건 어지간하면 커버가 되는데 키스만은 끔찍하게 못한다는 것이 그의 의견이었다. 나는 교육을 받은 후에도 틈날 때마다 체리 꼭지나 실 조각을 입 안에 굴리며 엮어 봤지만 한 번도 성공하지 못했다.

"배고파?"

지금도 안주 준비를 하고 남은 체리 꼭지를 따서 입 안에 넣어 굴리고 있었다. 사이크가 말을 걸어오자 나는 황급히 고개를 뒤로 하고 꼭지를 손바닥 안에 뱉었다.

"예?"

그는 등 뒤로 손을 숨기는 나를 바라보다가 자기 앞에 있던 안주 접시에서 체리를 한 주먹 집어 건네며 물었다.

"체리 좋아하나 봐?"

분명 안 보이게 뱉어서 숨겼는데 어떻게 알았지. 나는 뱉은 체리 꼭지를 바닥에 버리고 두 손을 모아 사이크에게서 체리들을 받아 들었다. 민망하게 웃는 날 보며 사이크는 조용히 술잔을 입에 가져갔다. 그의 입가가 약간 올라가 있었다.

사이크는 가게 끝나는 시간에 맞춰 데리러 오겠다고 했지만 오히려 어제보다도 더 일찍 얼굴을 비쳤다. 그가 의도한 건 아니고 어쩌다 이렇게 된 듯한 게, 오늘 원래 사이크는 다른 장소에서 회식 일정이 있었다고 한다. 하지만 리오를 비롯해 나와 사이크의 미묘한 기류를 눈치챈 몇몇 단원들 덕분에 장소가 갑자기 여기로 변경되었고, 그 와중에 사이크는 뒤편에서 테이블을 합쳐 놓고 떠들어 대는 동료들에게 억지로 떠밀려 바 앞에 따로 앉아 있는 중이었다. 나랑 대화 좀 하라고 말이다.

"여! 너도 봄날이 왔구나!"

"취했군."

문득 한 남자가 사이크의 옆자리에 앉으며 비틀대는 몸을 바에 기댔다. 그의 이름은 그웰. 사이크의 상사이자 이나츄스라는 거대 용병단의 단장이었고 루이의 리스트에 사이크와 함께 반란 분자로 올라가 있는 자였다.

겉으로 보기엔 실없고 가벼워 보이는 평범한 남자였지만 그웰과 용병단을 함께 붙여 생각하면 그때부터 그에게서 평범이라는 수식어는 부자연스러워진다. 용병단의 규모는 이 가게뿐만 아니라 여기와 붙어 있는 근처 술집 12곳을 통째로 빌려 회식 장소로 쓸 정도였다.

이 가게에 있는 인원은 순수하게 사이크가 이끄는 소부대였고, 이나츄스 용병단엔 그런 소대가 열둘이나 더 있었다. 이들은 이미 위협적인 군대였다. 그런 곳의 단장이 반란군의 간부일지도 모른다는 것은 상당히 암울한 전개였다.

이 정도의 군대를 순수하게 나라를 위해서 쓴다면 큰 힘이 될 텐데. 오히려 외부 침입으로 불안한 정세를 기회로 삼고 내부 분열로써

이 나라를 망치려 하고 있었다.

그웬은 나를 온전한 나로 있게 해 주지 않는 적이었다.

나는 마음속에 이는 폭풍을 감추며 그웬을 바라보다가 사이크에게 눈을 돌렸다. 폭풍은 사라지지 않았지만 그웬보다는 애틋한 감정이 들어 어쩐지 쓴웃음이 나왔다. 사이크의 얼굴과 목, 그리고 소매 바깥으로 보이는 퇴색된 흉터들에 눈이 갔다. 할 수만 있다면 그 위를 쓰다듬어 주며 묻고 싶었다.

사이크 당신은 어째서 반란을 조장하는지. 대체 어떤 원한이 있기에 국가에 반기를 드는지. 그리고 그건 잘못된 거라 설득하고 싶었다.

"당신이 리나 씨? 동료들에게 당신에 대해 많이 들었습니다."

"그런가요? 뭐라고 했는지 궁금하면서도 걱정되네요."

"하하! 걱정 마세요! 다들 칭찬하던데요? 싹싹하고 착하고 예쁘고 사이크와 나란히 서도 딱 알맞은 키를 가지고 있다고."

"커다란 여자라고 했군요."

"……하하."

"그 정도로 해. 그웬. 너 취했어."

나는 그웬을 귀찮은 것 취급하는 사이크에게 웃어 주며 손안에 가득 담긴 체리들을 내려다보았다. 별것 아닌 체리들이 갑자기 무거운 쇳덩이처럼 느껴져 버거웠다.

사이크. 당신은 어째서 나를 이렇게 슬프게 만들까.

"앞으로도 이 녀석 잘 부탁해요. 리나 씨."

"그웬. 그만하라니까."

나는 그저 웃을 수밖에 없었다. 마음속으로 아무리 발버둥을 치고 비명을 지르더라도 여기선 웃어야 했다.

정말, 왜 당신일까.

"저야말로 잘 부탁해야 할 것 같은데요?"

일부러 눈치를 주듯이 사이크를 보며 말했다. 사이크는 다시 술잔을 들어 입에 가져가며 내 눈을 피했다. 그는 복잡한 기분인 것 같았다.

가게는 평소보다 더 늦게 끝났다. 거의 아침이 다 되어서야 사이크와 함께 돌아가는 길에 약간 뻐근한 기분이 들어 목뒤를 몇 번 툭툭 두드렸더니 사이크가 걱정스럽게 말을 걸었다.

"힘들었지?"

"늘 하는 일인데요 뭐. 일은 괜찮아요."

"피곤해 보여."

"그냥 어제 좀 못 자서 그래요."

"잠을 못 잤어? 왜. 혹시 불안해서?"

사이크는 전날 새벽에 내가 안겼던 일을 떠올린 듯 더욱 걱정스러운 눈빛을 했다. 나는 부정도 긍정도 않고 그냥 웃었다. 그가 오해할수록 나에겐 유리했다. 결국 내가 어제 일로 불안증이 생긴 것이라 확신한 듯 그는 커다란 손으로 내 머리를 쓱쓱 쓰다듬어 주었다. 부드럽게 머리를 쓸어내리는 손의 따뜻한 온기가 기분 좋았다. 주인의 든든한 보호를 받는 강아지가 된 것 같다. 이 마음이 더 깊어지면 그때는 되레 그를 보호하는 충견이 되고 싶어지려나.

"너무 무리하진 마."

이렇게 좋은 사람인데.

나는 그를 빤히 바라보다 곧 내 머리에서 떨어지는 그의 손을 붙잡았다. 사이크는 그런 내게서 뭔가를 눈치챘는지 난감한 기색을 보이며 내게 잡힌 손을 거둬 가려 했고 나는 더욱 그의 손을 세게 부여잡으며 놓아주지 않았다. 사이크의 입매가 더욱 단단해졌다.

"리나. 혹시 술 마셨어?"

어떻게든 분위기를 환기하려는 듯한 그의 말에 나는 짧게 소리 내 웃었다. 곰 같은 남자 같으니. 거절하려면 더 차갑게 대해야지. 이러면 밀어내나 마나였다. 그의 태도가 재밌기도 하고 씁쓸하기도 했다. 나는 손을 놓아주고 대신 그의 얼굴로 손을 뻗었다. 사이크는 약간 굳는 것 같았지만 피하지 않았고 나는 천천히 그리고 조심스럽게 그의 얼굴을 쓰다듬으며 말했다.

"나는 그날 당신과의 만남을 다행이라 여기면서도 한편으론 좀 더 다른 식으로 만났으면 좋았을 텐데 하는 생각이 들었어요."

"......?"

"왜냐하면…… 당신이 나를 헤픈 여자라 생각할까 봐 무섭기 때문이에요."

"그런 생각 한 적 없어."

사이크는 단호하게 말했다. 나는 다른 손도 뻗어 그의 양 볼을 감싸며 눈을 직시했다. 그의 솔직한 감정을 엿보고 싶었다.

"당신은 나에게 매력적이에요. 나는 당신에게 매력적인 여자인가요?"

"리나."

사이크가 복잡한 빛을 띠며 그의 볼을 감싼 내 손 위로 제 손을 겹쳐 쥐며 천천히 떼어 냈다. 나는 그에게 쥐어진 두 손을 떨쳐 내지 않고 분노와도 닮은 격정적인 감정이 치미는 것을 애써 다시 눌러 내렸다. 내 고백은 진심이었지만 그렇다고 감정에 말려 이성을 잃어선 안 됐다. 나는 지금 임무 중이니까.

"제대로 들어 줘요. 나는 술을 마시지도 않았고 그리 요령 좋은 사람도 아니에요. 나는 항상 당신에게 내가 어떻게 비칠까 걱정하고 고민해요. 당신에게 상냥한 말 한마디라도 들으면 그 생각만으로 하루를 보낼 만큼 중증이에요. 이런 내가 싫다면 지금 이 자리에서 말해 줘요. 나는 지금도 너무나 괴로워서 어쩔 줄을 모를 만큼 당신을 원해요."

나는 그에게 진심을 주지만 진실까지 주진 않을 것이다. 그가 나에게 넘어오길 바라면서도 한편으론 그가 나에게서 멀리 도망가 주었으면 한다. 나의 모든 행동과 감정, 상황은 하나같이 모순적이었으나 간절했다.

"리나. 고마워."

사이크는 한참이 지나서야 차분하게 입을 뗐다.

"나는 네가 착하고 귀엽다고 생각해. 그리고 네가 생각하는 것 이상으로 나는 널 매력적이라 생각하고 있어. 이전에도 없었고 앞으로도 역시 너 같은 사람은 내 평생 없을 거란 생각마저 들어. 어쩌면 난 널 사랑하는지도 몰라."

그때 사이크의 체온이 떨어져 나가며 내 두 팔은 아래로 힘없이 처졌다. 나는 여전히 그의 눈을 바라보며 마음속으로 안도와 슬픔이 교차하는 걸 느꼈다. 이 감정을 견디기가 힘겨웠다. 차가운 바람이 귓가를 스치며 그의 목소리가 전해졌다.

"하지만 나는 널 행복하게 해 줄 수 없어. 불확실한 내 감정에 비해 그것만은 확실하게 말할 수 있지. 내게 정을 주면 넌 불행해질 거야."

사이크의 의견엔 나도 동의한다. 그가 모르는 것이 있다면 나는 이미 불행하다는 거고 그 불행은 처음부터 선택권이 없었다는 거다. 나는 이 남자에게 정을 주든 주지 않든 간에 그를 침대로 끌어들여야 하고 결국은 이 남자의 죽음을 봐야 한다.

그를 좋아하는 건 그저 내게 하등 쓸모도 없는 고된 짐을 하나 더 얹고 있는 것과 같았다.

"사이크, 나는……."

그럼에도 나는.

"당신을 사랑해요."

이 감정이 사라지길 원하지 않는다.

"지금 나는 내 미래의 불행에 대한 이야기는 관심 없어요."

"리나."

"당신이."

너무 괴로워서 미칠 것 같지만 그래도 나는 그를 사랑하고 싶었다. 나는 숨을 한번 고르고 여전히 머뭇거리는 사이크에게 큰 소리로 말했다.

"당신은 어떤 감정인지, 지금 당신이 나에게 해 줄 수 있는 건 그 대답뿐이에요! 그 이외의 건 아무래도 상관없어!"

머지않아 다시는 볼 수 없을 그이기에 더더욱 나는 지금 그와 사랑을 해야만 했다.

사이크는 잠시 말없이 나를 바라보다 문득 얼굴을 찡그리며 내 어깨를 잡아채 끌어당겼다. 단단한 가슴에 안기는 순간 그의 체온이 내 심장까지 닿는 듯한 기분이 들었다. 나 역시 두 팔을 들어 그의 등을 끌어안았다. 귓가에 그의 낮은 목소리가 신음하듯이 들려왔다.

"내가 어떻게 널 사랑하지 않을 수 있겠어."

곧 사이크가 내게서 떨어지며 그의 손이 내 얼굴을 감싸 잡았다. 그리고 마치 굶주린 짐승처럼 내 입술에 달려들어 탐하는 그는 금방이라도 나를 머리부터 씹어 삼켜 버릴 것처럼 거친 기세였다.

이 남자라면 나를 뼈째로 씹어 삼킨다 해도 분명 그 모습조차 아름다울 것이다.

아마도 나는 처음 본 순간부터 이 남자를 사랑한 것이 틀림없다.

사이크의 손을 잡고 방 안으로 끌어당겼다. 이대로 돌아가고 싶어 하지 않는 그를 교활한 내가 잡아챘다. 사이크는 방에 들어오자마자 내 허리를 한쪽 팔로 감아 들어 올리며 다시 한 번 깊게 입을 맞추었다. 그의 목에 두 팔을 감은 나는 약간 흐느꼈고 사이크는 나를 안은 채 침대로 향했다.

그가 먼저 셔츠를 벗어 던지고 내 원피스를 치마부터 뒤집어 머리 위로 벗겨 냈다. 그는 내 브라 속으로 손을 집어넣어 가슴을 세게 쥐었다. 아픔을 느낀 동시에 갑작스럽게 타인의 체온이 닿은 유두가 바짝 서는 것을 느꼈다.

"아!"

심장이 터질 것같이 뛰며 부끄러우면서도 서늘한 쾌감이 터졌다. 나는 작게 외치며 몸을 비틀어 도망치듯 등을 돌렸다. 그는 내 등을 안고 달래듯이 어깨에 입을 맞추면서 브라 끈을 조심스럽게 끌어 내렸다.

그가 브라를 완전히 벗겨 내자 나는 팔로 가슴을 가리며 사이크를 슬쩍 돌아보았다. 사이크는 내 팔 아래로 손을 끼워 넣어 가슴을 느리게 쓰다듬으며 내 입술에 키스했다. 입술을 뗀 사이크는 그의 몸 아래에 가두듯 나를 뉘었다.

사이크는 나를 가만히 내려다보며 조용히 숨을 골랐다. 그 시간이 길어지자 다음으로 넘어가길 기다리고 있던 나는 그제야 사이크가 이 섹스를 고뇌하고 있음을 깨달았다. 나는 그의 가슴을 밀며 몸을 일으켰다. 순순히 밀려나는 사이크를 앉힌 나는 그의 다리에 올라타 그의 오른손을 잡아당겼다. 그리고 내 속옷 안으로 천천히 밀어 넣었다. 까끌까끌한 손이 아래를 쓸어내렸다.

"리나……."

사이크가 난처해하며 날 불렀지만 나는 그저 그와 이마를 맞대고 열기 어린 숨을 뱉어 내며 그의 손을 조금 더 안쪽으로 밀어 넣었다. 주춤거리며 굳은 듯 움직이지 않던 그의 손이 내가 먼저 조금씩 엉덩이를 들썩이며 문지르자 그제야 아주 천천히 손가락으로 비부를 가르고 들어왔다. 하지만 들어온 손가락은 움직이지 않았다.

"……해 줘요."

사이크의 목을 끌어안고 그의 가슴과 내 가슴을 맞대며 말하자 그는 느리게 손가락을 움직이기 시작했다. 찌걱. 벌써부터 그의 손가락에 감겨 비틀어지는 물소리가 났다.

"아…… 앗…… 아……."

그의 손가락이 점점 세게 내부를 문지르자 숨이 가빠 왔다. 나는 그에게 보채듯이 키스를 했고 사이크는 나를 다시 조심스레 눕히며 손가락을 뺐다. 내 속옷을 벗겨 내고 제 바지 벨트를 푼 그는 밖으로 빠져나온 성기를 비부에 가져다 대며 허락을 구하는 눈빛으로 날 쳐다보았다.

나는 더욱 무릎을 벌렸다. 사이크는 천천히 내 안으로 들어오며 미간을 좁혔다. 숨을 참는 그의 목덜미에 핏대가 섰다. 아무래도 이 남자에겐 내가 금방이라도 부서질 것처럼 약해 보이는 모양이었다. 나는 작게 웃으며 말했다.

"괜찮아요."

내가 먼저 리듬을 타 몸을 움직이며 사이크에게 마음껏 하고 싶은 대로 하라고 부추겼다.

"후우……."

이번엔 당신 차례라며 내가 움직임을 멈추고 웃자 사이크는 길게 한숨을 내뱉었다. 그리고 내 위로 몸을 겹치며 양옆의 시트 자락을 세게 움켜잡았다. 그가 허리를 움직이며 성기를 반쯤 뺐다가 약하게 올려 쳤다. 아래에 끼워진 묵직한 이물감은 다시 스스로 허리를 흔들고 싶게 했지만 나는 애써 머릿속으로 숫자를 세며 마음을 가다듬었다. 하지만 무의미한 일이었다.

"리나……."

"……아흑! ……앗! 사이크! 아!"

그가 내 이름을 부르며 허리를 세게 밀어 치는 순간 나는 고개를 뒤로 꺾으며 소리를 질렀다. 좋았다. 너무나 기분이 좋아서 나는 그의 이름을 부르며 내 몸을 흔들기 시작하는 그에게 매달렸다.

어느 여자든 단 한 번만이라도 사이크를 몸 안에 품어 보면 그가 무섭다며 피하는 멍청한 짓은 하지 않을 것이다. 그는 거칠면서도 부드러웠고 그 낮은 목소리로 이름을 불러 주면 온몸의 털이 설 정도로 섹시했다.

그는 굳이 말로 하지 않아도 내가 원하는 것을 금방 알아챘다. 키스해 주었으면 좋겠다고 생각하면 정말 키스를 해 주며 정성스럽게 나를 애무했다. 하지만 나는 이렇게 그가 일방적으로 나를 기분 좋게 해서는 안 된다는 것을 알고 있었다.

그가 언제고 나를 또다시 안고 싶도록 맛있게 먹혀 줘야 한다. 나는 정신을 차리려고 애쓰며 허리와 둔부에 힘을 주고 그의 움직임에 호흡과 리듬을 맞춰 갔다. 그에 따라 그의 신음이 조금 더 깊어졌다.

사이크의 손을 잡아끌어 그의 손바닥과 손등, 그리고 팔목을 혀로 이어 핥으며 몸을 일으켰다. 내 혀가 그의 두꺼운 팔 근육을 지나 어깨에 닿았을 때 그는 내 양 무릎 아래에 두 팔을 끼워 넣고 위아래로 들썩였다.

"아! 앗! 아……! ……앗!"

"허억……! 하아……! 리나……!"

앉은 채로 그에게 흔들리며 몽롱해지는 것을 느꼈다. 그의 것으로 몸을 꿰뚫린 느낌은 머리에서부터 발끝까지 벼락이 통과한 것 같았다. 찌걱대는 난잡한 소리가 더는 신경 쓰이지 않게 되었고 오로지 달뜬 그의 얼굴에만 시선을 고정한 채 나는 고양이처럼 가르릉거렸다.

"믿을 수 없어……! 제길……! 윽…… 홋!"

"사이크……! 아! 앗! 사이크……!"

터질 것 같은 심장은 만족감으로 들떠 나를 교성하게 했다. 그는 별로 테크닉이 뛰어나진 않았지만 마음에 품은 사람과 하나가 되었다는 사실만으로도 나는 만족스러웠다. 상대가 사이크라서, 그리고 그가 나를 원한다는 사실이 그 무엇보다 커다란 오르가슴으로 다가왔다. 나는 루이에게선 느낄 수 없었던 정신적인 쾌감을 비로소 느낄 수 있었다.

사이크가 내 안에 사정해 주길 바랐으나 그는 절정의 순간에 성기를 뺐다. 시트에 뿌려지는 그의 체액이 아까웠다. 숨을 고른 우리는 뒤늦게 서로의 눈치를 보다가 이내 수줍게 웃어 버리며 나란히 침대에 누웠다. 내가 먼저 사이크의 품으로 파고들었고 사이크는 한쪽 팔로 날 감싸 등을 쓸어 주었다.

"1년 전쯤에 그웬이 그랬지. 누구에게나 평생에 한 번쯤은 봄날이 온다고."

나를 감싸 안은 채 입을 연 사이크가 쓰게 웃었다.

"믿지 않았어. 나와는 상관없는 말이라고 여겼거든."

"……."

"근데 이젠 조금 알 것 같아."

나는 가만히 그의 가슴에 머리를 기대고 눈을 감았다. 나도 조금은 알 것 같았다. 나에겐 지금이 평생에 단 한 번 있는 봄날이었다.

그리고 오늘 이후의 우리 미래에 무엇이 기다리고 있는지 나는 뻔히 알고 있지만 지금 이 순간만큼은 중요치 않았다. 단지 지금이 우리에게 있어 봄이라는 것 외에는 아무것도 생각하고 싶지 않았다.

나는 말없이 사이크의 가슴에 살짝 입을 맞추었고, 사이크 역시 더 입을 열지 않고 내 정수리에 가볍게 입술을 붙였다 뗐다.

나는 신을 믿지 않지만 지금만큼은 빈다.

부디 이 죄의 업보는 모두 나 혼자 지고 갈 수 있게 해 달라고.

어느 때보다도 간절하게.

"사이크."

"응?"

"언제든 몸조심해요."

사이크는 잠시 나를 바라보다 이내 낮은 웃음을 터뜨렸다. 한 손으로 내 턱을 잡아 든 그는 웃는 듯 찌푸리는 듯 오묘한 표정으로 말했다.

"누구에게 하는 소리야? 난 지금까지 수많은 전투를 치렀지만 단 한 번도 진 적이 없어."

"그래도 조심해요."

나는 사이크의 얼굴을 쓰다듬었다. 사이크는 그런 내게 괜한 걱정 말라며 내 이마에 키스했다.

"그만 자."

"잠이 안 와요."

"하지만 이 상태로 네가 잠들지 않으면 지금도 들떠 있는 난 분명히 날이 밝아도 너를 재우지 않을 거야."

"후후후……."

"웃어도 상관없지만 진심임을 알아줬으면 좋겠군."

"네네……."

그리고 그의 말에 나는 비로소 눈을 붙일 수 있었지만 행복한 기분으로 잠들었던 것이 무색하게도 잠든 내내 악몽을 꿨다. 나는 그의 싸늘해진 몸을 붙잡고 울부짖고 있었다. 미동도 않는 그의 몸을 때리며 안 된다고, 일어나라고 외쳤지만 사이크는 창백한 얼굴로 누워 있을 뿐이었다. 그의 심장에 난 총상에선 검붉은 피가 쉼 없이 쏟아져 내렸고 내 손엔 온통 그의 피가 묻어 있었다.

문득 내 귀에 악마처럼 속삭이는 루이의 웃음 섞인 목소리는,

'너. 살아 있는 걸 후회하게 될 거다.'

어째선지 다른 사람의 목소리와 겹쳐 들렸다. 나는 겹쳐진 그 목소리가 누구인지 알 것 같으면서도 알 수가 없었다. 그것은 아련하면서도 끔찍한 목소리였다.

목소리에 반응해 고개를 들자 루이의 얼굴이 있어야 할 눈앞엔 무감각한 얼굴의 모건이 서서 내 미간에 총을 겨누었다. 놀랄 새도 없이 그의 등 뒤에서부터 불길이 치솟아 내게 다가오고 있었다.

"리나. 리나?"

"흐—읍!"

몸이 흔들리며 강제적으로 정신이 수면 위로 끌어 올려졌다. 온몸에 잔뜩 힘을 주고 숨을 있는 대로 들이켜며 눈을 떴다. 한동안 눈꺼풀조차 깜빡여지지 않을 정도로 긴장이 스며든 몸은 반사적으로 눈앞에 있는 누군가의 목을 움켜쥐기 위해 양손의 손가락들을 세게 움

167

직거렸다. 하지만 그에게 덤벼들기 직전 다행히도 이성이 제 기능을 하며 나를 걱정스럽게 내려다보고 있는 눈앞의 사내 이름을 기억해 냈다.

"괜찮아?"

"사이크……."

나는 머뭇머뭇 몸에서 힘을 빼며 그의 이름을 되뇌었다. 사이크는 어느새 땀에 젖어 얼굴에 들러붙은 내 머리카락을 옆으로 쓸어 떼 주었다. 거친 손이었지만 행동은 부드러웠다.

"악몽이라도 꿨어?"

"그……런 것 같아요."

차마 당신이 죽는 꿈을 꿨다는 말을 할 수가 없어서 그의 눈을 피하며 얼버무렸다. 천천히 몸을 일으키자 머리가 징징 울리며 현기증이 몰려와 이마를 짚으며 고개를 숙였다. 사이크가 따라 일어나 내 어깨를 감싸 안았다.

"괜찮은 거야?"

"예…… 조금 지나면 괜찮아요."

차분히 대답하고 싶었지만 의도완 다르게 내 목을 거쳐 밖으로 흘러나온 목소리는 부자연스럽게 떨리고 있었다. 사이크는 그런 날 안고 토닥거렸다. 나는 그의 규칙적인 심장 소리를 듣고서야 안도감이 들어 길게 숨을 내쉬었다.

그는 살아 있다.

아직은.

날 위로하듯 등을 쓸어 주는 그의 손은 아직 따뜻했다. 비록 죽음을 코앞에 둔 상황이긴 했지만 그래도 그는 지금 이 순간 내 곁에서 살아 있었다.

나는 고개를 들어 사이크를 바라보다가 두 손으로 그의 얼굴을 감싸며 눈을 감았다. 입술에 내려앉는 그의 따뜻한 체온은 눈물이 날 정도로 애잔했지만, 그래도 나는 울지 않았다. 그저 오랫동안 그의 입술에 내 입술을 맞댄 채 지금 이 순간을 가슴에 담을 뿐이다.

나는 그를 구해 줄 수 없다. 그 사실을 누구보다 잘 알고 있기에 더욱 미련을 담아 그를 탐했다. 사이크는 얼마 후 입술을 떼며 내 얼굴을 바라보다 시선을 옮겨 내 오른쪽 어깨의 한 지점을 손가락으로 쓸었다.

"언제 이렇게 된 거지? 총상 같은데."

나는 루이가 대검으로 박았던 흐린 흉터 옆으로 자리 잡은 둥그런 상흔을 보며 대답했다.

"이건 오래전에 이스트홀에 살 때⋯⋯."

"아⋯⋯ 전쟁 지역이군. 여기도 그때 그렇게 된 건가?"

사이크는 이번엔 내 왼쪽 허벅지 위로 손을 내리며 물었다. 그곳에도 어깨와 같은 흉터가 있었다. 나는 고개를 끄덕였다. 하지만 그것은 거짓말이다. 나는 동북쪽의 전쟁 지역인 이스트홀엔 가 본 적도 없었다. 흉터에 대한 건 아예 기억 자체가 없었다.

이 흉터는 몇 년 전 내가 깨어났을 때부터 있었다. 그때 이 부위에 붕대를 감고 있었으니 아마 기억을 잃을 당시에 입었던 상처라고 생각한다. 중요하게 생각하지 않았기에 지금껏 궁금해한 적이 없었다. 이 상처뿐만 아니라 내 과거조차도 말이다.

"아팠겠어."

잠시 생각에 빠져 있다가 사이크의 목소리에 정신을 차리며 작게 웃었다. 그리고 그의 얼굴을 쓰다듬으며 말했다.

"어디 당신만 할까요."

당신은 온몸이 흉터투성이인걸. 내가 처음으로 사이크를 제대로 봤던 날 수많은 흉터와 큰 덩치를 보며 그가 직접 전투에 익숙하다는 걸 알아차렸다. 정면으로 대들어선 승산이 없는 타입. 그것마저 베어와 전투 스타일이 같다. 이런 타입은 멀리 떨어져서 저격을 하는 편이 유리하다. 측면을 노려 관자놀이를 맞추는 게 가장 이상적……

나는 거기까지 생각하다 이내 고개를 흔들어 한숨과 함께 상념을 지웠다. 그리고 그의 품에서 벗어나 옷을 주워 입으며 말했다.

"같이 식사라도 할래요?"

"미안. 지금도 조금 늦어 버렸어. 그냥 나가야 할 것 같아."

"어머. 미안해요. 많이 늦었어요?"

나는 그제야 벽에 걸린 낡은 시계를 보며 물었고 사이크는 쓴웃음을 지으며 고개를 저었다. 그는 내가 주워 건네주는 옷을 입으며 말했다. 충분히 땡깡이 가능한 범위라고.

문밖으로 사이크를 배웅하며 나는 그와 한 번 더 입을 맞췄다. 그가 복도 코너를 돌아 보이지 않을 때까지 잘 가라고 손을 흔들었다. 곧 팔을 내리고 몸을 돌린 나는 바로 몸을 굳혔다.

"요즘 들어 부쩍 든 생각이지만 너 제법이다? 한 방에 일주일을 단축시켰네."

어느새 옆방 문이 열려 있었고 문틀에 한쪽 어깨를 기댄 루이가 하품을 했다. 물론 여긴 여관이니 저 방은 누구나 묵을 수 있는 방이었다. 아마 늘 하던 교육을 위해 왔다가 사이크와 함께 들어가는 걸 보고 그냥 여기에 방을 잡고 잔 모양이었다.

루이는 자기가 나온 문을 닫고 내게 다가왔다. 그리고 내 얼굴을 손가락으로 가볍게 한번 쓸어 보더니 감탄하듯 비아냥댔다.

"아주 피부가 보들보들해졌네. 엄청 잘 잔 모양이지?"

"사람을 옆에 두고 잔 것에 대해 비난을 하시는 거라면 그냥 그렇게 말하세요. 비꼬지 마시고."

잘 잔 것 같다는 루이의 말에 아까의 꿈이 떠오르며 기분이 나빠졌다. 나는 문고리를 잡은 채 루이가 먼저 들어가길 기다리며 대꾸했다. 루이는 입꼬리를 올리며 내 방으로 들어갔고 나는 그의 뒤를 따라 들어가며 문을 닫았다. 루이는 흐트러져 있는 침대를 바라보다 방향을 바꿔 테이블 의자로 걸어가 앉았다.

나는 시트와 이불을 정돈한 뒤 침대에 걸터앉으며 루이를 마주 보았다. 테이블에 기댄 루이는 손으로 머리를 삐딱하게 기울여 받친 채 나를 빤히 바라보고 있었다.

"왜 그러세요?"

"아니…… 임무라고 주긴 했지만 신기해서 말이야. 뭐 어느 정도 봐 줄 만하다곤 해도 네가 눈이 돌아갈 정도로 특출난 미인인 것도 아니잖아. 발랄해서 귀여운 맛이 있는 것도 아니고. 그렇다고 테크닉이 대단하길 한 것도 아닌데, 키만 커다란 네 어디가 그리 매력적인건지 나는 통 모르겠어서 말이지."

말간 얼굴로 신랄한 말을 하는 루이를 보며 나는 그것이 사실임에도 얼굴을 찡그렸다. 나는 그의 시선을 피하며 웅얼웅얼 말했다.

"그야…… 사이크는 연애 경험이 거의 없는 것 같으니까요. 밤일은 제법 한 모양이지만……."

"아하. 그렇군."

루이는 그제야 이해가 되었다며 고개를 끄덕거렸다. 그 모습이 얄미웠으나 나는 별말 없이 불만스럽게 입술만 작게 모았다. 루이는 그런 날 아랑곳 않고 손목시계를 확인하더니 한 번 더 하품을 하며 물었다.

"한 두어 시간 정도 여유가 있는데 어쩔래. 밥 먹고 시작할까, 그냥 바로 할까."

"⋯⋯지금 바로요?"

그 순간 나는 어쩐지 어깨에 힘이 들어가지며 루이에게 머뭇머뭇 물었다. 루이는 당연하단 표정이었다.

"하루라도 빨리 널 쓸 만해지게 만들어 놔야 나도 이 교육에서 자유로워지지 않겠어?"

"그렇지요⋯⋯."

그렇긴 하지만⋯⋯ 나는 뒷말을 삼키며 두 손을 마주 잡고 손가락을 꼼지락거렸다. 지금은 하기 싫었다. 정말로 하기 싫었다. 불과 조금 전까지 여기서 사이크의 품에 안겨 있었는데 다시 이 침대에서 루이에게 교육을 받으면 지금 몸에 남은 사이크의 느낌이 사라질 것 같아 두려웠다.

"어이."

그 순간 어느새 다가온 루이가 내 턱을 움켜잡아 들더니 미간을 잔뜩 찌푸리며 말했다.

"너 지금 무슨 생각 하는 거야."

"⋯⋯예?"

"설마 너 지금 그놈에게 진짜로 빠지거나 한 건 아니겠지."

아니요, 라고 말하려고 했다. 하지만 순간적으로 입술이 떨리며 말문이 막혔다. 루이는 조용히 내 턱을 놓더니 대신 내 멱살을 움켜잡아 천천히 일으켜 세웠다. 긴장한 채로 순순히 일어나자 루이는 그대로 날 벽으로 밀어붙였다. 등이 단단한 벽에 세게 부딪히며 어찌할 새도 없이 맞이한 충격에 기침하듯 숨을 토해 냈다. 루이의 눈은 눈꺼풀이 내려앉아 동공을 반쯤 가린 채였다. 그가 작고 낮은 목소리로 내게 속삭였다.

"정신 차려. 죽고 싶어?"

"전…… 그게……."

이번에야말로 그게 아니에요, 라는 말을 하려고 했다. 하지만 여전히 파들파들 떨리는 내 입은 머리의 명령을 무시하고 의도와는 다른 말을 멋대로 뱉어 냈다.

"……살려 주세요."

"뭐?"

루이가 눈썹을 들어 올리며 되물었다. 그 순간 어찌할 새도 없이 내 시야엔 눈물이 들어찼다.

"사이크를…… 살려 주세요……."

"너 정말 미쳤어?"

루이는 놀란 듯 눈을 크게 떴다가 이내 얼굴을 와락 찌푸리며 내 멱살을 한번 당겼다가 다시 벽에 밀어붙였다. 섬 생활 초기에 린치를 받았던 때를 빼고 나는 단 한 번도 진심으로 운 적이 없었다. 하물며 그것도 내가 아닌 타인을 위해서라니 있을 수가 없는 일이라고 생각했다.

"제발…… 부탁이에요…… 루이 씨…… 사이크는 살려 주세요…… 그 사람만이라도……."

그런 내가 루이에게 진심으로 울며 부탁했다. 그나마 내 목소리가 닿는 사람은 루이뿐이라 부탁할 사람 역시 루이밖에 없었다. 하지만 루이는 그저 기가 막힌 듯 어이없는 웃음소리를 냈다. 곧 웃음을 거둔 루이는 내 멱살을 홱 끌어당기더니 테이블 위에 던지듯 눕혔다.

쿵! 내 등과 부딪힌 테이블이 무너질 듯 삐거덕거렸다. 루이는 내 멱살을 잡은 채로 서늘하게 내려다보았다.

"네가 뭘 위해 존재하는지 말해 봐."

"……."

"네가, 무엇을 위해, 지금 이 순간을 살고 있는지 말해 보라고. 얼른."

솟아올랐던 용암 같은 감정이 갑자기 찬물을 끼얹은 것처럼 머릿속을 씻어 내리기 시작했다. 그래도 슬픔만은 가라앉지 않아서 눈물이 멈추지 않았다. 루이는 다른 손으로 총을 꺼내 내 미간에 겨누고 천천히 말했다.

"모르겠으면 내가 하는 말을 복창해라. 나의 필요 가치는."

"……."

"말해. 나의 필요 가치는."

나는 흐르는 눈물을 막지 못한 채 눈을 꾹 감았다가 뜨며 입을 열었다.

"나의…… 필요 가치는."

루이의 붉은 입술이 유려하게 움직이며 곧 완전한 문장을 만들어 냈다.

"나의 필요 가치는 정부가 부여하며, 나는 그 정부에 필요한 인간이 되기 위해서만 존재한다."

온몸이 탈력감에 젖은 것처럼 힘이 빠져나갔다. 이건 절망이다. 헤어 나올 수 없는 구렁텅이에서 허우적대 봤자 아무 소용이 없다는 현실만 일깨우고 있었다. 나는 내 것이 아니었다.

"나의…… 필요 가치는…… 정부가 부여하며…… 나는."

눈물이 또 한 번 가득 새 나와 루이의 얼굴이 흐려지듯 보였다. 나는 결국 두 손으로 내 얼굴을 덮었다.

"나는, 그 정부에 필요한 인간이 되기 위해서만, 존재한다."

말을 끝맺자 그제야 루이가 총을 거두며 내 멱살을 놓았다. 흐느끼는 나를 두고 돌아선 그는 문 쪽으로 걸어가며 담담히 말했다.

"한 번만 더 그딴 말 같지도 않은 말 했다간 임무에서 제외시키겠다. 뿐만 아니라 입대는커녕 죽지도 살지도 못하게 완전히 폐기해 주마."

나는 여전히 테이블 위에 쓰러져 하염없이 눈물을 쏟아 냈다. 방을 나서기 전 루이가 말을 더 덧붙였다.

"그리고 난 너 때문에라도 그놈만은 반드시 죽일 거다."

"……."

"그러니까 빨리 마음 정리해."

방문이 닫히며 적막감이 찾아왔다. 나는 손으로 심장 부근의 옷자락을 쥐어뜯고 소리 없이 통곡했다. 숨이 끊어질 것 같았다. 이럴 줄 알았으면, 이렇게까지 고통스러울 줄 알았으면 사이크와 섹스하지 않았을 텐데. 어떻게 이렇게까지 나락으로 떨어지는 기분이 될 수 있는지 나 자신도 이해할 수 없었다.

나는 테이블에서 바닥으로 떨어져 몸을 웅크렸다. 사이크 하나 때문에 모든 것이 원망스러워졌다. 내가 원하는 건 어느 것 하나 해서는 안 된다. 그의 리나로서 살려 해선 안 되고 그를 사랑해서도 안 된다. 그를 살려서도 안 된다.

내가 할 수 있는 건 그를 차근차근 죽음으로 몰아넣는 것뿐이다. 그저 달콤한 말로 그를 기만하고 희롱하며 결국엔 그의 희망을 무너뜨리는 것이다.

나는 후회했다. 사이크에게 마음을 빼앗겨선 안 됐다. 사이크가 죽으면 물론 슬프긴 하겠지만 그래도 나는 괜찮을 줄 알았다. 이성과 감정을 분리할 수 있을 줄 알았다. 내가 이렇게까지 나약할 줄은 정말로 상상도 하지 못했다.

사이크가 반란군이 아니었다면. 아니, 애초에 사이크가 나를 구하지 않았다면 좋았을 텐데. 사이크를 사랑하지 않았다면 좋았을 텐데.

루이가 말할 것도 없이 이미 머리로는 알고 있었다. 내 감정은 미쳤다. 내 목숨 따위 어찌 되든 알 게 뭐냐고 나를 혼란시켰다. 무모하기 짝이 없었다. 이래선 안 됐다.

나의 필요 가치는 정부가 부여하며 나는 그 정부에 필요한 인간이 되기 위해서만 존재한다.

나라가 부여한 나의 족쇄는 단단하고 무거웠다. 나 혼자만의 힘으로는 풀어낼 수가 없다. 그 족쇄는 내게 조국 이아쿠안만을 사랑하라고 강요했다. 그 외엔 모두 불가하니 주어진 의무만을 다하라 명령했다.

내가 없어도 나라는 있을 수 있지만 나라가 없고는 내가 있을 수 없다.

나는 그것을 인정하지만 그건 괴로움을 덜어 내는 이유가 되지 못했다. 이 국가에서 나는 사람이 아닌 것 같다. 백성이 아닌 것 같다. 나는 그저 나라의 밑바닥에 깔려 양분을 내어주는 거름의 일부분일 뿐이다.

그것이 아니라면 왜 내게 감정을 죽이라 말하는가.

벗어나고 싶지만 벗어나서는 안 되는 그 경계가 내 발목을 잡고 그에게로 향하는 나를 잡아챘다.

내가 온전한 내 것이었다면 죽음도 불사하고 그를 따라나설 텐데.

나 자신이 온전한 내 것이었다면 나는 그를 마음껏 사랑할 수 있을 텐데.

흐느끼던 나는 문득 악악 소리를 내지르며 주먹으로 가슴을 마구 내리쳤다. 발버둥을 치고 몸을 비틀며 머리를 쥐어뜯었다. 바닥에 엎어져 머리를 짓찧어 봐도 나는 이 절망에서 헤어 나올 수가 없었다.

이건 악몽 따위가 아니니까.

"사이크……! 사이크! 아아!"

생지옥이다.

4. 카운트다운

되도 않는 저항을 한 지 일주일하고도 하루가 더 지났다. 나는 침대맡에 기대앉아 멍하니 벽걸이 달력을 응시하다가 무심코 세어 버렸다.

"······5."

그러자 내 다리를 베고 누워 있던 사이크가 담배를 문 채 날 의아하게 쳐다보았다.

"뭐가?"

"······아니요."

그와의 동침은 이걸로 네 번째였다. 아무것도 아니라 말하며 그의 갈색 머리칼을 손으로 느리게 쓰다듬었다. 사이크는 입가에 힘을 주며 몸을 일으켰고 동시에 손가락 사이에 감겨 있던 그의 머리칼들이 빠져나갔다. 그는 물고 있던 담배를 손가락에 끼워 뺐다.

"무슨 고민 있어?"

"아니요."

그의 얼굴이 불쑥 다가와 내 코끝과 살짝 닿았다.

"그럼 왜 그래?"

사이크가 내 얼굴을 유심히 살피며 물었지만 나는 그의 눈조차 제대로 쳐다볼 수가 없어서 그저 눈만 내리깐 채 되물었다.

"뭐가요?"

머지않아 사이크는 한숨을 쉬며 내게서 떨어지더니 손가락으로 정수리를 가볍게 긁으며 미간을 살짝 찌푸렸다. 그 모습은 약간 기가 죽은 것 같기도 했다.

"혹시 내가 뭐 잘못했나?"

"아니요. 그럴 리가요."

"그럼 내게 질렸다거나."

"그렇지 않아요."

왜 그런 생각을 하느냐고 나는 그에게 웃어 보였다. 하지만 사이크는 제법 심각한 표정으로 담배를 끄더니 두 손으로 내 어깨를 부드럽게 그러잡았다.

"리나. 혹시 기분 나쁜 게 있다면 말로 해 주지 않겠어? 나 눈치가 없는 편이라 인에게도 자주 혼나거든."

나는 어깨를 잡고 있는 그의 손을 잡아 떨어뜨렸다. 그는 저항 없이 손을 내렸고 나는 가볍게 한번 숨을 고르며 그에게 물었다.

"기분 나쁜 건 없어요. 단지 좀 궁금할 뿐이에요."

"뭐가?"

"그저께 밤엔 어디 갔었나요?"

마음을 독하게 가다듬고 사이크를 빤히 바라보았다. 찰나 그의 입가에서 웃음기가 사라지며 입술이 다물렸다. 사이크는 이내 설핏 웃으며 말했다.

"집에 있었어."

그 말에 나는 픽 웃으며 몸을 돌렸다. 그저께는 일요일. 본거지에 다녀왔을 거란 것은 뻔한 일이었다. 알면서도 나는 마치 그에게 실망했다는 듯 등을 보인 채 침대에서 벗어나려 했다. 사이크가 다급하게 내 팔을 잡아챘다. 고개를 돌리자 그는 긴장한 듯 굳은 얼굴을 하고 있었다.

"리나."

"물 마시고 싶어요."

그제야 그의 손이 떨어졌고 나는 천천히 식탁으로 걸어가 주전자를 들어 컵에 물을 따랐다.

"사이크. 다른 여자를 만나도 상관없어요."

이젠 더 지체할 수가 없다. 나에게 주어진 꿈은 이미 끝났다. 지금부터 나는 리나의 탈을 뒤집어쓴 할리일 뿐. 리나의 자아 따윈 죽여버리자.

"무슨 말이야."

"말 그대로예요. 난 창녀 출신이니 가볍게 생각했다 해도 이해할 수 있어요."

"리나!"

사이크가 얼굴을 구기며 내게 소리쳤다. 나는 물을 한 모금 마시고 컵을 내려놓으며 그를 향해 미소 지었다.

"하지만 이 이상 비참한 기분은 사양이에요. 그러니 이제 그만 만나요."

나는 그의 아연해지는 표정을 보며 머리를 냉정하게 가라앉히려 노력했다. 머릿속으로 정부를 위한 내 존재 의의를 반복적으로 되뇌면서 눈앞의 타깃을 요리하기 위한 최선을 계산했다.

"대체 무슨 오해를 하는 거야. 난 널 모욕할 만한 짓은 아무것도 하지 않았어."

"그래요? 그럼 왜 거짓말을 하는 걸까요."

"……."

그는 그제야 뭔가 떠오른 듯 미간을 좁혔다. 그 모습을 보며 나는 마치 잘 단련된 무대 위의 배우처럼 그에게 소리쳤다.

"내 눈으로 본 게 오해라고요? 당신은 그날 다른 여자와 있었어! 당신이야말로 날 얼마나 속일 생각이었죠?"

이런 스스로가 희극적이라고 생각했다. 역겨울 정도로 가식적이라고. 하지만 이런 내 마음과는 상관없이 내가 뒤집어쓴 리나라는 죽은 껍데기는 마치 저가 아직도 자아가 있는 양 자연스럽게 다음 행동으로 넘어갔다.

"하! 점잖은 신사라도 된 것 같더군요. 그 여자는 얼마나 좋던가요? 아, 하긴 어떤 여자라도 창녀였던 나보다는 낫겠군요!"

"리나! 그게 아냐!"

"아니면 뭔데요? 그건 누구였죠? 당신의 도플갱어라도 된다는 건가요?"

자, 이제 변명해 봐. 그건 숨겨 둔 애인이 아니라 반란군의 동지라고. 당신은 사실 이 나라에 혁명이란 이름의 반란을 계획하는 중이라고. 당신의 진짜 정체를 이제 그만 나에게 말해.

악마 같은 나는 차가운 입김으로 죽음의 주문을 걸듯 그를 몰아붙였다. 사이크는 당혹스러운 표정으로 내게 물었다.

"어디까지 봤지……?"

"지금 그게 중요한 건가요?"

나는 기가 막힌다는 표정을 지어내고 그에게서 완전히 등을 돌려 버렸다. 그리고 내가 느끼기에도 지나치게 가라앉은 목소리로 말했다.

"돌아가요. 더는 얼굴도 보고 싶지 않아요."

사이크는 그대로 변명을 멈췄다. 곧 등 뒤로 사락거리며 옷가지 스치는 소리가 들리더니 무겁게 떨어지는 발걸음 소리가 문 쪽으로 향했다. 그리고 문고리 돌아가는 소리와 문이 열렸다가 닫히는 소리가 이어졌다. 나는 그제야 고개를 돌려 빈방 안을 멍하게 두리번거렸다.

곧이어 내 입에선 맥없는 웃음이 터져 나왔다.

"아하하……!"

금세 웃음을 거둔 나는 신경질적으로 머리를 쓸어 넘기며 침대에 주저앉았다.

사이크는 결국 내게 정체를 밝히는 대신 나와 헤어지는 쪽을 받아들였다. 감정에 일을 망치지 않는 현명한 남자다. 어쩌면 정말로 가벼운 마음으로 날 만나 온 것인지도 모르고. 어차피 알 게 뭔가. 한편으론 후련했다. 내 손을 떠났으니 이제 앞으로 어찌 되든 내 죄책감은 가벼워질 터였다.

그리고 그런 생각을 하는 내가 인간 같지 않다는 생각도 들었다.

그는 네가 사랑하는 사람이야. 할리.

내가 나 자신을 책망하다가도 또 불현듯 생각했다.

나보고 뭘 어쩌라고.

사이크가 돌아가고 약 3시간 후에 루이가 찾아왔다. 그는 몇 번 노크하다가 내가 대답을 않자 직접 방 안으로 들어왔고 침대에 모로 누워 있는 내게 투덜댔다.

"문단속 정도는 해라."

나는 대꾸도 하지 않고 눈을 감은 채 자는 척을 했다. 등 뒤의 매트
가 약간 가라앉더니 루이가 내 팔을 잡고 가볍게 흔들었다.

"일어나."

"……."

그제야 마지못해 눈을 뜨고 조용히 몸을 일으키자 루이가 물어 왔
다.

"어떻게 됐어. 아침까지 같이 있었지?"

"실패했어요. 그는 아무 말도 하지 않았어요."

그가 지시한 꼬투리 잡기는 실패했다. 나는 사실 사이크가 일요일
에 누구를 만났는지 보지 못했다. 그저 그날 그 뒤를 쫓던 루이가 한
번 떠보라고 내게 알려 준 내용을 읊었을 뿐이다.

"그래?"

나는 속으로 루이를 통쾌하게 비웃었지만 루이는 그것이 마치 예
상 범위 안이라는 듯 무덤덤한 표정이었다. 나는 금세 맥이 빠져서
침대를 벗어났다.

"교육 때문에 오신 거죠? 샤워만 하고 나올게요."

나는 불과 몇 시간 전까지 사이크에게 안겼던 침대 위에서 루이의
성기를 세웠다. 여러 가지 요인으로 인해 짜증과 불만이 섞인 내 기
분은 아주 더러웠지만 이젠 그런 것 따윈 이 행위에 아무런 장애가
되지 않았다.

나는 전문 기술자처럼 감정을 배제한 채 삽입을 하고 배운 대로 허
리를 움직였다. 루이는 그런 내게 간간이 조언을 했다. 나는 어느새
이만큼이나 익숙해져 있었다.

그리고 익숙해진 만큼 여유가 생겨 교육 도중 미간을 살짝 찌푸리는 것 말고는 거의 변화 없는 루이의 상태를 이젠 어느 정도 알 것도 같았다.

"후⋯⋯."

예를 들어 이렇게 한숨이 길어지면 제법 만족하고 있다는 거다. 루이는 숨을 삼키듯 작게 신음하며 한 손으로 내 뒤통수를 감싸 끌어당겼다. 얼굴이 가까워지고 자연스럽게 혀를 내밀자 루이는 내 혀를 가볍게 물었다가 그대로 빨아들이며 입술을 겹쳤다.

그건 제법 느낌 좋은 키스였지만 루이도 나도 눈을 감지는 않았다. 이건 감정이 섞인 행위가 아니니까 객관적으로 보고 서로의 상태를 이해한 뒤 다음으로 넘어갔다.

문득 루이가 사정하고 싶은 듯 눈가를 찌푸리며 이를 악물었다. 나는 그 모습을 보며 그의 목을 졸라 부러뜨리고 싶은 충동을 느꼈지만 그저 시트를 세게 움켜쥔 채 루이에게 키스했다.

"루이⋯⋯."

입술을 떼고 그의 이름을 부르며 가슴 깊이 원망을 담은 채 웃었다. 루이는 한 손을 뻗어 내 목을 가볍게 감쌌다. 그것만으로도 충분히 위협적이었다. 그렇게 그는 내 숨통을 쥔 채 차갑게 화답했다.

"수작 부리지 마. 건방지게."

나는 그저 키득거리며 손으로 얼굴을 감싸 가렸다. 동시에 눈물이 터져 나와 옆으로 흘러내렸지만 어째선지 내 입은 숨죽인 폭소를 했다. 루이가 허리를 내뺐다가 안으로 더 깊게 찔러 들어왔다. 나는 숨을 헐떡이면서도 웃음을 멈추지 않았다.

점점 더 격렬하게 루이가 성기를 찔러 대자 나는 비명을 지르듯 그의 이름을 불렀다. 얼굴을 가렸던 손을 뻗어 루이의 목에 두르고 매달렸다. 나는 그가 숨을 거칠게 내쉬며 날 몰아붙여도 웃음을 거두지 못한 채 크게 소리 질렀다.

얼마 후 루이가 매달린 날 밀어 내며 성기를 뺐다. 그는 내 머리카락을 움켜잡고 움직이지 못하게 하더니 입에 성기를 푹 쑤셔 물렸다. 곧 입 안으로 비릿한 향기가 퍼졌다.

나는 잠시 멍하게 있다가 눈을 들었고 날 내려다보는 루이를 똑바로 쳐다보며 목울대를 천천히 움직였다.

루이는 제법이라는 듯 입가를 끌어 올렸고 나는 조용히 눈웃음을 쳤다.

"많이 좋아졌어."

샤워를 마치고 나와 머리를 빗고 있을 때 루이가 담배를 피우며 말했다. 나는 거울 속으로 루이의 모습을 잠깐 보았다가 눈을 돌렸다. 아무 말도 하고 싶지 않았다.

일과도 마쳤으니 오늘은 더 보지 않을 수 있을 거라고 생각했지만 루이는 밤이 되자 내가 일하는 술집 나이리에 나타났다.

"이름이 리나라고?"

"……네."

그는 내 맞은편의 바에 앉아 추파를 던졌다. 아렐을 비롯해 출근 도장 찍듯이 자주 오는 사이크의 몇몇 동료들이 나와 루이를 멍청하게 바라보았다. 루이는 주변 시선 따윈 아랑곳 않고 나만을 바라보며 장난스러운 미소를 지었다.

"언제 일 끝나?"

"새벽에요."

대체 무슨 생각인 건지도 모르겠고 미리 언질 받은 내용도 없었던 터라 나는 나오는 대로 내뱉었다. 루이는 생글생글 웃으며 한 손에 턱을 괴고 부드럽게 물었다.

"일 끝나고 시간 있어?"

"아니요. 늦은 시간이라 얼른 집에 가서 자야 해요."

"내가 같이 자 줄 수도 있는데."

뒤편 테이블에 앉아 있던 사이크의 동료들이 술 마시는 것도 잊고 눈만 휘둥그렇게 뜨며 루이의 등을 쳐다보았다. 나는 저편에서 굳어 있는 아렐을 흘긋 보았다가 한숨을 길게 쉬었다.

"손님."

"찰리라고 불러."

"그래요…… 찰리. 성희롱은 그만둬 주시겠어요?"

"희롱하는 거 아니야. 꼬시는 건데."

루이는 웃는 얼굴로 여유롭게 대꾸했다. 어쩌라는 건지. 이 꼬임에 넘어가 줘야 하는 건가. 하지만 루이는 내게 아직도 어떻게 처신해야 할지 특별한 눈치를 주지 않았다. 나는 입에서 나오는 대로 솔직하게 말했다.

"미안해요. 찰리는 제 취향이 아니에요."

"우와. 단박에 차 버리네? 내가 어디 가서 얼굴로 밀린 적은 없는데."

그야 그렇겠지. 하지만 얼굴 이면의 모습을 알고 있으니 얼굴 플러스 성격 마이너스 합쳐서 이퀄 마이너스 100이다. 나는 컵을 뽀득뽀득 닦으며 무심히 말했다.

"전 남자다운 얼굴이 좋아요."

"응? 내 얼굴은 여자 얼굴이라는 뜻이야?"

"그러네요. 대체적으로 선이 너무 가늘어요. 적어도 팔 근육이 찰리의 두 배는 되어야 하고 키도 찰리보다 한 20센티는 더 컸으면 좋겠어요. 그리고 그 매끈한 얼굴에 흉터가 한 서너 개 정도 있으면 아슬아슬하게 합격점일까요."

"어떤 괴물을 원하는 거야?"

그제야 루이가 혀를 차며 얼굴을 조금 찌푸렸다. 나는 작게 웃으며 컵을 닦았고 잠시 생각에 잠겼던 루이는 다시 싱글싱글 웃으며 말을 걸어왔다.

"나 말이지. 오늘 기분이 아주 별로란 말야. 같이 있자."

"여기서 조금만 나가면 예쁜 언니들이 아주 많아요. 거기에서 부탁해 보는 게 어때요?"

"거참 비싸게 구네. 어지간히 몸값이 많이 나가나 봐?"

루이는 미소를 지우고 조금 위협적으로 나왔다. 아렐이 그를 말리기 위해 한 발 다가왔지만 나는 아렐을 향해 괜찮다는 손짓을 하곤 루이를 바라보았다.

"비싸진 않지만 가벼운 몸은 아니라서요."

"걱정 말라니까. 리나 정도는 내가 조금만 무리하면 번쩍 들어 올릴 수 있어. 들어 올려져 박히는 게 좋아? 그럼 그렇게 해 줄 테니까 오늘 밤 같이 있자."

"싫어요."

"하핫. 이거야 원. 술집에서 일하면서 웬 아가씨 행세? 이봐. 조신한 척도 어울리는 여자나 하는 거야. 척 봐도 다리 꽤나 벌린 것 같은데, 왜 이리 튕길까? 응?"

루이가 혀로 입술을 핥으며 나를 날카롭게 응시했다. 머리부터 발끝까지 발가벗겨 보는 시선이었다. 나는 루이의 연기가 참으로 대단하다고 생각하면서도 자연히 기분이 나빠져 얼굴을 찡그렸고 사이크의 동료들은 여차하면 자리에서 일어날 듯 몸을 움찔거렸다.

그때 루이가 천천히 몸을 일으키더니 내 쪽으로 한 손을 뻗었다. 나는 뒤로 물러나려고 했지만 그 순간 루이가 움직이지 말라는 듯 눈짓을 했다. 나는 뻣뻣하게 선 채 점점 다가오는 그의 손가락 끝을 노려보았다.

루이의 손이 기어이 내 얼굴에 닿기 직전 갑자기 커다란 손 하나가 시야를 가르고 튀어나와 그의 손목을 잡아챘다. 루이의 날카로운 눈초리가 더욱 가느스름해지며 빠르게 눈을 굴렸고 그를 따라 나도 시선을 옮겼다. 어디서 튀어나온 건지 사이크가 루이의 팔목을 움켜잡은 채 인상을 쓰고 있었다.

"꺼져."

사이크가 말하자 루이의 눈동자가 깊게 가라앉는 동시에 입가가 길게 늘어났다.

루이의 그 표정을 보는 순간 나는 순간적으로 머리털이 쭈뼛 서며 목구멍까지 욕지거리가 차올랐다. 이, 개새끼……! 처음부터 사이크가 여기 있다는 걸 알고서 한 짓이 틀림없었다. 부글부글 끓는 속이 넘쳐흐를 것만 같아서 아래로 늘어뜨린 두 주먹을 세게 쥐었다.

"넌 뭐지? 리나의 연인인가?"

"그래. 그러니까 그만하고 꺼져."

"그렇군. 묘하게 리나가 말한 취향과 맞아떨어진다 싶더니만."

곧 루이는 나를 흘긋 쳐다보더니 사이크에게 잡힌 팔을 가볍게 뿌리쳤다. 사이크도 심각하게 싸울 생각은 없었는지 버티지 않고 잡았던 팔을 놓아주었다. 하지만 루이는 여기서 끝낼 생각이 없는 것 같았다.

"첨부터 애인이 있다고 말했으면 금방 떨어져 나갔을 텐데. 리나."

"……."

이미 머릿속은 루이에 대한 살의로 가득 차 있었기에 입을 여는 순간 내 의지와는 상관없이 그에게 달려들 것만 같았다. 나는 눈을 바닥으로 내리깔며 천천히 숨을 골랐고 루이는 이내 픽 웃으며 사이크에게 말했다.

"근데 어쩐지 리나는 수긍을 안 하는데? 당신 혼자만 그렇게 생각하는 건 아니고?"

유들거리며 사람을 깔보는 루이의 말투와 표정은 이미 알고 있는 나마저도 재수가 없었다. 하물며 그 상대라면 오죽할까. 시선을 들자 사이크의 눈이 가늘어지며 그의 관자놀이 위로 핏대가 서는 게 보였다. 사이크의 편으로 가득한 주변 분위기는 더욱 심각하게 변했지만 그 정도에 옴짝할 인간이라면 그는 루이가 아닐 것이다. 루이는 오히려 더 재밌다는 표정이었다.

"줄곧 안 보이다 타이밍 좋게 나타나는 것도 그렇고…… 혹시 당신 스토커 아냐? 최악이네."

"……밖으로 나와."

"왜. 리나 앞에서 깨지는 게 무서워?"

"가게에 민폐다. 밖으로 나와."

"아직도 모르겠어? 민폐는 너 혼자 끼치고 있잖아. 귀찮게 하지 말고 너나 꺼져."

사이크의 눈에서 살의가 비친 것은 한순간이었다. 루이는 재빠르게 뒤로 물러나 한쪽 발로 의자를 걸어 위로 날렸다. 조금 전까지 그가 앉았던 나무 의자가 허공에 떴고 그건 곧 사이크가 휘두른 주먹에 부서져 내렸다.

나뭇조각이 되어 떨어지는 의자는 찰나 두 사람의 시야를 가렸다. 루이는 왼손으로 바를 짚어 가볍게 몸을 띄우더니 한 번에 내 쪽으로 건너왔다. 사이크의 가라앉은 눈이 나와 마주치는 순간 루이는 내 뒤에 서며 술병 하나를 잡아챘고 그것을 거꾸로 세워 바에 내리쳤다.

나는 요란하게 깨지는 유리 파편을 바라보며 조용히 사이크의 눈을 피했다. 루이는 한쪽 팔로 내 어깨를 감싸 안은 채 깨진 술병을 목에 들이댔고 가게 안은 순식간에 소란스러워졌다.

"리나!"

아렐이 기겁하며 날 불렀다. 마지못해 시선을 되돌리자 사이크는 동공이 작아 보일 정도로 눈을 크게 뜬 채 우리를 바라보고 있었다. 나는 불편한 기분으로 마른침을 삼켰다.

"움직이면 그어 버릴 거야? 리나 양."

귓가에 루이의 목소리가 닿으며 그의 혀가 내 한쪽 볼을 가볍게 핥아 올렸다. 말캉한 느낌이 징그러웠다. 가게 안의 모든 시선이 나와 루이를 향하고 있었다. 어차피 뒤로는 갈 수 없다. 나는 서글픈 기분으로 체념하며 몸에서 힘을 뺐다.

사이크의 동료들이 우르르 일어나 퇴로를 막았다. 루이는 들뜬 어린애처럼 크게 웃으며 깨진 병 조각을 내게 더 바짝 들이댔고, 목에 따끔한 느낌이 드는 순간 모두가 움직임을 멈췄다. 루이는 웃음 섞인 목소리로 비아냥거렸다.

"재밌네. 이봐, 리나 양. 지금 술집 창부 하나 구하자고 이 많은 놈들이 다 일어섰어. 혹시 이 녀석들 전부한테 몸이라도 굴린 거야? 보기보다 테크닉이 죽이나 봐? 이렇게 나오니까 더 따먹고 싶어지네."

사이크가 얼굴을 잔뜩 구기며 허리춤에서 총을 빼 들었다. 그의 동료들도 전부 총을 꺼내 들어 우리, 정확히는 루이를 향해 겨눴다. 아렐은 안절부절못하며 제발 그만하라고 사정했지만 안타깝게도 그의 목소리는 누구에게도 닿지 않았다. 대치 상태의 긴장감이 높아져 가는데도 루이는 그저 폭소했다.

"하핫! 진짜 재밌네!"

루이는 여전히 내 목에 깨진 병을 겨눈 채 어깨를 감싸고 있던 다른 손을 풀었다. 그리고 그 역시 품에서 총을 빼 들어 사이크를 향해 겨눴다가 곧 슬쩍 웃음을 흘리더니 방향을 바꿨다. 루이는 총구로 내 관자놀이를 세게 누르며 웃음기 없이 마른 목소리를 냈다.

"총은 나도 있어. 개새끼들아."

그 뒤 루이는 나를 끌고 천천히 바를 빠져나왔다. 우리가 움직이는 대로 겨눠진 총구들이 따라 움직였고 루이는 출입문 앞에 섰을 때 내 등을 앞쪽으로 세게 밀쳤다. 나는 눈앞에 있는 사이크에게로 떠밀리며 그가 뻗는 팔에 빨래처럼 걸쳐졌다.

뒤를 돌아보자 루이는 어느새 가게를 빠져나간 뒤였다. 거칠게 닫힌 문 위로 종만 요란스럽게 흔들리고 있었다.

멍하니 루이가 나간 문만 쳐다보고 있는 내게 사이크와 아렐, 그리고 가게 안의 모든 이들이 괜찮으냐고 수선스럽게 물어 왔다. 나는 대답하지 못했다. 괜찮지 않았다. 아무것도 괜찮아진 것은 없었다. 루이는 억지로 나와 사이크의 사이를 다시 이어 붙이려 했고, 그의 의도는 훌륭하게 먹혀들었다. 주변에서부터 우리를 붙여 놓지 못해 안달했다.

내가 쇼크를 받았다고 생각한 건지 아렐은 오늘은 일찍 들어가 쉬라며 나를 사이크에게 부탁했다. 사이크는 데려다주겠다는 듯 내게 손을 내밀었다. 나는 사이크를 마주 보았다가 금세 눈을 돌리고 소지품을 챙겨 혼자서 가게를 빠져나왔다. 걱정이 스민 그의 얼굴을 차마 더 보고 있을 수가 없었다.

숨이 막히던 그 공간을 빠져나오자마자 하얀 한숨과 함께 눈물이 터져 나왔다. 나는 두 손을 카디건 주머니에 찔러 넣고 길을 걸었다. 사이크는 그런 나와 두어 발짝 정도 거리를 둔 채 뒤를 따라왔다.

입술을 깨물며 간질거리는 코를 훌쩍였다. 결국 한 손을 빼 얼굴을 쓸어 닦고 다시 주머니에 찔러 넣었다. 사이크는 여전히 말을 붙이지 않고 내 뒤를 조용히 따라왔다.

그는 여관방 문 앞까지 따라왔지만 나는 뒤도 돌아보지 않고 안으로 들어가 문을 잠갔다. 불을 켜자 깜깜하던 방이 환해지며 의자에 다리를 꼬고 앉아 있는 루이를 볼 수 있었다. 루이는 무덤덤한 얼굴로 담배를 꺼내 물었고 성냥으로 불을 켜는 그의 손짓을 보던 나는 두 손으로 내 얼굴을 감쌌다.

"리나."

문 건너편에서 사이크의 목소리가 들렸다. 나는 울음을 집어삼키며 소리를 내지 않으려고 무던히 노력했다. 그 와중에 연기를 뱉어내는 루이의 숨소리가 날 거슬리게 했다.

"미안해."

사이크의 목소리는 평소보다 더 침체되어 있었다. 그의 컨디션이 엉망이라는 걸 그 한마디로 알아차렸다. 사이크는 더 말하지 않았다. 그의 발소리가 멀어지다가 금세 들리지 않게 되었다.

나는 손을 내리며 젖은 얼굴을 들었다. 눈이 자연스럽게 루이를 향해 돌아갔다. 루이는 그사이 담배를 다 피우고 꽁초를 재떨이에 비벼 끄고 있었다. 나는 바닥을 박차고 루이를 향해 뛰어갔다. 루이가 무심한 눈으로 쳐다보는 순간 나는 그의 멱살을 잡아 비틀며 온몸으로 달려들었다. 그가 앉아 있던 의자가 뒤로 넘어가며 나와 루이는 요란하게 바닥을 굴렀다.

나는 루이의 몸 위에 올라타 주먹을 힘껏 휘둘렀다. 얼굴이 옆으로 돌아간 루이는 말없이 혀를 내밀어 터진 입술을 핥더니 피 맛을 보듯 짧게 입맛을 다셨다. 그는 나를 향해 눈동자를 굴렸다. 그의 눈에 비친 나는 참으로 한심한 얼굴을 하고 있었다.

루이가 한 손으로 내 턱을 세게 올려 쳤다. 나는 고개가 뒤로 젖혀지며 루이를 놓쳤고, 루이는 나를 밀치곤 아무렇지 않게 몸을 일으켜 세웠다. 그는 구겨진 옷깃을 펴며 긴 한숨을 쉬었다. 그리고 골치가 아프다는 듯이 이마를 짚으며 말했다.

"널 정말 어떻게 해야 할지 고민이다."

나는 루이 앞에 주저앉아 하염없이 떨어지는 눈물을 닦지도 가리지도 않은 채 소리 없이 흐느꼈다. 루이는 미간을 찌푸리며 뭐 이런 게 다 있냐는 얼굴로 나를 내려다보았다.

"네가 왜 냉정해지질 못하는 건지 나도 조금 생각해 봤거든? 도저히 이해가 되지 않지만 그래도 이해해 보려고 노력했어. 그래 뭐 솔직한 건 좋은 거지. 단 네가 일반인이었다면 말이야. 너 이거 가볍게 넘어갈 문제가 아냐. 왜 거짓에 죄책감을 갖는 거지? 거짓은 우리에게 수단일 뿐이야. 동화책에 나오는 악이 아니라고. 난 말이야. 그저 네가 바깥 생활에 적응하는 과정이라 생각하고 싶은데. 솔직히 지금 네 꼴을 보면 그런 생각마저 고민하게 만들어. 정말 널 죽여야 하나 할 정도거든."

루이는 쪼그려 앉아 나와 눈을 맞추더니 손으로 내 볼을 아프지 않게 툭 치며 말했다.

"부탁이니 정신 차려라. 내 손으로 널 죽이게 하지 마."

그 말을 끝으로 일어선 루이는 조용히 방을 나섰다.

"4……."

맨바닥에 누워 멍하니 달력을 세다가 지끈거리는 두통에 신경질을 내며 돌아누웠다. 아무것도 하고 싶지 않았다. 무기력했다.

한참 후에야 아픈 머리를 짚고 일어나 낡은 짐 가방을 뒤적여 테일러 박사가 보내 줬던 약통을 꺼냈다. 그 안에서 빨간색 알약 두 개를 꺼내 입에 넣었고 그대로 물 없이 삼키려 했지만 마른 목은 그것을 쉽게 넘기지 못했다. 나는 귀찮음에 망설이다 그것이 녹아 쓴 물을 만들어 내고 나서야 비척비척 테이블로 향했다. 주전자를 들어 주둥이에 입을 대고 물을 마셨다.

머리가 좀 맑아지고 나서야 나는 복잡한 기분을 털어 내기 위해 바람도 쐴 겸 오랜만에 안보국으로 향했다. 베어가 날 발견하자마자 반갑게 말을 걸어왔다.

"오랜만이네?"

"그러게. 잘 지내?"

"그럭저럭. 그나저나 넌 무슨 중요한 임무를 맡았다던데. 괜찮은 거야? 정식도 아니고 수습한테 그런 걸 맡겨도."

"그러게."

아무래도 미스라고 생각해.

베어는 내가 지쳐 보인다며 힘내라고 위로하곤 들고 있던 서류 뭉치를 흔들며 자리를 떴다. 나는 오랫동안 비어 있던 내 개인실로 들어섰다. 침대 위에 쇼핑백 하나가 곱게 놓여 있었다.

"……?"

옷이었다. 그제야 전에 루이가 관례라며 옷을 선물해 주기로 했던 게 생각났다. 루이가 의상실에서 찾아온 모양이다. 나는 쇼핑백 안에서 완성된 옷을 꺼내 보았고 그것을 빤히 바라보다 입고 있던 싸구려 원피스를 벗었다.

실크 치마에 다리를 넣어 올려 버클을 걸고 블라우스를 꿰입으며 단추를 채웠다. 블라우스 밑단을 치마허리 안으로 집어넣은 뒤 스카프를 목에 둘러 브로치를 달았다. 나는 거울 앞에서 이리저리 옷매무시를 다듬다가 풀어 헤친 머리카락을 귀 부근에서부터 크게 꼬아 땋기 시작했다. 그리고 양쪽으로 꼬아진 머리를 뒤로 합쳐 틀어 올렸다.

나는 거울 속의 나를 응시하다 이내 한숨을 쉬었다. 이게 무슨 짓인지 싶었다. 실연당한 여자도 아니고.

한심하단 생각이 들어 머리를 풀려다가 금방 생각을 고쳐먹었다. 아직은 그 거리로 돌아가고 싶지 않았다. 오늘은 리나가 아닌 나 자신으로 있고 싶었다. 결국 그 차림 그대로 방을 나서며 지갑을 열어 수중에 얼마나 있는지 돈을 세어 보았다.

이 옷에 어울리는 구두도 사고 싶고 가방도 사고 싶었다. 그리고 작은 머리핀도 말이다. 하지만 돈은 그렇게 많지 않았다. 한숨이 또 폭 새어 나왔다.

인생의 구질구질함을 한탄하며 걷던 나는 문득 어깨를 잡아채는 힘에 멈춰 섰다. 놀라 뒤를 돌아보니 나보다 더 놀란 표정을 하고 있는 모건을 볼 수 있었다.

"모건 씨?"

"아…… 할리?"

"못 알아볼 정도라곤 생각하지 않는데요."

어색하게 입을 떼는 그에게 웃으며 대꾸하자 모건은 이내 미안하다는 말과 함께 내 어깨에서 손을 뗐다. 그는 한숨 쉬듯 미소 지으며 말했다.

"오랜만이네."

"그러네요. 잘 지내셨나요?"

"응. 넌 임무라도 하러 가는 거야?"

"아니요. 근처 좀 산책하고 싶어서요."

그러자 모건은 자기도 바람 좀 쐴 생각인데 같이 가지 않겠냐고 권했다. 나는 선선히 고개를 끄덕였다. 모건은 한쪽 팔을 조금 굽혀 내가 팔짱을 낄 수 있도록 공간을 만들었다. 나는 짧게 웃으며 그의 팔을 가볍게 때리는 걸로 대답했다. 모건은 맞은 팔을 문지르며 아쉽다는 표정을 지었다.

"근데 어디로 갈 생각이었어?"

"우선은 구두를 사고 싶어요."

"구두? 아."

모건은 내가 신은 낡은 구두를 내려다보곤 고개를 끄덕거렸다. 나는 그에게 잘 아는 곳이 있으면 소개해 달라고 했다. 모건은 신사처럼 허리를 약간 숙이며 마치 레이디를 안내하듯 정중하게 말했다.

"물론. 가실까요, 아가씨."

"익숙해 보이시네요. 느끼한 게."

"아하핫. 부끄럽네."

나는 모건과 함께 걸으며 그와 어울리지 말라고 했던 루이의 말을 떠올렸지만 요즘 들어 계속 그가 미워지는 터라 별로 따르고 싶지 않았다. 오히려 그럴수록 더 반항하고 싶은 사춘기 소녀 같은 심정이었다. 나도 안다. 내가 지금 한껏 삐뚤어져 있다는 걸.

그래도 모건은 루이처럼 나를 후벼 파도록 아프게 대하진 않을 것 같았다. 아마도 모건 특유의 나긋하고 부드러운 분위기 때문일 것이다. 루이가 말한 대로 모건은 그것을 무기로 거짓을 연기할지도 모르지만 지금으로선 상관없다 싶었다. 거짓이든 진짜든 나는 지금 위로가 필요했다.

"가격대는 어느 정도로 생각하고 있어?"

"너무 비싼 건 안 돼요. 돌아갈 마차비는 있어야 하거든요."

"그럼 내가 사 줄까?"

"사 줄 거예요?"

"농담이야."

"쳇."

불안과 슬픔으로 넘쳐야 할 내 감정은 이상하리만치 잠잠하고 고요했다. 그것은 내가 기어이 체념했다는 뜻인지 아니면 폭풍 전야일 뿐인 건지 나 자신도 알 수 없었다.

"할리?"

"네?"

바닥을 내려다보며 생각에 잠겨 있다가 모건의 부름에 고개를 들었다. 모건이 웃는 얼굴로 날 쳐다보고 있었다. 나는 그제야 어색하게 입가를 늘렸고 모건은 그런 날 조금 더 바라보다 작게 한숨을 쉬었다. 민망했다.

"굽 높이는 어느 정도나?"

"3센티 정도면 충분합니다."

"이런 건 어때? 고급스럽고 유행 안 타는 스타일."

모건은 진열된 구두 중에 하나를 들며 물었다. 검은 가죽에 투명한 큐빅으로 포인트를 준 수수하고 깔끔한 디자인이었다.

"좋네요."

솔직한 감상을 말하자 모건은 빙긋 웃었다.

"이런 스타일 좋아할 거라고 생각했어."

"루이 씨는 심심한 스타일이라고 하더군요."

"그 녀석은 화려한 걸 좋아하니까. 이상하게도 본인 자체는 단조로운데 여자 취향에 대해선 좀 까다로운 편이야."

"그 말씀은 루이 씨의 까다로운 취향에 들지 못하는 제가 공략하기 편한 봉이라고 빙 돌려 비꼬시는 건가요?"

"응?! 아니. 그럴 의도는 전혀 없었어. 기분 나빴다면 미안."

장난삼아 한 말에 모건이 지나치게 놀라며 풀 죽은 표정을 했다. 나는 진지하게 사과하는 그에게 웃으며 말했다.

"뭘 진지하게 받아들이세요. 농담이었어요."

"어? 정말? 아…… 우와. 나 정말로 깜짝 놀랐어. 이거 지뢰 밟았구나 했다니까."

"정곡을 찔려서요?"

"응?! 아니 또 왜 말이 그렇게 되는 거지?"

재밌는 사람이네. 설핏 웃어 버리는 날 보며 모건은 놀리지 말라고 맥없이 투덜거렸다.

모건은 가게 한편에 있는 의자를 끌어와 나를 앉게 하더니 구두를 발 앞에 가지런히 놓아 주었다.

"신어 봐."

"모건 씨야말로 절 놀리시는 건가요? 딱 봐도 작아 보이잖아요."

"이런. 나 오늘 왜 이러지. 바꿔 달라고 할게. 사이즈가?"

웃으며 손가락으로 이마를 긁적인 모건이 구두를 들고 점원에게서 사이즈를 바꿔 왔다. 나는 그제야 신고 있던 낡은 구두 한 짝을 벗어 새 구두에 발을 끼워 넣고 발목을 이리저리 까딱거렸다.

"좋네요. 역시. 이걸로 할게요."

"더 안 봐도 되겠어?"

"이게 맘에 들어요. 저기 이거 얼마예요?"

친절한 표정을 짓고 있는 점원에게 구두의 가격을 물었다. 점원은 더욱 밝게 웃으며 대답했다.

"50골드 60실버입니다."

나는 지갑을 열다가 깜짝 놀라 고개를 들었다.

50골드 60실버?

뭐 이렇게 비싸?

두 눈을 끔뻑끔뻑하면서 점원을 빤히 바라보았다. 점원은 웃는 얼굴로 날 의아하게 바라보다가 곧 가격이 너무 비싸 그러는 걸 눈치챘는지 변명하듯 말했다.

"아, 이건 구두 장인 요한슨의 수공 작품으로 이번에 나온 신작이랍니다. 이것도 아주 저렴한 가격으로 내놓은……."

"아……."

그 말에 수긍하듯 목소리를 흐리게 흘렸지만 정작 요한슨이 누군지 알지도 못했기 때문에 이 구두가 얼마나 큰 가치를 가지고 있는지 전혀 감이 오지 않았다. 나는 지갑을 닫고 구두를 벗었다.

"다음에 올게요."

구두 가게를 빠져나온 나는 허탈감에 한숨을 쉬었다가 이내 입술을 부루퉁하게 잔뜩 내밀었다. 뒤따라 나온 모건이 의아한 표정으로 왜 그러냐고 물었다. 나는 그 순간 울컥 솟는 신경질을 가라앉히며 모건을 쳐다도 보지 않고 목적지도 없이 성큼성큼 발을 뗐다. 모건은 금세 발 맞춰 따라붙으며 조심스럽게 나를 불렀다.

"저…… 할리?"

"모건 씨 그렇게 안 봤는데 못됐어요. 너무 비싼 건 안 된다고 했는데도 저런 곳으로 데려가다니. 내가 얼마나 부끄러웠는지 알아요?"

여전히 그에게 시선도 주지 않고 빠르게 쏘아붙이자 모건은 발걸음이 점점 더 빨라지는 나를 무리 없이 쫓아오며 사과했다.

"어? 미안. 네게 비싸다는 범위를 착각했어."

그 말에 결국 뻥 터져 버린 나는 발을 멈추고 모건을 홱 돌아보았다. 모건은 찔끔한 얼굴로 내 앞에 멈춰 섰고 나는 그에게 크게 화를 냈다.

"착각?! 50골드가 넘는 걸 비싸다고 생각하는 게 당연한 거 아닌가요? 내 월급을 훨씬 넘는다고요! 그런 걸 선뜻선뜻 살 리 없잖아요! 내가 무슨 부잣집 귀족 아가씬 줄 알아요?"

모건은 씩씩대는 날 놀란 눈으로 바라보았다. 나도 안다. 내가 지금 지나치게 화를 내고 있다는 것을. 여느 때 같았으면 나 역시 그냥 짓궂은 장난이려니 웃고 넘어갈 수 있는 일이었다.

하지만 나는 지금 여러 가지로 지쳐 있었고, 여러 가지로 불만이 극에 달해 있었으며, 여러 가지로 마음에 상처를 입은 상태였다. 그게 필요 이상 날 예민하게 했고 애꿎게도 모건을 향해 터져 나간 것이었다.

알고 있다. 모건에게 화를 낼 일이 아니었다. 이것은 내 문제였다. 이렇게 머릿속은 너무나 잘 알고 있는데도.

"할리. 잠깐만."

"건들지 말아요!"

나 자신을 제어할 수가 없었다.

자리를 뜨려는 내 팔을 잡아챈 모건의 손을 세게 뿌리치며 소리쳤다. 모건은 뿌리쳐진 손을 허공에 멈춘 채 멍청한 얼굴을 했다. 얼마나 황당할까. 후배에게 그것도 정식 요원도 아닌 수습에게 이런 취급을 받다니 얼마나 황당하고 열받을까.

하지만 참을 수가 없었다. 화를 눌러야 하는데 마치 그 기관이 고장 난 것마냥 휘리릭 돌아가 열기를 마구 분출해 냈다.

"내가 우스워요? 장난치면 치는 대로 다 웃을 거같이 보여요? 모건 씨가 뭔데 날 우습게 여겨요! 모건 씨가 내 직속 선배예요? 직속 상사예요? 왜……!"

그 순간 뭔가 내 눈 위를 탁 덮었다. 앞이 깜깜해지며 눈가 위로 따뜻한 체온이 느껴지자 나도 모르게 목이 막히는 듯해 입술만 뻐끔댔다. 등 뒤에서 한숨 소리와 함께 미세한 담배 향기가 전해졌다.

"뭐 하는 거냐. 대체."

잠시 나를 진정시키듯 눈가를 덮고 있던 손이 떨어져 나갔다. 뒤를 돌아보자 한심하다는 듯 찌푸려진 루이의 얼굴을 볼 수 있었다. 루이는 금세 심드렁한 표정으로 모건에게 눈길을 돌렸다.

"미안하다 야. 이 건방진 자식은 내가 잘 교육시킬 테니까 한 번만 봐줘."

"루이."

"아니다. 그냥 이 녀석 한 대 팰래? 난 가만히 있을게."

"아니야. 그럴 생각 없어."

모건은 어느새 담담해진 얼굴로 루이를 마주 보며 대꾸했다. 루이는 날카로운 눈빛으로 씩 웃더니 내 머리에 한 손을 얹고 이리저리 밀며 말했다.

"나 때문이면 별로 신경 쓸 필요 없어. 열받잖아. 하늘 같은 선배가 까라면 까야지 어딜 대들고 앉았어. 어이. 할리. 어금니 물어. 이 녀석 주먹 세거든."

"아니. 됐어. 내가 잘못한 거니까."

"……나중에 딴말하면 곤란한데."

"정말 괜찮아."

"그래? 그럼 내가 좀 데려가도 될까? 이 녀석 아직 할 일이 좀 남아서."

"응. 그래. 그리고 할리. 미안했어. 고의는 아니었으니까 용서해 줘."

나는 대답 없이 눈을 내리깔았다. 루이는 내 머리를 놓고 이번엔 뒷덜미를 잡아채 그대로 날 휙 끌었고, 나는 모건을 한번 흘긋 보았다가 이내 고개를 돌리며 루이에게 순순히 끌려갔다.

루이는 가까운 골목으로 날 끌고 가 그대로 벽에 던지듯 밀쳤다. 나는 한쪽 어깨를 벽에 세게 부딪히며 눈가를 찌푸렸고, 루이는 화를 참듯 양손으로 제 허리를 잡으며 고개를 푹 숙였다. 그는 으르렁대는 듯한 호흡을 한참이나 골랐다.

"너 정말 이럴 거냐?"

고개를 든 루이가 진지하게 물었다. 나는 대답 없이 그저 발끝만 내려다보았고 루이는 인상을 쓰며 머리를 짚었다.

"정신 나갔지. 미친 거야. 조금 전 그걸 다른 녀석들이 봤으면 어떻게 되는지 알아? 너를 비롯해서 이번에 수습으로 배정된 다른 녀석들까지 모두 지하실행이다. 거기서 이틀간 물 한 잔 못 마시면서 정신 교육 다시 받고 나오는 거야. 민폐도 그런 민폐가 없지. 딴 녀석들은 무슨 죄야?"

"……잘못했습니다."

루이의 목소리만 들어도 뭔가 설움이 복받쳐서 그의 얼굴은 볼 생각도 못 한 채 애써 침착한 목소리를 내려 노력했다. 하지만 갑자기 눈가가 시큰해지며 조금 잠긴 목소리가 새어 나갔고 루이는 짜증 섞인 말투로 말했다.

"왜 이렇게 자기 조절을 못 하는 거냐? 너 처음엔 이렇지 않았던 거 같은데. 아무리 블라인드 상태라도 그렇지. 이렇게 제 입장 생각 못 할 정도로 정신 나가 버리면 손쓸 방도가 없어. 그동안 너 같은 녀석들이 없었던 건 아니니까 어느 정도는 이해할 수 있어. 근데 그런 녀석들은 하나같이 일찍 죽어 버렸거든."

루이는 내게 한 발 더 가까이 다가와 검지로 내 심장 부근을 꾹 찔러 누르며 말을 이었다.

"여기. 가슴에 있는 건 물론 네 거야. 어떤 걸 가지고 있든 상관없어. 하지만 그걸 꺼내려고는 하지 마. 혼자만 가지고 있으란 말야. 괜히 내보이면서 주변에까지 민폐 끼치다 책임도 지지 못한 채 멋대로 죽어 버리는 거 아니라고. 알았어?"

"……."

"대답."

"예……."

루이는 다시 거리를 벌리며 인상을 풀었다.

"그만 임무로 돌아가."

"예……."

힘이 쭉 빠진 기분으로 루이의 옆을 지나쳐 갔다. 막 골목을 빠져

나올 즈음 등 뒤로 루이의 나직한 목소리가 들려왔다.

"내일 이스릴 중위가 도착한다. 정신 차려."

"……."

떨리는 입술을 이로 세게 깨물며 눈가에 힘을 주었다. 새어 나오려는 눈물을 억지로 집어삼킨 나는 루이를 돌아보지도 않고 성큼 발을 떼 골목을 완전히 빠져나왔다.

사고 싶었던 구두는 결국 사지 못한 채 안보국으로 돌아가 옷을 갈아입고는 마차를 잡아타 다시 핏토로 1번가로 향했다. 빠르지 않은 속도로 달리는 말발굽이 딱딱한 돌바닥을 두드리며 따그닥거리는 소리가 났다. 시끄러워. 이젠 별게 다 귓가에 거슬렸다.

마차 안에 멍하니 앉아 있다가 문득 지붕 위를 세차게 두드리는 소리를 듣고 밖을 내다보았다. 비가 내리고 있었다. 창문을 열고 밖으로 손을 내뻗었다. 맑았던 하늘에서 갑자기 쏟아진 소나기는 내 손 위에서 잘게 흩어졌다.

잠시 내리다 지나가는 비라고 여겼지만 그건 밤이 늦도록 그치지 않았다. 아렐의 가게도 비가 와서인지 손님이 별로 없었고 덕분에 한가해진 나는 창가 자리 중 하나를 차지하고 앉아 실처럼 내리치는 비를 구경했다.

문득 내 앞으로 그린티 한 잔이 놓이며 아렐이 맞은편 자리에 앉았다.

"비가 많이 오네. 오늘은 저 테이블만 비워지면 일찍 문 닫자."

"네."

가게 한편에서 술을 마시는 몇몇 남자들을 흘긋 보곤 고개를 끄덕였다. 찻잔을 들어 차를 한 모금 마셨다. 따뜻한 온기가 입 안에 머물다 목 안쪽으로 넘어갔다. 아렐이 물었다.

"근데 어젠 괜찮았어? 그놈이 따라가거나 했던 건 아니지? 물론 사이크가 있었으니 걱정할 필요는 없을지도 모르겠지만……."

"전혀 보지 못했어요. 걱정 마세요."

아렐이 다행이라는 표정을 지었다. 아렐은 아직 사이크와 내가 헤어졌다는 걸 모르는 눈치였다. 나는 굳이 짚어 줄 필요를 느끼지 않았고 아렐은 스스럼없이 사이크의 이야기를 꺼냈다.

"어젠 너도 재난이었지만 사이크도 많이 속상했을 거야. 그 녀석 화 많이 났지?"

"글쎄요……."

무성의하게 대답하곤 다시 창밖으로 눈을 돌렸다. 오늘의 거리는 어제와 달랐다. 비가 내리는 밖은 소란스러우면서도 담담했다. 마치 내 마음과도 같이 거슬리는 조용함이었다.

가게는 자정도 되지 않아서 문을 닫았다. 아렐에게 인사를 하고 먼저 가게를 나서서 우산을 펼쳤다. 큰길에도 사람이 거의 없었다. 낡은 구두가 바닥을 밟는 소리를 리듬 삼아 걷다가 문득 내 발소리에 겹쳐 들리는 또 다른 발소리에 걸음을 멈췄다. 뒤를 돌아보자 나와 5미터 정도 거리를 두고 뒤따라오던 사이크와 눈이 마주쳤다.

사이크는 들고 있던 우산을 내려 슬그머니 얼굴을 가렸다. 그는 미련할 정도로 약속에 충실한 남자라서 나와 헤어지고도 나를 불량배에게서 지켜 달라던 아렐의 부탁을 아직도 이행하는 중이었다. 그의 집 방향이 나와 같다는 것도 변명거리가 될 것이다.

고개를 되돌려 다시 발을 뗐다. 사이크 역시 다시 발소리를 내며 내 뒤를 따라왔고 우리는 그렇게 딱 5미터의 거리를 두고 아무 말도 없이 마치 산책 같은, 또는 데이트 같은 귀가를 했다.

평소보다 느리게 발걸음을 늦춰도 결국엔 도착했다. 사이크는 전날과 마찬가지로 내 방 앞의 복도까지 따라왔다.

나는 불도 켜지 않은 방 창가에 서서 여관을 나서는 사이크의 우산을 물끄러미 바라보았다. 손바닥을 창유리에 기대며 사이크가 멀어져 보이지 않을 때까지 바라보았다. 사이크는 야속하게도 뒤 한 번 돌아보지 않았다.

"아……."

내 입에선 안타까운 탄성이 흘러나왔다.

"흐으윽!"

밤새 또다시 정신없고 정체를 알 수 없는 악몽에 짓눌리다가 그것에게서 도망치듯 눈을 뜨면 어느새 또 다른 아침이 날 기다리고 있다.

3…….

눈뜨자마자 습관적으로 달력을 확인하고 식은땀이 흐른 이마를 손으로 쓸며 숨을 골랐다. 잠을 잔 건 분명한데 선잠을 잔 듯 피곤한 정신은 육체마저 지치게 했고 그것은 곧 지나친 예민함이 되었다.

창밖으로 지저귀는 새소리마저 듣기 싫어서 신경질을 부리며 두 손으로 양쪽 귀를 꽉 막았다.

"으……!"

하지만 그보다 더 소란스러운 내 혈관과 근육의 소리가 동굴 속에서 있는 것처럼 울렸다. 새된 신음을 흘리며 짜증을 이기지 못하고 발로 침대 프레임을 세게 걷어차 버렸다. 프레임 나무가 조금 갈라졌다.

요즘 들어 부쩍 조절이 안 되는 감정을 다스려 보려고 했지만 내 기분이 내 생각대로 되지 않는다는 사실마저 결국은 신경질로 되돌아왔다. 끝없이 분노하는 괴물처럼 몸부림치다 베개에 얼굴을 깊게 파묻고는 있는 힘껏 소리를 내질렀다. 베개에 짓눌린 목소리는 다행히 크지 않았다.

숨이 막힐 즈음에야 고개를 들고 숨을 크게 들이켰다가 그대로 호흡을 천천히 고르며 화를 가라앉혔다.

"후······."

그제야 침대에서 내려와 테일러 박사가 지어 준 약을 찾아 삼켰다.

이게 내 하루의 시작이었다.

"먼 곳까지 오시느라 고생하셨습니다. 이스릴 중위."

"반갑습니다."

이스릴 중위는 여러 가지 의미로 유명한 군인 중 하나였다. 총통을 뺀 이아쿠안 국군의 최대 권력자들은 총 다섯 명. 군인이라면 이 중의 한 명에겐 반드시 속하게 되어 있으며 이스릴 중위는 그중에서도 사리아 대장의 휘하에 있었다. 여성으로서 최고 장교가 된 사리아 대장은 프라이드가 굉장히 높았고 이스릴 중위는 그런 그녀가 가장 신뢰하는 부하라고 들었다.

물론 그것은 표면상의 말일 뿐 뒤로는 다들 이스릴 중위가 사리아 대장의 정부라는 걸 사실로 받아들이고 있었다.

"처음 뵙겠습니다."

실제 사정이야 모르겠지만 이번에 이스릴 중위를 보니 그런 말이 나온 이유를 어느 정도 알 것 같기는 했다. 국장과의 악수 후에 루이에게 손을 내미는 그의 모습이 참으로 부실하다는 생각이 들었다.

기본적으로 내가 좋아하지 않는 타입을 여타 여자들은 좋아했다. 이스릴 중위도 마찬가지리라. 깔끔하게 뒤로 넘긴 밝은 갈색 머리 아래로 드러난 하얀 피부와 그 위로 자리 잡은 큼직한 이목구비는 군인 특유의 단단한 표정을 짓고 있음에도 왜인지 겁이 많아 보이는 인상을 주었고, 나와 비슷한 키에 군복 위로도 보이는 마른 팔다리는 그가 전투와는 거리가 멀다는 것을 알려 주었다.

좋게 말하면 머리 쓰는 종류의 군인이란 말이 될 것이고 노골적으로 말하자면 샌님 같았다.

사리아 대장은 프라이드가 높은 만큼 사디스트 기질이 좀 있다고 루이가 말한 적이 있는데 그런 여성이라면 애완동물 같은 개념으로 이스릴 중위를 맘에 들어 할 것 같긴 했다. 이스릴 중위는 루이와 가볍게 악수를 한 후 얕은 미소를 지었다.

"루이 요원에 대해서는 많이 전해 들었습니다. 실제로 만나 영광으로 생각합니다."

"아니요. 별말씀을."

루이는 무심히 대꾸했고 이스릴 중위는 다시 한 번 흐리게 미소 짓더니 이번엔 루이 뒤에 가만히 서 있는 나에게 눈을 돌렸다. 그는 웃으며 내게 손을 내밀었다.

"처음 뵙겠습니다."

"예."

나는 그 손을 가볍게 마주 잡았다가 놓았고 그는 잠시 빤한 얼굴로 날 바라보다가 이내 빙그레 눈꼬리를 휘더니 국장에게 말했다.

"이곳은 얼굴로 사람을 뽑나 봅니다. 하나같이 미남들이시군요."

"풋⋯⋯."

루이가 움직이는 얼굴 근육을 막지 못하고 작은 웃음소리를 흘렸다. 명백한 비웃음이었다. 신경 쓰지 않으려고 애썼지만 루이의 웃음소리는 정말 기분이 나빴다. 웃는 루이를 의아하게 쳐다보는 이스릴은 그야말로 재수가 없었고. 내가 어딜 봐서 남자 같다는 거야. 그 얼굴에 붙어 있는 눈은 장식인가. 아니면 그저 날 비꼬고 싶은 건가. 아무래도 후자인 것 같았다.

"할리는 여성입니다. 중위."

국장은 루이에게 웃지 말라고 눈치를 주며 중위에게 오류를 정정해 주었다. 이스릴 중위는 얼굴 가득 미안하단 표정을 지으며 나를 바라보았다.

"아…… 이런."

이런? 이런, 이라고 했겠다. 방금. 중위는 미안하단 표정을 했지만 내 귀엔 그의 목소리가 나를 깔보는 뉘앙스로 들렸다.

"제가 실례했군요. 용서하십시오."

저는 마조히스트같이 생긴 주제에. 한마디 해 주고 싶은 걸 꾹꾹 눌러 참으며 주먹을 세게 그러쥐었다. 참자. 저건 손님이다. 스스로를 다독이며 이스릴 뒤편의 벽시계로 눈을 돌렸다. 하지만 국장과의 대화 도중 다시 주둥이를 놀리는 이스릴의 말에 결국, 머릿속에서 뭔가 핑— 하고 끊어지는 듯한 기분이 들었다.

"예? 그녀가 미끼라고 했습니까? 어떻게 그럴 수가 있죠?"

이 새끼가.

이스릴 중위는 거기서 그치질 않고 날 위아래로 훑어보며 눈가를 찌푸리기까지 했고, 오늘따라 예민함과 신경질의 극을 찍었던 나는 그대로 자리를 박차고 뛰어올라 중위에게 달려들었다.

"엇? 크억!"

손날을 세워 엄지와 검지 사이로 이스릴의 목이 들어오도록 휘둘렸다. 이스릴은 내 손이 제 목에 닿을 때까지도 무슨 일이 일어나는지 모르는 것처럼 눈만 동그랗게 뜨고 있다가 그대로 내게 목을 움켜잡힌 채 소파 아래로 떨어졌다. 나는 그의 몸 위에 올라타 반대 손으로 주먹을 쥐어 들었다.

"할리!"

국장이 재빠르게 뒤에서 내 몸을 끌어안아 가까스로 주먹질을 멈추게 했다. 나는 분노에 버둥거리면서도 이스릴의 목을 놓지 않았다. 국장은 루이에게 날 막는 걸 도우라고 소리쳤지만 루이는 손으로 입가를 슬쩍 가린 채 주체 못 하겠다는 듯이 부들부들 떨며 웃음을 흘리고 있었다.

"픕...... 푸흐흐흐......!"

"어이! 루이! 웃을 때냐! 말려!"

"크크큭...... 푸...... 푸하하하!"

"컥! 끄으윽......!"

"루이! 이런......! 할리! 그만두라니까! 죽일 셈이냐! 으억!"

국장은 혼자서 나를 말리려 애를 썼지만 결국 내가 휘두른 팔꿈치에 눈가를 후려 맞으며 뒤로 나가떨어지고 말았다.

"시말서 플러스 20퍼센트 감봉이다!"

얼음주머니로 왼쪽 눈가를 찜질하며 크게 외치는 국장 앞에 서서 입을 삐죽였다. 그때까지도 루이의 웃음은 멈추질 않고 있었다. 국장은 루이를 노려보며 말했다.

"넌 10퍼센트 감봉이야!"

"뭐요? 내가 왜."

그제야 루이가 웃음을 그치며 황당한 표정을 지었다.

"이야. 놀랐습니다. 저도 나름 단련이 되어 있습니다만, 전혀 힘을 쓸 수가 없더군요."

루이의 맞은편 소파에 앉아 있던 이스릴이 차를 마시며 마치 아무일도 없었다는 양 능청스러운 목소리로 말했다. 나는 그를 쳐다도 보지 않은 채 단련은 개뿔이라고 중얼거렸다. 국장이 바로 내게 눈치를 주었다. 정작 이스릴은 아무렇지도 않은 태도였다.

"정말 대단하군요. 안보국은. 루이 씨나 모건 씨를 비롯해서 여기할리 양까지. 놀라운 기인들뿐입니다. 군인보다 강한 정보원이라. 아주 흥미로워요. 여긴 이런 분들을 얼마나 더 감추고 계신 걸까요? 국장님."

말간 표정으로 말하는 이스릴에게 국장은 눈가를 약간 찡그리며 답했다.

"그 얘기는 나중에 따로 하지요."

"예. 저도 그러길 바랍니다."

이스릴은 빙그레 웃으며 대꾸하곤 나를 향해 윙크를 했다. 나는 그가 다른 곳을 쳐다볼 때 웩 하는 표정을 지었고 루이는 작게 키득거렸다. 국장은 날 노려보면서 주먹으로 내 옆구리를 후려쳤다. 이스릴이 손뼉을 치며 시선을 모았다.

"그럼 이제 그만 일 얘기를 해 볼까요."

"그러죠……."

회의 후 여느 때와 같이 아렐의 술집에 출근했다. 평소처럼 일을 했고 평소와 비슷한 시간에 퇴근했다. 할리가 아닌 리나로서는 변함없는 하루라고 해도 좋았다. 그리고 할리로선…… 슬슬 끝을 향해 가고 있었다.

"리나. 잠시 얘기 좀 해."

사이크가 방 앞에서 날 붙잡아 세웠다. 잠시 그의 얼굴을 쳐다보다가 손을 뿌리치자 사이크는 힘없이 날 놓아주며 괴로운 표정을 했다. 나는 대꾸도 않고 방문을 열었다. 사이크는 닫히는 문을 잡아 멈추며 다시 한 번 날 불렀다.

"리나."

"……."

"부탁이야."

사이크의 태도에 이제 우리가 진짜 마지막임을 직감했다. 설령 오늘이 아니더라도 결과는 바뀌지 않을 터다. 오늘 하루의 사나운 일진과 더불어 아침부터 줄곧 지속된 신경질에 잔뜩 찌푸려져 있을 미간을 손가락으로 눌렀다. 일그러짐은 좀처럼 펴지지 않았다.

"후……."

"리나……."

사이크. 나에게 오는 게 무슨 인생의 낙인 줄 아는 멍청한 남자. 그 길이 죽는 길인지도 모르고 겁 없이 달려드는 등신. 내가 어떤 인간인지도 모르는 주제에. 계속 리나리나리나리나리나. 누가 리나야! 씨발!

오늘 정점을 찍은 짜증은 사랑해 마지않는 사이크에게까지 튀며 속으로 그를 마구 욕했다. 이 마음을 티 내지 않으려 애써 노력하면서도 점점 왜 내가 참아야 하는지 의아해지기 시작했다. 고개를 들자 걱정스럽고 처량한 표정의 사이크를 볼 수 있었다. 나는 그가 야차처럼 일그러진 얼굴로 날 욕해 주었으면 좋겠다고 생각했다.

무기와 다를 바 없는 그 큰 주먹으로 날 후려 패고 발로 걷어차며 씨발년, 개년, 나쁜 년, 이리저리 몸이나 굴리고 다니는 창녀라고 욕했으면 했다. 그리고 바닥에 아무렇게나 내동댕이치고는 입고 있는 옷을 갈기갈기 찢어 아래에서 피가 나오도록 나를 범했으면 좋겠다고.

그의 밑에 깔려 아무렇게나 범해지며 크게 울고 싶었다. 온 도시에 내 목소리가 들리도록 크게 소리 지르고 싶었다. 그가 원망의 말을 쏟아부으면 나는 그에게 매달려 미안하다고, 잘못했다고 외치고 싶었다.

아니면, 당신의 개가 되어도 좋다면서 그의 성기에 꿰뚫린 채 천박하게 짖는 것도 괜찮을 것 같다.

"리나. 제발……."

어쩐지 정신이 점점 미쳐 가는 것 같아서 작게 호흡을 고르며 나 자신을 진정시켰다. 사이크는 더욱 절절한 눈빛으로 부탁해 왔다. 나는 더럽고 천박한 상념을 결국은 털어 내지도 그렇다고 끄집어내지도 못한 어정쩡한 상태로 그의 얼굴을 쳐다보았다.

사이크는 나를 그렇게 범해 주지 않을 것이다. 내 얼굴이고 몸이고 시퍼런 멍이 남도록 두들겨 패 주지도 않을 거고, 하다못해 내 얼굴에 침을 뱉지도 않을 것이다.

진실을 알게 된 그는 그저 배신감으로 젖은 얼굴에 분노를 가득 띠운 채 나를 경멸하다가 그대로 돌아서 버릴 것이다. 그리고 영원히 용서해 주지 않을 것이다. 우리가 사랑했던 시간은 다 거짓말이 될 것이다.

나는 닫으려던 문을 조금 열어 주었다. 사이크는 문을 잡은 손에서 힘을 뺐고 나는 반대 손으로 그의 멱살을 휘어잡아 안으로 완전히 끌어당겼다.

"리나?"

사이크는 버티지 않고 눈만 크게 뜬 채 안으로 끌려 들어왔다. 그가 완전히 방에 들어서자 문을 세게 닫고 고리를 걸어 잠갔다. 이어 얼떨떨한 얼굴을 하는 사이크를 향해 돌아섰다.

"그거 알아요? 나 사실 마조히스트예요. 당신이 이런 날 만족시킨다면 다음 말을 들어도 좋은데. 어쩔래요?"

사이크를 향해 한 발짝 다가섰다. 사이크는 미간을 살짝 찌푸리며 나를 가만히 내려다보았다.

"뭐 하고 있어요? 우선은 타격부터 시작해 봐요."

사이크의 눈이 더할 나위 없이 부릅떠졌다. 그는 치욕스럽다는 듯이 쥐어 늘어뜨린 두 주먹을 부들부들 떨었고 나는 불에 기름을 끼얹듯 상스러운 웃음을 만들어 냈다.

"못하겠어요? 그럼 꺼지던가."

사이크가 내 옷깃을 잡아 제 코앞까지 끌어당겼다. 그 힘에 절로 뒤꿈치가 들어 올려졌고 사이크는 이를 꽉 악물며 뭐라 말할 수 없는 분노에 잠긴 얼굴을 했다. 나는 웃어 젖히며 그를 비아냥거렸다.

"하핫! 내가 정말 무슨 정숙한 여잔 줄 알았어요? 창녀로 굴러먹었을 때부터 눈치챘어야지. 이래서 남자들이란. 멋대로 날 미화한 건 상관없지만 나에게 그걸 강요하진 말아요. 난 처음부터 당신의 환상과는 거리가 멀었어. 그야 창녀인걸."

"리나!"

사이크가 크게 외치며 정신 차리라는 듯이 내 몸을 한 차례 크게 흔들었다. 그제야 웃음을 멈추고 그를 쳐다보았다.

"열받아요? 그럼 쳐 봐요. 뭣하면 죽여도 괜찮아요."

날 죽여도 좋다. 당신이라면.

"뭐 하고 있어! 내 머리가 박살 나도록 패 보라고!"

그거야말로 바라는 바.

"리나……!"

사이크는 당장 죽을 듯한 표정으로 내 양어깨를 부여잡았다. 그가 이렇게 당황하는 건 이런 상황을 겪어 본 적이 없어서일 것이다. 사랑하기 때문에 자상하게 대해야만 한다고 생각하는 건지도 모른다.

물론 나는 그가 좋은 남자라는 것을 알고 있다. 그는 침대에서도 조심스럽고, 부드러운 몸짓으로 나를 안고 최대한 이성을 유지해 나를 상처 입히지 않기 위해 노력했다. 하지만 지금만큼은 그의 이런 인내심이 견딜 수 없게 싫었다.

그가 참지 않길 바랐다. 참아 봤자 사랑해 줘 봤자 보답받을 수 없으니까. 내가 보답해 줄 수가 없으니까. 차라리, 차라리 증오가 뒤섞인 관계가 백배는 나을 것 같다.

"리나……."

그는 나를 붙잡아 세운 채 바보처럼 이름만 불렀다. 당신은 어째서 아무런 의미 따위도 없는 그 이름을 이렇게나 애절하게 부르는 건가. 가슴이 아파서 미칠 것 같았다. 나는 숨을 헐떡이며 울음을 터뜨리곤 두 손으로 그의 양팔을 붙잡았다. 머리를 그의 가슴에 힘없이 들이받으며 떨리는 음성으로 부탁했다.

"나 좀…… 어떻게 해 줘요."

사이크는 말이 없었다. 나는 다시 한 번 그의 가슴에 툭 하고 머리를 들이받았다. 그제야 사이크는 머뭇거리듯 내 어깨를 놓고 두 팔로 내 머리를 감싸 품에 끌어안아 주었다. 그는 체념하듯 나직한 목소리로 입을 뗐다.

"내가 잘못했어. 미안해. 난 그저 널 아껴 주고 싶었을 뿐이야. 네

가 위험에 빠질까 봐 말하지 못했던 건데 네가 이렇게 괴로워할 줄은
몰랐어.”

눈을 질끈 감았다. 부탁이니까 조금만, 조금만 더 나중에 말해 줘.
아직 헤어지고 싶지 않아. 하지만 사이크는 말을 멈추지 않았다.

“리나. 그 날 나와 함께 있던 여자는 사실 내 동료야. 그리고
난⋯⋯.”

기다려! 아니야! 말하지 말아 줘! 안 돼! 아직은 아냐!

마음속의 외침은 밖으로 나오지 못한 채 그저 입술만 깨물었다. 사
이크는 결국 말을 맺고야 말았다.

“혁명군이야.”

그 순간 문고리가 부서지며 문이 활짝 열렸다. 우르르 몰려 들어온
군인들이 우리를 향해 총을 겨눴고 그들의 뒤엔 이스릴이 서 있었다.
이스릴이 말했다.

“잡아. 둘 다.”

사이크는 혼자서 도망칠 수도 있었지만 그러지 않았다. 군인들의
손에 팔이 뒤로 꺾이며 내가 바닥에 쓰러지자 나를 구하려다 총에 둘
러싸이며 결국 멈춰 섰다. 사이크는 두 손을 머리 뒤로 한 채 억지로
무릎이 꿇려졌다.

“이봐. 이 여잔 아니야.”

그 와중에도 사이크는 이스릴에게 날 풀어 줄 것을 요구했지만 이
스릴은 냉담했다.

“그거야 이제부터 털어 보면 알게 될 일이지.”

사이크가 먼저 방에서 끌려 나갔다. 이스릴은 내가 끌려 나가기 직
전 작은 목소리로 말했다.

“당신 정말 대단하군요.”

나는 대꾸하지 않았다. 이스릴은 내 어깨를 한번 가볍게 두드렸고 나는 그대로 군인들에게 잡혀 방 밖으로 끌려 나갔다.

안보국 건물의 지하엔 약 50개 정도의 조사실이 있었다. 조사실 한편엔 대상을 가둬 놓을 작은 감옥이 존재했고 나와 사이크는 같은 조사실로 끌려가 창살 하나로 나뉜 두 개의 감옥 안으로 각각 떠밀렸다.

"리나! 리나……! 괜찮아?"

사이크는 감옥 안에 들여지자마자 내 쪽으로 달려왔다. 그는 창살을 잡으며 막 감옥 안으로 밀쳐진 나를 향해 소리쳤다. 나는 기운이 빠져서 밀쳐진 그대로 차가운 돌바닥에 무릎을 꿇고 앉아 있다가 사이크의 목소리에 고개를 들었다.

"리나. 괜찮아?"

사이크가 걱정스러운 표정으로 다시 한 번 물었다. 나는 왈칵 쏟아지는 눈물을 막지 못하고 그저 고개만 끄덕거렸다. 미안해요. 미안해요. 마음속으로 외치는 말은 여전히 밖으로 빠져나오질 못했다.

"미안해. 리나. 미행당하는 줄은 몰랐어. 괜히 너까지……."

사이크의 다급하고 안타까운 목소리를 들으며 손으로 얼굴을 감싸 가렸다. 아니었다. 그게 아니었다. 사이크가 미행을 당한 것이 아니라 처음부터 이스릴이 여관에 잠복하고 있었다.

오늘의 회의에선 이스릴의 의견으로 기존 작전이 조금 더 효율적으로 변했다. 루이는 예상했던 것보다 훨씬 더 사이크가 나에게 빠진 것 같다 말했고, 이스릴이 그림 시간을 절약하는 방향으로 가자며 처음부터 나를 인질로 잡고 사이크를 압박하는 게 어떻냐는 의견을 냈다. 국장과 루이는 수긍했고 나는 중요한 미끼라서 그 자리에 있긴 했지만 결국은 말단일 뿐이라 발언권이 없었다. 수정된 작전에 따라 내가 리나로서 술집으로 출근한 사이 이스릴은 여관으로 2소대 정도 잠복 배치를 시켰다.

타임 리미트까지 앞으로 이틀. 이 두 개의 소대는 처음부터 내 쪽으로 지원된 자들로서 사이크의 동태를 주시하는 데에 주력하게 되어 있었다. 사이크가 오늘 제 입으로 정체를 말하지 않았다면 나는 작전 종료 때까지 아슬아슬하게 그들의 움직임을 막을 수 있었을지도 모른다.

사이크는 이제 빼도 박도 못하게 되었다. 스스로 정체를 밝혔으니 누명에 대해 재고할 여지조차도 없었다.

"여어. 연인이 사이좋게 갇혀 버렸네?"

건들대는 목소리가 들려와 나와 사이크는 고개를 돌렸다. 감옥 밖으로 루이가 바지 주머니에 손을 찔러 넣고 서서는 미소 짓고 있었다. 입가만. 그의 눈은 조금도 웃음기가 없었다.

"네 녀석…… 역시 그땐 일부러 접근했던 거로군."

사이크가 루이를 향해 낮게 말하자 루이는 가볍게 어깨를 으쓱였다.

"뭐 그렇지."

이 안에 있는 모두가 사이크를 기만하고 있었다. 속고 있는 그를 바보라며 비웃고 있었다. 가장 큰 죄인은 나였고 나는 목구멍으로 벌레가 기어 다니는 듯한 느낌이 들어서 침도 잘 넘어가지 않았다.

도저히 사이크의 얼굴을 쳐다볼 수가 없어서 고개를 숙였다. 나는 거의 무너지듯 두 손으로 바닥을 짚었다. 머리와 목뒤에선 끊임없이 식은땀이 흐르고 손과 발은 얼음장처럼 차가웠다. 사이크 쪽에 서 있던 루이가 천천히 내가 있는 감옥 앞으로 다가오며 말했다.

"그치만 리나가 맘에 들었던 건 진심이었어."

루이는 철창을 사이로 내 옆에 쪼그려 앉았다. 겨우 그를 향해 고개를 돌리자 루이는 나와 눈을 맞추며 능청스럽게 웃었다.

"어때? 리나. 아직 늦지 않았는데. 내 말 잘 들으면 너 정도는 풀어 줄 수도 있어."

사이크가 철창을 주먹으로 쾅 소리 나게 때렸다. 나는 이 상황이 기가 막혀 나도 모르게 '하.' 하고 맥없는 웃음을 내뱉었다. 루이는 나를 바라보다 이스릴에게 잠시 조사실을 비워 달라고 부탁했다.

이스릴은 조용히 나와 루이를 번갈아 보고는 조사실에 세팅하고 있던 군인들을 내보냈다. 이스릴 역시 펼쳐 들고 있던 수첩을 덮고는 의자에서 일어나 조사실을 빠져나갔다.

루이는 천천히 몸을 세우며 주머니에서 열쇠를 꺼내 내가 갇혀 있는 감옥 문을 따고 들어왔다. 이내 다시 닫히는 문 안으로 선 루이가 나를 가만히 내려다보았다.

"뭘 하…… 윽!"

"리나!"

멍하니 입을 여는 내 멱살을 틀어쥔 루이는 날 감옥 구석으로 끌어다 던졌다. 놀랄 겨를도 없이 속수무책으로 끌려가 몸이 내던져져선 그제야 조였던 멱살이 풀려 기침을 했다. 사이크가 창살을 붙잡고 고함을 질렀다. 루이는 사이크를 보지도 않고 내 앞에 쪼그려 앉았다. 단 루이가 내뱉은 말은 내가 아닌 사이크를 향한 것이었다.

"이러나저러나 결국 결과는 같을 텐데. 네놈도 참 질기다."

"떨어져! 개자식아!"

두 손으로 내 원피스 앞섶을 쥔 루이는 그제야 분노에 얼굴색이 변한 사이크를 바라보았다.

"너네 본거지가 어디냐."

"뭐?"

사이크가 흐리게 되묻는 순간 루이는 두 손에 힘을 줘 그대로 내 앞섶을 찢어 벌렸다. 이 씨발 개새끼! 사이크 앞에서 이런 짓을 당하는 것이 수치스러워 눈을 질끈 감은 채 숨을 크게 들이켰다. 사이크에게선 하지 말라고 외치는 목소리가 들려왔다. 루이는 담담하게 다시 물었다.

"네놈들 본거지는?"

"……."

"앗!"

사이크는 또다시 머뭇거렸다. 루이는 한 손으로 내 머리채를 휘어 감아 일으켜 세우더니 또 질질 끌고 가 사이크가 붙잡고 있는 창살에 내 머리를 세게 짓눌렀다. 쾅! 소리와 함께 철창에 부딪힌 머리에서 통증이 일었다.

루이는 내 머리채를 붙잡고 창살에 꾹꾹 누르며 사이크에게 말했다.

"어떻게 해 줄까? 우선 나부터 맛보고 다음은 저 밖에 있는 놈들에게 차례로 돌려 줄까? 물론 네 눈앞에서 친히 강간해 주겠어. 저놈들 정액을 전부 뒤집어쓰면 아주 볼만할 거야. 그치?"

창살을 쥐고 있던 사이크의 손이 미세하게 떨렸다. 루이가 다시 내 머리채를 끌어 철창에서 떨어뜨리더니 그대로 뒤에서 날 끌어안았다. 사이크의 입술이 멍하게 벌어졌다.

"아직 감이 안 와? 우선 시범 삼아 좀 보여 줄까?"

루이는 한쪽 팔로 내 허리를 단단히 감아 안은 채 다른 손을 허벅지를 쓸어 올리며 치맛자락 안으로 집어넣었다. 치마로 가려졌음에도 그의 손은 거침없이 속옷 위를 쓸며 손바닥으로 아래를 넓게 감쌌다. 그는 새파랗게 질려 있는 사이크에게 물었다.

"이 여자, 맛있었어?"

사이크는 손을 부들부들 떨 뿐 입을 열지 않았다. 루이는 작게 웃었다. 그는 사이크를 비웃고 있었다. '네놈이 맛있게 먹은 이 여자는 사실 내가 가르친 거야.' 라는 말이라도 하고 싶은 걸까. 나는 사이크를 눈앞에 둔 채 아랫입술을 세게 깨물었다. 혀를 깨물고 죽고 싶은 충동이 들었다.

"그만해……."

"그럼 말해. 네놈들 본거지가 어디야."

"……."

사이크는 이를 맞물며 빠득 갈았다. 루이는 혀로 내 목덜미를 핥아 내리다 찢어진 원피스 앞섶을 어깨 아래로 끌어 내렸고 어깨에 간신히 걸쳐져 있던 원피스는 힘없이 바닥에 떨어졌다.

내 아래를 감싸고 있는 루이의 손을 본 사이크는 두 눈을 감아 버렸다. 나는 고개를 숙였다. 루이는 기어이 속옷 안으로 손을 밀어 넣으며 말했다.

"어이. 잘 보라고. 리나가 다른 남자 품에서 절정까지 어떻게 가는지 보여 줄 테니까."

"그만해요…… 부탁이에요……."

나는 작은 목소리로 루이에게 말했다. 그건 엄살도 아니고 연기도 아니었다. 루이에게 이런 짓 당하는 건 아무렇지 않으나 사이크 앞에서 당하는 건 별개였다. 견딜 수가 없었다. 나는 고개를 들지도 못하고 루이에게 연신 흐느끼듯 빌었다.

"그만해요…… 그만해요……."

하지만 루이는 멈춤 없이 손가락을 움직였다. 그는 아예 작정을 한 듯 내 귓가에 입술을 가져다 대며 사이크에게 다 들리도록 희롱했다.

"벌써 젖어 있네? 혹시 나에게 당할 거 생각하니 흥분했어?"

떨리는 입술을 힘주어 닫으며 흐느꼈다. 이건 예정에 없었잖아. 이럴 거라곤 한 마디도 한 적 없었잖아. 이 씨발 새끼야······.

내가 여기서 그만하라고 소리치며 모든 걸 까발린다 해도 돌발 행동을 한 루이는 나에게 잘못을 물을 수 없다. 물어서도 안 되며 인권이고 지랄이고 죄다 무시한 행동에 대해 나에게 사과해야 했다.

하지만 나는 그렇게 하지 못할 것이다. 루이가 얼마나 필사적으로 그 정보를 원하는지 알았다. 루이뿐만이 아니라 이 나라가 그 정보를 원했다. 반란군에 내부부터 썩어 들어가는 이 나라 이아쿠안이 그 정보를 원했다. 그리고 나는 나라의 뜻에 따라야 하는 톱니바퀴였다.

가슴 깊이 요동치는 감정과 나에게 주어진 의무는 별개였다. 나는 사이크를 너무나 사랑하지만 이 나라가 사이크를 지워 버리고 싶어 한다면 어떠한 반항도 없이 그에게 총을 겨눠야 한다.

내 고통은 나 혼자만이 지고 가는 것.

누구도 나를 위로해 주지 않을 거라는 것을 알고 있다. 나는 그저 루이의 행동을 묵과해야 했다.

"그만해······ 하지 마!"

사이크가 다시 한 번 창살을 주먹으로 때리며 소리쳤다.

"그럼 말해."

루이는 나를 인질로 압박했고 사이크는 이를 갈며 결국 고개를 숙였다.

"말할 테니까……! 그만하라고……!"

사이크는 결국 자기감정에 져 버린 듯했다. 루이는 내 속옷에서 손을 빼내며 놓아주었고 나는 자리에 주저앉아 주먹을 세게 말아 쥐었다. 사이크도 덩달아 바닥에 주저앉아 철창 안으로 손을 뻗어 내 얼굴을 감싸 잡았다.

그의 얼굴이 비통함에 일그러져 있었다. 나는 그 얼굴을 보며 생각했다. 우리가 이겼다고.

"리나…… 리나…… 괜찮아…… 울지 마…… 리나."

하지만 가슴이 너무나 아파서 나는 이 승리를 기뻐할 수가 없었다. 사이크와 마주 보는 내 눈에선 하염없이 눈물만 떨어졌고 루이는 미련 없이 감옥에서 빠져나가며 말했다.

"만약 거짓을 한마디라도 말했다간 그 대가는 고스란히 그녀가 받게 될 거다."

……2. 손목시계의 바늘이 자정을 넘어가는 순간 머릿속으로 숫자를 셌다. 무릎을 모아 끌어안고 있던 나는 고개를 들어 의자에 묶인 채 이스릴에게 정보를 불고 있는 사이크를 바라보았다. 사이크는 간간이 불안한 눈빛으로 나를 돌아보았는데 내가 갇힌 감옥 문 앞으로 루이가 팔짱을 끼고 서서 담배를 피우고 있었다.

"이게 다야. 여자는 그만 풀어 줘."

"급할 거 없잖아. 네 정보가 틀리지 않다는 걸 확인한 후에 풀어 줄 테니까 걱정 말라고."

사이크는 웃고 있는 루이가 못내 불안한 듯 계속해서 그와 나를 번갈아 바라보았고 루이는 아예 창살에 몸을 기대며 그를 놀리듯 태연하게 말했다. 사이크는 다시 옆 감옥에 갇혔다. 이스릴은 소탕 준비를 위해 끌고 온 자신의 군대를 소집하라는 명령을 부하에게 내리며 자리에서 일어났다.

이스릴이 먼저 조사실을 나가고 루이는 꽁초를 바닥에 떨어뜨리며 발로 짓이겼다. 그리고 더는 우리에게 눈도 주지 않으며 그 역시 조사실을 나갔다. 나와 사이크는 창살을 사이로 서로의 어깨에 힘없이 기댔다. 문득 사이크가 손을 뻗어 와 내 손을 움켜잡았다.

그는 복잡한 얼굴이었다.

여자 하나 때문에 동료 전부를 죽이는 결정을 내린 사이크에게선 헤어날 수 없는 죄책감이 엿보였다. 하지만 반대로 그가 나를 버린다고 결정했다면 루이는 군인 전체에게 날 돌릴 수는 없더라도 사이크의 눈앞에서 직접 나를 겁탈했을 것이다.

그것은 결국 딜레마였다. 사이크는 어떠한 결정을 내려도 죄책감에서 벗어날 수가 없게 되어 있었다.

죄책감과 안도감이 섞인 사이크의 표정은 한편으론 후회하는 것 같기도 했다. 무엇을? 글쎄. 감정에 대의를 저버린 것에 대한 후회? 아니면 나를 만난 것에 대한 후회일지도 모른다.

나 역시 딜레마에 빠져 있었다. 사이크가 나를 선택했다는 것에 기쁨을 느끼면서도 그를 이런 식으로 망가뜨린 나에게 혐오감을 느낀다. 반대로 그가 나를 선택하지 않았다면 그것을 다행이라 생각하면서도 나는 그 사실이 괘씸하고 분해서 더욱 철저하게 그를 기만하려 했을지도 모른다.

사이크와 나는 결국 어떠한 길을 가더라도 마지막 교차점은 후회와 자기혐오였다.

말없이 내 손을 붙잡고 있는 사이크의 손을 내려다보면서 눈꺼풀만 조용히 껌벅거렸다. 사이크는 감옥 벽에 등과 머리를 기댄 채 지친 듯 천장만 올려다보고 있었다. 당신은 지금 무슨 생각을 할까. 리나만은 구해 냈다고 안도하고 있을까.

하지만 그에겐 이보다 더한 지옥이 기다리고 있었다.

앞으로 알게 될 진실은 사이크를 또 얼마나 더 슬프게 만들지 상상하기조차 괴로웠다. 어차피 그의 마지막이 죽음이라면 그 사실을 굳이 알아야만 할까. 나는 머릿속에 불현듯 든 생각에 빈 탁상 위에 놓여 있는 권총 한 정을 바라보았다.

누가 저런 곳에 총을 아무렇게나 뒹굴리는 건지 한심하게 생각하면서도 한편으론 어떻게든 저것을 손에 넣어 사이크를 죽일 수는 없을까 고심했다. 사이크가 적어도 연인을 구했다는 생각을 하고 갈 수 있다면 그것도 나름 괜찮은 결말 같았다. 하지만 나는 감옥 안에 있었고 아무리 손을 뻗어도 저 총을 손에 넣을 수 없다는 걸 알고 있었다. 괜한 상념이었다.

오랫동안 고요한 시간이 흘러갔다. 우리는 아무런 대화 없이 창살을 넘어 손만 잡고 있었다. 지금쯤 군대는 그들을 무사히 소탕했을까. 혹 사이크가 동료들이 도주할 시간을 만들려고 거짓말을 하진 않았을까.

그로부터 20시간이 지났을 무렵 나는 사이크에게 그런 의심조차 모욕이란 걸 알 수 있었다. 안보국은 그때부터 소란스러워졌고 다른 방의 조사실에서 벽을 통해 비명들이 들려왔다. 사이크는 내 손을 놓고 두 손으로 머리를 감싸며 괴로움에 휩싸였다.

사이크는 얼굴을 가득 찌푸린 채 눈을 감고 있었다. 다른 방에서 이루어지는 고문이 보이지 않음에도 그는 눈앞에서 그 참상을 목도하는 양 무너져 갔다.

차마 흐느껴 울지도 못하고 잇새 사이로 숨만 컥컥 삼키며 죄책감에 괴로워했다.

조사실 문이 열리며 루이가 들어왔다. 그는 피곤하다는 듯 주먹으로 목뒤를 두드리며 말했다.

"정보들은 사실이더군. 몇 놈이 도망치긴 했지만 뭐…… 그거야 우리 쪽 잘못이니까. 네 탓을 하면 안 되겠지."

루이는 곧 탁상 위의 권총을 발견하곤 그것을 챙겨 내 쪽으로 왔다. 사이크는 여전히 두 손으로 머리를 감싼 채 고개를 숙이고 있었다. 루이는 감옥 문 앞에 서서 내게 가까이 오라는 손짓을 했다.

나는 조용히 자리에서 일어나 다가갔고 루이는 감옥 문을 열어 주었다. 내가 문밖으로 나서자 루이는 권총을 열어 총알을 확인하곤 마침 고개를 든 사이크를 향해 겨눴다.

"마지막으로 할 말이라도? 하긴, 나에게 할 말이 있을 리도 없으니 둘이 잠깐 얘기 좀 나눠. 하지만 현재 미치게 바쁜 이유로 그리 많은 시간은 못 준다. 5분 주지."

루이가 총구를 치웠고 나는 그제야 사이크를 돌아보았다. 사이크는 어느새 철창 앞까지 다가와 나를 바라보고 있었다. 나는 루이가 몸을 가리라고 건네주는 담요를 받다가 문득 그 안으로 딱딱하게 만져지는 느낌에 총이 들어 있다는 걸 알아챌 수 있었다.

루이는 내 어깨에 한 손을 올리며 귓가에 속삭였다.

"부담 가질 필욘 없다. 그냥 나와도 상관없으니까."

"고맙습니다."

나는 루이의 답지 않은 배려에 작은 목소리로 감사를 표했다. 다른 사람 손에 죽게 하느니 차라리 내 손으로 그의 끝을 맺어 주는 게 낫다고 여겼다. 나는 몸을 돌려 사이크에게 다가갔다. 등 뒤로 루이가 나가면서 문 닫히는 소리가 들렸다. 사이크는 루이와 내가 무슨 말을 했는지 궁금한 듯했지만 이내 우리에게 주어진 시간이 5분이라는 것을 자각한 듯 다급하게 손을 뻗어 내 얼굴을 감쌌다. 입술이 깊게 맞닿으며 우리는 잠시 서로를 놓지 못했다.

얼마 후 내가 무릎을 꿇고 바닥에 앉자 사이크 역시 바닥에 따라 앉으며 말했다.

"리나. 미안해. 이런 걸 겪게 할 생각이 아니었어. 정말 미안해."

"나야말로 미안해요."

사이크는 고개를 저으며 쓰게 웃음 지었다. 그는 내 얼굴을 쓰다듬다가 주변을 슬쩍 확인하고는 내 얼굴을 바짝 끌어당겼다. 이번엔 키스가 아니었다.

"리나. 마지막에 이런 부탁 해서 미안한데 들어주겠어?"

"……뭐든지."

내가 고개를 끄덕이자 사이크는 다시 문 쪽을 흘긋 보았다가 아주 작은 목소리로 말했다.

"여기서 풀려나게 되면 조금 시간을 두고 있다가, 감시가 풀린 뒤에 아타만으로 가 줘."

"……?"

"거기에서 베스카론 백작 부인을 찾아. 내 이름을 대면 만나 줄 거야. 기억했어?"

"……아타만. 베스카론 백작 부인……."

내가 느리게 핵심 단어를 되뇌자 사이크는 얕게 고개를 끄덕였다.

"그리고 그녀에게 전해 줘. '로라의 눈물은 첨탑 아래에.' 더불어."

사이크는 진지한 눈빛을 하고 말했다.

"'아직 불은 꺼지지 않았다.'고."

순간적으로 머릿속이 싸하게 씻겨 내려가는 기분이었다.

"아타만…… 베스카론 백작 부인…… 로라의 눈물은 첨탑 아래에. 아직 불은 꺼지지 않았다……?"

사이크가 고개를 끄덕이는 걸 바라보며 조용히 숨을 골랐다. 이건 혁명이란 이름의 반란에 있어 중요한 열쇠일 게 분명했다. 그렇군. 당신은 그 와중에 리나 말고도 지킬 수 있는 것이 더 있었던가.

정확히는 리나를 방패로 순정적인 남자인 척을 하면서 그 비밀을 더욱 견고히 지켜 낼 수 있었다. 우리 중 누구도 사이크가 말하는 정보의 이면을 더 캐내지 못한 것이다. 내가 진짜 리나였다면 사이크는 이대로 무리 없이 비밀을 바깥으로 빼낼 수 있었을 터였다.

사이크는 역시나 멋진 남자였다. 전장에서 숱하게 고비를 넘겨 왔을 그가 감정에 맥없이 무너져 체념했을 거라 판단했다니, 나는 아직도 한참이나 멀었다.

"리나…… 정말 미안해. 그리고 고마워."

사이크는 뭐라 말할 수 없는 복잡한 얼굴로 나에게 말했다. 나는 여기서 사이크를 잔인하게 희롱하고 괴로워하는 것을 볼 수도 있었다. 하지만 그렇게 하지 않았다. 내가 그를 기만해 온 것에 비하면 이 정도는 아무것도 아니었다. 적어도 그와 나의 감정은 진심이었음을 나는 믿었다.

내가 어쩔 수 없었던 것처럼 그도 어쩔 수 없는 일이었을 뿐이니까.

"나야말로…… 미안하고. 고마워요."

사이크를 똑바로 바라보았다. 무릎에 가지런히 올려놓고만 있었던 담요 속에 오른손을 집어넣어 총을 잡았다. 그리고 그의 손이 내 얼굴에서 아쉽게 떨어져 나가는 순간 나는 총을 빼 들어 철창 안으로 밀어 넣고 사이크의 이마에 겨눴다.

사이크의 동공이 작아지는 듯한 느낌이 들었다. 나는 아무 말 없이 방아쇠를 당겼다.

타앙!

내가 줄곧 연기했던 리나는 이제 완전하게 죽어 버렸다. 우리의 끝은 생각했던 것보다 맥이 빠진 느낌이었고 그동안 심장을 미치게 두드렸던 슬픔은 우습게도 더 들지 않았다. 그저 조금 현실감이 무뎠다.

나는 눈앞에서 풀썩 쓰러지는 사이크를 바라보다 그의 머리에서 새어 나온 피가 바닥에 고여 가는 것에서 눈을 돌렸다. 총을 든 손을 내리고 물에 젖은 솜처럼 무겁게 느껴지는 다리를 세웠다. 허벅지를 덮었던 담요가 힘없이 바닥에 떨어졌지만 나는 그것을 주울 생각도 않은 채 그대로 발을 돌려 문 쪽으로 향했다.

문고리를 돌려 열자 막 총소리를 듣고 달려온 이스릴이 눈을 동그랗게 뜬 채로 내 앞에 멈춰 섰다. 그는 내 손에 들린 총을 보더니 이내 입고 있던 군용 코트를 벗어 속옷 차림인 내게 걸쳐 주었다.

"수고하셨습니다."

이제 1.

안보국으로 끌려온 반란군들은 마지막까지 정보를 쥐어짜 내진 후 결국 시체가 되어서야 이곳을 나갈 수 있었다. 나는 내 방 창가에 서서 새벽 어스름이 내리는 푸른 시야로 들것에 실려 나가는 시체들을 바라보았다. 창틀에 있던 담뱃갑을 집어 들었다.

나는 사이크의 마지막 정보를 국장에게 넘겼다. 국장은 수습이면서도 정식 요원 이상으로 성취를 이뤄 냈다면서 이번 일의 공로가 상당했음을 인정하고 날 칭찬했지만 나는 딱히 기쁘지도 어쩌지도 않았다.

사실 나는 사이크가 죽으면 살지 못할 줄 알았다. 나는 그가 죽으면 괴로워서 심장이 터져 버리거나 아님 내가 미쳐 버릴 줄 알았다.

하지만 아무것도 변한 것은 없었다. 나는 그저 사이크를 만나기 이전으로 돌아왔을 뿐이다. 내 감정은 그때처럼 고요하고 담담해져서 눈물 한 방울 나오지 않았다.

어쩌면 나는 사람이 아닌 게 아닐까?

"후……."

연기를 뱉어 내며 환기를 위해 창문을 열었다. 그때 노크 소리가 들려왔고, 들어오라고 대답하자 문이 열리며 루이가 모습을 드러냈다. 바로 담배를 끄려 했지만 루이는 됐다는 손짓을 하며 내 쪽으로 다가와 그 역시 담배를 꺼내 물어 성냥으로 불을 붙였다.

"이스릴 중위는 내일 아침 돌아갈 거다. 오늘 뒤풀이가 있을 예정이니까, 너도 와."

"예."

루이는 조용히 창밖을 바라보았다. 얼마 후 우리는 거의 동시에 담배를 껐고 루이는 내 어깨를 가볍게 두드리곤 좀 자라고 말하며 방을 나갔다.

루이의 권유대로 나는 침대에 누웠지만 잠이 오지 않았다. 왜인지 이렇게 담담한 와중에도 눈을 감자 사이크의 마지막 표정이 눈앞에 아른거려서 나는 손으로 머리를 쓸어 넘기며 누운 지 5분도 되지 않아서 자리에서 일어나고 말았다.

마치 정서 불안이라도 온 것처럼 정신없이 방 안을 왔다 갔다 하면서 청소를 했다. 애초부터 별로 더럽지도 않은 방을 반들반들해질 정도로 닦아 내어도 30분이 채 걸리지 않았다.

목욕도 해 보고, 팔 굽혀 펴기도 해 보고, 잠을 이루기 위해 무던히 몸을 움직여 봤으나 그럼에도 침대에 눕지 못했다. 결국 방을 박차고 뛰쳐나갔다. 섬에서 운동장을 달렸던 때처럼 안보국 주변을 달리기 시작했다.

훈련에 익숙해진 몸은 좀처럼 지치지도 않아 몇 바퀴인지도 모를 달리기를 마쳤을 때엔 새벽이 완전히 지나 태양이 머리 위에 떠올라 있었다. 눈부시게 내리쬐는 햇볕이 뜨거웠다.

머리를 테이블에 박으며 길게 한숨을 내쉬었다. 피곤해서 괴로운 정신은 오전 10시가 다 되어 가도록 질기게도 깨어 있었고 나는 두 눈을 껌벅거리며 식당 안의 사람들을 멍하게 바라보았다. 뒤늦은 아침을 먹으러 온 식당은 언제나처럼 손님이 많았다. 나는 천천히 고개를 들며 또 담배를 물었다.

"할리?"

막 불을 붙였을 때였다. 실로 오랜만에 듣는 것 같은 내 이름에 고개를 돌리자 베어 애들이 눈을 동그랗게 뜬 채로 나를 바라보고 있었다.

"세상에. 너 아직 살아 있었어?"

호들갑을 떠는 미미를 향해 눈가를 조금 찌푸렸다. 카이가 내 맞은편에 앉으며 말했다.

"엄청 오랜만에 보는 것 같네."

"그러게."

미미가 카이 옆으로 앉았고 내가 조금 안쪽으로 들어가자 베어가 내 옆으로 앉았다. 그들은 종업원에게 각자 음식을 주문하곤 다시 내게 눈을 모았다.

"어제 제법 소란스러웠으니까 돌아왔을 거라는 생각은 했어. 근데 좀 피곤해 보이네."

베어가 내게 말을 거는 순간 나는 왜인지 목덜미에 식은땀이 흐르며 그를 제대로 바라볼 수가 없었다. 그것에 셋은 의아한 표정을 지었지만 나는 손으로 이마를 훔치며 자리에서 일어나 버렸다.

"할리?"

"미안. 나 급한 일이 생각나서."

"뭐? 너도 아직 식사 전 아냐? 먹고 가."

"그래. 아무리 급해도 식사는 해야지."

"먹고 살자고 하는 건데, 왜 굶어. 먹고 가."

다들 나를 만류하며 다시 자리에 앉히려 했지만 나는 정말 미안하다 말하며 내가 주문한 음식들도 먹으라 하고 기어이 테이블을 떴다. 나는 카운터에서 그들이 주문한 몫까지 계산한 후에 바로 가게를 빠져나왔다. 그제야 멈춰 있던 것처럼 꽉 막힌 숨을 훅 토해 내며 긴장을 풀 수 있었다.

도망치듯이 나와 기껏 도착한 곳이 길거리 구석의 골목이었다. 벽에 등을 기대고 담배를 뻑뻑 피워 대며 나는 자신에게 물어보았다.

나 왜 이러고 있지.

도망칠 이유도 없었고 이렇게 숨어 몰래 담배를 피울 이유도 없었다. 지금의 나는 리나가 아니라 할리로 돌아왔는데.

잇새 사이로 길게 연기를 뱉어 내며 한 손으로 목뒤를 주물렀다. 왜 나는 자야 할 잠은 안 자고 이러고 있는 건지. 스스로도 이해가 되지 않았다.

점점 더 피곤에 절어만 가는데 수면을 취할 수 없다는 건 실로 고문이었다. 타의에 의한 것도 아닌 스스로가 스스로를 학대하는 모양새라니 한심했다.

기운이 없고 눈이 뻑뻑하고 정신이 멍하다. 이 상태라면 어제처럼 예민해져야 정상이었다. 하지만 이상하게도 어제까지 들었던 극단적인 신경질은 새벽에 모든 작전이 끝나는 순간을 기점으로 모두 화해 버린 것인지 아무런 느낌도 들지가 않았다.

기분이 나쁘지도 좋지도 않은 그저 그런 무감각 상태.

이런 상태는 보통 고문과 심문 과정을 막 끝냈을 때 나타나는 징후인데 나를 비롯해서 거의 대부분의 훈련생들이 이 상태를 겪었다. 물론 시간이 조금 지나면 다시 감정이 피어나지만 그것은 커리큘럼 이수 전과는 확연하게 차이가 날 정도로 가라앉은 모습을 하고 있었다.

사람들은 그것을 체념, 또는 달관이라고도 부른다.

중요하던 것들이 더는 중요하지 않게 되는 상태. 그 상태에서 목적을 분명하게 부여해 주지 않으면 그것은 곧 실의와 우울로 이어지게 된다.

나는 실의와 우울에 빠지지 않기 위해 줄곧 지친 머릿속으로 나의 의무를 되새기고 있었는데 그것은 어느새 머릿속에서 빠져나와 입을 통해 중얼중얼 내뱉고 있었다.

"나의 필요 가치는 정부가 부여하며 나는 그 정부에 필요한 인간이 되기 위해서만 존재한다. 나의 필요 가치는……."

그 의무를 다하지 않으면 내가 나 자신일 수 없는 것 같은 강박이다. 그리고 그것은 내가 나 자신이 아닌 연기를 하며 흔들렸던 마음이나 혼란스러웠던 정신 상태를 꽉 붙잡아 주는 역할을 했다.

손으로 머리칼을 쓸어 넘기며 벽에서 주르륵 몸을 미끄러트려 쪼그리고 앉았다. 정말로 지쳐 버렸다. 자고 싶다. 피곤을 달래 보려 눈꺼풀만 잠시 내리감고 있으면 총이 겨눠지자 동공이 수축하던 사이크의 얼굴이 떠올랐다. 곧이어 바닥에 흥건히 고이던 피도.

그건 생각보다 심한 감정의 괴로움을 동반하진 않았지만 끊임없이 스스로에게 각인시키듯 반복적으로 되감아져선 정신을 일깨웠다. 잊지 마, 라고 귓가에 사이크가 속삭이는 기분마저 들었다.

연기가 끝나는 순간에 나의 모든 감정 역시 총소리와 함께 날아가 버린 것 같았다. 그 대신 미묘한 고동의 어긋남으로 인해 뭔가 내 자신이 삐거덕거리고는 있는데 그게 뭔지는 아직 알 수가 없었다.

하지만 그것은 확실하게 천천히 발밑부터 나를 잠식해 오고 있었다.

아무것도 먹지 못한 채 안보국의 내 방에 돌아왔다. 나는 더 견딜 수가 없어서 침대에 누웠지만 역시나 정신은 깨어서 잠들지 않았다. 잘 수가 없었다.

눈꺼풀만 낮게 껌벅이면서 천장을 응시하고 있길 한참, 문득 노크 소리에 정신을 차리며 눈을 굴렸다.

"네."

지친 몸을 일으키며 대답하자 문이 열리며 베어가 모습을 보였다. 그 순간 나는 또다시 목덜미가 뻐근해지며 싸한 기분이 들었다. 베어는 갈색의 종이봉투와 음료 컵을 들고 있었다.

"아직도 식사 전이지?"

"어? 응……."

얼떨떨하게 대답하면서 손으로 머리칼을 헤집다가 목뒤를 쓸어내

렸다. 베어는 그런 날 바라보다가 테이블로 가 의자 하나를 빼 앉으
며 말했다.

"이리 와. 먹을 것 좀 가져왔어."

종이봉투를 부스럭거리며 입구를 벌린 베어는 종이 윗부분을 잡고
찢어 넓게 펼쳤다. 고소한 냄새가 풍기며 햄버거와 감자튀김이 드러
났으나 나는 그것을 보며 베어에게 말했다.

"별로 배가 안 고프……."

하지만 음식의 냄새를 맡은 허기진 몸이 바로 반응하며 꼬르륵 소
리를 냈다. 베어는 날 한심하게 쳐다보았다.

"얼른 와라."

민망함에 쭈뼛거리다가 베어의 맞은편 의자에 앉았다. 베어는
음료를 내 앞에 놓아 주며 먹으라는 눈짓을 했고 나는 상큼한 느낌
의 탄산 음료수를 한 모금 마시고 햄버거를 집어 종이 포장을 벗겼
다.

잠시 망설이다가 입을 크게 벌려 한 입 베어 먹었다. 천천히 이를
움직여 씹기 시작하자 그때부터 느리게 반응하던 몸이 비로소 대사
활동을 하려는 것처럼 서서히 기운이 돌았다. 마지못해 씹던 음식을
금세 정신없이 먹어 치우기까진 오래 걸리지 않았다. 공복 상태의 배
속이 차올라 만족감을 느낄 즈음엔 햄버거는 물론 감자튀김 역시 다
주워 먹은 후였다.

"맛있지?"

입가심으로 음료를 마시다 베어의 말에 쑥스러워서 말없이 고개만
끄덕거렸다. 음료까지 다 마신 후에 살 것 같다는 한숨을 내뱉자 베
어는 소리 없이 웃으며 담배를 꺼내 들었다.

"피워도 되지?"

"피워도 돼."

흔쾌히 대답하곤 자리에서 일어나 창문을 열었다. 창틀에 허리를 기댄 채 나도 창가에 두었던 담뱃갑을 잡아 들었다. 가만히 창밖을 응시하며 필터를 물고는 불을 붙여 한 모금 빨아 내뱉었을 때 베어가 나직하게 물었다.

"이번 일 힘들었어?"

"조금."

베어를 보지 않고 대답했다. 베어는 의자에서 일어나 창 쪽으로 다가와서는 내 옆에 있던 재떨이에 재를 한번 털고 담배를 다시 입에 물었다.

"생각보다 더 많이 고생했나 보네. 그러고 보니 좀 마른 것 같기도 하고."

그제야 베어를 향해 눈을 돌리며 시답잖다며 가볍게 웃고는 그의 가슴을 아프지 않게 때렸다. 베어는 여전히 잔잔한 표정으로 말했다.

"거기다 다크서클도 장난 아니고. 자긴 했어?"

"아니. 그래서 피곤해."

두 손으로 눈가를 꾹 덮어 누르며 대꾸했다. 짧아진 담배를 비벼 끈 베어는 자긴 갈 테니 얼른 자라고 말하며 돌아섰다. 방을 나서는 베어의 등을 향해 손을 흔들고는 담배를 끄고 다시 침대 위에 쓰러지듯 드러누웠다.

너무 피곤했다. 하지만 여전히 잠을 잘 수가 없었다.

"다들 고생하셨습니다."

안보국 내의 응접실에서 이스릴과 그의 부하 다섯 명과 나와 루이 씨, 국장이 모여 조촐하게 회식을 가졌다.

임무가 끝날 때마다 이렇게 일일이 회식을 가지는 것은 아니지만 이번엔 작전의 성공적인 종료를 핑계로 국장과 이스릴 사이에서 비밀 이야기가 잘 해결된 모양인 것 같다고 루이가 알려 주었다.

사실 비밀 이야기라 봤자 루이는 이미 다 알고 있는 모양이고 나도 어느 정도 눈치는 채고 있었다.

이 나라의 유일한 여대장인 사리아 대장은 다섯 명의 대장 중 가장 세력이 약했다. 당연하다면 당연한 이야기겠지만, 남성이 전체의 8할 이상인 군대에서 여성이 그만큼이나 출세한 것도 기적이라 할 만한 일이었고 그녀는 그만큼 다른 대장들에게 배척받았다.

그간 네 명의 대장은 안보국과 연줄이 닿아 정식 요원이나 훈련섬에서 싹수 좋은 훈련생을 스카우트해 요긴하게 써먹어 왔다. 하지만 사리아 대장만은 좀처럼 이곳과 연줄을 잇지 못했다. 네 명의 대장에게서 압력이 제법 심했기 때문이다.

서로가 견제하는 와중에도 사리아 대장만은 그들 모두의 공공의 적으로 취급받고 있었다.

그녀는 아슬아슬하게 자리를 지키며 자신의 기반을 다졌다. 그러다 이번에 확실히 힘의 안정을 얻고자 생각해 낸 방법이 총통의 마음을 얻는 것이었고, 그녀는 총통 주변에 분포한 다른 대장 쪽의 인간들을 하나하나 체크해 가며 약점을 캐고 그 자리를 채울 제 사람들을 준비했다.

사리아 대장은 총통의 온갖 비위를 맞췄다고 한다. 그녀를 깔보고 있던 다른 대장들이 아차 했을 때는 어느새 완전히 사리아 대장을 신뢰하게 된 총통이 그녀의 손에 총통부의 인사권을 넘긴 후였다.

사리아 대장은 총통부의 인사권이 손에 들어오자마자 하위 기관들을 압박해 군부대 전체의 대대적인 인사이동을 결정했다. 그녀는 순식간에 중앙을 차지해 버렸고 다른 대장들 모두 손쓸 겨를도 없이 당하게 되었다.

그녀는 더욱 철저하게 표적이 되어 버렸다. 대장들은 자신들의 히든카드라 할 수 있는 안보국의 정보원들을 움직이며 온갖 함정을 파기 시작했고, 사리아 대장은 결국 자신 역시 안보국과의 연줄이 닿지 않고서는 버티기 어렵겠다고 판단했을 것이다.

이번 일에 굳이 자신의 측근에서 탄탄대로를 열어 주며 키우고 있던 이스릴 중위를 내려보낸 이유가 그 때문이라고 루이가 그랬다.

오늘의 이 작은 회식 자리가 열렸다는 건 사리아 대장 쪽에 접대를 하는 것과 다르지 않았다. 사리아 대장은 결국 안보국과의 연을 손에 넣었다는 뜻이다.

우습게도 아직 나는 루이가 현재 몸담고 있으며 앞으로 내가 충성해야 할 대장이 누군지 알지 못했지만 그렇다고 눈치까지 말아 먹은 건 아닌지라 사리아 대장을 위한 이 자리에 다른 대장의 끈인 루이와 내가 있으면 그리 즐겁진 않을 거란 정도는 알 수 있었다.

루이와 나는 적당히 어울리다 눈치껏 자리를 빠져나왔다. 괜히 용태를 보겠다고 그 틈바귀에 있어 봤자 지루하기만 할 뿐이었다. 루이는 내게 자기 방에서 술자리를 이어 가자 권했다.

"이 정도면 될까요?"

"적당히 즐길 정도는 되겠지. 앉아."

루이는 내가 밖에서 사 온 맥주들과 간단한 안줏거리들을 보곤 앉으라는 듯 자기 맞은편 의자를 가리켰다. 나는 안주를 펼쳐 놓고 통에 담긴 맥주병 하나를 꺼내 그에게 건넸다. 루이가 그것을 받자 나도 내 몫을 하나 꺼내 뚜껑을 비틀어 열었다.

루이가 심드렁한 얼굴로 내게 맥주병을 든 손을 뻗으며 말했다.

"빌어먹게 빵이친 우리들의 영광을 위해서."

"⋯⋯위해서."

쨍하고 병을 부딪쳐 건배를 하곤 나와 루이는 조용히 맥주를 마셨다. 독하지 않은 평범한 맥주였지만 피곤했던 탓인지 몇 모금 마시고 나자 금방 머리가 찌르르하고 어지럽게 울려 왔다.

멀미가 나는 듯 기분 나쁜 어지러움과는 달리 긴장이 느슨해지는 정도의 기분 좋은 알딸딸함이었고, 나는 내가 지금 취하고 있다는 것을 깨달았다. 병을 테이블에 내려놓고 정신을 차리려고 관자놀이를 손으로 탁탁 쳤다. 평소보다 너무 빨리 취하는 것 같았다.

루이가 원맨쇼를 보는 것 같은 눈빛으로 날 바라보며 물었다.

"너 술 약했던가?"

"모르겠어요. 약할 때도 있고 약하지 않을 때도 있어서."

"컨디션 문제로군. 피곤하냐? 잠은."

"자지 않았어요."

머리를 흔들어 계속 정신을 차리려고 노력하며 차분히 대답했다. 의자에 기대앉은 루이는 다리를 꼰 채 그런 나를 구경하며 술을 마셨다.

"안 잔 거냐. 못 잔 거냐."

"모르겠어요."

"죄다 모르겠으면 아는 게 뭐야. 너 설마 전부 모르겠다고 대답하는 술버릇은 아니겠지?"

"모르겠어요⋯⋯."

"하. 나 참."

루이는 어이없다는 표정으로 코웃음을 쳤다. 그 순간 나는 도대체 루이의 어느 부분에서 핀이 나가 버린 건진 모르겠지만 갑자기 속에서 뭔가 울컥하고 치밀어 오르는 것을 느꼈다. 순식간에 눈가가 뜨거워졌다.

루이는 뭐 이런 게 다 있느냐는 눈빛으로 황당해했다.

"얼씨구?"

"……."

"너 지금 우냐?"

재빨리 손으로 입가를 덮어 새 나오려는 흐느낌을 막았다. 하지만 미처 막지 못한 눈물은 후두두 쏟아져 버려서 곧바로 고개를 푹 숙였다. 루이는 그저 어이가 없는 듯 웃으며 손에 든 맥주병을 완전히 비우더니 통에서 새 맥주를 꺼내 뚜껑을 따면서 무덤덤하게 말했다.

"자라. 멍청아. 넌 지금 피곤해서 그런 거니까."

입술을 꾹 말아 물며 입가에서 손을 뗐다. 코를 훌쩍이면서 볼을 타고 흐른 눈물을 손등으로 지웠다. 근데 지워도 지워도 계속 내 얼굴엔 눈물 길이 흘렀다.

"죄송합니다……."

자리를 박차고 일어나 루이의 방에서 도망치듯이 나왔다. 잠시 방문에 기대서서 작게 흐느끼자 머리가 더욱 멍해졌다. 문득 머릿속에 사이크의 얼굴이 일그러지듯 떠올랐다.

나의 봄.

천천히 발을 뗐다. 걸음은 점점 빨라져 어느새 복도를 내달렸고 그대로 건물 지하로 뛰어 내려가 제38조사실이라는 명패가 달린 문을 급하게 열어젖혔다.

숨이 찼다.

불도 켜지 않은 컴컴한 밀실에선 미세한 피 냄새가 풍겨 와 코끝을 자극했고 나는 발을 멈칫대며 천천히 방 한편에 있는 작은 감옥으로 향했다. 그 앞에 서서 창살을 붙잡자 내 입에선 목울대를 긁는 새된 비명이 흐리게 새어 나왔다.

없다. 이젠 정말 없다.

사이크는 정말로 세상에서 없어져 버렸다.

그는 죽었다.

내가 죽여 버렸다.

나. 내가. 내 봄을.

흘러내리듯 창살을 놓친 두 손을 들어 물끄러미 내려다보았다.

"……."

잠잠했던 속이 들썩거려 왔다. 점점 온몸이 떨려 왔고 어느새 호흡이 진정되지 않았다.

"으……."

갑자기 해일처럼 한꺼번에 몰려오는 괴로움을 버티지 못하고 자리에 주저앉아 버렸다. 온몸을 찢어발기듯 너무나 괴로워서 가슴을 쥐어뜯듯 옷자락을 세게 쥐었다.

"으, 아……!"

그때 안보국 어딘가에서 괘종시계 소리가 울려오며 자정을 알렸다.

0.

비로소 이 현실을 자각하자 공간을 채운 어둠이 온통 핏빛으로 보이기 시작했다.

"으아, 아……!"

숨을 크게 들이켜며 허리춤에서 나이프를 꺼내 내 손목을 향해 날을 세웠다.

죽어 버려……! 할리!

5. 위로

"정신 좀 드냐."

"……."

천장을 향한 눈앞으로 뿌연 안개처럼 흩어지는 담배 연기와 둔중하게 귓속으로 파고드는 담담하지만 짜증이 섞인 것 같은 특유의 시니컬한 목소리.

고개를 돌리자 커튼 사이로 햇빛이 새어 들어오고 있었다.

문이고 창문이고 꽉꽉 처닫아 바람 한 점 들어오지 않는 밀폐된 방 안에서 루이는 연신 담배를 뻑뻑 피워 대며 골치가 아프다는 듯 미간을 찌푸리고 있었다. 환기라도 시키면 좋을 텐데. 의자에 비스듬히 앉아 손으로 이마를 짚고 있는 루이를 바라보다가 통증이 느껴지는 왼손을 들었다. 그 손목에 감긴 붕대를 보고 나서야 내가 어젯밤 손목을 그었었다는 것을 깨달았다.

"쯧…… 대체 무슨 마가 끼었던 거야. 쓸데없이 신경 쓰이게 하지 말라고. 망할 자식이."

"……죄송합니다."

투덜대는 루이에게 사과했다. 침착한 내 목소리는 어젯밤 스스로의 괴로움을 이기지 못하고 나이프를 꺼내 들었던 순간의 그 격한 것들이 어느새 가라앉아 버렸다는 것을 알려 주었지만 여전히 통증만은 남아 머리와 가슴속에서 뱅뱅 맴돌았다.

눈물은 더 나오지 않았다.

붕대 감긴 손목을 들어 가만히 바라보았다. 어쩌다 그랬던 거지. 아무리 패닉 상태였다지만 스스로가 생각해도 이해할 수 없는 극단적 행동이었다.

"아……."

문득 떠오른 어젯밤의 일에 신음도 뭣도 아닌 그저 '그랬었지.' 하는 기분으로 소리를 냈다.

내 왼쪽 손목엔 오래전에 그었던 것 같은 희미한 흉터가 있었다. 나는 이것에 대한 기억 역시도 없지만 어제는 그저 시야에 들어오는 것만으로도 충분히 날 부추기는 역할을 했다. 마치 '이곳이다.' 라고 은밀하게 속삭이는 악마처럼 머릿속으론 그 자리가 동맥에서 조금 빗나가 있다는 것을 알면서도 그 순간만큼은 어쩐지 그 자리를 그어야만 편안해질 것 같은 착각을 했다.

패닉에 잠시 미쳐 있었던 건지도 모르겠다.

하지만 보급 나이프를 꺼내 들어 흉터 위에 가져다 댄 순간엔 충분히 이성적이었다고 생각한다. 예술품을 만드는 장인 같은 심정으로 천천히 서두르지 않고 그 흉터에서 1밀리도 벗어나게 하지 않으려고 집중해서 공을 들였으니까.

물론 그것조차 깨어난 지금으로선 이해할 수 없는 행동이지만 말이다. 그냥 이성적으로 미쳤던 건지도.

"루이 씨가 절 발견했던 건가요?"

"아니."

내 물음에 루이는 이마에서 손을 떼더니 양팔을 의자 팔걸이에 걸쳤다. 그는 두 손을 깍지 껴 잡으며 말했다.

"모건 자식이."

그 사람이 어떻게?

더 자세한 이야기가 듣고 싶어서 루이를 계속해서 바라보았다. 루이는 짜증스럽게 혀를 차며 말했다.

"네가 겪은 일을 내가 어떻게 알아. 혼자 술 마시고 있는데 그 녀석이 널 둘러업고 내 방으로 쳐들어왔던 것뿐이다. 즉 여긴 내 방. 네가 자빠져 누워 있는 그 침대는 내 거. 알아들었으면 얼른 일어나서 네 방으로 꺼져. 피곤해 죽겠으니까."

"안 주무셨어요?"

"살아 있는 인간을 옆에 두고 잠이 오겠냐?"

"루이 씨가 경계할 만한 상태는 아니었을 텐데요. 강박증이 좀 심하신 거 아니에요?"

내가 대꾸하자 루이는 발로 내 몸을 꾹꾹 밀면서 말했다.

"아. 시끄러. 시끄러. 피곤해. 얼른 일어나기나 하라고."

"저 아직 환자……."

"환자 좋아하시네. 그런 어설픈 상처론 안 죽어. 정 쉬고 싶으면 네 방으로 가."

결국, 루이의 발길질에 떠밀려 침대 아래로 떨어졌다. 루이는 방금까지 내가 누워 있었던 침대 위로 올라가 털썩 누웠고 눈꺼풀을 내리며 축객령을 내렸다.

"얼른 나가."

어이없이 루이를 바라보다가 바닥에서 몸을 일으켰다. 그의 방을 나와서 내 방으로 향하던 중 문득 복도에 늘어선 창문 쪽으로 고개를 돌렸다.

날씨가 너무나 화창했다.

방에 돌아가서도 침대에 눕지 않았다. 상처에 물이 닿지 않게 샤워를 하고 방 안에 있던 구급상자를 꺼내 다시 한 번 소독한 후 붕대를 갈았다. 한 손뿐이기에 이로 붕대를 당겨 단단하게 묶고는 옷을 갈아입었다.

마르지 않은 머리를 대충 빗고 방을 나섰다. 거의 기절 상태였던 것 같지만 그래도 일단 수면을 취했기 때문인지 머릿속이 제법 맑아져 있었다. 손목이 아린 것 빼고는 몸 상태도 그리 나쁘지 않았다.

하지만 한번 슬픔을 겪은 감정 상태는 줄곧 우울함에 빠져 있었다. 그 기분을 털어 내기 위해 햇볕을 쬐기로 했고 기관을 나서서 원하던 대로 따뜻한 볕을 정수리에서부터 온몸으로 받으며 여유롭게 거리를 거닐었다. 그래도 그다지 기분이 나아지는 것 같진 않았다.

그러다 거리 한편에 붙은 벽보를 발견하곤 발을 멈췄다.

흑백으로 된 색감 없는 사진 몇 장과 함께 그 밑으로 현상금이 걸려 있었다. 아마 이번 작전에서 놓치게 된 몇몇 간부들일 것이다. 군은 잔챙이엔 별로 관심이 없을 테니까.

그것을 가만히 바라보다 습관처럼 담배를 꺼내 물었다. 아렐의 술집에서 챙겼던 가게 성냥갑을 꺼내 불을 붙이고 연기를 뱉어 냈다. 내 시선은 다시 벽보를 향한 채 한동안 떨어지질 않았다.

현상금이 걸린 인물들은 총 아홉 명. 그중에 내가 아는 사람은 두 명이다.

이나츄스 용병단의 단장이었던 그웬, 그리고 작전 시작 후 가장 처음 만났던 여성 인. 그 두 사람은 아직 살아 있는 모양이었다.

서글서글했던 그웬과 새침하면서도 친절했던 인을 번갈아 떠올리며 필터를 길게 빨았다가 잇새 사이로 연기를 내뿜었다.

대체 누가 찍었는지 더럽게도 사진 못 찍었다는 생각을 했다. 그두 사람은 저 사진에 찍힌 것보다 훨씬 인상이 좋았다.

점심시간이 되자 늘 가던 음식점에 들어가 늘 앉던 구석 창가 자리에 몸을 붙여 앉았다. 아침을 건너뛰어 공복감이 밀려온 탓에 필요 이상 많이 주문한 감이 있었지만 뭐 어떠랴 싶었다. 손에 턱을 괴고 창밖을 보면서 음식을 기다리고 있었는데 문득 테이블을 똑똑 두드리는 소리에 고개를 돌렸다. 어쩐지 낯설지 않은 상황이었다.

"안녕?"

모건이 날 내려다보며 미소 짓고 있었다.

"앉아도 돼?"

"예."

늘어졌던 자세를 바로 하고 순순하게 대답했다. 모건은 힘 빠진 웃음을 지으며 맞은편 자리에 앉았고 다가온 종업원을 향해 커피 한 잔을 주문했다. 종업원이 멀어지자 모건에게 고개를 꾸벅 숙였다가 들었다.

"루이 씨에게 들었어요. 새벽엔 제가 실례가 많았네요."

"신경 쓰지 마. 자료 가지러 갔다가 우연히 봤을 뿐이니까."

"지난번에도 실례가 많았어요."

"괜찮아. 내 잘못이었고."

모건은 부드럽게 웃으며 지난번의 내 무례와 오늘 새벽에 수고를 끼친 것에 대해 너그럽게 용서해 주었다. 음식들과 함께 그가 주문한 커피가 나오자 모건은 내 앞에 놓인 음식들을 보며 말했다.

"지난번보단 적긴 하지만 역시 많이 먹네."

"좀 드시겠어요? 필요 이상 주문해 버렸거든요."

"아냐. 난 식사했거든. 먹어."

모건은 커피를 마시며 내게 신경 쓰지 말고 먹으라는 손짓을 했다. 포크를 들어 샐러드를 찍었다. 모건은 커피를 한 모금 마시고 잔을 내려놓으며 물었다.

"이번 일 힘들었어?"

"아뇨. 그냥 이상 상태였다고 생각해요."

"괜찮다면 팁을 좀 줄까?"

"예?"

모건은 빙긋 웃더니 소파에 등을 길게 기대며 편안하게 다리를 꼬았다.

"대부분 한 번 이상은 겪는 일이야. 네가 이상한 게 아니지."

"그런가요."

"정체성에 혼란이 오거나 연기를 했던 인물에 지나치게 감정이 이입되는 경우도 있고 증상은 여러 가지지만 결국 이겨 내지 못하면 스스로를 망치게 되는 건 같아."

"……."

입을 다물고 가만히 모건을 바라보았다. 모건은 손가락 끝으로 가게 한편에도 붙어 있는 현상금 벽보를 가리키며 말했다.

"난 저 사진처럼 흑백이라 생각했어."

"……?"

"내 본래의 세계와 연기하는 세계를 분리하는 거지. 내 본래의 세계에만 색을 부여하고 연기하는 세계엔 흑백만 적용시키는 거야. 사람도, 건물도, 감정도 말이지. 흑백 사진처럼 그냥 찍혀 있을 뿐 생명을 부여하지 않아. 나는 그 안에서 주어진 역할에 대해 필요한 연기를 하고 있긴 하지만 어차피 이건 흑백이니까, 라고 생각해. 나에게 그 세계는 그냥 읽고 있는 책 속의 삽화 같은 거지. 그렇게 현실감을 최소화시키는 거야."

차분하게 말하는 그에게 물었다.

"그렇게 해도 힘들었던 적은 없었어요?"

내 물음에 모건은 애매하게 웃었다.

"있는 경우도 있지. 하지만 그건 나 자신이 주체가 아닌 제삼자의 입장에서 느끼는 거야. 음…… 연극을 보면서 고생하는 주인공을 안타까워하는 격이랄까. 나 자신과는 아무런 상관없이 그저 동정과 연민 정도는 간혹 느끼기도 해. 하지만 결국 내 현실이 아니라고 받아들이니까 금세 잊게 되지."

약간 생각에 잠겼다가 천천히 고개를 끄덕거렸다.

"그……렇군요. 도움이 됐어요. 감사합니다."

"물론 이것도 완전한 해결책은 아니지만 말야."

"……?"

그 순간 눈앞으로 쑥 다가온 모건의 손에 잠시 몸을 굳혔다. 모건은 그런 나를 아랑곳없이 볼을 쓱 한번 쓸고는 손을 거둬 갔다.

"소스 묻었어."

"감사합니다……."

티슈로 손을 닦아 내는 모건을 보며 그의 손이 쓸고 지나간 자리를 한 번 더 닦았다. 모건은 다시 커피 잔을 들면서 말했다.

"얘기를 되돌리자면, 이 방법도 지나치면 리바운드가 제법 세더라고."

"예?"

의미를 알 수가 없어서 모건을 향해 입꼬리만 조금 늘려 의아하게 쳐다보았다. 모건은 천천히 커피를 마시며 중얼거리듯 대답했다.

"상대가 그 흑백의 세상에서 내 세계로 넘어와서는 스스로 색채가 생겨 버린 경우도 있으니까. 나도 도통 어떻게 해야 할지 모르겠거든."

여전히 그가 무슨 말을 하는지 알 수가 없었지만, 설명을 더 요구하진 않았다. 피곤했으므로.

모건과는 식당을 나와서 갈라졌다. 혼자서 더 산책을 하다가 저녁이 다 되어서야 안보국으로 돌아갔다. 방으로 가기 전에 1층의 서무과 사무실에 잠시 들렀다.

"다음 주에 한 3일 정도 외출을 좀 하고 싶은데요."

"저쪽에 휴가계가 있으니 작성해서 가져와 주세요."

기관의 사무직 여성이 무뚝뚝하게 사무실 한편을 가리켰다. 거기서 휴가계를 꺼내 작성한 뒤 제출하자 그녀는 서류 속의 내 행선지를 확인하곤 무덤덤하게 자리에서 일어나 사무부장에게 제출해 승인 도장을 받아 왔다. 자리에 돌아온 그녀는 내게 승인 티켓을 내밀며 말했다.

"시간 준수하세요."

"예."

이 도시 안에서라면 제법 자유롭게 외출할 수 있지만 다른 도시로 외출을 나갈 때는 소속 기관의 승인을 받아야 했다. 잘못해서 다른 기관이나 군과 부딪혔을 때 문제가 생길 수도 있기 때문이다.

나는 테일러 박사와의 상담을 위해 기술과학연구원이 있는 도시, 이스트란으로 가야 했고 그곳은 열차로 약 8시간 정도 걸렸다. 왕복이라면 16시간.

자동차가 만들어지기 전부터 열차는 장거리 여행의 주 이용 수단이었고 그건 지금도 마찬가지였다. 사실 승차감은 자동차 쪽이 더 좋다고 한다. 타 본 적은 없지만. 근데 그건 너무 먼 거리를 이동하기엔 아직 기술이 좀 미흡했고 무엇보다도 상당한 고가이기 때문에 고급 관리나 탈 수 있었다. 어찌 됐든 나 같은 말단과는 상관없는 물건이란 뜻이다.

테일러 박사가 상담 후 무엇을 실험할지 알 수 없었으므로 시간은 넉넉하게 잡았다. 괜히 아슬아슬하게 일정을 잡았다가 제때 돌아오지 못하면 질책을 받을 테니 말이다.

티켓을 쥐고 방으로 돌아간 나는 문을 열자마자 침대 위에 웬 상자가 놓여 있는 것을 발견할 수 있었다. 잠시 문고리를 잡고 서 있다가 고개를 갸웃거렸다.

"……?"

포장지로 싸진 않았지만 상자에 색 끈을 감아 리본을 만들어 놓은 것을 보면 선물이라는 뜻 같았다. 하지만 정작 내게 선물을 보낼 사람이 없었으므로 나는 그것이 혹 폭탄인가 하는 의심이 들어 잠시간 방 안으로 들어가지 못했다.

얼마 후에야 겨우 안으로 들어가 상자에서 멀찌감치 떨어진 채 손끝을 길게 뻗어 톡톡 두드려 보았다. 뭔가 반응이 보이면 재깍 바닥에 엎드릴 생각이었지만 시간이 흘러도 상자에선 이렇다 할 반응이 없었다. 그제야 어깨에서 힘을 약간 빼며 상자를 두 손으로 집어 들었다. 귓가로 가져가 조금 더 세게 흔들어 보았다. 탈탈 흔드는 대로 상자 안에선 덜그럭거리는 소리가 났다.

상자를 테이블 위에 내려놓고 의자에 앉았다. 두 손으로 리본을 풀어 뚜껑을 열자 상자 안에는 내가 흔든 탓에 조금 흐트러져 놓인 검은 구두가 있었다. 한 번 더 고개를 갸웃거렸다.

"……?"

상자 안에서 구두 한 짝을 집어 들었다. 검은 가죽에 다이아 같은 큐빅, 점잖은 느낌의 단조로운 모양, 편할 것 같은 낮은 굽.

50골드 60실버.

이게 왜 여기에 있는 거지.

그건 언젠가 모건과 함께 간 가게에서 팔던 이름 있는 디자이너의 값비싼 구두였다.

손에 든 구두 한 짝을 한참 바라보다가 반대 손으로 나머지 한 짝을 잡아 들었다. 바닥에 가지런히 내려놓고도 그것을 또 한참 동안 내려다보았다. 넋을 놓은 것까진 아니지만 그 구두는 처음부터 마음에 들었던 거라 그런지 시선이 잘 떨어지지가 않았다.

"……."

신고 있던 낡은 구두를 벗고 새 구두에 오른발부터 넣어 보았다. 구두는 지난번 신어 봤을 때처럼 여전히 촉감도 무게도 딱 좋았다. 허공에 발을 쭉 뻗어 이리저리 발목을 움직여 보다가 자리에서 일어났다.

구두를 내려다보면서 방 안을 이리저리 걸어 다녀 보았다. 굽이 닳지 않은 새 구두는 또각또각 선명하게 바닥을 두드렸고 나도 모르게 기분이 약간이나마 들뜨는 것을 느꼈다.

문득 노크 소리가 들렸다. 그 순간 마치 도둑질하다 걸린 사람처럼 허둥지둥 구두를 벗어 들고 안절부절못했다. 그대로 구두를 침대 밑으로 던져 숨겼다.

"예! 들어오세요."

잘못한 것이 없음에도 내 목소리엔 당황한 기색이 묻어 나왔다. 문이 열리며 루이가 특유의 시니컬한 표정으로 서 있는 것을 볼 수 있었다.

"뭐 하냐?"

"아무것도 안 했는데요."

"……."

의미 없이 머리를 매만지며 당황한 기색을 보이는 나를 루이는 수상스럽다는 눈으로 바라보다가 곧 표정을 풀고 안으로 들어왔다. 루이는 테이블 위의 빈 상자와 풀린 리본에 눈길을 주었다. 나는 얼른 그것들을 치워 침대 건너편으로 던져 버렸다.

루이는 눈썹만 슬쩍 위로 들었다가 내렸다. 잠시 말이 없던 루이는 곧 용건을 꺼냈다.

"딴 게 아니라 너 다음 주 목요일부터 휴가 신청 넣었더라?"

"네. 테일러 박사님과의 상담 때문에……."

"굳이 3일이나 잡을 필요는 없었잖아? 상담 핑계로 놀고 올 생각이지?"

"아니요. 어떻게 될지 확실치가 않아서 그랬어요."

"됐고, 이틀 안에 끝내고 돌아와. 토요일에 갈 데가 있으니까."

"아…… 네."

대답을 하며 고개를 끄덕이자 루이는 그제야 몸을 돌려 방을 나갔다. 그때까지도 쭈뼛거리듯 서 있다가 루이가 나가고도 한참이 더 지나서야 어깨에서 힘을 풀었다. 한숨을 내쉬다 바닥에 무릎을 꿇고 엎어져 침대 밑의 구두를 꺼냈다. 침대 건너편에서 상자와 리본도 주워

왔다. 그것을 잠시 바라보다가 구두를 다시 상자에 담아 뚜껑을 덮었다.

"후……."

죄지은 기분이 들었다.

똑똑. 방문을 두드렸지만 대답이 없었다. 나는 주먹 쥔 손으로 조금 더 세게 문을 두드렸다. 땅땅! 문이 조금 더 크게 울리자 그제야 문고리가 돌아가 열린 문틈으로 모건이 모습을 보였다.

"할리?"

고개만 짧게 움직여 인사했다. 모건이 빙그레 웃었다.

"또 보네? 무슨 일이야?"

"이거."

용건을 묻는 그에게 구두가 담긴 상자를 내밀었다. 모건은 상자를 빤히 내려다보다가 이내 말간 얼굴로 물었다.

"이게 뭔데?"

"모건 씨가 제 방에 두고 가신 분실물인 것 같아서요."

"……."

모건은 말이 없었다. 나는 직접 그의 품에 상자를 안겨 주었고 모건은 얼떨결에 그것을 받아 들고는 조용히 뚜껑을 열어 보았다. 나는 그에게 말했다.

"모건 씨에게 이런 걸 받을 이유가 없어요."

"……."

"그럼."

상자 속의 구두를 내려다보고 있는 모건을 남겨 둔 채 먼저 몸을 돌렸다. 하지만 한 다섯 발자국 걸었을 때 모건이 내 뒤를 쫓아와 어깨를 붙잡아 세웠다.

"저기."

내가 돌아보자 모건은 맥없이 웃으며 말했다.

"이건 내가 준 게 아닌데."

"무슨 소리예요. 모건 씨 말고 누가 이런 걸⋯⋯."

"그야 나도 모르지. 어쨌든 난 아냐. 자."

모건은 구두 상자를 다시 내게 떠넘기곤 자신과는 아무 상관 없다는 듯이 양손을 들어 보였다. 그는 나를 보면서 뒤로 몇 발짝 떼다가 몸을 돌려 자신의 방으로 쑥 들어가 버렸다.

쿵 소리가 날 정도로 세게 닫힌 모건의 방문을 바라보며 멍하니 서 있다가 이내 얼굴을 찡그렸다. 다시 성큼 방문 앞으로 간 나는 다시 쿵쿵 문을 두드리며 소리쳤다.

"모건 씨! 거짓말하지 마세요! 이거 도로 가져가세요!"

문을 두드리다가 반응이 없어서 직접 문고리를 돌려 보았지만 잠겨 버린 방문은 덜컥거리기만 할 뿐 열리지 않았다. 안쪽에서 나직한 모건의 목소리가 흘러나왔다.

"나랑 상관없는 거라니까. 그냥 신어 주는 게 어때? 선물이잖아?"

"이유도 모르는 선물을 받을 이유가 없어요! 문 열어 주세요!"

"내가 보낸 거라는 증거라도 있어?"

이 사람이 정말.

"증거라니⋯⋯ 제가 이 구두를 맘에 들어 했다는 걸 아는 사람은 모건 씨뿐이잖아요!"

"난 아니라니까 그러네. 그나저나 맘에 들었던 거라니 잘됐잖아? 그냥 신어. 보낸 사람도 그러길 바랄걸?"

"모건 씨!"

"미안. 나 지금 좀 피곤해서 일찍 자고 싶어. 돌아가 줄래?"

"하."

몇 번 더 문을 세게 두드렸지만 모건은 끝까지 열어 주지 않았다. 구두 상자를 들고 한참을 서 있다가 이걸 그냥 문 앞에 두고 갈까 잠시 고민했다. 하지만 누가 집어 가면 어쩌지. 그런 걱정이 들자 선뜻 내려놓을 수가 없었다.

비싼 거니까.

결국 상자를 도로 들고 내 방으로 돌아왔다. 상자를 테이블 위에 올려 둔 채 팔짱을 끼고 빤히 바라보았다. 아무리 생각해 봐도 이유를 가늠할 수가 없었다. 그저 호의에 의한 선물치고는 너무 값비싼 물건이지 않은가.

뇌물인가? 근데 뭐에 대한 뇌물이지?

꿍꿍이가 있는 걸까. 아니, 없다고 생각하는 게 더 이상하다. 반드시 있을 것이다. 모건은 빙글빙글 사람 좋은 얼굴로 무슨 생각을 하는지도 모르겠고. 이런 걸 받기엔 꺼림칙했다.

하지만 돌려주려고 해도 자기 것이 아니라며 받질 않고.

이걸 어쩐다.

손가락을 상자 뚜껑에 걸어 슬쩍 뒤집어 열었다. 그 안에서 조심스럽게 구두를 꺼내 이리저리 살펴보았다. 혹시 뭔가 장치가?

하지만 아무리 봐도 그냥 구두일 뿐이었다. 맥이 빠져서 다시 상자 안에 구두를 던지듯 집어넣고는 한숨을 쉬어 버렸다. 한참을 고민하다 결국 뚜껑을 닫고 그것을 침대 밑에 밀어 넣었다.

아무리 저게 탐이 난다 해도 의미 모를 물건을 쓸 생각은 없었다.

그러면서도 침대 밑으로 시선이 자꾸만 가게 되어 난감했으나 애써 고개를 돌렸다. 결국 그 상자를 다시 꺼내 보는 짓은 않았다.

"티켓 확인을 하겠습니다."

한 주가 지나 이스트란으로 향하는 열차에 올랐다. 칸칸이 돌아다니며 열차 티켓을 확인하고 다니는 역무원에게 내 표를 보여 주었고 역무원은 확인을 마치고 표를 돌려주었다.

"확인 감사합니다. 즐거운 여행 되십시오."

역무원은 친절하게 말하며 다음 객실로 발을 옮겼다. 핸드백에 표를 집어넣고 갈아입을 옷이 담긴 여행 가방을 머리 위 선반에 얹었다. 자리에 앉아 창밖을 보자 옆쪽 열차의 증기가 푸푸 솟아오르며 금방이라도 출발할 듯한 소리를 내는 게 보였다. 내가 탄 열차도 곧 출발할 것이다.

어차피 한참이나 가야 도착할 테니 그동안 눈이나 붙이자는 생각으로 침대에 몸을 뉘었다. 고작 8시간이고 굳이 침대칸을 끊지 않아도 상관없었지만 좌석 칸은 자리가 없었다. 어슴푸레한 기색도 가시지 않은 새벽의 첫 열차를 타려는 사람이 생각보다 많았다.

흔들흔들거리는 차체에 멀미가 날 듯도 했지만 몸을 조금 웅크린 채 모로 누워 금세 잠에 빠졌고 한참 동안 깨지 못했다. 눈을 떴을 때는 침대에 눕기 전 쳐 놓았던 커튼 사이로 한낮의 빛이 새어 들어오고 있었다.

잠에서 깬 지 두어 시간이 더 지나 이스트란에 도착했다. 잠자는 사이 시간이 지나가 버린 덕에 오는 동안 크게 지루하단 생각은 하지 않았다. 이스트란 역의 개찰구를 빠져나가 주변을 두리번거렸다. 마차를 잡아탈 생각이었다.

그때 누군가 다가와 내게 말을 걸었다.

"혹시 할리 양 되십니까?"

고개를 돌리자 나보다 머리 하나는 더 작을 법한 남자가 서글서글한 미소를 짓고 있었다.

"그런데요."

"아, 역시 그렇군요. 테일러 박사님의 부탁으로 할리 양의 마중을 나온 말콤이라고 합니다."

자신을 말콤이라고 소개한 인상 좋은 남자는 내게 먼저 손을 내밀었다. 손을 마주 잡아 짧게 악수를 한 후 그가 이끄는 대로 발을 옮겼다. 그가 미리 잡아 놓은 마차가 있었다. 말콤은 마차 문을 열어 주며 내가 먼저 타도록 배려했다. 마차에 오른 나는 뒤따라 타는 말콤에게 말했다.

"굳이 마중 나오지 않으셔도 괜찮았는데. 감사합니다."

나는 임무가 잡혀 있는 탓에 예정보다 조금 일찍 왔다. 미리 연락을 줬다곤 해도 일정을 어그러뜨린 내가 불쾌할 법도 한데 말콤은 친절한 낯을 유지했다.

"별말씀을요. 이스트란은 처음이십니까?"

"네."

"이곳은 크림 산업이 유명합니다. 이 도시 특유의 부드러운 크림이 들어간 여러 가지 먹거리들은 관광객들에게 아주 인기가 많지요. 괜찮다면 가는 중에 좀 들겠습니까?"

"아니에요. 말씀은 감사하지만 열차 안에서 요기했어요."

"그렇군요."

말콤은 부드러운 인상으로 빙긋 웃었다. 말콤은 기술과학연구원까지 가는 동안 혹 내가 지루할까 봐 걱정되었는지 계속 이런저런 말을 붙여 왔다. 그의 인상이 나쁘지 않았기에 나도 날 세우지 않고 대화에 응했다.

"그러고 보니 절 처음 보실 텐데도 금방 알아보셨네요."

"테일러 박사님께서 그러셨거든요. 저보다 머리 하나는 더 큰 여성분이라고."

"그렇군요."

"혹 기분 상하셨습니까?"

"아니요. 틀린 말이 아니니 상할 이유가 없죠. 그럼 말콤 씨도 기술과학연구원 소속인가요?"

"예. 전 이번에 막 신참 연구원이 되었습니다."

"그 전에는 어느 곳에 계셨어요?"

"아, 전 스카우트가 아니라 올해 국가시험을 치르고 들어왔습니다. 아직 이렇다 할 경력이 없지요."

"그렇군요. 죄송합니다. 실례했어요."

"하하. 괜찮습니다. 저도 나이가 이제 40을 바라보니 늦은 감이 있다는 건 알고 있습니다."

"그래도 대단하시군요. 국가시험에 합격하셨다니, 경쟁률이 아주 높다고 들었어요."

"다섯 번 떨어졌었습니다."

말콤은 부끄럽다는 듯이 볼을 긁적이며 웃었다. 40에 가까운 나이치고 천진한 느낌이 드는 사람이었다. 나는 앞으로 잘되실 거라고 그를 응원했다.

국가시험에 합격하기란 하늘의 별 따기라고 들었다. 그런 시험에 합격한 사실을 알고 보니 말콤의 유약해 보이는 인상이 좀 다르게 보였다.

연줄 타고 경력만 쌓은 능력 없는 연구원들에 비하면 정말 대단하지 않은가. 그는 이끌어 주는 사람만 잘 만난다면 앞으로 잘될 게 분명했다.

"거의 다 왔습니다."

기술과학연구원은 군 시설의 일부이기에 민간 구역에서 상당히 동떨어져 있었다. 주변은 군부대의 바리케이드가 둘러쳐진 살풍경한 모습이었고 나는 군인들이 지키는 입구에서 신원 확인을 했다. 그런 입구를 몇 번이나 더 지나고 나서야 건물 안으로 들어설 수 있었다.

"들어오십시오."

말콤의 뒤를 따라 그가 안내하는 연구실로 들어갔다. 그곳엔 테일러 박사가 등을 보인 채 뭔가에 몰두하고 있었고 나는 조용히 한편에 있는 의자에 앉아 박사가 일을 끝내기를 기다렸다. 테일러 박사는 한 30분 정도 지나서야 내가 온 걸 알아차렸다.

"왔나."

"죄송합니다. 일정보다 좀 일찍 오게 됐네요."

"방해만 안 하면 상관없다. 식사는 했나?"

"예."

"그럼 좀 쉬도록 해. 그동안 지쳤을 텐데. 상담과 검사는 예정대로 내일 오전에 할 테니까. 말콤, 할리를 숙소로 안내해 줘."

"알겠습니다."

테일러 박사는 여전히 무뚝뚝한 어투에 무표정한 얼굴로 말콤에게 지시했고 나는 다시 말콤의 안내에 따라 연구실을 나와 손님용 숙소로 향했다.

"필요한 것이 있으시면 내선 전화를 주십시오. 또 이곳은 금지 구역이 많으니 돌아다니지 않아 주셨으면 합니다."

"네."

"역 근처에 호텔을 얻어 드릴 걸 그랬습니다. 답답하실 겁니다."

"상관없어요. 일 보셔도 돼요."

말콤은 내게 조금 미안한 표정을 지어 보이다 곧 시계를 확인하곤 부랴부랴 방을 떠났다. 바쁜데 나 때문에 억지로 시간 냈던 모양이다. 가방을 침대 위에 올려놓고 창문 커튼을 열었다. 그 순간 창문 앞에서 담배를 피우고 있던 한 군인과 눈이 마주쳤다.

"……."

"……."

그는 갑작스레 나타난 내게 놀란 듯 눈을 몇 번 빠르게 껌벅거리다가 곧 능청스럽게 입가를 끌어 올리며 말을 걸어왔다.

"안녕. 이쁜이?"

"……."

나는 말없이 다시 커튼을 닫아 쳤다. 창밖에서 '엑? 어째서?' 하는 목소리가 들려왔지만 신경 쓰지 않고 가방에서 갈아입을 옷을 꺼내 욕실로 들어갔다. 그날 나는 창 쪽에 더는 눈길도 주지 않았다.

다음 날 아침. 방으로 직접 배식된 아침 식사를 한 후 나를 데리러 온 말콤의 뒤를 따라 테일러 박사를 만나기 위해 연구실로 향했다. 테일러 박사는 한 군인과 얘기를 나누고 있었다.

"에드윈 중령님. 아침 일찍 어쩐 일이십니까?"

먼저 연구실 안으로 들어선 말콤이 군인에게 말을 걸었다. 에드윈 중령이라고 불린 군인은 박사와 얘기하느라 등을 보이고 있다가 우리를 돌아보았다. 살짝 웃음기 서린 그 얼굴을 금방 알아볼 수 있었다. 어제 창문을 통해 마주쳤던 그 군인이었다.

"신기하게도 박사에게 손님이 왔다길래 누군지 얼굴이나 보러 왔습니다."

"할리. 인사해라. 이쪽은 에드윈 중령. 이곳 제24군부의 대대장이다."

테일러 박사는 군인이 아니긴 하지만 이 기술과학연구원이 24군부에 속해 있는 한 중령의 영향 아래에 있었다. 즉 중령은 높은 사람이었다. 그리고 중령을 소개해 주는 박사의 태도는 좀 냉담했다. 물론 박사가 유들유들한 태도로 누군가에게 아부를 할 수 있는 사람도 아니라고 생각하지만, 박사의 그 성격을 제쳐 놓고라도 어쩐지 꺼린다는 느낌이 전해질 정도로 정감 없는 태도를 보였다.

"또 만나네, 이쁜이."

에드윈 중령은 날아갈 듯 한없이 가벼운 미소를 지으며 내게 알은척을 해 왔다. 그가 내미는 손을 잠시 바라보다 마주 잡았다.

"처음 뵙겠습니다."

짧은 악수를 마치고 손을 떼자 에드윈은 눈꼬리를 반쯤 휘며 픽 웃었다.

"딱딱하네. 처음 뵙는 게 아니잖아?"

"……."

"그럼 이쁜이가 박사의 손님이란 건가?"

"할리라고 해요."

이쁜이라는 단어가 미묘하게 신경을 긁는 것 같아서 바로 이름을 댔다. 에드윈은 그저 웃었다.

"할리는 제가 이곳으로 오기 전에 알던 사이입니다. 아직 여러모로 손이 가는 녀석이라 정기 상담차 불렀습니다."

"여기 오기 전에 박사는 의무관인가로 있었다고 알고 있습니다. 그럼 이 이쁜…… 아, 실례. 할리 양은 어딘가 아픈 겁니까?"

"아니요. 지금은 그저 상담일 뿐입니다."

"호. 그저 상담일 뿐인데 전화도 아니고 여기까지 직접 불렀다라. 그것도 박사가? 흥미롭군요."

"직접 눈으로 봐야 정확한 상태 파악이 쉬워서 그런 겁니다. 그리고 한가하면 오라고 했을 뿐입니다."

"그렇습니까. 알겠습니다."

에드윈은 일단은 물러난다는 태도를 취하며 두 손을 가볍게 들었다가 내렸다. 그는 연구실을 나가기 전 내게 잠시 눈길을 주었다.

"다음에 또 볼 수 있으면 좋겠네. 할리 양."

에드윈이 연구실을 나가자 박사는 약간 불만스럽게 혀를 찼다. 그는 내게 한쪽에 있는 소파에 앉을 것을 권했다.

말콤이 박사와 내 앞으로 홍차를 내어주곤 다른 사람들과 함께 연구실을 나갔다. 연구실 안엔 박사와 나만이 남았고 박사는 찻잔을 들며 물었다.

"요즘은 뭔가 특별한 증상이라도 있나? 예전처럼 악몽을 꾼다든가."

"얼마 전엔 좀 그랬는데 조금 쉬고 나니 지금은 괜찮아요."

"두통은?"

"그것도 지금은 그럭저럭 괜찮아요."

"그 말은 괜찮지 않았던 적이 있었단 거군. 정확히 언제 이상 증상이 있었던 거지?"

나도 모르게 조금 인상을 썼다. 불현듯 사이크의 마지막 모습이 머릿속을 스쳐 지나갔다. 박사는 여전히 딱딱한 얼굴로 날 바라보고 있었고 나는 울렁울렁 솟구쳐 넘치려는 기분을 애써 가라앉히려 노력했다.

"정확히는 약 1개월 전에 시작되어서 일주일 전 즈음까지 지속되었어요."

"주기가 길군. 뭔가 스트레스라도 받았던 건가?"

"아마도. 예."

"흠."

박사는 손으로 턱을 잡고는 생각에 잠겼다. 그는 문득 내 왼쪽 팔목에 눈길을 두었다. 그제야 소매가 조금 올라가 팔목에 감긴 붕대가 드러났음을 깨달았다. 재빨리 소매를 내려 가렸지만 박사는 못 본 척 넘어가지 않았다.

"그건?"

"사고가 있었어요."

박사의 물음에 짧게 대꾸했다. 박사는 더 묻지 않고 입을 다물었다가 곧 자리에서 일어났다.

"그럼 본 상담을 시작하지."

박사는 흰 알약 두 개와 물이 반쯤 담긴 유리컵을 들고 와 내게 내밀었다.

약을 삼키고 얼마 지나지 않아 멀미가 났다. 동시에 두통도 일었다. 늘 그렇듯 박사의 상담용 약은 불쾌한 기분을 자아냈고 나는 어지러운 머리를 등받이에 꺾어 기댄 채 멍하니 연구실 천장을 응시했다.

"무슨 일이 있었지?"

귓가로 들려오는 박사의 목소리엔 감정이라고는 조금도 섞여 들어가 있지 않았지만 어째선지 내가 애써 가슴 깊이 누르고 있던 슬픔을 툭툭 건드리기 시작했다. 의지와는 상관없이 반쯤 뜨고 있는 눈가에

선 눈물이 새 나와 옆으로 흘러내렸다. 눈물이 귓가를 적시는 느낌이 들었다. 다시 박사의 목소리가 들려왔다.

"비난하거나 하지 않을 테니 편안하게 말하도록."

"······."

"할리."

그가 재촉했지만 입을 열지 않았다. 연구실의 하얀 천장에 군집된 문양들을 응시한 채 눈물만 흘렸다. 예전 같으면 주절주절 다 떠들어 댔을 텐데. 대체 뭐가 문제인지 이번 상담에서 후련하게 털어 버리리라 생각했던 가슴이 꽉 막혀 왔다.

간헐적으로 숨을 삼키며 두 눈을 느리게 깜박였다. 손가락 하나 까딱하기 싫은 귀찮음이 나를 잠식한 채 축 늘어져 어째서 이렇게 숨 쉬는 게 힘겨운지 의아해했다. 하지만 금방 깨달았다.

나는 흐느끼고 있었다. 숨을 들이켜며 눈물을 삼켜 보려고 노력했지만 도무지 삼켜지지 않아 힘겨워하고 있었다. 눈물은 하염없이 흘러나오는데 그것을 그저 눈물을 흘린다고 생각할 뿐 운다고 인정하지 않았기에, 내가 나 자신에게 제발 알아 달라고 호소하는 거였다.

나는 괴롭다, 그리고 나는 너무나 슬프다, 고 말이다.

아무렇지 않게 지내려고 노력해 봐도 결국 슬픔은 무뎌지지 않은 채 나를 좀먹고 있었다. 어째서 잊히지도 무뎌지지도 않은 채 돌을 매달아 물속으로 집어 처넣은 것처럼 답답한 심정을 이리도 호소하는 건지 차라리 심장을 쥐어뜯어 버리고 싶었다.

마치 내 의문에 대답이라도 하는 양 사이크의 마지막 모습이 눈앞에 어른거렸다.

아아.

그랬다.

나는 충분히 슬퍼하지 않았다. 충분히 괴로워하지 않았고, 충분히 울지 않았다. 그래서 그것은 조금도 덜어지지 않은 채 내 안에 쌓이고 쌓여 썩어 가고 있었다. 그 검은 얼룩은 내벽까지 곰팡이처럼 타고 올라 나 자신을 죽게 하고 있었다.

"할리."

"……."

"할리. 대답해라."

계속해서 대답 없는 내게 말을 걸어오는 테일러 박사의 목소리는 여전히 감정이 없었다. 담담하고 딱딱하고 차가워서 대답하고 싶지가 않았다. 마치 얼음같이 차갑기만 한 박사는 내 슬픔을 전혀 이해하지 못할 테니까. 루이처럼.

"할리."

"……."

부스럭거리는 소리가 들리더니 박사의 인기척이 바로 곁에서 느껴졌다. 이내 위에서 날 내려다보는 박사를 볼 수 있었고 그는 여전히 무심한 얼굴로 주머니에서 손수건을 꺼내 길게 접었다.

박사는 내 눈 위로 접은 손수건을 덮어 주었다. 나는 그대로 눈꺼풀을 감았고 박사가 다시 부스럭거리며 소파에 앉는 소리가 들리자 그제야 잠겨서 제대로 나오지 않는 목소리를 억지로 밖으로 꺼내기 위해 노력했다.

"저는……."

하지만 목이 메어서 금방 다물었다. 박사는 잠시 내 말을 기다리다 나직하게 재촉했다.

"계속해라."

"저……는…… 말이에요. 박사님."

목 안쪽에서 작게 끓는 소리가 났다. 괴로웠다. 괴로워서 어떻게 해야 할지 모를 정도로 괴로웠다. 손을 들어 눈가를 덮은 손수건 위를 짚어 눌렀다. 작게 터져 버린 울음과 함께 내 진심을 겨우 꺼내 놓을 수 있었다.

"죽고 싶어요……."

그 말을 한 이후론 별로 기억이 나질 않는다. 그냥 주절주절 떠들어 댄 것 같다. 멍하게 멀미 나는 정신으로 그간 내가 느낀 부조리를 앞뒤 없이 횡설수설한 기분이 들지만 박사는 머리가 좋으니 대충 잘 걸러서 알아들었을 것이다.

약 기운이 절정에 달했을 때 소파에 쓰러져 잠에 빠졌고, 다시 깨어났을 때는 연구실 한편에서 어제처럼 뭔가에 몰두하고 있는 박사의 등을 볼 수 있었다.

"일어났나."

"예."

박사는 펜으로 뭔가를 작성하고 실험하고를 반복하며 무덤덤하게 말을 꺼냈다.

"안 그래도 불안정한 정신 상태에 그런 일은 네게 맞지 않아. 소견서를 써 두었으니 국장에게 보여 주고 하루빨리 입대를 서둘러 달라고 해. 너 같은 경우는 군대 같은 곳에 안정적으로 못 박고 있어야 편안해질 거다."

"그런가요."

어째서인지 박사도 내 입대 사실을 알고 있었다. 대체 어떻게 알았지. 박사는 핀셋으로 조각 같은 무언가를 집어 살펴보면서 말을 이었다.

"너야 젊으니 뭐든 부딪히면 될 거 같겠지만 사실은 그게 아냐. 직업도 상성이라는 게 있다. 아무리 노력해도 안 되는 경우가 있다고. 정보원은 너에게 상극이야. 어차피 입대할 거라면 좀 빨라도 상관없지 않나? 굳이 수습을 거칠 필요가 있냐는 거야."

"……."

"약을 지어 놨으니 가져가도록. 임무랍시고 약도 며칠 빼먹진 않았나? 이번엔 잘 챙겨 먹도록. 약 하나 제대로 못 챙겨 먹고 괜히 악화되어 오는 환자는 사절이다."

"죄송합니다."

"또 어디론가 이동할 땐 미리 연락을 줘야 나도 그때그때 약을 지어 보내 줄 수 있다는 걸 알아 두고. 이번엔 그냥 넘어갔지만 다음번에도 언질 한 번 없이 이동해서 번거롭게 만든다면 다시는 상담이고 약이고 없을 줄 알아."

"예. 알겠어요. 죄송합니다."

반쯤 마시다 만 홍차 옆으로 박사의 소견서가 담긴 편지 봉투와 알약 뭉치가 놓여 있었다.

돌아가는 길도 말콤이 배웅해 주기로 했다. 말콤과 건물 앞에 서서 마차를 기다리고 있었는데 문득 앞으로 마차가 아닌 군용 지프가 멈춰 섰다.

현재 나온 자동차는 두 종류로서 군 시찰을 돌 때 사용하는 지프차와 고급 관리가 사적으로도 사용할 수 있는 승용차가 있는데 지프는 승용차에 비해 상당히 투박한 형태였다.

지프 조수석 창문이 스륵스륵 내려가면서 에드윈이 얼굴을 비쳤다.

"이제 가는 건가?"

"예. 잠시간 실례가 많았어요."

"데려다주지. 타."

"아니에요. 배웅은 말콤 씨가 하기로 했고 마차도 불렀어요."

"말콤 씨는 바쁜 사람이야. 한가하게 놀릴 인력이 아니라고. 대신 한가한 내가 배웅해 줄 테니 잔말 말고 타. 아, 말콤 씨는 그만 들어가 보시죠."

말콤은 나와 에드윈을 번갈아 쳐다보며 난감해하더니 곧 나를 향해 어설프게 웃었다.

"중령님께서 배웅하시겠다면야…… 저는 들어가서 일을 보도록 하겠습니다. 할리 양. 조심히 돌아가세요."

말콤은 마치 도망치듯 몸을 돌려 후다닥 건물 안으로 들어가 버렸다. 그사이 에드윈은 '내려, 내가 운전할 테니.' 라고 말하면서 운전석에 있던 자기 부하를 차에서 내쫓고 있었다.

운전석을 꿰찬 중령은 나를 향해 고개를 까딱거리며 타라고 했고, 운전석에서 쫓겨난 그의 부하가 조수석 문을 열어 주었다. 할 수 없이 차에 올라탔다. 그렇게 생전 처음 자동차라는 것에 몸을 싣게 되었다.

"역으로 가면 되나?"

"예."

"그럼, 벨트 매고 손잡이 꽉 잡아. 내가 운전 배운 지 3일째라 좀 터프하거든."

"예?"

"간다."

순간 부왕~ 하고 엔진이 헛도는 소리가 나더니 자동차가 총알처럼 튀어 나갔다. 에드윈이 운전하는 차를 본 군인들은 그야말로 사색이 된 얼굴로 재빠르게 입구 장애물들을 치웠다. 에드윈은 창문 밖으로 머리를 빼며 그들에게 여유롭게 외쳤다.

"야야, 다친다, 비켜비켜!"

범퍼를 코앞에 두고 가까스로 옆으로 굴러 피하는 군인들을 본 나는 놀라 입을 딱 벌렸다. 중령은 액셀을 더욱 콱 밟으며 어린아이처럼 들뜬 얼굴로 내게 물었다.

"재밌지 않나?"

기가 막혔다.

"욱……!"

"할리 양. 괜찮은 거야?"

어떻게든 역에 도착할 수 있었지만 내 정신은 엉망진창이었다. 허리를 반쯤 굽힌 채 연신 헛구역질을 했다. 에드윈은 담배를 꼬나문 채 괜찮냐고 물었지만 나는 대답도 할 수가 없었다. 속에서 뭔가 나올 듯하면서도 나오지 않는 답답한 울렁거림을 느끼며 주먹으로 가슴을 두드렸다.

운전 경력 3일째의 에드윈은 앞에 누가 지나가든 말든 정말 하나도 신경 쓰지 않았다. 그는 있는 대로 가속 페달을 밟아 누른 채 미친 듯이 핸들을 돌렸고 나는 용케 사람들이 차를 보고 피할 때마다 가슴을 쓸어내렸다. 역전까지 이렇게 사고 없이 온 것은 정말로 기적이나 다름없었다. 차가 전복되거나 행인이 죽거나 둘 중 하나는 일어날 줄 알았다.

자동차는 악마의 기계구나. 나는 평생 마차만 타고 다녀야지. 물론 자동차를 나쁘게 매도하기보단 중령의 운전 실력을 탓해야 함이 옳겠지만 나는 저런 사람에게도 스스럼없이 운전대를 쥘 기회를 준 것 자체가 나쁘다고 생각했다. 기계는 사람을 가리지 않으니까. 적어도 말은 미숙련자가 이렇게까지 다룰 순 없을 거라고 생각한다.

"후……."

"안색이 안 좋군?"

멀쩡한 쪽이 더 이상한 게 아닌가. 손수건을 꺼내 침이 흐른 입가를 닦다가 에드윈을 노려보았다. 하지만 내 무언의 항의에도 에드윈은 그저 즐겁다는 듯이 아핫핫 웃기만 했다.

나름 스스로는 유쾌하게 사는 모양이지만 주변에선 골치가 썩는다는 것에 내 월급을 걸 수도 있을 만큼 에드윈은 제멋대로였다. 정말 싫다. 이런 사람.

"데려다주셔서 감사합니다. 그럼 전 이만."

같이 있는 것만으로도 피곤이 초 단위로 쌓이는 느낌이 들어서 그에게 대충 인사하고 몸을 돌렸다. 하지만 에드윈이 자리를 뜨려는 내 어깨를 잡아챘다. 불안한 느낌이 들어 뒤를 돌아보자 그는 싱글싱글 웃는 얼굴로 말했다.

"뭘 그리 급하게. 점심이나 먹고 가."

"아니요. 배가 고프지 않……."

"이 도시에 왔으면 크림 들어간 음식 하나 정돈 먹고 가는 게 예의라고. 하나도 안 먹어 봤지?"

"제가 속이……."

"내가 잘 아는 식당이 있는데 말야~"

나는 에드윈에게 식욕이 없다는 것을 어필해 봤지만 조금도 전해지지 않았다. 그는 한 손으로 내 팔을 잡고 다른 손으로 역 근처의 식당가를 가리키며 끌고 가기 시작했다. 뿌리치려면 뿌리칠 수도 있겠지만 뒷일이 귀찮아지는 건 원하지 않았다. 어쩔 수 없이 끌려가야 했다.

어느 크지도 작지도 않은 음식점으로 날 데리고 온 에드윈은 멋대로 이것저것 시키기 시작했다. 머지않아 내 눈앞엔 음식들이 가득 놓였다.

"많이 먹어."

"제가 지금은 느끼한 걸 먹고 싶지가……."

"응? 전혀 안 느끼해. 보는 거랑 다르다니까. 자자. 얼른 먹어. 내가 살게."

"하아."

절로 새어 나오는 한숨을 감추지 않았다. 못 이기는 척 접시 위에 먹기 좋게 잘려 나온 바게트 조각을 들었다. 버터나이프로 하얀 크림을 떠 그 위에 펴 바르자 에드윈은 그런 내 모습을 빤히 바라보고 있었는데 이윽고, 내가 그것을 한 입 베어 물자 그의 눈이 더욱 초롱초롱하게 빛났다.

에드윈의 눈빛에 불편함을 느끼며 입 안의 빵을 억지로 씹었다. 음? 내가 금세 놀란 기색을 보이며 한 입 더 베어 물자 그는 씨익 개구지게 웃으며 말했다.

"맛있지?"

"……맛있네요."

"다른 것도 먹어 봐."

나는 그가 시킨 많은 음식을 야금야금 먹어 치우기 시작했다. 크림이 들어간 수프, 파스타, 구이, 빵…… 내가 생각해도 좀 많이 먹는다는 느낌이 들었지만, 이상하게도 먹으면 먹을수록 식욕이 돋았다.

배부름을 느끼면서도 계속해서 입을 움직이고 있을 때였다. 여전히 싱글싱글 웃으며 손에 턱을 괴고 있던 에드윈이 문득 말했다.

"말하는 걸 잊었는데, 그렇게 넋 놓고 먹다간 살찐다?"

"예?"

"오묘한 맛이라는 거야. 여기 크림이. 처음 먹어 본 사람들은 십중팔구 과식을 해 버리거든."

"아……."

눈을 내려 그제야 내가 비워 버린 그릇들을 바라보았다. 그제야 뭔가 민망해지며 들고 있던 스푼을 슬그머니 테이블 위로 내려놓았다. 에드윈은 눈꼬리를 휘고 웃더니 그제야 본론을 꺼내 놓았다.

"근데 말야. 혹시 할리 양은 암약 정보원?"

"무슨 말씀이신지?"

나는 에드윈을 똑바로 바라보며 못 알아듣는 척했다. 그는 턱을 괸 채 손가락으로 볼을 두드리며 말했다.

"테일러 박사가 이전에 어디에서 일했는지 알고 있거든. 혹시 할리 양이 거기 출신인가 해서 말이지."

"거기가 어딜 말하는 것인지 모르겠는데요. 제 고향은 이스트홀이고 전 오래전에 그곳을 지나던 박사님께 우연히 도움을 받은 것뿐이니까요."

나는 가 본 적도 없지만 서류상으론 출신지라 쓰여 있는 지명을 대었다. 에드윈은 입가를 올린 채 눈의 웃음기를 풀었다.

"그래? 훈련섬 출신이 아니라 이거지?"

"그런 곳도 있나요?"

시치미를 떼고 냅킨으로 입가를 닦으며 대꾸했다. 에드윈은 잠시 입을 다물고 나를 빤히 바라보았다. 하지만 결국 내게서 진실을 알아낼 방도가 없음을 깨달았는지 다시 싱긋 웃었다.

"오해했군. 실례했어. 미안."

"아니요. 괜찮아요."

담담히 대꾸해 주면서 머릿속으론 온갖 생각을 했다. 에드윈이 어째서 훈련섬을 알고 있는가. 아니, 아는 건 우연히 알게 되었다 치더라도 어째서 궁금해하는가. 테일러 박사의 약점을 찾고 있는 건가. 아니면 그 역시 연줄을 원하고 있는 건가 등등.

잠시 분위기가 싸해졌었으나 곧 다시 발랄해진 에드윈 덕분에 방금 전의 분위기는 금세 없던 것처럼 잊혔다. 에드윈은 날 역 앞까지 다시 데려다주었다. 플랫폼으로 들어서는 내 양손은 그가 이리저리 끌고 다니며 사 준 특산품이 가득 들려 있었다. 특산품은 전부 여러 종류의 크림이었다.

에드윈은 손을 흔들며 아쉬움을 표했다. 참 능청스러운 성격이었다.

"그럼 잘 가. 할리 양. 다음에 또 봐. 다음엔 나랑 좀 더 놀아 줘."

나는 또 볼 일이 없었으면 좋겠는데.

"배웅 고맙습니다. 식사도 맛있게 잘 먹었고요. 아, 선물들도 감사합니다. 그럼."

그에게서 돌아선 나는 뒤 한 번 돌아보지 않고 열차에 올랐다.

안보국에 돌아온 건 한밤중이었다. 야간 교대로 자리를 지키고 있던 사무원에게 귀가를 알리고 내 방으로 돌아오자 방문 밑으로 넣어 둔 쪽지 하나를 발견할 수 있었다.

「돌아오는 대로 내 방으로 와라. ― 루이」

쪽지를 든 채 벽시계를 보았다. 11시 45분. 언제 임무에 들어갈지 모르는 우리에게 늦고 이르고의 개념은 별로 없는 편이지만, 평범하게 따지면 방문하기 적당한 시간은 아니라서 약간 고민했다. 물론 돌아왔는데도 바로 가지 않으면 나중에 무슨 소리를 들을지 알 수가 없어서 길게 고민하진 않았다.

나는 중령의 선물 중 하나를 챙겨 들고 루이 방으로 갔다.

방문을 두드리자 루이가 잠긴 목소리로 들어오라고 했다.

"루이 씨."

안으로 들어가자 잠들었었는지 루이는 풀어 늘어뜨린 긴 머리를 헤집으며 침대에서 몸을 일으키고 있었다.

"죄송합니다. 늦게. 오는 대로 들르라는 쪽지가 있길래요. 문단속 안 하시고 주무셨네요."

루이는 기지개를 켜며 하품을 하더니 멍해진 얼굴로 말했다.

"어…… 잘했다. 문은 일부러 열어 둔 거야. 깊게 잠들지도 않았었고. 우선 정신 좀 들게 커피 좀 타 와."

"네."

테이블에 선물 상자를 올려놓고 방을 나섰다. 복도 끝에 있는 휴게실에서 주전자에 물을 채운 후 가스를 켜고 그라인더에 원두를 넣어 박박 갈았다. 잠시 후 머그잔에 커피를 타 들고 돌아오자 루이는 테이블 앞에 앉아 내가 놓고 갔던 선물 상자를 열어 보고 있었다. 상자 안엔 입구가 넓고 투명한 유리병에 담긴 크림이 여러 개 들어 있었다.

"이게 뭐냐?"

"이스트란 특산품이라는 것 같아요. 빵에 발라 먹는 크림이에요."

"빵이 없잖아."

"나중에 사 드시면 되잖아요."

"센스 없네."

루이는 네가 그럼 그렇지 하는 얼굴로 상자를 도로 덮었다. 그는 내가 앞에 놓아 주는 머그잔을 들며 물었다.

"너 옷 좀 제대로 된 거 있냐?"

"제대로 된 거라면 어떤 걸 말씀하시는지."

"싸구려가 아닌, 그렇다고 정보원 티 나게 거무죽죽한 것도 아닌 거."

"루이 씨가 지난번에 사 준 외출복 있어요."

"아. 그랬지. 그럼 너 내일 그거 입고 머리도 좀 어떻게 교양 있게 만들어 봐."

"교양 있게…… 말씀이신가요?"

"그래. 교양 있게. 내일 갈 곳은 귀족들이 모이는 자리거든. 가방이나 액세서리 같은 건 있냐?"

"있을 것같이 보이세요?"

루이는 내 말에 골치가 아픈 듯 이마를 짚으며 작게 탄식했다.

"그렇다고 이 시간에 문 연 가게도 없을 테고. 아…… 어쩌지."

"미리 알려 주셨으면 창고에서 받아 준비해 놓았을 텐데요."

"원래 행선지가 거기가 아니었어. 모건…… 아…… 그 씨발 자식 때문에 갑자기 바뀐 거지. 그 새끼 진짜 성질나게 하네."

루이는 얼굴을 가득 찌푸렸다. 나는 우선 여자 선배들에게 빌려 보겠다 하곤 방을 빠져나갔다. 나는 선배들의 방문을 두드리기 시작했고 한밤중에 갑작스레 나타난 나 때문에 잠에서 깬 어느 선배는 짜증을 부리기도 했다.

더욱 유감스러운 건 루이가 사 준 옷에 맞출 만한 물건을 가진 선배가 단 한 명도 없다는 것이었다. 그 옷엔 점잖은 느낌의 작은 진주가 어울리는데 다들 화려한 루비나 사파이어가 박힌 장신구만 있을 뿐 진주를 가진 사람은 단 한 명도 없었다. 여자 선배가 손에 꼽힐 만큼 적다는 것도 이유 중 하나였다.

결국, 마땅한 걸 고르지 못했다고 루이에게 알린 뒤 지친 걸음으로 돌아오다가 내 방 문 앞에 선 모건을 만나게 되었다. 그는 상자처럼 보이는 나무 가방을 들고 있었다.

"모건 씨?"

"두드려도 대답이 없길래 자나 싶어서 어떻게 해야 할지 고민하고 있었어."

모건은 날 만나 한숨 놓았다는 표정으로 말했다. 그에게 어쩐 일이냐고 묻자 모건은 나무 가방을 조금 높이 들어 보이며 말했다.

"좀 곤란할 것 같아서. 장신구를 좀 가져왔는데."

"어…… 우선 들어오세요."

"실례할게."

내가 문을 열어 주며 비켜서자 모건은 작게 대꾸하며 안으로 들어섰다. 그 뒤를 따라 들어와 문을 닫는 사이 모건은 테이블 위로 나무 가방을 누이며 딸깍딸깍 잠금을 풀어 열었다.

"아침에 뭐 입을진 정했어?"

"입을 게 하나밖에 없어서요. 저번에 보셨죠? 그거."

"그것도 괜찮지. 혹시 그거일까 싶어서 가방도 하나 빌려 왔는데. 이건 레인 거야. 나중에 네가 돌려줘."

"감사합니다."

모건이 나무 가방 한편에 있던 작은 핸드백을 내밀었다. 우아한 느낌의 베이지색 백이었다. 그것을 받자 모건은 이번엔 상자에 가득 들어찬 장신구들을 보여 주며 골라 보라고 했다.

다행스럽게도 그 안엔 내가 원하던 작은 진주 세트가 있었다. 나는 비로소 안도감에 웃음 지으며 손가락으로 그것을 가리켰다. 모건은 부드럽게 웃고는 진주를 꺼내 줬다.

"고맙습니다. 잘 쓰고 돌려드릴게요."

"루이 녀석. 화내고 있지 않아?"

"짜증은 난 것 같아요."

"본의 아니게 그렇게 돼 버렸어. 너한테도 미안하네."

"아니에요. 그래도 이렇게 도와주시니까……."

문득 모건의 손가락이 다가와 내 볼을 한 번 가볍게 쓸었다. 나는 약간 놀라 그를 바라보았다. 모건은 빙긋 웃더니 아무렇지 않게 나무 상자를 닫고 자리에서 일어났다. 그리고 늦은 밤에 실례했다는 말을 하며 돌아섰다. 나는 가까스로 정신을 차리며 모건을 다시 불러 세웠다.

"아, 모건 씨."

"응?"

"이거 드세요."

아직도 많이 남은 에드윈의 선물 중 하나를 집어 모건에게 건넸다.

"이건?"

"이스트란 특산품이에요."

"잘 먹을게."

모건이 선물을 받아 들고 방을 나갔다. 그제야 어떻게든 물건을 구한 안도감에 한숨을 쉬며 침대에 털썩 누웠다.

"휴."

정말 다행이다. 모건의 손가락이 닿았던 볼을 괜히 만지작거리며 나도 모르게 약간 웃었다.

친절해.

"야. 일어나. 당장 물건부터 사러 가게. 가게 주인한테 연락해 놨으니까."

날이 새기도 전에 잘 차려입은 루이가 방으로 쳐들어와선 잠들어 있는 날 흔들어 깨웠다. 나는 몽롱한 정신으로 눈도 뜨지 못한 채 웅얼웅얼 말했다.

"아…… 루이 씨. 어젯밤에 모건 씨가 갖다 준 게 있어요……."

"뭐? 있어?"

"네…… 테이블에…… 가방이랑…… 보석이랑……."

"구두는. 너 구두 있어?"

"구두…… 구두는…… 없…… 아."

나는 그제야 억지로 눈을 뜨며 무거운 몸을 일으켰다. 졸려 죽을 것 같았다. 손바닥으로 뻑뻑한 눈가를 세게 누르며 말했다.

"침대 아래에……."

"침대 아래?"

루이는 바로 자세를 낮추고 침대보를 걷더니 그 밑에서 상자 하나를 꺼냈다. 뚜껑을 열어 구두를 확인한 루이는 그제야 안도하듯 한숨을 쉬며 조금 진정했다. 그건 모건이 자기가 준 게 아니라고 박박 우겼던 그 비싼 구두였다. 나는 멍한 정신으로 물었다.

"지금부터 준비해야 하나요?"

"당연하지. 일어나. 장소까지 거리가 좀 있어."

그렇게 잠든 지 3시간도 안 되어서 씻어야 했다. 욕실에서 나오자 그는 손에 머리 장식 하나를 든 채 빤히 내려다보고 있었다. 진주 세트와 함께 모건이 두고 간 것이었다. 루이는 이내 날 바라보며 말했다.

"머리는 내가 해 줄 테니까, 그동안 넌 화장해라."

루이가 솜씨 좋게 머리를 만져 준 덕분에 준비를 더 빨리 끝낼 수 있었지만, 그는 숨 고를 틈도 주지 않고 날 끌고 내려갔다. 밑에선 베어와 자동차가 기다리고 있었다. 자동차를 보자마자 그때까지도 약간 졸렸던 정신이 확 깨어났다.

각진 군용 지프가 아닌 전체적으로 둥근 곡선이 두드러지는 고급 승용 자동차였지만 그것이 차라는 물건임엔 변함없었다.

"이걸…… 타고 가는 건가요……?"

느릿느릿 내키지 않게 말하며 머뭇거렸다. 먼저 맞은편 뒷문을 열고 탄 루이가 차 안에서 창문을 통해 나를 빤히 바라보았다.

"무슨 문제라도?"

"……."

에드윈과의 죽음의 질주가 절로 머릿속에 맴돌았다. 어제의 트라우마가 되살아나자 절로 속이 좋지 않아져 손으로 입을 막았다.

"마차를 차면 안 될까요?"

"무슨 소릴 하는 거야. 국장님이 일부러 자기 차를 내준 거라고. 너 보고 기름 사라 안 할 테니 잔말 말고 빨리 타."

"그치만……."

"그치만은 뭔 그치만? 갑자기 왜 반항이야? 지금 너도 날 엿 먹이려는 거냐? 죽인다."

얼굴을 팍 찡그리며 이를 가는 루이의 말에 나는 곧바로 입을 다물었다. 내가 계속 뭉그적거리자 운전기사 역할을 수행할 베어가 직접 뒷문을 열어 주었다. 결국, 정말 내키지 않는 기분으로 차에 탔다. 그제야 루이가 얼굴을 풀고 등을 시트에 기댔다.

"피곤하게 굴지 마라."

"죄송합니다."

"그럼 출발하겠습니다."

베어의 말과 함께 시동이 걸리며 차가 한 번 덜컹거렸을 때는 나도 모르게 크게 움찔했지만 금세 무난하게 굴러가는 차체의 느낌에 천천히 긴장을 풀 수 있었다. 생각보다 승차감이 괜찮았다. 피곤한 듯 눈을 지그시 감은 루이의 눈치를 보다가 운전석 쪽으로 몸을 기울여 베어에게 말했다.

"너 운전 잘한다."

"그래? 보통이라고 생각하는데."

"얼마나 배웠어?"

"일주일?"

"아……."

에드윈은 3일째라 그렇게 나를 사경으로 몰았던 건가. 일단 안전하다는 판단이 서자 그제야 나 역시 편안히 등을 기대고 앉을 수 있었다. 문득 눈을 뜬 루이가 깍지 낀 손을 다리에 올리며 차분한 어조로 말했다.

"최종 변경 사항을 전달하겠다. 지금 우리가 가는 곳은 타무르 화원. 꽃 축제를 3일 앞두고 나라의 주요 인사들과 귀족들을 초대해 화원을 평가하는 자리다. 오늘 그 자리에 반란군과 연관이 있다고 여겨지는 베스카론 백작 부인이 온다는 정보가 있었다."

사이크의 마지막 유언에서 언급된 베스카론 백작 부인. 내가 그 내용을 국장에게 알렸음에도 안보국은 그녀에 대한 조사를 제대로 할 수가 없었다. 백작 부인은 도망가지 않았다. 하지만 그녀의 뒤에 힘 있는 누군가가 버티고 있는 모양이라 섣불리 건드릴 수가 없었다고. 백작 부인 쪽에서 모함이라고 덤벼들면 되레 이쪽이 타격을 입을 수도 있다고 했다.

안보국에선 이번에 백작 부인이 좀처럼 벗어나지 않던 아타만에서 직접 타무르 화원으로 발걸음한다는 얘기를 듣고 뒤를 밟기로 했다.

우리가 할 일은 그녀의 진짜 용건이 무엇인지 알아내는 것. 혹 놓친 잔당들과 조우한다면 그들의 다음 이동 경로가 어디인지 파악하는 것이다.

……라는 게 어제 내가 들은 내용이었지만 최종 변경 사항이라고 말머리를 잡은 루이의 맺음말은 어제와 달랐다.

"우린 그녀를 납치한다."

그 말을 끝으로 입을 다물려는 듯한 루이에게 내가 질문했다.

"왜 갑자기 변경되었는지 물어도 되나요?"

루이는 잠시 뜸을 들이다 나를 쳐다보지도 않고 짧게 대답했다.

"몰라도 돼."

미간을 찌푸리는 루이는 이 변경된 내용이 맘에 들지 않는 듯했다. 나는 궁금한 게 좀 더 있었지만 묻지 못했다. 험악한 루이의 눈치가 보였다.

차 유리 앞에 달린 미러를 통해 베어와 눈을 마주하며 말없이 의문을 표했지만, 베어는 자신도 모르겠다는 듯 눈썹만 슬쩍 움직였다.

타무르 화원은 우리가 살고 있는 블러턴의 바로 옆인 로아나의 끝자락에 자리 잡고 있다. 자동차로 약 두 시간 반 정도가 걸렸고 로아나의 중심가를 지나 산 쪽으로 향해진 돌 도로를 타고 이동했다.

산 중턱까지 오르자 불현듯 차창 앞으로 넓은 평야가 펼쳐졌다. 차가 지나는 도로의 양옆엔 화려한 꽃들이 한껏 피어 있었다. 고급 마차와 자동차들 옆으로 우리가 탄 차가 가지런히 세워졌고 나는 운전기사 역할을 충실히 수행해 좌석 문을 열어 주는 베어의 도움을 받아차에서 내렸다. 차 창문을 통해 보았을 때보다 훨씬 아름다운 꽃의 풍경에 잠시 넋을 놓았다. 너무 아름다웠다.

형형색색의 꽃들이 바람에 살랑거리며 맞아 주는 풍경이 꼭 천국에 온 기분이었다. 이런 데서 피크닉이라도 하면 정말 기분 좋겠다. 저 꽃밭에 드러누우면 얼마나 더 향기로울까.

"가자."

하지만 감탄도 잠시, 냉랭한 루이의 목소리에 정신을 차리고 그의 뒤를 쫓아갔다. 베어는 차에서 대기하기로 했다.

입구에 서자 꽃 풍경엔 별로 어울리지 않는 군복들을 만났다. 아마 중요 인물들이 많으니 안전에 만반을 기하는 듯했다.

"초대장을 확인하겠습니다. 어디서 오셨습니까?"

"이라우즈 맥입니다. 이쪽은 제 아내고요."

루이가 입구를 지키고 선 군인에게 초대장을 내밀며 말했다. 군인은 확인을 마치고 다시 초대장을 돌려주었다.

"실례했습니다. 들어가십시오."

그사이 나는 군인이 들고 있던 초대 명부를 흘긋 넘겨다보며 재빠르게 이름들을 훑었다. 이라우즈 맥이라는 이름의 열세 번째 줄 아래로 베스카론 백작 부인이 있었다. 체크 표시가 되어 있지 않은 것을 보면 아직 도착하지 않은 것 같았다.

명부 속 이라우즈 맥이란 이름 옆으로 체크를 한 군인이 뒤늦게 시선을 느낀 듯 고개를 들었다. 재빨리 눈을 돌리고 저만치 앞서가고 있는 루이의 뒤를 종종걸음으로 쫓아가며 소심한 아내를 연기했다.

"여보…… 같이 가요."

루이는 무심한 얼굴로 나를 돌아보며 발을 멈추더니 팔짱을 끼도록 한쪽 팔을 들었다.

"느려 터졌어."

루이는 누가 봐도 무뚝뚝하고 가부장적인 귀족 남자의 모습이었다. 나는 루이에게 팔짱을 끼며 약간 식은땀을 흘렸다. 하마터면 눈마주칠 뻔했다. 루이는 늘 피우던 필터 담배 대신 검갈색의 고급 파이프를 입에 물며 작게 물었다.

"너 반지는."

"예? 앗……!"

뒤늦게 팔짱 낀 손을 내려다보고 결혼반지라고 속일 다이아 반지가 없음을 깨달으며 소리 죽여 당황했다.

"화장하느라 테이블에 두고……."

"잊어버렸다고?"

"예…… 죄송합니다."

급하게 나오다 보니 미처 챙기지 못했다. 루이의 눈이 더욱 뾰족해졌고 나는 땅굴을 파고 들어갈 기세로 기가 죽었다.

"……잠깐 기다려."

혀를 찬 루이가 잠시 나를 자리에 세워 둔 채 차로 갔다가 돌아왔다. 루이는 내게 여성용 장갑 한 켤레를 내밀었다.

"급한 대로 가려."

"예."

허둥지둥 장갑을 손에 끼웠다. 그리고 다시 루이의 팔짱을 끼며 안쪽으로 들어가자 고급스럽고 우아한 사람들이 모여 있는 게 보였다. 나는 절로 긴장했다.

"어쩐지 저 사람들은 태생부터 달라 보이네요."

저 틈에 끼일 수 있을까요? 내가 자신 없이 묻자 루이는 뭔 소릴 하는 건지…… 라고 중얼거리듯 대꾸하며 날 비웃었다. 루이는 망설임 없이 그들 쪽으로 발을 옮겼다. 나는 루이에게 거의 질질 끌려가

듯 하며 작게 외쳤다.

"자, 잠깐만요. 마음에 준비 좀⋯⋯! 기껏해야 졸부 정도로 보일 텐데, 무시당할 거 같고. 잠깐만요⋯⋯ 루이 씨⋯⋯!"

나는 귀족 생전 처음 본단 말이야. 내가 아는 건 이론뿐이라고. 제발 배려 좀. 저 사람들은 나랑 같은 공기도 안 마실 것 같은 느낌인데⋯⋯!

"사교계 진출할 거 아니니까 신경 쓸 거 없어. 인사 정도만 하면 돼."

"하지만⋯⋯."

"거 진짜 번거롭게 구네. 너 돌아가서 보자?"

루이는 이를 악문 채 나에게만 들릴 정도로 성질을 내다가 사람들이 가까워지자 표정을 바꿨다. 루이는 매력적인 미소를 띠며 사람들에게 인사를 건네곤 나를 아내라고 소개했다. 나는 입가를 끌어 올린 채 말없이 눈인사만 했다. 그들의 시선이 내게 닿을 때마다 어쩐지 몸이 굳는 듯한 기분이었다. 귀족이란 아우라에 기라도 눌린 건지 좀처럼 심장이 진정되지 않았다.

시간이 흘러 사람들이 더 많아지자 우리는 인사하러 다니는 걸 그만두고 슬쩍 구석으로 빠졌다. 대화의 중심에서 멀어지자 그제야 살 것 같았다.

"봐. 별거 아니잖아."

"휴⋯⋯ 너무 떨렸어요."

"멍청이."

주최자가 단상에 올라 뭐라뭐라 떠들어 대는 것을 보며 루이가 날 작게 타박했다. 나는 어느 정도 진정이 되고 나서야 꽃이 가득한 야외장을 둘러보았다. 파티 테이블 사이로 부산스레 움직이는 웨이터와 웨이트리스들에게 눈길을 두며 물었다.

"근데, 루이 씨."

"맥. 또는 여보."

"네. 맥. 맥은 백작 부인이 어떤 얼굴인지 알고 있어요?"

"아니."

"그럼 어떻게 알아봐요."

"얼굴은 모르는데 특징은 전해 들은 바가 있어."

"어떤?"

"늘 상복 같은 검은 옷차림에 얼굴을 다 가리는 베일 모자를 쓴다고 말이지."

"싫어도 눈에 띄는 사람이겠네요."

"사실 백작 부인이 된 것도 최근의 일이라는 것 같아. 출신이 어디인지, 이전엔 뭘 했는지도 알 수가 없어. 집 밖으로도 잘 안 나온다고 하더군."

루이에게 전해 들은 백작 부인은 제법 음침한 이미지였다. 루이는 잠시 한 바퀴 돌아보고 온다는 말을 남기고 내 옆에서 떨어졌다. 나는 루이를 보내고 가만히 인파를 구경했다. 그러다 문득 어떤 남자와 눈이 마주쳤다.

남자는 금세 눈을 돌려 저쪽으로 가는 루이를 알 수 없는 시선으로 바라보았다. 그가 다시 나를 쳐다보았다. 시선이 마주치고 이번엔 그가 눈을 피하지 않았다. 오히려 내게 무슨 할 말이라도 있는 것처럼 남자는 들고 있던 샴페인 잔을 근처 테이블에 내려놓더니 내 쪽으로 천천히 발걸음을 뗐다.

이걸 어찌 반응해야 하나 싶어 남자가 하는 양을 멀뚱멀뚱 지켜만 보았다. 조심스럽게 사람들을 헤치고 다가오는 남자의 표정은 점점 희한하게 변해 갔다. 마치 죽은 사람이라도 본 듯했다. 남자의 입술이 움직였다. 하지만 서로의 거리가 먼 데다 주변의 웅성대는 소리에 묻혀 전혀 들리지 않았다. 나는 그의 입술을 조용히 따라 읽었다. 에보?

남자가 조금 더 가까워져 왔다. 그제야 흐릿하게 들려오는 잔잔한 목소리.

"데본……."

"……?"

콰앙!

나는 고개를 돌려 파티장 중심에서 터져 올라오는 불꽃을 보고 바닥에 납작 엎드렸다. 테이블 하나가 솟아오르는 연기와 함께 하늘을 날고 있었다.

"으아아!"

"꺅!"

파티장은 순식간에 아수라장이 되었다. 나는 주변을 두리번거리다 몇 명의 웨이터와 웨이트리스가 하얀 테이블보를 걷어 올리며 무기를 꺼내 드는 걸 발견했다. 테이블 밑바닥에 붙여 온 것 같았다. 나는 방금 전의 그 남자에게로 눈길을 돌렸다.

남자는 멍하니 검붉은 폭발을 응시하다 내 쪽을 바라보았다. 그는 나를 향해 똑바로 달려오며 크게 외쳤다.

"데본!"

그러니까 데본이 누군데. 나는 남자의 절절한 표정에 안타까운 기분으로 한숨을 쉬었다.

총소리가 울렸다. 남자는 얼마 뛰지 못하고 어깨에서 피가 튀며 앞으로 쓰러졌다. 얌전히 몸을 낮췄어야지 위험하게 테러리스트들 앞에서 눈에 띄는 짓을 하다니. 하긴 죽지 않은 것만으로도 행운이었다. 처치만 잘 하면 생명에 지장 없을 것이다. 물론 이 테러가 무사히 진압된다는 가정하에.

남자에게서 눈을 떼고 저만치서 폭발지로 달려가는 루이를 쳐다봤다. 넥타이를 느슨하게 푸는 걸 보아하니 싸울 모양이었다. 꼭 싸워야 하는 건가? 우리는 경호원으로 온 게 아닌데. 하지만 루이는 일단 상황을 봐야겠다고 판단한 것 같았다.

선배가 나서는데 후배가 뒷짐 지고 있을 수는 없는 일이라 손을 치마 안으로 넣어 허벅지에 매 둔 권총을 잡아 꺼냈다. 테이블 사이로 낮게 달려 한 웨이트리스 앞까지 다다르자 웨이트리스가 나를 발견하고 소총을 겨눴다.

테이블보를 당겨 펼치며 여자의 시선을 가리고 몸을 뒤로 젖혔다. 동시에 구두 굽으로 웨이트리스의 복부를 걷어찼고, 그녀가 뒤로 밀리는 순간 나는 미끄러지듯 그녀의 다리 사이로 빠져나가 몸을 뒤집어 세웠다. 그리고 두 다리로 웨이트리스의 목을 걸어 조르며 뒤로 넘겼다.

넘어뜨리는 반동으로 몸을 일으켜 세우고 웨이트리스 몸 위에 올라탔다. 반대 손으로 목을 잡아 누르고 총구를 이마에 대며 지체 없이 총알을 발사했다. 곧바로 버둥대던 저항이 멈췄다.

금세 눈앞으로 다른 총알 하나가 지나갔다. 아슬아슬하게 비껴간 그것의 출발지를 쳐다보자 조금 거리를 두고 나를 향해 소총을 겨누는 또 다른 웨이트리스를 발견했다. 재빨리 구르며 총알을 피하다 한 테이블 위에 팔을 대고 총을 쐈다. 여자는 바로 옆으로 굴러 피했다.

나는 여자에게 달려갔다. 여자가 나를 향해 다시 한 번 총구를 겨눴고 나는 앞에 있던 테이블을 걷어차 세우며 몸을 숨겼다. 테이블에 구멍이 나며 총알이 지나갔다. 나는 그사이 다른 테이블 밑으로 구르 듯 빠져나와 엎드린 채로 여자에게 총을 쐈다.

총알은 복부를 맞췄고 여자의 몸이 앞으로 숙여졌다. 나는 자리를 박차고 나가 발로 그녀의 머리를 올려 차고 무릎으로 턱을 찍어 뒤로 넘겼다. 그러고는 넘어진 여자를 사살했다.

시선을 돌렸다. 루이는 어느새 총알을 다 썼는지 총을 집어넣고 대신 나이프를 꺼내 들었다. 루이는 저에게 총을 겨누는 웨이터 차림의 남자에게 달려갔다. 탕! 남자의 총이 발사되었지만, 루이가 빙글 몸을 틀어 피하곤 남자의 양 눈을 가로로 빠르게 그어 버렸다. 새액 휘날리는 날 끝으로 핏물이 날렸다. 눈을 잃은 남자의 관자놀이로 루이의 무릎이 강타했다.

루이는 남자를 쓰러뜨린 후 폭발지를 직접 확인했다. 머지않아 내게 눈을 돌린 루이는 나이프를 든 손으로 입구 쪽을 가리켰다. 그곳엔 입구를 지키고 있던 군인들과 테러범들이 전투를 하고 있었다. 루이의 손가락이 방향을 바꿔 뒤쪽의 수풀 쪽을 가리켰다.

나머진 군인들에게 맡기고 철수한다.

루이의 수신호가 떨어지자 수풀 쪽에서 베어가 차를 몰고 나타났다. 커다란 엔진 소리와 함께 차가 급하게 방향을 바꾸며 멈춰 섰고 나와 루이는 곧바로 차 문을 열었다. 나는 차에 타기 직전 나를 데본이라 부르며 쓰러진 남자를 잠시 쳐다보았지만 재촉하는 루이의 말에 그제야 차에 올라타 문을 닫았다.

우리를 태운 차가 수풀을 다시 헤치고 장소를 빠져나갔다.

"결국 나타나지도 않았네요. 백작 부인."

흘긋 루이의 눈치를 보며 말했다. 루이는 묵묵히 피 묻은 나이프를 손수건으로 닦다가 내 말에 고개를 들었다. 루이는 짧게 콧숨을 내쉬

곧 창밖으로 시선을 돌렸다.

기분이 아주 저조한 것 같았다. 물론 루이의 기분이 좋은 날이 대체 어떤 날인지 나로선 알 길이 없었지만, 그래도 애써 성질을 참고 있다는 게 눈에 보였다. 루이의 손은 핏기가 가실 정도로 나이프 손잡이를 세게 쥐고 있었다.

루이는 아랫입술을 비틀어 이로 두어 번 잘근잘근 깨물고는 말했다.

"일단 안보국으로 돌아간다."

돌아가는 내내 루이는 아무 말도 하지 않고 시트에 몸을 깊숙이 기댄 채 쓰고 있던 중절모로 얼굴을 덮었다. 잠이라도 자는 것 같은 모습이었지만 사람을 옆에 두고 잘 위인이 아님을 알기에 단지 화를 삭이고 있다고 예상했다.

몇 시간 후 안보국에 도착하자마자 루이는 내가 다 왔다고 알리기도 전에 얼굴을 덮었던 중절모를 손으로 낚아채 치우며 신경질적으로 차 문을 열고 내렸다. 그는 빠른 걸음으로 먼저 건물 안에 들어가 버렸고, 베어와 내가 뒤늦게 그 뒤를 따라갔을 때는 국장실 문 앞에서 모건의 멱살을 잡아채 벽에 밀치는 것을 볼 수 있었다.

루이가 서슬 퍼렇게 모건을 노려보았다.

"너 이 새끼. 일부러 그랬지."

"무슨 말인지 모르겠네."

"뭘 또 시치미야. 일부러 오늘 일 내 쪽으로 돌렸잖아. 알고 그랬냐? 어? 가서 뒈져 버리라고?"

"임무 중에 무슨 일이 있었는지는 모르겠지만 나와는 상관없는 일이야. 네 쪽으로 넘어간 순간에 이미 그건 네 일이지. 일이 바뀌는 건 늘 있는 일이야. 그걸 가지고 속 좁게 나를 탓한다면 내가 대체 뭐라고 해야 하는 거지?"

모건이 담담한 어조로 말하자 루이는 가당찮다는 듯이 입술을 비틀어 조소하곤 그의 멱살을 더욱 세게 비틀어 밀었다. 그제야 나와 베어가 루이를 모건에게서 떨어뜨리며 말렸다. 루이는 생각보다 쉽게 떨어졌지만 모건을 노려보는 눈빛은 사그라지지 않았다.

루이는 고개를 들고 천장을 보았다. 그는 진정하려는 듯 허공에 숨을 훅 내뱉고는 다시 모건을 쳐다봤다. 그리고 검지로 모건을 가볍게 손가락질했다가 내리며 말했다.

"잊지 않겠어."

루이는 그 말을 끝으로 국장실 안으로 들어가 버렸다. 복도엔 모건과 나, 그리고 베어만이 남았고 베어와 나는 서로 눈치만 보았다. 모건은 아무렇지 않다는 듯 우리를 향해 미소를 짓고는 조용히 자리를 떴다.

루이가 보고를 마치고 방을 나올 때까지 우리는 침묵만 지켰다. 선배들 싸움에 참견해 봤자 등 터지는 새우가 될 뿐이었다.

임무는 일단락되었다. 내가 식사를 같이 하자고 했지만 베어는 따로 할 일이 있다며 자리를 피했다. 열반은 루이를 피하고 싶어 대는 핑계 같았다. 좀 도와주길 바랐는데. 의리 없는 놈. 결국, 때늦은 식사는 루이와 나 둘만 하게 되었다.

오만상을 쓴 채 포크로 그릇을 딱딱 두드리며 생각에 잠겨 있는 루이의 눈치를 보던 나는 공기가 너무 날카롭게 느껴져 좀 풀어 보고자 애써 없는 말주변을 늘어놓기 시작했다.

"타무르 화원 정말 예뻤지요?"

"뭐?"

루이는 금세 짜증 가득한 표정으로 날 향해 도끼눈을 떴고 나는 절로 마른침을 삼켰다.

"그런 곳 임무가 아니면 갈 일이 없잖아요. 무슨 낙원 같았는
데…… 일은 실패하긴 했지만 그래도 가 보길 잘했다고 생각해요."

"하긴 지금쯤 거기 불바다 됐을 테니 이젠 평생 볼 기회가 없겠
네."

루이는 그릇을 두드리던 포크로 다 식은 파스타를 감으며 대꾸했
다. 비꼬는 목소리에 나는 얼른 다른 화제를 꺼냈다.

"그러고 보니 거기서 어떤 남자가 루이 씨를 빤히 쳐다보고 있었어
요."

"왜 하필 남자야. 기분 나쁘게."

"그야 루이 씨가 예쁘……."

"예쁘다고 말하면 뒤진다."

"……은 게 아니고 눈치를 봤던 거 같아요. 루이 씨가 딴 데로 가니
까 바로 저한테 오던데요?"

"취향 참 이상한 놈이네."

이 사람이 진짜. 내가 뭐 어때서. 속이 살짝 끓었지만 나는 힘없는
수습에 불과했기에 억지 미소를 띠며 말했다.

"근데 말을 나눠 보기도 전에 일이 터져서 그가 누군진 알 수 없었
어요. 저더러 데본이라고 부르더라고요. 누군가와 착각했었나 봐요.
절 닮은 사람이 있을지도 모른다니 신기한 거 같아요."

루이가 입가로 들어 올리던 포크를 멈췄다. 하지만 금세 아무 대꾸
없이 파스타를 입에 가져가 우물거렸고 얼마 후 음식을 삼키고 나서
야 말했다.

"널 닮은 여자라니 그 여자도 팔자 더럽겠다."

"실례잖아요. 그런 말은."

루이는 입맛이 없는지 포크를 던지듯 내려놓았다. 그는 담배를 꺼내 물며 창밖을 바라보았고 나는 과일 하나를 집어 들면서 루이에게 음식을 더 권했다.

"이제 한 입 드셨잖아요. 더 드세요."

"식욕 없다. 너나 많이 처먹어. 쌍. 이건 또 왜 이렇게 안 붙어."

안 그래도 성질나 있을 텐데 오늘따라 루이가 긋는 성냥마저 전부 불발이었다. 그러다 테이블이라도 뒤집을까 걱정이 된 나는 얼른 주머니에서 라이터를 꺼내 내밀었고, 루이는 그것을 받는 대신 불붙이라는 듯 입에 문 담배를 슬쩍 까딱거렸다. 나는 몸을 더 가까이 해서 그의 담배에 불을 붙여 주고 라이터를 루이에게 한 번 더 내밀었다.

"쓰세요. 성냥 불편하지 않아요?"

"됐어. 성냥이 편해."

"방금 성냥 켜다 짜증 내던 사람이 할 말은 아닌 것 같은데요. 받아요."

하지만 루이는 끝내 라이터를 받지 않았다. 나는 머쓱하게 도로 집어넣으며 연기를 내뱉는 루이를 향해 속으로만 투덜거렸다. 별 이상한 고집을 다 부린다고 생각했다.

"너."

"예?"

"기억. 없다고 하던데."

창밖을 보고 있던 루이가 내게 눈동자를 굴렸다. 나는 그를 잠시 바라보다가 오렌지를 집어 들었다.

"알고 계셨네요?"

그러고 보니 예전에 한 번 떠봤던 거 같기도 하고.

"담당이니까. 어지간한 건 알고 있어. 그래서, 지금은 뭐 기억나는 거라도 있냐?"

"아니요."

"전혀?"

식기 나이프로 오렌지 껍질 위를 세로로 쓱쓱 긋고는 그 틈으로 손톱을 찔러 벌리며 대답했다.

"전혀요. 혹 입대 시 문제가 되나요?"

"아니. ……문제없어. 필요한 기억만 있으면 되니까."

"근데 그건 갑자기 왜 물으신 건가요?"

달다. 한 조각 떼어 입에 넣은 오렌지가 생각 이상으로 달콤해서 나는 나머지 껍질을 다 깐 후 반쪽을 루이에게 내밀었다. 루이는 잠시 내 손을 바라보다가 그것을 받고는 담배를 재떨이에 비벼 끄며 말했다.

"갑자기 생각났을 뿐이야. 생각난 김에 물은 거고. 넌 기억이 되돌아오길 바란 적 없냐?"

"딱히 없는데요. 불편함을 느끼지 않아서."

"그래도 궁금하거나 하진 않아? 네가 과거에 어떤 사람이었고 어떤 가족이 있었으며 어떤 경로를 거쳐 지금에 이르렀는지."

대체 뭐가 궁금한 거지. 의도를 알 수 없는 질문이었다.

"전 과거엔 평범한 소녀였고 가족은 없었으며 고아원에서 나오기 직전 훈련섬의 관계자들의 눈에 띄어 섬으로 옮겨졌다고 해요. 테일러 박사님이 그렇게 말씀하셨어요."

"……."

"근데 제 과거가 궁금하셨나요?"

"……."

"왜요?"

루이는 또 입을 다물어 버렸다. 나는 아직도 기분이 저조해 보이는 루이의 눈치를 보며 더 캐묻지 않고 조용히 오렌지만 뜯어 먹었다. 루이도 내가 준 오렌지를 한 조각 떼어 먹었지만 나머지는 먹기 싫은 듯 도로 내려놓으며 갑자기 내게 신경질을 부렸다.

"작작 좀 먹어라. 보는 내가 질린다."

"먹는 거 가지고는 뭐라고 하는 거 아니라던데……."

"쌍……."

루이는 문득 골치가 아픈 듯 손으로 이마를 짚었고 나는 그가 고개 숙인 틈에 주먹을 살짝 흔들었다. 아오! 저놈의 성질머리. 나니까 참는다.

"잘 썼어요. 감사합니다."

레인에게 가방을 돌려준 뒤 곧바로 모건의 방으로 향했다. 문을 두드리자 모건이 문을 약간 열며 무표정한 얼굴을 비쳤고 나는 장신구를 담아 온 상자를 들어 보이며 애써 입가를 올렸다.

"빌린 물건을 돌려드리러 왔어요."

"아……."

모건이 문을 활짝 열며 사르르 풀어지듯 부드럽게 미소 지었다. 그 제야 긴장이 약간 풀리며 몸에서 힘을 뺄 수 있었다. 기분 많이 상했으면 어쩌나 싶었는데 그새 풀린 것 같아 다행이라고 생각했다.

"잠깐 들어올래? 홍차 마시려던 참인데."

"그럼 잠시 실례할게요."

거절하지 않고 안으로 들어가 모건이 빼 주는 의자에 앉았다. 모건은 찻잔을 하나 더 꺼내 놔 주고 그 안에 김이 오르는 홍차를 따라 주며 말했다.

"오늘 고생했지? 미안. 내가 넘긴 일로 곤란을 겪게 해서."

"아니요, 아니요. 신경 쓰지 마세요. 루이 씨도 순간적으로 짜증을 부렸던 거지 정말로 모건 씨에게 잘못이 있다곤 생각하지 않을 거예요."

나는 두 손을 내저어 가며 호들갑스럽게 말했다. 모건은 힘없이 웃더니 찻주전자를 세워 탁자에 내려놓았다.

"그 녀석 이야긴 별로 하고 싶지 않은데. 다른 얘기 할까?"

"아…… 네."

풀린 줄 알았더니 그냥 감춘 것뿐이었나 보다. 천하의 모건도 이번엔 참기가 어려웠던 걸까. 웃는 낯으로 루이 얘긴 하고 싶지 않다고 직접적으로 말하니 유독 더 차갑게 느껴져 뭐라 더 말을 꺼낼 수가 없었다. 모건이라면 신경 쓰지 않아, 라던가 내 잘못이지, 라고 말할 거라 생각했다. 언제부터 모건을 그렇게 단정 짓고 있었는지 모르겠다.

우리 사이에 루이 얘기를 빼니 더욱 할 말이 없었다. 나는 멀뚱멀뚱 눈만 껌벅이며 홍차를 마셨고 모건은 그사이 내가 테이블에 올려놓은 상자를 열어 보았다. 그 안엔 그가 빌려줬던 진주 목걸이와 귀걸이 세트, 그리고 다이아 반지와 머리 장식이 들어 있었다.

모건은 꽃다발 형태에 꽃 머리마다 보석을 박아 넣은 머리 장식을 손에 들고 살피며 잔잔하게 말했다.

"진주랑 다이아는 가게에서 산 거지만 이건 내가 만든 거야."

"그래요? 손재주가 좋으시네요."

"세공을 배웠거든."

"아……."

"자."

모건은 빙긋 웃으며 장신구를 내게 내밀었다. 이걸 뭘 어쩌라고. 받지 않고 쳐다보고만 있자 모건은 내 앞으로 그것을 놓아 주며 말했다.

"가져."

"예? 아니에요. 전 딱히 필요도 없고……."

"나도 딱히 필요 없어. 그래도 네가 나보단 쓸 일이 많을 거 같은데."

"그치만……."

"받을 이유가 없지. 나도 줄 이유가 없고."

말끝을 흐리는 내게 모건은 대신 대답을 해 주듯 말하며 웃고는 이내 덧붙여 물었다.

"근데 그 이유가 꼭 필요한 건가? 그냥 호의로 주고 호의로 받는 건 안 되는 거야?"

"……."

"그냥 주고 싶어. 그걸로 받아 주지 않을래?"

나는 멋쩍은 기분에 괜히 손가락으로 볼을 긁적였다.

"이미 구두도 받아 버렸고……."

"저번에도 말했지만 그건 내가 준 게 아냐."

"아직도 시치미라니 모건 씨도 어지간하네요."

뻔히 아는데 고집은. 한숨을 쉬며 마지못해 장신구를 집어 들었다.

"그럼 감사히 잘 쓸게요."

"받아 줘서 고마워."

"아뇨. 받은 쪽이 감사하죠."

모건은 봄볕에 눈 녹듯이 눈꼬리를 휘어 웃었다. 나는 어쩐지 쑥스러워져서 이번엔 귀 뒤편을 긁적이며 고개를 숙였다. 우리는 잠시 침묵 속에서 홍차를 마셨고, 얼마 후 모건이 화제를 바꿔 물었다.

"그러고 보니 곧 두 번째 심사네. 시크릿 교육은 끝났어?"

시크릿 교육은 섹스 교육을 좋게 돌려서 말하는 단어였다. 나는 그 제야 루이가 근래 들어 부르지 않았다는 것을 깨닫곤 끝난 건가? 하는 생각을 했지만 딱 집어서 끝났다, 라는 말을 들은 기억이 없어 확신할 수가 없었다.

"⋯⋯아뇨. 아직⋯⋯."

⋯⋯인가?

모건은 한쪽 입가를 올리며 묘한 표정을 지었다.

"그래? 생각보다 늦네."

"릴은 벌써 끝났나 보죠?"

"응. 생각보다 오래 안 걸렸어. 이해가 빠른 애라."

"아⋯⋯."

그렇구나. 근데 나는 왜 안 끝나지. 근데 안 끝난 거 맞나? 끝났는데 그냥 내가 모르는 게 아닐까? 다시 홍차 잔을 들어 입가에 가져갔다. 모건은 문득 테이블에 두 팔을 올려 기대더니 속삭이듯 날 불렀다.

"할리."

"⋯⋯? 예."

입 안에 굴리고 있던 찻물을 얼른 삼키며 대답했다. 급하게 내려놓은 잔에 받침이 조금 세게 부딪치며 딸그락 소리가 났다. 모건은 잠시 내 찻잔에 눈길을 주었다가 고개를 들었다. 그의 바다색 눈동자가 나를 직시했다.

"너 시크릿 교육 끝나면 나랑 데이트 한번 할래?"

"예에?"

"내가 거북할 정도로 네 취향에서 벗어나지만 않는다면 말이야."

"어…… 그게……."

이거였나? 구두고 장신구고 물밑 작업을 위한 떡밥이었나? 하지만 어째서? 나를 작업해서 무슨 이득을 보겠다고? 루이의 약점을 잡으려고 하나? 아니, 내가 루이의 약점이 될 리가 없는데. 무슨 생각인 거지? 심심풀이? 여자가 필요한가? 그런 거라면 릴이 있지 않나? 아니, 수업 외로 사사로이 그럴 수는 없겠구나. 그럼 밖에서 창녀라도 사면 되지 않나?

마치 머릿속에 기계가 돌아가는 것마냥 윙— 하는 이명과 함께 온갖 생각이 스쳐 지나갔다. 그러다 손에 든 장신구에 신경이 가면서 이걸 당장에 돌려줘야 한다는 생각이 들었다. 하지만 모건이 장신구를 건네주려는 내 손을 잡아 멈추며 부탁하듯 되물었다.

"안 될까?"

잠시 침묵이 감돌았다. 곧 내가 어색한 기분을 느끼며 잡힌 손을 슬며시 빼냈고 모건은 버팀 없이 놓아주며 쓰게 웃었다. 나는 장신구를 기어이 모건에게 밀어 주고 자리에서 일어났다.

"죄송합니다."

"곤란한 얼굴이네. 미안."

"그만 돌아가 볼게요."

가볍게 고개를 숙였다 들며 인사하는 내게 모건은 작게 웃더니 장신구를 다시 내 쪽으로 밀었다.

"그래. 근데 이건 가져가. 내 흑심과는 아무 상관 없이 그냥 지인으로서의 호감 표시니까."

"아니요. 생각해 보니 전 그걸 쓸 일이 없을 것 같아요."

단호하게 거절하고 빠른 걸음으로 방을 빠져나왔다. 모건에겐 당황해서 도망치듯 보였을지도 모르겠다. 실제로도 나는 제법 당황한 상태였고 내 방까지 어떻게 돌아왔는지 제대로 기억이 안 났다.

스스로 당황한 이유도 모르겠다. 모건은 내게 그리 구미에 딱 맞아 떨어지는 사람이 아니다. 뭐라 해도 내 이상형은 죽은 사이크가 가장 가까웠다. 또 진심으로 사랑했던 사이크가 죽은 지도 그리 오래되지 않았다. 나는 현재 슬픔과 체념에 우울해지고 무감각해져서 당황할 여력조차 없어야 정상이었다.

이런 당혹 상태마저 죄악감이 들어 버려서 나는 괜히 머리를 쓸어 넘기며 담배를 물었다. 정말 싫다. 모건이 아니라 나 자신이. 마치 남자 없인 살 수 없는 가벼운 여자 같지 않은가. 설마 내 본질이 그쪽이라면 정말 끔찍하다.

담배를 피우며 한참 자기 고찰에 빠져 있던 중 문득 노크 소리가 들려왔다. 대답하기도 전에 문이 열리며 루이가 들어왔고, 어째선지 나는 비밀이라도 들킨 것처럼 가슴이 철렁해져 버려서 나도 모르게 굳어 버렸다. 루이는 조용히 들어와 문을 닫으며 말했다.

"뭐냐. 그 멍청한 얼굴은."

"예……? 아니요. 갑자기 들어오셔서."

얼른 손을 들어 멍청하다는 내 얼굴을 만지며 대답했다. 그제야 루이는 실례, 라고 말했지만 전혀 실례 같지 않은 무심한 얼굴이었다. 나는 당황한 것을 들킬까 봐 얼른 용건을 물었다.

"근데 무슨 일이세요?"

"어제 테일러 박사에게 소견서 받아 왔지? 줘 봐. 정신없어서 깜빡 잊고 있었어."

"예?"

"예, 라니. 왜 또 멍청한 표정이야? 소견서 줘 보라고. 주의할 만한 사항이 있나 확인하게."

"아. 네. 죄송합니다."

그제야 담배를 재떨이에 비벼 끄고 옷장 안에서 이스트란에 가져갔던 가방을 꺼냈다. 박사가 준 편지 봉투를 찾아 건네자 루이는 침대 가에 앉아 봉투에서 잘 접힌 종이를 빼 펼쳤다. 그가 무표정하게 글씨를 읽어 내려가며 물었다.

"약은 얼마나 가져왔어?"

"두 달 치 가져왔어요."

"적어. 한 달 치 더 보내라고 연락해."

루이가 소견서를 다시 접더니 봉투와 함께 나에게 휙 던지며 말했다. 내가 그것을 잡아채 소견서를 봉투 안에 집어넣는데 루이가 두 손으로 매트를 짚으며 코웃음을 쳤다.

"두 달만 지나면 네가 입대한다던? 영감탱이가 어디서 수작질이야. 누구 맘대로 이동이냐고. 네 입대는 예정대로 진행될 거다. 그러니 한 달 치 더 보내라고 해. 죽으나 사나 수습은 마쳐야 하니까."

"아…… 저…… 그게 아니라, 상태를 보고 두 달 후에 다시 상담을 받으라는 뜻으로……."

"시끄러. 말이 많다. 시키는 대로 해."

"……예."

나는 마지못해 고개를 끄덕이며 한숨을 쉬었다.

루이는 할 말 다 한 듯 보였지만 어째선지 일어나지 않았다. 내가 뭐 더 하실 말씀이라도? 하고 묻자 루이는 날 똑바로 바라보며 말했다.

"B-."

"……?"

"그게 현재 네 시크릿 교육에 대한 솔직한 점수다."

"아……."

"보통이라면 이쯤에서 적당히 끝내고 점수로 제출해도 상관없지만 그분은 나에게 쓸 만한 인재를 요구했어. 실전에서 B-는 쓸 만하다고 할 수 없지."

나는 발언권을 얻을 요량으로 한 손을 들었고 루이가 뭐냐고 물었다.

"전 아직 그분이 누군지 모르는데요. 섬으로 절 스카우트하러 오셨던 분도 나중에 알고 보니 정작 본인이 아닌 대리인이라는 것 같고."

"정확히 말하자면 대리인이 아니라 네가 입대하면 너를 관리할 군의 상관이다. 거의 모든 일은 직속상관을 통해 주어질 테니까."

"그럼 전 그분을 볼 일이 거의 없겠군요."

"그게 뭐. 죽을 때까지 모르는 경우도 수두룩하다. 몰라도 상관없고, 오히려 모르는 편이 다루기 쉽지. 그분의 정체가 굳이 알고 싶으면 일단 살아남아서 출세하면 돼. 말단은 거의 버리는 장기말이니까. 혹 적에게 잡혀 정보를 누설할지도 모르잖냐."

고개를 끄덕거리긴 했지만 맘이 편치는 않았다. 하나의 장기말로서 죽는 게 무섭다거나 꺼려지는 것은 아니나 뭔가 형태가 없는 안개를 잡는 느낌이라 찜찜했다.

"어쨌든 그래서 네 시크릿 교육은 한동안 계속 이어질 거고 다시 평가될 거다. 부디 수습 마칠 때까진 쓸 만해졌으면 한다만."

"루이 씨가 보시기엔 시크릿 교육이 저에게 의미 있다고 생각되시나요?"

"무슨 의미지?"

"군 입대 후 그 교육이 제가 살아남는 데에 큰 도움이 될 것이라 여겨지시는지 묻는 건데요."

"너 하나 살아남는 게 문제가 아냐. 그분이 어느 쪽으로 쓰던지 넌 그때그때 변화되는 상황에 너 자신을 맞출 수 있는 유연함이 필요하다. 그러므로 이 교육이 너에게 쓸모가 있든 없든 일단 쓸모 있을 정도로는 배워 둬야 한다는 거야. 하다못해 네가 후배를 교육시키는 상황이 올지도 모르니까 말이다. 알았냐?"

"예……."

"그럼 됐어. 벗어."

"예?"

아직 당황했던 기가 다 가시질 않아 순간적으로 반문이 튀어 나갔다. 무심하던 루이의 눈가가 대번에 찌푸려졌다. 아, 빡쳤다. 귀찮게 한다고 빡친 얼굴이다. 루이는 자리에서 벌떡 일어나 내 멱살을 휘어잡았고 나는 들고 있던 소견서를 떨어뜨리며 침대 위로 내던져졌다. 루이는 헐렁하게 매어진 넥타이를 끌러 던지고 셔츠 단추를 풀어 내리며 불만이 가득 담긴 목소리로 말했다.

"짜증 나. 씨발. 진짜 하나도 맘에 드는 구석이 없네."

"저…… 루이 씨. 지금 사심이 들어가신 것 같은데요."

나는 뒤로 주춤주춤 물러나며 말했다. 어쩐지 그의 눈이 풀려 보이는 건 착각이 아닌 것 같다. 루이는 진정하라는 내 말에 눈가를 찡그리며 헛웃음을 흘렸다. 어이없다는 표정이었다.

"뭐? 무슨 실례되는 말을 하는 거야. 나한테 당장 사과해라."

"예? 아니요. 그런 뜻이 아니라 그저 기분 나쁜 걸 저에게 풀려는 것처럼 보인다는…… 으앗!"

루이가 침대 위로 무릎을 대고 올라오더니 내 한쪽 발목을 잡아 끌어당겼다. 나는 그대로 끌려가 뒤로 넘어가며 뒤통수를 시트에 부딪혔다. 위험을 느낀 나는 본능적으로 반대쪽 다리를 크게 휘둘러 버렸고 아차 했을 때는 루이가 재빨리 고개를 옆으로 기울여 피하며 반대 손으로 그쪽 발목마저 단단하게 잡아챈 뒤였다.

"반항하냐. 지금?"

식은땀이 주르륵 흘렀다. 나는 양발을 루이에게 잡혀 들려진 채 다급하게 말했다.

"루이 씨. 죄송한데 제가 지금 좀 많이 피곤해서요. 내일부터……"

"아~ 이미 한판 하고 나와서 피곤해?"

"예?"

"좀 전에 모건 놈 방에서 나왔잖아. 그 손 빠른 놈이 널 방까지 들였을 땐 분명 뭔가 꿍꿍이가 있었을 거고, 넌 촌년이니까 그저 헬렐레 넘어갔겠지. 어디까지 했어? 벌써 A부터 Z까지 다 갖다 바쳤냐?"

루이가 호선을 그린 입술 사이로 낄낄 웃으며 물었다. 물론 그 웃음이 정말로 재밌다고 웃는 것 같진 않았다. 아까부터 줄곧 눈은 그대로였으니까. 나는 루이의 기분이 바닥을 쳤던 이유가 그거였구나 깨달으며 한숨을 쉬었다. 정말 피곤한 사람이었다.

"무슨 말씀을 하시는 거예요. 빌린 물건을 돌려주러 갔을 뿐이에요. 아무리 제가 촌년이라도 이유 없이 넙죽넙죽 몸을 굴릴 리가 없잖아요. 그보다 그걸 보고 계셨어요? 말도 안 걸고 구석에서 음침하게? 우와. 루이 씨 생각보다 스토커 기질이……"

"뭐 인마?"

웃고 있던 루이는 금세 얼굴을 구기더니 던지듯 내 다리를 놓아주었다. 대신 멱살을 잡아 날 억지로 일으키고는 눈을 똑바로 맞춰 오며 진지하게 말했다.

"난 그 자식이 싫어."

"알고 있어요."

"근데 넌 왜 자꾸 그 자식과 어울리려 하는 거지? 넌 일단 내 소속이잖아. 일부러 엿 먹으라고 하는 거냐?"

나는 어이가 없기도 하고 기분이 나쁘기도 해서 약간 날을 세웠다.

"애도 아니고 편 가르기 하시는 건가요?"

"뭐?"

"루이 씨의 원한은 저랑 별로 상관없잖아요."

"……"

"루이 씨 가슴에 있는 게 저랑 무슨 상관이 있나요?"

가슴에 뭘 가지고 있든 혼자만 지고 가는 거라고 하지 않았던가. 하지만 무섭도록 굳어 버리는 그의 표정을 보는 순간 나는 곧바로 꼬리를 말았다.

"죄송합니다. 제가 좀 건방졌죠. 근데 정말로 전 빌린 물건을 돌려주러 갔다 왔을 뿐이니까 오해하지 말아 주세요."

하긴 잊으면 안 되지. 내가 현재 루이의 노예 정도 되는 처지라는 걸. 수습이면 수습답게 굴어야 탈이 없을 텐데 순간적으로 열받아서 나도 모르게 그만 나불대고 말았다. 나도 참 욱하는 성격이 문제였다. 나는 진심으로 열받은 듯한 루이의 얼굴을 바라보다 슬그머니 눈을 내리깔았다.

"이제부턴 조심할게요."

모건과 생각 이상으로 엮여 버린 건 어쩌다 보니였다. 물론 한 번은 루이에게 스트레스받아서 일부러 어울린 적도 있지만 그 외에는 정말로 어쩌다 보니다. 일부러 루이의 신경을 긁을 생각은 없었다. 피곤해지니까.

루이는 말이 없었다. 정말로 기분 상했구나 싶어서 나는 더욱 시선을 아래로 내렸다.

"앞으론 주의할……"

그때 루이가 다른 손으로 내 턱을 잡아 올리더니 무표정한 얼굴을 바짝 들이댔다. 나는 키스할 듯 다가오는 루이의 입술을 피해 고개를 옆으로 돌려 버렸다. 입장상 꼬리는 말았지만 내 기분도 루이 못지않게 나쁜 상태였다.

"저기 루이 씨. 불편하니 이것 좀……"

내 멱살을 잡고 있는 루이의 손을 잡아떼며 뒤로 물러나려 했다. 루이의 손은 쉽게 떨어졌지만 그렇다고 상황에서 벗어날 수는 없었다. 루이는 곧바로 두 손으로 내 얼굴을 감싸 제 쪽으로 홱 돌렸고 나는 갑작스레 억지로 돌아간 목뼈의 통증을 느끼며 작게 신음했다.

루이는 무슨 생각인지 모를 표정으로 얼굴을 점점 가까이 들이밀었다. 나는 약간 긴장한 채 입을 열었다. 뭔가 말하지 않으면 안 될 듯한 기분이었다.

"저 루이 씨……"

"조용히 해 봐."

하지만 루이는 내가 말하도록 놔두지 않았다. 입을 다물자 루이는 기어이 내게 입술을 맞댔다. 자연스럽게 혀가 들어오고 타액이 섞였다. 한참 키스를 하던 루이는 은근슬쩍 날 뒤로 밀며 시트에 눕혔다. 루이의 입술이 천천히 내 턱을 타고 목으로 옮겨 갔다. 나는 천장을 보며 이게 갑자기 무슨 일인지 두 눈만 껌벅거렸다.

루이가 한 손으로 내 다리를 쓸었다. 나는 약간 눈가를 찌푸렸지만 거의 반쯤은 포기한 상태였고 얼마 후 그의 손이 허벅지 안쪽을 간질거리자 점점 할 기분이 들기 시작했다. 약간 숨이 차기 시작했다.

하지만……

"오늘은 여기까지."

"……예?"

나는 갑자기 떨어지는 루이를 황당한 기분으로 쳐다보았다. 루이는 미련 없이 침대에서 내려가 셔츠 단추를 채우고 다시 넥타이를 매며 나를 무심히 바라보았다. 나는 이게 뭔가 싶어 가만히 루이를 쳐다보았다. 루이는 아주 평온해 보였다.

"지금 뭘……"

"가볍게 분위기 잡는 거 알려 줬잖아. 나중에 써먹어라."

"……예?"

"그럼 쉬어."

루이는 뒤도 안 돌아보고 방을 나가 버렸다.

"뭐……."

잠깐만. 정말 가는 거야? 날 이렇게 두고? 나 치마 올라가 있는데? 나 약간 흥분해 있는데, 정말로 이렇게 내팽개친다고? 닫혀 버린 문을 보며 사고가 뒤죽박죽되어 혼란에 빠졌다.

나는 천천히 몸을 일으켜 올라간 치마를 슬그머니 내렸고, 곧 소리를 지르며 이불 속으로 빠르게 파고들어 갔다.

"우악!"

놀림당했다. 농락당했다. 그것을 깨닫자 부끄러움이 미친 듯이 밀려들어 와 나는 베개에 머리를 파묻은 채 마구 소리를 질렀다. 나쁜 인간! 못된 인간! 파렴치한! 말도 안 돼! 어떻게 이럴 수가! 수치심에 얼굴 전체로 열이 오르는 게 느껴졌다. 너무해!

나는 그날 조금도 휴식을 취할 수 없었다.

다음 날 아침 나는 피곤함에 오만상을 찌푸리며 짜증을 부리고 있었다. 휴게실에서 커피를 타다가 설탕을 너무 많이 넣어 결국 그 짜증이 팍 터져 버린 나는 찻잔을 집어 던지려 했고 내 옆에서 제 몫의 커피를 타고 있던 베어가 재빨리 내게서 찻잔을 빼앗아 가며 말했다.

"내가 해 줄게."

"……."

"넌 어째 오늘 상태 안 좋다?"

"……."

"루이 씨는 기분 좋아 보이던데."

"뭐?"

루이라는 이름에 나는 더욱 인상을 찡그리며 베어를 쳐다보았다. 베어는 어리둥절한 표정으로 내 앞에 다시 탄 커피를 놓아 주며 말했다.

"콧노래 흥얼거리고 있던데. 둘이 무슨 일 있었어?"

"아니."

단호히 말하며 커피를 한 모금 마셨다. 베어는 날 가만히 바라보다 문득 중얼거리듯 물었다.

"……혹시 욕구 불만이야?"

나는 찻잔을 내려놓고 베어의 복부를 향해 주먹을 세게 꽂아 버렸다. 베어가 작게 신음하며 배를 감싸는 가운데 나는 다시 찻잔을 들며 말했다.

"시끄러."

"성격 나빠졌다. 너."

베어는 맞은 자리를 문지르며 내게 미간의 주름 펴라고 했다. 나는 그제야 손으로 미간을 만지며 입술을 부루퉁하게 내밀었다.

두 번째 심사 발표 날이 되었다. 이번 심사 통지는 담당자를 통해 전달되었고 나는 루이와 마주 앉아 홍차를 마시며 통지서를 확인했다.

면접은 3.0 만점에 2.5, 기록은 2.0 만점에 2.0, 담당자 보고서 5.0 만점에 1.0.

총합 10점 만점에 5.5점. 지난번보다 총합 점수는 0.5점 올랐으나 담당자 점수는 0.5점이 깎였다. 대체 어째서지. 통지서를 접어 봉투에 집어넣으며 맞은편의 루이를 바라보았다.

"루이 씨."

"왜."

루이는 생각에 빠져 있는 듯 창가를 멍하니 바라보며 대꾸했다. 나는 따뜻한 찻잔을 손으로 만지작거리며 루이에게 물었다.

"딱히 점수에 연연할 입장이 아닌 건 알지만 좀 궁금해서요. 여기 담당자 점수는 루이 씨가 솔직하게 내린 점수인가요. 아님 일부러 깎은 건가요?"

루이의 눈동자가 굴러와 나를 바라보았다. 잠시 날 빤하게 응시하던 그는 곧 대수롭지 않게 차를 한 모금 마시며 말했다.

"무슨 근거로 깎은 거라 생각한 거지? 지난번도 그렇고 이번도 그렇고 난 내 소신껏 했다만."

"제가 그 정도로 형편없다는 건가요?"

"형편없다고까진 생각지 않지만, 쓸모 있냐 없냐 중 어느 쪽이냐고 묻는다면 아직까진 쓸모없다는 게 내 생각이다."

"……."

나 정말 열심히 임했는데. 실력으론 나름 상위권이라고 생각했지만, 착각이었던 것 같다. 우울해진 나는 루이에게 양해를 구하고 그의 방을 나왔다.

내 방 침대에 누워 한참 동안 생각에 빠져 있었다. 머릿속으로 루이가 말한 쓸모없다는 말만 반복되었다. 우울한 기분은 아예 땅으로 파고 들어갔다. 쓸모가 없으면 나는 왜 살아 있는 거지. 그러다 문득 오늘분 약을 먹지 않았다는 것을 떠올리며 몸을 일으켰다.

옷장 속 가방을 뒤져 테일러 박사가 준 알약을 두 개 꺼내 테이블로 갔다. 주전자를 컵에 기울였지만 마침 물이 떨어진 상태였다. 한 손엔 알약을 다른 손엔 주전자를 들고 방을 나섰다. 복도 끝자락에 있는 휴게실로 들어서서 개수대 물을 틀고 주전자에 물을 받았다.

알약을 입 안에 털어 넣고 컵에 따로 물을 받아 마셨다. 손등으로 물 묻은 입술을 닦던 중 휴게실 문이 열리며 모건이 들어왔다.

"어디 아파?"

"……예?"

입 안에 조금 남은 물을 마저 삼키며 되물었다. 모건은 들어오기 전 문에 붙은 창유리를 통해 내가 약을 먹는 것을 봤다고 했다. 나는 한 손을 허공에 휘휘 저으며 말했다.

"아뇨. 아픈 곳 없어요. 방금 건 그냥."

그냥…… 그다음은 뭐라고 해야 하는 거지. 그냥 습관적으로 먹는 약? 아니, 약쟁이도 아니고. 단어 선택에 고심하며 절로 목소리를 흐렸다. 모건은 그런 날 가만히 바라보다 얼마 후 말갛게 입꼬리를 올리며 물었다.

"영양제?"

"아…… 뭐…… 네."

모르겠다. 영양제는 아니지만 딱히 주절주절 설명하기도 귀찮아 대충 대꾸했다. 굳이 그에게 내가 기억을 잃은 사실을 말해 줘야 할 이유는 없었다. 나는 언제 루이가 나타나 짜증을 부릴지도 모른다는

310

생각이 들어 주전자를 들고 자리를 뜨려고 했다.

"그럼."

모건이 지나쳐 가는 날 불러 세웠다.

"할리."

"예?"

"지금부터 시간 좀 있어?"

"예? 아뇨. 할 일이 있어요."

핑계를 댔다. 모건은 여전히 다정한 목소리로 물었다.

"오래 걸려?"

"예…… 아마도."

자칫 피한다는 느낌을 줄까 봐 최대한 착한 표정을 지어 보였지만 모건은 내 마음을 알고 있다는 듯 쓰게 웃으며 단도직입적으로 물었다.

"할리. 혹시 나 피하고 있어?"

"예? 아니요. 그런……."

"내가 불편하게 했다면 미안해. 그치만 나쁜 맘은 없었어."

모건에게 미안한 마음이 들어서 멋쩍게 볼을 긁적였다. 모건은 내 대답을 기다리는 듯 여전히 애처로운 눈빛으로 날 바라보았다. 한숨을 길게 내쉬었다.

잠시 아무도 없는 주변을 두리번거리고 휴게실 문에 붙은 투명한 창유리 밖까지 넘겨다보고 나서야 모건에게 작게 가까이 오라는 손짓을 했다. 모건은 눈썹을 살짝 올리며 나에게 고개를 숙였고 나는 그의 귓가에 작게 소곤거렸다.

"전 괜찮은데요…… 모건 씨랑 어울리면 루이 씨가 싫어해요……."

"……."

나는 모건에게서 떨어져 난처하게 웃어 보였다. 나를 가만히 응시하는 모건에게 이해해 달라며 한 손을 살짝 들어 보이자 모건은 사르르 눈꼬리를 휘고 따뜻하게 웃었다.

"다행이다."

"예?"

"네가 날 싫어할까 봐 좀 쫄았어."

"죄송해요."

"아냐. 그럼 가끔 몰래라도 어울려 줄래?"

"예? 그치만……."

"널 곤란하게 만들지는 않을게. 약속할 수 있어."

이렇게까지 친근하게 다가오는데 더 내치는 것도 미안해서 마지못해 고개를 끄덕였다. 모건은 기쁘다는 듯 더욱 따스하게 웃었다. 그 미소를 보자니 더 민망한 기분이 들었다. 괜히 목뒤를 주무르며 슬그머니 몸을 돌렸다.

"그럼. 가 볼게요."

휴게실을 빠져나가려고 문고리를 잡았을 때 모건이 말했다.

"오늘 저녁에 거리 축제가 있어. 같이 가지 않을래?"

"……?"

문을 열다 말고 뒤를 돌아보았다. 모건이 웃으며 덧붙였다.

"혼자라서 외롭거든."

"릴이라도 데려가시면……."

"너와 가고 싶다고 하면 난처해?"

"……."

"난 너랑 가고 싶은데."

"······."

"넌 싫어?"

그 순간 왜 루이의 말이 떠올랐는지는 잘 모르겠다.

'저 사람 좋은 척하는 얼굴로 누구든 걸렸다 하면 뼈까지 발라 먹는 독종이다.'

루이에게 주입된 편견이라고 생각하면서도 내 몸은 마치 위협이라도 받은 것처럼 저절로 힘이 들어갔다. 티를 내면 모건이 상처받을지도 모른다. 불안에 점점 빠르게 뛰는 심장을 무시하려고 애쓰며 천천히 입을 열었다. 정말로 미안하다는 듯이.

"죄송해요. 싫은 건 아닌데······ 오늘은 어렵겠어요."

"그래? 아쉽네."

"그럼······."

모건에게 억지로 웃어 보이곤 휴게실을 빠져나왔다. 뒤도 안 돌아보고 내 방으로 향했다. 어쩐지 중간에 돌아보면 휴게실 창유리를 통해 눈이 마주칠까 봐 겁났다. 겁나는 이유조차 알지 못했다.

바쁘다며 모건의 데이트 신청을 거절하긴 했지만, 사실 나는 할 일이 없었다. 그저 방 안에 틀어박혀 나이프와 총을 세밀하게 손질하며 시간을 보냈다. 얼굴이 비칠 정도로 나이프 날을 거울처럼 반들반들하게 닦아 놓고 가죽집에 끼워 놓았다. 그리고 해체해 놓은 총의 부품을 이리저리 들어 살피며 먼지 한 톨이라도 넘어가지 않겠단 생각으로 손질하고 있었는데 문득 노크 소리가 들렸다.

재빨리 총을 조립해 허리춤에 끼워 넣으며 대답했다.

"예."

문이 약간 열리며 미미의 조막만 한 얼굴이 빼꼼하게 들어왔다.

"뭐 해?"

들어오라고 하자 미미가 헤죽 웃으며 안으로 들어섰다. 미미의 움직임에 따라 그녀의 결 좋은 단발이 살랑거렸다.

"왜?"

"넌 저번에 임무라 몰랐겠지만 원래 심사 날은 특별 자유 시간이야."

"그래서?"

"매일같이 선배들 쫓아다니랴. 선배들이 떠넘긴 잡무에 시달리랴. 수습들에게 오늘같이 좋은 날이 어딨어? 거기다가 마침 오늘은 거리 축제도 있다잖아?"

"그래서."

괜히 말을 길게 하는 미미에게 본론만 말하라고 했다. 미미는 양손을 허리 뒤에 감추고 몸을 이리저리 흔들며 수줍은 표정을 지었다.

"노올자~"

"……."

"응? 응?"

"잠깐만. 너 지금 아양 부릴 상대를 잘못 찾아온 거 같은데. 나 일단 생물학적으론 여자라서."

더러운 거 봤네. 고개를 돌리고 눈가를 짚었다. 미미는 나를 더욱 부끄럽게 만들려는 듯 양 볼을 빵빵 부풀렸다.

"베어랑 카이는 지들끼리 나가 버렸단 말야~! 남자들만의 시간이니 어쩌니 하면서~!"

"……."

"우리도 나가자~ 응?"

미미는 내 팔을 잡고 흔들며 졸랐다. 애냐. 콧소리도 귀여운 척도
다 거슬렸다. 미미를 어이없이 쳐다보다 벌레 털듯 뿌리쳤다.

"좋아. 대신 아양 부리지 마. 빡쳐서 때릴지도 몰라."

"에헤헤~! 알았어!"

그제야 미미가 평소처럼 개구지게 웃으며 대답했다. 일부러 그랬
구나. 여우 같은 자식. 테이블 위에 펼쳐 두었던 나이프 집을 총집 위
로 엇갈려 두르며 물었다.

"거리 축제 뭐 별거 있나?"

"몰라. 나도 처음이라. 그러니까 꼭 봐야겠어."

들뜬 미미에게 이끌려 방을 나섰다. 마침 눈앞에 릴이 지나가고 있
었다. 릴은 우리를 흘긋 봤다가 이내 눈을 돌려 지나쳤다. 그 순간 어
째선지 미미가 혀를 차며 릴에게 들으라는 듯 말했다.

"뭐야. 쟤가 여긴 왜 있어."

미미를 의아하게 내려다보았다. 얘가 왜 이러지. 릴이 걸음을 멈추
며 돌아섰다. 릴의 건조한 눈길이 미미를 응시했다.

"내가 어디 있든 네가 무슨 상관이지?"

미미는 릴을 향해 활짝 웃었다.

"아~ 이런. 들렸어? 그치만 네 방은 이 아래층이잖아. 쓸데없이
왔다 갔다 하면 오해받는다?"

"담당 선배가 이 층에 있을 뿐이야. 그리고 네 방 역시 아래층일 텐
데. 괜한 시비 걸지 마. 그러다 후회할 테니까. 너랑 내가 붙으면 십
중팔구는 땅꼬마인 네가 죽지 않겠어?"

"뭐? 이 썅……."

금세 발끈해선 릴에게 다가가려는 미미의 앞을 재빨리 손을 뻗어
막았다. 시비 걸어 놓고 먼저 걸려들면 어쩌자는 거야. 바보냐.

릴은 덤빌 테면 덤벼 보라는 듯 여유롭게 서 있었다. 릴에게서 눈을 떼며 미미를 잡아끌었다. 릴이 맘에 들진 않지만 미미가 릴을 이길 수 있으리란 생각은 들지 않았다. 그렇다고 내가 끼어들고 싶지도 않고.

"그만 가자."

귀찮은 일은 사양이었다.

"잠깐."

미미를 데리고 자리를 뜨려는데 이번엔 릴이 불러 세웠다. 릴은 나를 잠시 바라보다가 미미에게 눈을 옮겼다.

"아무리 사소한 거라도 시비를 걸었으면 매듭은 짓고 가야지. 사과해. 미미."

"아. 뭐라는 거야."

미미가 손가락으로 귀를 후비며 짜증스럽게 대꾸했다. 드물게도 릴의 입술이 호선을 그렸다.

"생각해서 해 주는 말인데. 너도 이런 일로 죽으면 억울할 거 아냐. 고작해야 몸 굴리는 재주밖에 없는 게."

"씨발년이."

미미가 표정을 일그러뜨리며 제 치맛자락을 들췄다. 허벅지에서 소형 나이프 두 개를 뽑아 손가락에 끼워 든 미미는 미처 말리기도 전에 팔을 휘둘러 그중 하나를 릴에게 던졌다. 릴은 바로 단소총을 빼 들어 방아쇠를 당겼다. 총알이 날아오는 날 끝을 정확히 때렸다. 나이프가 허공에서 빙글빙글 돌다가 바닥에 떨어졌다.

그사이 미미가 낮게 달려가 릴과의 거리를 좁혔다. 미미는 릴의 팔 안쪽으로 파고들어 빠르게 몸을 뒤집어 발을 휘둘렀다. 릴이 발목을 잡아채자 미미는 두 번째 나이프를 위로 날렸다. 고개를 뒤로 꺾어 나이프를 피해 낸 릴의 눈이 낮게 가라앉으며 살의를 비쳤다.

어쩔 수 없이 끼어들 수밖에 없었다. 미미가 죽게 내버려 둘 순 없었다. 손을 허리춤에 가져가 총을 빼 들었다. 몸싸움이 이어진 끝에 미미와 릴 둘 사이에 거리가 벌어진 상태였다. 릴이 미미의 머리에 총구를 겨누는 순간 나는 릴에게 총을 겨눴다. 그때 릴의 등 뒤로 그림자가 지는 게 보였다. 모건이었다. 덕분에 방아쇠를 당겨야 할지 말아야 할지 잠깐 머뭇거리고 말았다.

다행히 모건이 릴의 팔을 잡아채 위로 들어 올렸다. 지체 없이 발사된 총알이 천장에 박혔다. 모건은 아직 방아쇠를 잡고 있는 내게 손바닥을 보이며 차분한 어조로 말했다.

"할리. 총 내려."

"……."

"내려."

미미가 무사한 것을 확인하고서야 천천히 총을 내렸다. 미미에게 다가가 팔을 잡고 억지로 일으켰고 총을 집어넣지 않은 채 미미를 데리고 천천히 뒤로 물러났다.

모건은 눈을 떼지 않고 경계하듯 거리를 벌리는 내게 쓰게 웃고는 미미를 바라보았다.

"미안. 미미라고 했나? 릴에겐 내가 주의 줄게. 시끄럽게 하고 싶지 않으니 이 정도로 해 두지 않겠어?"

"선배."

"조용."

릴이 불만스럽게 입을 뗐지만 모건은 짧게 대꾸하며 입을 다물게 했다.

"요원끼리의 심각한 싸움은 금지되어 있어. 본래라면 이 자리에 있는 너희 셋은 모두 지하실행이지. 하지만 나는 굳이 그렇게까지 할 생각 없어. 이대로 조용히 덮자고."

총소리가 두 번이나 들렸는데 조용히 덮기엔 무리가 있지 않나. 천장에 생긴 총알 자국을 올려다보았다. 모건은 내 걱정을 알아차린 듯 빙긋 웃으며 말했다.

"괜찮아. 이 정도는 내가 수습할 수 있어."

고개를 끄덕이며 아직도 얼굴이 붉으락푸르락한 미미를 억지로 잡아끌었다. 모건은 여전히 릴의 팔을 붙잡고 서선 우리를 향해 잘 가라는 듯 손을 흔들었다.

축제 분위기에 술렁이는 거리로 나왔다. 하지만 미미의 찌푸려진 얼굴은 좀처럼 펴지질 않았다.

"뭐라도 먹을래?"

"……."

"내가 살게."

저녁 식사 전인 걸 핑계 삼아 분위기 좀 바꿔 보려고 했지만 미미는 이런 내 노력에도 계속 저 혼자만 심각했다. 결국 미미를 내버려 두고 자리에 쪼그려 앉아 담배를 꺼내 물었다.

심란한 기분으로 연기만 뻑뻑 피워 내면서 인파를 구경했다. 축제가 대체 뭐라고 거리는 평소보다 몇 배는 활기찼다. 문득 미미가 내 옆에 같이 쪼그려 앉았다. 표정을 보니 이제야 비틀린 심사가 좀 펴진 것 같았다.

"배고파."

아, 그러셔. 저도 민망하긴 한지 미미는 멋쩍은 표정이었다. 그제야 연달아 세 대째 피우고 있던 담배를 바닥에 비벼 끄며 작게 웃었다.

"뭐 먹을래?"

다리를 세우며 묻자 미미가 따라 일어났다. 미미는 거리에 죽 늘어선 간이 상점들을 가리켰다.

"다."

"살쪄도 모른다."

"난 안 쪄."

"그럼 날 살찌우려는 속셈인가?"

턱을 잡고 심각한 척 대꾸하다 슬쩍 웃었다. 미미는 그제야 밝은 표정으로 소리 내 웃더니 문득 등 뒤에서 내 양 옆구리를 세게 꼬집었다. 바로 움찔하며 펄쩍 뛰자 미미는 재빨리 도망치며 말했다.

"잔뜩 비육시켜서 팔아먹어야지~"

"뭐?"

어디다? 애처럼 도망가는 미미의 뒤통수를 어이없이 바라보며 꼬집힌 옆구리를 문질렀다. 미미는 금세 조각 피자 두 개를 사 들고는 얼른 오라며 소리쳤다. 헛웃음을 지으며 다가가자 미미가 피자를 내밀었다.

"다짜고짜 피자부터? 먹성 좋네."

"잔말 말고 얼른 받아. 막 만든 거라 따끈따끈해."

김이 오르는 피자를 받아 들고 미미를 따라 크게 한 입 베어 물자 치즈가 죽 늘어졌다. 흘릴까 봐 얼른 입 속으로 빨아들였다. 따끈한 빵에 곁들여진 갖가지 토핑 맛이 났다. 맛은 나쁘지 않았지만 그다지 배가 고프지 않아서 입 댄 부분만 손으로 찢어 먹고 나머진 미미에게 넘겼다.

미미는 그걸 다 먹고도 부족한지 바로 다른 가게로 향했다. 참새가 바닥을 종종 뛰는 것 같은 모습이 솔직히 좀 귀엽긴 했다. 미미는 이번엔 소시지를 들고 내게도 먹을 거냐고 물었다. 됐다는 손짓을 하곤 바지 주머니에 손을 찔러 넣었다.

천천히 미미의 뒤를 쫓아가며 점점 더 시끌시끌해지는 주변을 두리번거렸다. 다들 뭐가 그리 즐거운지 크게 웃는 소리가 여기저기서 울려 퍼졌다. 덩달아 흥겹기는커녕 소음에 지칠 것 같았다.

"조금 있음 퍼레이드도 하고 저 끝에서 공연도 한대. 가서 보자."

"그래그래."

성의 없이 대꾸해도 미미는 들뜬 기분을 감추지 않으며 밝게 웃었다. 아까까진 입을 댓 발 내밀고 있던 주제에 말이다. 감정 변화가 어린애마냥 다이나믹한 녀석이다. 이 정도면 스트레스에 땅 파다 죽을 위인은 아닐 테니 앞으로도 제법 해피하게 살겠지 싶다.

공연장이 있다는 거리 안쪽으로 들어갈수록 사람들이 더 많아졌다. 어느새 군중 속에 파묻혀 버려서 한 발 앞으로 떼기조차 힘들어졌다. 미미와도 떨어져 버렸다. 앞서 나간 미미는 내가 걱정되지도 않는지 뒤 한 번 돌아보지 않았다.

매정한 자식 같으니. 이럴 거면 혼자 놀지 나는 왜 불렀는지 모르겠다.

"야, 미……."

같이 좀 가자고 미미를 부르려는 때였다. 문득 옆구리를 딱딱한 것이 세게 눌렀다. 사람이 스쳐 지나다 실수로 부딪히는 느낌이 아니었다. 애초부터 크게 내지도 않은 목소리는 그대로 흐려져 주변 소음에 묻혔다. 미미와는 더욱 멀어져 갔다. 낭패감을 느끼며 입술을 깨물었다.

등 뒤의 괴한이 말했다.

"멈춰."

여자 목소리였다. 분을 죽이듯 한껏 내리깔린 말투에 순순히 발을 멈췄다. 미미는 어느새 저 멀리서 머리통만 조금 보일 뿐이다. 진짜 어쩐다.

"주머니에서 손 빼면 바로 죽이겠어."

군말 없이 얌전한 태도를 보이자 여자는 총구를 그대로 둔 채 내 재킷 위를 더듬거렸다. 금세 권총과 나이프가 발견되었고 당연하게도 바로 빼앗겨 바닥에 버려졌다. 이거 잃어버리면 혼나는데 큰일이다.

더 무기가 나오지 않자 여자가 말했다.

"먼저 네 정체. 거짓 없이 말해. 물론 내가 알아낸 것에서 하나라도 빠지면 바로 발포할 테니까 알아서 해."

주변이 하도 시끄럽게 들떠 있어서 바로 옆에 있는 사람들마저 여자의 행동과 말에 주목하질 않았다. 설상가상 저 앞에 설치된 단상 위로 사람들이 올라오더니 공연마저 시작되었다. 휘파람을 불어 대며 펄쩍펄쩍 뛰는 주변 사람들은 나를 돕지 못할 게 분명했다. 내 목소리 또한 들리지 않을 테고.

여자가 얼른 대답하라며 재촉했다. 마지못해 입을 열었다.

"이아쿠안 제국 제3국가안전보장국 소속. 제3안보국장 직속의 특별 암약 부서 23부의 수습 정보 요원."

"이름은."

"할리."

"어째서 23부의 인간이 지난번 혁명군 소탕 작전에 참여했던 거지. 거긴 내부 관련 쪽이잖아."

23부라고 꼭 내부 관련 일만 하는 건 아니었다. 그저 내부 관련 일이 많은 것뿐이지. 하지만 여자에게 굳이 그런 말을 할 필요는 없었다. 어차피 그 사건도 시작은 내부 관련이었으니까.

"기관은 연이은 작전 실패로 인해 내부 스파이의 가능성을 염두에 두고 있었다."

"아하. 그래서 내부 스파이는 찾으셨나?"

"유감스럽게도."

"하."

여자가 허탈한 웃음소리를 냈다. 총구가 옆구리를 더욱 세게 눌렀다.

"이렇게 차려입으니 몰라볼 뻔했지 뭐야. 역시 사람은 옷이 날개라니까."

"……."

"사이크는 네가 죽였나?"

"……."

입이 마르는 느낌이었다. 내가 선뜻 대답을 하지 않자 여자는 이를 갈며 귓가에 바짝 대고 속삭였다.

"또 한 번 묻는 말에 대답이 없으면 그냥 쏠 거다. 사이크는 네가 죽였나?"

"그렇다."

"씨발년……."

숨소리가 점점 거칠어지는 것이, 여자는 당장에라도 날 쏴 버릴 듯했다. 주머니 속의 손을 빼려 기회만 보고 있는데 여자가 말했다.

"사이크는, 널 정말로 좋아했어."

"알아."

여자는 아마도 인일까. 얼굴을 볼 수 없으니 확신할 수는 없지만 하는 말로 봐선 사이크의 측근인 듯싶고 지난 작전에서 놓친 인물 중 여자는 인밖에 없었다. 수배되지 않은 조무래기라면 또 모르겠지만.

"물론 이런 감상적인 얘길 하려고 잡은 건 아냐. 사이크의 유언. 넌 들었지? 그걸 말해."

로라의 눈물은 첨탑 아래에. 불은 아직 꺼지지 않았다.

자연스럽게 사이크의 마지막 말이 떠올랐지만 당연히 알려 줄 생각은 없었다. 하지만 입을 다물고만 있어서는 이 상황을 벗어날 수 없었다. 나는 여자의 정신을 약간 흩트려 놔야겠다 싶어 쓸데없는 말을 주절거리기 시작했다.

"내부 스파이는 정보부 소속일지도 모르겠네."

"뭐?"

"그 정확한 내용은 나 외의 몇몇 사람들밖에 모른다. 하지만 내가 그 얘길 국장에게 전했다는 건 정보부의 몇몇 사람도 차후의 임무 진행 때문에 더러 알고 있지. 결국, 정확한 내용을 아는 사람을 제외하면 용의자는 얼마 없다는 얘기야. 돌아가면 털어 봐야겠어."

"웃기는 소리 마. 넌 못 돌아가니까."

"그거야 봐야 아는 거고. 근데 당신 혹시 인이라는 여자 알고 있어? 사이크가 따로 인에게 전해 달라는 말이 있었거든."

"……."

"말 없는 걸 보니 아나 봐? 잘됐네. 당신이 인을 만나면 전해 줘. 사이크는 말야, 인을 짝사랑하고 있었대."

"……뭐?"

그 순간 옆구리를 누르던 총구가 미세하게나마 힘이 빠지는 것을 느낄 수 있었다. 기회를 놓치지 않고 몸을 돌렸다. 당황한 눈동자와 시선이 마주쳤고 총을 든 손목을 낚아채 반대로 꺾었다.

"악!"

여자의 손에 들린 총이 땅에 떨어졌다. 그대로 멱살을 잡아 끌어당겼다. 무기가 없으면 평범한 여자다. 그녀는 속수무책으로 끌려왔고 나는 그녀와 눈을 똑바로 맞추며 웃었다.

"오랜만이야. 인."

"……윽!"

"근데 미안해서 어쩌지. 사실 방금 한 말은 거짓말이었어."

인의 얼굴이 굴욕적으로 일그러졌다. 그것에 나는 씁쓸한 기분을 느꼈다. 사이크를 좋아했구나. 만약 그녀가 조금만 용기 냈다면 사이크는 내가 아니라 그녀를 사랑했을지도 모른단 생각이 들었다.

이젠 확인할 방법도 없지만.

군중에 밀려 가깝게 밀착된 채 인과 나는 의도치 않은 눈싸움을 했다. 인은 내 손아귀에서 벗어나려 노력했지만, 인과 나는 이미 체격에서부터 차이가 나서 쉽지 않았다. 인을 어떻게 할까 잠시 고민하는 사이 문득 허리에 통증이 밀려들었다.

순식간에 허리에서 힘이 빠지며 인을 놓쳤다. 내가 자리에 주저앉자 인은 다급히 떨어진 총을 주워 들어 나를 겨눴다. 내 옆을 지나 인에게 다가서는 누군가의 손엔 아까 인이 빼앗아 바닥에 버린 내 나이프가 들려 있었다.

잘 손질되어 피를 머금은 나이프는 시뻘겋게 물들어 있었다. 우연히 그 모습을 본 주변의 누군가가 비명을 지르며 자지러졌다. 인은 당황했는지 총을 든 채 주춤거렸다. 내 허리를 찌른 괴한은 총을 든 인의 손을 내리며 뒤쪽으로 이끌었다.

문득 괴한이 나를 돌아보았다. 그는 이나츄스 용병단의 단장이자 또 다른 도망자인 그웬이었다. 그웬은 예전의 서글서글한 인상은 온데간데없이 무심한 얼굴로 나를 쳐다보곤 이내 고개를 돌렸다.

그들은 금세 군중 속에 파묻혀서는 보이지 않게 되었다. 허리를 짚은 채 바닥 어딘가에 있을 내 총을 찾아 더듬거렸다. 그러다 누군가의 발치에 있는 총을 발견해 헤집고 기어가 주웠지만 이미 주저앉은 몸은 일어나지질 않았다.

허리에 힘을 주려고 하자 손가락 사이로 피가 왈칵 쏟아졌다. 주변에선 비명이 이어졌고 머리가 지끈거렸다. 금세 눈앞이 빙글빙글 돌기 시작했다.

"세상에. 이게 무슨 일이야!"

사람들을 헤치고 다가온 미미가 내 앞에 앉으며 옆구리를 같이 눌러 줬다.

"할리!"

"할리?"

언제 미미와 합류한 건지 베어와 카이도 당혹스러운 표정으로 다가왔다. 이내 베어가 날 둘러업었고 미미는 내 허리를 짚어 눌러 주며 같이 이동했다. 카이는 맨 앞에서 사람들에게 양해를 구해 꽉 막힌 길을 텄다.

"미안합니다! 조금만 비켜 주세요! 조금만요!"

조금 지나자 숨이 절로 헐떡거려졌다. 미미는 정신 놓지 말라고 계속해서 말을 걸었다. 베어는 그사이 카이가 잡아 놓은 듯한 마차에 오르며 한쪽 의자에 날 길게 눕혔다. 맞은편에 앉은 세 사람은 놀람과 당혹감을 감추지 않았다.

"할리. 할리."

덜컹거리기 시작한 마차 안에서 문득 커다란 손이 내 얼굴을 세게 두드렸다. 나도 모르게 수면에 잠기려던 정신이 깨며 잠깐이나마 무뎌졌던 통증이 다시 밀려왔다.

"으……!"

"할리. 금방 도착하니까 참아 봐."

베어가 조곤조곤 말을 걸어왔다. 나는 그가 베어라는 것을 잘 알고 있지만 자꾸만 그 얼굴 위로 사이크의 얼굴이 겹쳐져서 환장할 것 같았다. 울컥 눈물이 솟고 말았다. 욕이 나왔다.

"병원 쪽으로 가는 게 좋지 않을까."

"기관 의무실이 안전해. 괜히 말이 많아질 거야."

"그치만, 가다가 잘못되면……."

"그렇게 약하진 않으니 괜찮을 거야."

금세 또 시야가 흐려졌다. 하지만 깜빡 정신이 넘어가는 순간마다 동기들의 손길과 목소리 덕분에 금방 다시 깨어났다. 덕분에 나는 기관 의무실에 도착할 때까지 정신을 유지할 수 있었다.

의무실로 불려 온 루이가 동기들을 모두 밖으로 내쫓았다. 그는 응급 처치가 끝나 누워 있는 내게 다가와 이불을 들추고 상의를 걷어 붕대 감긴 허리를 살폈다.

"얼굴은. 봤어?"

"예."

루이는 옷을 다시 내리고 이불을 덮어 주며 물었다.

"아는 놈이야?"

"그웬하고 인이었어요."

"수배 걸린 놈들?"

"예."

루이는 미간을 좁히고 침대 위를 손가락으로 몇 번 두드렸다.

"아직 이 도시에 있을 줄은 몰랐군. 못 빠져나간 건가?"

"저에 대해서 조사하고 다녔던 모양이에요. 제일 수상하다고 여긴 거겠죠."

"……."

"그리고 사이크의 유언에 대해 물었어요."

"남은 이유가 그거로군. 로라의 눈물이 뭔진 모르겠지만 녀석들에게 있어 중요한 물건이겠지. 제길, 첨탑이 어딘지를 알아야 먼저 선수를 치던가 할 거 아냐."

짜증을 낸 루이는 이내 나에게 시선을 주었다.

"역시 너도 예상 가는 곳 없어?"

나는 말없이 고개를 저었다.

치료를 마친 뒤엔 바로 내 방으로 옮겨졌다. 의무실은 병원처럼 입원 시설이 없었다. 한 건물 내에 각자의 방이 있으니 굳이 필요하지 않다. 나는 내 방에서 링거를 맞으며 잠들 수 있었고 다음 날 의무관이 직접 방으로 와서 붕대를 갈아 주었다.

흉터는 약간 남을 것 같다고 한다. 그래도 나름 빠른 치료 덕에 후유증이 크게 남을 것 같지는 않다고. 상처는 치명적인 곳에서 조금 빗겨 나 있었다. 조금만 척추 쪽에 가까웠으면 나는 그대로 하체 마비가 되었을 것이다.

온종일 침대에 누워 자다 깨다를 반복하면서 천장의 무늬만 세고 있었는데 반갑게도 모건이 문병을 왔다.

"칼 맞았다며. 괜찮아?"

"소식 빠르네요. 앉으세요."

모건은 테이블 의자를 침대 옆에 끌어다 앉았다. 그는 문병 선물이라면서 프리지어 꽃다발을 건넸다. 나는 꽃다발을 받아 향기를 깊게 들이마셨다.

"고맙습니다. 향기 너무 좋네요. 근데 지금 제가 움직일 수가 없어서요. 괜찮다면 모건 씨가 화병에 물 받아서 꽂아 주시겠어요?"

"응. 화병은 있어?"

"아니요."

"하하. 이따가 가져다 해 놓을게. 일단 옆에다 놔둬."

나는 꽃다발을 침대 옆 선반에 올려 두고 모건을 바라보았다. 나와 모건은 입가를 올린 채 말없이 서로를 멀뚱멀뚱 바라보았다. 한참 동안 누구도 입을 열지 않자 이내 서로가 민망해하며 눈을 피했다. 헛기침을 한 모건은 의자에서 주춤주춤 일어나며 물었다.

"차라도 타다 줄까?"

"네. 고맙습니다."

"어떤 거로?"

"그린티로."

얼마 후 휴게실에서 차를 타 온 모건은 제 몫의 홍차를 선반에 올려놓고 그린티를 쟁반째로 내게 건넸다. 이불에 흘릴까 신경 써 준 것 같았다.

"어제 축제에 나갔다가 그런 거야?"

"네."

"그렇구나……."

모건은 홍차를 마시며 잠시 말을 멈췄다. 그러다 문득 중얼대듯, 하지만 똑똑히 들릴 정도의 목소리로 말했다.

"내가 옆에 있었으면 지켜 줬을 텐데."

"푸! 앗, 뜨거……."

"괜찮아?"

"아…… 네. 죄송합니다."

모건은 손에 차를 흘린 나를 보고 자리에서 일어나서는 쟁반을 거둬 가고 티슈를 내밀었다. 나는 티슈로 셔츠와 손을 닦으며 모건의 눈치를 보았다. 모건은 테이블에 쟁반을 가져다 두면서 나직하게 말했다.

"내가 놀랄 만한 얘길 한 건가?"

"예?"

"내가 너에게 호감이 있다는 건 이미 어필했던 것 같은데. 그런 반응이면 좀 상처야."

"죄송합니다. 콜록……."

나는 사레가 걸려 짧게 기침을 하곤 티슈를 선반에 올려놓았다. 모건이 티슈를 쓰레기통에 버리며 말했다.

"피곤하면 누워."

"그럼 실례할게요."

안 그래도 좀 허리가 아파 오기 시작해서 나는 그에게 양해를 구하고 천천히 몸을 뉘었다. 나를 가만히 바라보던 모건은 내가 통증에 작게 신음하자 얼른 어깨와 등을 손으로 받쳐 눕는 걸 도와주었다.

"고맙습니다."

완전히 자리에 눕고 나자 한결 편한 기분이 되었다. 모건은 미소지으며 의자에 앉았다.

"자도 괜찮아. 나는 차 마시고 화병 가져다 놓은 다음에 알아서 갈 테니까."

"그치만……."

"걱정 마. 네가 무방비하긴 하지만 아직 아픈 여자 덮칠 정도로 이성을 놓진 않았어."

"아하하……."

그럼 자칫 이성을 놓치면 날 어떻게 할 거란 얘긴가. 반사적으로 웃기는 했지만 솔직한 심정으론 난감하기만 했다. 그저 찡그릴 수 없으니 웃는 것뿐이다.

날 그냥 내버려 뒀으면 좋겠는데. 역시 확실하게 거절하는 편이 좋을까. 그런데 어떻게 말해야 기분 나쁘지 않게 거절할 수 있는 거지. 나는 모건과 애인이 되고 싶은 건 아니지만, 그가 인간적으로는 마음에 들었다. 좋게좋게 해결 볼 수 있는 방법이 없을까. 어색해지는 건 싫은데.

어쩌면 내가 너무 진지하게 생각하는 건지도 모른다. 그냥 죄송하다고만 말해도 모건은 아무렇지 않게 물러날 수도 있다. 몸이 낫는 동안 제대로 고민 좀 해 봐야겠다 생각하며 일단은 머리 한구석으로 치워 놓았다.

모건은 남은 홍차를 마저 마시곤 자리에서 일어났다. 그는 쟁반에 빈 찻잔들을 챙겨 밖으로 나갔고 그제야 약간 한숨이 나왔다.

눈을 감자 정신은 금세 몸의 회복을 위한 수면으로 나를 이끌었다. 스르르 잠이 들었다가 문득 부스럭거리는 소리에 흐릿하게 정신이 깨어나 눈을 떴다.

어느새 돌아온 모건이 테이블 앞에 서서 꽃다발 포장을 풀고 있었다. 모건은 물이 반쯤 찬 투명한 화병에 꽃을 하나씩 꽂다가 내 쪽으로 시선을 주었다. 눈이 마주치자 꽃을 내려놓고 다가온 모건은 침대에 걸터앉으며 내 머리를 부드럽게 쓰다듬었다. 달래는 듯한 어투가 귓가에 소곤소곤 파고들었다.

"미안. 깼어? 조용히 할 테니까 더 자."

"……."

완전히 깬 상태가 아니라서 대답까진 하지 못했다. 이마를 쓰다듬는 모건의 손길에 나는 순순히 눈을 감고 잠들었다.

다시 눈을 떴을 때 모건은 없었다. 고개를 돌리자 침대 옆 선반 위로 프리지어가 꽂힌 화병이 놓여 있었다. 링거도 새 걸로 바뀌어 있다. 모건이 침대 옆으로 끌어다 놓았던 테이블 의자에 이번엔 루이가 앉아 팔짱을 끼고 있었다.

"루이 씨."

루이는 프리지어 화병을 가만히 바라보고 있다가 내 부름에 눈을 돌렸다. 루이는 조용한 어조로 물었다.

"상처는."

"잘 모르겠어요."

"그러냐."

어째선지 루이는 평소보다 약간 가라앉은 느낌이었다. 루이는 다시 프리지어로 눈길을 돌렸다. 나는 시계를 봤다가 천천히 몸을 일으키며 루이에게 말했다.

"루이 씨. 죄송한데 저 약 좀 주실래요."

"어딨는데."

"옷장 안에 있는 여행 가방에요."

루이는 별말 없이 일어나 옷장 문을 열었다. 그 안에 있는 여행 가방을 뒤적여 약을 찾아낸 루이는 알약 두 개만 따로 꺼내 옷장 문을 닫았다. 루이는 펼쳐 내미는 내 손바닥에 알약을 떨어뜨려 주고 유리컵에 물을 따라 가져다주었다.

"고맙습니다."

알약을 입에 넣고 물과 함께 목 안으로 넘겼다. 물이 약간 남은 컵을 화병 옆에 올려 두며 물었다.

"근데 어쩐 일이세요."

"그냥 상태 보러 왔다."

"의무관 말로는 좀 걸릴 것 같다네요. 죄송합니다."

"됐어. 덕분에 치안이 더 강화돼서 그 녀석들은 그리 쉽게 도시를 빠져나가진 못할 거다. 현상금도 올랐어. 국가 인재산을 공격한 죄로 말이지."

나는 고개를 끄덕이며 침대 헤드에 등을 기댔다. 근데 금세 불편해져서 베개를 허리와 침대 헤드 사이에 끼워 넣고 다시 기댔다. 하지만 그것 역시 편하지 않아 상처 부근을 손으로 짚으며 결국 등을 뗐다.

내 표정이 불만스러워 보였는지 루이가 마지못해 말했다.

"누워 있어."

"죄송합니다."

거절 않고 바로 몸을 옆으로 뉘었다. 그제야 좀 편했다. 루이는 프리지어 화병으로 눈길을 돌리며 물었다.

"저건 문병 선물이냐?"

"네."

"……."

누구냐고 물으면 뭐라고 대답할지 고민했는데 다행히 루이는 누군지 묻지 않았다. 그저 차분한 얼굴로 꽃을 쳐다보기만 했다. 오늘따라 루이의 그런 모습이 이상하게 느껴졌다. 뭐라 콕 집어 말하긴 뭐한데 어쩐지 평소와 달라 보였다.

"무슨 일 있으세요?"

"왜?"

"아니. 묘하게 가라앉아 있달까…… 우울해 보여서요."

"그래?"

루이는 피곤한 듯 손으로 얼굴을 쓸었다. 일하느라 잠을 제대로 자지 못한 걸 수도 있다.

"좀 쉬세요. 전 괜찮아요."

"그래. 아무래도 좀 쉬어야겠다. 몸조리 잘해라."

"역시 어딘가 이상하시네요. 얼른 가세요."

저 인간이 나한테 몸조리 잘하라는 말을 할 줄이야. 뭔가 단단히 잘못된 것이란 생각이 들어서 무서울 정도였다. 얼른 가라고 손을 휙휙 내저었다. 보통이라면 이런 행동에도 '건방지게.' 또는 '죽을래?'라는 말이 따라오게 되어 있는데 어째선지 이번에도 루이는 그저 맥없이 웃었다.

정말 뭔가 크게 잘못되었나 보다. 손을 내리며 심각하게 물었다.

"혹시 뭔가 잘못 드셨어요? 아님 내일이면 죽어요?"

"무슨 소릴 하는 거야."

"아니 정말 걱정돼서 그래요. 혹시 머리 다쳤어요?"

"죽을래?"

루이가 발끈하듯 얼굴을 찡그렸다. 아, 정상으로 돌아왔네. 그냥 기분 탓이었나. 안도감에 한숨을 쉬며 다행이라고 했다. 루이는 너야말로 돌았냐고 짜증스럽게 투덜댔다.

"아님 말고요."

루이는 못마땅한 얼굴로 혀를 차며 몸을 돌렸다. 정말 피곤하긴 한 모양이었다.

"간다."

"가세요."

아픈 걸 핑계 삼아 누운 채로 손을 흔들었다. 돌아보지도 않고 방문을 연 루이는 그대로 한 발짝도 떼지 않고 멈춰 서서 말했다.

"뭐야."

내게 한 말은 아니었다. 루이는 여전히 등을 보인 채였다. 아마도 문밖에 누가 온 것 같았다. 내가 누구냐고 묻기 전 루이가 또 한 번 날카롭게 입을 열었다.

"뭐냐고."

"보다시피. 할리를 만나러 왔어."

모건 목소리였다. 왠지 루이의 등 뒤로 검은 게 술렁이는 듯한 기분이 들었다. 심장이 약간 쪼그라들어 마른침을 삼켰다. 나 혹시 엿된 건 아니겠지······?

루이는 크게 콧숨을 내쉬며 대꾸했다.

"왜."

"네가 그걸 왜 궁금해하지? 오는 건 내 맘 아닌가?"

모건의 목소리도 약간 날이 서 있었다. 루이가 시니컬하게 웃었다.

"하 새끼. 발끈하기는. 그래, 어딜 가든 네 맘이긴 하지. 근데 여긴 내 담당 후배 방이고 걘 지금 부상당한 채로 자빠져 있거든. 나는 담당으로서 출입 통제는 할 수 있는 거고. 안 그래?"

모건의 대꾸는 돌아오지 않았다. 열리다 만 문에 가려져 모건이 어떤 표정인지는 알 수 없었지만 역시 좋을 것 같진 않았다. 조마조마해져서 루이의 눈치를 보며 숨소리를 죽였다. 두 사람은 잠시 아무 말도 없었다. 먼저 입을 연 건 모건이었다.

"출입 통제란 수상한 자에 한해서 이루어지는 게 아닌가? 내 신분은 너도 확실히 알고 있을 텐데. 정 못 믿겠으면 신분증이라도 꺼내 보여 줄까?"

"필요 없어. 그딴 거."

"이러면 그냥 심술부리는 걸로밖에 안 보이는데."

"좋을 대로 생각하든지. 가라."

"정말 안 비킬 거야?"

"어. 안 비킬 거야. 꺼져."

"간호하러 온 것뿐이야."

"네가 왜?"

"난 할리에게 관심이 있거든."

"관심? 뭔 관심. 숨통 끊을 타이밍이라도 궁금하냐? 설마 네놈씩이나 돼서 연애적 관심이라고는 하지 마라. 아주 역해."

문밖으로 한숨 소리가 길게 들려왔다. 말로는 도무지 해결이 안 나니 모건도 답답한 모양이었다.

"할리는 아직 안 자지? 방 주인 허락을 받을 테니 좀 비키지?"

"아니. 그 녀석 지금 자. 아주 드렁드렁 코까지 골면서 처자고 있어. 그러니 좀 가라. 너 상대 안 해도 아주 피곤한 몸이라고 내가."

"담당이 무슨 올가미 족쇄도 아니고 어디까지 속박하려는 거야. 인간관계 정도는 본인에게 맡겨 두는 게 어때?"

"물론 나도 어지간해선 그러고 있지. 근데 아직 세상 경험이 없어서 그런지 애가 좀 멍청해. 뭐가 뭔지 사물 분별 못 하고 두 눈 시퍼렇게 뜬 채 악어 입 속으로 대가릴 들이미는데 담당이 그걸 두고 볼 수는 없잖냐."

정말 어쩌. 나는 말려 볼까도 했지만 금방 그만뒀다. 그랬다간 나중에 루이에게 무슨 보복을 당할지 알 수 없었다.

왜 내가 저 인간이 자고 있다고 말했다고 굳이 자는 척을 해야 하는 건지 모르겠지만, 실눈만 뜬 채 들려오는 목소리에 귀를 기울였다. 여러모로 귀찮다 정말. 싸우려면 나가서 싸우란 말이다.

"적당히 해. 내가 어디까지 참아 줘야 하는 거야."

열받은 듯 모건의 목소리가 눈에 띄게 낮아졌다. 루이는 그만두긴 커녕 이젠 아예 문틀을 잡고 들어올 길을 완전히 막아 버리며 말했다.

"씨발, 그래. 그동안 존나 참았냐? 참지 마. 내가 언제 너더러 참으라던? 꼬우면 치라고 새끼야. 내가 너랑 붙는 게 무서워서 말로만 지껄이는 걸로 보여? 먼저 치면 징계받으니까 이렇게 손수 시비 걸어 주잖아. 하여간 눈치는 존나게 없네. 아님, 뭐 부탁이라도 해 줄까? 씨발, 제발 좀 선빵 날려 주십시오. 하고?"

두 사람은 한참을 대치하는 듯하다 결국 루이가 방문을 세게 닫아 버리며 상황이 종료되었다. 루이는 코웃음을 치며 팔짱을 끼고 방문에 등을 기대섰다. 나는 그제야 눈을 제대로 뜨고 루이에게 어이없어 하며 말했다.

"피곤해서 돌아간다고 하지 않으셨나요."

"시끄러. 닥쳐."

눈을 지그시 감고 멀어지는 발소리를 듣고 있던 루이가 낮게 대꾸했다. 헛웃음이 나왔다.

"루이 씨도 쓸데없는 거에 자존심 세우다 손해 보는 타입이네요."

"……"

본인이 생각해도 어이없긴 했는지 루이는 입을 다문 채 대꾸하지 않았다. 애네. 애야. 마음 같아서는 크게 비웃어 주고 싶었지만 유감스럽게도 허리에 힘을 주면 아파서 그럴 수 없었다. 물론 안 아플 때 그런 짓 하면 루이에게 반쯤 죽을지도 모르고. 애써 웃음을 참았다.

루이는 인상을 쓰고 다가와 발로 내 엉덩이를 옆으로 죽 밀어내 공간을 만들고는 침대 위로 올라왔다. 루이는 손으로 내 이마를 세게 때리며 짜증스럽게 말했다.

"너 인마. 도대체 행실을 어떻게 하고 다니길래 그 많은 놈 중에 저런 놈이 꼬이냐?"

"모건 씨가 어때서요? 루이 씨보단 자상한데요."

나는 맞은 이마를 손으로 문지르며 불퉁하게 대꾸했다. 루이는 찡
그려진 얼굴로 비아냥거리듯 말했다.

"어디서 그딴 모욕을. 저놈이 자상해? 넌 대체 눈을 어디다 달고
다니는 거야? 엉?"

"아! 아우! 하지 마세요!"

루이가 손끝을 세워 내 이마를 쿡쿡 쪼았다. 딱따구리냐. 나는 손
으로 이마를 감싸며 방어했다. 병자에 대해 안쓰러움이라곤 눈곱만
치도 없는 냉혈한 같으니.

루이는 투덜대는 내게 진지하게 말했다.

"너 이거 장난 아냐. 정신 똑바로 차려. 저놈은 사람한테 감정을 줄
수 있는 인간이 아니란 말이다."

"루이 씨가 할 말인가요?"

"그건 또 무슨 뜻이야. 이 이상 얼마나 더 진심으로 아껴 줘? 너 나
같은 선배 만나기가 얼마나 어려운지 알아?"

"⋯⋯."

"뭐야. 그 뜨뜻미지근한 표정은."

그럼 폭소라도 해야 하나. 상대하기도 귀찮아져서 한숨만 쉬고는
눈을 감았다. 루이가 물었다.

"자려고?"

"네. 루이 씨하고 모건 씨 덕분에 갑자기 피곤해졌어요."

"넌 내가 피곤에 쩔어 눈을 부릅뜨고 있는데 잠을 자겠다고?"

"어차피 옆에서 주무시라고 해도 안 주무실 거잖아요."

"당연하지."

"그럼 어쩌란 거예요. 전 환자예요. 안정을 취해야 한다고요."

"잠 안 자도 안정할 순 있잖아."

"그 말씀은?"

"한 시간만 말 상대 해라. 피곤해서 짜증 나기 직전이야."

이 인간이 진짜. 그럼 자기 방에 가면 될 거 아닌가. 왜 이리 고집인 건지, 이젠 그의 정신 상태에 대해 이해하고 싶지도 않았다. 눈을 뜨자 루이는 침대 헤드에 등을 기댄 채 날 내려다보고 있었다.

"루이 씨는 만날 짜증 나 있는 상태잖아요."

"그럴 리가 있냐. 넌 도대체 날 뭐로 보는 거야."

"성격 파탄자요."

"너 미쳤냐? 오늘따라 왜 이렇게 막 나가? 혹시 죽여 달라는 뜻인가?"

한숨이 또 푸욱 새어 나왔다. 루이로 인해 배로 피곤했다. 물론 모건은 모건대로 은근하게 피곤해지고 말이다. 나를 좀 내버려 두라고 소리치고 싶을 정도로 신경이 가늘어지는 것을 느끼며 결국 이불을 머리끝까지 뒤집어썼다.

루이가 몇 마디 하긴 했지만 대꾸조차 하지 않으니 금세 잠잠해졌다. 잠시 후 루이가 슬그머니 이불을 걷으며 내게 고개를 숙여 왔다. 금세 입술이 맞닿았다. 혀가 들어오기 직전 나는 머리를 뒤로 물려 입술을 뗐다.

"뭐 하시는 거예요."

"키스 교육."

"저 아프다니까요."

"입은 안 아프잖아. 잔말 말고 입 벌려 봐."

루이가 손으로 내 양 볼을 누르며 다시 입을 맞췄다. 마치 달래듯

소곤대는 말투에 비해 손길은 배려가 없었다. 약간 성질이 나서 바르작거리자 루이는 내 어깨를 잡아 누르며 계속 입을 맞췄다.

이딴 게 무슨 교육이야! 발정 났으면 제발 직업여성을 찾으라고! 연애가 하고 싶으면 누구라도 사귀던가! 왜 애먼 날 가지고 그러냐 따지고 싶었지만, 루이가 혀를 감아 오며 그 말은 목구멍 속으로 도로 넘어갔다. 부글부글 끓는 기분으로 루이를 노려보았지만 루이는 눈을 감고 오랫동안 입술을 떼지 않았다.

6. 혐오 (상)

루이와 키스하는 도중에 열이 올랐다. 화가 났다거나 성욕에 흥분해서가 아니라 몸이 피곤하고 아파서 열이 났다. 루이는 뒤늦게 입을 떼며 내 이마를 짚어 보곤 낭패한 표정을 지었다. 그제야 멋쩍었는지 루이는 이제 자라면서 내 가슴을 토닥거렸다. 어이가 없었다. 거기다 토닥이는 손길은 조금도 부드럽지 않았다. 하지만 머리가 몽롱해서 불평할 새도 없이 나도 모르게 까무룩 잠이 들었다.

나중에 눈을 떴을 때는 혼자였다.

언제 돌아갔는지 루이가 있던 시트 위는 이미 온기가 식어 있었다. 아마도 정신력이 한계에 달해 돌아갔을 것이다. 루이도 참 인생 피곤하게 사는 것 같았다.

그냥 릴과 나처럼 무시하고 살면 안 되나. 모건은 굳이 상대하려고 하지도 않던데 루이 혼자 으르렁거리는 모습은 안타까움마저 들었다. 무슨 원한이 그리 깊은 건지 모르겠지만 모건의 행동 하나 말 한 마디에 일일이 반응하는 모양새가 솔직히 좀 볼품없기도 했다. 루이 가 점잖지 않은 건 이미 애저녁에 알고 있었지만 모건과 함께 서면 그게 특히나 더 두드러져 보였다.

모건은 루이에게서 쫓겨난 이후론 요령 좋게 그가 없을 때만을 골 라서 찾아왔다. 남자라면 보통 일부러라도 부딪히려 하기 마련인데 모건은 별로 그런 데에 승부욕을 보이지 않았다. 이성적이고 합리적 인 성격으로 보였다.

어쨌든 모건은 겉모습과는 다르게 꽤나 여우 같아서 두 사람은 좀 처럼 부딪히질 않았다. 모건은 루이가 올 즈음이다 싶으면 지체 없이 방을 빠져나갔다. 나는 그런 모건이 참 대단해 보였다. 그는 뭘 하든 실패가 적지 않을까.

"혈색이 좋아졌어."

"그래요? 저 살쪘나 보네요. 먹고 누워 있기만 했더니."

"별로 그런 뜻은 아니었는데. 보기 좋다는 뜻이었어."

"저도 딱히 꼬아 들은 거 아니에요. 좋게 봐 줘서 고마워요."

몸이 거의 다 나을 즈음엔 어느새 나도 모르는 사이 모건과 은근하 게 가까워져 있었다. 조심스럽게 한 발 한 발 다가오는 것도 모른 채 앞만 보고 걷다가 어느 날 문득 뒤돌아보니 바로 등 뒤에 있었다는 느낌이랄까.

물론 그렇게 느낀 데엔 결정적인 이유가 있었다.

"부축해 줄까?"

"괜찮아요."

"부축해 줄게."

"괜찮은데…… 고맙습니다."

그날 모건은 내가 괜찮다는데도 굳이 팔을 잡아 몸을 일으켜 세워 주고 걷는 동안은 안정적인 지지대 역할을 해 줬다. 나는 침대에서 테이블 의자로 옮겨 앉으며 모건의 팔을 놓았다. 모건은 내 옆에 서서 데워 온 주전자를 기울여 찻잔을 채웠다. 나는 은은한 색으로 차오르는 찻물을 바라보며 약간 넋을 놓고 있었다.

아무래도 매일 방 안에만 있다 보니 정신이 좀 흐려진 탓도 있을 것이다. 모건은 그날따라 맞은편 의자에 앉지도 않고 내 옆에 조용히 서 있었다. 찻잔을 손으로 감싸 온기를 느끼다 한참이 지나서야 모건이 계속 옆에 있다는 걸 깨달았다.

고개를 들자 줄곧 나를 내려다보고 있었는지 바로 눈이 마주쳤다. 모건은 시선을 돌리며 테이블 위로 주전자를 내려놓았고 나는 왜 앉지 않냐고 물었다. 모건은 부드럽게 미소 지었다.

대답 대신 모건의 손 하나가 다가와 내 얼굴을 감쌌다. 내가 그 손길의 의미를 알아채기도 전에 그는 허리를 숙여 다가왔고 나와 입술을 맞댔다.

어영부영하는 사이 당해 버렸다.

동의는 없었지만 불쾌하진 않았다. 갑작스럽게 이루어진 느낌도 아니었다. 마치 연인이 단계를 밟는 듯한 순조로운 느낌이었다. 새삼스러운 깨달음에 놀랐고 약간 충격이기도 했다.

모건의 입술은 길게 머물지 않고 떨어졌다. 나는 오묘한 기분에 사로잡혀 한동안 입을 열 수가 없었다.

생각을 정리하고 스스로의 안일함에 한숨을 쉬었다. 모건은 그런 나에게 미안한 표정을 지으며 싫었냐고 물었다.

대답을 할 수가 없었다.

싫었냐는 물음에 대한 답은 싫지 않았다가 맞았지만, 그렇다고 좋앉다고 말할 수도 없었다. 모건에 대한 감정이 어떻든 간에 나는 아직 좋아선 안 됐다. 나는 사이크를 잊지 못했다. 내가 무방비한 모습을 보였다면 그건 내 잘못이겠지만, 그 순간의 울적한 감정은 모건만을 탓하고 싶게 했다.

계속 입을 다물고 있자 모건이 조심스럽게 불렀다.

"할리."

"저는 아직 누구와 사귈 생각이 없어요."

"응. 알아."

"아는데 왜 그랬어요?"

모건은 말을 고르는 듯 잠시 뜸을 들였다.

"나한테 기댔으면 해."

"제가 혼자선 힘들어 보이나요?"

모건은 고개를 저었다.

"넌 꼭 혼자여야만 하는 사람은 아니잖아. 또 날 싫어하는 것 같지도 않았어. 할리, 지나간 사랑 때문에 새로운 만남을 피하는 건 어리석지 않을까?"

"무슨 말씀이신지 모르겠어요."

한껏 가라앉은 기분으로 대꾸했다. 모건이 어떻게 내 지나간 사랑에 대해 아는 것인지 의문을 품으면서 날을 세웠다. 모건은 진정시키듯이 내 어깨에 손을 올렸다.

"뭐가 무서운 거야? 상처를 받는 게 무서워? 아니면 나한테 상처를 주는 게 무서운 거야?"

"그저 모건 씨가 제 취향이 아닐 거란 생각은 안 하시나요?"

"하하…… 그렇게 생각하기엔 가드가 너무 허술하던데. 그렇다면 좀 더 매정하게 날 내쳤어야지. 내가 다가갈수록 너 역시 눈에 빤하게 호감을 비치는데 내가 돌덩이도 아니고 말야."

정말 뭐라 할 말이 없었다.

어쨌든 그날의 실패는 내가 스스로 너무 자신하고 있었다는 것. 나는 내 생각보다 훨씬 더 나약한 인간이었는데.

모건은 단 한 번도 날 향해 사랑이라는 말을 입에 올리지 않았지만, 어느새인가 슬그머니 내 약한 부분을 파고들어 와 속살거리며 유혹했다. 마치 내 고통을 이해하고 감싸 줄 것처럼 굴었다.

"할리. 나에겐 솔직해도 괜찮아."

사이크에게 단 한 번도 내가 나일 수 없었다는 괴로움. 그것은 사이크가 죽고 난 후에 더욱 가슴속에서 곪아 썩어 가고 있었다. 나는 사이크를 정말로 마음을 다해 사랑했지만 그것은 결국 리나라는 거짓 인격에서 그치고 말았기에 그에게 내 진짜 이름 하나 알리지 못한 것이 줄곧 미련으로 남아 있었다.

모건은 한 발 더 가까이 다가와 부드럽게 날 달랬다.

"딱히 날 좋아해 달라는 말이 아냐."

"……."

"그냥 기대 줬으면 해. 나는 너를 위로하고 싶어."

모건은 손가락으로 내 눈가를 쓸었다. 그러고는 아프지 않게 내 가슴을 깊숙이 후비며 내 영혼을 거세게 흔들었다. 망연한 심정으로 모건을 쳐다보던 나는 결국 울어 버렸다. 울지 않을 수가 없었다.

누구도 나를 위로해 주지 않았다. 루이는 내 감정을 나 혼자만 지고 가라 말했고 테일러 박사는 나에게 이직을 권했다.

그리고 인은, 나에게 씨발년이라고 했다. 더할 나위 없이 타당한 단어라고 생각하면서도 마음 한구석에선 변명하고 싶었다.

나는 정말로 그를 사랑했다고.

나도 그가 죽는 것을 받아들일 때 많이 힘들었다고.

나도 그를 생각하면서 많이 괴로웠고, 나도 그가 이 세상에 없기 때문에 많이 슬프다고. 나도 그가 보고 싶다고. 그러니까 그를 잃은 슬픔이 마치 너희만의 것인 양 말하지 말아 달라고.

그렇게 말할 수 없었던 건 누구도 허락하지 않았으니까.

그를 잃어서 슬퍼해도 된다고…… 씨발, 아무도 허락해 주지 않았어!

"……"

떨리는 손길로 더듬대듯 모건의 팔을 붙잡고 좀 더 가까이 끌어당겼다. 모건은 힘이 거의 들어가지 않은 내 손길에 순순히 끌려왔다. 두 손을 아래로 떨어뜨리며 모건의 배에 이마를 기댔다. 모건은 내 머리를 끌어안아 주며 속삭였다.

"고마워."

기대 줘서 고맙다고 모건이 말했다. 나는 말없이 모건의 배 속으로 파고들어 갈 듯 천천히 이마를 비비며 힘을 주고 밀었다. 모건은 단 한 발짝도 밀리지 않고 단단하게 버티고 서서 나를 도닥였다. 나는 그 상태로 마음껏 소리를 내질렀다. 주위로 퍼져 나가지 못하는 뭉개진 외침을 모건만은 온몸으로 들어 주며 나를 감쌌다.

나는 모건과 정식으로 사귀기 시작했다. 루이에게는 말하지 않았다. 분명 또 이래저래 시끄러울 것 같았으므로 둘 다 입을 다물기로 했다. 나는 모건에게 당신이 날 찾아오면 루이에게 들킬 확률이 높으니 이젠 내 방으로 찾아오지 말라고 했다.

대신 밖에서 만나거나 내가 찾아가겠다고. 모건은 '루이는 그냥 네 선배일 뿐인데 꼭 부모 몰래 연애하는 것 같네.' 라고 말하며 아쉬운 표정을 지었다. 그래도 내가 난처하지 않도록 이내 그러마 수긍했다.

모건 입장에서 보면 기이해 보일지도 모르겠지만 나는 루이와 부딪히는 걸 피하고 싶었다. 루이는 성질내기 시작하면 피곤했고 나는 되도록이면 담당인 그와 잘 지내고 싶었다. 물론 모건에 대한 건 루이에게 미안하게 생각한다. 하지만 그렇다고 내가 루이 때문에 모건과 척을 질 이유는 없었다.

모건의 말처럼 루이는 그저 내 담당 선배일 뿐이었다. 담당 선배가 후배의 연애사까지 이래라저래라 할 수는 없었다. 업무 외로 참견하는 건 담당이라도 지나친 거였다. 물론 담당과의 사이가 나빠지는 건 어쩔 수 없는 일이겠지만.

밝혀지더라도 최대한 늦게 밝혀졌으면 좋겠다. 적어도 내가 수습을 끝낼 때까지는 루이가 몰랐으면 좋겠다고 여겼다.

그런 심정으로 모건과 몰래 사귀기 시작했고 순식간에 한 달이 후딱 지나가 버렸다. 나는 보통보다 회복이 빨라서 열흘 전에 붕대를 풀고 복귀할 수 있었다. 요즘은 루이를 따라다니며 여러 가지 잡다한 일을 배우는 중이다.

지금은 거리 벤치에 앉아 누군가를 기다리고 있었는데 담배를 피우던 루이가 뜬금없이 물었다.

"너 요즘 어딜 그렇게 싸돌아다니냐?"

"예?"

속으로 움찔했다. 찔릴 이유가 없는데 찔렸다. 나는 나쁜 짓을 하는 게 아니었다. 루이에게 모건과의 연애 사실을 숨긴 건 그저 귀찮은 일을 피하고 싶어 내린 결정이었다.

근데 왜 이리 눈치가 보이는 걸까. 그냥 처음부터 솔직하게 말할

걸 그랬나. 후폭풍이 좀 두렵긴 하지만 그냥 지금이라도 말하는 게 좋을까. 갑자기 머릿속이 엉키는 듯했다.

어떻게 말해야 루이의 분노를 조금이라도 덜 사려나 고민하며 눈치를 보았다. 루이가 투덜거리듯 말했다.

"업무 때문에 할 말 있어 찾아가면 어떻게 만날 비어 있어. 밤마실 나가냐?"

솔직하게 말할까. 그래 솔직하게…… 솔직…….

하지만 마음과는 달리 나는 거짓말을 하고 말았다.

"그냥 산책 좀……."

"적당히 해. 그러다 또 칼 맞는다."

"예."

말할 수 없었다. 루이는 모건을 정말로 싫어했다. 그리고 모건과는 달리 나는 루이에게 굉장히 만만한 존재였다. 솔직하게 말했다가 루이가 혹시라도 홧김에 날 죽이려 들면 어쩌지. 나 안 죽을 수 있을까. 불편한 기분으로 하늘을 올려다보았다.

꼭 바람이라도 피우는 기분이었다.

루이가 손목시계를 확인하며 혀를 차더니 자리에서 일어섰다. 나는 루이를 따라 일어섰다.

"왜 그러세요?"

"장소가 바뀌었다."

"예?"

"가자."

먼저 발을 뗀 루이는 궁금한 심정으로 뒤를 쫓는 내게 말했다.

"약속 시각에서 5분 지나도록 안 나타나면 자동으로 2차 장소로 약속이 바뀌거든. 오늘 만날 녀석은 조심성이 많아."

"예······."

"그나저나 너 몸도 다 나았겠다. 다시 시크릿 시작해도 되겠지?"

"예. 괜찮아요."

"그럼 오늘 밤부터 할 테니까 밤마실 나가지 말고 기다려."

"네."

루이는 어느 뒷골목으로 들어섰다. 죽 늘어서 있는 허름한 집 중에서 한 나무문 앞에 멈춰 서서는 문을 세 번 두드렸다. 안에선 아무런 반응이 없었다. 그래도 루이는 다시 문을 두드리지 않았다. 한 10분 정도 마냥 그 앞에 서 있자 뒤늦게 문이 좁게 열리며 어두운 안쪽에서 누군가의 눈만 빼꼼하게 보였다.

상대는 루이와 나를 잠시 쳐다보다 문을 조금 더 넓게 열어 주었다.

"들어와요."

"실례."

루이는 먼저 안으로 들어섰다. 내가 그 뒤를 따랐고 컴컴한 내부엔 곧 작은 촛불 하나가 켜지며 노인의 얼굴이 어스름하게 비쳤다. 루이가 노인에게 물었다.

"롬은?"

"2층에."

노인은 촛불을 받친 접시를 루이에게 건넸다. 루이는 그것을 받아 들고 2층으로 향하는 계단을 비쳤다.

"올라가자."

그를 따라 2층에 오르자 두 개의 방문이 양쪽으로 마주 보고 있었다. 루이는 고민도 않고 왼쪽 방문을 열었다.

방 안엔 동그란 안경을 쓴 남자가 촛불 하나에만 시야를 의지한 채 책상 앞에서 무언가를 닦고 있었다. 불빛에 번뜩이는 것을 보니 날붙이인 것 같았다. 뒤따라 들어온 내가 문을 닫자 남자가 고개를 들어 루이와 나를 번갈아 보았다. 남자는 책상 맞은편의 의자 쪽으로 손을 뻗었다.

"앉아."

루이가 그 자리에 앉고 나는 주변에 있는 의자를 끌어다 루이 옆으로 앉았다. 남자가 매서운 눈초리로 우리를 번갈아 보며 입가만 슬쩍 올렸다.

"뭐가 필요해?"

"오늘은 내 물건 사러 온 거 아냐. 오늘 손님은 옆에 있는 이 녀석이다."

"호오."

남자는 눈을 더욱 가늘게 뜨며 낮게 호응하곤 나를 바라보았다. 나는 가만히 눈을 마주했다. 남자는 잠시 내 얼굴을 뜯어보다 얼마 후 다시 루이에게 눈을 돌렸다.

"네가 보증하는 건가?"

"그래."

"그렇군."

남자는 다시 날 쳐다보며 그제야 자신을 소개했다.

"난 롬이라고 불러. 그쪽은?"

"할리."

"그렇군. 그럼, 할리. 이 중에 어떤 게 가장 눈에 들어오지?"

롬은 책상 위로 10개가 넘는 나이프를 꺼내 늘어놓았다. 색도 모양도 제각각인 나이프들은 기형적으로 휘어져 예술품같이 보였다. 아름다우면서도 하나같이 매섭게 빛나는 날 끝을 보며 조금 시간을 끌자 루이가 담배를 물며 담담하게 말했다.

"그냥 마음이 끌리는 대로 솔직하게 말하면 돼."

루이가 문 담배 끝이 촛불에 닿아 붉게 탔다. 나는 흩어지는 연기 사이로 손가락을 뻗어 그중의 하나를 가리켰다.

"저게 마음에 들어요."

"정말로?"

"네. 그게 예뻐요."

바람이 굽이쳐 부는 것 같은 모양의 칼날이었다. 롬은 그 나이프의 이름이 '프렌스'라고 했다. 이름을 붙여 줄 정도로 어지간히 나이프에 애착이 많은 사람이구나 싶어 호응해 주듯 고개를 끄덕였다. 롬은 나이프들을 거두고 자리에서 일어났다.

"잠깐 일어나 주겠나?"

대체 뭐가 뭔지 몰라 찜찜했지만 순순히 일어섰다. 롬은 초를 내 쪽으로 가까이 비추며 위아래로 나를 살폈다. 곧 그가 손짓으로 다시 앉으라는 뜻을 비쳤다. 나는 그 손짓대로 다시 의자에 앉았다. 롬이 물었다.

"몸이 좋군. 주 무기가 뭐지?"

"딱히 없어요."

"화기 중엔?"

"권총을……."

"권총이나 단소총보다는 총신이 긴 장소총이 좋아. 작은 건 너에게 맞지 않아."

"……?"

무슨 소리를 하는 건지. 나는 루이를 보며 이게 대체 뭔지 눈짓으로 호소해 봤지만 루이는 내게 시선도 주지 않았다. 대신 담배를 문 채 롬에게 말했다. 촛불에 그림자가 진 루이의 얼굴은 어딘지 편치 않아 보이기도 했다.

"알아서 해 줘. 네 눈이 정확하겠지."

"알았어."

롬은 낮게 대답하며 서랍에서 줄자를 꺼내 들었다. 그는 나의 가슴까지밖에 오지 않을 정도로 키가 작았는데 날 다시 일으켜 세우더니 까치발을 들며 내 팔의 길이와 어깨의 넓이 등을 재기 시작했다. 나는 불편한 기분으로 어정쩡하게 서서 그가 하는 대로 내버려 두었다.

롬은 내게 두 손을 펴 보라 했고 순순히 손을 펴 보여 주자 내 손가락 길이까지 전부 재고 나서야 줄자를 거뒀다. 롬은 책상 위에 종이 한 장을 꺼내 놓고 지금까지 잰 수치들을 적으며 말했다.

"골격이 좋은 데다 근육도 유연해서 어지간한 충격에도 끄떡없겠어. 제법 멋진 녀석이 나오겠군."

"……."

루이는 어느새 두 대째 문 담배 연기를 길게 뱉어 냈다. 롬은 적은 종이를 잘 접어 품에 넣었다.

"가격은 늘 그렇듯 만든 다음에 책정할 거야. 계산서는 루이 너에게 보내면 되나?"

"어."

"일단 오늘은 끝이야. 필요할 때 연락 주겠어."

"수고해."

루이는 자리에서 일어나며 책상 한편에 있는 재떨이에 담배를 비벼 껐다. 그는 내게 돌아가자고 말하며 발걸음을 돌렸다. 나는 롬을 바라보다가 루이의 뒤를 따라갔다.

"대체 뭐였던 거예요?"

밖으로 나와 마차를 잡으려 큰길로 향하면서 루이에게 물었다. 루이는 심드렁한 얼굴로 머리를 쓸어 넘기며 대꾸했다.

"무기 제작자."

"예?"

"말 그대로 무기를 제작하는 녀석들이다. 브랜드 로암. 방금 만난 롬이 리더로 제작자는 총 열 명 남짓 있다고 하는데 본 적은 없어. 모든 거래는 저 녀석이 하니까. 로암은 총기, 나이프, 클로, 너클 등등 손님에게 딱 맞는 맞춤 무기를 만들지. 일종의 명품."

"그럼 방금 전엔……."

"무기를 주문한 거지."

"예에?!"

나는 괴성을 지르며 발을 멈췄다. 루이는 왜 그러냐며 눈가를 찌푸린 채 돌아보았다. 나는 황당함을 감출 수 없어서 소리를 질렀다.

"저 돈 없어요!"

루이는 세상에 더없을 머저리를 향한 눈빛으로 날 쳐다보았다. 루이는 이내 등을 보이고 걸어가며 말했다.

"너보고 사라고 안 해."

"예? 그럼 루이 씨가?"

"미쳤냐? 나도 그런 돈 없어."

"그럼 어떻게요?"

설마 탈세라도 하려는 건 아니겠지? 걸리면 큰일 날 텐데. 루이의 등을 의심스럽게 쳐다보며 따라갔다. 먼저 큰길에 다다른 루이가 마차를 찾는 듯 주변을 두리번거리며 말했다.

"그분의 선물이다."

"그분?"

"내가 매긴 점수를 보고도 너를 제법 높게 친 모양이야. 아마도 국장이 언질을 했겠지."

"……."

"'인재를 발견해서 기쁘다. 만날 날을 기대하겠다.' 라던데."

루이는 머지않아 마차를 발견하고 발을 뗐다. 나는 걸음을 빨리해 루이와 나란히 걸으며 말했다.

"전 그분이 누군지 모르니까 실감도 안 나는데요."

"곧 알게 돼. 곧."

길가에 대기하고 있던 마차 하나를 잡은 루이는 마부에게 돈을 건네고 먼저 마차에 탔다. 나는 그 뒤를 따라 올라 문을 닫았다. 마차가 움직이기 시작하자 루이는 창문을 열고 또 담배를 물었다. 오늘따라 루이는 줄담배를 피우고 있었다.

성냥으로 담배에 불을 붙인 그는 연기를 뱉어 내며 말했다.

"나중에 약속 잡는 거 알려 줄게."

"예. 그나저나 여러 가지 무기 만드는 것치고 저는 딱 집어서 총을 권하네요."

"난 잘 모르겠지만 얼굴 생김새나 몸의 골격을 보면 대충 아는 거 같더라고."

"신기하네요. 루이 씨는요? 루이 씨도 저기서 무기 맞췄죠?"

"너 참 궁금한 거 많다."

당연했다. 나로선 신세계를 접한 건데 루이의 태도는 너무 성의가 없었다. 나는 툴툴대며 알려 달라고 졸랐다. 결국 루이가 손을 뒤로 가져가더니 허리춤에서 무언가를 빼서 보여 줬다.

검푸른 옻칠이 된 나무 표면에 자개로 된 꽃나무 무늬가 들어간 단검이었다. 코등이가 없고 검집과 손잡이는 같은 재질에 무늬가 이어져 있어서 날을 뽑지 않으면 그냥 예쁜 무늬가 들어간 하나의 막대기처럼 보이기도 했다.

루이가 검집에서 날을 뽑아 보여 주었다. 물결무늬의 날이 시퍼렇게 서 있었다.

"나이프……네요?"

"어."

"좀 의외네요. 루이 씨도 총일 줄 알았거든요."

"그러냐."

"근데 정말 아름다운 나이프예요. 너무 예뻐요."

루이는 별말 없이 검집에 날을 집어넣고 다시 허리춤에 끼웠다. 표정을 보면 딱히 맘에 들어 하는 것 같진 않았다. 내가 계속 예쁘다고 감탄하자 루이는 자기도 당시 그쪽에서 단검을 뽑을 줄은 몰랐다고 중얼거리듯 말했다.

"맘에 안 드시는 거예요?"

"손에는 금방 익었어."

"그러니까 맘에는 안 드는데 손에 맞으니까 쓰신다는 거네요."

"……."

"손에 맞는 물건은 대체로 맘에 들기 마련 아닌가요?"

루이는 창밖을 보다가 시선을 돌려 짜증스러운 눈으로 나를 바라보았다. 내가 너무 시끄러웠나 보다. 나는 그제야 입을 다물었고 루이는 다시 창밖을 바라보았다. 그러다 문득 내게 물었다.

"너 말야. 만약에 너랑 똑같은 인간이 있다면 어떻겠어? 성격이고, 얼굴이고, 인생까지 판박이로 똑같은."

"죽이고 싶을 거 같은데요."

완전 싫다. 정말 싫다. 단호하게 대답했다. 루이는 약간 헛웃었다.

"딱 그 느낌이다."

"예?"

한 번에 못 알아듣고 되묻는 내게 루이는 긴 머리를 쓸어 넘기며 작게 답했다.

"이 나이프에 대한 내 감상 말야."

"아⋯⋯."

애증 관계구나.

며칠 뒤. 나는 괜히 복도를 왔다 갔다 하다가 주변에 사람이 없는 틈을 타 얼른 방문을 두드렸다. 곧 문이 열리며 밖으로 얼굴을 내민 모건이 날 향해 빙긋 웃었다.

"오늘도 안 오면 네가 화내거나 말거나 찾아갈 생각이었는데."

"이틀 못 봤을 뿐이잖아요?"

모건이 옆으로 비켜서며 활짝 열어 주는 문 안으로 발을 들였다. 등 뒤로 문이 닫혔고 모건은 내 손을 잡아끌어 테이블 의자에 앉혔다. 그러고는 다른 의자를 내 옆으로 가깝게 끌어와 앉아서는 내 손을 만지작거리며 말했다.

"이틀이나 못 본 거지. 바빴어?"

"그렇죠 뭐. 사실 오늘도 그리 오래는 못 있어요. 음⋯⋯ 한 시간 정도밖에."

반대 손에 걸린 손목시계를 보며 대답했다. 모건은 금세 서운한 미소를 띠며 내 손등에 입을 맞췄다. 부드럽게 닿았다 떨어지는 입술에 손등이 간지러웠다.

"그래. 일 때문이면 어쩔 수 없지. 근데 한밤중에 일이라니 또 잠입이라도 하는 거야? 아, 캐물으려던 건 아니야. 대답 안 해도 돼."

모건은 혹 곤란하게 기밀 사항을 물은 걸까 걱정하며 내 눈치를 보았다. 나는 웃으며 고개를 저었다.

"아뇨. 개인적인 일이에요."

"그건…… 말 못 할 만한 일인 거야?"

개인적인 일이라면 알고 싶다고 모건은 말했다. 나는 잠시 망설였고 모건은 다 괜찮다는 듯 내 손을 연신 부드럽게 쓰다듬었다. 약간 내키지 않는 기분으로 대답했다.

"아직 교육이 끝나지 않았거든요."

그 순간 내 손을 쓰다듬던 모건의 손가락들이 움찔하며 멈췄다. 나는 멈춰 있는 그의 손을 내려다보다가 고개를 들었다. 모건은 생각에 잠긴 듯 눈을 내리깐 채 한층 느려진 말투로 물었다.

"교……육이라면, 시크릿을 말하는 거야?"

"네……."

"오래 걸리네…… 보통은 다들 끝났을 텐데."

"제가 부족한 탓에 그렇게 됐어요."

"……."

모건이라도 이건 역시 기분 나쁘겠지. 나는 마른 입맛을 다시며 애써 한숨을 삼켰다. 그냥 말하지 말 걸 그랬다.

모건은 눈을 감고 짧게 한숨을 내쉬더니 금세 표정을 가다듬으며 눈을 떴다. 그리고 다시 빙긋 웃으며 날 불렀다.

"할리."

"예."

"넌 아직 좀 이르다고 생각할지도 몰라서 조심스럽긴 한데…… 내가 조금 초조해져서 말야."

"뭐가요?"

"난 언제쯤 너와 한 침대에서 잘 수 있을까?"

"……아."

나는 그제야 모건 역시 성욕을 가진 인간이라는 걸 깨달으며 동시에 난처함이 들었다. 딱히 생각해 본 적 없었기 때문이다.

나는 루이에게 교육을 받느라 알게 모르게 그 욕구를 해소해 왔겠지만, 모건은 릴과 이미 오래전에 그 교육을 끝냈다고 했다. 어쩌면…….

나는 그의 눈치를 보며 조심스럽게 물었다.

"저…… 릴과의 교육이 끝난 후에 누군가와 하신 적은……."

"없어. 가끔 마스터베이션이 끝."

"아……."

쌓였겠네. 나는 고개를 숙이며 사과했다.

"죄송해요. 제가 눈치도 없이."

"하하…… 사과하면 오히려 내 쪽이 민망해지잖아."

"저, 지금이라도 하실래요? 시간상 만족스럽지는 못하겠지만 급한 건 어떻게든……."

나는 시계를 확인하고 얼른 그의 손아귀에서 내 손을 거두고는 블라우스 단추를 풀려고 했다. 그러자 모건이 맥없이 웃으며 나를 만류했다.

"이런 점도 귀엽지만 오늘은 그만둘게. 돌아가면 루이에게 교육받을 거잖아? 네 체력이 바닥날 거야."

"죄송합니다. 어떻게 입으로라도……."

"하하…… 상상하게 되니까 그런 말 하지 말아 줄래? 난 딱히 하지 않아도 네가 좋아. 그냥…… 아직 교육이 끝나지 않았다고 하니까 나도 모르게 루이에게 좀 의심이 생겨서 초조해졌나 봐."

"예? 아, 그런 걱정은 전혀 하지 않으셔도 되는데요."

단호하게 대꾸하며 두 손을 황급히 저었다. 모건은 그저 부드럽게 웃을 뿐 수긍하진 않았다. 나는 고개까지 좌우로 저으며 그의 오해를 풀어 주려 노력했다.

"저는 말할 것도 없고 루이 씨도 장담하건대 절대로 아니에요."

"뭐가 아닌데?"

"그와 저 사이엔 사적인 감정이 전혀 없어요."

"흐응……."

하지만 모건은 심드렁한 반응이었다. 나는 심각한 곤란함을 느끼며 두 손을 더욱 빠르게 획획 저었다.

"교육 내용을 보시면 확실히 아실 텐데. 정작 보여 드릴 수도 없고 난감하네요. 어쨌든 오해예요."

모건은 쩔쩔매는 나를 빤히 바라보다 결국 나직하게 웃음을 터뜨렸다. 나는 그제야 그가 내 반응을 재밌어했다는 것을 알아채며 한숨과 함께 손을 내렸다. 모건은 미안하다는 듯 손을 저어 보이며 쉬이 웃음을 그치지 못했다.

"귀엽네. 할리."

"귀엽다니 고맙네요."

"어라. 삐쳤어?"

"삐치지 않았어요. 조금 맥이 빠진 것뿐이죠."

모건이 웃음기가 남아 있는 얼굴을 가까이 들이밀었다. 그는 나와 코를 살짝 맞댔다가 떼며 속삭였다.

"키스는 해도 되겠지?"

"네……."

모건은 내 허락이 떨어지자마자 바로 입술을 붙이며 혀를 내밀었다.

그의 혀가 치열을 가볍게 한번 훑고는 마치 노크를 하듯이 앞니를 건드렸다. 닫았던 이를 열고 혀를 내밀자 그는 이내 다정하게 입꼬리를 올리며 내 혀끝에 자신의 혀끝을 톡톡 두드렸다. 내 혀의 옆선을 쓸고 살짝 감아 보기도 했다. 나는 간지러움에 그의 혀를 살짝 물었다가 놓았다.

우리는 입을 맞추며 작은 웃음소리를 흘렸다.

모건이 천천히 입술을 뗐다. 동시에 그의 혀가 거둬지며 나도 모르게 입맛을 다셨다. 모건은 내 볼에 가볍게 뽀뽀를 하고는 뒤로 물러났다. 그는 여전히 다정한 얼굴로 말했다.

"교육 끝나면 이다음 기대해도 될까?"

"네……."

대답을 하면서도 부끄러움을 감추지 못하고 목소리를 흐렸다. 괜히 머리칼을 만지작거리며 딴청을 피우자 모건이 작게 웃었다.

입술이 떨어졌을 때 나는 솔직히 모건이 가볍게라도 다음을 이어 갈 줄 알았다. 응해 줄 마음도 있었다. 그래서 모건이 담백하게 떨어지자 어쩐지 혼자만 기대한 모양새가 된 것 같아 한동안 고개를 들 수가 없었다. 밝히는 여자 같아서 창피했다.

그런데 모건이 내 얼굴을 감싸 고개를 들게 했다. 그의 바다 같은 눈동자를 가만히 바라보고 있자니 금세 차분해질 수 있었다. 모건은 내가 불안해 보였던지 괜찮냐고 물었다. 고개를 끄덕이자 내 팔을 잡고 일으켜 서서 품으로 끌어당겼다. 넓은 가슴에 머리를 기대자 모건은 두 팔로 날 단단히 안으며 조곤조곤 물었다.

"요즘 기분은 어때?"

"평범해요. 특별히 좋지도 않고 나쁘지도 않고."

"네 얘기를 들려줘."

"어떤 거요?"

"요즘 관심이 가는 물건이라든지, 좋아하게 된 음식이나 차, 자질 구레한 일상 얘기. 무슨 말이라도 좋아. 그냥 네 목소리가 듣고 싶어."

"저도 모건 씨 목소리가 듣고 싶어요."

"그럼 번갈아 가며 얘기할까?"

귓가에 바짝 대고 소곤대는 말에 절로 웃음이 나왔다. 모건은 너무나 부드럽고 다정해서 늘 나를 풀어지게 했다. 겨울날의 모닥불처럼, 또는 꽃샘추위에 내리쬐는 봄볕처럼. 모건은 편안하고 따뜻했다.

우리는 서로에게 기대서 블루스를 추는 양 흔들흔들 발짝을 떼며 이야기를 나눴다. 한 시간이 쏜살같이 지났고 나는 아쉬움을 뒤로하며 그와 떨어졌다.

모건이 아무도 없는 복도를 확인하고 나를 내보냈다. 나는 손을 흔들어 인사를 하고는 내 방으로 향했다. 즐겁고 나른하게 풀어진 채 방문을 열던 나는 내 방에서 기다리고 있는 루이를 발견하며 소스라치게 놀라 방문에 등을 바짝 붙였다.

루이는 의자에 팔짱을 끼고 앉아서 눈을 감고 있다가 찡그리듯 눈을 떴다. 그는 숨을 들이켠 채 굳어 있는 날 보며 퉁명스럽게 물었다.

"뭘 그렇게 놀라."

"계실 줄 몰라서……."

겨우 목소리를 냈다. 루이는 피곤했는지 손으로 눈가를 누르며 작게 신음했다. 곧 힘없이 손을 뗀 그가 여전히 얼얼하게 굳어 있는 내게 말했다.

"실례. 주인 없는 방에 먼저 들어와 있었다."

"⋯⋯언제 오셨어요?"

"아까. 많이 놀랐냐?"

나는 괜찮다 말하고 침대로 가 앉았다. 아직도 진정되지 않는 심장 때문에 작게 심호흡을 했다. 루이가 의자에서 일어나 내 옆으로 옮겨 앉으며 물었다.

"얼굴이 왜 그러냐?"

"예?"

손으로 얼굴을 만지작거리며 내 얼굴이 어딘가 이상하냐고 물었다. 루이는 심드렁한 표정으로 눈을 맞추며 말했다.

"얼빠진 얼굴이야."

"방금 놀라서 그래요."

변명하면서도 찔리는 기분이 들어 내 양 볼을 손으로 감쌌다. 볼 온도가 평소보다 뜨거웠다.

"간이 그렇게 작아서 뭘 하겠다고."

루이는 그런 나를 한심하게 바라보다가 곧 몸을 일으켜 내 앞에 섰다. 루이는 넥타이를 느리게 끌어 내리며 날 내려다보았다.

"우선 가볍게 세워 봐."

루이를 올려다보다가 그의 벨트를 잡았다. 하라면 해야지. 루이의 벨트를 풀고 지퍼를 내리면서 나는 침대를 내려와 바닥에 무릎을 꿇고 앉았다.

루이는 넥타이를 침대 위에 던져 놓고 셔츠 단추를 풀어 내렸다.

내가 그의 속옷에서 성기를 빼내 입에 물었을 때 루이는 손목의 커프스단추를 풀면서 무덤덤하게 물었다.

"너 에드윈 중령 알아?"

나는 성기에서 입을 떼고 손등으로 입술을 훔쳐 닦으며 대답했다.

"네. 테일러 박사님을 뵈러 갔을 때 만났어요."

"아…… 거기가 이스트란이었던가?"

"네."

루이는 계속하라는 눈짓을 했다. 내가 성기를 손으로 문지르자 루이는 이윽고 작은 신음을 내며 말했다.

"다음 주에 여기 잠깐 들른다던데."

"……?"

그래서 뭐 어쩌라는 건가. 나는 손으로 기둥을 문지르면서 성기를 입에 물었다. 루이는 와이셔츠를 완전히 벗어 침대 위에 던져 놓았다. 나는 입의 내벽에 성기를 밀착시키며 천천히 앞뒤로 움직였다. 루이는 많이 피곤한지 좀처럼 성기가 서지 않았다. 내가 한참 애를 먹자 루이는 눈가를 찌푸리며 혀를 찼다.

"잠깐 빼 봐."

나는 순순히 입에서 성기를 빼고 손바닥으로 입술을 닦았다. 루이는 침대에 앉아 제 손으로 페니스를 잡아 움직였다. 한참이 지나서야 조금 느낌이 오는 듯 루이는 내게 가까이 오라는 손짓을 했다.

나는 그의 다리 사이를 무릎걸음으로 다가가 다시 성기를 물었다. 아까보단 확실히 단단해지긴 했지만 여전히 부족한 상태였다. 나는 입을 떼고 고환을 만지작거리며 고개를 들었다.

"정 기분이 안 나시면 삽입 빼고 하시죠."

"미치겠네."

루이는 짜증스러운 표정으로 눈가를 손으로 짚었다가 떨어뜨렸다. 루이는 나에게 일어나라는 손짓을 했다.

"옷 벗고 테이블에 엎드려."

나는 옷을 전부 벗은 뒤 테이블에 상체를 대고 엎드렸다. 루이는 손으로 내 아래를 가볍게 쓰다듬다가 안으로 손가락 하나를 밀어 넣었다. 그리고 적당히 적신 후에 손가락을 빼고 아직 덜 선 성기를 밀어 넣었다.

"후⋯⋯."

루이는 한숨을 쉬며 두어 번 추삽질을 했다. 놀랍게도 죽어라 빨아 댈 때는 서지 않던 그것이 내부에서 점점 커지는 게 느껴졌다. 이건 뭐지. 의아함도 잠시 루이가 본격적으로 허리 짓을 하며 내 몸이 흔들리기 시작했다. 리듬에 맞춰 테이블 다리가 삐거덕거렸다. 루이는 손으로 내 팔목을 각각 잡고 허리를 움직이며 아까 하다 만 이야기를 꺼냈다.

"아무튼⋯⋯ 에드윈 중령이 오면 네가 좀 상대해야겠다."

"⋯⋯예? 웃⋯⋯ 아⋯⋯."

"헉⋯⋯ 다른 게 아니고⋯⋯ 그가 여기 머무는 동안⋯⋯ 밤 시중⋯⋯ 헉⋯⋯."

"아⋯⋯ 웃⋯⋯."

왜 그의 밤 시중을 내가 들어야 하는 거지. 굳이 내가 아니더라도 여성스러운 사람들이 있을 텐데. 예를 들어, 미미라던가.

나는 고개를 옆으로 돌려 볼을 테이블 판에 붙였다.

"듣고 있는 거냐?"

"네⋯⋯ 듣고 있어요."

"싫어?"

"좋지도 싫지도 않아요……."

문득 루이가 성기를 뺐다. 그는 나를 일으켜 테이블 위에 앉히곤 내 무릎을 옆으로 넓게 벌려 붙잡았다. 다시 성기가 안으로 들어와 움직였고 나는 루이의 어깨를 잡으며 입을 맞췄다. 입술이 떨어지자 루이가 약간 속도를 늦추며 말했다.

"에드윈 중령은 올해 진급을 앞두고 있어. 그 나이에 벌써 대령이라니 초고속 진급이지. 위에선 그의 존재가 그리 달갑지만은 않은 모양이야."

루이는 이번엔 내 허리를 안아 들더니 그대로 침대로 옮겨 가 앉았다. 나는 루이의 어깨를 잡은 채 위아래로 몸을 움직였다. 루이는 내게 리듬을 맞춰 주다 문득 입술이 마르는지 혀로 쓸어 적셨다.

"그래도 올해 그가 세운 공을 보면 진급을 떨어뜨릴 순 없는 거겠지. 그분은 그를 우리 쪽으로 끌어오고 싶어 해. 에드윈 중령도 그동안 중립이랍시고 이도 저도 아닌 상태로 있다가 거의 최전방으로만 돌았으니 이젠 그 필요성을 절감할 거다. 다른 쪽에서 먼저 손쓰기 전에 우리가 그를 잡아야 해."

"……."

"테일러 박사의 말로는 그가 너한테 관심을 보였다던데."

"글쎄요……."

어느새 루이와 내 몸에선 땀이 나 둘 다 손이 자주 미끄러졌다. 루이는 나를 시트에 눕히곤 몸을 겹쳐 누르며 말했다.

"너에게도 나쁜 얘긴 아냐. 그분은 널 에드윈 중령 밑으로 보낼 생각이거든. 미리 잘 보여 두는 게 좋지 않겠어?"

"원래 가기로 했던 자리는……."

"거긴 뭐 없던 게 되는 거지."

루이는 의미를 알 수 없는 웃음을 지으며 내게 키스했다. 그의 키스에 응하면서 딴생각에 빠져 있던 나는 문득 다리 사이로 손이 들어오자 뒤늦게 정신을 차렸다. 루이는 약간 거친 호흡을 내쉬며 내 목으로 입술을 옮겼다.

"할리……."

"네?"

이름을 부르는 흐린 목소리에 대답을 했지만 루이에게서 더 이어지는 말은 없었다.

루이의 일정상 오전에 간단한 시크릿 교육을 받고 나는 기관 건물 뒤편에 있는 훈련장에서 시간을 보냈다. 요즘 드나드는 곳은 원형 운동장 형태의 제6화기장. 나는 무기 제작자 롬이 추천한 장소총 연습에 집중하고 있었다.

"음……."

소총을 들고 가만히 저격판을 바라보고 있었는데 문득 높은 목소리가 화기장에 울렸다.

"안 아퍼?!"

고개를 돌리자 미미가 제 가슴을 짚은 채 얼굴을 찡그리고 있었다.

"딱히……?"

"난 그거 아파서 못 쓰겠던데. 몇 번 쏘면 반동 때문에 어깨하고 가슴이 아파."

"그래?"

나는 탄창을 갈고 다시 자세를 잡았다. 아직까진 그저 그런 느낌이었지만 연습하면 나아지리라 기대하며 방아쇠를 당겼다. 미미는 방해하지 않고 옆으로 가 권총을 꺼내 연습을 시작했다.

연습을 마친 뒤엔 씻고 모건의 방으로 갔다. 그는 이틀 동안 임무 때문에 자리를 비웠었지만 다행히 내가 찾아갔을 때는 돌아와 있었다.

"오늘은 좀 이르네?"

모건이 웃으면서 문 옆으로 비켜섰다. 나는 안으로 들어가 문을 닫자마자 모건을 향해 돌아서며 말했다.

"데이트할래요?"

"데이트?"

모건이 입가를 올린 채 되물었고 나는 고개를 끄덕였다.

"모건 씨가 피곤하지 않으면요. 오늘은 루이 씨가 외부로 임무 나갔거든요."

이런 기회 별로 없다 말하자 모건이 빙긋 웃었다.

"그럼 잠깐 앉아서 기다려 줄래?"

모건은 테이블 의자를 빼 주며 날 앉히고 발을 옮겼다. 그는 옷장 문을 열더니 그 안에서 깔끔한 와이셔츠와 잘 다려진 정장 바지, 그리고 베스트와 재킷을 꺼냈다.

"지금도 괜찮은데요. 그냥 겉옷만 걸쳐도."

"그럴 수야 있나. 모처럼 네가 먼저 데이트를 권해 줬는데."

모건은 웃으며 대꾸하곤 옷가지를 들고 욕실로 갔다. 금세 옷을 갈아입고 나온 그는 넓은 방 한편에 있는 신발장을 열어 구두를 꺼내 갈아 신었고, 거울 앞에서 부드럽게 굽이진 머리칼을 꽁지 묶더니 그 위에 중절모를 썼다.

열심히 준비하는 모건을 보며 괜스레 민망해졌다. 나는 그냥 대충 씻고 지금 정장을 걸친 것뿐이었다. 루이가 사 줬던 옷은 지난 임무로 넝마가 되어서 마땅한 게 없었다. 하다못해 화장이라도 하고 올걸 그랬나. 내가 고민하는 사이 준비를 마친 모건은 나를 향해 활짝 웃으며 다가왔다.

"저녁 시간이니 맛있는 거 먹으러 가자. 뭐 좋아해?"

"저…… 음……."

"왜?"

"저…… 화장이라도 하고 올게요."

나는 다급히 자리에서 일어나며 말했다. 그러자 모건이 나직하게 웃더니 도망치려는 내 팔을 잡아 멈춰 세웠다.

"괜찮아."

"아니. 제가 부끄러워서 그래요. 생각이 짧았어요. 저도 단단히 무장했어야 하는데."

"하하. 최소 지급 장비는 챙겼을 거 아냐."

"그게 아니라 여자로서의 무장을 말하는 거예요. 화장도 해야 하고 구두도 갈아 신고…… 어쨌든 두 시간 후에 보죠. 우리."

빠르게 발을 옮겨 문손잡이를 잡았지만 모건이 재빨리 달려와 날 돌려세우는 통에 열지는 못했다. 그는 방문에 날 몰아세우며 두 팔로 퇴로를 막았다. 모건은 나와 가깝게 서서 나직하게 말했다.

"기다릴 수 있을 리가 없잖아. 난 일분일초라도 더 빨리, 그리고 더 오래 너와 데이트하고 싶어."

"그치만……."

슬그머니 눈을 피하며 말끝을 흐리자 모건은 곧 내게 입술을 맞댔다. 잠시 농밀한 키스를 해 주던 모건은 얼마 후 입술을 떼며 이번에도 아쉽게 입맛을 다시는 내게 미소 지었다.

"더 시간 끌면 내가 허튼짓할 거 같으니까 얼른 나갈까?"

손등으로 뜨거워진 양 볼을 식히며 고개를 끄덕였다. 이 카사노바 같으니…….

함께 복도로 나오자 모건은 한쪽 팔에 공간을 만들며 팔짱을 끼라는 눈짓을 했다. 혹 누가 볼까 주변을 두리번거리다 아무도 없음을 확인하고는 조심스레 그 공간 안에 손을 끼워 넣었다. 모건은 빙긋 웃으며 정중하게 허리를 숙였다가 폈다.

"영광이야. 레이디."

"그러지 마세요. 민망하게……."

"뭐가?"

"뭐라니요…… 전 귀족도 아니고 레이디라니 너무 안 어울려요."

고개를 흔들어 젓고 그렇게 말하자 모건이 그의 팔에 끼워 넣은 내 손을 반대 손으로 부드럽게 그러잡았다. 어딘지 안타까운 표정이었다.

"나에게 넌 늘 레이디야. 제발 스스로를 낮게 말하지 말아 줘. 그러면 내가 슬퍼져."

"모건 씨……."

어쩜 이렇게 자상하고 부드러운 사람인지. 가슴이 뭉클하던 그 순간 복도 코너 너머로 발걸음 소리가 들렸다. 나는 후다닥 팔짱 낀 손을 거둬 모건에게서 멀찌감치 떨어졌다. 쓰게 웃는 모건에겐 미안했지만 역시 다른 사람에게 들키는 건 곤란했다.

곧 기관에서 간간이 본 적 있는 선배를 마주치자 나는 그 선배에게 짧게 묵례하곤 얼른 지나쳐 먼저 계단을 타고 내려갔다. 등 뒤로 짧은 인사를 주고받는 두 사람의 목소리가 들렸다.

"할리?"

기관 입구 근처에서 눈에 띄지 않게 그림자에 숨어 있다가 나를 찾는 모건의 목소리를 듣고 모습을 드러냈다. 모건은 금세 다가와 두 팔로 허리를 끌어안더니 내 어깨에 머리를 기댄 채 작은 목소리로 말했다.

"안 보여서 도망친 줄 알았어."

"그럴 리가 없잖아요. 모건 씨 의외로 엉뚱하네요."

"그러게. 근데 그런 생각이 들더라니까. 그만큼 널 좋아해서 그런 게 아닐까?"

"고맙습니다……."

"그걸로 끝?"

"어…… 음…… 저도 모건 씨가 좋아요."

쑥스러워져서 웅얼거리듯 대꾸했더니 모건이 작게 웃었다. 안고 있는 몸을 통해 전해져 오는 그의 웃음소리가 잔잔했다.

"응. 고마워."

정말로 고마워. 모건은 다정하게 속삭이고는 날 더욱 꼭 안았다가 떨어졌다.

모건은 언제나 이상적인 연인의 모습을 보여 줬다. 부드럽고 자상하고 애정 표현을 아끼지 않는다. 좋은 사람이었다. 하지만 내가 꼬인 건지 한편으론 모건이 의심스럽기도 했다. 이 남자는 정말로 나를 좋아하는 걸까?

사실 모건은 누구에게나 부드럽고, 누구에게나 다정하고, 누구에게나 웃어 준다. 그건 철저한 자기 관리가 필요한 정보원으로서는 존경할 만한 모습이었다. 하지만 인간과 인간, 그리고 연인으로서는 속을 읽기가 어려운 모건이 조금 두렵기도 했다. 사실은 아무런 감정 없이 내게 연기를 하는 건 아닌지.

애정과 헌신은 우리에게 자연스럽게 이어지는 단어가 아니다. 다정한 연인이 되어서 잠자는 사이 상대의 목을 조르거나 둘도 없는 친구가 되어서도 등 뒤에서 칼을 박아 넣을 수도 있다. 기만과 배신이란 우리가 언제고 저지를 수 있는 일이었다.

그래서 나는 그가 좋으면서도 두려움을 완전히 떨쳐 버릴 수가 없었다.

"조금 멀리 나가도 괜찮을까?"

"네. 상관없어요."

"연인이 생기면 꼭 같이 가고 싶었던 가게가 있거든."

그럼에도 지금의 나로선 어쩔 방법이 없었다. 나는 나약했고 때마침 기댈 곳을 내준 모건을 피할 수가 없었다. 나는 아직도 위로가 필요한 애송이였다. 위험한 도박을 하고 있다는 자각은 하면서도 중독자처럼 손을 놓을 수가 없었다. 어리석었다.

"전 몇 번째로 가는 건가요?"

"음? 그렇게 나오는 거야? 말해 두지만 난 정보원의 신분으로는 누구와도 사귄 적이 없어. 네가 처음이야."

"임무 외에도 거짓말을 해야 하다니 피곤하시겠어요."

"이렇게 믿음이 없다니 슬프네. 대체 네 안의 난 어떤 사람이야?"

"카사노바."

"뭐어?"

"그 비슷한 것쯤으로 보고 있어요."

"정말 그러기야? 서운하게."

어느새 마약에 취한 듯 그의 다정한 목소리와 분위기에 흠뻑 빠져 버린 내가 있었다. 복잡한 마음에도 왠지 웃음이 나올 것 같았다. 웃

음을 감추려고 모건보다 약간 앞서 걷다가 슬쩍 뒤를 돌아보자 모건
은 내게 보라는 듯이 일부러 어깨를 늘어뜨리며 맥없이 웃어 보였
다. 그 모습이 뭔가 기분 좋은 말을 바라는 듯해서 큰맘 먹고 입을
열었다.

"모건 씨는 매력적이에요."

"응?"

"멋있어요."

충동적으로 말을 내뱉곤 뒤늦게 쑥스러워져서 재빨리 몸을 돌렸
다. 마침 저 앞에서 손님을 기다리는 마차를 발견하고 먼저 걸음을
서둘렀지만 따라오는 기척이 없었다. 의아함에 뒤를 돌아보자 모건
은 왜인지 아직 제자리에 멈춰 서 있었다.

"모건 씨?"

모건은 내 부름에 그제야 다시 발을 옮겨 천천히 내게 다가왔다.
그가 가까워지길 기다렸다가 다시 마차 쪽으로 가려 했다. 그때 모건
이 내 팔을 잡아 멈춰 세웠다. 그 마차는 결국 다른 손님을 받아 출발
했다.

"왜요?"

"할리."

"예."

대답을 했음에도 모건은 한 번 더 내 이름을 불렀다.

"할리."

"네. 말씀하세요."

그의 얼굴엔 약간의 웃음기도 남아 있지 않았다. 모건은 또 뜸을
들이고 나를 가만히 바라보기만 하다가 문득 뜬금없는 말을 했다.

"날 용서하지 않아도 좋아."

"네?"

"미워해도 돼. 괜찮아. 이해해."

"무슨 말씀이신지."

"난 네가 좋아. 그것만은 진심이야."

"아니 그러니까……."

모건이 왜 갑자기 답지 않게 횡설수설인지 이해되질 않았다. 갑자기 어딘가 좋지 않은 건가 싶어 걱정스럽기도 했다. 모건은 굳은 얼굴로 다시금 나를 불렀다.

"할리."

"네."

의아하고 난해한 기분을 애써 감추고 아무렇지 않게 대답했다. 솔직히 그의 갑작스러운 분위기 변화는 전혀 이해되지 않았지만, 그래도 이해하고 싶어서 노력했다. 이윽고 모건은 비통한 표정으로 부탁하듯 말했다.

"지금이라도 내게서 도망가 주지 않을래?"

결론부터 말하자면, 그럼에도 나는 모건을 이해하는 것에 실패했고 모건과의 데이트는 그걸로 끝났다. 무슨 이유에선지 갑자기 이상한 반응을 보인 모건은 나를 두고 어디론가 가 버렸다. 처음 겪는 모건의 이해 불가능한 행동에 한참 동안 제자리에 못 박히듯 서서 그가 사라진 길목을 바라보았다.

어떻게 반응했어야 좋았을까. 모건은 왜 갑자기 그런 말을 했을까. 역시 루이와 사이가 좋지 않기 때문일까. 하지만 먼저 상관없다는 태도를 보인 건 모건이다. 그 이유가 아닌가. 그럼 뭘까. 내가 귀찮아졌나?

기분이 이상했다. 기관 입구까지 되돌아와 그곳에서 한참이나 서성이며 그의 행동에 대해서 되새겨 보았지만 역시 이해할 수 없었다. 기다려도 모건은 돌아오지 않았고 결국 허탈한 심정으로 돌아섰을 때였다. 마침 루이가 돌아오는 길이었는지 딱 마주쳤다.

"뭐 하냐."

"아. 산책이요. 걸어오셨어요?"

"큰길까지 마차."

"아⋯⋯."

무슨 바보 같은 질문을 한 건지. 기관 입구에서 내리는 요원이 어디 있다고. 괜히 머리를 긁적이며 목소리를 흐렸다. 루이는 날 이상하게 바라보다가 곧 상관없다는 듯 표정을 바꾸며 말했다.

"배고파. 너 식사했어?"

"예? 아니요. 아직⋯⋯."

먹을 예정이었지만 상대가 도망쳤다. 어쩐지 자신감이 떨어져 절로 대답도 작아졌다. 남자가 도망치게 만드는 여자라니. 우와⋯⋯ 창피해. 루이는 왔던 길로 되돌아서며 심드렁하게 말했다.

"가자. 그럼."

"예?"

"먹으러."

앞서 걷는 루이의 뒤를 따라가며 절로 한숨이 새 나왔다. 그러다 코를 만지며 쿵 하고 훌쩍이는 소리를 한 번 내자 루이가 바로 걸음을 멈추고 날 의아하게 돌아보았다.

"⋯⋯너 우냐?"

"아뇨."

그냥 좀 울컥했을 뿐 울진 않았다. 루이는 찡그렸던 미간을 펴고 다시 돌아섰다.

루이와 근처 식당에서 배를 채우고 기관에 돌아온 것은 밤 10시경. 식사는 금방 끝냈지만 식사 후 루이가 소화가 잘 안 된다면서 산책 좀 하자 해서 같이 걸었다. 그동안 루이가 읊어 주는 에드윈 중령에 대한 간단한 프로필과 갖가지 취향에 대해 숙지하고 시크릿 교육에 대한 조언, 그리고 업무에 대한 이야기 등을 하다 보니 훌쩍 시간이 흘러 있었다.

루이와 갈라져 방으로 돌아오자마자 피곤한 기분으로 침대에 누웠지만, 그로부터 1분도 안 되어 자리를 박차고 일어났다. 모건을 생각하니 갑자기 심란해진 탓이다. 잠시 고민하다가 어차피 이대로는 잠도 오지 않을 것 같아 모건의 방으로 향했다. 노크하려고 주먹을 허공에 들었을 때였다.

"뭐야."

"……."

호의도 불쾌도 섞이지 않은 무감각하고 높낮이 없는 어조에 낭패감이 들었다. 고개를 돌리자 그 말투만큼이나 표정 변화가 거의 없는 얼굴이 보였다. 뭐라 변명을 해야 할지 순간적으로 말문이 막혀 버렸다. 결국 아무 말도 못 하는 나를 향해 그녀, 릴은 다시 한 번 물었다.

"뭐냐고."

"……루이 씨 심부름."

그리고 당황했던 나는 세상에서 제일 멍청한 변명을 하고 말았다. 릴은 날 잠시 바라보다가 이내 손을 들어 방문을 두드렸다. 안에선 아무런 소리도 들려오지 않았다.

"없는 거 같으니 돌아가."

"……."

나는 대꾸도 없이 릴에게서 등을 돌리고 왔던 길을 되돌아갔다. 복도를 걷는 내내 왜 하필 루이의 심부름이라고 한 거냐며 스스로의 멍청한 머리를 맹렬하게 비난했다. 또 이게 루이의 귀에 들어가면 뭐라고 변명할지에 대해서도 끊임없이 고뇌해야 했다.

아, 빌어먹을. 내 이럴 줄 알았지.

"일어나라."

바닥에 사정없이 내팽개쳐져선 천장을 멍하니 쳐다봤다. 조금 멍멍해진 귓가로 또다시 루이의 심드렁한 목소리가 들려왔다. 마지못해 쳐다본 루이는 느긋하게 넥타이를 풀어 제 손에 붕대마냥 감고 있었다. 날 얼마나 줘 패려고.

"저, 루이 씨…… 제 말 좀 들어 보세요……."

"뭐가. 난 너 감 떨어졌을까 봐 봐주고 있는 것뿐이야."

얼른 일어나라는 듯 손끝을 까딱거리는 루이는 여전히 무심한 얼굴이었다. 하지만 나는 안다. 저 인간은 지금 날 못 잡아먹어 안달인 상태라는 것을.

오늘 루이는 원래 내 사격 훈련을 봐주기로 했었다. 하지만, 훈련장으로 가는 길에 릴을 마주쳤고 그 눈치 없는 계집애가 루이에게 인사를 하고는 '루이 선배님. 어제 모건 선배는 돌아오지 않으셨습니다. 그러니 모건 선배에게 할 말이 있으시다면 기밀을 제외하고는 저에게 말씀해 주셔도 됩니다.' 라고 말했다.

그것에 루이는 무슨 개 풀 뜯어 먹는 소리냐는 듯이 얼굴을 찡그렸고 릴은 여전히 무표정한 얼굴로 나를 향해 눈을 돌렸다. 그리고 말한 것이다.

'루이 선배님이 어제 할리를 모건 선배에게 보내지 않으셨습

니까.'

　물론 릴은 몰랐을 것이다. 하지만, 어쩜 그렇게 '퍽큐' 당한 기분이 들던지. 루이의 서슬 퍼런 눈초리가 나에게 향한 건 두말할 것도 없었다. 그리고 나는 사격 훈련장이 아닌 실내 격투실로 끌려와 대련을 빙자한 린치를 당하고 있는 중이다.

　"으억!"

　"다시."

　내 멱살을 잡아챈 그가 날 어깨 위로 넘겨 다시 바닥에 메쳤다. 일어난 지 2초도 안 되어서 눈앞에 보이는 천장의 모습에 절로 한숨이 나왔다. 루이는 풀리려는 넥타이를 다시 손에 감으며 말했다.

　"요즘 이상하게 바쁜 거 같더니만 그런 거였을 줄이야. 사실 난 네가 누굴 만나든 어떤 새끼와 퍽을 하든 관심 없어. 헌데 아무리 그래도 적대 세력은 만나지 말아야지. 내가 처음부터 말하지 않았던가? 그 자식은 우리와 완전히 반대쪽 노선을 타고 있다고. 뭐야 너. 그 새끼 스파이 노릇이라도 하려고 하냐? 엉?"

　"그런 게 아니에요. 이건 그냥 개인적……."

　"개인적? 그래, 당연히 너야 개인적이라고 말하겠지. 근데 그 자식은? 그 자식도 개인적인지 아닌지 어떻게 알아? 널 이용해 우리 쪽 동향을 파악하려는 수작인지 네가 어떻게 확신해! 아?!"

　시작은 무심한 듯 대련을 가장했던 루이가 큰 소리로 말을 맺으며 결국 계속 손에서 풀리는 넥타이를 바닥에 내팽개쳤다. 그의 화가 난 손짓에 절로 몸이 움찔거렸다. 그는 이내 짧게 숨을 내쉬며 말을 이었다.

　"몇 번이나 말했어. 몇 번이나. 그 새끼는 아니라고 대체 몇 번이나 되새김질해 줘야 해! 돌대가리야? 아님 너 나한테 일부러 그러냐? 엿

먹으라고?! 씨발, 네가 이따위로 나오면 내가 곤란하다는 걸 왜 몰라! 위에다 내가 뭐라고 말해 주길 바라? 아? 괜한 민폐 끼치지 말고 내가 꼬우면 국장한테 말해서 딴 녀석 담당으로 배치받아! 나도 너 같은 녀석 귀찮으니까!"

루이는 그 말을 끝으로 몸을 돌려 훈련실을 빠져나갔다. 쾅— 닫히는 문소리가 텅 빈 훈련실을 울렸고 나는 그제야 느릿느릿 몸을 일으키며 한숨을 쉬었다. 같은 나라에서 적이니 뭐니 꼭 그렇게 구분 지어야 하는 건가 생각했지만 곧 인정했다. 내가 잘못했다.

루이는 틀린 말을 하지 않았고 나는 알면서도 거기까진 생각하고 싶지 않아 은연중에 외면하고 있었다. 그동안 계속 루이가 싫어한다는 이유로 나를 위로하는 그를 거부하고 싶지 않다는 얄팍한 변명으로 자위하며 모건을 받아들이고 외로움을 달랬다.

이제 더는 안 되지 않을까. 나를 위한 시간은 이쯤 해 두고 여기서 더 좋아하게 되기 전에 모건과 관계를 끊어야 하는 게 아닐까. 나는 나만의 것이 아니니까.

루이가 나간 지 얼마 안 되어서 나 역시 훈련실을 나왔다. 방으로 돌아와 샤워하며 생각을 해 보았다. 모건은 어제 대뜸 이상한 말을 한 뒤 도망가 버렸고, 루이는 화를 내며 이젠 질린다는 태도를 보였다.

역시 안 되겠지. 이 이상 루이에게 스트레스를 안겨 줘선 안 될 것 같기도 하고. 모건에겐 헤어지자고 해야겠다.

얼마 후 머리에 수건을 얹은 채 욕실을 나왔다. 그리고 외출 준비를 위해 옷장을 열고는 겉옷을 꺼내다 구석에 놓인 가방에 무심코 시선이 갔다. 가방 지퍼가 열려 있었다. 나는 그 가방에 테일러 박사에게서 받은 약을 보관했고 오늘 아침에도 일어나자마자 꺼내 먹었다.

정신이 없어서 제대로 지퍼를 닫지 않았던 걸까. 열린 지퍼를 닫으려고 가방에 손을 뻗는데 느낌이 싸했다. 다급히 가방 손잡이를 잡아끌어당겨 안을 자세히 들여다보았다. 처음 가져왔던 두 달 치 약뿐만 아니라 루이의 명령으로 박사에게 싫은 소리 들어 가며 우편을 통해 추가로 받았던 약 뭉치마저 전부 없었다.

"……."

상황을 순간적으로 받아들이지 못하고 가방을 옷장 밖으로 완전히 끌어내 거꾸로 뒤집어 탈탈 털어 보았다. 하지만 그런다고 없는 게 나올 리가 없다. 혹시 가방이 스스로 쓰러져 흘린 게 아닐까? 아직 희망적인 생각을 버리지 못한 채 빈 가방을 던지곤 옷장 안을 손으로 더듬거리며 약 뭉치들을 찾아보았다. 그러나 전혀 찾을 수가 없었다.

그제야 절로 시선이 방문 쪽으로 돌아가며 뛰듯이 발을 옮겨 문고리를 잡아 열었다. 자세를 낮춰 바깥쪽 손잡이의 열쇠 구멍을 살펴보았다. 겉으로 봐서는 잘 알 수가 없었다. 신발장 위쪽에 있는 작은 공구 상자를 가지고 와 문 앞에 앉아 드라이버로 문고리 나사를 풀기 시작했다.

복도를 지나는 몇몇 사람이 날 흘끔거리긴 했지만 큰 관심은 보이지 않았다. 나 역시 그들에게 관심을 줄 정신이 없었다. 불현듯 느낀 내 숨소리는 크고 거칠었다. 얼마 후 기어이 손잡이를 문에서 잡아 뜯고 그것을 공구로 완전히 해체하고 나서야 나는 잠시 숨을 멈췄다.

반으로 갈라진 열쇠 구멍 내부는 무언가에 긁힌 자국이 있었다. 열쇠가 아닌 핀이나 침을 통해 연 것이다. 스크래치에 먼지가 끼거나 바래지 않은 것을 보면 분명 최근의 것이다. 물론 이런 것쯤은 나 역시 그리 어렵지 않게 열 수 있지만 열 수 있고 없고를 떠나 안보국 건물 내부에서 요원의 방이 털렸다는 것은 제법 큰 문제였다.

약은 결국 잃어버린 게 아니라 누군가 훔쳐 갔다는 이야기다. 하지만 왜? 그게 뭔지 아는 사람은 국장과 루이밖에 없었다. 그럼 루이가 가져갔나? 근데 왜? 화가 났다고 해서 약을 훔쳐 가는 짓은 부자연스럽지 않은가. 그럼 누가? 누가 가져갔지?

생각해 보면 그 약에 대해 자세히 아는 사람은 둘뿐이지만 내가 그 약을 먹고 있다는 걸 아는 사람은 제법 있었다. 미미, 카이, 베어를 비롯해 나와 같은 방을 쓴 적이 있던 릴도 그렇고, 모건에게도 보인 적이 있다. 사실 훈련생 때의 서바이벌이나 현재의 자잘한 임무를 통해 나와 하루 이상 같이 생활한 사람은 거의 다 알고 있다고 봐야 한다.

나는 약에 관해서 설명을 하진 않았지만 복용한다는 것을 감춘 적이 없었다. 그런데 굳이 약을 가져가야 할 이유가 있었나? 그 약이 뭔지도 모르면서? 방 안에는 총기와 나이프를 비롯한 무기와 더불어 옷 속엔 지갑도 있었다. 그런 것들을 다 제쳐 놓고 굳이 약을 가져가야 할 이유가 뭐가 있지?

내가 탐탁지 않은 사람들의 신종 괴롭힘인가? 그것도 아니면 사이크의 살아남은 동료가 잠입을 해서 가져갔다던가? 아아. 제길, 모르겠다. 대체 뭐지? 갑자기 혼란스러워졌지만 몸은 지체 없이 다리를 세워 일어났다.

나는 즉시 서무과에 이 사실을 알렸다. 내 방의 문고리는 다른 것으로 교체되었고 새로운 열쇠 역시 받았지만 찜찜함은 풀리지 않았다. 거기다 더 심각한 문제는,

"예. 압니다. 알고 있습니다만 그래도 어떻게 박사님과 연락할 방법이 없는지……."

― 죄송합니다. 할리 양.

내게 약을 만들어 주는 테일러 박사가 당장 오늘부터 한 달간 국가 실험을 위해 다른 곳으로 이동했다는 것이다. 곤란한 음색인 말콤 씨의 목소리를 들으며 절로 마른세수를 했다. 손가락 끝으로 만져진 내 얼굴은 잔뜩 일그러져 있었다.

"……알겠습니다. 곤란한 말을 해서 죄송합니다. 말콤 씨. 들어가세요."

서무과의 전화기를 내려놓으며 솟아오르는 짜증을 누르려 애썼다. 어쩌지. 정말 어쩌지. 당장 내일부터 약을 먹을 수 없다는 것이 굉장한 두려움으로 다가오며 무심결에 손톱을 잘근잘근 씹었다. 마치 마약중독자 같다고 생각하면서도 도저히 그 두려움을 떨칠 수가 없었다.

서무과를 나와 루이의 방으로 향했다. 루이가 열받아 있는 것과는 별개로 이건 그에게 상담을 해야 한다고 생각했다. 하지만 아무리 문을 두드려도 안에선 대답이 없었다.

"루이 씨, 할리입니다. 할 말이 있어서 그러니까 문 좀 열어 주세요."

안에 없는 것 같다고 생각하면서도 어쩌면 안에 있으면서도 대답을 하지 않는 건가 싶어 오랫동안 문을 두드리며 그를 불렀다. 하지만 한참이 지나도 문 안에선 대답이 없었다.

결국 아무 수확 없이 내 방으로 돌아와야 했다. 불안은 점점 가중되고 예민해져만 가는데 어디에도 이 감정을 풀어놓을 곳이 없었다. 동기? 국장? 아무도 믿을 수 없었다. 루이 말고는 아무도 믿을 수가 없었다. 그는 나와 같은 편이니까.

루이는 시크릿 교육도 건너뛴 채 전혀 모습을 보이지 않았다. 이후에도 간간이 그의 방 앞으로 가서 문을 두드렸지만 묵묵부답이었다. 아무리 내가 싫어도 어쨌거나 업무 관계자인데 이렇게까지 무시할 리는 없고 아무래도 외출을 나간 듯했다.

나는 그날, 내가 자는 사이 누군가 방문을 따고 들어와 기습을 가할지도 모른다는 불안감에 침대에 앉아 뜬눈으로 밤을 새웠다.

밤새도록 침입자를 대비해 내 방 침대에 걸터앉아 총을 만지작거리며 문을 노려보았다. 그 상태로 아침을 맞이했고 나는 식사마저 넘기며 사격장으로 향했다. 마음의 안정을 위해서였다. 그곳에서 한창 연습에 집중하던 중 모건이 날 만나러 왔다.

"할리."

"……."

나는 대꾸도 하지 않고 장소총의 노리쇠를 당기곤 다시 자세를 잡아 사격판을 바라보았다. 곧 화약 터지는 소리와 함께 총알은 사격판 중심을 살짝 빗겨 파고 들어갔다. 컨디션 최악이라고 명중률도 최악이었다. 손으로 피곤한 눈을 꾹꾹 누르는 와중 모건이 다시 말을 걸어왔다.

"할리. 화났어?"

"……."

나는 여전히 대꾸는커녕 그를 쳐다보지도 않으며 얼굴에서 손을 떼고 빈 탄알집을 빼내어 새 걸로 갈았다. 그리고 다시 자세를 잡으려 하는데 모건이 내 팔꿈치를 잡아 날 멈추게 했다.

"미안해. 기분 많이 나빴지?"

"아뇨. 신경 쓰지 않아요."

나는 그제야 그를 향해 몸을 돌리며 대답해 주었다. 모건은 정말 미안하다는 표정으로 입매에 호선을 그렸다. 그제야 왜인지 그의 입가가 터져 있는 걸 볼 수 있었다. 무슨 일이 있었나? 솔직히 상처가 신경 쓰였지만 나는 애써 관심을 돌리며 그에게 말했다.

"그렇지만 더는 모건 씨와 사귈 수 없을 것 같아요."

"……."

"죄송합니다."

나는 정중히 그에게 고개를 숙였다. 그리고 이 정도 예의 차렸으면 됐겠지 싶어 다시 사격판을 향해 자세를 잡으려 했지만 모건은 또 내 팔꿈치를 잡아당기며 방해했다.

"미안해. 용서해 줄 수는 없을까?"

산뜻하게 손 뗄 줄 알았더니 의외로 질기네. 나는 입 안에 가득 공기를 넣었다가 소리가 나도록 큰 한숨을 쉬었다. 결국 소총을 내려 그것을 선반 위에 놓으며 모건을 똑바로 바라보았다.

"전 그 일에 화나지 않았어요."

약간 실망하긴 했지만.

"그럼?"

"그냥. 더는 모건 씨와 사귈 수 없다고 생각한 것뿐이에요. 이 결정은 그 일과는 별로 상관이 없어요."

"왜?"

"꼭 설명이 필요하세요?"

"듣고 싶어."

"음……."

어떻게 말해야 더 귀찮게 하지 않고 날 내버려 둘까. 잠시 고민하다가 그냥 솔직하게 말하기로 했다.

"어제 말이에요. 제 방에 도둑이 들었어요."

모건은 계속 말하라는 듯 말간 얼굴로 날 가만히 쳐다보았다. 나는 다시 한 번 한숨을 쉬며 말을 이었다.

"잠이 안 오더라고요. 한 번 털리고 나니까. 뭐 별로 털린 건 없었어요. 제가 두려웠던 건 물건이 없어진 것보다도 그동안 언제 습격당해도 이상하지 않은 환경에 제가 처해 있었다는 거예요. 왜 그동안 아무렇지 않게 지낼 수 있었는지가 더 이상할 정도였죠."

"……."

"그 생각을 하니까요. 아무도 믿을 수가 없었어요."

"……."

"모건 씨도요. 어제저녁부터 새벽까지 제가 줄곧 찾은 사람은 우습게도 루이 씨였거든요. 그 사람은 제 담당이니까. 결국 전 루이 씨 말고는 아무도 믿을 수가 없었어요."

"……할리."

모건이 나를 설득하려는 듯 입을 열었지만 나는 한 손으로 그의 가슴을 살짝 밀며 그만하라는 표현을 했다.

"모건 씨. 전 당신이 저를 죽일지도 모른다는 생각마저 들었어요. 이런 기분으론 모건 씨와 사귀어서도 안 되고 사귀고 싶지도 않아요. 정말 미안한 말이지만, 지금 전 모건 씨에게 어떠한 설렘이나 애틋함은커녕 편안함마저도 느끼지 않아요. 연애 놀이를 할 상황이 아니란 걸 실감해 버린 순간부터 그런 감정들이 거짓말처럼 사라져 버렸어요. 정말 미안해요. 모건 씨. 전 지금 루이 씨 외에 누구와도 함께 있고 싶지 않아요."

이렇게까지 말하는데도 고집을 부린다면 내가 그간 사람을 잘못 본 거라고 여기기로 하며 그를 바라보았다. 다행히 모건은 조용히 내게서 물러나 사격장을 나갔다.

그렇게 나는 모건과 헤어졌다.

인간의 심리는 신체에도 영향을 미친다. 그 증거로 이전엔 무신경함으로 며칠 약을 빼먹어도 괜찮았던 것이 이번엔 약을 잃어버린 것을 심각하게 인식했다는 이유로 오늘 아침엔 눈을 뜰 때부터 두통이 일어서 컨디션이 바닥을 쳤다.

"끄으……."

시트에서 몸을 일으켰지만 그것도 잠시, 이번엔 앞으로 몸을 고꾸라뜨리며 두 손으로 꽝꽝 울리는 머리를 감쌌다. 짜증이 난 채로 끙끙거리던 나는 정신이 들기까지 제법 많은 시간을 소비해야 했다.

정상 컨디션을 찾으려고 늘 그렇듯 간단한 조깅을 하고 오는 길에 이르게 문을 연 빵집에서 빵과 우유를 조금 사서 기관으로 돌아왔다. 그리고 방문 앞에 서서 아까 잠그고 나갔던 문고리를 몇 번 덜컥거리다가 열쇠로 문을 땄다.

방이 털린 후로 이유도 없이 자꾸만 문 상태를 확인하게 되었다. 꼭 몰래 따고 들어오지 않아도 어차피 발로 몇 번 차면 열리는데 말이다. 의미 없는 짓임엔 틀림없지만 나는 이 강박적 행동으로 조금이나마 마음의 안정을 찾을 수 있었다.

방으로 들어오자마자 담배를 꺼내 물며 테이블 위에 빵과 우유를 내려놓았다. 창가로 가 커튼과 창문을 열어젖혔다. 멍하니 창밖을 바라보다가 기관을 드나드는 사람들을 내려다보았다.

눈에 보이는 동기 몇몇이 아침부터 임무가 있는 듯 바쁜 발걸음을 하고 있었다. 그에 비해 나에겐 좀처럼 임무가 떨어지지 않고 있다.

요 근래 아침부터 저녁까지 훈련실에 틀어박혀 있는 건 아마 나뿐일 거라는 생각이 들었다.

어느새 거의 다 타들어 간 담배를 창틀에 놓아둔 재떨이에 비벼 끄고 있는데 문득 다시 창밖 아래로 시선이 갔다. 언제부터 있었는지 모를 모건이 기관 마당에 멈춰 서서 내 방을 올려다보고 있었다. 눈이 마주쳐 버렸다.

그와 교제를 끝낸 지는 일주일이 지났다. 그 날 모건은 내 통보에 조금 기운이 빠진 모습으로 등을 돌렸고 그 이후 마주칠 일이 없었다. 나는 심란하게 그를 내려다보다가 예의상 인사로 고개를 까딱 움직여 보였고 모건은 조금 더 나를 응시하다가 이내 별다른 행동 없이 시선을 돌려 건물 안으로 들어갔다. 나가는 길인 줄 알았더니 들어오는 길이었나 보다.

담배 한 개비를 새로 또 입에 물며 짧게 한숨을 내쉬었다. 담배에 불을 붙이고 반쯤 피웠을 때였다. 문득 방문 밖이 소란스러움을 느꼈다. 그제야 담배를 끄고 의아한 기분으로 방문을 열어 보았다. 문밖엔 루이와 모건이 대치하고 있었다. 정확히는 모건이 루이의 멱살을 잡고 있었다.

이건 또 대체 무슨 일인지 모르겠다. 두 사람의 사이가 좋지 않음은 진작 알고 있던 것이니 놀라울 것도 없었지만, 자기 관리 잘할 것 같은 모건이 이러는 건 의아했다.

"무슨 일로 그러세요?"

일단 두 사람을 뜯어말리며 물었다. 두 사람은 내 손길에 순순히 떨어지긴 했지만 서로를 향한 적대감은 여전했다. 그들은 아무 말도 하지 않았다. 그저 루이가 모건에게 잡혔던 옷깃을 펴며 혀를 찰 뿐이다. 모건은 왜인지 루이와 나를 번갈아 노려보다가 등을 돌렸다.

"······?"

내가 그에게 미움받을 짓을 한 적이 있던가? 그의 적의가 내게도 향했다는 사실에 좀 놀라고 당황스러웠다. 하지만 금세 스스로 납득했다. 헤어질 때 감정이 상했을 수도 있지.

"읍!"

가만히 서 있던 루이가 한 손으로 내 얼굴을 덮더니 방 안으로 밀며 들어왔다. 나는 그가 방문을 닫고 내 얼굴에서 손을 거두자마자 물었다.

"그동안 어디 계셨어요?"

"임무."

루이는 단조롭게 답했다. 말이나 좀 해 주고 가지. 내가 얼마나 마음 졸이고 있었는데. 원망스러운 마음이 들었지만 그를 탓하는 것보단 일단 상황 보고가 먼저였다.

"루이 씨가 없는 사이 제 방에 외부 침입이 있었어요. 다른 건 멀쩡한데 약만 전부 없어졌고요."

루이는 피곤한 얼굴로 넥타이를 헐렁하게 풀다가 내 보고에 눈썹을 높게 휘며 손을 멈췄다.

"언제."

"일주일 정도 됐어요."

"박사에겐 연락해 봤어?"

"연락이 닿질 않아요. 한 달간 자리 비우신대요."

루이는 상당히 짜증이 난 얼굴로 이를 슬쩍 드러냈다. 곧 그의 큰 목소리가 방 안을 쩌렁쩌렁하게 울렸다.

"그런 건 잘 숨겨 뒀어야지! 왜 그리 허술해!"

순간 벙쪄선 멍하니 그를 바라보았다. 루이가 왜 이렇게 화를 내는지 알 수가 없었기 때문이다. 물론 약은 중요하다. 하지만 그건 나에게 있어서나 중요한 물건이다. 루이가 내 신경 안정제까지 걱정할 정도로 우리 사이가 친밀했던가? 그럴 리가. 설사 그렇다 해도 그의 반응은 걱정하는 태도도 아니지 않은가.

이건 마치 내가 임무라도 실수했다는 것 같다. 그러니까, 혼을 냈다는 말이다. 애써 얼떨떨한 기분을 감추며 입을 열었다.

"어…… 그래도 다른 중요한 물건들은 손댄 흔적이 없었어요. …… 그…… 죄송합니다. 앞으로 좀 더 조심하겠습니다."

내가 사과해야 할 일인가 생각하면서도 일단은 그의 기세에 몰려 사과했다. 그래도 루이는 한동안 이를 갈며 씩씩거렸다. 그러다 잠시 생각에 빠져 다른 곳을 쳐다보고 있던 그는 문득 무언가 떠오른 듯 방을 뛰쳐나갔다.

멍청하게 서 있다가 뒤늦게 정신을 차리곤 루이의 뒤를 따라 뛰쳐나갔다. 얼마 후 그가 모건의 방 앞에 서서 다리 한 짝을 들었을 때 경악 어린 심정으로 그를 말리려 했다.

"루이 씨!"

하지만 루이는 내 부름에도 기어이 모건의 방문을 걷어차 부수고 안으로 쳐들어가고야 말았다. 내가 그의 방 앞으로 미끄러지듯이 뛰어가 안을 보았을 때는 좀 전과는 반대로 이번엔 루이가 모건의 멱살을 잡아 바닥에 짓누르고 있었다. 얼른 안으로 달려 들어가 뒤에서 루이의 양어깨를 잡아당기며 그에게 외쳤다.

"루이 씨! 이게 무슨 짓이에요! 놓으세요!"

"대체 또 무슨 꿍꿍이냐! 이 새끼야!"

"하?! 루이 씨! 모건 씨 의심하시는 거예요? 그럴 이유가 없잖아요!

빨리 놓으세요!"

"씨발, 모르면 좀 닥쳐라! 엉?!"

"닥칠 테니까 일단 놓으세요!"

아무리 말려 봐도 루이는 막무가내였다. 마치 모건 말고는 이런 짓을 할 사람이 없다는 듯한 태도였다. 나는 그저 의아할 뿐이었다. 모건이 왜 그런 짓을 하겠는가. 동기가 없잖은가. 동기가.

내가 뒤에서 잡아당김과 동시에 모건이 자체적으로 루이의 손을 떨쳐 내어 겨우 루이와 모건이 떨어지게 되었지만 잔뜩 흥분해 화가 난 루이의 기색은 변함이 없었다. 쓰러졌던 모건도 자리에서 일어나 작은 기침을 하며 루이를 노려보았다. 아무래도 두 사람은 전보다 더 사이가 나빠진 듯했다. 모건이 차가운 어투로 말했다.

"무슨 말을 하는 거야. 뭘 묻고 싶은 건지 똑바로 말해."

"약. 새끼야. 너지?"

"무슨 약. 그게 뭔진 모르겠지만 내가 했다는 증거라도 있어?"

"하~ 새끼. 잡아떼는 건 아주 습관이구나? 뭔데? 뭘 기다리는 거냐고. 사실 이러면 나보다 네가 더 곤란하지 않아? 아~ 하긴 넌 감정적 쓰레기니까 그 부분이야 어찌 되든 상관없겠구나. 결국 나만 엿되는 거네. 이 미친. 그럼 그냥 기다릴 필요도 없이 여기서 다 까발려 볼까? 어?"

"네가 무슨 말을 하는지 모르겠다 정말."

모건은 담담하게 대꾸하면서도 점점 눈빛을 가라앉혔다. 아래로 늘어뜨린 그의 손가락들이 조금 움찔하는 순간 동시에 모건의 눈동자가 슬쩍 옆으로 굴러갔다. 그의 시선이 향한 선반엔 송곳이 놓여 있었다. 그 순간 나는 그에게서 살의를 느꼈다.

재빨리 허리춤에서 총을 빼 들어 모건을 겨눴다. 모건은 어느새 손을 선반 위에 올려놓은 채 움직임을 멈췄다. 나는 그가 손에 쥔 송곳을 흘끗 보며 말했다.

"모건 씨. 진정해 주세요."

"……."

그때 루이가 한쪽 팔로 내게 어깨동무를 하더니 미친놈처럼 형형하게 웃으며 모건에게 말했다.

"아하핫~! 개새끼. 왜 예민하게 굴어? 씨발, 약 가져갔으면 다 까발려지길 원한 거 아냐? 아~ 아직은 때가 아니냐? 엉? 아직은 혼을 더 빼 놔야 한다는 건가? 아? 말해 봐. 이 씹새야."

"루…… 루이 씨."

이 긴박한 상황에 내 머리를 검지로 툭툭 밀기까지 하는 루이를 입으로 말렸지만 루이는 끝까지 자기 할 말만 했다.

"꿈 깨. 씹새끼야. 너로는 안 돼. 내가 네 뜻대로 되게 둘까 봐?"

"……."

"할리."

"예."

루이는 굳은 듯이 서 있는 모건을 비웃고는 나를 불렀다. 모건이 송곳을 잡은 손에 힘을 풀지 않고 있었기에 여전히 그를 총으로 겨눈 채 대답했다. 루이가 내 귓가에 얼굴을 바짝 대고 속삭이듯 말했다.

"앞으로 저 새끼 근처엔 3미터 이내로 가까이 가지 마. 상관 명령이야."

"……."

"대답."

"……예."

모건에게 미안한 마음이 들었지만 루이의 성질머리가 두려워 어쩔 수 없이 체념 어린 대답을 했다. 그 순간 모건이 입가에 힘을 주더니 송곳을 잡았던 손을 아래로 툭 떨어뜨렸다. 나는 그제야 총을 내릴 수 있었고 루이는 내게서 떨어지며 모건에게 덧붙였다.

"내가 장담하는데 설령 뭔가 잘못돼도 너한테 이로운 일은 절대 없을 거다. 네가 무슨 아주 대단한 존재일 거란 착각은 버려. 넌 아무것도 아니야."

말을 끝낸 루이가 먼저 등을 돌렸다. 그 순간 모건이 눈을 번뜩이며 순식간에 선반 위의 송곳을 다시 움켜잡고는 루이를 향해 튀어 나갔다. 동시에 루이가 날카롭게 치뜬 눈으로 그를 돌아본다. 나는 순간적으로 어찌해야겠다는 생각도 없이 그 사이로 끼어 들어가 루이에게 등을 보인 채 두 팔을 벌려 섰다.

막을 수 없다.

그 순간 떠오른 생각은 그것뿐이다. 내 오른쪽 눈을 향해 다가오는 송곳 끝에서 이를 악물고 숨을 멈췄다. 뒤늦게 나와 눈이 마주친 모건의 눈이 커졌다.

그때 커다란 목소리가 방 안을 휘젓듯 울려 퍼졌다.

"뭣들 하는 짓이야!"

누군가 송곳을 든 모건의 손목을 잡아채 위로 올렸다. 나는 그로부터 약 5초 후에야 겨우 숨을 내뱉을 수 있었다. 정말 죽는 줄 알았다. 그대로 잠시 멍청하게 모건만을 응시하며 서 있는데 문득 옆에서 나직한 목소리가 들려왔다.

"혹시, 이거…… 삼각관계?"

"……?"

그제야 고개를 돌려 옆을 보았다. 그곳엔 에드윈 중령이 서 있었다. 나와 눈을 마주친 그는 한 손으론 모건의 손목을 움켜쥔 채 반대쪽으론 마치 경례를 하듯 눈썹 부근에 가볍게 손을 붙였다 뗐다. 그는 웃으며 경쾌한 어조로 내게 인사를 건넸다.

"여— 오랜만이네?"

"……."

아무 말도 못 하고 이번엔 고개를 돌려 뒤편의 루이를 바라보았다. 루이는 계산에 착오라도 왔다는 양 낭패한 얼굴로 이마를 짚고 있었다. 하긴 루이는 에드윈 중령에게 날 붙여 줄 생각이었기 때문에 이런 치정 싸움 같은 모습은 보이고 싶지 않았을 것이다.

물론 실제로도 치정 싸움 같은 건 아니었지만 모르는 사람의 시선으론 아마도 이런 상황이 질척한 치정 싸움으로 보이지 않을까.

방금 에드윈 중령도 삼각관계라는 단어를 내뱉었으니 말이다. 다시 중령을 향해 시선을 돌린 나는 그의 오류를 정정해 주기로 했다.

"아니에요."

"응?"

의아한 표정으로 웃는 그를 향해 확실하게 또박또박 다시 한 번 말했다.

"삼각관계, 아니에요."

"아, 그래? 하하! 실례했군."

중령은 그제야 모건의 손목을 놓아주고는 아까의 루이처럼 한쪽 팔을 내 어깨에 감싸듯 걸쳤다. 그리고 문 쪽으로 시선을 돌리며 그곳에서 무시무시한 얼굴로 서 있는 국장을 향해 말했다.

"뭐…… 상황을 보아하니 느긋하게 일 얘기를 하긴 어려울 듯싶고. 잠시 이 아가씨와 데이트해도 되겠습니까? 정리는 국장이 알아서 하십시오. 저녁까진 돌아오겠습니다."

"그러시죠."

국장이 열받은 얼굴로 허락하자 중령은 그대로 날 끌고 그 방을 빠져나왔다. 나는 중령에게 끌려가면서 뒤를 잠깐 돌아보았지만 문밖에 서 있던 국장이 안으로 들어가면서 문고리가 부서진 방문을 닫아 버린 탓에 더는 안의 상황을 알 수가 없었다.

문득 중령이 말했다.

"역시 암약 정보원이 맞았잖아. 할리 양."

"예?"

되물으며 뒤늦게 중령을 향해 눈을 돌렸다. 중령은 느긋하게 웃고 있었다.

"그때 배웅해 주고 돌아가서 인적부 확인해 봤다고. 감히 군용 자료에 거짓 정보를 적어?"

"……."

나는 그제야 당시 신분 확인을 위해 바리케이드 입구를 지날 때마다 기관의 일반 사무원 카드를 보여 주며 그 자료에 대한 확인 사인을 했었다는 사실을 기억했다.

본래 법적으론 암약 정보원이란 있을 수 없는 일이기에 기관의 모든 암약 정보원들은 기관에 속하면서도 제각각의 거짓 직위를 가지고 있었다.

그 당시엔 어쩔 수 없는 일이었다곤 하지만 그래도 중령의 입장에선 상당히 불쾌할 수도 있겠단 생각이 들어서 나는 그에게 고개를 숙여 사죄했다.

"죄송합니다."

"빚으로 달아 두지."

"근데 왜 위층까지 올라오셨던 거예요? 그것도 국장님과 함께."

"내가 온 이유는 대충 알고 있겠지? 지금 내가 고민 중이거든. 어느 쪽으로 붙을지. 일단 가장 신경 쓰고 있는 양쪽의 인재들을 확인하고 싶어서 말야."

"그게 모건 씨였고요?"

"응? 응. 루이라는 사람하고 말이지. 근데 모건이 어느 쪽이었지? 검은 머리? 노랑머리?"

"노랑머리 쪽이요."

"그럼 검은 머리가 루이인가?"

"네."

"그럼 할리 양은?"

"예?"

"노랑머리? 검은 머리? 어느 쪽?"

나는 곧 우리 쪽의 상층부가 중령을 끌어들이고 싶어 한다는 걸 기억했다.

"루이 씨가 직속상관이에요."

"아…… 쥬페도라 대장 쪽인가…… 만만치 않지. 거기도."

쥬페도라? 그 순간 나도 모르게 발걸음을 멈췄다. 갑자기 머릿속이 맹렬히 활동하기 시작했다.

쥬페도라…… 쥬페도라 대장. 5대장 중 남부 지역을 맡고 있으며 서부 지역의 군권을 가진 릭크리만 대장과 가장 많은 척을 지고 있다. 쥬페도라 대장이 우리 쪽의 그분이라면 자연히 릭크리만 대장이 모건이 있는 세력일 확률이 높다. 루이가 반대쪽이라고 칭할 정도면 거기밖에 생각할 수가 없었다.

"할리 양?"

"아. 죄송합니다."

여러 가지 생각이 더 떠오르려는 와중에 중령의 목소리가 들려와 내 정신을 깨웠다. 사과하고 다시 발걸음을 떼자 곧 중령이 내게 물었다.

"근데 할리 양. 할리 양이 생각하기에 말야. 5대장 중 어느 쪽을 끌어내려야 내가 대장이 될 수 있는 확률이 가장 높을 거라고 생각해?"

"예?"

다시 발을 멈췄다. 중령을 보자 그는 방금 얘기가 사소한 잡담이라도 되는 양 아무렇지도 않은 얼굴이었다. 그의 저의를 의심하며 더욱 빤히 바라보자 중령은 길게 호선이 그려진 입술로 또 엄청난 말을 내뱉었다.

"난 말야. 5년 안에 대장이 되고 싶어. 할리 양."

그 말을 듣는 순간 무언가 내 머리를 세게 치는 듯한 느낌이 들면서 이번에 내가 받을 임무에 대단히 큰 오류가 있었음을 깨달았다.

그는 중립을 지키다가 대장들의 압력에 이리저리 치이는 것이 괴로워 이제 와 어딘가에 붙으려고 온 것이 아니었다.

그는 대장 중 하나를 끌어내리고 스스로 높은 곳에 서려는 것이다.

에드윈 중령. 그는 지금 먹잇감을 찾고 있었다.

이런 상황에선 어떻게 해야 하는지 나는 모른다. 수습인 나는 루이가 내리는 결정에 따를 뿐이므로. 지금 당장 루이에게 의견을 물어야 한다고 생각했다. 하지만 루이는 현재 국장과 함께 모건의 방에 있었고 중령은 내게 직접 말하고 있었다. 이쯤 되니 중령이 일부러 나만 데리고 빠져나온 것 같다는 생각이 들었다. 순진한 날 벗겨 먹으려고.

"응? 할리 양의 생각은 어때?"

에드윈 중령은 의외로 야심가였던 모양이다. 내가 만약에 루이였다면 그에게 어떤 말을 했을까. 어렵지만 루이가 되어 보길 시도했다.

"응?"

"아…… 음……."

루이라면. 음, 루이라면…… 능청스럽게 웃으면서 적 세력(확실하진 않지만)인 '릭크리만 대장이 어떻겠습니까.'라고 말했을까? 아니면 '아무래도 사리아 대장이 만만하지 않을까요.'라고 객관적인 대답을 할까. 그것도 아니면 '불순하시군요.'라고 말하며 가시 돋친 웃음을 지을까.

루이의 성격을 봤을 때 대충 위와 같은 말들을 떠올릴 수 있었지만 정작 나는 루이가 아니기에 실제로는 어떻게 대답할지 알 수가 없다. 결국 잠시나마 루이가 되어 보길 실패한 나는 한 발짝 물러나 몸을 사리기로 했다.

"전 그런 거 잘 몰라요."

"그래?"

에드윈 중령은 가볍게 대꾸하며 눈썹을 살짝 들어 올렸다. 나는 묵묵함을 유지했고 중령은 이내 웃으며 놀리듯 말했다.

"겁낼 거 없어. 그냥 말일 뿐이야. 이럴 땐 그냥 웃어넘기면 되는 거야. 요령이 없구나. 할리 양."

요령으로 넘겼어도 괜찮았던 건가. 정말? 하지만 내 감은 아니라고 말한다.

"식사하기엔 시간이 애매하니 어디 가서 차라도 마실까?"

중령이 손목시계를 보며 화제를 돌렸다. 나는 고개를 끄덕이며 앞장섰고 한적한 느낌의 고급스러운 찻집으로 그를 안내했다. 중령은 별말 없이 가게 안으로 따라 들어왔지만 내부를 한번 둘러보곤 바로 내 팔을 잡아채 밖으로 끌고 나갔다. 일부러 의아한 얼굴을 만들어 중령을 바라보았다. 그는 미묘하게 찡그린 얼굴로 말했다.

"센스 없네. 내가 이런 곳을 좋아할 거라 생각하는 건가?"

"죄송합니다. 나름 중령의 지위를 생각해 격이 떨어지지 않는 곳을 고르려 했는데 여긴 맘에 들지 않으셨나요? 하지만 근처에서 가장 좋은 가게거든요. 더 좋은 곳으로 가려면 마차를 타야 해요."

"잠깐, 격이라니? 무슨 격. 이런 데서 차 마셔야 격이 지켜지는 건가? 이상한 이론이군. 뭣보다 노땅 취향이잖아. 여기."

"죄송합니다. 다시 안내할게요."

딱히 그의 취향을 눈치채지 못했던 건 아니다. 오히려 내 취향과 비슷하리라는 것도 짐작하고 있다. 그런데도 굳이 이런 곳으로 안내한 것은 이쪽 나름대로의 체면이라는 것이다. 물론 내 체면이 아닌 안보국의 체면 말이다. 의도하진 않았지만 일단 상황상 국장 대신 내가 접대를 해야 했으니 적어도 책을 잡히지 않을 정도면 되었다. 그리고 그가 그곳을 거절해 준 덕분에 나는 내가 편한 장소로 그를 이끌 수 있었다.

두 번째로 안내한 곳은 평소 자주 오는 소란스럽고 작고 낡은 레스토랑이었다. 중령은 이번엔 만족스러운 얼굴을 했다.

"그래. 이런 곳을 바랐지. 앉아만 있어도 쉰다는 느낌을 주는 곳 말야."

나는 말없이 앞서가 창가 테이블로 그를 안내했다. 등 뒤로 따라오는 중령의 목소리가 이어졌다.

"아까 거긴 아무래도 일의 연장이라는 기분이 들거든."

"서민적이시네요."

"서민적이 아니라 서민이야. 대단한 사람 대하듯 하는 건 그만둬 줄래. 아직 대령도 못 달았거든?"

"곧 달지 않으시나요? 얼마 전 알리악 산맥 전투에 큰 공을 세우셨다고 들었어요. 미리 축하드립니다."

"축하는 대장이 된 뒤에 해 줘. 아직은 축하받을 때가 아냐."

또다. 그는 아무렇지 않게 은근슬쩍 내게 또 대장이라는 단어를 언급했다. 나는 그 화제를 피해 입을 다물었고 중령은 재밌다는 듯 눈웃음을 지었다. 일부러가 틀림없다. 이유는 모르겠지만.

그는 메뉴판을 바라보다 내게 이 지역의 특산 먹거리를 물었다. 이스트란에서도 느꼈지만 그는 참으로 특산품을 좋아하는 것 같다. 나는 딱히 관심은 없었지만 예전에 오다가다 동기들이 했던 말을 기억해 내 대답했다.

"양배추?"

"양배추? 양배추로 만든 음식이 많은 건가? 여긴?"

"딱히 신경 쓰고 있진 않지만 동쪽 끝에 큰 농장이 있다고 들었어요. 그 덕에 제법 질이 좋은 게 들어온다던가."

"양배추인가……."

중령은 고뇌하는 듯, 또 한편으론 마치 탄식하는 듯도 한 목소리로 중얼거렸다. 그리고 다시 나를 바라보았다.

"그럼 할리 양이 먹어 본 양배추 음식 중에 뭐를 가장 추천해 줄 만하다 생각하지?"

"딱히 신경 쓰고 먹은 적은 없는데요. 대부분의 음식에 어느 정도씩은 들어가기도 하고."

"이런! 그럼 안 되지! 지역품을 사랑해야 발전도 빠른 법이라고. 할리 양은 블러턴을 사랑하고 있지 않은 건가?!"

"전 여기 토박이도 아니고 그냥 배정되어 왔을 뿐이거든요. 사랑해야 할 이유라도 있나요?"

내 말에 중령은 고개를 절레절레 저었다. 마치 한심하다는 표정이었다.

"안 되지. 안 돼. 머물고 있는 곳에 정을 붙이지 않는다니 이 얼마나 쓸쓸한가."

쓸데없는 것에 신경을 낭비하고 싶지 않다고 말하고 싶었으나 말대꾸를 하면 이 화제가 길어질 것 같아 입 다무는 걸 선택했다. 그래도 중령은 혼자서 쓸데없는 말을 잘도 떠들었고 나는 계속 묵묵히 듣기만 했다.

중령과 나는 애초의 계획대로 식사 대신 차만 마시고 그곳을 나왔다. 그리고 중령은 지난번의 빚(이스트란에서 중령이 나에게 원치 않는 쇼핑을 시켜 준 것을 말하는 것 같다)을 갚으라며 이 도시를 안내하라 말했다.

나는 손목시계를 확인하곤 고개를 끄덕였다. 어차피 점심 전까지만 들어가면 될 것이다.

"점심 식사는 국장님께서 기다리고 계실 테니 그리 멀리는 나가지 못해요."

"계엑— 그런 게 어딨나. 파릇파릇한 젊은 여성을 놔두고 왜 내가 어두침침하게 남자랑, 그것도 인상 험악한 아저씨랑 식사를 해야 하지? 할리 양도 들었잖아? 나는 국장에게 데이트라고 말하고 나왔어. 당연히 할리 양은 나와 저녁 식사까지 함께해야 하는 거 아닌가?"

"여기 오신 게 데이트가 목적이 아니실 텐데요."

이스트란에서처럼 점점 피곤해지는 기분에 절로 찡그려지는 미간을 손가락으로 눌러 펴며 대꾸했다. 중령은 더욱 멀건 얼굴로 눈썹을 높이 들어 휘었다.

"난 할리 양과의 데이트가 목적이었는데?"

"예?"

"뭐 겸사겸사 여러 가지 복잡한 것들도 처리하려고 했던 건 맞지만, 내가 여기 와서 정말로 만나고 싶었던 건 할리 양이었어."

"무슨 말씀이신지."

어디까지가 농담이고 어디서부터가 진담인지 모호한 화법. 짜증이 났지만 그걸 겉으로 풀풀 드러낼 수는 없어 그저 조용히 되물었다. 중령이 깔끔하게 웃으며 말했다.

"원래는 이것저것 먹여 놓고 천천히 말해 볼 생각이었는데 뭐 상관없나."

"……?"

곧 중령이 목소리를 가다듬고 나름 진지한 척 내 이름을 불렀다.

"할리 양."

"예."

"자네 내 줄 한번 잡아 보지 않을래?"

"하?"

아, 이런. 나도 모르게 얼빠진 소리가 새어 나가고 말았다. 하지만 금세 또다시 고개 드는 어이없음에 이번엔 헛웃음이 나왔다. 하핫? 하고.

면박과도 다름없는 내 반응에도 중령은 딱히 불쾌해하거나 부끄러워하지 않았다. 대단하다면 대단한 사람이다.

"루이 군이나 모건 군처럼 할리 양은 내 직속에서 일하는 거야. 어때? 어차피 자네는 아직 수습이라며? 물론 상관인 루이 군의 영향을 가장 많이 받을 수밖에 없겠지만 결국 선택은 할리 양이 하는 거 아닌가?"

"저, 중령님."

나는 한숨을 감추지 않고 내쉬었다. 그리고 어이없다 못해 뒤집어져 날뛰려는 기분을 애써 차분히 가라앉히고 담담한 척 말했다.

"이미 선택권 같은 건 제게 없어요."

내 선택은 훈련생 시절, 내가 군의 높으신 분을 만났을 때가 처음이자 마지막이었다. 암약 정보원이 될 것인가 군인이 될 것인가. 그것만은 내가 선택했지만 그 전도 후도 내가 선택할 수 있는 건 아무것도 없었다.

군으로 배정받을 후보로서 나는 이미 누구의 줄을 타고 있는 누군가를 상관으로 모시게 될 것까지 다 정해져 있었다. 이번엔 물론 이례적으로 중령이 만약 우리 쪽 높은 분의 휘하가 된다면 내가 그 밑에 들어갈지도 모른다고 바꾸어져 버렸지만 그것조차 내 의지는 조금도 반영된 적이 없었다. 나는 그에게 말했다.

"저를 휘하에 두고 싶으시다면 이런 번거로운 방법 쓰실 필요 없어요, 중령님. 그건 아주 간단한 일이니까요."

"간단하다고?"

"예. 중령님께서 저희 쪽. 그러니까 저와 루이 씨가 모시는 그분의 아래로 들어오시면 됩니다. 그렇게 되면 중령님께서 원하시는 아랫사람 따윈 그분께서 내어주실 거예요. 저 역시도."

중령은 내 말을 듣고 눈가를 찡그리면서도 입으론 웃음을 지었다. 그리고 나인지, 아니면 내 말에 대한 것인지 모를, 무언가를 향한 경멸을 비치며 말했다.

"할리 양은 자기 자신을 참 싸게도 넘기는군?"

"아직 비싼 몸이 될 정도로 성과를 이룬 것이 없어서요."

"아니아니. 그런 게 아니라 자네는 그래도 상관없다는 건가? 그런 식으로 아무렇지 않게 의견 따윈 묵살당한 채 이리저리 휘둘려 다니는 것이?"

"그러니까, 제 마음 따윈 힘이 없다는 이야길 하고 있는 거예요."

이번엔 중령이 잠시 한숨을 크게 내쉬었다.

"자네는 내 말을 조금도 이해하지 못했군. 그래서 내가 묻고 있잖아. 그 누구도 아닌 자네에게 부탁하고 있잖아. 내 사람이 되지 않겠냐고."

"그러니까, 그건……"

"자네가 어떤 직급으로 내 직속에 들어오는 것과는 다른 이야기야. 이건. 난 자네의 마음을 얻고 싶어. 내가 원하는 건 위의 꼭두각시로서 날 감시할 정보원이 아닌 진심으로 나를 위하고 받쳐 줄 부하야. 그것만은 할리 양의 의지가 아니면 안 되는 거라고."

중령은 정말 이상한 사람이었다. 발길에 차여 아무렇게나 굴러다니는 돌멩이 취급을 받는 수습 요원일 뿐인 내게 그는 가치를 부여하려고 한다. 내가 선택할 기회가 있다는 듯이. 그 기회를 준다는 듯이 말이다.

아니, 정말 그런 뜻인가?

정말로?

"……."

"이해했어?"

내 얼굴을 가만히 들여다보던 중령은 곧 웃으며 물었다. 그 말에 어쩐지 내가 이상한 표정을 지었던 것 같아 중령의 시선을 피해 고개를 돌렸다. 나는 왠지 부끄러운 기분이 들었지만 애써 아무렇지 않은 척 말했다.

"그나저나 이렇게 대놓고 끌고 나와서 한다는 소리가 이거라니, 중령님도 참 실없네요."

"실없다고? 나처럼 실 있는 사람도 드문데 말야. 나 그렇게 만만한 사람 아냐. 후회 안 할걸?"

"자기 입으로 자신하는 사람은 허세라고 하던데요."

"냉정하네. 대답은?"

"기껏 제 기분을 물어봐 주셨는데 그리 간단히 대답하는 것도 실례 아닐까요? 중령님께서 사령지로 돌아가시는 날까지 차분하게 생각해 보겠습니다. 아, 시간이 너무 애매해졌네요. 그냥 이쯤에서 슬슬 돌아가 보죠. 국장님께서도 기다리실 거예요. 관광은 다음에 안내해 드릴게요."

낯선 기분이 적응되질 않아 얼른 화제를 돌리고 먼저 앞서갔다. 중령은 뒤에서 내게 까탈스럽고 재미없다며 툴툴댔지만 결국엔 순순히 따라와 주었다.

"어떠냐."

국장실까지 중령을 데려다주고 화기장으로 가던 중에 루이를 만났다. 어떻게 해결이 난 것인지는 모르겠지만 지금의 루이는 담담한 얼굴이었다. 나는 그와 나란히 화기장으로 향하며 대답했다.

"딱히 별거 없었는데요."

"앞으로 어떻게 될 것 같냐고 묻는 거야."

"그것도 아직은 뭐라 말할 게 없네요."

원래 루이에게 상담하려고 했던 중령에 대한 얘기를 어째선지 할 수가 없었다. 중령에 대해 나눌 말이 없자 화제는 자연스럽게 바뀌었다.

"너 약 못 먹은 지 며칠이나 됐다고 했지?"

"일주일 정도 됐어요."

"특별한 이상 증상은?"

화기장에서 우리는 각자 맘에 드는 총기를 들고 연습판 앞에 섰다. 나는 늘 그렇듯 소총을 팔 사이에 끼고 조준경에 눈을 가져다 대었다.

"컨디션이 나빠요."

루이가 먼저 과녁물을 향해 총구를 쏘고 이어 내가 쏘았다. 그리고 내가 두 번째 조준을 했을 때 갑자기 루이가 내 어깨를 잡아 뒤로 슬쩍 당겼다. 조준경에서 눈을 떼고 루이를 바라보자 그는 뒤쪽으로 턱 짓했다.

"조금 더 뒤로 가 봐."

"예?"

"너무 가깝잖아. 기껏 그런 거 들고 왜 코앞에서 쏘고 앉았어. 뒤로 가."

"루이 씨가 멀리 있는 거예요. 이게 맞아요."

"그 총의 최대 사거리는 거기가 아니야."

"하지만……."

"거 말 많네. 뒤로 안 가?"

말 몇 마디 했다고 또 짜증 내려는 루이의 모습에 순순히 입을 다물고 뒷걸음질로 약간 빠졌다. 하지만 루이는 더욱 턱을 들며 내게 더 뒤로 가라고 했다. 그런 식으로 몇 번 더 지시를 받으며 뒤로 빠지고 나서야 결국 내가 멈춘 자리는 과녁이 까마득하게 보일 정도로 먼

화기장의 끝자락이었다. 나는 등 뒤의 회색 벽을 잠깐 쳐다보았다가
다시 루이를 보았다.

"혹시 이거 괴롭히시는 거예요?"

"뭐라는 거야. 거기서 보여, 안 보여."

루이가 검지로 내 과녁을 가리키며 물었다. 그제야 눈을 돌려 과녁
을 바라보았다. 일단 보이긴 하지만 어쩐지 순순히 대답하고 싶지가
않았다. 하지만 말대꾸할 배짱도 없어서 그냥 그를 지그시 쳐다보는
것으로 불만을 표했다.

"……."

"쏴 봐."

루이가 담배를 물며 말했다. 나는 말없이 총을 들어 과녁을 겨누었
다. 곧 화약이 터지는 냄새와 소리, 그리고 뒤이어진 반동이 몸에 느
껴졌다.

"……."

"제법 하잖아. 너 눈이 좋구나."

줄곧 무심했던 루이의 입가에 호선이 그려졌다. 웃음이 예쁘네. 무
심코 그런 생각이 들었다. 루이는 웃음이 참 박하니까. 아, 냉소는 자
주 지었던가. 어쨌거나 모처럼 잘 태어난 얼굴이 아까운 일이라고 생
각했다. 좀 더 자주 웃으면 좋을 텐데.

"뭐냐? 칭찬해 줬는데 눈빛이 왜 그 모양이야."

"……아니요."

내 눈빛이 뭐 어때서. 그냥 웃기에 쳐다봤을 뿐인데. 숨 쉬듯 자연
스럽게 시비를 건 루이는 팩 고개를 돌렸다. 맨날 짜증이야. 잠시 손
에 든 권총을 만지작거리던 루이는 문득 왜인지 날 칭찬했다.

"어쨌든 굼벵이도 구르는 재주는 있다더니 네 재주는 이거구나. 이

제야 한 짐 놓겠네. 정말 너 같은 걸 어떻게 써야 하나 고민이 많았다. 도무지 이렇다 할 장점이 없어서 말이지."

칭찬…… 맞지? 루이는 좋은 말을 해도 꼭 정떨어지게 했다. 그냥 순순하게 날 칭찬해도 되는데 말이다. 내가 이래 봬도 올해 들어온 수습 중에서 졸업 성적이 다섯 손가락 안에 꼽히던 인재였다.

현재 그렇게 보이지 않는 건 루이가 내 점수를 다 깎아 놔서다. 그러고 보면 루이를 만나고부터 내 멘탈이고 성적이고 전부 개판이 된 것 같다.

그로서는 그만큼 내가 부족하다는 거겠지만, 나로선 그의 만족도가 평균 이상으로 높다고밖에 생각할 수가 없었다. 맨날 혼내고 말이야. 동료애? 후배 사랑? 저 인간한테 그런 게 어딨어. 개뿔도 기대 안 한다. 쳇.

선배 복 있는 녀석들이 부럽다는 생각이 들었다. 그러고 보니 베어를 맡은 선배는 성격 좋다고 주변 평판도 괜찮았다. 나도 다정한 선배가 좋은데.

"루이 씨."

"왜."

루이는 날 보지도 않고 자신의 과녁에 총구를 겨눈 채 대꾸했다. 그 등에 대고 물어보았다.

"루이 씨는 왜 그렇게 차가워요?"

"뭐?"

막 방아쇠를 당기려고 했던 루이가 짜증스러운 얼굴로 날 돌아보았다. 그제야 내가 참 실없는 소리를 했다 싶었다. 괜히 말했네. 입 다물고 있을걸. 나는 늘 입이 문제였다.

"그냥 묻는 거예요. 왜 그렇게 성격이 더러…… 아니, 못돼 처…… 아니, 음…… 그러니까……."

수습해 보려고 했는데 말이 꼬였다. 루이가 자세를 풀고 날 향해 완전히 돌아섰다.

"너 지금 시비 거냐?"

"아뇨. 그저 늘 불쾌한 얼굴을 하고 있으셔서요."

"이게 한 번 칭찬해 주니까 바로 맞먹으려고 하네. 죽을래?"

오해다. 그의 얼굴을 보고 내 기분이 불쾌했단 소리가 아니다. 그저 단순히 그의 기분을 염려했던 건데 그는 또 비뚤게 받아들였다. 어떡하지.

"하아……."

"어쭈? 한숨 쉬었냐? 지금."

이 사람은 왜 모든 말을 시비 거는 거라고 받아들이는 걸까. 그와 잘 지내 보려고 노력할수록 자꾸만 어긋나는 것 같아 답답했다. 내 어투가 나빴나? 아니, 나쁘지 않았어도 그는 대체로 늘 이런 태도다. 그리고 나쁜 거로 치면 루이의 어투가 나보다 더하면 더했지 덜하지는 않았다.

하긴, 선배와 후배의 입장 차이란 늘 이런 거지. 나도 모르겠다. 이 젠. 어차피 더 나쁘나 덜 나쁘나 나빠지는 건 매한가지란 생각이 들어 줄곧 말을 고르던 걸 그만둬 버렸다.

"자상하게 좀 대해 주셨으면 좋겠어요. 가끔 힘든 날에 루이 씨 말 들으면 배로 기운 빠지는 거 같아요."

그리고 노력을 포기해 버린 내 입은 더 신랄해질 수 있었다. 나도 참 겁대가리가 없었다.

"하아?!"

루이가 황당하게 목소리를 올렸지만 나는 아무 말도 안 했던 척 재빨리 자세를 잡고 과녁에 총을 쏘았다. 다행히 커다란 총성이 분위기를 환기했는지 루이는 그 뒤로 딱히 별말 없이 연습으로 돌아갔다.

하지만 화기장에서의 연습을 마치고 밖으로 나오면서 루이는 내가 했던 말이 곱씹을수록 황당하고 열받았던 모양인지 갑자기 걸음을 멈추고 날 삐쭉하게 바라보았다.

"아, 생각할수록 열받네."

"네?"

그를 따라 발을 멈추고 물었다. 루이는 손을 세우더니 손가락 끝으로 내 이마를 쿡쿡 찔러 때리기 시작했다.

"이 건방진 게. 건방진 게. 건방진 게."

"아. 아. 아! 왜 이러세요?!"

"이게 진짜 웃기네. 내가 왜 네 기분을 맞춰 줘야 하는 건데? 아? 보통은 반대 아니냐? 어? 네가 나한테 나긋나긋하게 좀 대해 봐. 지는 곰탱이처럼 구는 주제에 어디 선배를 제 입맛대로 맞추려고······ 이게. 이게. 이게."

"아! 아얏! 아파요!"

나는 이마를 감싸 피하며 그에게 빽 소리 질렀다. 그러자 루이는 네까짓 게 지금 피했냐면서 더욱 집요하게 따라붙어 손을 휘둘렀다.

"아프라고 치는 거지! 이 멍청아!"

"아! 그만두세요!"

"싫어! 내가 왜! 이게 진짜 선배 무서운 줄도 모르고! 내가 네 녀석 때문에 얼마나 귀찮은지도 모르는 주제에! 뭐? 자상하게 대해 줘?!

네가 미치게 이쁘기를 하냐, 귀엽기를 하냐, 섹시하기를 하냐. 그것
도 아니면 순종적이기를 하냐. 말도 빌어먹게 안 듣고! 건방지고! 무
뚝뚝한 데다! 건방지게 키까지 나랑 똑같아!"

"이상한 트집 잡지 마세요!"

"뭐 이상한 트집?! 이게 자꾸 맞먹으려 드네!? 잘됐다. 아예 오늘
버릇을 고쳐 주마. 넌 뒤졌어!"

아까부터 아주 벼르고 있었다는 듯이 루이는 도망가는 내 뒤를 끈
질기게 쫓아 달리며 외쳤다. 나는 전력으로 도망치다가 문득 귀 옆
을 휙 스쳐 지나가는 구두 한 짝을 보고 깜짝 놀랐다. 지금 저 인간
신발 벗어 던진 거야?! 거기에 그치지 않고 루이는 나머지 한 짝도
내게 집어 던졌고, 그것은 내 정수리를 세게 맞추고 바닥에 떨어졌
다.

아! 아픈 데다 맞는 기분도 더러워 울컥하며 발을 멈추고 뒤를 돌
아보았다. 하지만 투척용 나이프를 빼 드는 그의 모습을 보자 따지려
던 마음이 사라져 다시 뒤돌아 달리기 시작했다.

왜 갑자기 이렇게 화를 내는 거지?! 이게 이렇게까지 화낼 만한 일
이야? 뒤끝 길다. 진짜.

어느새 목숨 걸고 도망치게 되어서 숙소 건물 안으로 뛰어 들어와
계단을 타고 이리저리 복도를 꺾어 달리면서 루이를 떨쳐 냈다.

내 방이 있는 층까지 올라왔을 때였다. 얼른 방으로 피해야겠다고
생각하며 복도를 내달리고 있는데 문득 옆을 지나고 있던 방문이 열
리더니 막 외출하려는 듯한 모건을 볼 수 있었다.

바로 눈이 마주쳐 버렸다. 더불어 내 발도 잠시 멈췄지만 곧 아래
층에서 욕지거리를 외치는 루이의 목소리에 이내 등줄기가 섬뜩해지
며 다시 도망가려 했다. 그 순간 모건이 내 팔을 잡고 끌어당겼다. 순

식간에 어어 하며 그의 방으로 끌려 들어오고 말았다.

모건은 막 방문을 닫고 그 앞에 등을 기댔다. 곧 루이로 추정되는 발소리가 빠르게 문 앞을 지나갔고 머지않아 이 방에서 조금 떨어진 곳에서 무언가 부서지는 소리가 났다. 루이가 내 방 문을 걷어차는 소리라고 생각되었다.

"부서졌겠는걸."

나직한 모건의 말에 나는 두 손으로 얼굴을 감쌌다. 루이의 씩씩거리는 모습이 절로 상상되었다.

"앉아."

모건의 말에 파득 정신을 차리고 얼굴을 감쌌던 손을 내렸다. 모건은 입었던 재킷을 다시 벗고 있었다.

"나가려고 했던 거 아니었어요?"

"응. 하지만 급한 건 아니었으니까. 앉아."

모건이 먼저 의자에 앉으며 말했지만 나는 창가에 등을 붙이고 서선 괜찮다고 말했다. 모건은 두 손을 깍지 껴 테이블에 올리며 무심한 얼굴로 물었다.

"지금 그건 루이가 말했던 3미터 거리를 지키려는 거야, 아니면 날 피하는 거야?"

어쩐지 좀 어색했다. 나는 도망치기로 하고 창문을 열며 말했다.

"숨겨 줘서 고마웠어요. 저 그만 가 볼게요."

숨을 고르며 뛰어내릴 마음의 준비를 하고 있는데 문득 등 뒤에 선 기척에 돌아보았다. 어느새 모건이 내 등 뒤에서 서 있었다. 그는 팔을 뻗어 창문을 닫고 상당히 저조한 목소리로 말했다.

"앉으라고 말하잖아."

지금…… 화내고 있는 건가? 물론 불과 몇 시간 전에 루이와 싸운

건 알겠지만 왜 내게 화내는 건지 이해할 수 없었다. 하지만 그런 생각을 하면서도 순순하게 그가 권하는 의자에 앉았다. 그와 싸울 이유도 이길 자신도 없었다. 얼떨떨함에 말없이 꿈지럭거리는 내 맞은편에 모건이 앉으며 말했다.

"루이와는 예전부터 사이가 나빴어. 랄까, 좋았던 적이 한 번도 없지."

"아…… 네."

별로 궁금하지 않은데.

"훈련생 시절부터 알고 있던 사이지만 딱히 친해질 여건이 만들어지지 않았어. 알다시피 대부분 끼리끼리 모이니까. 그 녀석과 내가 맞는 점은 좀처럼 없었거든."

"……."

"그래도 딱히 서로를 싫어한다거나 하진 않았어. 약간 껄끄러워하는 정도였지."

"저……."

"들어 봐."

왜 이런 얘기를 듣고 있어야 하는지 알 수 없었지만 모건은 개의치 않고 말했다.

"완전히 사이가 틀어진 건 기관으로 배속받기 직전이야. 마지막 시험을 치르던 당시였는데 개인 서바이벌이었어. 하지만 서바이벌 기간이 상당히 길어서 자체적으로 팀을 짜지 않으면 살아남기가 어려웠거든. 그때 어쩌다 루이 일행의 틈으로 끼어 들어갈 수가 있었지. 그냥 적당히 지낼 수 있었어. 서로 깊게 관심을 가지지 않았으니까. 그러다 갑자기 다른 팀의 습격을 받았어. 타이밍상 우리는 제대로 된 대처를 할 수 없었지. 그때 같은 팀이었던 누군가 나를 미끼로 썼어.

그래서 나를 뺀 다른 모두는 그 자리에서 벗어날 수 있었어. 동시에 나는 죽을 뻔했지만."

"……."

"그 녀석은 그럴 수밖에 없었을 거야. 친한 친구들을 위해서 나름 대로 현명한 결정을 내렸던 거겠지. 그것에 동조한 루이도, 다른 녀석들도 마찬가지야. 그걸로 내가 죽었다면 아무 일도 없었을 거야. 하지만 나는 운 좋게 살아남았고 나머지 기간 내내 혼자 움직이다 마지막 날에 긴장이 조금 풀려 있는 그들의 위치를 다른 팀에게 팔았어. 그리고 녀석들은 루이 빼고 모두 죽었어. 루이도 치명상이었고 후에 나는 약해진 그 녀석을 완전히 끝내 버리려고 했지만 결국 그렇게 되지는 않았지. 그걸로 우린 완전히 사이가 틀어졌어. 거기서부터야. 거기다 같은 곳에 근무하면서 사사건건 부딪치자 점점 골이 더욱 깊어지게 된 거지."

조용히 손을 들어 머리를 긁적였다. 나는 누구의 잘못이다 선뜻 말할 수도 생각할 수도 없었다. 물론 모건의 말만 들으면 루이 일행이 먼저 잘못했다고 할 수도 있다. 하지만 사실 이렇게 전해지는 이야기로는 당시 그들이 어떤 방식으로 서로를 몰아넣었는지와 그때 흘렸던 자세한 감정의 흐름을 알 수가 없으니 멋대로 판단할 수가 없었다. 그럴 자격도 없고.

그저 어떤 기분인지 예측 정도만 할 뿐이다. 내가 릴의 친구들을 죽이고 릴이 여러 명과 함께 나를 습격했던 사건을 떠올리며 말이다. 나는 당연히 릴이 싫고 릴 역시 마찬가지일 것이다. 아마도 그건 평생이 가도 풀릴 일 없을 거라 생각한다. 그것과 비슷하지 않을까. 두 사람은.

모건이 말했다.

"네가 날 싫어하는 건 어쩔 수 없어. 그건 네 마음이니까. 내가 이 말을 네게 해 주는 건 너 역시 루이를 제대로 알고 있으라는 거야. 그간 루이가 내 험담 많이 했지? 근데 혼자만 나쁜 놈이 되는 건 이제 지긋지긋해."

모건은 여전히 담담한 얼굴이었지만 그 가라앉은 목소리에 담긴 경멸과 분노는 아무런 여과 없이 내게 전해졌다.

6과 1/2. 모건

　모건, 그는 유능한 정보 요원이고 그간 수많은 이름으로 수많은 임무를 완수했다. 그는 그중 로드라는 이름을 받은 임무에서 마들로나 데본의 부모를 죽였으며 마들로나 데본 역시 죽이려 했다.

　그러나 그 마들로나 데본은 죽지 않고 현재 그의 눈앞에 할리라는 이름으로 앉아 있다. 모건은커녕 그녀 자신이 누구인지도 모른 채 말이다. 모건은 한 편의 희극 같은 이 상황이 우습고도 씁쓸했다.

　변한 입장 속 변하지 않은 상황 역시. 모건은 지금도 그녀를 속이고 있었다. 루이와의 에피소드가 거짓말이란 게 아니라, 글자 그대로 상황적인 면이.

　말을 마친 모건은 할리의 얼굴을 가만히 바라보았다. 의아. 불편. 납득. 수긍. 난감. 그녀는 여러 가지의 뜻이 섞인 오묘한 표정을 하고 있었다. 그러다 마지막으로 그녀의 얼굴에 쓴웃음이 머금어졌을 때 모건은 시선을 내려 탁자 위에 가지런히 포개져 있는 할리의 손을 바라보았다.

여성치고는 제법 커다란 손이었다. 하지만 그래도 여자라는 생각이 드는 건 손가락 마디마디가 매끈하게 빠져 있기 때문인가.

그러고 보면 모건은 그녀의 손이 예전에도 잘 빠졌다 생각한 적이 있었다. 물론 그때와 다르게 지금 저 손에 깃들어진 힘은 무시무시하겠지만, 그저 손가락의 유려한 선을 감상하는 것만으로도 모건에게 있어 예전의 추억을 되살리기 충분했다.

저 손으로 자신의 걸 감아쥐게 했을 때는 제법 부끄러워했었다. 물론 추억이라는 아련한 단어를 사용하기엔 그녀에게 있어서 너무 잔인한 과거일지도 모르겠지만.

"그…… 전 모건 씨를 싫어하지 않아요."

어느샌가 넋 놓고 생각에 빠져 있던 중 문득 그녀의 입이 열렸다. 그도 모르게 헛웃어 버릴 정도로 어이없는 말이었다. 아니, 그녀의 말은 틀렸다. 그녀는 그를 싫다는 감정을 넘어 혐오할 것이 분명했다. 단지 스스로가 모르고 있을 뿐이다.

"그래? 틀림없이 싫어한다고 생각했는데. 지금도 불편해 보이거든."

"그건 그냥 어색해서 그렇게 보이는 걸 거예요. 싫어한 적 없어요."

"어색하다고?"

"네. 사실 오랜만이기도 하니까."

그녀가 미안하다는 듯이 손가락으로 볼을 긁적이며 수줍게 웃었다. 그 모습을 보며 모건은 그녀를 안타깝게 여기지 않을 수가 없었다.

어리석고도 처연한 내 사랑.

당신은 바보다. 모두에게 속는 줄도 모르고. 역시 루이도 저 못지 않게 개자식임엔 틀림이 없다. 시작은 그가 먼저였지만 그가 끝낸 거 짓을 다시 이어 붙인 건 어디까지나 루이였다. 그는 임무였다는 변명 이라도 할 수 있겠으나 루이는 그조차도 아니다.

순전히 모건을 골탕 먹이기 위해 변덕적인 결정을 내렸던 것이므 로. 쓰레기 같은 의식의 흐름 속 안일한 결정이었다. 그러고도 제 함 정에 스스로 걸려들고 마는 루이의 멍청함에 모건은 비웃음조차 나 오질 않는다.

그야 루이를 비웃을 만큼 이쪽도 여유 있는 건 아니니까.

당시 모건은 루이가 그녀를 그곳에 보냈다는 말을 늦게나마 전해 들었을 때 별로 동요하진 않았다. 임무는 끝났고 모건은 그녀에게 아 무런 감정이 없었다. 물론 제 일을 망치려 드는 루이가 짜증 나긴 했 지만 어쨌거나 결국은 제 손을 떠나 버린 일에 괜한 감정을 소모하는 짓은 하지 않았다.

그저 후환이 될 수도 있으니 언제 시간 날 때 가서 처리해야겠다고 생각했을 뿐. 루이는 그런 모건의 모습에 제법 맥이 빠진 태도를 보 였더랬다. 그들에겐 그저 그뿐인 일이었다. 서로 물고 뜯는 루이와 모건 사이에 일어난 하나의 소동.

그리고 몇 년 후 문득 그녀의 생존 사실을 떠올리지 않았다면 어쩌 면 모건은 그대로 그녀를 흘려보냈을지도 모른다.

그때까지도 그냥 그랬다. 기억난 김에, 또 마침 시간이 난 김에 처 리하러 가자고 생각했다. 하지만 막상 가서는 섬 관계자들의 반대에 부딪혔다. 그녀는 그들에게 제법 중요한 샘플이었던 것이다. 중요한 샘플치고 관리 상태가 별로 좋진 않았지만.

거기서 다시 본 그녀의 꼴은 꽤 처참했다. 모건은 그날 집단 레이프와 폭행을 당해 의무실로 온 그녀를 얼떨결에 치료해 주곤 끙끙거리다 겨우 잠든 그녀를 물끄러미 내려다보았다. 죽이러 왔는데 치료라니 제 입장에 한숨이 나왔다.

죄다 엉망진창.

이런 꼴이 되면서까지 살고 싶었던 건가. 차라리 그때 죽었으면 이런 일도 없었을 텐데— 하는 생각도 했다. 하긴 그때 그 저택에서 한번에 머리를 쏴 버리지 않은 그의 잘못이 먼저일지도 모른다.

그 사실에 큰 의미는 없었다. 단지 변덕. 어차피 움직이지 못할 테고 그녀를 구해 줄 만한 사람도 집 안엔 없었으니까. 거기다 폭발까지 일어났으니 십중팔구는 죽을 거라 생각했는데…… 역시 확실히 해 두지 않으면 안 된다니까.

고민 끝에 손을 뻗어 그녀의 목을 잡았다. 일단 죽이고 나면 그들이 뭘 어쩌진 못할 것 같은데…… 욕이야 좀 먹겠지만.

하지만 결국 그렇게 하지 못한 것은 역시나 또 변덕이었다—라고밖에 모건은 자신을 변호할 말이 없다.

"모건 씨……?"

"아, 미안. 잠깐 생각 좀 하느라. 그래서? 너는 나를 싫어하지 않는다는 거지?"

"네……."

"그럼 좋아해?"

"예?"

반문하는 그녀를 보며 모건은 속으로 조소했다. 물론 그건 아니겠지. 그에 대한 약간의 호의만 있어도 그렇게 대답할 수는 있겠지만 그녀는 모건이 묻고 있는 게 그런 것이 아님을 알고 있을 터였다.

그건, '날 사랑해?'라고 묻는 것과 같았다. 그녀는 못 알아듣는 척 두리뭉실 넘어갈 생각인 거다. 하지만 모건은 그렇게 유야무야 넘어 갈 생각이 들지 않았다.

"난 좋아해."

예전의 그녀는 왠지 툭 건드리면 그대로 산산이 부서질 것 같았다. 겉모습이 아니라 내면이. 그때의 그녀는 걸음조차 어딘지 휘청거렸 다. 그런 건 모건의 취향이 아니다.

하지만 지금은…… 물론 그녀는 여전히 약했다. 그러니까 거듭 말 하지만 내면이. 그래도 이젠 아무렇게나 부서질 것 같진 않다. 걸음 걸이는 가뿐해졌고 성격에 유연함이 생겼다. 성질 나쁜 루이 밑에서 악착같이 버티는 것만 봐도 그녀는 제법 질겼다.

힘들어도 결국엔 꺾이지 않고 한계까지 휘어지며 버티는 그 필사 적인 노력이 모건의 속내를 건드렸다. 그는 너무 약한 것도 너무 강 한 것도 원치 않는다. 오는 이도 가는 이도 막는 편은 아니지만, 진짜 그의 취향이란 그래, 그리 평범하다고는 못 하겠다.

찍어 누르고 괴롭히는 보람이 있는 것만도 황송한데 스스로는 모 른 채 나락으로 떨어지는 그녀가 그의 속을 있는 힘껏 자극해서.

'좀 더 끌어내리고 싶어.'

어느새 사랑하는 듯했다.

하지만 그래도 아직 이성을 놓진 않았기에,

"할리. 날 다시 받아 주지 않겠어?"

"어…… 저기…….."

"부탁이야…… 내가 더 노력할게…….."

그는 임무를 위해 아직 자상한 남자의 탈을 벗지 않았다.

"모건 씨…….."

모건은 애처롭게 말하며 그녀의 두 손을 감싸 잡았다. 그리고 사정하듯 고개를 숙여 버린다.

모건은 사실 그녀가 제 것이 아니라도 상관없었지만(어차피 평생 짝사랑일 테니까) 상부는 그것이 아닌 모양이었다. 모건 쪽 윗분들은 그녀의 존재에 대해 상당히 껄끄럽다는 입장이다.

그럼에도 그녀를 쉬이 죽이라 명령할 수 없는 것은, 루이가 있기 때문이다. 더 확실히 말하자면 루이의 상부가 있기 때문이었다.

그럼 그쪽에서 죽이게 만들면 되지 않겠느냐고.

그녀의 기억은 한번 세탁 작업을 거치긴 했지만, 아직 완벽하게 세탁된 것은 아니라고 했다. 그녀가 시험 사례라서 결과물이 나온 게 없긴 하지만 아마도 그녀가 완전한 망각 상태까지 가려면 앞으로 5년은 더 약을 먹어야 할 거라고 군 연구진들이 그랬다.

기억을 되살리면 그녀는 자신의 의지로는 이곳에 있지 못할 것이다. 어쩌면 정신이 망가져 자살하거나, 복수하겠다고 날뛴다 해도 그때는 루이가 그녀를 죽이지 않겠느냐고 그의 상부는 추측했다.

그러니 그녀의 기억을 되살려 보라는 것이다.

그게 이번에 주어진, 모건의 '일'이었다. 그게 그렇게 쉽게 되겠나 싶으면서도 하라면 하는 게 또 이 바닥의 생리가 아니던가. 모건은 이 일에 대해 회의적인 입장이었다. 시간만 잡아먹을 거라고. 거기다 얼마 전 그는 어이없는 실수를 해 버리고 말았고, 그걸로 인해 그럭저럭 순조롭던 작업마저 차질이 생겨 버렸다.

설상가상 그만두고 싶다는 모건의 말에 오랜만에 만난 상관은 그에게 주먹을 날렸다. '어떻게든 다시 작업해.' 라니. 이미 헤어지자고 통보까지 받았는데 뭘 더 억지로 이어 가란 말인지. 다들 말만 쉽다.

감정과 임무가 별개라는 것은 알고 있다. 미치도록 하고 싶지 않은 일이라는 게 여태껏 아예 없었던 것도 아니다. 그는 충분히 제 위치를 인식하고 있었고 그로 인해 마음이 다치는 시기는 이미 오래전에 지나갔다. 그렇기에 그는 그녀를 사랑한다고 인정하면서도 그녀를 죽일 임무를 이행할 수 있다.

그녀의 약은 릴에게 시켜 처분하도록 했다. 릴이 그녀가 훈련하러 간 사이 방으로 들어가 약들을 빼돌렸다. 나중에 릴에게 어디다 버렸냐고 물었더니 죄다 변기에 쏟아 넣고 물을 내렸다는 대답을 했다.

릴은 감정을 잘 드러내지 않는다. 오래전 심각하게 다퉜던 그녀에 대한 개인적인 감정도 겉으로 잘 드러내지 않는다. 이번 임무에서도 마찬가지였다. 릴은 개인적 감정 없이 그가 시키는 대로 움직여 줬다.

하지만 상관에게 얻어맞던 날 그 옆에 있던 릴은 그만두고 싶다는 모건에게 처음으로 부정적인 감정을 보였다. 숨긴다고 해서 감정이 사라지는 건 아니지만 릴은 그의 생각 이상으로 그녀를 싫어하는 듯했다. 릴의 입에서 '쌍년.'이라는 단어를 모건은 그때 처음 들었다.

얘기가 길었지만, 모건은 결국 여러 가지 압박으로 인해 다시 임무를 진행하려는 중이다. 하지만 막무가내인 루이 때문에 그것도 여의치가 않다. 오늘 일은 그도 예상외였으니까. 아무리 루이가 배짱이 좋아도 아까처럼 같이 망하자는 식으로 나올 줄은 몰랐다.

지금 그쪽과 마찰이 일어나면 서로 타격이 너무 크다. 그럼 되레 애먼 쪽에서 이득을 볼 것이다. 그걸 피하자고 작업하는 건데 루이가 이렇게 너 죽고 나 죽자 덤비면 모건이 한발 물러설 수밖에 없었다.

그나마 다행인 건 그녀가 스스로 모건에게 걸어 들어오는 건 루이가 딱히 제지할 수 없다는 거다. 그녀의 선택에 루이도 상부에 변명할 말이 없을 테니까.

좀 치사하지만, 과거의 이야기를 꺼냄으로써 루이에 대한 그녀의 신뢰를 조금 떨어뜨려 보려고도 했다. 근데 어쩐지 그리 통한 것 같은 눈치는 아니다.

어떻게 해야 할까.

어떻게 해야, 그녀는 나를 사랑하게 될까.

어떻게 해야, 그녀는 나를 사랑한 채로, 죽게 될까.

한때 잠시 죄책감이 들어서 당황했었지만 역시 그건 혼란이 틀림없었다. 다시 곰곰이 생각해 보니 모건은 그녀가 죽어도 괜찮았다. 살아 있어도 살아 있지 않아도 그는 그녀를 사랑할 수 있었다. 어찌 되든 그의 상태는 별로 변화가 없을 거란 이야기다.

"할리."

모건은 의자에서 일어나 그녀의 옆으로 다가갔다. 그녀는 그런 모건을 빤히 바라보며 피하지 않았다. 손으로 얼굴을 쓰다듬다가 감싸도 그녀는 밀치지조차 않는다. 오래전의 그 순종적인 면은 아직 남아 있는 건가.

모건은 허리를 숙였다. 그대로 천천히 입술을 포개어 맞추다가 문득 그녀의 왼쪽 가슴에 가볍게 손을 올렸다. 괜찮지? 라고 묻는 그 사인에 그녀는 잠깐 눈을 내려 제 가슴을 덮은 그의 손을 보았지만, 곧 옅은 한숨과 함께 눈을 지그시 내리깔았다.

동정하는 걸까. 이건. 하지만 이것도 상관없지. 어차피 죽일 거라면 하다못해 지금의 역할에 몰입해서 그녀를 마음껏 사랑해 보고 싶기도 했다.

"자, 잠깐만요. 그렇게 급하게……."

"응? 아, 미안미안. 좀 급해서 그래. 이해해 줘."

그녀는 갑자기 다급하게 옷을 벗기려는 모건의 두 손을 잡았다. 하지만 모건이 웃으며 부드럽게 입을 맞추자 곧 할 수 없다는 듯이 손에서 힘을 뺐다. 모건은 그녀의 손을 잡아끌어 침대로 이끌었다.

그녀를 누이고 그 위에 올라타 마저 옷을 벗기며 모건이 얼굴 곳곳에 키스하자 그녀는 허공에 눈동자를 굴리다 곧 고개를 슬쩍 옆으로 돌렸다. 그러고 보니 예전에도 이렇게 고개를 돌려 시선을 피했었다. 그때는 얼굴에 홍조가 떠 있어서 부끄러워한다고 생각했지만, 이번엔 조금 귀찮아하는 것처럼 보였다. 그냥 한번 대 주고 말자 하는.

"으……."

바지를 벗겨 침대 밖으로 던져 버리며 속옷 속으로 손을 집어넣자 그녀가 아래를 파고드는 손가락의 느낌이 난처한지 눈가를 조금 찌푸렸다. 역시 지금은 그리 내키지 않았던 게 정답이었는지 그녀의 아래는 조금도 그런 낌새를 보이지 않았다.

어쩐지 혼자만 달아오른 꼴이 되었지만…… 상관없었다.

아…… 상관없어. 전혀 상관없다. 사실 그는 이런 상태를 더 좋아했다.

"모건 씨…… 조금만 천천히……."

그녀는 아직 젖지도 않은 아래에 모건이 성기를 넣으려고 하자 얼굴색이 조금 질리며 만류했다. 모건은 그저 가볍게 웃어 주었을 뿐 조금도 참지 않았다. 곧바로 살을 가르고 들어가는 성기에 그녀가 숨을 크게 삼켰다.

"으윽—!"

"조금 있으면 괜찮아져."

스스로가 생각해도 참 얄미운 말을 하면서 모건은 그녀의 양 손목을 움켜잡아 마치 강간을 하듯이 옴짝달싹 못 하게 누르고는 하체를

세게 움직였다. 퍽. 성기가 거의 나왔다가 다시 끝까지 들어가는 순
간 그녀는 눈을 질끈 감았다가 떴다.

제법 의연한 태도였지만 역시 괴로운지 몇 번 움직이도 않았는
데 말끔했던 이마 위로 금세 식은땀이 맺힌다. 귀여워라. 모건은 오
래전 그 여관에서처럼 자상하게 그녀를 안아 주지 않았다. 조금이
지만 그녀에게 제 본성을 알려 주고 싶다는 생각도 있었다.

사실 그때 조금도 만족스럽지 않았어—라고.

그때는 당신에게 마음도 없었고 그래서 배운 대로만 했어. 하지만
이번엔 조금 달라. 나는 당신을 사랑하고 있는 거야. 그러니까 괴로
워도 참아 주길 바란다고 말이다.

"윽……! 윽! ……아……! 윽……!"

아무리 움직여도 그녀의 아래는 좀처럼 젖질 않았다. 그녀가 이를
악물며 고개를 뒤로 젖혔다. 모건은 미소를 머금은 채 즐거워했다.

예전에 가끔 욕구가 쌓여 창녀를 안거나 할 때 그녀들은 모건이 진
짜로 만족스럽게 움직이면 견디질 못했다. 이렇게 손목을 잡고 있지
않으면 할퀴고 때리고 발버둥을 쳤다. 그렇지만 그녀는 버틸 것이다.
그러니까 이 손목을 놔주어도 되지만 그래도 만약이라는 게 있으니
까 모건은 그녀의 손목을 더욱 세게 잡아 눌렀다. 창녀들과는 다르게
그녀가 때리면 제법 아플 거 같으니까.

"안에다 해도…… 헉…… 될까?"

"윽……! 아윽……! 윽?!"

그녀가 믿을 수 없다는 얼굴로 모건을 쳐다보았다. 이제야 봐 주는
구나. 모건은 그녀의 입술에 키스하며 웃었다.

"농담이야. 안에는 하지 않을 테니까……."

"아! 잠깐……! 아아!"

"끝까지만 깨어 있어 줘."

모건은 한 손에 그녀의 손목을 모아 잡고 넥타이를 풀었다. 입술을 혀로 훑으며 괴로워하는 그녀를 내려다본다. 어쩜 이렇게 사랑스러운지.

조금만 더 진창으로 떨어져 줬으면.

7. 혐오 (하)

어쩌다 이렇게 되어 버린 거지.

"아! ……아윽! ……윽!"

모건이 움직일 때마다 밑이 빠질 것만 같이 아팠다. 그에게 잡혀 묶인 손목은 어느새 감각이 없었고 어느 순간부턴 내가 왜 이런 짓을 당하고 있어야 하는지 의아함마저 들었다. 이건 대체 뭐고 이 사람은 누구인가. 이 사람이 진짜 내가 아는 그 모건이 맞는 걸까?

이건 학대였다. 내키지 않던 내 상태와는 별개로 이건 혼자만 만족하는 자위랑 다를 것 없는 이기적인 행위였다. 모건은 내가 고통스러워하는 걸 보며 입가를 늘렸다. 즐거워 보였다. 그제야 그가 진성 사디스트라는 것을 깨닫고 말았다.

위험하다. 나는 마조히스트가 아니므로 이런 건 내게 성 고문밖에 되지 않음을 그에게 알려야 했다.

"헉……! 아! 모건 씨! 아!"

"응? 헉……! 왜? 훗……!"

참을 수 없는 비명과 함께 그를 불렀지만, 그는 여유로운 미소로 나를 내려다보며 되레 의아한 양 물었다. 모르는 척하지 마!

나는 리본형으로 묶인 넥타이 매듭을 이로 당겨 풀었다. 모건은 아쉬운 표정을 지었지만, 굳이 제지하진 않았다. 대신 아래를 억지로 비집고 들어가는 허리 짓에 더욱 박차를 가한다. 결국, 참다못해 그만하라고 외치려는 순간이었다.

"으윽—!"

"후우……."

모건은 내가 목소리를 뱉어 내기도 전에 한 손으로 목을 세게 눌러 조였다. 위협적으로 숨통을 쥐고 아주 미세한 공기만을 들이쉬게 만드는 모건에게 경악하며 두 손으로 그의 손목을 부여잡았다. 목에서 떼어 내려고 그의 손을 긁고 때리다 이윽고 발버둥을 치며 그를 걷어차려 했다.

모건은 휘둘러지는 다리를 반대 손으로 쉬이 막아 내곤 되레 내 쪽으로 접어 눌렀다. 그의 체중에 눌려 성기가 더욱 깊게 들어왔다.

"끄으윽……!"

죽을 것 같아! 이건 정말 위험했다. 숨 쉬기가 어려워 점점 정신이 혼미해지기 시작했다. 전혀 좋은 느낌이고 뭐고 아무것도 없는데 문득 그의 것과 맞물려 있는 아래에서 지적이는 소리가 작게 들려왔다. 이런 상황에서도 애액이 흐른다는 사실이 정말 놀라울 따름이다. 아니, 어쩌면 애액이 아니라 피일지도 모르겠다.

뭐가 됐든 줄곧 **빡빡**했던 아래가 약간이나마 부드러워질 테니 조금은 나을까 하는 생각을 잠깐 했다. 하지만 생각과는 달리 실제 고통은 별로 덜어지지 않았다. 모건의 몸이 흉기나 다름없단 사실만 깨달을 뿐이었다. 성기의 모양이나 크기와는 상관없이 그는 상대에게 고통을 주는 테크닉을 알았다. 찍어 누르는 힘과 합쳐지니 더할 나위 없는 폭력이다.

어쩌면 이 사람은 날 죽이려는 것인지도 모른다. 아주 비참하고 고통스럽게 죽이려는 의도인지도.

아무리 내 힘이 좋아도 내 근육의 두 배는 되는 남자에게 깔려 목이 졸리는데 떨쳐 내기 쉬울 리가 없었다. 나는 여자치고 강한 것이고 어지간한 남자들보다 힘이 좋은 것뿐이다. 모건은 어지간한 남자라고 말하기엔 조금 무리가 있지 않은가. 그는 나보다 머리 하나는 더 높이 있었다. 나보다 훨씬 더 그는 신체적으로 타고난 강함이 있었다.

기어이 눈이 뒤집히려는 듯 문득 의도와는 상관없이 시선이 위로 오르며 앞이 어두워졌다. 그 순간 죄던 목이 해방되며 퍽—! 하고 오른쪽 볼에서 격통이 일었다. 바로 정신이 번쩍 들어 눈을 연신 깜빡거렸다. 옆으로 돌아갔던 고개를 바로 해 멍하니 모건을 바라보자 모건은 싱긋 웃으며 말했다.

"미안. 기절하려는 것 같기에."

"그, 그만해요!"

그가 잠시 멈춘 틈을 타 소리치며 상체를 벌떡 일으켰다. 두 손으로 그의 몸을 밀어 내자 모건은 의외로 저항 없이 순순히 물러났다. 그대로 그의 성기가 아래에서 빠지자 침대를 벗어나기 위해 다급히 엎어져 손발로 기었다. 하지만 모건이 나직한 웃음소리를 내며 내 팔을 잡아채 도망을 막았다.

대체 뭐가 재밌다는 건지 이해할 수가 없었다. 놀란 마음을 애써 달래며 입을 열었지만 나오는 말이 형편없이 더듬거렸다.

"이, 이런 건 못 하겠어요. 나, 난 이런 건 줄 모…… 몰랐어요. 그만할래요. 못 하겠어요. 정말로 못 하겠어요."

이렇게까지 상대에게 기가 죽은 건 오랜만이었다. 아니, 처음인가. 모르겠다. 그냥, 그냥 정신이 하나도 없었다.

모건은 여전히 길게 미소를 지은 채 가만히 있었다. 그러다 내가 잡힌 손을 뿌리치려 하자 손에 더욱 힘을 주며 옅게 한숨 쉬었다. 그의 목소리는 담백했다.

"알았어. 미안. 더는 아프게 하지 않을 테니까, 끝까지 함께 있어 줘."

"시…… 싫어요……."

"싫다고?"

내가 고개를 저으며 물러나려 하자 모건은 잡은 팔을 제 쪽으로 세게 잡아당기며 되물었다. 짐짓 싸늘한 목소리를 내고는 있지만 눈이 웃고 있었다. 어쩐지 이 상황조차 즐기는 듯 보였다. 혹시 장난이었나? 하지만 아무리 장난이라도 이건 너무 심하지 않은가. 나는 정말 생사를 오가는 기분을 느꼈는데 어째서 그는 아무렇지도 않은 얼굴인 건지 의아하고 억울했다.

"그렇게 딴사람 보는 듯한 눈은 그만둬 줄래."

"네?"

"별로 돌변한 거 아냐. 이게 원래 내 모습인걸."

더더욱 감당할 수 없다. 잡히지 않은 손으로 그의 팔목을 잡고 떼어 내려 애쓰며 말했다.

"나, 난 이런 거 싫어요. 모건 씨와는 사귈 수 없어요."

"아, 역시? 그럼 너에게 맞춰 주면 다시 받아 줄 거야?"

"예?!"

"이런 건 싫다며. 그럼 이렇게 안 하면 된다는 거잖아. 그치?"

평온하고 다정한, 하지만 더없이 담백한 목소리. 그리고 부드러운 표정. 그가 이렇게 조금의 다급함도 없이 아무렇지 않다는 듯 나오니 아직도 충격을 받아 허둥대는 몸과는 별개로 머릿속은 별거 아닌 건가……? 하는 혼란마저 오기 시작했다. 거기다 이상한 말로 나를 꾀어내려 하다니 황당하기 그지없다. 절대 넘어가면 안 된다.

"싫……어요."

"그러지 말고."

"싫어요. 이거 놔주세요."

"흠."

모건은 난처하다는 얼굴로 여전히 내 팔을 붙잡고는 반대 손으론 턱을 만지며 고민하는 음색을 흘렸다. 얼마 후 허공을 응시하던 눈이 다시 나를 향해 돌아왔다. 그가 물었다.

"왜 싫은 건데?"

"왜……냐니요…… 좋을 리가 없잖아요. 이런……."

"그러니까 이게 처음이자 마지막이었어. 다신 그렇게 안 할 거야. 너에게 맞춰 준다고 했잖아."

"제가 모건 씨를 그리 좋아하는 것 같지도 않아요……."

조금 눈치를 보며 그에게 그리 대꾸했다. 모건은 미소 지었다.

"그런 건 알고 있어. 그치만 내가 싫은 것도 아니라며. 그럼 이렇게까지 피할 이유가 없잖아. 아니면 딱히 좋아하는 상대라도 있어? 아, 혹시 루이라던가?"

"그럴 리가 없잖아요. 무슨 소릴 하는 거예요. 아니에요. 절대."

오해만으로도 기분 나빠서 얼굴을 찌푸리고 대꾸하자 모건은 작게 웃었다.

"그럼 상관없잖아."

"그치만…… 불편……."

"내가 불편해? 왜? 딱히 자만하고 있던 건 아니지만 네 주변 사람 중 내가 너에게 가장 잘해 주지 않아? 오히려 너에겐 내가 가장 만만해 보인다고 생각하는데."

"싫……."

"아까 저기 앉아 있을 때까지만 해도 넌 거의 넘어올 조짐이었잖아. 이제 와서 이렇게 완고하게 거부하는 건 조금 전의 내 모습 때문인가?"

"……."

모건이 천천히 하지만 강하게 끌어당겨 품에 가두듯 날 안았다. 맞닿은 자리를 통해 따뜻한 체온이 전해지고 숨결이 가깝게 내려앉았다. 모건은 내 머리와 얼굴 곳곳에 무게 없는 키스를 하며 등을 느리게 쓰다듬어 주었다. 다정한 목소리가 귓가에 소곤거린다.

"아프게 해서 미안해. 하지만 너에게 날 감추고 싶진 않았어. 싫어할 거라는 걸 예상도 했고. 그래서 이번이 처음이자 마지막이라고 결심했었어. 너에게도 아까부터 말하고 있잖아. 내가 갑자기 참지 못하고 또 그럴까 봐 무서워?"

대답하지 못했다. 모건은 두 팔로 내 허리를 가볍게 둘러 안은 채 서로 코끝이 닿을 정도로 얼굴을 가까이 하고 조곤조곤 나를 달랬다.

"무서워할 거 없어. 난 네가 참으라면 참을 수 있어. 앞으로 만약 네가 원하지도 않는데 또다시 내가 그렇게 하면 날 죽여도 좋아."

"……."

"응?"

모건은 입술에 키스할 듯 말 듯 하면서 오랫동안 나를 달랬다. 그러자 시간이 지날수록 경직이 풀어지고 고통의 감각이 멀어진다. 어쩐지 정말로 괜찮을 것 같은, 상당히 난처한 상태가 되어 간다. 이걸 어쩌지. 넘어가면 안 되는데 이미 반쯤은 마음이 누그러져서 넘어가고 있었다. 조금 전의 섹스는 겁났지만 어쨌거나 나한테 이렇게 잘해 주는 사람은 앞으로도 이 세상에 모건밖에 없을 것만 같아서.

그런 내 마음을 알고 있는 것처럼 모건이 더욱 다정하게 말했다.

"응? 괜찮지?"

결국, 그로부터 약 30분간을 더 설득당하고 나서야 나는 두 손을 들 수밖에 없었다. 그 괴로운 섹스와는 별개로 그가 상당히 매력적임을 부정할 수는 없었으니까 말이다. 제길. 다정한 얼굴 위로 풍기는 섹시함에 졌다.

두 번째로 이어지는 섹스부터는 내가 예전에 그러면 이런 섹스를 할 거라고 어렴풋하게 예상했던 것과 비슷한 느낌이었다. 조금 더 끈질긴 면이 있긴 했지만 거의 생각했던 대로였다. 처음의 행위를 잊어버릴 정도로 부드럽게 온몸을 애무해 주며 예쁘다고 사랑스럽다고 해 줬다. 정말로 소중히 대해 준다는 느낌을 받을 정도로 그는 정성스럽게 나를 만족시켰다.

그렇게 오후부터 자정이 넘어갈 때까지 섹스하고 나서야 그의 옆에서 잠들었다. 오래 자진 않았다. 이른 새벽에 잠이 깨 뻑뻑한 눈을 비비며 자리에서 일어났다. 잠이 덜 깨 멍한 와중에도 완전히 휘둘려 버렸다는 감상이 먼저 들었다.

최대한 소리를 내지 않고 침대를 내려와 창가에 섰다. 옷 주머니에서 꺼낸 담배를 물며 불을 붙인다.

"후우……."

창문을 조금 열고 그 밖으로 연기를 뿜어내다 문득 몸을 돌려 미소를 띤 채 잠들어 있는 그를 보았다. 사람은 겪어 봐야 안다더니. 생각할수록 너무 어이가 없어서 입으론 헛웃음을 흘리고 말았지만, 담배를 끼워 든 손은 파들파들 떨릴 정도로 사실은 혼란스러웠다.

정말 괜찮은 건가? 차분하게 정신이 가라앉고 나니까 역시 모건에게 넘어가면 안 되었다는 생각이 자꾸만 드는데 이미 그에게 설득당해 고개를 끄덕여 버리고 난 후다. 이제 와 도로 물릴 순…… 없겠지? 아마.

"에이씨……."

모르겠다. 어떻게든 되겠지.

머리를 긁적이며 그에게서 시선을 거뒀다. 심란하게 담배를 입으로 가져가 한숨과 함께 연기를 뱉어 내었다. 담배를 다 피운 후엔 바로 옷을 꿰어 입고 자리를 떴다. 모건은 깊이 잠든 모양인지 내가 방을 나설 때까지 눈을 뜨지 않았다.

역시나 내 방 방문은 어제 루이가 걷어차 준 덕분에 문고리가 부서져 있었다. 슬쩍 밀자 삐걱이며 열리는 문에 한숨을 쉬고 만다. 고치는 건 날이 좀 더 밝으면 어떻게든 하고 일단 눈 좀 더 붙이자는 생각으로 방 안에 발을 들였을 때였다. 방 안에 꽉 찬 매캐한 담배 냄새에 놀라 재빨리 전등을 켰다. 팟. 밝아지는 실내엔 루이가 의자에 앉아 팔짱을 낀 채 눈을 감고 있었다.

헉. 소리 죽인 숨을 삼키며 한 발짝 뒤로 물러났다. 하지만 도망갈 새도 없이 기다렸다는 듯 루이의 눈이 떠진다. 그의 눈길이 곧바로 내게 향했고 붉은 입술에선 삐딱한 음성이 빠져나왔다.

"어디 갔다 왔냐."

"아……."

갑자기 닥친 일에 변명거리가 생각나지 않았다. 그렇다고 모건 방에서 자고 왔다고 솔직하게 말할 수도 없었다.

루이는 팔짱을 풀고 테이블 위에 올려져 있던 담배를 꺼내 물며 말을 이었다.

"딱히 어제 일 때문에 기다리고 있었던 건 아냐."

"네……."

"어디 갔었어."

그리고 다시 한 번 확실하게 물은 루이는 성냥을 그어 담배에 불을 붙였다.

"밖에서 잤어요."

"밖 어디."

"근처 여관에서……."

루이가 조소하듯 푸우— 하고 연기를 뿜어내며 잠시 내렸던 시선을 들었다. 그렇게 잠시 나를 빤히 응시하며 담배를 피우던 그는 문득 의자에서 일어나 성큼 다가왔다. 그리고 손을 들어 멀뚱히 서 있는 내게 휘둘렀다. 철썩! 살갗을 치는 소리가 귀에 울리며 금세 볼이 화끈거려 왔다. 돌아갔던 고개를 바로 하자 루이가 어느새 미간을 찌푸린 채로 날 바라보고 있었다.

"넌 정말 답이 없구나. 그냥 죽을래?"

"네?"

맞은 볼을 감싸며 얼빠진 목소리로 되물었다. 루이는 가타부타 설명 없이 입에 물고 있던 담배를 손가락에 끼워 들더니 반대 손으로 내 머리채를 잡아챘다. 그는 그대로 나를 끌고 가 테이블에 머리를 세게 짓찧었다. 바로 다리에 힘이 풀렸다.

"윽!"

눈앞에 별이 튀듯 순식간에 시야가 흔들렸다. 루이는 입에 머금고 있던 연기를 내뱉으며 담담히 말했다.

"골라. 때려 죽여 줄까. 찔러 죽여 줄까. 아니면 쏴 죽여 줄까. 원하는 대로 해 주마."

"으……!"

"어쨌거나 마지막으로 모건 놈과 진하게 잘 놀았을 테니 그리 미련도 없지?"

저 개떡 같은 성질을 건드리는 게 아닌데. 역시 거짓말을 한 게 문제였나. 하지만 거짓말을 안 해도 지금과 똑같은 결과가 이어졌을 거란 예감은 아마 틀리지 않을 거란 확신이 있다.

뇌진탕이 올까 걱정스러울 정도로 머리가 지끈거리는 와중에 어떻게 알았지라는 생각이 먼저 들었다.

찢어진 이마를 손으로 짚은 채 주저앉아서 총을 꺼내는 루이를 올려다보았다. 제대로 맞았는지 시야의 초점이 맞질 않고 몸에 힘이 잘 들어가지 않았다. 루이가 무심한 얼굴로 총에 총알을 끼워 넣으며 말했다.

"이제 그만 나도 포기다. 너 같은 걸 키워 보려 한 내가 돌았지. 그냥 지금 뒈져 버려."

이어 아무런 거리낌 없이 총구를 내게 겨눈 루이가 방아쇠를 당겼다.

머리 근처에서 총성이 울렸다. 귀가 먹먹해질 정도의 소음이었다. 정신이 왔다 갔다 하는 와중에 본능적으로 몸을 옆으로 굴려 총알을 피했지만, 곧바로 다시 엎어졌다. 몸에 힘이 잘 들어가지 않았다. 애끚은 바닥에 구멍을 낸 루이는 잠시 아무 말도 없었지만, 곧 귀찮다는 어조로 말했다.

"어이. 왜 이래. 그만하자니까. 여기서 더 살아 있어 봤자 뭐 특별하게 더 좋은 날이 올 줄 알아? 그런 거 없어. 이 진창을 구르나 저 진창을 구르나 결국 진창을 굴러야 하는 건 변함없다고. 그러니 미련 가질 이유도 없어. 괜히 딴 사람에게까지 민폐 끼치지 말고 너 혼자 죽어."

다시 한 번 미세하게 쇠의 내부를 긁는 소리가 귀를 자극했다. 지금 일어나지 못하면 죽는다. 이윽고 다시 화약내가 퍼지며 총성이 울렸다. 이번에도 거의 감으로 몸을 굴려 피한 뒤 어질어질한 시야로 루이를 올려다보았다. 그의 형상이 흐릿하고 물결처럼 일렁거렸다. 일단 살아야겠다 싶어서 나는 되는대로 변명을 내뱉어 봤다.

"거짓말해서 죄송해요…… 잘못했어요. 너무 힘들어서 그랬어요…… 너무 외로웠어요…… 아무도 내 편이 없어서…… 으윽……! 제발 조금만 이해해 주세요. 저 스파이 짓은 하지 않았어요. 전 그냥……."

그 순간 루이가 발로 내 턱을 걷어찼다. 그걸로 완전히 힘이 빠져 엎어진 내 등을 루이가 지그시 밟았다. 곧이어 뒤통수를 누르는 총구가 느껴졌다. 틀렸다. 이 인간은 진짜로 날 죽일 셈인 거다. 루이의 담배 연기가 목덜미에 닿으며 코로 매캐한 냄새가 맡아졌다. 아무리 생각해도 살아날 방도가 보이지 않았다. 나는 결국 울컥해 욕지거리를 내뱉었다.

"씨발……! 내가 뭘 그렇게 잘못했어……! 자기가 잘해 주지도 않을 거면서…… 난 외로웠다고……! 연애 하나 내 맘대로 못 해……? 씨발……! 독재자 같은……! 성질도 개떡 같아선……!"

생각 않고 아무렇게나 내뱉는 내 말에 루이는 헛웃음을 터뜨렸다.

"네가 불평할 입장이냐? 내 성질머리 개떡 같은 게 어제오늘 일도 아니고 후임인 네가 나에게 맞춰야 하는 건 당연한 상식 아냐? 그리고 내가 몇 번이나 경고했었지? 그 새끼만은 그만두라고. 근데 그걸 멋대로 흘려듣고 쓰레기통에 쑤셔 박은 게 누군데 독재라는 헛소리를 하는 거야. 이게 아주 웃기는 년이네."

"경고라니……! 그냥 당신이 모건 씨를 싫어하는 것뿐이잖아!"

그 순간 루이는 총으로 내 머리를 후려갈겼다. 묵직한 쇠가 후려친 자리는 금세 감각이 없어졌다. 살의를 담아 힘겹게 루이를 돌아보았다. 루이는 그런 날 아랑곳 않고 내 허리에 털썩 앉더니 담배 필터를 빨아들였다. 연기를 내뱉은 루이가 무심한 어조로 말했다.

"그래. 난 그 새끼가 싫어. 그래서 지금 더더욱 네가 꼴 보기 싫고."

그는 거의 다 태운 담배를 바닥에 비벼 껐다. 나는 고개를 되돌려 바닥에 이마를 박은 채 주먹으로 바닥을 내리쳤다. 머리를 잘못 부딪치지만 않았어도. 그래서 몸만 말을 들었어도 도망칠 수 있었을지 몰랐다. 제길! 제길! 이따위로 죽으려고 그동안 그 개고생을……!

제길, 제길! 너무 분해서 두 주먹으로 바닥을 간헐적으로 치며 루이가 날 죽이길 기다렸다. 하지만 시간이 지나도 루이의 총은 날 쏘지 않았고 나는 한참 만에야 바닥에 대고 있던 머리를 들었다. 고장 나 조금 열린 문틈으로 누군가의 구두가 보였다. 조금 더 눈을 들자 에드윈 중령이 총을 들고 이쪽을 겨누고 있었다. 정확히는 내 뒤통수에 총구를 겨눈 루이에게였다. 머리 위로 루이의 한숨 소리가 내려앉는다.

"무슨 짓입니까."

"그건 내가 할 말인데. 루이 군. 난 그저 살인을 막은 것뿐이지. 틀린가?"

"후……."

다시금 빠져나오는 루이의 깊은 한숨에서 짜증이 묻어났다. 에드윈 중령은 미소 띤 얼굴로 여상히 말했다.

"그나저나 자네는 꽤 시끄럽게 일을 처리하는군. 총소리를 들은 건 나뿐만이 아니라고? 덕분에 지금 문밖엔 사람들이 꽤 많이 몰려와 있어."

"어쨌거나 정작 들어오지 않았다는 건 참견하지 않겠다는 뜻이란 걸 모르겠습니까? 중령님, 전장의 군인에게만 즉결 처형권이 주어지는 것이 아닙니다. 우리 역시 담당 수습을 죽이고 살리는 권한이 있습니다. 그러니 총을 거두고 그만 돌아가 주십시오."

나름 정중하게 말하고는 있었지만 나는 루이가 그의 방해에 적잖이 화가 났다는 걸 눈치챌 수 있었다. 중령은 시선을 위로 두고 잠시 생각에 잠기더니 문득 몸을 홱 돌려 등을 보였다. 그는 문밖을 향해 손바닥을 짝짝 치며, '자아, 들었지요? 다들 참견 말고 돌아가랍니다.'라고 말했다. 루이의 이 가는 소리가 작게 들려왔다.

"중령님, 당신도……."

"자. 다들 갔어. 이제 대화를 좀 해 볼까?"

하지만 중령은 루이의 말을 무시하고 완전히 방 안으로 발을 들여놓았다. 고장 난 문을 닫고 열리지 않게 등을 기댄 그는 팔짱을 끼며 나를 내려다보았다. 하지만 이내 루이에게 눈을 옮겨 말했다.

"루이 군. 요즘 나쁜 남자는 유행이 지났거든. 역시 요즘 대세는 헌신적이고 달달한 로맨틱 가이지. 그러니 그만 그녀를 놓아주지 않겠나?"

"쓸데없는 참견입니다."

루이의 대꾸에 중령은 가볍게 입꼬리를 올렸다가 내렸다.

"내가 쓸데없는 참견을 그만두면 멀쩡한 사람이 죽을 판인데 그럴 수야 있나. 뒤숭숭해서 어디 제대로 잠이나 오겠어?"

"절 뭐로 보시는 겁니까. 멀쩡한 녀석이라면 죽이지 않습니다. 멀쩡하지 않으니까 치우려는 거지요. 겉이 멀쩡해 보여도 속이 썩었습니다. 이 녀석."

루이가 내 머리를 총구로 툭툭 건드리며 대꾸했다. 중령은 약간 난감한 표정으로 머리를 긁적였다.

"이봐. 이러지 말자고. 난 할리 양이 맘에 들거든. 인사이동 할 때 데려가려고 찍어 놨단 말야. 헌데 자네가 여기서 그녀를 죽여 버리면 난 열받아서 확 저쪽으로 돌아설지도 모르는 일이라고? 이땐 자네가 융통성을 발휘해야 한다고 생각하지 않아? 더 아쉬운 쪽이 누구냐 거야. 자네 쪽의 그분도 제법 버거울걸? 나마저 저쪽으로 돌아서 버리면. 요즘 입지가 좀 어려우시지 않나?"

루이가 잠시 침묵했다. 그러다 얼마 후 긴 한숨을 내쉬며 내 등에서 일어선다. 등이 가벼워지며 나는 비로소 긴장이 좀 풀리고 절로 안도의 숨이 빠져나왔다. 슬쩍 뒤를 돌아보자 루이는 약간 구겨진 옷을 갈무리하고 있었다. 그는 중령에게 물었다.

"방금 말씀은 중령께서 이쪽의 권유에 긍정적인 뜻을 보였다고 받아들여도 되는 겁니까?"

"그래."

"알겠습니다. 그렇다면 이 이상 거스르는 것도 실례가 되겠군요. 그리고 너."

중령에게 담담하게 대꾸한 루이는 바로 눈을 돌려 나를 내려다보앉다. 먼지만큼의 감정조차 차단된 무심한 눈빛은 그의 기분을 짐작하기가 어려웠다. 이윽고 손에 든 총마저 품에 집어넣은 루이는, 고저 없는 목소리로 딱딱하게 말했다.

"난 더는 네게 상관 않겠어. 일단 네가 이곳을 나갈 때까진 상관으로 있겠지만 네 개인적인 트레이닝 맨투맨은 그만둘 테니까. 즉 업무 외의 것엔 아무것도 손대지 않을 거다. 그러니 지금 이후에 너로 인해 발생하는 업무 외의 문제는 네가 스스로 책임져라."

그 말을 끝으로 루이는 나와 중령을 지나쳐 방을 나섰다. 문 앞에서 비켜선 중령은 루이의 발소리가 들리지 않을 때까지 가만히 자리를 지키고 서 있다가 이윽고 내게 다가왔다. 그는 손을 내밀더니 내 팔을 거칠지 않게 붙잡아 일으켜 주었다. 난 그에 의해 의자에 앉혀지고 나서야 감사를 전했다. 중령은 개의치 말라는 듯 손을 한번 젓고는 심란해진 얼굴로 말했다.

"그나저나 괜찮은 건가? 담당이 손 떼면 제법 어려워지는 거 아냐?"

알 게 뭔가. 그따위 인간. 오히려 속 시원했다. 하지만 중령에게 그 말을 하진 않았다. 그저 손으로 이마를 문지르며 작게 혀를 찼다. 루이로 인한 불쾌감이 남은 탓이다. 아직도 어지럽네. 저조한 기분을 표하는 나를 중령은 잠시 바라보다 내 이마로 눈길을 주며 화제를 돌렸다.

"멍드는 거 아냐?"

"괜찮아요."

"씩씩하네."

"아침부터 소란스럽게 해 드렸네요. 충분한 수면을 취하지 못하신 건……."

"아냐. 군인이라면 슬슬 일어날 시간이지."

"그런가요."

"그럼 나도 그만 나가 봐야겠군. 있어야 할 곳에 없으면 부관이 시끄럽거든."

"오늘은 정말 감사했습니다."

"됐어. 됐어."

다시 한 번 감사 인사를 하는 내게 중령은 대수롭지 않게 반응하고는 방을 나섰다. 나는 이마를 짚은 채 천천히 의자에서 일어나 침대로 가 누워 버렸다. 어쩌다 이렇게 된 거지. 왜 모건 때문에 그와 내가 이렇게 싸워야 하는가. 뒤집힌 기분과는 별개로 사실 머리로는 이해하고 있었다. 내가 애초에 모건과 충분한 거리를 뒀다면 이런 일도 없었을 터였다.

입장을 바꿔서 나 역시 만약에 루이가 릴과 가깝게 지냈다면 그리 좋은 기분일 수는 없었을 것처럼 모건과 가까이 지내는 내가 루이로선 그리 유쾌하진 않을 거란 것도 충분히,

한편으론 인정하고 있었다. 내가 잘못한 거다. 사실은.

하지만 모건은 내가 힘들 때 곁에 있어 주었고 이 싸늘한 공간에서 조금이나마 숨을 돌릴 여유를 만들어 주었다. 사이크가 죽고 한창 날이 섰던 나를 누그러뜨려 준 것 역시 그 누구도 아닌 모건이었다. 그 때문에 나는 모건을 사랑하냐는 물음에는 고민을 좀 해도 그에게 끌린다는 것만은 확실하게 말할 수 있었다.

루이에게 모건이 아무리 씨발 새끼라도 나에게 모건은 좋은 사람이었다. 거기다 루이가 말하는 위험성은 나에게 그리 문제 되는 일이 아니었다.

루이가 얼마만큼이나 날 우습게 보고 있는 건지는 몰라도 나는 어

설프게 그에게 뭔가를 주절주절 떠들어 댄 적이 없다. 모건 역시도 나에게 무언가를 캐묻거나 하지 않는다. 그건 말하지 않아도 서로의 사이에 깊게 그어진 규칙이었다.

어쩌면 언젠가는 입장 때문에 서로를 등질 날이 올 거란 것도 예감하고 있기에 별다른 골이 없는 지금이라도 그와 잘 지내고 싶었다. 서로에게 이를 드러내는 날이 오더라도 가슴속에는 진짜 미움이 뿌리내리지 않도록.

나는 사이크가 죽고 나서 참 많은 생각을 했다. 그리고 그제야 이해하게 된 것들도 있다. 그중에 하나는 릴에 관한 것. 생각해 보면 나는 릴과 잘 지낼 수도 있었다. 초반엔 훈련을 따라가지 못해 날 린치하던 릴이 어느 날 갑자기 나에게 말을 붙이고 같은 자리에서 식사를 하던 시기가 있었다. 릴이 먼저 내게 다가왔던 것이다.

하지만 그로부터 머지않아 나는 그녀의 친구들을 죽였다. 그것도 사실은 굳이 죽이지 않아도 괜찮았다. 죽인 건…… 그냥 죽여 둬야 편할 것 같다고 생각했기 때문이다. 나에게는 이래도 그만 저래도 그만인 녀석들이었지만 릴에게 있어선 아주 소중한 녀석들이었을지도 모른다. 나에게 사이크가 소중했던 것처럼 말이다. 그런 사이크를 제 손으로 죽인 내가 할 말은 아닐지도 모르지만.

어쨌든 생각이 얕고 그저 거칠기만 했던 시절, 나는 사람의 죽음이 그렇게 무겁게 느껴질 수도 있다는 걸 몰랐다.

물론 그렇다 해서 결과적으로 집단 레이프를 당하게 한 그녀를 용서할 마음은 조금도 없지만, 그냥 그런 생각도 했었다. 어쩌면 당시의 내가 조금 더 주위를 돌아보았다면 그녀와 이렇게 틀어질 일도 없지 않았을까, 하고.

그런 생각을 하니 더더욱 다가오는 모건을 매정하게 대하는 게 어려웠다. 인간과 인간 사이에서 상처를 입히고 원수를 지는 게 꺼려졌다.

이미 돌이킬 수 없는 사람들은 어쩔 수 없더라도 앞으로의 관계는 조금 더 제대로 만들어 보고 싶었다. 그것이 줄곧 우습게 보다가 크게 아파 본 후에야 겨우 생각해 낸 인간관계에 대한 결론이었다.

하지만 결국 이것 역시 틀렸을지도 모르겠다.

내 사고방식을 이해하지 못한 루이가 이렇게 나와의 관계를 끊고 떨어져 나갔으니까 말이다.

"후우……."

정답을 알지 못하기에 겪는 시행착오인 걸까. 아니면 그저 그와 내가 상성이 나빴던 것일까. 그것도 아니면, 역시…… 내가 틀렸을 뿐인 걸까.

어렵다.

사건 다음 날, 에드윈 중령은 블러턴을 떠났다. 그는 떠나기 전 내 대답을 듣고 싶어 했으나 나는 그때까지도 결정을 내리지 못해 대답을 해 주지 못했다. 중령은 머지않아 수도에서 볼일이 있어 한 번 더 움직일 일이 있다고 했다. 그때 한 번 더 블러턴에 들를 테니 그때는 답을 주길 바란다고. 나는 그러겠다고 했다.

중령이 떠나고 며칠 후, 나는 사무실 잡일에 불려 갔다. 정보부에 갑작스레 일이 밀려서 놀리던 인원들에게 도움을 요청한 것이다. 정보부엔 베어가 배정되어 있는데 그는 시간이 지날수록 푸른색을 넘어 누렇게 변해 가고 있는 내 이마의 멍을 찡그린 눈으로 바라보았다. 더불어 뭔가 할 말이 있어 보이는 표정이었으나 결국은 별말 없이 내게 서류의 탑을 넘겼다. 내가 할 일은 서류들을 지정된 부서에

나눠 주는 일이었다. 그러다 수사부에 있는 모건을 마주쳤지만, 워낙
바빴던 터라 딱히 얘기를 나누지는 않고 지나쳤다.

모건과 제대로 대면한 건 점심시간이 조금 지났을 무렵이었다. 그
는 식사도 건너뛴 채 일하는 정보부 사람들을 위해 햄버거와 피자들
을 사 들고 사무실로 찾아왔다. 모건이 그것들을 테이블에 올려놓으
며 나와 잠시 얘기를 나눠도 되겠냐고 물었고 모두들 먹을 것에 환호
하며 내 등을 떠밀었다. 나는 그와 옥상으로 올라와 따로 건네주는
햄버거와 콜라를 받아 먹었다.

"아프지?"

"네?"

"얼굴."

모건의 물음에 그저 어깨를 으쓱해 보였다. 모건은 내 이마를 손으
로 한번 쓰다듬고는 쓴웃음을 지었다. 나 역시 씁쓰레한 기분으로 의
식적으로 입가를 올렸다가 버거를 크게 베어 물고 반대 손에 든 콜라
를 입 안 가득 채워 마셨다. 그 모습이 좀 게걸스러웠던지 모건이 티
슈를 내밀어 내 입술 사이로 조금 스며 나오려는 콜라를 가볍게 닦아
주었다.

"배 많이 고파? 하나 더 가져올 걸 그랬나?"

"아뇨. 아뇨. 저 그리 많이 먹진……."

"무슨 소리야. 볼 때마다 엄청나게 먹었으면서."

뒤늦게 이미지 관리를 하려는 내게 모건이 작은 웃음을 지으며 다
리에 팔꿈치를 대곤 그 손에 턱을 괴었다. 민망함에 군말 없이 콜라
를 한 모금 더 마셨다. 다 먹고 쓰레기를 종이봉투에 담아 치울 무렵
모건이 옥상의 콘크리트 난간으로 다가가 등을 기댔다. 그는 하늘을
한 번 올려다봤다가 내게로 시선을 옮겼다.

"그 날 아침에 말야."

"……?"

"총소리에 깼어."

"아……."

모건이 말한 그 날이란 루이가 날 처분하려던 날이었다. 거리낌 없이 총을 발사하던 루이를 떠올리며 애매한 목소리를 냈고 모건은 나를 빤히 바라보았다.

"네가 죽었을지도 모른다고 생각했어. '아 결국 이렇게 되고 말았구나.' 하고."

"그러게요. 어떻게 살았네요."

썩 좋은 기분은 아니었지만 애써 입가를 올리며 대꾸해 주었다. 모건의 입술도 덩달아 조금 늘어났다. 하지만 곧 그는 고개를 푹 숙였다 들며 한숨 섞인 목소리로 말했다.

"그 소리를 듣고 눈을 뜨긴 떴는데 어쩐지 발이 떨어지지 않아서 말야. 한참 동안 침대에 앉아서 멍하니 있었어."

뭐라 대꾸해 줘야 할지 난감해 그냥 입을 다물어 버렸다. 모건은 내 침묵을 딱히 개의치 않았다.

"나중에 정신을 차리고 일하러 내려가면서도 네가 죽었다는 소식이 주변에서 들릴까 봐 은연중 몸에 힘을 주고 있었어. 그 말을 언제 듣더라도 놀라거나 당황하지 않겠다는 준비 태세 같은 거였지. 근데 제대로 확인을 해 보기도 전에 마침 또 갑작스럽게 임무를 나가게 되었거든. 덕분에 오늘까지도 네 소식을 알지 못했어. 누군가에게 물어볼 엄두도 못 냈고. 그랬는데, 아까 부서에 찾아온 널 보니 그제야 몸에서 힘이 빠지더군."

모건이 미소와 함께 일부러 어깨를 축 처지게 만들어 두 팔을 길게 늘어뜨려 보였다. 그제야 나는 키득거리며 다가가 그를 따라 난간에 등을 기대고 하늘을 올려다보았다. 얼마 후 그를 향해 눈을 돌리며 물었다.

"담배 피워도 돼요?"

"얼마든지."

허락을 구하자 모건은 신경 쓰지 말라며 한 손을 들어 보였다. 담배를 물고 다시 하늘을 올려다보자 구름이 마치 멈춘 것처럼 느릿느릿 머리 위를 지나는 것을 볼 수 있었다. 나는 그것에서 눈을 떼지 않고 충동적으로 물었다.

"오후에 시간 좀 나면 데이트할래요?"

이젠 눈치 볼 사람도 없겠다. 느긋하게.

모건에게선 잠시간 대답이 들려오지 않았다. 입에 문 담뱃대를 손가락에 끼우고 그를 바라보자 모건은 손으로 제 이마를 짚고 있었다. 마치 낭패 봤다는 것 같았다.

"또 선수를 뺏겼군. 이번에는 내가 먼저 권하려고 했는데."

나는 소리 내 웃고는 다시 담배를 한 모금 빨아들였다. 그러다 문득 그가 손을 뻗어 와 의아하게 바라보았다. 모건은 하나로 묶은 내 머리칼을 길게 만져 내리다 끝부분을 붙잡아 무게감 없이 당겼다. 그는 고개를 숙여 손등의 키스처럼 내 어깨를 넘어온 머리칼에 가볍게 입을 맞췄다. 그는 한 발 더 거리를 좁히며 은근하게 속삭였다.

"여기엔 조금 더 반짝이는 게 필요하다고 생각해."

"무슨 말이에요?"

모건이 내 머리칼을 놓고 주머니에서 무언가를 꺼내 내밀었다. 그것의 정체를 확인한 나는 곧 이를 드러내고 장난스럽게 키득거렸다.

"뒤끝 있네요. 모건 씨."

모건은 제법 정중한 자세로 서서 부드럽게 말했다.

"서운했거든. 조금."

"하하하."

"아, 지금 제법 끈질기다고 생각했지?"

큭큭거리며 조금 쉬어 버린 목소리를 흘렸다. 모건은 손을 내민 그대로 내 웃음이 멎기를 가만히 기다렸다. 그 손에 들린 것은 내가 언젠가 거절했던 머리 장신구였다. 손이 제법 많이 갔을 수제 장신구. 그것은 지난번보다 조금 더 업그레이드가 되어 있었다. 그러니까 보석의 반짝임이 더 강렬해졌다는 의미다. 그의 취향껏 만들어진 아름다운 모양은 여전히 일그러짐 없이 자태를 뽐냈다. 나는 그것을 받아 들며 말했다.

"이런 거 부담스러워서 머리에 못 얹어요."

"할리는 꾸밈에 조금 소홀한 면이 있어. 물론 꾸미지 않아도 좋고 예쁘지만, 꾸민다면 더욱 아름다워질 텐데. 아쉬워."

"압박하는 건가요? 꾸미라고?"

"아니, 그건 네 자유지. 하지만 여자는 대체로 아름답게 꾸밀수록 자존감이 강하거든. 넌 너 자신을 함부로 하는 경향이 있으니까."

"흐응…… 며칠 전 침대에서 날 함부로 했던 게 누구였더라."

사실은 꽤 고통스러웠던 그 순간을 농담으로 치며 모건에게 눈을 흘겼다. 그걸로 그를 압박하거나 피하지 않겠다는 은연중의 제스처를 알아들은 건지는 모르겠지만, 모건도 나를 따라 이를 드러내고 장난스레 키득거리는 웃음을 지었다. 나는 장신구를 묶은 머리 끈 부근에 끼웠다. 두 손이 머리로 옮겨져 있는 사이 모건이 내 입에 물린 담배를 거둬 가 자기 입에 물며 말했다.

"역시 어울릴 줄 알았어."

"고마워요. 잘 쓸게요."

모건은 연기를 뱉어 내며 길게 웃음 지었다. 곧 그는 담배를 바닥에 버리며 구두로 짓이기고는 나에게 다가와 손으로 얼굴을 감쌌다.

"오늘 외박해도 돼?"

"음…… 자존감 강한 여자는 이럴 때 튕겨 주는 걸까요?"

"에이. 이제 와서?"

모건은 한쪽 팔로 내 허리를 감아 받치며 반대 손으로 내 턱을 들게 했다. 퍽 로맨틱한 자세였다. 나는 눈을 피했지만 다가오는 그의 입술을 막을 수는 없었다.

서류의 기본 마감 처리 시간은 오후 7시. 예외도 있지만, 보통은 그렇다. 오늘은 양이 많아 한 시간 더 지체되어 8시가 조금 넘었을 무렵에서야 정보부의 일은 끝이 났고 모두들 쓰러지듯 책상에 엎어져 서류 지옥 해방에 대한 만세를 불렀다. 나야 심부름만 했으니 딱히 어려울 건 없었지만 다른 사람들의 얼굴은 헬쑥해져 있었다.

"수고했어."

베어는 구석에서 부서별로 옮겨야 할 서류를 분류하고 있는 나에게 다가와 커피를 건넸다. 내가 그것을 받자 베어는 이번엔 주머니를 뒤져 유리로 된 약병을 하나 꺼냈다. 그 안엔 파란색의 알약이 가득 들어차 있었다.

"뭔데?"

"전해 주래. 박사님이 보내는 거라던데."

박사? 테일러 박사를 말하는 걸까?

"누가?"

"루이 씨."

그럼 테일러 박사가 맞을 터다. 늦어진다더니 생각보다 빠르게 일정이 끝났나? 근데 왜 나한테 직접 안 보내고 루이한테? 그리고 루이는 날 보기 싫어서 베어한테 시킨 건가?

　병뚜껑을 열고 약을 한 알 꺼내 살펴보았다. 그동안 먹던 것과는 다르게 보였다. 박사님이 새로 개발하셨나? 잠시 그것을 빤히 바라보자 베어가 덧붙였다.

　"하루에 세 번."

　"그래?"

　원래 먹던 건 하루에 한 번만 먹으면 됐는데. 좀 번거롭게 느껴졌다. 하지만 이내 박사님이 바쁜 참에 생각해서 만들어 준 것이니 감사하게 여겨야 한다고 스스로를 나무랐다.

　"……뭐 더 궁금하면 루이 씨한테 물어보던가."

　"아냐. 맞겠지 뭐."

　그렇다면 그런 거겠지. 굳이 루이를 만나 물어볼 필요는 없었다. 껄끄럽기도 하고, 루이라고 박사님의 약에 대해서 자세히 아는 것도 아닐 테니. 약을 입에 넣고 커피로 넘겨 삼키자 베어가 슬그머니 몸으로 사람들의 시선을 차단하며 말했다.

　"그리고 보니 이번엔 남들한테 보이지 말라더라. 얼른 집어넣어."

　"아, 응."

　주변의 눈치를 보며 약병을 얼른 주머니에 넣었다. 다행히 아직 다들 엎어진 채 죽은 환호를 하고 있었다.

　"나머진 내가 할게. 넌 그만 들어가 봐."

　"괜찮겠어?"

　"응. 이 정도는 그리 오래 안 걸려."

　"그래, 그럼."

나는 고집부리는 일 없이 선뜻 손을 뗐다. 지루한 작업이니만큼 빨리 끝나면 무조건 좋은 거였다. 더군다나 오늘은 데이트도 있었다.

"그럼 난 간다?"

"응. 푹 쉬어."

베어에게 손을 흔들어 주곤 사무실을 나섰다. 그리고 먼저 감사 인사를 하기 위해 기관의 공중전화를 통해 박사님께 연락을 시도했으나 외부 일정으로 자리를 비웠다는 답변이 돌아왔다. 지난번 국가 실험이 아직 끝나지 않은 건지, 아니면 끝나자마자 새로운 일정이 생긴 건지 알 수 없었다.

이번엔 말콤 씨가 아닌 통신실의 병사와 통화를 해야 했는데 그는 박사님이 언제 자리를 비웠고 또 언제 돌아오는지에 대한 답변을 전혀 해 주지 않았다. 어떤 물음이든 기밀이라며 말을 아끼는 통에 나는 결국 돌아오시면 연락을 바란다는 메시지와 이름만 남기고 전화를 끊어야 했다.

모건과의 약속 시간은 오후 10시. 시간은 넉넉했다. 딱히 데이트용 옷이라 할 만한 건 없어서 그냥 샤워 후에 바지로 된 지급 정장을 차려입었다. 화장을 하고도 시간이 남아서 방 안을 조금 서성거리다 결국 참을성 없게도 모건의 방으로 향했다. 모건은 한 시간이나 일찍 얼굴을 비친 내게 조금 놀란 얼굴을 했으나 이내 부드러이 웃으며 바로 외투를 걸치고 방을 나서 주었다.

"사실 나도 일찍 준비 끝내고 지루해하고 있었어."

모건은 그렇게 말하며 나직하게 웃어 보였다. 내가 민망하지 않게 신경 써 주는 건지 진짜인지는 모르겠지만 어쨌든 덕분에 마음은 편해졌다.

하지만 그것도 잠시 모건과 함께 계단을 내려가다 맞은편에서 올라오고 있는 루이와 마주치며 금세 심경이 복잡해졌다. 밉기도 하고 싫기도 하고 미안하기도 한 혼란한 심정에 발이 멋대로 머뭇거리며 멈춰 선다.

담배를 꼬나물고 있던 루이는 아주 잠깐 동안 모건과 나를 슥 쳐다봤지만, 별말 없이 우리를 스쳐 지나갔다. 그의 걸음은 나와는 달리 약간의 머뭇거림조차 없었다.

똑딱똑딱. 문득 등 뒤로 루이가 입천장을 두드리는 소리가 들려왔다. 초침을 세는 것처럼, 또는 시한폭탄이 터지길 기다리는 것처럼. 어쩌면 우리를 조롱하는 듯한 그 짧은 리듬과 함께 루이의 구둣발 소리가 멀어졌다.

"할리."

"아, 네."

뒤늦게 모건의 부름에 다시 걸음을 뗄 수 있었다. 하지만 심란한 기분은 줄곧 이어져 그 날의 데이트는 그리 재밌지가 않았다. 모건은 눈치 빠르게 나를 더 세심하게 살폈지만 미안하게도 그리 적극적으로 호응해 주진 못했다.

그렇게 첫 데이트를 망친 이후로도 계속 순조로운 연애를 이어 갈 수 있었던 건 순전히 모건의 노력 덕이라고 생각한다.

그러다 모건이 또 한동안 외부 임무를 나갔다가 돌아왔던 날이었다. 그가 피곤한 기색이 어린 얼굴로 내게 찾아와 두 번째 데이트를 신청했다. 나는 그가 쉬는 게 낫다고 생각하면서도 그리 말하지 못했다. 어쩐지 불안하게 만든 것 같았기 때문이다. 결국 그러자 대답을 하니 모건이 환하게 웃었다. 미안하고 고마워져서 나도 덩달아서 웃었다.

그리고 그건 우리 관계에 있던 마지막 긍정이었다.

그를 향해 막 방을 나서던 무렵, 갑자기 머릿속이 핑 돌았다.

"할리?"

모건이 미소를 거두고 의아하게 물었다. 나는 대답을 하지 못했다. 속이 좋지 않아졌기 때문이다. 손등으로 입술을 눌러 무언가 올라오려는 속을 가라앉히려 했지만 전혀 되지 않았다. 다급하게 몸을 돌렸다. 그리고 도로 방으로 들어가 욕실로 달려갔다. 변기 뚜껑을 열 즈음 모건도 내 뒤를 따라 방에 들어와 걱정스럽게 내 이름을 불렀다.

"할리. 괜찮아?"

"우웩!"

나는 그를 신경 쓸 여력이 없었다. 머리가 찡하게 아파 오며 결국 속을 뒤집어 게워 냈다. 등을 두드리는 모건의 손길이 느껴졌지만 속을 게워 낼수록 두통이 곱으로 가중되는 것 같아 아무 말도 하지 못했다. 물만 나올 때까지 구역질은 길게 이어졌다. 모건이 괜찮냐고 물었지만 나는 고개를 저으며 두 손으로 내 머리를 감쌌다. 전혀 괜찮지 않았다. 머리가 너무 아팠다. 변기 앞에 주저앉아 괴로워하는 나를 모건이 부축해 일으키려 했다. 나는 곧 눈에서 후두둑 쏟아지는 눈물에 당황할 틈도 없이 모건의 옷자락을 세게 움켜쥐었다.

"머리가 너무 아파요……!"

"할리…….."

겨우 비명처럼 외치는 말에 모건이 걱정스럽게 나를 감싸 안았다. 그는 의무실에 가자며 날 욕실 밖으로 조금 잡아당겼지만 한 발짝 떼는 순간 다시 엄습하는 두통에 그의 옷자락을 놓치며 바닥에 맥없이 주저앉았다. 모건은 미처 잡아 주지 못했고 나는 두 손을 바닥에 짚은 채 괴로워했다. 모건은 당혹스러워하며 다시 내 팔을 잡아 일으키려 했다. 죽을 것 같았다.

"아파요……!"

"할리. 의무실에 가자. 아, 그냥 업힐래?"

그간 고통에 꽤 인이 배겼다고 생각했건만 이건 또 생소한 고통이었다. 머릿속이 찢겨 나가는 것 같다. 나는 옴짝달싹도 못 한 채 다시 속에서 무언가 치밀어 올라 고개를 숙였다. 내가 또 구역질을 하자 모건은 재빨리 내 턱 밑으로 두 손을 받쳐 이물을 받으려 했다. 이미 게워 낼 대로 게워 낸 속에선 아무것도 나오지 못했다. 그것조차 괴로웠다. 더 토할 것이 있는데 도무지 나오지 않는 답답한 기분이다. 모건은 이내 나를 안아 들고 나와 침대에 눕혀 주었다.

"조금만 기다려."

모건은 의사를 불러오겠다며 방을 나섰다. 빙글빙글 도는 듯한 천장을 응시하니 어쩐지 눈물만 꾸역꾸역 흘러나왔다. 두통에 더해진 무언가 알 수 없는 감정이 치밀어 괴로웠다.

의사가 온 건 내가 다시 역한 기분에 침대 밖으로 고개를 내밀고 구역질을 시작할 즈음이었다. 그는 내 체온을 재고 눈과 입 안을 확인했다. 그리고 그저 조금 쉬면 낫는다는 헛소리를 했다.

이런 게 과로 증상일 리가 없잖아! 신경질을 담아 외쳤지만 모건은 그저 나를 말리며 의사를 내보냈다. 모건은 걱정스럽게 내 얼굴을 쓰다듬다가 곧 몸을 당겨 세게 끌어안았다. 나는 손으로 두 눈을 세게 누르며 발버둥을 쳤다.

"죽을 것 같아……!"

"괜찮을 거야…… 괜찮아질 거야. 할리……."

조곤조곤 달래는 그의 목소리는 조금도 위로가 되지 못했다. 부탁이니 진통제라도 달라고 외쳤다. 하지만 모건은 그저 가만히 내 어깨를 토닥이며 곁을 지키고만 있었다.

　문득, 찌잉— 하는 이명이 들리며 기억이 멋대로 뛰쳐나오기 시작
했다.

　'담당이 손 떼면, 제법 어려워지는 거 아냐?'

　"아파……!"

　'더는 네게 상관 않겠어. 네가 스스로 책임져라.'

　"할리. 괜찮아. 괜찮아."

　'여기서 더 살아 있어 봤자, 특별하게 더 좋은 날이 올 줄 알아? 그
런 거 없어.'

　마치 테이프가 되감기듯 거꾸로 흘러가는 기억. 시선에 머물던 천
장이 빠르게 회전했다. 뭔지도 모를 것이 빙글빙글 뒤죽박죽 한꺼번
에 밀려와 머릿속이 터지기 직전, 불현듯 내 앞에 앉아 성냥을 그어
불을 붙이는 루이의 모습이 떠올랐다.

　'마들로나 드 데본 제이. 당신에겐 지금 두 가지의 선택권이 있
어.'

　"허—억……!"
　크게 숨을 들이마시며 온몸에 힘을 가득 주었다. 머릿속이 새하얗

게 변하더니 기어이 의식이 끊어져 나간다. 하지만 그건 아주 잠시였다. 다 된 전구가 깜박이듯이 정신이 들고 나가기를 반복했다. 사람이 죽음을 맞이했다가 다시 태어난다면 이런 감각일까 싶었다. 몸이 여러 번 공중에 떴다 바닥으로 패대기쳐지는 기분이었다. 지독한 멀미에 속이 뒤집혔고 머리가 조각조각 갈라져 떨어지는 느낌이었다. 고통의 연속. 몸과 마음의 중첩된 괴로움에 의도하지 않았음에도 눈물이 흘렀다. 상실됐던 기억이 엉망진창으로 뒤섞여 머릿속으로 억지로 욱여넣듯 돌아오고 있었다. 그것들이 순서에 따라 재정립되는 그 순간, 나는 그대로 죽고 싶다고 생각했다.

"컥……!"

더는 위액조차 토해 내지 못하던 목에서 피가 솟구쳐 올라 내뱉어졌다. 이건 독의 반응이다. 내가 오늘 뭘 먹었더라. 정작 오늘의 일은 떠오르지 않았다. 나는 이대로 죽는 걸까? 괴롭다. 숨을 쉬는 것도 토하는 것도 우는 것도 하나부터 열까지 괴롭지 않은 것이 없다. 혐오스럽지 않은 것이 없었다.

죽어 버려! 왜 살아 있는 거야! 죽어! 죽어! 이대로 죽어 버려!

나 자신을 향해 원망과 독설을 퍼붓다가 문득 이 상황이 어이가 없어 낄낄 소리를 내고 웃어 버렸다. 어떻게 웃지 않을 수가 있겠는가. 어떻게 미치지 않을 수가 있겠어.

"아— 아악—!"

"할리! 할리!"

다시 발작하듯 비명을 지르며 들썩이는 내 몸을 누른 모건이 내 이름을 소리쳐 불렀다. 아니, 정말 내가 맞나? 할리라고? 내가 할리가 맞아? 정말로? 아니, 아닌 것 같은데?

흐린 시야가 그 순간 놀라울 정도로 선명해지며 당혹스러운 듯한 모건의 얼굴을 정면으로 마주했다. 몸이 떨리기 시작했다.

이건 뭐야…… 이놈은 뭐야…… 이 새끼는 뭐야!

거의 본능적으로 손을 뻗어 침대 옆 선반의 재떨이를 움켜잡았다. 그 안에 있던 꽁초가 흩날리듯 바닥에 떨어지고 검은 재가 손끝에 뒤엉겼지만, 신경 쓰이지는 않았다.

"흐으……으—!"

둔탁한 소리가 울려 퍼졌다. 생각 따윈 아무것도 하지 않았다. 그저 그것을 휘둘러 눈앞의 모건을 옆으로 치워 버리며 반대 손으로 쓰러지는 그의 목을 움켜잡고 몸을 일으켰다. 어느새 그와 나의 자세가 뒤바뀌었다. 모건은 곧바로 제 목에서 내 손을 떼 내려고 했지만 나는 한 번 더 재떨이를 휘둘러 그의 머리를 후려갈겼다.

"크윽……!"

저항하던 모건의 손에서 힘이 빠지며 툭 떨어졌다. 나는 그제야 그의 목에서 손을 떼고 허리춤에서 총을 빼 들었다. 하지만 모건은 내 손이 목에서 떨어지자 두 손을 뻗어 내 양 손목을 붙잡아 멈추게 했다.

그는 숨을 몰아쉬며 피가 흘러 잘 뜨지 못하는 오른쪽 눈을 찡그려 감은 채 말했다.

"이건 좀…… 강렬하네…… 잠깐이지만 정신이 날아갔었어."

내 입가에서 흘러내린 피가 그의 눈가 위로 떨어졌다. 상처에서 이마를 타고 눈가로 내려와 마치 눈물처럼 흐르던 그의 피와 분리되지 않고 자연스럽게 섞이는 모습에 내 혐오는 배가 되었다. 내가 그동안 이 작자와 무슨 짓을 했는지 절로 곱씹어졌다. 위로를 받고, 포옹을 하고, 키스를 하고, 몸을 섞었다. 온몸에 소름이 끼치며 덜덜 떨리는 턱을 진정시키기 위해 이가 부서질 듯 악물었다. 재떨이든 총이든 더

갈겨 주지 않으면 안 되었다. 하지만 그에게 잡힌 팔만 부들부들 떨릴 뿐 만족스럽게 움직여지지 않는다. 나는 잡혀 있는 양팔을 활짝 벌렸다. 날 붙잡은 그의 팔도 벌어졌다. 나는 그에게 파고들어 귀를 사정없이 물어뜯었다.

"윽!"

"……퉷!"

피에 범벅된 살점을 뱉어 내고 고개를 들었다. 모건은 비명을 지르면서도 내 팔을 놓지 않았다. 오히려 더 힘을 줘 내 팔을 뒤로 꺾으려 했다. 실랑이하는 도중 나는 총의 방아쇠를 당겼다. 화약성이 크게 울리며 총알이 침대 헤드를 부쉈다.

나는 그에게 아무것도 말하지 않았다. 말하고 싶은 것도 없었다. 그저 이 자리에서 죽으면 그걸로 족했다. 한순간에 날아가 버린 유대감과 호감에 대해 허무해할 것도, 나를 속였다며 분통을 터뜨릴 것도 없었다. 내가 그에게 품어야 할 것은 살의만으로 충분했다.

모건이 문득 재떨이를 든 쪽의 팔을 놓아주었다. 그는 곧바로 허공에서 반원을 그리며 머리로 날아드는 그것을 피하곤 날 침대 바깥으로 세게 걷어찼다. 나는 침대에서 거칠게 굴러떨어지며 안 그래도 지끈거리는 머리를 세게 바닥에 부딪혔다. 모건이 더없이 담백한 어조로 말했다.

"미안."

탕—! 나는 대꾸 대신 쓰러진 채로 그에게 총을 쐈다. 하지만 흔들리는 정신은 제대로 조준을 하지 못해 빗나가 버렸고 순식간에 내 앞으로 달려온 모건이 발을 휘둘러 쥔 총을 걷어차 내 손에서 떨어뜨렸다. 총은 날아가 창유리에 부딪혔다가 바닥으로 떨어졌다.

모건은 그제야 한숨을 가볍게 내쉬더니 손을 들어 제 오른쪽 눈가에 스며든 피를 쓸어 닦아 냈다. 그러고는 쓰러져 숨을 고르는 날 내려다보았다. 그간의 다정이 전부 거짓이었다 말하는 양 무심한 얼굴이었다.

"뭐어…… 슬슬 때가 되었다곤 생각했지만 제법 갑작스럽네. 원래 이런 건가."

재떨이를 그에게 던졌다. 그는 그것을 간단히 피했다. 모건은 넥타이를 풀더니 양 끝을 잡아 팽팽하게 만들었다. 그리고 머리가 땅에 붙은 순간부터 도통 힘을 쓰지 못하는 내 앞에 무릎을 꿇고 앉았다.

"할리. 어차피 기억이 돌아온 넌 여기서 견딜 수 없을 거야. 그렇지?"

그 말과 함께 더없이 자상하게 웃음 짓는 모건은 악마와도 같았다.

"거기다 루이도 너에 대해 손 놓겠다고 결정했으니 이런 문제가 일어나면 주저 없이 죽이겠지. 에드윈 중령 역시 널 데려가겠단 생각을 다시 해야 할 거야. 알겠어? 너처럼 골치 아픈 문제아를 맡아 줄 곳은 이제 아무 데도 없어."

모건이 내게 더 가까이 다가왔다.

"그러니까, 이 이상 비참해지기 전에 내 손으로……."

"크윽……!"

모건은 내 목에 넥타이 끈을 감아 교차시켰다. 그것이 꽉 조이기 시작하자 숨이 턱 막혀 왔다. 괴로움에 손을 휘저어 봤지만, 그것을 풀어낼 수는 없었다. 모건은 진심으로 날 죽이려는 듯했다.

대체 나는 무엇 때문에 살아 있었던 걸까. 조롱당하기 위해 살아 있었나? 왜 나는 그때 루이에게 살겠다고 했을까. 차라리 그가 멋대로 날 살린 것이라면 원망이라도 할 수 있었을 텐데.

모건의 옷자락을 잡아 비틀다가 그의 주머니에서 조금 **빠져나온**

나이프 손잡이를 발견하곤 그것을 잡아 뺐다. 버튼을 누르자 자동으로 펴진 작은 나이프가 내 손에 있는 것을 본 모건의 눈동자가 조금 작아졌다.

나이프로 그의 한쪽 팔을 찔렀다. 곧 넥타이가 풀리며 공기가 한 번에 가득 폐로 들어왔다.

"허—억! 컥……! 하아…… 하아…… 흐……으!"

숨을 고르며 쉴 틈이 없었다. 호흡이 부족해 마침 통증이 마비된 틈에 온몸으로 모건에게 달려들어 그의 멱살을 쥐고 바닥을 요란스럽게 굴렀다. 그의 한쪽 어깨에 다시 나이프를 찔러 박고 손목을 비틀어 칼날을 꺾었다. 근육을 파헤치고 뼈가 갈리는 소리가 들렸다. 나는 그대로 손잡이를 놓고 주먹을 꽉 쥐어 허공에 들었다. 하지만 그렇게 휘두른 주먹을 모건이 찔리지 않은 팔로 막아 뿌리쳤다. 그의 손바닥이 내 턱을 위로 올려치고 구둣발에 배를 걷어차였다. 몸을 일으키려 했지만, 그가 먼저 내 팔을 꺾어 엎더니 그대로 체중을 실어 등을 눌렀다. 그리고 커다란 손이 내 머리통을 붙잡고 바닥에 세게 짓눌렀다. 시야가 가려진 순간, 귀에 총성이 크게 들렸다.

"움직이지 마. 둘 다."

시선을 들자 허공을 향해 총을 발포한 국장을 볼 수 있었다. 국장의 뒤엔 루이가 팔짱을 끼고 서선 무표정하게 나를 바라보고 있었다.

나는 간단한 치료 후에 지하로 끌려가 감옥에 갇혔다. 모건은 다른 방의 감옥에 갇혔다는 것 같다. 나는 감옥에서 한 일주일 정도 방치되었다. 가끔 미미가 와서 내 처리에 대해 말이 많다는 얘기를 해 줬다. 모건은 갇힌 지 하루 만에 풀려났다고 한다. 나는 갇혀 있는 동안 하염없이 내 기억을 되씹었다.

그날도 고개를 숙이고 멍하니 있던 와중에 철창문을 탕탕 두드리는 소리에 고개를 들었다. 루이가 날 잠시 바라보다 창살 밖으로 의자를 하나 끌어다 놓고는 그 위에 다리를 꼬고 앉았다. 그는 팔짱을 낀 채 차가운 눈으로 날 또 한참 동안 바라보기만 했다.

가구가 별로 없어 텅 빈 공간은 숨소리마저 크게 들려왔다. 얼마 후 루이는 품에서 총을 꺼내더니 탄창에 총알을 하나하나 전부 채워 넣었다. 이윽고 철그럭 돌아가던 둥그런 탄창이 닫혔다. 루이는 꼰 다리를 풀고 상체를 앞으로 기울였다. 두 다리 위로 각각 팔꿈치를 기댄 그는 총구를 바닥으로 향한 채 말이 없었다. 그는 피곤기가 서린 얼굴로 눈을 느리게 깜박이다 문득 한숨을 내쉬었다. 그리고 의미 없이 소리 내 입맛을 다신 그가 자리에서 일어났다. 총구가 창살 안의 날 겨눴다.

루이와 나는 아무 말도 하지 않았다. 내가 그에게 할 말이 없는 것처럼 그 역시 나에게 할 말이 없을 터였다. 감정이 제아무리 엉망으로 곤죽이 되어 있다 해도 그것을 입 밖으로 꺼내고자 하면 그나 나나 할 말이 있을 리가 없다.

아…… 아니, 그러고 보니 나는 아주 없진 않았다. 내가 자리에서 일어섰으나 루이의 총은 나를 겨눈 채 조금도 흔들림이 없었다. 나는 앞으로 걸어가 가볍게 창살을 붙잡고 줄곧 붙여 놓았던 입을 열었다.

"선택하게 해 주셔서, 감사합니다."

그것이 비록 내 마음의 안식이나 행복으로는 이어지지 못했더라도. 그의 단순한 심심풀이 여흥이었더라도. 모건을 향한 괴롭힘을 위한 것들 중 하나였더라도. 그로 인해 내 삶이 아무리 비참해졌더라도. 그리고 내가 아무리 괴롭더라도.

나는 그럼에도 그에게 감사를 해야 맞았다. 이것은 그 당시 내 선택의 결과였으니까.

무엇보다도 그 덕분에 비록 실패는 했지만 잠시나마 복수를 할 기회도 있었으니까. 그래, 아주 잠시뿐이었지만.

루이를 향한 부조리한 원망은 내 안에 감춰 둬야 했다. 그가 가르쳐 준 대로 내 가슴속에서만 빙빙 돌며 썩어 문드러지든 구멍이 나버리든 내 감정은 나만이 간직해야 했다. 나는 죽음이 문턱까지 온 이제야 그 말의 의미를 깨닫게 되었다.

감정을 보이면 그것을 이용하려 드는 것이 사람의 관계라는 것을.

그것은 루이도, 모건도, 그리고 나 역시도. 누구 하나 다를 것 없이 그런 인간들이었다. 그것이 이제 와 잘못되었다곤 생각하진 않으나, 환멸스러워 견딜 수가 없다. 그러니까 내 감정은 나 혼자 지고 가기로 했다. 끝까지 비참한 꼴은 사양이었다.

루이의 눈가가 조금 찌푸려지긴 했지만, 그뿐이었다. 나는 잡고 있던 창살을 놓았고 루이는 방아쇠를 당겼다.

기울어지는 시야로 루이를 바라보며 이번엔 완전히 죽을 수 있기를 바랐다. 이렇게 가까운 거리에서 그가 실수할 리는 없겠지만, 만약이라도. 정말 만에 하나라도 다시 내가 살게 된다면. 복수라는 거창한 단어를 붙일 생각은 없으나…… 그때는 모건을 반드시 죽일 것이다.

8. 선택

훈련생 시절 어느 교관이 말했던 적이 있다. 무릇 생명을 가진 것들은 호되게 앓고 나면 영리해진다. 부러질 듯 부러지지 않고 버티고 나면 더욱 강해진다. 그렇기에 부러뜨리겠다고 마음먹었으면 어설픈 온정을 베풀지 말라 했다. 중간에 흔들리는 것이 애초에 마음도 먹지 않은 것보다 더 나쁘다고 했다. 흔들린 순간이 되레 네가 죽을 순간이라고.

그 교관의 말이 맞다면 루이도 머지않아 죽는 게 아닐까. 그는 멍청하게도 내 숨을 완전히 끊지 않았다. 실수인지 고의인지 모르겠지만, 덕분에 공포와 아픔으로 1초를 영원처럼 느끼고 있었다.

"다 묶었습니다."

"던져."

실낱같이 이어졌다 붙었다 하던 정신은 몸이 차가운 물 속으로 내

던져진 순간 놀라울 정도로 선명해졌지만, 그것은 아주 잠시였다. 금세 숨이 턱 막히며 빠른 속도로 밑을 향해 몸이 무겁게 가라앉고 머릿속은 다시 혼미해졌다. 아마도 발에 뭘 묶은 것 같다. 돌 자루라던가.

죽지도 살지도 못한, 말 그대로 반죽음의 상태에 걸쳐져 괴롭다고 몸을 버둥거리지도 못했다. 내 몸이 내 몸 같지 않고 뇌만 따로 분리되어 통 속에 갇힌 기분이었다. 드디어 감각조차 무뎌진 순간 겨우 고통이 끝났다고 안도했다.

"헉—! 허—억! 컥……!"

그대로 머릿속이 까매지다 다시 깜빡 켜졌을 때 나는 입 밖으로 물을 토하며 숨을 몰아쉬고 있었다. 곧 타의에 의해 고개가 옆으로 돌아가며 입 안에 남은 물이 마저 흘러내렸다. 정신은 혼미했지만 내가 아직 죽지 않았다는 것은 인식할 수 있었다.

"처치는 이동하면서 하지. 옮겨."

몸이 들려져서 어딘가로 태워졌다. 멀미 나는 냄새로 보아 차 안인 것 같다. 눈을 뜨지 못해 보이지는 않지만, 그 외의 몸의 감각은 금세 주변의 상황을 잡아낸다. 엔진 소리가 들려오고 바닥이 흔들린다. 머리맡에선 약품 냄새가 나는 낯선 남자의 목소리가 들렸다.

"소독약."

물에 젖은 상처 위로 소독약이 들이부어지는 듯 지독한 쓰라림이 느껴지며 반사적으로 근육에 힘이 들어갔다. 담담하다고 생각했던 남자의 목소리가 이번엔 천진하게 들려왔다.

"오. 싱싱하군. 이 반응을 봐선 죽진 않을 모양이야."

"대위님. 장난치지 마시고……"

"무슨 소리야. 난 제대로 하고 있어. 어디……."

쓰라림이 무뎌지기도 전에 상처의 살을 파고들어 쑤시는 무언가에 숨을 크게 들이삼켰다. 그것은 한참이나 살 속을 헤집다가 빠져나갔다.

"총알은 뺐고. 바늘."

"여기요. 근데 이렇게 흔들리는데⋯⋯"

"바느질이 삐뚤거리면 할 수 없지 뭐. 운전하는 놈을 원망하라고 해."

"그래도 여자⋯⋯"

"여자는 무슨. 넌 이런 녀석들이 여자로 취급받았을 거 같냐?"

"⋯⋯그야, 그렇지만요⋯⋯."

"일단 도착할 때까지 응급 처치만 하는 거다."

투박하고 거친 손길로 부산스럽게 치료하던 손길이 떨어졌다. 곧 끼릭거리며 차 창문 내려가는 소리가 들리더니 차가운 바람과 함께 담배 향이 코끝에 닿았다.

"그 녀석은 대체 무슨 생각인 거야. 안보국에서 처리한 녀석을 빼돌리다니."

"헉⋯⋯ 대위님. 상관을 그렇게 부르시면⋯⋯ 누가 들으면 어쩌려고요."

"응? 여기에 누가 있단 거야. 자네와 나, 그리고 여기 이 반쯤 죽은 시체? 운전석까진 아마 안 들릴 거고."

"그래도⋯⋯. 거기다 환자 앞에서 담배라니요."

"거참. 종알종알 계집애마냥 말 많네. 담배 냄새 좀 맡는다고 안 죽어. 설사 죽는다 해도 그건 총 쏜 놈 때문이지, 나 때문이 아냐."

남자의 담담하면서도 시니컬한 목소리가 자장가 같지는 않았지만, 치료가 끝난 후부터 아픔이 흐려지며 잠이 쏟아졌다. 그가 마지막으로 놓은 주사 때문인 것 같았다. 진통제였을 것이다.

"아주 곤죽을 만들어 놨네요. 고문이라도 받았던 걸까요?"

"내가 아나. 뭐, 죽지 않으려고 저항 정도는 하지 않았겠어."

상처는 모건과 붙었을 때도 좀 생기긴 했겠지만, 사실 대부분은 훈련 중에 생긴 것이다. 멋대로 나에 대해 추측하며 떠들어 대는 게 썩 유쾌하진 않았지만, 머지않아 그것은 별로 신경 쓰이지 않게 되었다. 드디어 온전한 수면에 빠져들었기 때문이다.

내가 깨어난 건 그로부터 며칠이 더 흐른 후였다.

"기분은 어떻지?"

기운이 없어 푹 숙이고 있던 고개를 들자 에드윈 중령이 보였다. 망할 놈의 새끼…… 그 말을 굳이 입 밖으로 말하진 않았지만, 엿 같다는 건 전해진 듯 그는 굳이 대답을 요구하지 않았다.

"아직은 안정을 취하는 게 좋아."

중령이 자리에서 일어나며 내 머리를 손으로 밀었다. 그대로 몸이 넘어가 푹신한 베개에 뒤통수가 파묻혔다. 중령은 온 지 얼마 안 되었음에도 바로 돌아가려는 듯했다.

"난 이대로 본지로 돌아간다. 잠깐 상태를 보기 위해 들렀을 뿐. 자넨 치료를 마무리하는 대로 이스트란으로 오도록."

"……."

"예정과는 다르게 삼등병부터 시작해야겠지만, 그래도 죽지 않게 신경 써 준 루이 군에게 감사하도록 해."

고맙지 않은 배려라고 생각하며 천장을 응시했다. 그리 자세한 이야기를 듣진 못했지만 대충 루이와 중령이 짜고 나를 빼돌렸다는 것 같다. 모든 책임은 중령이 지는 걸로 하고 말이다. 루이는 대체 무슨 생각이었던 건지 모르겠다. 사실 별로 궁금하지도 않다. 지금은 생각하는 것도 지쳐서 머릿속 루이의 모습을 벅벅 지워 버렸다. 중령에게도 고마움을 느끼기보단 조금 질려 버린 상태다. 이런 쓸데없는 오지랖으로 어떻게 다른 대장들을 상대하겠다는 건지 한심하다는 생각마저 들었다. 내가 아무리 세상을 몰라도 저런 사람은 주변에서 지켜주지 않으면 일찍 죽는다는 건 알겠다.

"약 먹을 시간이에요. 레이시."

이곳의 유일한 간호사가 트레이를 들고 안으로 들어왔다. 그녀는 내가 정신이 없는 사이 옮긴 누군가가 대충 지은 이름으로 날 부르며 약이 담긴 컵을 내밀었다.

"다 마셔요."

소독약 냄새가 풀풀 나는 액체 약을 마시며 절로 인상이 찌푸려졌다. 간호사가 다 마실 때까지 감시해서 말끔하게 비울 수밖에 없었다. 이따위 걸 먹고 치료가 된다니 이 얼마나 매니악한 입맛을 가진 세포란 말인가. 내 몸이지만 참 괴상하다.

손으로 입을 문질러 닦으며 컵을 쟁반 위에 내려놓자 간호사가 빙긋 웃으며 링거를 확인했다.

"회복이 빠르네요. 아마도 체력이 있어서일 거예요."

"……."

"이대로만 회복되면 며칠 후엔 움직여도 좋다는 허락이 나오겠어요."

그녀는 심심한지 나에게 이런저런 말을 붙였지만 뒤틀린 심기는 목소리를 내는 것마저 거부했다. 문득 바깥에서 그녀를 찾는 목소리에 수다스럽던 간호사가 밖으로 나갔다. 작은 개인 병원이기에 입원실이라고 해 봤자 내가 있는 방이 전부에다 침대도 하나뿐이었다. 제대로 된 병원복도 없어서 나는 누군가가 급히 구해다 놓은 옷을 입은 채였다. 병원이라기보단 개인 자택 같은 느낌이었다. 조금 열린 문 밖으로 환자 손님으로 추정되는 노인의 목소리가 들렸다.

"방금 군인들이 나가던데 무슨 일이래?"

"이동 중에 잠깐 들러서 약품을 받아 가는 거예요."

"왜 여기서?"

"필요한 약이 다른 곳엔 다 떨어졌다는 모양이에요."

"그렇구만."

미리 부탁을 받은 모양인지 간호사는 능숙하게 거짓말을 했다. 노인들이 많이 오가는 듯한 병원은 신기하게도 입원 환자는 없었다. 물론 하나뿐인 침대를 내가 차지하고 있으니 있어도 곤란했다.

볕이 잘 드는 창가에 침대가 놓여 있었기 때문에 절로 창밖을 보게 되었다. 시골의 풍경이다. 아니, 시골이라기보단 낙후된 소도시 같다. 이곳은 블러턴에서 얼마나 떨어진 곳일까.

하루 종일 문밖으로 수다를 떠는 노인들의 목소리가 끊이질 않았다. 자식 이야기, 손자와 손녀 이야기, 관절염 이야기, 날씨 이야기. 나에게 있어선 아무래도 좋은 것들이었지만, 노인들은 그것이 꽤나 중요한 화제인 듯 쉬이 이야기가 끊이지 않았다. 더불어 이웃인지 친척인지 모를 누군가에 대한 욕도 말이다.

거슬리는 소란스러움은 잠을 청할 수도 없게 해서 나는 멍하니 침대에 누워 그 소리들을 고스란히 듣고 있었다. 덕분에 여러 가지 쓸모없는 정보들이 머릿속을 메웠다. 예를 들어 노인의 관절이 아플 때는 비가 온다는 근거를 알 수 없는 이론 같은 거.

전부 실없는 말이라고 생각했지만, 완전히 틀린 것만은 아닌지 오후 2시경부터 비가 오기 시작했다. 그 때문인지는 모르겠지만 오늘 관절이 아프다는 노인들이 참 많았다. 어쨌든 비가 오고 머지않아 북

적이던 환자 손님들은 모두 돌아간 듯 어느새 쥐 죽은 듯 고요해졌다. 그제야 나는 잠을 청하지 못하는 것이 그들의 소란스러움 때문이 아니라는 것을 알게 되었다.

심란하게 꼬여 있는 기분이 신경을 툭툭 건드린다. 오히려 조용하니 더한 것 같았다. 아직 낫지 않아 뻐근한 몸을 뒤척이며 빗소리를 들었다. 아까까진 볕이 들었었는데 변덕도 심한 날씨였다. 어두컴컴해진 하늘은 방 안마저 어둡게 만들었다.

빗소리가 거슬렸다. 손으로 귀를 막아 보기도 했지만, 오히려 손을 통해 들리는 혈관과 근육의 소리가 더 시끄러운 듯해 짜증이 났다. 결국, 이불을 걷고 몸을 일으켜 앉았다. 가슴 부근이 심하게 뻐근해져 와 손으로 잠시 통증 부위를 짚었다가 조금 진정되자 침대를 내려왔다. 느린 걸음으로 방을 나가자 간호사가 의자에 앉아 꾸벅꾸벅 졸고 있는 것을 볼 수 있었다. 그녀를 깨우지는 않았다. 말이 많은 여자였으니. 나는 한편에 세워진 우산을 집어 들고 병원을 나섰다.

얄궂게도 나서자마자 빗줄기가 더욱 강해졌다. 그래도 다시 안으로 들어가지는 않았다. 우산을 펼쳐 든 채 정처 없이 걸었다. 기분 전환을 위한 것이었지만 딱히 나아지진 않았다. 힘겨움에 걷다 멈췄다를 반복하며 꽤 오랫동안 걷고 보니 길의 끝에 다다랐다. 눈앞에 펼쳐진 것은 커다란 광장과 그 광장을 거니는 수많은 사람들이었다. 그제야 이곳이 낙후된 소도시 따위가 아니라는 걸 알 수 있었다. 그저 내가 머물고 있던 곳이 뒷골목인 모양이다.

몇 발 더 앞으로 나왔다. 사실 내 눈을 단번에 사로잡은 것은 바쁘게 지나는 많은 사람이나 광장의 규모가 아니었다. 넓은 광장의 한편에서 단상을 세워 놓고 소리 높여 떠들고 있는 단 한 사람이었다.

정장을 단정히 잘 갖춰 입은 그는 세차게 쏟아지는 비를 고스란히 맞으면서도 열성적으로 외치고 있었다. 그의 한쪽 손은 단상을 탕탕 두드리며 주변의 무관심한 이목을 집중시키려 노력하고 있었다.

"우리는! 이 전쟁의 끔찍함을 알아야 합니다! 지금도 경계 지역에선 수없이 많은 사람이 죽어 가고 있습니다! 국민의 세금으로 살인 무기를 사고, 그 무기가 또 국민의 손에 들려 살인이 벌어지고 있습니다! 우리는 이 이상 정부의 독단적인 행동을 참아서는 안 됩니다! 우리에게 필요한 건 독재 군정부가 아닌! 국민을 위한 민주적이고 자유로운 정부입니다!"

하지만 그의 열정적인 외침에도 불구하고 주변은 그에게 냉담했다. 그나마 흘깃 눈길을 주는 사람들도 그리 호의적인 눈빛이 아니다. 그것에 지칠 만도 하건만 남자의 눈빛은 조금의 흔들림조차 없었다.

"국민은! 군의 노예가 아닙니다! 아무 때나 징집되어 방패막이로 스러져 갈 무의미한 생명이 아닙니다! 지금 참게 된다면 다음엔 우리의 아들딸들이 똑같은 일을 겪게 될 뿐입니다!"

남자의 얼굴 위로 빗줄기가 눈물처럼 흘러내렸다.

"누구도 우리에게 죽으라 명령할 수 없습니다! 그 누구도! 우리의 권리를 빼앗을 권리 또한 없습니다! 우리는 이 나라의 존중받아야 할 국민입니다!"

마치 죽음을 앞둔 사람처럼 필사적으로 외치는 남자의 손이 다시 한 번 단상을 세게 탕 때렸다.

그는 아마도 올해 다시 발발해서 점점 치열해지는 네트란과 이아쿠안의 국경 전투에 대해 말하는 것이리라. 이번에 일부 지역에서 강제 징집이 이루어진다는 것은 신문을 통해 확인한 적이 있다. 나는 전사한 징집병의 유족도 아니고, 그 전쟁을 참여한 적도, 하물며 눈으로 본 적조차 없었다. 무엇보다도 이 전쟁을 반대하는 입장도 아니다. 지켜야 할 것은 지켜 내야 한다고 생각하기 때문이다.

하지만 그럼에도.

"우리는 모두! 자유로울 권리가 있습니다!"

그의 마지막 말에는 눈물이 터져 나오고 말았다.

그의 말에 공감을 했다고는 생각지 않는다. 그저 저렇게 절실하게 외칠 수 있는 용기에 눈물이 났을 뿐이었다. 나는, 단 한 번도 저런 용기가 있었던 적이 없다. 하다못해 내가 원하는 것조차 외쳐 본 적이 없었다. 원망하고 미워하기만 했을 뿐. 고통에서 벗어나 보고자 노력한 것이 무엇이었던가. 나는 괴로워한 것 말고 무엇을 했던가. 그 괴로움을 딛고 일어선 적이 없다. 앞을 내다본 적이 없다. 죽지 못해 살았을 뿐. 나라를 위한다는 구실은 사실 내가 해 왔던 일들의 핑계에 불과했다는 걸 이 순간 너무나 뼈저리게 느꼈다.

입술을 꽉 물어 울음소리를 겨우 내지 않을 수 있었다. 설령 흐느낌이 조금 새 나온들 누구도 내가 우는 것을 알지 못할 것이다. 우산 지붕 위로 투두두 쏟아지는 빗줄기의 소리가 컸고, 우산을 쓴 다른 이들도 같은 소리를 듣고 있을 테니.

삐익—! 얼마 못 가 순경 셋이 호각을 불며 달려왔다. 단상 앞의 남자는 도망치려 하지 않았다. 오히려 후련한 얼굴로 비가 쏟아지는 하늘을 올려다보며 순순히 제압당했다. 나는 그 모습을 가만히 바라보다가 문득 순경에게 거칠게 끌려가는 남자와 눈이 마주쳤다. 그는 우산 속에서 울고 있는 나를 보고 눈을 동그랗게 떴다가 이내 싱긋 미소 지어 보였다. 그 순간 마음속의 부끄러운 무언가를 들킨 것처럼 가슴이 철렁 내려앉았다.

그를 도와줄 의도 같은 건 조금도 없었건만, 어째선지 그 순간 내 몸은 움직이는 것에 망설임이 없었다. 들고 있던 장우산을 접어 휘리릭 감아 묶고선 발을 박차고 남자를 붙든 순경을 공격했다. 달려드는 날 뒤늦게 발견한 순경이 얼굴 가득 당혹감을 드러냈다.

"뭐, 뭐야! 크억!"

죽지 않을 만큼의 제압이 목표였다. 먼저 한 순경의 명치를 우산 끝으로 세게 찍어 넘어뜨리곤 우산을 돌려 갈고리 같은 손잡이로 또 다른 순경의 목을 감아 당겨 바닥에 메쳤다. 이어 놀라 총을 꺼내려는 세 번째 순경의 턱을 향해 우산 손잡이를 올려 치자 그 역시 뒤로 날아가듯 쓰러졌다. 그들은 맞은 자리가 아픈 듯 얼굴을 일그러뜨린 채 다시금 달려들었지만, 나는 이내 그들을 완전히 기절시켜 버렸다. 멍하니 서 있는 남자에게 말했다.

"뛰어. 뭐 하고 있어."

"당신은……?"

"난 뛸 상황이 못 돼. 혼자 가."

뛰었다간 기껏 아물고 있는 상처가 터질 것이다. 어차피 순경들은 가볍게 기절시켜 놓았으니 조급해할 것도 없이 이대로 돌아가면 될 것이다. 하지만 남자는 돌아서려는 내 팔을 잡아챘다.

"뭐야."

"이름……."

"뭐?"

그딴 거 궁금해할 시간에 도망가라고. 단번에 그의 손을 뿌리치고 몸을 돌렸다. 막상 도와주고 나니 후회가 든 탓이다. 도와줄 의리도 뭣도 아무것도 없는 사람이었는데 나도 드디어 돌았구나 하고.

접어 묶었던 우산을 다시 펴 쓰고 주변에서 웅성이는 사람들을 헤치며 자리를 떴다. 시선을 피하고자 골목을 통해 이동했다. 단지 왔던 길을 되돌아가는 것뿐인데도 금세 힘에 부치기 시작했다. 잠깐이지만 비를 맞은 탓인지도 모르겠다. 단발성은 어떻게든 됐지만, 시간이 걸리는 건 아직 무리였다.

한 손으로 더러운 골목 벽을 짚고 심호흡을 길게 했다. 가슴이 뻐근하다. 머리에서 흘러내리는 것이 마르지 않은 빗물인지 식은땀인지 알 수 없었다. 이런 스스로의 상태에 헛웃음이 나왔다. 이거야 원. 산책 한 번만 더 했다간 죽을지도 모르겠다. 오도 가도 못한 채 이걸 어쩌나 난감해하고 있던 차에 발소리가 들려온다. 뒤를 돌아보자 아까 내가 도와주었던 남자가 다가오고 있었다.

"이봐요. 괜찮아요?"

"……?"

그는 내게 성큼성큼 다가와 벽을 짚고 있는 팔을 붙잡더니 제 목에 감아 부축했다. 그의 멋대로인 행동에 어이가 없고도 한편으론 살았다는 생각도 들었다. 하지만 어이없음이 더 컸으므로 썩 고맙진 않았다.

"뭐야. 뒤밟았어?"

"상태가 별로 좋아 보이지 않았으니까요. 어디로 가야 합니까?"

"아…… 거기까진 지금 무리일 것 같은데."

적어도 한 시간은 넘게 걸어야 할걸. 내 말에 남자는 고민스러운 표정을 지었다.

"우리 집은 여기서 그리 멀지 않지만 안전하다고는 말할 수가 없네요. 나 같은 사상가가 한둘이 아니니 경찰들도 기를 쓰고 찾을 거란 생각은 안 들지만, 그래도 모르는 일이니까요."

그 말에 더욱 어이없어졌다.

"그러니까 지금 당신은 집 근처에서 그런 짓을 했다는 거야? 죽고 싶어 환장했네. 몽타주 돌리면 하룻밤도 안 돼서 잡혀."

어지간히 자살하고 싶었던 모양인데 역시 괜히 끼어들었어, 라며 혀를 차자 남자는 웃으며 나를 끌고 발을 뗐다.

"그러게요. 사실 포기하고 있었거든요. 어찌 되든 상관없다고 생각이 들어서요. 죽기 전에 하고 싶은 말이나 실컷 해 보자고 생각했어요. 아무도 듣지 않을 거라고 생각했는데 솔직히 놀라기도 했고요. 당신은 들어 줬잖아요? 덕분에 살았어요. 물론 내 목소리를 들어 줘서 기쁜 마음이 더 커요."

정말로 자살 희망자였다. 일부러 인상을 썼지만 남자는 멋쩍은 웃음소리를 낼 뿐이다. 일단 방법이 없으니 병원으로 가자 했다. 느릿느릿한 걸음이었지만 그것도 한참이 지나니 부축받는 것도 힘들어졌다. 잠시 쉬자고 말하곤 길목의 벽에 등을 기댔다. 내게서 떨어진 남자는 이제 조금 비가 잦아들기 시작하는 하늘을 올려다보았다.

"그런 몸으로 용케 멀리 나왔군요."

"나올 땐 그럭저럭 괜찮았어."

"원래 나쁜 건 뭐든 갑작스러운 법이지요."

"당신, 반란군이야?"

남자는 눈을 돌려 나를 응시했다. 그는 무심한 얼굴로 되물었다.

"그렇게 보이나요?"

"그래."

남자는 쓰게 웃으며 한숨을 쉬었다.

"그럼 당신은 군인입니까?"

"아니."

"그럼 정부 관련자?"

"그것도 아니야."

관련자였지만 지금은 아니기에 그렇게 말했다. 남자는 고개를 갸웃거렸다.

"이상하군요. 내가 싸울 줄은 몰라도 눈은 좋거든요. 스승이 군인이었나 보죠?"

"글쎄. 그건 나도 모르겠네."

교관들의 과거 따윈 관심이 없었으니까. 그나저나 대답을 피해 가며 되레 내게 묻는 이 대화법이 짜증 났다. 기운도 없건만. 나는 그에게 신경질을 냈다.

"난 정부 관련자였지만 지금은 아니니까 상관없어. 그러니 그만 빙빙 둘러대고 대답이나 해 줘. 당신은 반란군이야?"

"그게 왜 궁금한데요?"

"확인하고 싶은 게 있어서 그래. 뭘 갑자기 경계하는 거야. 내가 당신을 잡을 생각이었으면 아까 잡았어. 지금도 마찬가지야. 내가 지금 체력적으로 빌빌거린다고 해서 당장 당신을 엎어 놓을 무력이 없는 게 아니라고."

아마도 험악하게 변했을 내 얼굴을 빤히 바라보던 남자는 얼마 후 한숨을 내쉬며 어깨를 으쓱였다.

"뭐…… 그도 그렇네요. 난 반란군이 아니에요."

"그럼 상관없……."

"우리는 스스로를 혁명군이라고 부르지요."

그의 첫마디에 체념하고 내뱉다가 이어지는 말에 저절로 입이 다물렸다. 나는 잠시 고개를 숙이고 마른세수를 했다. 남자가 물었다.

"당신은 뭘 확인하고 싶었는데요? 단순히 내가 혁명군인지의 여부는 아니겠죠?"

원하던 답을 들었지만 막상 할 말이 빠져나오지 않아 나는 약간 시간을 끌었다. 잠시간 침묵을 지키다 고개를 들자 남자가 여전히 나를 바라보고 있어 눈이 마주쳤다. 나는 조금 가라앉은 기분으로 그에게 물었다.

"당신, 사이크라는 사람 알아?"

"……."

이번엔 남자 쪽에서 대답을 하지 않았다. 알아서 대답을 안 하는 건지, 내게서 뭔가 듣고 싶은 게 있어 입을 다무는 건지는 표정을 봐선 모르겠다. 심리전 할 기운이 없다고……. 나는 다음 질문을 했다.

"베스카론 백작 부인은……? 인—이나…… 그웬은……? 인과 그웬은 용병단을 하고 있었어. 이나츄스 용병단. 사이크도 거기에 있었지. 어때, 알고 있어?"

"……."

"부탁이니 대답해!"

좋지 않은 몸 상태와 초조한 정신 상태는 결국 히스테릭한 외침을 끌어내었다. 나는 들고 있던 우산을 버리고 달려들어 그의 멱살을 잡아 벽에 밀쳤다. 그는 놀란 표정을 했지만 그건 아주 잠시였다. 들여다볼 수 없는 눈빛으로 마주 보는 남자를 나는 다그쳤다.

"백작 부인 빼고 모두 블러틴에서 활동하던 반란군이야! 그래! 당신 말대로 혁명군이라 칭해도 상관없어! 그중 사…… 사이크를 비롯한 대부분의 블러틴 혁명군은 안보국에 잡혀 죽었어. 다른 사람은 상관없고 사이크라는 남자 말야! 알아, 몰라?!"

"……만나 본 적은 있어요. 한 번뿐이지만."

순간적으로 숨을 멈춘 내게 남자는 말했다.

"강하고 멋진 사람이었던 터라 잘 기억하고 있고요. 그의 죽음은 정말 유감이었죠."

남자의 멱살을 놓았다. 발을 붙인 땅바닥으로 온 기력이 빠져나가는 기분이 들었다. 결국, 물기 어린 바닥에 주저앉아 잠시 두 손으로 눈가를 눌렀다가 뗐다. 그걸로 겨우 진정했다고 생각했는데 입을 벌리고 빠져나오는 목소리는 속절없이 떨렸다.

"이름을……."

목구멍을 누군가 송곳으로 찌르는 것 같았다.

"이름을 알려 주지 못했어…… 용서를 빌어야 하는데…… 어디에 버려졌는지도 모르겠어……."

실체 없는 그 고통이 너무 아파 결국 눈물이 터져 나왔다. 나는 남자를 올려다보며 외쳤다.

"왜 그가 죽어야 했는지…… 지금은 도저히 모르겠어!"

그때는 사이크가 죽어야 한다고 생각했다. 하지만 지금 내 세계는 깨졌고, 갈라져 떨어진 틈바귀로 온갖 혼돈과 모순이 까만 액체처럼 넘쳐 나와 나를 휘감았다. 이걸 어떻게 견디라는 거야.

나는 깨어난 날로부터 계속해서 되뇌고 있었다. 나는 왜, 살아 있었는가.

"왜 나는!"

왜 나는 그를 죽여야만 했을까. 그때는 나라를 위해서였다. 나는 내가 나라를 지키고 있다고 생각했다. 하지만 지금에 와 보니 노골적인 답이 드러났다. 그건 나를 망친 내 거짓된 세상을 위해서였다.

망각으로 옥죄고 있던 세뇌라는 사슬이 끊어진 순간, 나는 그 사슬이 세상에서 가장 별 볼 일 없는 것이었음을 깨달았지만, 그로 인해 흐른 피를 다시 주워 담을 수는 없었다. 나는 아마 살아 있는 내내 이 것을 후회할 수밖에 없으리라. 나는 남자의 바지 자락을 붙잡고 마치 그가 사이크라도 되는 양 울어 댔다. 남자는 나를 뿌리치는 일 없이 가만히 받아 주다 품에서 담배를 꺼내 입에 물었다. 그리고 내가 울음을 그칠 때까지 오랫동안 기다려 주었다.

"좀 진정됐어요?"

"……."

"그만 일어나요. 안색이 아까보다 더 안 좋아졌어요."

남자는 한참 후 울음을 그치고 지쳐 있는 내 팔을 잡아 아프지 않게 잡아당겼다. 나는 그의 손길을 거절했다. 본의 아니게 감정이 터지고 말았지만 지금 나는 위로받고 싶은 게 아니었다.

"됐어. 이상한 꼴 보여서 미안해. 당신은 그만 돌아가 봐. 혼자 갈 수 있어."

"……정말 괜찮겠어요?"

"괜찮아. 그보다, 당신…… 어차피 여길 떠날 예정이라면 베스카론 백작 부인이라는 여자를 찾아 전해 주지 않겠어? 그 당시엔 아타만에 있다고 들었지만, 지금은 어디에 있는지 모르겠어. 사이크의 유언이야."

고개를 들어 남자를 바라보았다. 남자는 말없이 나를 쳐다보고 있었다.

"로라의 눈물은 첨탑 아래에. 아직 불은 꺼지지 않았다."

그 순간 남자의 눈꺼풀이 조금 크게 열렸다. 남자는 한 손으로 제 입을 막으며 당혹스러움을 감추려 했지만, 눈빛마저 흔들려 그의 동요는 눈에 빤하게 보였다. 나는 모른 척 시선을 아래로 두었다.

"이제야 전하게 되어서 미안하다고도 말해 줘."

"당신, 이름은?"

몸을 일으키자 그가 다급하게 내 어깨를 붙잡으며 물었다. 나는 더는 그와 눈도 마주치지 못한 채 대답했다.

"할리라고 불렸지만 그건 진짜 이름이 아냐."

"진짜 이름을 알려 주세요."

"……진짜 이름도 죽은 사람이니까 지금은 의미도 없어."

"상관없어요. 의미는 내가 부여하니까요. 부디 당신의 이름을 알려 주세요."

나는 마른침을 삼키며 눈을 꾹 감았다. 그리고 죄스러운 이름을 겨우 뱉어 내었다.

"마들로나 드 데본 제이."

단지 유언을 전하고 이름을 밝혔을 뿐임에도 나는 그 순간 줄곧 마음을 짓누르고 있던 무언가가 조금이나마 헐거워지는 것을 느꼈다. 그걸 깨닫자 욕지거리가 나왔다. 나는 그 기분을 용납할 수 없었다. 어디서 내팽개치려고. 내 죄를 사할 자격 따위 내겐 없는 것을.

남자를 보낸 후에 몸이 좀 괜찮아질 때까지 기다렸다가 병원으로 돌아왔다. 접수대 정리를 하고 있던 간호사는 내가 문을 열고 들어오는 걸 보자마자 손을 놓고 다가와 화를 냈다.

"레이시! 대체 어떻게 된 거예요!"

그리고 잔소리가 줄줄 이어졌지만, 그 말이 제대로 귀에 들어오지는 않았다. 나는 다른 생각에 빠져 있었다. 그녀를 무시하고 병실로 들어와 침대 위에 걸터앉아 있다가 문득 베개 옆에 있는 서류 봉투로 시선이 갔다.

이런 게 여기 있었던가. 언제부터 있었던 거지. 무시받은 간호사는 날 따라 들어와 제대로 듣고 있는 거냐며 2차 잔소리에 들어갔지만 나는 대꾸도 하지 않고 서류 봉투를 열어 보았다. 그 안에는 레이시라는 이름으로 된 신분증과 적지 않은 돈이 들어 있었다. 나는 자리에서 일어나 옷장 앞으로 갔다.

"레이시!?"

간호사는 내가 옷장을 뒤지다 외투를 꺼내 걸치자 더 가까이 다가와 말리려 들었다.

"또 어디 가려는 거예요! 그러다 큰일 난단 말이에요! 레이시!"

나는 아랑곳없이 봉투 안에 있던 신분증과 돈을 안주머니에 쑤셔넣고 단화를 꺼내 발을 끼워 넣었다. 에드윈 중령이 여러 가지를 준비해 준 덕에 당장 떠나기에 부족한 것은 아무것도 없었다. 마지막으로 모자를 쓰고 문을 나서려 하자 간호사가 급하게 내 팔을 붙잡고는 다시 안쪽으로 끌어당겼다. 발로 버티며 잡힌 팔을 조금 세게 뿌리치자 그녀는 바닥에 넘어지고 말았다. 짧게 비명을 지른 그녀를 한번 내려다보았지만 이내 고개를 돌려 방을 나갔다. 간호사의 히스테릭한 부름이 좁은 복도에 울렸다.

병원을 나서서 더러운 골목을 빠져나가자마자 마차를 잡아타고 역으로 향했다. 창구의 직원이 미소를 지으며 물었다.

"어디로 가세요?"

"피어리."

에드윈 중령이 두고 간 신분증과 돈은 내가 이스트란으로 오길 바라서였다. 하지만 나는 이스트란으로 향하는 표를 사지 않았다. 나는 수도로 향하는 열차를 기다리며 손톱을 물어뜯었다. 시간 확인도 않고 무작정 왔기 때문에 열차를 기다리는 시간은 길었다. 기다리는 동안 이곳이 블러틴에서 그리 멀지 않은 세아나라는 것을 알게 되었지만, 딱히 그에 대한 어떠한 감상도 떠올릴 수 없었다.

몇 시간을 기다려 탄 열차로 수도에 도착한 것은 자정이 훨씬 넘어서였다. 수도로 향하는 열차여서인지 사람은 아주 많았다. 역에 도착해 밖으로 나가자 손님을 태우려는 마차가 길옆에 줄줄이 늘어서 있었다. 그중에 하나를 골라 다가가자 마부가 모자를 벗었다가 쓰며 나를 반겼다. 그에게 행선지를 밝히고 안에 올라탔다.

한참 후 도착한 곳에서 요금을 지불하고 조금 더 안쪽으로 걸었다. 오래전엔 관리가 되어 깔끔했던 나무들이 지금은 아무렇게나 자라 나무끼리 가지가 얽혀 있었다. 길의 끝엔 굳게 닫힌 철문이 기다리고 있었다. 나는 대문의 창살을 손으로 잡고 흔적만이 남은 집터를 들여다보았다.

"하…… 하아……."

오는 내내 미묘하게 비틀려 울리던 고동은 허탈하게 내뱉어지는 한숨과 함께 잠잠해졌다. 정신이 또다시 멍해지며 다리에서 힘이 빠졌다. 비질이 되지 않은 돌바닥에 주저앉아 대문 창살 안으로 보이는 집터를 하염없이 바라보았다. 이곳은 오래전에 내가 살던 곳이었다. 부모님이 돌아가신 곳이기도 했고, 언니와 약혼자의 부정한 모습을 목격한 곳이기도 하다.

그리고 모건에게 총이 쏘인 장소이기도 했다. 나는 이곳에서 좋았던 기억이 거의 없다. 나는 이 집이 너무나 싫었다. 어찌나 싫었던지 이곳을 지옥에 비유하곤 했다. 벗어난다면 더한 소원이 없을 정도로 너무나 싫어한 곳이었다.

하지만 지금 나는 집이 사라진 것이 슬퍼서 견딜 수가 없었다. 떨려 오는 아랫입술을 깨물었지만, 눈물을 막을 수는 없었다. 대체 울 자격이 어디에 있다고. 지금까지 잊고 지낸 주제에. 차라리 그때 죽었다면 좋았을걸. 왜 살겠다고 했을까. 나는 다시금 그때의 선택을 후회하며 고개를 숙였다. 바닥에 닿은 두 손이 먼지에 까끌해졌다.

나는 혼자 살겠다고 부모님의 죽음마저 잊었다. 스스로가 너무 괘씸해서 흐느끼는 소리조차 용납할 수가 없었다. 부모님의 시신은 누가 거둬 주었을까. 어디에 묻혀 계신 걸까. 언니가 장례를 치른 걸까. 그보다 언니는 무사한 걸까.

증오해 마지않았던 언니도 걱정이 되었다. 그때의 미움과 슬픔은 지금의 내게 아무런 영향도 주지 못하고 있었다. 그보다 더 큰 슬픔이 뭔지 알게 되었으니까. 나는 언니의 결혼식조차 가지 않았던 것을 후회하며 주먹으로 가슴을 세게 쳤다. 소리를 내지 못하는 울음은 너무나 괴로웠다. 끔찍하다. 나 자신이 너무나 끔찍했다.

나는 결혼한 언니가 어느 지역으로 갔는지조차 알지 못했다. 그 남편이 누구인지 어느 집안인지도 알지 못했다. 그저 적당한 수준의 귀족과 결혼해서 수도를 떠났다는 것밖에 몰랐다.

부모님이 일부러 내게 알려 주지 않으셨다. 내가 히스테릭했기 때문이다. 그것조차 지금은 상처가 되어 가슴을 파고들었다.

나는 온갖 후회와 자괴감에 정신을 차릴 수가 없었다.

"으윽…… 흐윽……!"

괴로워서 죽어 버리고 싶었다. 하지만 이렇게 죽어 버리면…… 나는 또 후회하진 않을까.

그곳에서 눈물을 나오지 않을 때까지 쥐어짜며 밤을 새웠다. 날이 밝아 올 즈음에서야 눈물이 말라 다시 침착해질 수 있었다. 하지만 그곳에서 좀처럼 벗어날 수가 없었다. 내가 대문 앞에서 등을 돌린 건 하루가 더 지나고 나서였다.

수도를 떠났지만 이스트란으로는 향하지 않았다. 내가 목적지로 잡은 곳은 이스트란과 같은 경계 지역 선에 있는 또 다른 동부 최전방 이스트홀이었다. 같은 동부라도 이스트란과 이스트홀 사이엔 큰 산맥이 있어 실질적인 거리가 꽤 있었다. 이스트홀은 언젠가 사이크에게 출신지라 거짓말을 했지만 단 한 번도 가 본 적 없는 '할리의 서류상 고향'이기도 했다. 그곳은 병사를 모으는 일부 지역 중의 하나였고 나는 그곳에 지원했다.

"간호병 지원인가?"

"아니요. 전투병 지원입니다."

레이시라고 적힌 신분증을 보던 군인이 눈을 들어 내 모습을 위에서 아래로 길게 훑었다.

"총 쏴 본 적 있나? 전투 경험은?"

"입대하면 배우는 거로 알고 있습니다만."

"그야 그렇지만 여자는……."

"아예 없는 것도 아닐 텐데요. 요즘 시대에 무슨 말씀을 하시는 건지 모르겠네요."

그는 미간을 약간 찌푸리며 입에 물고 있던 담배를 책상 한편에 있는 재떨이에 비벼 껐다. 그러다 내 뒤쪽을 흘긋 보았다. 혹 누가 등 뒤에 섰나 싶어 그를 따라 뒤를 돌아보았지만, 천막 바깥으로 사람들이 길게 줄지어 선 것만 보였다. 군인의 한숨 소리에 고개를 되돌렸다. 그가 양손을 깍지 끼워 세우며 말했다.

"지원자가 아예 없는 건 아니지만 그래도 드문 편이지. 거기다 여자. 물론 아주 기특해. 나라를 위해서 그 한 몸 바치려는 마음이 아주 아름다워. 근데 말야. 알아? 여기 있는 녀석들 태반이 강제 징집되어 온 녀석들이거든. 사연도 많아. 범죄자 놈들도 있지. 그게 아니더라도 꽤 상종 못 할 녀석들이 있단 말야."

"……."

"까놓고 말해서, 여자는 쥐도 새도 모르게 끌려가서 강간당하거나 죽임당할 수도 있어."

"……."

"겁주려는 게 아니라, 전쟁터에선 정말 상상도 못 할 일이 벌어진다니까. 물론 우리도 어느 정도 관리는 하지만 눈을 피할 방법 같은 건 얼마든지 있으니까."

"……."

"이봐. 나쁜 말은 안 할게. 간호병으로 가자. 거긴 여자들이 많으니까 지내기도……."

"괜찮겠습니까? 손실이 어마어마할 텐데."

"엉?"

내 물음에 그가 여전히 찌푸린 얼굴로 되물었다. 나는 나를 훑어보고도 내 능력을 조금도 알아보지 못하는 이 눈 나쁜 군인에게 말해 줬다.

"내 입으로 말하기도 뭐하지만 저 제법 인재거든요. 전투력 좋아요."

"하?"

"괜히 눈에 뜨일까 봐 몸 사릴 생각이었지만 사실은 바로 전장 투입되어도 문제없을 정도거든요. 저. 꽤 대단해요. 자랑 같지만."

하지만 이게 무슨 소린가 하는 얼굴을 하는 군인은 내 말을 제대로 이해하지 못하는 것 같았다. 나는 한숨을 내쉬며 담담히 권했다.

"일단 써 보세요. 그래도 안 되겠다 싶으시면 그때 가서 간호병으로 옮겨 주시면 되지 않습니까. 이동이 아예 불가한 건 아닐 거 아니에요."

군인은 내 말에 잠시간 고민했지만 더는 시간을 지체할 수 없었던지 결국 승인 도장을 찍었다. 물론 나중에 자신을 탓하지 말라는 말을 덧붙이는 것을 잊지 않았다. 길지 않은 지원 면접이 끝나고 간단한 신체검사를 했다. 소집까지 잠시 시간이 남아 계단 턱에 걸터앉아 담배를 물었다.

마음은 이상스러울 정도로 차분했지만 나는 이런 스스로의 상태를 좋아할 수 없었다. 왜 이런 상황에서도 나는 침착할 수 있는 것인가 하는 불만이 든다. 아무것도 괜찮은 것이 없는데도 말이다. 결국, 내가 감정적으로 끓는 시간은 그리 길지 않았다. 죽을 만큼 괴로워한 다음은 언제나 현실로 돌아온다. 이런 점이 내 장점이라면 장점일 수도 있겠지만 그다지 유쾌하진 않다. 가족의 죽음 앞에서도 의연한 신경 따위. 이것 또한 정신병이다. 차라리 정신을 놓을 수 있었다면 좋을 텐데. 아무런 생각도 하지 못하게.

"집합!"

담배 한 개비를 다 태울 무렵, 저 멀리서 통과된 사람들을 소집하는 외침이 들려왔다. 나는 담배를 땅에 버리고 발로 짓이기며 몸을 일으켰다. 입에 머금었던 연기를 내뱉으며 우르르 몰려 달려가는 사람들 틈바귀에 섞여 들어갔다.

죽길 바랐으나 죽지 않았으니 또 어떻게든 살아가야 했다. 고민한 결과 그나마 내가 할 수 있는 것은 이것뿐이란 생각이 들었다. 그렇다고 이스트란에 가서 중령의 도움을 받고픈 맘은 없었다. 깨어날 때부터 애초에 그곳은 선택에서 제했다. 나라는 짐을 또 누군가에게 떠넘기는 건 이제 그만하고 싶었다. 루이에게 한번 떠넘겼던 결과가 지금이 아니던가. 에드윈도 굳이 망가져서 버려진 나를 거둘 필요가 없을 터였다. 그저 사람이 좋으니 외면하지 않아 준 것이다. 그는 그만의 목표가 있는 사람이고 나라는 존재는 방해가 될 뿐이었다.

사실, 사이크의 유언을 전했던 그 남자를 따라갈까도 생각해 봤다. 그도 갈 곳이 없다면 같이 가지 않겠냐고 물었지만 결국 나는 거절했다. 그야 이 지경이 되어서도 나는 나라 자체를 뒤집고 싶다는 생각을 할 수가 없었다. 원한은 단지 원한이다. 그것을 필요 이상 확대하고픈 맘은 없었다. 그러면 또 다른 무고한 피해가 생길 뿐임을 모르지 않았다. 그리고 그런 안일한 마음가짐으로 사이크의 유지를 잇는다며 뻔뻔할 수는 없었다. 그렇게 또 무언가에 기대어 마지못한다는 듯 책임을 회피하며 자기변명으로 살아가는 건 이제 그만할 때도 됐다.

그러니 나는 내 식대로 살아가기로 했다. 내 길을 찾아 걷기로 했다. 그 끝에 도달할지 아니면 중간에 죽어 엎어질지는 모르겠지만 결정은 이미 끝났다.

물론 중령이 갑작스레 만들어 준 신분 따위, 중령에게 언제 들켜도 이상하지 않겠지만 나는 그가 나를 방해하지 않기를 바랄 수밖에 없었다. 방해받으면 어쩔 수 없는 거고 말이다. 그때는 다른 방법을 찾아보면 그만이다.

체념하고 막살려는 것도 아니고 이제 와 목숨에 연연하려는 것 또한 아니었다.

그저 나는 어차피 자유가 주어져도 자유롭지 않을 테니까, 그걸 용납할 수 없을 테니까 그저 당장 눈앞에 보이는 궤도에 나를 던져 버리기로 한 것뿐이다.

짧은 설명을 마친 교관이 쩌렁쩌렁하게 외쳤다.

"차렷! 경례!"

그 말에 따라 나는 손을 눈썹 위로 올려 경례를 했다. 바람에 펄럭이는 이스트란 국기가 시선에 가득 찼다.

가슴속은 아무런 일렁임도 없이 고요했다.

- 2부 -

프롤로그. 몇 년 후

"엇, 저…… 읍."

"쉿."

한 손으로 진트 이등병의 입을 틀어막고 다른 손으로는 검지를 세워 내 입술 위에 가져다 댔다. 하마터면 큰일을 저지를 뻔했다는 것을 인식한 진트는 당혹스러운 빛을 띠며 죄송하다는 의미로 작게 경례를 해 보인다. 나는 그제야 그의 입에서 손을 떼고 수풀 아래를 가만히 응시했다.

목표물과는 조금 거리가 있었다. 나는 등에 메고 있던 총을 벗어 두 팔로 안았다. 총구를 아래쪽으로 겨눠 조준경을 응시하자 목표물의 뒤통수가 알맞게 시야에 잡혔다. 숨을 죽이며 타이밍을 재고 있을 때였다. 옆에 있던 진트가 갑자기 숨을 삼키며 내 팔을 쳤다. 나는 그대로 몸을 돌려 총구를 반대쪽으로 겨눴다. 뒤를 노린 누군가가 달려

들고 있었다. 나는 몸을 뒤로 최대한 젖히고 총구를 그의 복부로 향한 채 방아쇠를 당겼다.

탕—!

"으억!"

단말마와 함께 상대가 앞으로 고꾸라졌다. 나는 바로 일어나 진트를 잡아끌고 자리를 떴다. 바들바들 떨며 나를 따르는 진트는 거의 울상이 되어 있었다.

"저 상사님…… 아무래도……."

"아— 더워. 아이스바 먹고 싶네. 오늘 아이스바 지급되려나. 이렇게 더운데 주겠지?"

소심하게 목소리를 내던 진트는 더위에 무심코 흘러나온 내 중얼거림에 불손한 눈빛을 했다. 이 와중에 무슨 말이냐는 뜻인 것 같지만 딱히 그 불만을 입 밖으로 내진 않아서 나는 너그럽게 넘어가 줬다. 진트는 한여름의 이 후덥지근한 정글에서 성질을 건드리지 않는 좋은 녀석이었다. 그건 아주 중요한 사항이었다. 이 와중에 짜증나면 아군이고 적군이고 다 쏴 갈기고 싶은 충동이 들 테니까 말이다.

발을 멈췄다.

"왜 그러십니까?"

내가 갑자기 멈춰 서니 진트 역시 멈춰 설 수밖에 없었다. 나는 전방의 땅을 응시하다 자세를 낮춰 적당한 두께의 나뭇가지를 집어 던져 보았다. 아무 일도 일어나지 않았다. 이상하네. 분명 건드린 것 같은데 말이지. 나는 의심을 지우지 않은 채로 조심스럽게 앞으로 발을 떼었다. 그제야 진트 역시 다시 내 뒤를 따라 발을 움직이는 소리가 들렸다. 열 발자국 정도 더 걸었을 때였다. 갑자기 눈앞의 흙바닥이 들썩이는 것이 보였다. 나는 앞쪽으로 공처럼 뛰어 굴렀다. 나만. 진트는 운 없게도 그러지 못했다. 앞쪽은 내게 막혀 있었다지만 옆으로 구를 수는 있었을 텐데 순발력이 좀 떨어지는 녀석이었다.

"으악!!"

총을 안고 자세를 낮춘 채 뒤를 돌아보았다. 진트가 밧줄 그물에 걸려 허공에서 허우적거리고 있었다. 저 짐덩이 자식.

"상사님!"

"후우……."

날 그렇게 애타게 불러 봤자 나는 너의 어미 새도 그 뭣도 아니란다. 그렇다고 가벼이 소대원을 버릴 수도 없지만……. 군대는 이런 게 귀찮다니까. 전우는 개뿔. 한심하게 진트를 쳐다보다가 귀가 잡아낸 미세한 소리에 한 발짝 뒤로 빠졌다. 그 순간 총성이 울리며 발 앞으로 빨간 물감이 팍 터졌다.

나는 바로 나무에 몸을 숨기며 주변을 둘러보았다. 신속하게 움직이는 발소리가 가까워졌다. 거리를 가늠하고는 수를 세며 숨을 고른다. 하나, 둘, 셋, 넷…… 다섯 번째의 호흡과 함께 나무 기둥에서 빠져나오며 총을 쏘았다. 가장 가까이 도달해 있던 놈이 어깨를 맞으며 뒤로 넘어간다. 나는 노리쇠를 움직여 탄피를 빼고는 탄약을 밀어 넣자마자 망설임 없이 다음 놈을 향해 방아쇠를 당겼다. 쓰러지는 것을 확인하곤 바로 총구를 세워 서 있던 자리를 피했다.

1 대 다수에서 한자리를 오래 지키고 있어 봤자 불리했다. 나무 사이를 내달리다 적당한 자리다 판단이 서자마자 단번에 자세를 낮춰 몸을 굴렸다. 몸을 납작하게 엎드린 채 방향을 잡아 상대를 향해 발사한다. 악 소리와 함께 또 한 놈이 바닥에 엎어졌다.

아직 두 놈이 더 남아 있었다. 하지만 방금 쏜 것으로 총알은 끝이었다. 점점 다가오는 발소리를 들으며 틈을 재다가 자리에서 일어났다. 한 놈이 먼저 나를 발견하곤 총구를 겨눴다. 나는 그대로 앞으로 달려 나가 단 세 발자국 앞에 있던 놈을 덮쳤다. 한 손으론 그의 총구를 옆으로 밀어 젖히고 무릎으로 가슴을 찍으며 함께 바닥을 굴렀다. 탕. 놈이 허공에 총을 발사했다. 나는 개머리판 모서리로 그의 머리를 찍어 기절시켰다.

그리고 바로 몸을 일으켜 뒤늦게 날 발견하고 총구를 겨누는 다른 놈을 향해 달려들었다. 총알 없는 총을 거꾸로 잡아 위로 세게 올려 쳤다. 넓은 손잡이 끝이 놈의 턱을 올려 치자 컥 하고 숨넘어가는 소리가 들렸다. 나는 쓰러진 놈을 향해 한 번 더 총을 방망이처럼 휘둘렀다. 결국 놈도 눈을 뒤집으며 정신을 잃자 나는 그에게서 총을 수거해 앞서 덤볐던 놈과 함께 가슴에 한 발씩을 쏴 줬다. 그러고는 대검을 뽑아 나무 기둥에 이어져 있는 그물 줄을 잘랐다. 진트가 아래로 떨어지며 캑 소리를 냈다.

"몇 명이나 더 남았지?"

"헥……! 한 명입니다. 아옥……!"

진트가 몸에 얽힌 그물을 풀어내며 대답했다. 나는 진작에 총알이 떨어진 그에게 새로 구한 총을 던져 주고 다른 놈에게서 총을 수거해 들었다. 탄창을 확인하니 두 발 남아 있었다.

"진트. 2시 방향으로 직진."

"예."

미안하지만 시간이 너무 걸려 슬슬 지치는 중이라 진트를 미끼로 쓰기로 했다. 진트는 날 의심하는 기색도 없이 순진하게 앞으로 척척 걸어 나갔다. 나는 진트를 바라보다 조용히 몸을 숨기고 따라갔다. 얼마나 걸었을까.

"악!"

진트가 짧은 비명을 토하며 한쪽 어깨를 손으로 감쌌다. 나는 바로 총알이 날아온 쪽으로 방아쇠를 당겼다. 그쪽에서도 악 소리가 나며 풀이 눌리는 소리가 들렸다.

진트를 지나쳐 그곳으로 가자 날 향해 형형하게 눈을 빛내는 놈을 볼 수 있었다. 그는 제 배를 감싸고 있다가 나와 눈이 마주치곤 이를 까득 물었다. 그리고 허리춤에서 대검을 뽑아 들었다. 룰 위반을 하려는 기색이 역력했다.

나는 절로 입가가 올라가는 것을 느꼈다. 먼저 위반했으니 상관없겠다 싶었기 때문이다. 내가 한 발을 더 앞으로 떼자 대검을 잡은 그의 어깨에 힘이 들어가는 게 보였다. 나는 그가 입술을 떼는 순간 달려들었다. 뭔가 하고 싶은 말이 있었던 모양이지만 내가 알 게 뭐람.

"이…… 망…… 억! 으악! 캑!"

"아하하!"

나는 신나게 그를 두들겨 팼다.

1. 이스트란

오랜만에 실컷 스트레스를 풀었다.

훈련이 끝나고 그늘에 앉아 소다 맛 아이스바를 입에 문 채 멍하니 앉아 있었다. 쨍하게 파란 하늘에 흐르는 구름도 느긋해 보였다.

하지만 머리를 비우던 것도 잠시, 주변의 시끄러움에 다시 정신을 차렸다. 눈을 돌리자 저 앞에서 티안 중위가 허허 웃고 있는 베르만 대령에게 침이 튀도록 항의하고 있는 것을 볼 수 있었다.

"이건 반칙입니다!"

"하하하, 됐잖아. 이미 다 끝난 거고."

"웃음이 나오십니까? 지금 한 명은 의무실에서 아직도 기절해 있답니다! 레이시 상사! 자네 반성은 하고 있는 건가?! 그 태도는 뭐야!"

시선을 주자마자 티안의 화가 곧바로 내게 튀었다. 그놈이 먼저 반칙하려고 했다고. 나는 반칙당하기 전에 때려눕힌 것뿐이다. 물론 결과적으로 미수에 그친 그보다 실행을 마친 내 죄질이 더 크다는 걸 알고 있었으므로 변명하는 대신 가만히 눈을 껌벅이다 곧 의기소침해진 척 입에 물고 있던 아이스바를 뺐다. 그런 내 모습을 본 베르만은 괜찮다는 듯 여전히 웃으며 말했다.

"아, 괜찮아. 괜찮아. 내가 먹으라고 했어. 레이시 상사, 계속 먹어."

"대령님!"

나는 그 말에 다시 아이스바를 냉큼 다시 입에 물었다. 티안이 분노한 목소리로 그를 불렀으나 베르만은 그저 허허 웃었다. 내 옆에 일렬로 죽 앉아 같이 아이스바를 먹고 있던 부하들은 그 모습을 보다가 문득 내게 물었다.

"정말 괜찮은 겁니까? 깨어난 뒤에 또 이걸로 걸고넘어지는 건……."

걱정스러운 듯한 목소리에 코웃음을 쳤다.

"대령님이 괜찮다는데 지가 안 넘어가면 어쩔 건데."

"하긴 굳이 대령님이 아니더라도 저 같으면 쪽팔려서라도 입 닥치겠습니다."

다른 부하가 맞장구를 쳤다. 또 다른 부하는 괜히 주변을 두리번거리며 목소리를 낮췄다.

"쉿, 쉿. 누가 듣겠습니다."

들어 봤자지. 하지만 그 새가슴을 배려해 이 화제는 그만하기로 했다. 원래부터 내가 꺼낸 화제도 아니었다.

"그래. 쓸데없는 소리는 여기까지."

"넵."

한마디 하자 그제야 수군대던 이들이 다들 조용히 아이스바만 물었다. 그사이 흥분이 가라앉은 티안이 담담한 얼굴로 내 앞에 다가와 섰다. 우리는 얼른 입에서 아이스바를 빼며 일어났다. 그가 나를 못마땅하게 바라보다 말했다.

"대령님께 가 봐."

"예."

베르만은 막 의자에서 일어나고 있었다. 그는 내게 따라 들어오라는 듯 손짓했고 나는 베르만을 따라가 그의 직무실로 들어갔다. 베르만이 소파에 앉으며 물었다.

"개인적인 앙심이라도 있었던 건가?"

"예?"

"이플린 소위에게 말야. 듣자 하니 이번 훈련에서 지면 속옷 차림으로 훈련장을 달리기로 했었다며? 그래서 사정없이 기절시켜 놨나 해서."

"아니요. 어쩌다 보니 그렇게 되었을 뿐입니다."

그냥 평소부터 마음에 안 들었다.

"어쩌다 그런 내기를 하게 된 거야?"

"어쩌다 보니 그렇게 됐습니다."

차마 솔직하게 말할 수는 없었다. 어떻게 말하겠는가. 소시지 하나 때문에 그런 사태까지 번졌음을. 쪽팔린 일이다. 다행히도 베르만은 더 캐묻거나 하진 않았다. 그는 탁자 위에 있던 서류 몇 장을 보며 말했다.

"우수한 군인이지. 자네는. 처음부터 배움이 빨랐고, 평판도 괜찮고, 공도 많이 세웠고."

"감사합니다."

"이런 인재를 뺏기는 건 나로서는 상당히 속이 쓰리네만 자네에게는 좋은 이야기가 생겼네. 이스트란으로 이동이 결정되었거든. 축하하네. 2계급 특진으로 이제부턴 준위야. 얼마 전 전투에서 자네가 세운 공을 생각하면 당연한 거지만 괜히 시기당해서 쓸데없는 말 나돌지 않게 처신 잘하게."

"예."

"에드윈 중장님이 말이지. 자네를 보내라고 작년부터 나를 볶고 있었거든. 나는 안 된다고 몇 번 거절했지만 이 이상 그러는 것도 실례라서 말야. 아는 사인가?"

"예. 한 번 만난 적 있습니다."

"호오. 어떻게?"

"여행길에서 한 번 마주쳤었습니다."

"그래? 어쨌든 잘해 보라고. 자세한 건 티안 중위에게 듣도록 해."

"예."

경례를 하고 몸을 돌렸을 때였다. 막 생각났다는 듯 베르만이 나를 다시 불러 세웠다.

"아. 레이시 상사."

"……? 예."

"근데 중위랑은 무슨 사이야? 병사들 사이에서 이상한 말이 돌던데."

나도 모르게 입술을 씰룩이고 말았다. 그것에 베르만은 흥미로운 표정을 했고 나는 절로 찌푸려지려는 인상을 애써 펴며 말했다.

"헛소문입니다."

"자세하게 말해 봐."

왜 사람들은 이런 화제에 흥미를 갖는 건지 모르겠다. 심심한 환경이 이런 사소한 헛소문에도 귀를 기울이게 만드는 건가.

"티안 중위님은 제가 지원할 때 면접관이셨습니다. 당시엔 여자가 적어 혹 불미스러운 일이 있을까 싶으셨는지 중위님께서 여러모로 보살펴 주셨습니다."

"그것뿐인가?"

"그것뿐입니다."

베르만은 금방 재미없어진 얼굴로 쳇 하고 혀를 찼다. 뭔가 티안을 놀려 먹을 거라도 찾았나 싶었다가 내 말에 실망한 것이 틀림없었다. 베르만은 다시 평소의 표정으로 돌아와 말했다.

"아, 그리고. 그쪽에서 만약에 자네에게 영창 건에 대해 물으면 적당히 둘러대서 대답해."

"알겠습니다."

"그러고 보니 포상에 대해 아무 말도 안 했군. 어쩔래? 휴가라도 갈 텐가?"

"주시면 감사히 다녀오겠습니다."

"좋아. 좀 쉬다 오라고. 중위랑 상담해서 적당한 날짜로 쉬다 와."

"감사합니다."

곧바로 찾아간 티안에게선 3일 휴가를 받을 수 있었다. 그는 서류에 승인 도장을 찍어 내밀며 말했다.

"집이 수도에 있는 건가?"

"아니요."

"그럼 휴가만 받으면 주야장천 거기로 내려가는 이유가 뭐야."

잠시 뭐라 대답해야 할지 고민했다. 딱히 할 말이 없었다. 내 침묵이 길어지자 티안은 눈가를 살풋 찡그렸지만 곧 한숨을 쉬었다. 마침 지인의 집이 그곳에 있습니다, 라는 변명거리를 떠올렸을 때였다. 티안은 한 손을 들어 보이며 막 입을 열려는 날 마다했다.

"됐다. 이럴 때 캐물어 봤자 나오는 건 거짓말일 테니까. 말하지 않아도 상관없어."

"감사합니다."

"적당히 쉬다 오라고."

"예."

숙소로 돌아와선 씻고 외출용 정복을 꺼내 입었다. 거울을 통해 룸메이트인 헤이미 하사가 날 부럽다는 듯 바라보는 걸 발견할 수 있었다. 그녀는 침대에 앉아 턱을 괴고 내 뒷모습을 바라보다 말했다.

"부럽습니다. 휴가라니."

"자네도 이플린 소위를 때려눕혀 봐. 그럼 줄지도 모르지."

"하하— 그나저나 다행이지 않습니까. 전 상사님이 정말로 속옷 차림으로 훈련장을 달릴까 걱정했습니다. 누구도 소시지 하나로 그렇게 될 줄은 몰랐을 겁니다. 시시한 인간 같으니."

"소위는 그냥 내 기를 꺾어 놓고 싶은 거야. 내가 맘에 안 드는 거지."

"아— 정말 싫습니다. 툭하면 여자가 어쩌고 여자가 저쩌고. 상관만 아니면 저도 가끔 주먹 날리고 싶을 때가 있습니다. 아, 이 말은 비밀입니다?"

헤이미에게 가볍게 미소를 지어 준 뒤 머리를 묶고 모자를 눌러썼다. 거울 앞의 나는 어느새 책상 앞에서 펜대 굴리는 행정병 같은 모습이 되어 있었다.

"그러고 보니 들었습니다. 이동하시게 되었다고."

"응. 그러라더군."

"떠나시는 건 서운하지만 진급 축하드립니다."

"고마워."

늘 피어리에 도착하는 건 자정이 넘어서였다. 이번에도 역시 열차에서 내리니 깜깜한 하늘이 나를 반겼다. 거기다 오늘은 비도 함께였다. 가늘게 떨어지는 빗줄기를 바라보다가 발을 옮겼다.

몇 년 사이 많은 것들이 바뀌었지만 가장 체감상으로 느끼는 것은 마차꾼들이 사라진 것이었다. 예전 마차가 줄줄이 늘어서 있던 곳은 이젠 상용화된 자동차들이 늘어서 있다. 손님을 받는 자동차, 택시라고 불린다. 자동차는 여전히 고가품이지만 더는 특별한 것이 아니었다. 이젠 돈만 주면 누구나 차를 구입할 수 있게 되었다. 물론 나는 자동차를 사지 않았고 늘 열차나 택시를 이용하곤 했다. 운전은 배웠지만, 개인적인 필요성은 느끼지 못했다.

아무리 세상이 바뀌어 가도 내 행선지는 변함이 없다. 휴가를 받으면 늘 수도로 내려왔고 굳게 닫힌 예전의 집 대문 앞에서 시간을 보낸다. 이스트홀에서 수도까진 반나절 정도가 걸리는데 나는 단 하루 휴가를 받더라도 이곳으로 왔다. 때문에 밤에 도착해서 두어 시간 정도만 보내다 새벽 열차로 다시 돌아가는 일이 빈번했다.

이번엔 3일 휴가이기에 열차 안에서 술과 안주를 많이 샀다. 휴가 기간이 넉넉할 때는 항상 이렇다. 아무리 수도라도 늦은 시간엔 가게 문을 닫으니까 말이다. 새벽 1시 반. 대문 앞에 도착해 익숙하게 바닥에 돗자리를 깔고 앉았다. 그리고 술병을 따 종이컵에 따라 마시며 멍하니 대문 창살 안의 집터를 응시했다.

처음 몇 번은 대문이 보이는 순간부터 울컥해서 그 안의 집터를 보고 울음을 터뜨렸지만, 그것도 몇 년 지나니 무뎌져 버렸다. 물론 우울함은 여전하지만 눈물은 너무나 쉽게 말라 버렸다. 가는 빗방울이 종이컵 안에 떨어져 술과 섞였다. 고개를 들어 하늘을 올려다보았다. 가늘지만 금방 그칠 것 같진 않았다. 무릎을 세워 한 팔로 다리를 끌어안고 술을 홀짝였다. 노숙자처럼 보일지도 모르겠다. 다행스럽게도 이곳은 이제 숲이 되어 버린 정원에 둘러싸인 외진 곳이었기에 누군가에게 수상히 여겨져 신고당할 일은 없을 것이다.

시간이 갈수록 가는 빗줄기에도 어느새 어깨가 푹 젖었다. 하지만 술의 기운 때문인지 춥지는 않았다. 손에 잡히는 대로 산, 종류가 다른 술 몇 병을 비우고 나자 나른해져서 돗자리 위에 대자로 누워 버렸다. 젖은 오징어 조각을 우물거리며 소리도 없이 비를 내리는 검은 하늘을 바라본다. 딱히 사람이 필요하진 않았지만 어쩐지 쓸쓸해져 버렸다.

"췻……!"
"꽤 오래 달고 계시네요. 감기."
"그러게."

휴가를 마치고 돌아와선 감기로 고생을 해야 했다. 여름 감기가 아무리 독하기로서니 이동하는 날까지도 안 떨어질 줄은 몰랐다. 진트가 운전하는 차 안에서 재채기로 인해 간질거리는 코끝을 손수건으로 문지르며 차 창문을 내렸다. 열이 오른 얼굴에 닿는 바람은 조금도 상쾌하지 않았다. 눅눅하다. 다시 창문을 올리며 머리를 의자에 기댔다.

"콜록…… 열차 타도 된다니까."
"대령님께서 지시하신 거니까 어쩔 수 없습니다. 그나저나 준위님 휴가만 다녀오시면 엉망이 되어 계시는데 대체 어디서 지내다 오시는 겁니까? 모습도 모습이지만 냄새도 장난 아닙니다. 혹시 길바닥에서 주무시는 겁니까?"

"하핫……"

"어? 설마 진짜인 겁니까?"

그저 가볍게 웃고는 눈을 감았다. 피곤해진 탓이다. 옆에서 설마? 진짜? 하고 혼자 호들갑을 떨고 있는 진트에게 대꾸해 주었다.

"그럴 리가 없잖아. 집에 다녀오는 거야."

"아니 그러니까 집에 다녀오시는데 왜 그런 꼴이……"

"나 잔다. 피곤해. 도착할 때까지 깨우지 마."

이스트란까진 4시간 정도가 소요되었다. 가는 내내 잠들어 있었지만 조금도 개운하지 않았다. 덜커덩거리는 차 안에서 눕지도 못한 채 졸아서 그런 건지 그도 아니면 감기 때문인지 알 수 없었지만, 차에서 내릴 즈음엔 멀미로 인해 바닥이 춤추는 것 같았다.

진트를 돌려보내고 절차를 밟아 부대 입구를 통과했다. 행정부에서도 별 무리 없이 신분 확인을 마치자 병사 한 명이 에드윈이 있는 곳까지 날 안내해 줬다.

"여기입니다."

경례하는 병사를 향해 나 역시 손을 올렸다가 내렸다. 그제야 병사도 손을 내리며 몸을 돌렸다. 문 앞에 서자 어쩐지 마음이 불편해졌지만 그다지 지체하지 않고 손을 들어 문을 두드렸다. 안쪽에서 오랜만에 듣는 목소리가 빠져나왔다.

"들어와."

문을 열고 안으로 들어가자 막 담배에 불을 붙이는 에드윈을 볼 수 있었다. 그는 날 보고 놀란 듯 눈을 조금 크게 떴다가 이내 단조롭게 돌아와 입술 사이로 연기를 길게 뱉어 냈다. 나는 그가 앉아 있는 책상 앞으로 다가가 경례를 해 보였다.

"보고합니다. BN30280521. 준위. 레이시. 6월 28일자로 이동을 명받았습니다."

"……."

"……."

책상 위에 깍지 낀 손을 세운 채 눈을 가늘게 뜬 에드윈은 한참 동안 말없이 날 빤히 바라보았다. 뭔가 불만이 가득한 얼굴이었다. 쉬라는 말도 없어서 나는 계속해서 경례한 채로 서 있어야 했다. 에드윈은 책상으로 시선을 내려 그 위에 쌓인 서류를 뒤졌다. 곧 표지에 내 군번과 이름이 적힌 두툼한 뭉치를 하나 손에 든 그는 그제야 쉬라는 말을 했고 나는 겨우 손을 내릴 수 있었다. 에드윈은 종이를 팔락팔락 넘기며 말했다.

"혼자 용케 여기까지 컸군."

"상관이 잘 봐주신 덕입니다."

"그동안의 방황은 어땠지?"

"방황하지 않았습니다."

에드윈은 눈을 들어 나를 바라보았다. 하지만 이내 별말 없이 서류 한 장을 넘긴 그는 다시 종이로 눈을 돌리며 물었다.

"삼등병 때 영창에 갔었군. 어떻게 된 거지?"

"다툼이 있었습니다."

"상관 폭행이라. 누구를 줘 팬 거야?"

"당시의 일등병 두 명과 하사 한 명입니다."

"이유는?"

"제가 군에 적응을 못 했던 탓입니다."

그는 미심쩍은 눈으로 침묵했고 나는 재빨리 덧붙였다.

"이젠 그런 일 없을⋯⋯"

"됐어. 탓하려는 게 아니니까. 그나저나 상관 폭행 전적이 있는 병사임에도 상당히 진급이 빨랐군. 신경 써 준 사람이 있었던 모양이야."

에드윈은 내 말을 끊어 대꾸하곤 서류를 덮었다. 뒤에 몇 장이 더 남아 있었지만 볼 생각이 없는 듯했다.

"형식적인 절차는 여기까지 할까. 거기 앉아."

에드윈은 책상 의자에서 일어나 소파로 이동해 앉았다. 그리고 내게도 앉을 것을 권했다. 나는 그의 오른편 소파에 앉았다. 에드윈은 약간 인상을 쓰고 있었다.

"당시 자네는 정말 위험한 짓을 했었어. 알고 있나?"

"⋯⋯."

"만에 하나라도 신분에 대해 들통났어 봐. 자네와 나뿐만 아니라 도움을 준 다른 사람들도 큰일이 나는 거였지. 멋대로 병원을 나가 버린 것도 모자라 후에 이스트홀 병사 명단에 자네가 있다는 소식을 들었을 때는 그 독단적 행동과 배려 없는 이기심에 화가 났다. 괘씸해서 계속 모른 척할까도 생각했지만, 자네를 걱정하는 누군가 때문에 겨우 화를 푼 거라고. 거기다 별 이유도 없이 이동을 요청하면 여간 까다로운 게 아냐. 특히 베르만 대령 같은 경우는 심했지. 요청한 지 1년이 지나서야 겨우 승인하다니. 그 고집불통 영감."

"⋯⋯."

"그래, 어디 변명할 게 있으면 해 보지?"

"없습니다."

"그래?"

"그보다 저를 걱정하는 누군가 때문이라는 게 무슨 뜻인지 설명을 듣고 싶습니다."

"응? 아, 루이 군 말야. 루이 군."

혹시나 싶었던 마음이 빠르게 식었다. 새삼 뭘 기대했던 건지. 어차피 신분도 가짜면서 순간적으로 데본일 적 인연이 닿았나 기대를 하고 말았다. 실망할 일조차 아님에도 약간 우울해졌다.

"재작년에 만난 적이 있거든. 은근슬쩍 자네 안부를 물어보더군. 겉으로 별로 티는 내지 않았지만 걱정하는 듯했어. 그리고 또 얼마 안 있어 근처로 임무를 나왔던 그가 일부러 들른 적도 있었지. 자네에게 전해 주라고 뭘 놓고 갔거든. 물론 뜯어보진 않았어. 그건 자네가 머물 방에 가져다 놓았으니 돌아가서 확인해 봐."

"……"

"그리고 이곳의 몇몇 사람들은 자네에 대해 알고 있으니까 혹여 알은척 당해도 지레 겁먹진 말고."

"예."

에드윈의 방에서 나온 뒤엔 앞으로 근무할 행정실로 갔다. 상관들에게 앞으론 행정 업무가 좀 더 많을 거라는 설명과 함께 책상 자리를 배정받았다. 저녁엔 그들과 간단한 환영식 겸 술자리를 가졌고 지정된 숙소로 들어선 건 한밤중이 되어서였다. 미리 보낸 짐들이 정돈되지 않고 박스째로 쌓여 있는 모습에 한숨을 쉬었다. 이걸 언제 정리하지.

준위부터는 개인 숙소였기에 룸메이트의 눈치를 볼 환경은 아니었다. 여러모로 지친 탓에 오늘은 늦었다는 핑계를 대며 내일 치우자는 결론을 내곤 침대에 앉았다. 그러다 침대 한편에 있는 긴 상자를 발견하곤 손을 뻗었다. 이스트홀에서 가져온 기억이 없는 것으로 보아 아마 루이에게서 중장이 맡고 있었다던 물건인 모양이었다. 테이프를 떼고 부스럭부스럭 상자를 열자 그 안엔 매끈하게 잘빠진 라이플 한 정이 들어 있었다.

그러고 보니 오래전에 루이와 함께 무기를 맞춘 적이 있었다. 온전히 나를 위해 맞추어진 말 그대로 주문 제작품이었다. 손잡이 부근엔 프렌스라는 글자가 우아한 글씨체로 작게 박혀 있었다. 글자 옆으론 내가 무기를 맞출 당시 골랐던 바람 모양으로 굽이진 나이프가 작은 문양이 되어 상표처럼 박혀 있었다.

생각해 보니 이 나이프의 이름이 프렌스라고 했던 것도 같다. 이게 상표가 되는 거였군. 한 번도 써 본 적 없는 물건임에도 그것은 내 손에 붙듯 착 맞았다. 품에 안는 느낌과 조준경의 각도와 방아쇠에 걸리는 손가락의 느낌까지도 전혀 어색함이 생기질 않는다.

그리고 어째선지 묘하게 거슬리는 느낌도 들었다. 감각은 아무런 문제가 없는데도 이상하리만치 불쾌감이 밀려왔다. 아무리 고급에 비싸다 한들 한낱 도구 주제에 마치 나를 속속들이 잘 안다는 듯 고개를 쳐들고 잘난 척하는 재수 없는 느낌이었다. 그럼에도 손에서 떨어뜨리긴 또 싫은…… 이건 대체 무슨 기분인 거지.

그날 밤, 나는 라이플을 품에 안고 잠들었다.

다음 날이 되자 평소보다 일찍 눈이 떠졌다. 대충 급한 것만 정리하고 아침 훈련을 위해 정리를 멈췄다. 사실 준위부터는 출퇴근하는 통역군인 취급받기에 딱히 아침 훈련에 참여하지 않아도 상관없었지만 그래도 어지간한 훈련은 빠지지 않았다. 하지만 막 방을 나서기 전 침대 위에 있는 라이플이 눈에 들어왔고 좀처럼 발이 떨어지질 않았다. 결국, 아침 훈련을 빼먹었다.

출근 시간까지 라이플을 쓰다듬다가 출근하자마자 에드윈의 허락을 받아 개인 무기 등록을 했다. 중사부터는 전투력 향상을 위해 허가를 받으면 개인 무기를 소지할 수 있었다. 에드윈은 내 라이플을 흥미롭게 바라보며 흔쾌히 허락했다.

나는 한순간도 그것을 곁에서 멀리 떨어뜨려 놓지 않았다. 근무할 때는 책상 옆에 세워 두었고 잠시라도 자리에서 뜰 때면 그것을 등에 멨다. 이상한 일이지만 떨어지면 불안할 정도였다. 스스로도 이해할 수가 없었다.

개인 무기는 그리 특별한 일도 아니고 종류도 취향에 맞게 제각각 이지만 나에겐 한동안 주변의 시선이 따라붙었다. 크기도 그렇지만 그것이 상당한 고가품임을 모르는 사람은 거의 없었다.

쉬는 시간에 비어 있는 사격장에서 연습을 했다가 나는 상당히 놀라운 걸 체험했다. 명중률이 비약적으로 늘었다. 문득 서 있던 자리에서 발을 뒤로 뺐다. 그러다 언젠가 루이가 지시했던 만큼의 긴 거리를 사이에 두고 과녁과 마주 섰고, 총을 안고 조준경에 눈을 가져다 대었다.

방아쇠를 당긴다. 묵직한 충격과 함께 총알은 과녁의 정중앙을 힘 있게 뚫었다. 마치 끼워 맞춘 것처럼 정확하게. 그저 총이 바뀌었을 뿐이다. 총알은 여느 라이플과 다를 것 없는 통상적인 종류였다. 어떻게 이렇게까지 다를 수가 있는 건가 감탄스러웠다.

나도 모르게 중얼거릴 수밖에 없었다.

"멋져……."

거슬리는 불쾌감과는 별개로 절대 이것을 손에서 놓을 수 없음을 깨달았다.

"레이시 준위."

"예."

"이거 의무실에 가져다줘."

며칠간 잠도 제대로 못 잔 듯 웨인 소위가 피곤한 얼굴로 내게 서류 뭉치를 건넸다. 병사들의 신체검사표였다. 그는 겨우 끝났다는 얼굴로 의자에 길게 늘어져 한숨을 쉬더니 담배를 꺼내 물었다. 그때 믹 소위도 내가 들고 있는 서류들 위로 다른 서류 뭉치를 올렸다.

"이것도 의무실로 가져다줘."

"예."

두 사람이 건네준 서류 뭉치들을 가지런하게 정돈해 안아 들었다. 믹 역시 담배를 꺼내 물며 웨인에게 말했다.

"웨인. 목마르지 않아?"

"어—?"

"맥주 마시고 싶은데."

"근무 시간에 마시면 중위님한테 혼나잖아."

"그러니까 몰래."

원래 생김새가 그런 건지 실제로 졸린 건지 반쯤 감긴 눈으로 믹이 나른하게 말했다. 웨인은 미간을 찌푸리며 잠시 고민했다. 곧 그가 나를 향해 눈을 돌렸다.

"준위. 중위님한텐 말하지 마."

"예."

밉보일 이유가 없기에 순순히 대답했다. 그러자 이번엔 믹이 설핏 웃으며 한 손으로 내 어깰 가볍게 툭툭 두드리며 '착하네.'라고 말했다. 웨인이 곧바로 믹을 나무랐다.

"어이. 가볍게 건들지 마. 너도 하이안 대위님처럼 성희롱으로 고발당하고 싶어?"

"엥? 어깨 두드린 것뿐인데?"

믹은 눈을 동그랗게 뜨며 재빨리 내 어깨에서 손을 떨어뜨렸다. 웨인은 여전히 피곤에 찌든 얼굴로 말했다.

"대위님도 전혀 그런 의도가 없었어. 등을 치료해야 하니까 상의를 벗으라고 했을 뿐이라고. 뭐 그건 작정하고 엿 먹이려 한 상대가 나빴던 거지만 어쨌든 그 건 때문에 대위님은 아직도 고생하고 계시잖아."

"아…… 그러고 보니 이번에도 진급 떨어지셨다지? 와, 독하다."

"독하지. 아마 이를 부득부득 갈고 계실 거야. 그런 의미에서 레이시 준위."

"……?"

"고생해라."

"예?"

얘기 도중 갑자기 나에게 시선을 준 두 사람은 왜인지 나를 동정하는 듯했다.

"제1행정실에서 왔습니다. 신체검사표를……."

"으아아악!"

의무실로 들어서며 목소리를 냈다가 절로 말끝을 흐렸다. 환자를 치료하는 건지 죽이려고 하는 건지 알 수 없는 광경에 눈을 깜빡이다 곧 발을 뒤로 빼 문밖에 걸린 명패를 확인했다. 여긴 의무실이…… 맞지? 다시 문 안쪽으로 눈을 돌렸다. 가만히 있으라며 환자의 뒤통수를 때리곤 우악스럽게 상처 위로 가루약을 들이붓고 있던 남자가 잔뜩 찡그린 얼굴로 내게 고갤 돌렸다. 눈빛이 흉흉했다.

"넌 뭐야!"

"아…… 제1행정실에서 왔습니다. 1차 신체검사표를 가져왔습니다."

"크아아!"

"아 쫌! 가만히 못 있겠냐!"

남자는 결국 신경질적으로 찬장을 뒤지더니 주사기와 작은 유리 약병을 꺼내 주사기에 약을 주입했다. 그것을 환자의 팔 위에 찔러 넣자 환자는 10초도 안 되어 기절하듯이 곯아떨어졌고 그제야 남자는 치료를 마저 하며 짜증스런 목소리로 말했다.

"자넨 상관을 향해 제대로 인사도 못 하나?"

재빨리 가까운 탁자에 서류 탑을 내려놓고 그에게 경례를 했다.

"죄송합니다. 충성. 어제부로 이스트홀에서 이동해 온 레이시 준위 입니다."

"쉬어. 용건은?"

"병사들의 1차 신체검사표를 가져왔습니다."

환자의 몸에 붕대를 감아 묶어 마무리한 그는 한편에 있는 세면대에서 손을 씻고 피투성이 가운을 벗었다. 대위의 직급을 나타내는 문양이 군복의 어깨와 왼쪽 가슴 위에 붙어 있었다. 이름표엔 '대위 하이안'이라고 쓰여 있다. 이 사람이 바로 소위들이 말했던 억울하게 성희롱으로 고발당해 몇 년째 진급이 밀린다는 그인 모양이었다. 그는 새 가운을 꺼내 걸치고는 다가와 서류 탑에서 맨 위의 종이를 몇 장 가져갔다. 그는 그것을 넘겨 보다가 다시 덮어 내게 툭 던지듯 되돌려 주며 말했다.

"다시 작성해 와."

"예?"

"글씨가 더럽다. 표도 삐뚤거리고. 제1행정실은 자로 선 하나 제대로 못 긋는 건가? 짜증 나서 더는 못 보겠군. 반듯한 표와 깔끔한 글씨체로 다시 작성해 와."

"이걸 다 말입니까?"

"당연하지."

"죄송하지만 그건 무리입니다. 행정실에선 이것만 하는 게 아닙니다. 이 정도면 알아보는 데는 문제가 없지 않습니까. 서류에 심각한 문제가 있는 것도 아닌데 1,000장이 넘는 서류를 다시 작성할 수는 없습니다."

"아~ 그래서 자네들은 피곤해 뒤지겠으니 이 성의 없이 지렁이 기어가는 듯한 글씨로 대충대충 작성한 이걸 나보고 읽으라는 건가?"

하이안은 창문을 열고 창틀에 등을 기대더니 담배를 꺼내 물며 말했다. 완전히 시비조였다. 나는 넘겨받은 서류를 잠시 내려다보다가 다시 고개를 들고 말했다.

"말씀드렸다시피, 알아보는 데는 전혀 문제가 없습니다. 의무실에서 하루가 급하다고 했기 때문에 이쪽도 이 정도의 양을 밤샘해서 완성한 것입니다. 다시 작성하는 건 시간 낭비입니다. 부디 감안하고 봐주십시오. 행정실도 일이 많습니다. 이걸 다시 작성하는 데 매달릴 인원이 없습니다."

"그럼 자네가 작성하면 되겠군."

"예?"

"행정실은 일이 많고 나는 이걸 못 받겠고. 그럼 어쩔 수 없잖나. 자네가 다 하는 수밖에. 2차 검사 들어가려면 서둘러야 하니까. 내일까지 다시 가져와."

"그러니까 저 역시 일이……."

"명령이다. 이상."

하이안은 이 이상 나랑 이야기하기 싫다는 듯 창틀에 기댔던 등을 세우더니 담배를 끄고 다른 환자를 향해 걸음을 옮겼다.

주변을 두리번거려 도움을 요청할 사람을 찾아보았지만 다른 의무 병과 간호병들은 하이안의 눈치를 보며 내 주변을 슬슬 피했다. 굳이 골치 아프게 참견하고 싶지 않다는 분위기였다.

내가 제자리에 계속 못 박혀 있자 하이안은 볼일 다 봤으면 가지 않고 뭐 하냐고 소리쳤다. 더 버티고 있을 수도 없고 설득할 만한 뾰족한 수도 없어 결국 서류 탑을 도로 챙겨 돌아올 수밖에 없었다.

가볍게 맥주 한 병씩 하러 나갔다가 돌아온 믹과 웨인은 책상에 서류를 쌓아 놓고 새 종이에 표를 그리고 있는 나를 보곤 안쓰럽단 표정을 지었다. 그들은 내게 '고생해라.'라고 말했지만 전혀 위로도 도움도 되지 않았다. 그들은 또 다른 할 일이 있어 날 도울 수 없다고 했다. 미안하다는 듯 말했지만 믿지 않았다.

이 사람들, 하이안이 이렇게 나올 걸 알고 내게 가져다주라 넘긴 게 분명했다. 그나마 히얀 중위가 조금 도와주긴 했지만, 그녀는 나보다 더 바쁜 사람이라 금방 불려 나갔다. 결국, 나 혼자 다 할 수밖에 없었다.

근무가 끝날 시간이 되어도 당연히 돌아가지 못했다. 밤늦도록 혼자 책상 앞에 앉아 자로 표를 그리고 칸을 채웠다. 하이안에게 넘길 서류뿐만 아니라 나에게 주어진 다른 일을 다 하기까진 자리를 뜰 수 없었다. 내가 그것들을 전부 끝낸 것은 다음 날 정오가 지나서였다. 그때까지 잠도 한숨 자지 못하고, 밥도 먹지 못하고, 책상 앞에만 앉아 있었다. 뻑뻑한 눈을 비비며 펜을 놓자 배가 고프다는 생각이 제일 먼저 들었다.

"와. 진짜 다 했네? 독하다. 자네도."

믹이 밉살맞게 말했다. 본인은 악의가 없을지도 모르지만 내 눈엔

밉살맞으니 밉살맞다고 하겠다. 그 입 좀 닥쳤으면. 하지만 상관이므로 불만은 속으로 삼켰다.

"……다녀오겠습니다."

서류 탑을 안아 들고 행정실을 나섰다. 이번에는 곧바로 하이안을 찾아가진 않았다. 내가 미쳤다고 두 번 당할까 보냐. 의무실 근처에 있는 하이안의 직무실 안에다가 서류를 가져다 놓았다. 그는 의무실에 거의 붙어산다는 정보를 히얀에게서 들었다. 나중에 직무실에 돌아오면 보겠지. 이번에도 다시 되돌려 주면 곤란하니까 말이다. 하이안의 직무실을 나서며 피곤함에 고개를 비틀었다. 뚝뚝 뼈소리가 나며 약간 시원한 기분이 들었다. 그때 뒤쪽에서 누군가 나를 불렀다.

"레이시 준위!"

고개만 돌렸다가 곧바로 몸까지 돌려 서서 눈썹 위로 손을 올렸다. 에드윈과 하이안이 나란히 걸어오고 있었다. 에드윈이 쉬라는 손짓을 하곤 웃는 얼굴로 물었다.

"점심은 먹었나?"

"이제 먹으러 가려고 합니다."

손을 내리고 슬쩍 하이안을 바라보았다. 그는 심드렁한 얼굴로 다른 곳을 보고 있었다. 에드윈이 웃으며 하이안과 나를 번갈아 보았다.

"그러고 보니 서로 인사는 했나? 레이시 준위에겐 생명의 은인인데. 대위 기억해? 그때 블러턴에서."

"……? 아."

하이안은 그제야 떠올랐다는 듯 내게 눈을 돌리며 위에서 아래로 길게 훑었다. 나도 그 당시 생사의 기로에서 들었던 불성실한 목소리를 떠올리고 있었다. 당시 나는 죽길 바랐으므로 그리 고맙진 않았으나 일단 의례적으로 감사 인사를 했다.

"알아보지 못해 죄송합니다. 큰 신세를 졌습니다."

"그래…… 자네였군? 위험을 무릅쓰고 기껏 살려 줬더니 배은망덕하게 이스트홀로 내뺐던 녀석이."

"하하. 대위. 지난 일이잖아."

에드윈은 웃으며 대수롭지 않다는 듯 하이안에게 말했지만, 그는 여전히 나에게 그리 호의적인 눈치가 아니었다. 하이안은 나를 깔아보는 눈빛으로 느리게 물었다.

"그러고 보니 오늘 가져오라는 서류는 다 해 놓고 식사하러 가는 건가?"

"조금 전 막 가져다 놓은 참입니다."

"말도 없이 가져다 놓으면 이번엔 내가 볼 수밖에 없다고 생각하는 건가? 건방지군."

"자리에 안 계시기에."

내 변명에 하이안은 코웃음을 쳤다. 내가 상당히 맘에 안 드는 눈치였다. 얕은수를 쓰는 내 태도와는 별개로 은혜도 모르고 이스트홀로 내뺐던 것을 문제 삼고 있는 것 같다. 어제는 개인적인 짜증에 대한 화풀이라는 생각이 강하게 들었던 반면, 이번엔 나를 완전히 밉보는 듯했다. 에드윈은 하이안을 난처하게 바라보다가 나에게 시선을 돌렸다.

"그만 식사하러 가도록. 준위. 음, 대위는 잠시 나랑 얘기 좀 하지."

먼저 자리를 뜨는 두 사람의 등을 보며 한숨을 내쉬었다. 피곤했다. 잠을 못 잤으니 당연하지만. 되도록 하이안과는 마주치지 않도록 하는 게 좋다는 생각이 들었다.

하지만 그런 생각을 한 지 며칠 지나지 않아 의도치 않게 하이안과 다시 마주해야 했다. 그와 내가 함께 가까운 전선 현장에 파견되었기 때문이다. 생각 외로 그와 부딪힐 일은 없었다. 하이안은 가는 내내 아무 말도 하지 않았다.

전선에 도착해서 나와 몇몇은 바로 전투병에 합류했다. 3일 전 게릴라전으로 많은 병사가 전투 불능이 되었다고 한다. 하이안을 비롯한 의무관들은 신속하게 천막을 치고 환자들을 보기 시작했다. 나는 급조된 소규모 작전팀에 들어가 설명을 들었다.

팀이 할 일은 적군의 작전지로 향하는 길목에 있는 트랩들을 해제하는 거였다. 해제할 수 없는 것들은 피할 수 있도록 표식을 해 놓고 적군을 덮칠 가장 효율적인 길목을 뚫어 놓는 것이다.

한밤중 팀은 지체 없이 정글 속으로 들어갔다. 팀의 리더인 첸 소령이 앞장섰고 머지않아 첫 번째 트랩을 발견할 수 있었다. 땅을 파 그 밑에 장죽들을 사선으로 잘라 세워 놓은 원시적 함정이었다. 화약을 이용한 지뢰는 아무래도 개발비 문제로 저쪽 역시 보급률이 낮은 탓에 자연을 이용한 함정들이 많은 편이었다.

순조롭게 함정들을 표시해 놓고 나아가던 중이었다. 적군의 순찰과 마주치고 말았다. 첸은 빠른 움직임으로 상대를 덮쳐 바닥에 엎어 놓고 목을 꺾었다. 총을 쓰는 것은 소리가 크니 최후의 방법이었다. 아직 들키면 곤란하다. 첸이 막 죽인 적의 순찰 뒤로 또 다른 병사가 다가오는 것을 보곤 들고 있던 총을 등에 멨다. 그리고 중형 나이프를 빼 들어 달려 나갔다.

상대가 나를 향해 총을 겨눴고 곧바로 발로 돌을 걷어차 상대의 얼굴을 때려 맞췄다. 악 소리를 내며 그가 주춤한 사이 재빨리 다가가 나이프를 목과 어깨 사이에 찔러 박았다. 힘을 주어 날을 깊숙하게 꾹꾹 눌러 박으며 상대와 눈을 마주했다. 그는 고통에 크게 뜬 눈으로 입만 뻐끔거리고 있었다. 나이프를 뽑자 어둠 속에서 검게 튀는 피 분수가 보였다.

적은 그들이 다가 아니었다. 갑자기 총소리가 들리더니 곧 뒤편에 있던 팀원 하나가 뒤로 넘어갔다. 순찰이 아닌가? 나무가 우거진 정글에 흐릿한 달빛이 비추며 우리 주변으로 타인의 그림자가 여럿 지기 시작했다.

바로 총을 안아 들고 방아쇠를 당겼다. 그것은 그림자 중 하나를 맞추었고 그 단말마를 신호로 우리 팀은 모두 흩어져 내달리기 시작했다. 우리 중 한 명만 살아남으면 정보를 전하는 것에 아무런 문제가 없을 터다. 첸은 곧바로 팀원 중 한 명을 지목하며 곧장 작전지로 돌아가도록 지시했다.

나머진 그가 무사히 본지로 돌아가도록 돕는 역할이었다. 첸의 수신호가 떨어졌다.

첸의 지시에 나는 바로 한 손으로 나뭇가지를 잡고 몸을 흔들어 위로 올라갔다. 적당한 높이까지 올라가자마자 바로 탄피를 빼고 탄알을 약실에 밀어 넣고는 가장 먼저 눈에 들어오는 적을 쏴 맞췄다. 시간을 지체하면 적의 지원이 생겨 생존율이 극히 낮아진다. 어둠 속에서 쉴 새 없이 화약이 번쩍번쩍 터졌다. 문득 적의 누군가와 눈이 마주쳤다. 그것은 아주 잠깐이었고 그 순간 미처 피하지 못해 한쪽 팔에 총알을 맞고 나무에서 떨어지고 말았다.

땅에 등이 부딪히며 욱신한 통증이 몸에 퍼졌다. 팀원들은 흩어진 건지 죽은 건지 보이지도 않았다. 애써 이를 악물고 나 역시 자리를 떴다. 잡히면 죽는다. 온 힘을 다해 내달리다 어느 순간 아래로 이어진 비탈을 미끄러져 내려갔다. 운이 좋게도 풀에 가려진 나무둥치에 작은 굴이 있었다. 아마 짐승의 굴인 듯한데 짐승은 보이지 않았다. 그 속으로 기어 들어가 몸을 숨겼다. 숨소리마저 죽이며 몸을 웅크리자 머지않아 근처를 수색하는 발소리들이 들려왔다.

긴장으로 온몸에 힘이 들어갔지만 조금도 움직이지 않으며 이 밤의 어둠이 부디 나를 숨겨 주길 바랄 수밖에 없었다.

문득 다친 왼팔에서 경련이 일었다. 주변의 인기척이 사라질 때까지 오른손으로 왼팔의 상처를 붙잡아 눌렀다. 아무 소리도 들리지 않을 때가 되어서야 상의 밑단을 조금 찢어 팔의 상처 위에 감고 이를 이용해 질끈 묶었다.

조심스레 굴을 빠져나와 비탈 위에 포복한 채 주변을 살폈다. 그러다 재빨리 고개를 바닥에 붙이고 아래로 미끄러져 내려가 굴 안으로 다시 들어갔다. 잠깐 살펴본바 적들은 기존의 함정을 없애고 새로운 함정을 만들고 있었다. 무사히 돌아간 팀원이 있다 해도 그것은 이미 올바른 정보가 아니게 되었다. 오히려 아군을 더한 위험에 처하게 할 수도 있었다. 물론 들킨 시점에서 아군 역시 그리 섣불리 움직이진 않을 것이다.

적들이 지금 함정을 손보는 것을 보면 우리가 모두 죽었거나 작전지로 돌아갔을 거라 생각하는 것이 틀림없었다. 좋은 기회였다. 하지만 기회만 좋았지 정작 나는 상처를 입었고 무엇보다도 혼자였다. 이 몸으로 임무를 지속하려면 극히 낮은 확률에 목숨을 거는 무리를 해야 했다. 입 안으로 욕지거리가 맴돌았다.

제길…… 멍청하게 다치지만 않았어도.

자신의 안일함을 자책하며 이를 악물었다. 하지만 고민은 그리 오래가지 않았다. 적군은 조를 교대해 가며 밤낮으로 며칠에 걸쳐 기존의 모든 함정을 갈아엎고 새 함정을 만들었다. 나는 기어 다니며 그것들을 지켜보았고 숨어 있을 때는 나무껍질을 대검으로 떼어 내어 껍질 안쪽을 날 끝으로 긁어 작게 조각 지도를 그렸다.

바닥을 기어 따라다니는 것도, 간격을 유지한 채 숨을 죽이는 것도 모두 다 힘들었지만 가장 견디기 어려운 건 상처가 곪아 생기는 발열 증상과 굶주림, 그리고 갈증이었다. 열 때문에 머리가 멍해지기 일쑤여서 판단력이 떨어지며 자칫 위험한 상황도 여러 번이었고, 허기짐은 풀을 아무리 뜯어 먹어도 해결되지 않았다. 그래도 끝까지 버틸 수 있었던 것은 고목 사이의 벌레들이나 가끔 피 냄새를 맡고 다가온 들쥐를 잡아 그 피와 고기를 먹을 수 있었기 때문이다.

내가 임무 완료 판단을 내리고 작전지로 돌아간 것은 약 일주일 정도가 흐른 뒤였다.

"어디야."

사령관인 에드윈과 함께 막 천막 안으로 들어오며 묻는 하이안에게 병사 한 명이 나를 가리켰다.

"저쪽입니다."

"후우……."

"층…… 콜록……!"

하이안과 눈이 마주치며 나는 입 안 가득 감자를 우물거리다 자리에서 벌떡 일어났다. 그리고 경례를 하다 사레가 걸려 기침을 했고 하이안은 됐다는 듯 다시 앉으라는 손짓을 했다. 그의 눈치를 보면서 슬그머니 다시 앉았다. 아마 보이는 꼴이 말이 아니겠지 싶어 조금이나마 나아 보이도록 감자를 쥔 손을 뒤집어 손등으로 입가를 벅벅 문질렀다. 하이안은 내 한쪽 팔을 치료하고 있는 의무병에게 시선을 돌렸다.

"상태는?"

"발열 증상이 있습니다. 그리고 피를 흘리고 굶주린 탓에 기력도 많이 빠진 상태입니다. 왼팔에 총상을 입었고 총알은 제거했지만, 상처는 이미 많이 곪았습니다."

"비켜 봐."

하이안은 장갑을 끼더니 의무병을 물리고 자신이 그 자리에 앉아 내 팔을 살폈다. 그는 핀셋으로 내 상처를 다시 들쑤셔 살피며 말했다.

"괜찮아. 아직 치료할 수 있는 범위야."

하이안은 부하들에게 약품 몇 개를 지시해 옆에 놓고 치료를 하며 이번엔 나에게 말했다.

"준위. 자가 치유력이 좋은 걸 신에게 감사해라. 보통이라면 벌써 썩었을 거다."

멋쩍어져서 들고 있던 감자를 입으로 가져가 그저 조용히 우걱우걱 먹었다. 3일 전에 이곳에 왔다던 에드윈은 나와 하이안을 바라보다가 눈을 돌려 한편에 둘둘 말려 놓은 내 군복 상의로 손을 뻗었다. 그가 말려 있는 옷을 털듯이 풀어 펴자 흙먼지와 함께 그 안에 있던 나무껍질들이 우수수 바닥으로 쏟아졌다. 에드윈이 그것들을 집어 들었을 때 나는 그것에 대해 설명하려고 했지만, 입 안에 담긴 감자를 목 안으로 넘기기도 전에 그는 들고 있는 나무껍질에서 시선을 떼지 않은 채 등 뒤의 병사에게 지시했다.

"연필."

"예?"

"연필 가져와."

에드윈은 연필을 받아 껍질 안쪽을 살살 긁기 시작했다. 곧 나이프로 그어 판 홈을 따라 그림이 드러나자 에드윈의 등 뒤에서 유심히 바라보던 그의 부관이 연필을 더 가져올 것을 지시했다. 얼마 후 천막 안에서 손을 놀리고 있던 모든 사람이 중장을 따라 바닥에 주저앉아 나무껍질을 연필로 긁었다. 한참 후 작업이 전부 끝나자 마땅한 탁자가 없어서 바닥에 조각들을 늘어놓은 에드윈과 그의 부관은 문득 어이없는 표정으로 나를 바라보았다.

"레이시 준위. 이거 맞출 수 있겠나?"

마침 붕대를 다 감았기에 자리에서 일어나 나무껍질이 있는 곳으로 다가갔다. 그 앞에 쪼그려 앉아 퍼즐을 맞추듯 조각난 지도를 맞추기 시작했고 얼마 후 완전한 지도가 만들어지자 등 뒤에서 누군가가 중얼거리듯 말했다.

"미쳤어……."

내가 자리에서 일어나자 하이안도 다가와 나무껍질로 된 지도를 바라보았다. 그는 인상을 찡그리며 물었다.

"준위. 이것 때문에 돌아오지 못한 건가?"

"예."

"……자네. 또라이로군? 이런 짓 하지 않아도 들킨 시점에서 작전 진행은 이미 중단했다고?! 굳이 이런 위험을 무릅쓸 이유가……!"

대놓고 또라이라고 욕하면서 성내는데 뭐라 대꾸해야 할지 몰라 그저 꿀 먹은 벙어리가 되어 서 있었다. 에드윈이 한숨을 내쉬며 하이안에게 그만두라는 듯 손을 한번 내저었다.

"그러게. 미치지 않고서야 이런 짓 못 하지."

"……."

"하지만 덕분에 중단된 작전을 다시 진행할 수 있게 되었다. 포상은 작전 종료 후에 내려 주지. 레이시 준위. 명령이다. 지금 당장 사령부로 돌아가서 치료에 전념해라."

"예."

에드윈의 명령에 따라 지체 없이 바로 천막을 나서야 했다. 밖으로 나오자 첸을 비롯해 팀원이었던 병사들이 서 있었다. 다행히 팀원들은 한 명 빼곤 모두 무사히 돌아와 있었고 내가 첸을 향해서 경례를 해 보이자 그들 역시 나를 향해 경례를 했다. 우리는 한참 동안 서로를 마주 보았다. 첸이 먼저 손을 내렸고 그제야 나와 팀원들이 손을 내렸다. 첸은 무뚝뚝한 얼굴로 다가와 나를 세게 포옹했다가 놓아주며 말했다.

"우린 귀관과 같은 작전 팀이었다는 것이 영광스럽다."

팀원들은 내가 차를 타고 길목에서 완전히 보이지 않게 될 때까지 배웅한 자리에서 떠나지 않았다. 나 역시 그들이 보이지 않을 때까지 미러에서 눈을 떼지 않았다.

사령부로 돌아온 나는 의무실에 누워 팔 한 짝 다친 것에 비해 지나칠 정도로 편하게 지냈지만 전선의 상황은 간호병들을 통해서 재깍재깍 전달되었다. 그리고 내가 돌아온 지 20일경 지난 후에 에드윈은 승전보를 들고 사령부에 귀환했다.

"휴가? 보너스? 어떤 걸 원해? 둘 다 줄까?"

에드윈은 나에게 포상에 대해 물었다. 나는 어떤 거든 상관없다고 대답했다. 에드윈은 휴가와 보너스 모두 다 준다며 빙글빙글 웃었다. 며칠 후 겨우 병상에서 일어나도 좋다고 하이안의 허락이 떨어졌을 때 국가에서 나에게 훈장이 내려왔다. 내가 가진 훈장은 이것으로 세 개째였고 덕분에 정복이 조금 더 무거워졌다.

포상 휴가는 팔이 완쾌되고 나서야 받을 수 있었다. 에드윈은 그 기간을 열흘 꽉꽉 채워 주곤 충분히 놀다 오라고 했다.

그러겠다 대답은 했지만 결국 내 행선지는 이전과 조금도 달라지지 않았다.

"후우……."

대문 앞에 텐트를 치고 들어앉아 술을 마시며 멍하니 안주로 빵을 뜯어 먹었다. 그러고 보니 열흘 휴가는 처음이었다. 보통은 하루, 길어 봤자 2~3일 정도였는데. 덕분에 이번엔 식량뿐만 아니라 텐트까지 구입한 참이다. 시간이 갈수록 짐이 늘어나 이젠 정말 노숙자 생활을 해도 문제없겠다는 생각마저 들었다.

술병이 비자 주머니를 뒤져 담배를 꺼내 물었다. 열린 텐트 문 바깥으로 연기가 빠져나간다. 그렇게 가만히 앉아 있으니 이 고요한 적막함에 내가 스며들어 감추어지는 듯한 느낌이었다. 몸을 감싼 여름의 후끈한 공기는 어쩐지 포근한 게 어머니의 품 같기도 해서 담배를 입에 문 채 자리에 누웠다.

"후……."

텐트 천장으로 연기가 올랐다가 밖으로 빠져나가는 것을 보다가 스르륵 눈을 감았다.

열흘 후에 이스트란 사령부로 돌아갔을 때 별생각 없이 나에게 다가온 사람들 모두가 곧바로 멀찌감치 떨어져선 코를 막았다. 떡 진 머리 위로 날파리 같은 것이 빙빙 날아다니고 있었지만 이미 면역이 된 나는 딱히 개의치 않았다.

"크헉! 이게 대체 무슨 냄새야!"

숙소로 돌아가는 도중에 마주친 에드윈 역시 반갑게 다가왔다가 곧 비명처럼 외치며 뒤로 후다닥 물러났다.

"어디서 뭘 하다 온 거야?!"

"……씻으러 가겠습니다."

에드윈은 숙소로 발을 떼는 내 등 뒤로 씻은 후엔 바로 자신의 방으로 오라고 소리쳤다.

한참 후, 에드윈은 직무실로 들어선 내게 물었다.

"어딜 다녀온 건가?"

"피어리에 다녀왔습니다."

"수도인가. 돌아오는 기차에서 용케 그 꼴을 역무원이 막지 않았던 모양이군."

"이젠 그들과도 안면을 익히고 있는 터라. 그게 아니더라도 군인은 보통 제지당하지 않습니다."

사실 예전엔 탈영병으로 오해받기도 했지만…….

뒷말은 삼키며 그렇게 대꾸하자 에드윈은 상당히 못마땅한 표정으로 이젠 말끔하게 씻겨진 내 얼굴을 가만히 바라보았다.

"그래서? 거기서 뭘 한 거지?"

"쉬다 왔습니다."

"거짓말 마! 그게 어떻게 쉬다 온 꼴이란 거냐!"

에드윈이 씩씩거리며 주먹으로 책상 위를 탕 때렸다. 설득력이 떨어지는 모양이었다. 절로 숨을 푹 내쉬었다.

"정말입니다. 꼴은 그랬어도 나름 마음의 안정을 찾고 왔습니다."

"꼭 무슨 수행자라도 되는 듯한 말이로군. 길바닥에서 해탈의 길이라도 찾다 온 건가?"

"……."

"잠깐. 길바닥? 자네 혹시…… 길에서 지냈나?"

"……아니요."

"어이. 방금 그 틈은 뭐야."

에드윈은 미심쩍은 얼굴로 날 바라보다 이번엔 얼굴을 풀고 달래 듯 말했다.

"준위. 나는 자네에게 충분히 쉬다 오라고 했어. 그런데 그런 꼴로 돌아오면 내 마음이 편할 리가 없잖아. 포상 휴가인데 이건 포상이 아니게 되었다고."

"죄송합니다."

"그런 말을 듣자는 게 아니야. ……후. 좋아. 알았다. 이번에는 넘어가지. 돌아가 봐."

뭔가 더 할 말이 있어 보였던 그는 포기하듯 한숨을 내쉬며 나에게 나가 보라 지시했다. 그제야 에드윈을 향해 경례를 해 보이곤 방을 나섰다. 행정실로 돌아와선 평소와 같이 일을 했다. 근무 시간이 거의 끝날 때 즈음 히얀이 나를 불렀다.

"레이시 준위."

"예."

그녀에게 다가가자 히얀은 나에게 서류 뭉치를 주면서 말했다.

"기술과학연구원의 말콤 씨에게 이걸 전해 줘. 승인 신약 목록이야."

"예."

대수롭지 않게 대답하면서 그것을 받았다가 이내 머릿속으로 무언가 스쳐 지나가며 잠깐 손을 멈칫했다. 히얀은 그런 나를 이상하게 보았다가 이내 뭔가 깨달았다는 듯 눈을 동그랗게 뜨며 말했다.

"아. 준위는 아직 가 본 적 없었던가? 사령부 건물 뒤편에 기술과학연구원이라는 곳이 있어. 안내를 붙여 주지. 믹 소위. 준위를 안내……"

"아니요. 아닙니다. 알고 있습니다."

믹에게 안내를 시키려던 히얀은 내 말에 '그래?' 하며 막 자리에서 일어난 믹에게 다시 앉으라는 손짓을 했다. 나는 서류를 들고 행정실을 나와 기억을 더듬어 발을 옮겼다. 건물로 향하는 내내 온갖 생각에 잠겨 있었다.

테일러 박사는 아직 이곳에 있을까? 아니, 그럴 리 없겠지. 에드윈이 날 여기로 불렀을 때는 테일러 박사가 어딘가로 이동했다는 뜻일 거다. 이젠 그도 내 과거를 어느 정도 알고 있을 테니. 에드윈이 아무것도 모른 채 루이와 합작해 날 빼돌렸을 거란 생각은 하지 않는다. 아무리 사람이 좋아도 생각할 머리가 있다면 무작정 손을 보태진 않았겠지. 말콤은 아직 이곳에 있는 모양이니 그에게 테일러 박사의 행방을 물어볼까. 하지만 알려 주지 않으면 어쩌지 등등의 생각을 하다 보니 어느새 발은 연구원의 건물 앞에 다다라 있었다.

나는 보초병들에게 용건을 말하고 건물 안으로 들어섰다. 일단 심부름을 마치기 위해 연구실로 들어서며 목소리를 냈다.

"말콤 씨 계십니까. 행정실에서⋯⋯"

하지만 끝까지는 맺지 못하고 도로 입을 다물어 버렸다. 등을 보이고 구석에서 뭔가를 조합하고 있는 테일러 박사를 발견했기 때문이다. 오면서 했던 고민들이 무색하게도 그는 아직 이곳에 있었다. 테일러는 뒤늦게 말소리에 반응하듯 나를 돌아보았다. 그 순간 나는 손에 들고 있던 서류 뭉치를 내팽개쳤다.

그대로 달려가 테일러의 멱살을 휘어잡고 연구 물품이 가득한 테이블 위로 그를 던져 메쳤다. 비커 같은 유리로 된 실험 도구들이 바닥에 와르르 떨어지며 요란한 파열음이 연구실 안에 울려 퍼졌다.

"크으윽—!"

"흐으……!"

고통에 찡그려지는 테일러의 얼굴을 가깝게 내려다보며 나도 모르게 짐승처럼 이를 드러내며 떨리는 숨을 내쉬었다. 대체 이걸 어떻게 조져야 기분이 풀릴지 모르겠다. 손톱 뽑는 정도의 고문조차 버티지 못할 게 뻔한 이 늙고 약한 몸뚱이를 어떻게 해야 쇼크사 없이 실컷 괴롭히면서 정보를 얻어 낼 수 있을까. 머릿속으로 수십 가지의 소프트한 고문법이 좌르륵 떠올라 흘러갔지만 그나마 만만한 게 손가락을 꺾는 정도였다.

아, 그러고 보니 방금 큰 소리를 내 버렸는데. 밖에 들리지 않았을까.

뒤늦게 주변을 한번 훑고는 테일러의 멱살을 잡고 테이블 위에서 끌어 내렸다. 그리고 그가 큰 소리를 내기 전에 벽 쪽으로 돌진해 옆머리를 찧게 했다. 가한 힘에 비해 그리 크지 않은 소리가 나며 테일러는 맥없이 기절했다.

축 늘어진 테일러를 바닥에 눕혀 놓고 다급히 약품장을 뒤졌다. 취급 주의 라벨이 붙은 불투명하고 큼직한 병을 몇 개 꺼내 개수대로 가 구멍을 막고 물을 세게 틀어 놨다. 서랍장을 뒤져 발견한 와이어로 뚜껑을 연 병들을 묶어 개수대 위로 신속하게 이곳저곳에 걸쳐 매달고는 휴게실 문에 있는 옷 고리에 매듭을 지었다. 줄이 끊어지는 순간 묶어 놓은 약병들이 거꾸로 뒤집어지며 내용물을 개수대에 쏟고 화학 반응을 일으키도록.

테일러를 부축한 채 창문을 열었다. 창문 밖을 살펴 사람이 없는지를 확인한 뒤 테일러를 먼저 창문 밖으로 밀어 밖으로 떨어뜨렸다. 1층이니 추락으로 죽을 염려는 없었다. 곧 나이프로 줄을 끊고 재빨리 창밖을 향해 뛰었다. 막 빠져나오는 순간 꽝음과 함께 유리창들이 요란하게 깨졌다.

이내 테일러를 둘러업고선 일단 부지 밖으로 나가고자 했다. 머릿속으로 지도를 그리며 가장 인적이 드물 법한 길을 찾아 막 연구원 건물의 뒤편을 돌았을 때였다. 어째선지 그곳에서 담배를 피우고 있던 하이안과 딱 마주쳤다. 낭패감을 느끼며 머릿속이 복잡해지기 시작했다. 왜 그가 이런 곳에 있는 거지. 하이안은 폭발음에 놀란 듯 주변을 두리번거리다 나를 발견했고 곧 내가 업고 있는 테일러를 향해 시선을 옮겼다. 하이안은 놀란 표정을 지었다가 금세 얼굴을 굳혔다.

내 모습이 수상해 보였던 모양이다. 하긴 나라도 폭발음 후에 도움도 요청하지 않고 사람을 업은 채 뒷길로 살금살금 움직이면 수상하게 여길 것이다.

하이안은 천천히 두어 발짝 뒤로 물러나며 한 손을 가운 안쪽의 허리춤으로 가져갔다. 나는 그때까지도 고민하고 있었다. 여기서 하이안에게 해를 가하면 문제가 더 커질 게 뻔했다. 어떻게 할까 망설이는 사이 하이안이 빠르게 권총을 빼 들어 내게 겨눴다.

"레이시 준위. 박사를 내려놔."

"······무슨 오해를 하시는지는 모르겠지만 전······"

"내려놔! 당장!"

하이안의 단호한 어조에 별수 없이 테일러를 땅에 내려 누이곤 두 손을 들어 보였다. 하이안은 총을 거두지 않은 채 내게 뒤로 물러날 것을 지시했고 나는 그가 멈추라고 할 때까지 뒤로 빠졌다. 하이안은 그제야 테일러에게 다가가 무릎을 굽히고 그의 목을 손가락으로 짚었다. 물론 반대 손으론 여전히 총을 쥔 채 나를 겨누고 있었다. 곧 하이안은 안도하듯 숨을 내쉬곤 나에게 다가왔다. 점점 건물 주변이 시끄러워지고 있었다. 하이안은 일단 내게서 보이는 무기들을 뺏어 챙기곤 도망치지 못하도록 한쪽 팔을 붙잡았다. 그리고 큰 소리로 외쳤다.

"이쪽이다!"

머지않아 보초병들이 달려왔다. 어느새 하이안은 권총을 도로 집어넣어 숨긴 채였다. 그는 병사들에게 테일러를 의무실로 옮길 것을 지시했고 그들이 자리를 뜨자마자 나를 잡아끌었다. 하이안은 빠른 걸음으로 이동하며 조용한 목소리로 말했다.

"부탁이니 순순히 따라와라. 여기서 말썽 부리면 아무리 중장이라도 널 못 지켜 줘."

그에게서 이를 가는 소리가 들렸다.

하이안에게 끌려간 곳은 에드윈의 직무실이었다. 문에 노크한 하이안은 안에서 들어오라 말하기도 전에 벌컥 문을 열고 안으로 들어갔다. 그는 문을 닫자마자 에드윈 앞으로 내 등을 밀쳤고 에드윈은 서류 작업을 하다가 의아하게 나와 대위를 번갈아 쳐다보았다.

"무슨 일이지?"

"그 망아지한테 물어보시죠. 무슨 짓을 하려고 했는지."

에드윈은 잔뜩 꼬인 어투로 빈정대는 하이안을 보고 눈가를 살짝 찌푸렸다. 하지만 굳이 더 상대하지 않고 내게로 눈을 돌렸다.

"준위. 무슨 일이지?"

"모르겠습니다. 전 그저 끌려온 것뿐이라."

시치미를 뗐다. 그러자 하이안이 하! 하고 기가 막힌다는 얼굴을 하더니 달려들어 내 멱살을 움켜잡고 주먹을 허공에 들었다. 그것에 에드윈은 눈을 동그랗게 뜨더니 재빨리 자리에서 일어나 하이안을 말렸다.

"하이안. 하이안! 잠깐! 잠깐 기다려 봐. 나는 지금 상황을 모르겠다고. 이 상황에서 네가 그녀에게 폭력을 쓴다면 내가 어떻게 받아들일 거라 생각하는 거야?"

그 말로 하이안의 주먹은 간신히 코앞에서 멈췄지만 그뿐이었다. 그의 기세는 여전히 폭발 직전이었고 에드윈이 난감하다는 듯 말했다.

"우선 그것부터 놔 봐. 네가 잠시 잊고 있는 모양인데 준위는 여자야."

"그게 뭐."

"하이안—"

낮게 흘러나오는 반말에도 에드윈은 그저 하이안을 말리기 위해 애썼다. 이를 까득 문 하이안이 짓씹듯 말했다.

"여자라서. 그게 뭐. 여자는 무슨 짓을 해도 맞으면 안 되는 건가? 그런 엿같은 법이 언제 생겼어. 거기다 군인에게 여자 남자가 어딨어."

"진정하라니까. 넌 왜 매사 그렇게 신경질적이야."

"네놈이 물러 터진 거다! 이 등신아! 네놈이 얼마나 우습게 보였으면 이 녀석이 어떻게 은혜도 모르고 그딴 짓을 하겠어!"

하이안이 내 멱살을 잡은 채 두어 번 세게 흔들며 에드윈에게 소리쳤다. 에드윈은 화들짝 놀라 검지를 들고 제 입가에 가져다 대 소리를 죽이라는 제스처를 취했다. 그제야 하이안의 입이 다물렸다. 하지만 열받아 일그러진 표정만은 조금도 풀리지 않았다. 얼마 후 하이안은 던지듯 멱살을 놓고는 나를 향해 손가락질하며 말했다.

"테일러 박사를 죽이려 했어. 연구실을 아예 통째로 날려 버렸다고. 이걸로 확실해졌으니 내 말대로 해. 역시 이런 시한폭탄을 지고 갈 수는 없어. 그건 다 같이 죽자는 거야."

"……정말이야? 준위. 자네가 대답해 봐."

에드윈이 나를 똑바로 바라보며 물었다. 계속해서 시치미를 뗄 수도 있었지만, 왠지 그럴 마음이 사라져 버려서 그저 입을 다물었다. 그것을 긍정으로 받아들인 에드윈은 이윽고 길게 한숨을 쉬며 한 손으로 제 이마를 짚었다. 그는 등을 보이고 서서 한숨을 푹푹 내쉬었다.

한참 만에 다시 나를 향해 몸을 되돌린 에드윈은 책상에 걸터앉아 심란하게 담배를 물었다. 연기를 몇 번 내뱉은 그가 물었다.

"왜 그랬어?"

"참아야 할 이유가 없었으니까요."

"그래? 그러니까 준위는 내 입장 같은 건 아무래도 상관없었다는 거군?"

"신경 써야 했습니까? 왜요?"

내 대꾸에 하이안의 얼굴이 다시 와그작 일그러졌다. 에드윈은 씁쓸한 표정을 지었다. 나는 확실히 짚고 넘어가자 생각해 말했다.

"살려 달라고 한 적 없습니다."

"이봐!"

"하이안. 됐어. 준위. 계속 말해 봐."

"중장님을 돕겠다는 말을 한 적도 없습니다."

"그래. 그러고 보니 그렇군. 대답 보류 상태였지."

"여기로 불러 달라고 한 적도 없습니다. 그런데도 중장님은 절 여기로 불렀고 전 여기서 제 인생을 조작해 가지고 놀았던 테일러 박사를 만났습니다. 굳이 제가 참아야 할 이유가 있었다면 오히려 제 쪽에서 듣고 싶습니다만."

에드윈은 담배의 필터를 잘근잘근 씹으며 물었다.

"루이 군에게도 그런 생각을 가지고 있나?"

"아뇨. 루이 씨는 제게 선택하게 했습니다. 훗날의 책임을 피하고자 당시 여러모로 정신적으로 몰렸던 저에게 얄팍한 수를 썼다 생각하고는 있습니다만, 그렇다 해도 결국 그건 제 선택의 결과죠."

"테일러 박사는 루이 군을 비롯한 정부 관련자에게 협력한 것뿐이야."

"그렇겠죠. 그가 제게 무슨 특별한 억하심정이 있었다곤 생각하지 않습니다."

"그럼 왜. 그 역시 선택의 결과로서 받아들일 수는 없었나?"

"제가 책임을 물을 수 없는 것은 루이 씨뿐입니다. 그 사람만이 저에게 동의를 구했으니까요. 나머지는 제 동의를 구하지 않았습니다."

"그렇게 따지면……"

"압니다. 모순적이죠. 하지만 그렇게 하지 않으면 전 대체 누구에게 책임을 물어야 한단 말입니까? 서로가 이러이러하게 연결되어서 그럴 수밖에 없었다고 한다면, 모두가 무죄입니다. 그리고 그 책임은 빙빙 돌다가 결국 당한 사람에게 돌아오죠. 하지만 이상하지 않습니까. 어째서 당한 사람이 저지른 사람들을 위해서 그런 괴로움을 감수해야 합니까."

"……"

"그래서 처음부터 정해 뒀습니다. 참아 주는 건 루이 씨뿐이라고. 감정적으론 도저히 풀리지 않지만, 그래도 그만은 무죄라고. 그것만은 내가 선택했으니까. 아무리 죽이고 싶어도 참기로 했습니다. 이해가 안 될지도 모르겠지만 그것만으로도 저로서는 충분히 양보한 것입니다. 저를 성인이나 현자로 착각하시는 게 아니라면 그 이상의 인정을 베풀 의리가 없다는 것도 아셔야 하지 않습니까. 저에게 대체 뭘 기대하시고 테일러 박사를 이곳에 둔 채 불러들였는지 오히려 그게 이해가 되질 않습니다. 어쩌면 저를 기계와 같은 인간으로 여기셨을지 모르겠다는 생각도 듭니다만—"

"……."

"아무리 훈련을 받았어도 인간이기에 저 역시 감정이 존재합니다. 기계 톱니바퀴처럼 이성적으로 딱딱 맞아떨어질 수만은 없습니다."

어느 순간부터 에드윈은 가만히 내 이야기를 듣고만 있었다. 하이안은 여전히 나에게 분노하는 얼굴이었지만 에드윈 때문인지 섣불리 입을 열지는 않았다. 내 말이 다 끝나고도 에드윈은 한참이나 더 조용히 있었다. 그는 복잡한 표정으로 줄담배만 연신 피워 대다가 겨우 말을 꺼냈다.

"……좀 생각해 봐야겠군. 일단은 둘 다 돌아가 봐. 아, 물론 준위는 내 허락 없이 이 사령부 건물에서 한 발자국도 나가지 말도록. 당연히 테일러 박사에게 가까이 가는 것도 허락하지 않겠다. 어느 쪽이든 어기면 참지 않겠다. 사살하겠어."

에드윈의 얼굴은 진지했다. 그는 담배를 재떨이에 비벼 끄며 덧붙였다.

"무기도 압수다. 여기에 전부 놓고 가."

그러자 하이안이 조금 누그러진 얼굴로 한 발짝 나서더니 아까 내게서 뺏었던 무기들을 책상 위에 올렸다. 로암의 프렌스 라이플 한 자루, 군용 대검 하나, 소형 나이프 두 개, 권총 한 정. 그것들을 빤히 바라보던 에드윈은 하이안을 한번 보았다가 나에게 시선을 돌리며 말했다.

"이게 다인가? 알아서 전부 다 꺼내. 내가 직접 더듬거리면서 찾길 바라지 않는다면."

……별수 없지. 나는 손을 뒤로 해 군복 바지의 허리 안쪽에서 중지 길이의 비수를 꺼냈다. 그리고 모자 밖으로 하나로 묶어 늘어뜨린 머리칼 속에서 대침 한 개를, 군화 밑바닥에선 엄지 크기의 얇은 칼날을 꺼냈다. 마지막으로 소매 속에 손을 넣어 팔에 밴드에 대고 끼워 넣은 접이식 나이프를 꺼내 책상 위에 내려놓았다. 하이안은 약간 질린 눈으로 그것들을 바라봤다. 에드윈은 하이안에게 지시했다.

"하이안 대위. 나가는 대로 자네가 직접 준위의 방을 수색하도록. 무기들을 전부 수거해."

에드윈이 하이안에게 오래된 친구 대하듯 하던 말투는 어느새 사라진 상태였다. 하이안 역시 조금 전까지 계급도 무시한 채 반말과 욕을 해 놓고도 언제 그랬냐는 듯 단단한 얼굴로 에드윈을 향해 경례를 해 보였다.

중장실에서 곧장 내 숙소로 온 하이안은 방 안을 이 잡듯이 뒤졌다. 상황이 상황이니만큼 주위에서 의심을 불러일으킬 수도 있기에 그는 타 병사의 도움을 받진 않았으나 그 혼자서도 몇 명을 들인 것 못지않게 온 방을 들쑤셨다. 장교, 병사 할 것 없이 다들 정신이 연구실의 사고—에드윈은 연구실 폭발을 사고로 처리했다—쪽으로 쏠려 있었으므로 하이안이 내 방을 오랫동안 들쑤셔도 아무도 몰랐다.

"그런 곳엔 없습니다."

막 화장실 변기의 물 뚜껑을 열어 본 하이안은 나를 한 번 흘긋 보곤 다시 덮었다. 그는 다시 바늘구멍 하나 놓치지 않겠다는 것처럼 날카로운 눈빛으로 구석구석을 살폈다. 나는 그런 그의 뒤를 쫓아다니다가 그가 본격적으로 침대를 뒤집기 시작했을 때 조금 신경질을 냈다.

"더는 없습니다. 벌써 다 찾으셨습니다."

"자네의 말은 신뢰할 수 없다."

"신뢰해 달라고 하는 게 아니라 이러는 건 별 의미가 없다고 말씀드리는 겁니다."

침대 밑바닥을 살피던 하이안이 나를 돌아보았다. 나는 그가 방 한 가운데 찾아 모아 놓은 무기들을 보며 말했다.

"설마 저런 것들을 빼앗았다 해서 저를 무력화시켰다고 생각하는 건 아니시겠죠."

"……."

"마음먹으면 펜 한 자루만 쥐어져도 그것을 살상용으로 이용할 수 있습니다. 대위님께서 신경 쓰셔야 할 것은 제가 아니라 테일러 박사를 보호하는 쪽이 아닐까 싶습니다만."

"이제 막 나가자는 건가? 상당히 건방진 태도로군. 도저히 상관을 대하는 태도라고 말할 수 없겠어."

"대위님이 하실 말씀은 아닌 듯합니다."

에드윈을 대하던 태도를 생각하면 그는 나보다 더하면 더했지 덜하지는 않았다. 그보다 빨리 나가 줬으면 좋겠다. 담배 피우고 싶으니까. 하이안은 잠시 나를 바라보다가 곧 포기하듯 한숨을 내쉬며 매트를 제자리로 돌려놓았다. 그는 그 위에 걸터앉으며 담배를 꺼내 물었다.

"중장을 탓하고 싶은 건가? 아무런 생각 없이 테일러 박사를 여기

둔 채 자네를 부른 건 중장이니까 자네는 아무 잘못이 없다고?"

대답하지 않았지만, 하이안은 신경 쓰지 않고 말을 이었다.

"중장은 자네를 가엾게 여기고 있다."

"동정입니까."

하, 쓸데없이. 어이가 없어 옅은 한숨을 내쉬자 하이안은 나를 빤히 바라보다 연기가 피어오르는 담배를 손가락 사이에 끼워 들었다. 그리고 조금 전 내게 상관을 대하는 태도에 대해서 운운했던 주제에 그는 또다시 에드윈을 악우 대하듯 칭하기 시작했다.

"그래. 사실 이런 식으로 사람을 구하려 한 적이 한두 번이 아니야. 나도 그런 식으로 오지랖 부리는 건 그만하고 가시밭 같은 네놈 앞길이나 잘 닦으라고 충고했지만, 그때마다 열받게 실실거리기만 할 뿐 제대로 수용한 적이 없었다. 그 녀석은 그래. 길바닥에 넘어져 울고 있는 녀석이 있으면 그걸 잡아 일으켜 주고 상처에 입김이라도 불어 줘야 직성이 풀리는 놈이야. 원하지 않는 동정은 민폐일 뿐이라고 말해 줬는데도 말이지."

"그 말씀대로군요."

나 자신이 나를 동정하지 않는데 왜 타인이 나를 동정한다는 건지. 한심함을 느끼며 창밖으로 눈을 돌렸다. 하이안 역시도 에드윈을 생각하면 할수록 어이가 없는지 짧은 웃음소리를 내곤 말을 이었다.

"그러니 화가 나는 것과는 별개로 사실 자네 기분을 모르는 건 아냐. 사람은 누구나 제각각의 가치관이 있는 법이니까 그 호의를 비참함으로 받아들이는 경우도 적지 않았다. 덕분에 쓸데없이 적을 만들어 위험에 빠지기도 했지. 그런데도 녀석은 후회도 반성도 없어. 주변 사람들이 여러모로 피곤할 수밖에 없다."

그를 향해 다시 시선을 주었다. 찡그리는 눈가를 풀지 못한 채 입꼬리를 올린 하이안은 한편에 놓인 재떨이에 담배를 끄고 있었다.

"하지만 또 그래서 진심으로 따른 자들도 많다. 그 별 볼 일 없는 동정에도 위로를 받은 녀석들이 있다는 거지."

"대위님을 비롯해서 말입니까?"

"푸핫―!"

그 순간 하이안이 당치도 않다는 듯이 코웃음을 쳤다. 그는 자리에서 일어나 모아 놓은 무기들을 자루에 주섬주섬 챙기며 말했다.

"아니. 나는 전자의 경우였다. 자네보다 경우가 더 나빴지. 아예 관심도 두지 않던 자네와는 달리 나는 그 녀석을 진심으로 죽여 버리겠다고 생각했어."

"……."

"하지만 결국은 이길 수 없었다. 그래서 지금까지 이 고생을 하고 있지."

그는 자루를 어깨에 걸치고 방을 나가다 날 한번 돌아보았다.

"내가 말하고 싶은 건, 중장이 자네에게 특별한 감정이 있거나 뭔가 얻어 내고 싶어서 이 정도로 너그러운 게 아니란 거다. 성격일 뿐이야. 그러니 괜한 오해나 편견 없이 잘 생각해 봐. 그의 동정이 진정으로 불쾌했는지."

"……."

"그리고 자네는 사고에 휘말려 부상을 입은 것으로 처리할 테니 아무리 사령부 안이라도 근신이 풀릴 때까진 쓸데없이 싸돌아다니지 마라."

그 말을 끝으로 하이안은 방을 나가 버렸다. 탁 닫히는 문을 바라보다 머리를 짚으며 침대 가에 앉았다. 하이안이 있는 내내 당겼던 담배마저 잊을 정도로 머리가 심하게 지끈거려 왔다.

나보고 대체 어쩌라는 거야.

이미 호되게 당한 기억이 흉터로 남아 지금은 스스로의 판단조차 제대로 된 것인지 믿을 수가 없었다. 칠흑 같은 어둠 속을 걷는 것만 같다. 사람과 사람의 신의를 믿을 수 없다. 그것이 또다시 기만이라는 형태로 되돌아와 상처를 남길까 두렵다. 남녀의 애정이든, 단순한 호의든, 그 밖의 또 다른 무엇이든. 어떠한 형태로든 진심을 담고 있는 감정을 사람에게 내비치는 것이 겁이 났다.

사실 떠올렸다고 생각한 옛 기억조차 이게 정말 제대로 된 것인지 확신이 없다. 누군가 친밀함을 표시한들 또다시 모든 사람이 짜고 나를 함정으로 몰아가는 기분이 든다. 머리로는 트라우마가 기반이 된 편견이나 오해일 확률이 높다고 생각은 하지만 타인을 향한 의심은 도저히 밑바닥에서 걷어 낼 수가 없다. 차라리 적의를 보이는 게 마음이 편했다. 그건 망설일 필요가 없으니까.

그런 내가 에드윈을 이해할 수 있을 리 만무했다. 어째서 남을 생각하며 이렇게 스트레스받아야 하는 건지 되레 화가 난다. 내 문제만도 벅찬데 말이다.

헤집어진 방 안을 치울 생각도 못 한 채 시트가 아무렇게나 흘러내린 침대 위에 누워 버렸다. 짜증이 가라앉질 않았다.

근신이란 이름의 본의 아닌 휴식은 할 일 없이 방 안에 있는 것 말고는 별달리 할 것도 없었다. 사고에 휘말렸다는 소식에 행정부 동료들이 문병차 찾아오기도 했지만 며칠 지나니 그것도 없어져 종일 혼자 창밖을 보거나 침대에 누워 멍하니 천장만 바라보는 생활을 해야 했다.

절로 우울해지고 피폐해지는 정신을 달래 보려 잠을 청하다 보니 쓸데없이 낮잠만 늘어 정작 밤엔 잠이 오지 않아 고생해야 했다. 나중에 근신이 풀린다 해도 제대로 생활 패턴으로 돌려놓으려면 고생을 할 것 같다.

"레이시 준위."

며칠 후 노크 소리와 함께 문 너머로 들려오는 에드윈의 목소리에 뉘었던 몸을 일으켰다. 문을 열자 예상대로 에드윈이 서 있었다. 경례를 해 보이는 나에게 그는 들어가도 되냐 물었다. 별말 없이 문 옆으로 비켜서자 에드윈은 빙긋 웃으며 안으로 들어왔다.

"듣자 하니 방 밖으론 전혀 나오지 않는다는 것 같던데."

"……."

"나는 사령부에서 나가지 말라고 했지, 방에 틀어박혀 있으라곤 안 했다만."

"쓸데없이 돌아다니면 대위가 불안해하실 것 같아서 그렇게 했습니다."

"대위가 걱정이 많은 타입이긴 하지. 하지만 멀쩡한 사람에게 이런 생활은 정신병을 유발할 수도 있으니 적당한 산책 정도는 괜찮지 않을까 생각하는데."

"……."

"그런 의미에서 준위. 나갈까? 바람도 쐴 겸."

"사령부 바깥으로 나가지 말라고 한 건 중장님이십니다."

"그러니까 동반 외출을 하자는 거지. 내 눈에 보이는 선에선 상관없잖아."

에드윈은 손목시계를 보며 말했다.

"5분 주지. 준비하고 나와."

그는 자기 말만 하고 방을 나갔다. 솔직히 별로 에드윈과 어울리고 싶지 않았다. 그러나 상관의 말이니 마냥 무시할 수도 없었다. 마지못해 외출 준비를 하고 방을 나오자 에드윈은 복도에서 뒷짐을 지고 선 채 날 기다리고 있었다. 그는 앞장서서 걸으며 천진한 목소리로 말했다.

"차를 준비시켜 놨다. 아, 걱정 마. 오늘은 내가 운전할 테니 자네는 따라오기만 하면 돼. 내 친히 에스코트해 주지. 하하!"

"아닙니다. 제가 하겠습니다."

"응? 아니아니. 전혀 신경 쓸 거 없어. 운전이란 것도 계속해야 잊지 않는 법이지. 너무 오랫동안 남이 운전하는 차에만 타서 슬슬 감각을 잊을 것 같거든."

갑자기 등줄기에 식은땀이 흘러내리는 것 같았다. 이내 그의 뒤를 바짝 따라붙으며 설득했다.

"굳이 운전 같은 거 하지 않으셔도 되지 않습니까."

"어째서?"

"진급하시면 더욱 운전하실 경우가 많지 않을 겁니다. 그냥 편하게 시키시는 편이……."

"준위— 나는 남에게 뭔가를 떠넘기는 걸 그리 좋아하는 편이 아냐. 거기다 딱히 귀찮다고 생각하지도 않고. 그리 황송해할 것 없어."

황송 이전에 에드윈이 운전하는 차에 타면 구토를 유발할까 두려워서다. 최상의 컨디션에도 어려운 일이 이렇게 아무 준비도 없이 무방비하게 닥치다니. 에드윈은 일부러 나를 괴롭히려는 걸까.

"자, 타!"

에드윈은 지프의 조수석 문을 손수 열어 주며 활짝 웃었다.

"그냥 제가 운전하겠습니다."

537

"타라니까."

"중장님, 아무래도 그건 좀……."

"하아— 내가 명령이라고 말끝에 꼭 붙여야만 들을 건가? 준위도 고집이 참 세군. 그래, 명령이다. 타."

빌어먹을 상명하복. 결국, 울며 겨자 먹기로 조수석에 올라탔다. 휘파람을 불며 운전석에 올라탄 에드윈은 손가락에 열쇠고리를 걸어 빙글빙글 돌리고 있었다. 열쇠가 핸들 아래 구멍으로 끼워 넣어졌다. 나는 재빨리 안전벨트를 매고 차창 위의 손잡이를 세게 붙잡았다. 쿠르릉. 커다란 엔진음이 울리며 갑자기 앞으로 덜컥 나가는 차체 반동으로 내 몸은 크게 들썩였다. 재빨리 브레이크를 밟은 에드윈은 방금은 실수였다며 아무렇지도 않은 목소리로 말했다.

"시내에 맛있는 곳이 생겼다던데 일단 거기로 갈까."

그리고 거침없이 액셀을 밟은 그였고 잠시 부와아앙— 요란하게 엔진과 바퀴가 헛돌아가는 소리를 내던 차는 이내 성난 말처럼 앞으로 튀어 나갔다. 갑작스럽게 부하가 걸린 차체가 이내 몇 번 크게 덜커덕거렸다. 에드윈은 이해가 안 된다는 듯 고개를 갸웃거리다 브레이크를 밟더니 변명하듯 말했다.

"오랜만이라 뭔가 손에 안 익는군. 뭐 금방 괜찮아질 테니까 걱정마. 음? 준위, 괜찮나? 얼굴빛이 안 좋은데?"

에드윈은 다시 한 번 발을 구르듯 액셀을 콱 밟았다. 이제 막 차를 탔을 뿐인데 토할 것 같았다. 손잡이를 붙잡은 채 다른 손으로 입을 틀어막았지만 얼마 지나지 않아 에드윈에게 다급히 소리쳐야 했다. 그가 한눈을 팔던 것이다. 운전 실력도 개똥이고 시야마저 좁은 주제에 한눈을 팔다니!

"앞! 앞을 보세요!"

"응? 아."

"아? 아, 라니! 지금 아, 라고 하셨습니까? 세워 주세요! 전 내리겠습니다!"

"응? 무슨 소리야. 막 출발했을 뿐이잖아?"

"막 출발했는데도 이 모양이니까 하는 말입니다! 전 내리겠습니다! 혼자 가세요!"

에드윈은 몇 년 전 그날과 비교해 전혀라고 해도 좋을 정도로 운전 실력이 늘지 않은 상태였다.

"너무 방 안에만 있으면 건강에 좋지 않다니까?"

"죽는 것보다는 낫겠지요!"

"거참. 준위는 까다롭군? 꼭 곱게 자란 레이디처럼 말이야."

"까다로……? 아! 앞을 보시라니까요!"

"응? 아."

에드윈은 앞에서 부랴부랴 장애물을 치우는 병사들을 보면서 다시금 짧은 음성을 냈지만, 브레이크를 밟진 않았다. 오히려 열린 차창 밖으로 고개를 빼며 버럭 성질을 냈다.

"야야! 위험하잖아! 차 앞에서 얼쩡거리지 마!"

간신히 피한 병사들은 쌩하니 스쳐 지나는 차를 향해 그저 '죄송합니다—'를 외쳤다. 에드윈은 혀를 차며 머리를 다시 안으로 들이더니 투덜거렸다.

"정말, 조심성 없는 녀석들이라니까. 그렇지? 준위."

나한테 동의 구하지 말았으면 좋겠다. 기가 막혀서 말도 나오지 않으니.

당연하게도 차창 밖의 풍경을 감상할 여유 따윈 조금도 없었다. 시내의 어느 음식점 앞에 도착했을 때, 탈출하듯이 차에서 뛰어내려 두 손으로 목을 감싸 잡고 구역질을 했다. 나는 분명 앞으로 차라는 물건에 몸을 실을 때마다 지독한 멀미에 시달릴 것이 틀림없다. 저건 악의 기계다. 총보다 더 악질적인 살인 무기였다.

"준위. 괜찮아? 그 정도로 몸이 안 좋았어? 그냥 돌아갈까? 얼굴색이 정말 안 좋네. 안 되겠다. 타. 준위. 돌아가자."

"……?!"

"그 표정은 뭐야. 말로 해. 말로."

그가 나와 천지 차의 계급을 가진 상관이 아니었다면 곧장 멱살부터 잡았을 것이다. 걱정스러운 얼굴로 내 등을 쓸어 주는 에드윈이 가증스럽기 짝이 없다. 일부러인가? 일부러 그러는 것인가?

"준위. 일어날 수 있겠어?"

차에 태우려는 듯 에드윈은 날 부축하려 했다. 나는 그를 향해 버럭 외쳤다.

"중장님!"

에드윈은 눈을 끔벅거리며 왜 그러냐고 물었다. 재빨리 그의 손에 들린 차 키를 낚아챘다.

"다시는……! 중장님이 모는 차에 안 탈 겁니다."

"준위가 하겠다고? 하지만 준위 안색이 정말 안 좋아. 운전을 할 수 있을 만한 상태가……"

"제가 운전하지 않으면 전 아마 도착하기도 전에 죽을 겁니다."

"왜?"

"중장님은 정말로 운전에 소질이 없으시니까요! 저 흉측한 걸로 사람 몇쯤은 죽일 생각이 아니라면 앞으로 운전은 그만두세요!"

에드윈에게 운전을 가르친 게 누구인지 모르겠지만 천벌 받을 놈이 분명했다. 다섯 살짜리에게 운전을 시켜도 중장보다는 나을 거다.

에드윈은 그런 말은 생전 처음 듣는다는 것처럼 큰 충격을 받은 표정이었다.

한참이 지나서야 겨우 속이 가라앉았다. 옆에서 느긋하게 담배를 피우며 조용히 있던 에드윈은 내가 쪼그렸던 다리를 펴고 일어나자 말을 걸었다.

"식사는……."

"생각 없습니다."

엎힐까 봐 두렵다. 에드윈은 볼을 긁적거렸다.

"그럼, 차나 한잔할까."

처음부터 내게 할 말이 있었던 걸까? 그렇다면 이렇게 번거로운 짓 하지 말고 아까 방에서 말해도 됐을 텐데.

이왕 나온 길이니 알았다고 고개를 끄덕였다. 그와 나는 가까운 찻집으로 들어가 구석 자리에 앉았다. 에드윈은 차가 나오고도 한참을 더 생각에 잠겨 있다가 문득 툭 내뱉었다.

"테일러 박사는 국가의 중요한 인재야. 죽게 할 수는 없어."

그저 뜨끈한 찻잔을 만지작거리기만 할 뿐 대꾸하지 않았다. 어차피 그의 입장은 예상하고 있었다. 따라서 그가 꺼낸 말도 놀랍지는 않았다. 그는 차를 한 모금 홀짝이며 말을 이었다.

"나는 자네에 대해 루이 군이 말해 준 것밖엔 몰라. 대위를 비롯한 내 측근들은 거기서 한 번 더 걸러 내가 말해 준 내용밖엔 알지 못하고. 그리고 그걸로 자네의 행동을 예상하는 거지. 자네에 대한 판단 착오는 거기서 나왔다."

"……."

"여기로 이동해 오던 날 자네는 루이 군의 이름을 들어도 그에 대한 적의를 보이지 않았으니까. 임무도 아닌데 굳이 감정을 작정하고

541

숨길 만할 이유도 없다고 생각해서 나는 그냥 보이는 그대로 믿었다. 뿐만 아니라 그가 준 무기를 맘에 들어 하기도 했고. 그래서 나는 자네가 어지간한 건 흘려 넘기겠다고 생각한 줄 알았거든. 루이 군만 예외라고는 보통 생각 못 하잖아. 그 생각을 알았다면 당연히 테일러 박사를 이동시켰을 거다."

"어째서죠? 그보단 저를 부르지 않았던 편이 나은 게 아닙니까."

"아니지. 지고 가겠다고 결정한 사람을 곁에 두는 게 당연한 거잖나."

"전 별로……."

"물론 자네의 입장은 이해하고 있어. 그래, 그게 당연한 건지도 모르지. 내가 너무 낙관했던 걸지도. 하지만 나는 예나 지금이나 자네가 좋아. 자넨 능력이 있거든. 분명 나에게 도움이 될 거야. 그리고 나 역시 자네에게 도움이 될 거라고 생각해."

"……."

"이런 식으로 생각하는 게 어때? 일단 상호 이익을 위해서 잠시 손을 잡는다. 나쁘지 않잖아. 모르긴 몰라도 지금으로선 자네가 나에게 도움이 되는 부분보다 내가 자네에게 도움이 되는 게 더 많지 않겠어?"

그는 악수를 청하듯 한 손을 내밀어 보였다. 나는 그것을 바라보기만 하고 선뜻 손을 맞잡지 않았다.

"물론 충분히 고민해도 돼. 나도 서두를 생각은 없어. 하지만 테일러 박사를 향한 공격은 당연히 금지야. 그 밖에도 필요하다면 단호하게 제지할 거다. 단, 자네가 참는 만큼 나는 바깥의 악의로부터 자네를 지켜 줄 거다. 자네를 배신하지도 않을 거고 실망시키지도 않을 거다. 그러니까 내 팔 안으로 들어와."

그의 권유는 마치 사랑 고백 같아서 한편으로는 부끄러웠다. 물론 완전히 에드윈을 믿지는 않는다. 말이야 얼마든지 번드르르하게 할 수 있는 거니까. 나는 그런 사람을 이미 겪어 본 적이 있었다.

그럼에도 천천히 손을 내밀어 그의 손을 맞잡았다. 에드윈이 활짝 웃으며 잡은 손을 가볍게 흔들었다.

"잘 부탁해."

"중장님의 팔 안으로 들어간다는 뜻이 아닙니다."

"그럼?"

"단순한 상호 이익적 관계. 제게서 중장님의 효용이 끝나면 가차 없이 버린다는 뜻이니 중장님도 절 그리 애틋하게 생각할 필요는 없습니다. 어쩌면 당장 내일 끊어질 수도 있는 관계죠."

에드윈은 부루퉁하게 날 흘겨보았지만 그래도 손을 놓지는 않았다. 오히려 심술부리듯 더 꽉 쥐었다. 나는 에드윈을 똑바로 바라보며 말했다.

"하나만 물어도 되겠습니까?"

"말해."

"누가 중장님께 운전을 가르쳐 주었습니까?"

대체 어떤 쓰레기냐. 소리 나지 않게 이를 갈며 묻자 에드윈은 말간 얼굴로 대답했다.

"하이안 대위가."

아무래도 하이안은 여러모로 나와 상성이 맞지 않는 듯했다.

2권에서 계속

to my beautiful you

1판 1쇄 찍음 2019년 8월 27일
1판 1쇄 펴냄 2019년 9월 5일

지은이 펑크로드
펴낸이 정 필
펴낸곳 (주)뿔미디어

기획 · 편집 박경희, 권지영, 문지현
표지 디자인 우 물

출판등록 2002년 9월 11일 (제1081-1-132호)
주소 경기도 부천시 소향로 17, 303(두성프라자)
전화 032)651-6513   팩스 032)651-6094
E-mail bbulmedia@hanmail.net
비북스 http://b-books.co.kr

ISBN 979-11-315-9964-8 04810
ISBN 979-11-315-9969-3 04810 (SET)